KNAUR

*Über die Autorin:*

Marita Spang hat in Psychologie promoviert und arbeitet heute als selbständige Beraterin überwiegend in der freien Wirtschaft. Sie ist Jahrgang 1959 und wuchs in Trier auf. Heute lebt sie in einem Weinort nahe Bingen am Rhein. Die Historie ist ihre ganz große Leidenschaft. Zurzeit arbeitet sie an einem Mittelalterroman aus der Gegend von Bad Kreuznach.

Mehr über die Autorin und dieses Buch unter: www.hexenliebe.de

Marita Spang

# Hexenliebe

Roman

KNAUR

*Besuchen Sie uns im Internet:*
*www.knaur.de*

Originalausgabe Juni 2014
Knaur Taschenbuch

Ein Imprint der Verlagsgruppe
Droemer Knaur GmbH & Co. KG, München

Redaktion: Dr. Heike Fischer
Umschlaggestaltung: ZERO Werbeagentur, München
Umschlagabbildungen: Alice, 1877 (oil on canvas), Wells,
Henry Tanworth (1828–1903)/Hamburger Kunsthalle, Hamburg, Germany/
The Bridgeman Art Library; Portrait of a Noble Woman, Monje, Paula (1849–1919)/
Haynes Fine Art at the Bindery Galleries, Broadway/
The Bridgeman Art Library; FinePic®, München
Abbildung Seite 5: Norbert Klinkhammer
(bearbeitet von Matthias Krauß / webmelone)
Satz: Adobe InDesign im Verlag
Druck und Bindung: CPI books GmbH, Leck
ISBN 978-3-426-51431-3

4 5

*Diese Stadtansicht nach einem Gemälde des Neuerburger Malers Norbert Klinkhammer zeigt die Altstadt von Neuerburg am linken Ufer der Enz um das Jahr 1630.*

*Über dem engen Tal thront ganz oben die Neuerburg. Im darunter liegenden Bereich des unteren Burgfrieds erkennt man die Stadtkirche St. Nikolaus und linker Hand das Lehnshaus, das mit seinem Turm ein Teil der Stadtbefestigung war. Durch den hohen Glockenturm neben der Nikolauskirche gelangte man in die sog. Altstadt am linken Ufer der Enz, wo sich auch der Marktplatz und die Wohnhäuser der reichen Bürger befanden.*

*Die Stadt war damals nicht vom Tal her erreichbar. Reisende konnten nur über die Höhen am rechten Enzufer in die mit einer wehrhaften Mauer umgebene Stadt gelangen. Das rechte Enzufer mit der sog. Neustadt ist im Bild nur angedeutet.*

Schlecht also ist die Frau von Natur aus,
da sie schneller am Glauben zweifelt, auch
schneller den Glauben ableugnet. Das ist die
Grundlage für die Hexen.

*Heinrich Kramer,*
*Malleus Maleficarum*
*(Hexenhammer)*

Nachdem ich viel und lange sowohl in der Beichte als auch außerhalb mit diesen Gefangenen zu tun gehabt hatte, nachdem ich ihr Wesen von allen Seiten geprüft hatte, Gott und Menschen zu Hilfe und Rat gezogen, Indizien und Akten durchforscht, mich, soweit das ohne Verletzung des Beichtgeheimnisses möglich, mit den Richtern selbst ausgesprochen, alles genau durchdacht und die einzelnen Argumente bei meinen Überlegungen gegeneinander abgewogen hatte – da konnte ich doch zu keinem anderen Urteil kommen, als dass man Schuldlose für schuldig hält.

*Friedrich von Spee,*
*Cautio Criminalis*

# Dramatis Personae

Historisch belegte Figuren sind mit einem * gekennzeichnet.

## Familie der Leuchtenberger

*Wilhelm von Leuchtenberg**, regierender Landgraf in der Herrschaft Neuerburg
*Erika von Manderscheid-Virneburg**, seine Gemahlin
*Elisabeth Maria von Leuchtenberg**, seine Tochter
*Claudia von Leuchtenberg,* seine Nichte
*Elisabeth von Leuchtenberg,* Claudias verstorbene Mutter und Schwester von Wilhelm
*Henry de Montpellant,* Claudias verstorbener Vater

## Verwandtschaft aus dem Geschlecht der Grafen von Manderscheid

*Adela von Manderscheid-Kail,* Nichte der Landgräfin
*Amalia von Manderscheid-Kail**, ihre verstorbene Mutter
*Dietrich von Manderscheid-Kail**, ihr Vater
*Ernst von der Marck**, Elisabeths Verlobter
*Philipp von der Marck**, Ernsts Vater

## Burgbedienstete und Gesinde

*Bernhard Josten,* Burgkaplan und Jesuit
*Kathrin,* Zofe von Adela und später von Claudia

*Hilarius,* Stallknecht
*Marie* und *Lisbeth,* Köchin und Küchenmagd
*Gunda,* Zofe der Landgräfin Erika
*Johann,* Leibdiener des Landgrafen

### Familie und Haushalt des Amtmanns de la Val

*Christoph de la Val**, Amtmann der Herrschaft Neuerburg
*Sebastian de la Val,* sein Sohn
*Michel de la Val,* verstorbener Sohn Christoph de la Vals und Sebastians Bruder
*Katharina,* Magd im Haus der de la Vals

### Familie und Haushalt des Bürgermeisters

*Heinrich Dietz,* Bürgermeister der Stadt Neuerburg und oberster Richter; Zunftmeister der Wollwebergilde
*Barbara Dietz,* seine verstorbene Frau
*Grete,* seine verstorbene Schwester
*Barbara,* seine Tochter
*Magdalena Pirken**, ehemalige Amme von Barbara, später Wäscherin und Kräuterfrau
*Elsbeth,* Gesindemeisterin im Haus Dietz
*Hanna,* Zofe von Barbara
*Wilbert,* Knecht

## Bürgerinnen und Bürger von Neuerburg

*Andreas Mohr,* Stadtpfarrer von St. Nikolaus und oberster Geistlicher der Herrschaft
*Jakob Mohr,* ebenfalls Stadtpfarrer von St. Nikolaus, sein verstorbener Vater
*Martha Adams,* Wäscherin und Freundin von Magdalena Pirken
*Jonas,* Marthas Sohn
*Caspar Scholer,* Zunftmeister der Wollwebergilde, später Bürgermeister und oberster Richter
*Paulus Jönen,* Zunftmeister der Wollwebergilde und Ratsherr
*Johannes Lenzen,* ehemaliger Zunftmeister der Wollwebergilde
*Liese Lenzen,* seine Frau
*Zia Schreber,* Kräuterfrau
*Clara,* Wirtstochter »Zum Roten Turm«
*Berthe,* eine Webermagd
*Jörg Armbruster,* Soldat der Stadtwache
*Hennes Weiler,* Hauptmann der Stadtwache
*Lehn Lauert,* Spinnmagd
*Grieth,* eine Bettlerin
*Wulfram,* Bader
*Lore,* frühere Zofe der Amalia von Manderscheid-Kail

## Weitere Personen

*Jost Kerpen,* Verwalter von Oberweis
*Lene,* Wirtstochter in Oberweis
*Hennes,* Schmied in Oberweis
*Hilde Wendel,* Witwe in Oberweis, beschuldigt ein altes Ehepaar der Zauberei
*Sanna und Hans Kleinmülner,* von Hilde Wendel beschuldigtes Ehepaar in Oberweis

*Dietrich Mey,* Amtmann in der Herrschaft Manderscheid-Oberkail

*Meister Hans,* Henker in der Herrschaft Manderscheid-Oberkail

*Georg Derber,* Dorfältester in Utscheid

*Martin Kehler,* Schmied in Utscheid

*Nikolaus Hoss,* Schöffe am Hochgericht für den Bezirk Waxweiler

*Burkhard Krebs,* stellvertretender Richter am Hochgericht

*Veit Mölich,* Schöffe am Hochgericht für den Bezirk Oberweis

*Valentin Pflüger,* freier Bauer in Utscheid

*Nikolaus Pflüger,* Vetter von Valentin Pflüger

*Baron Johann von Wawern,* Junker auf Burg Schönecken

*Maximin Pergener**, Hexenkommissar aus Trier

*Gottlieb,* Henker zu Neuerburg

*Georg,* ausgeliehener Scharf- und Nachrichter aus Gerolstein

*Jakob Longen**, Meier zu Pölich an der Mosel

*Matthias Pölich**, sein Sohn

*Anna Pölich,* seine Tochter

*Maria zum Drachen**, reiche Bürgerin aus Trier

# Prolog

*Trier, Anno Domini 1589*

Anna schlug das Herz bis zum Hals, als die Henkerskarren in Sicht kamen. Ihr schien es wie ein Hohn, dass heute die helle Junisonne vom azurblauen Himmel strahlte, zum ersten Mal seit Wochen in diesem bislang kalten, verregneten Jahr. Anna wartete auf die Hinrichtung ihres Bruders.

Unablässig ließ sie die Perlen des Rosenkranzes durch ihre Finger gleiten, bewegte die Lippen in stummem Gebet. Das Raunen der Menge wurde lauter, als die Prozession sich näherte. Schon waren die Karren, gezogen von je zwei Ochsen, auf die alte Römerbrücke eingeschwenkt. Seit jeher wurden die Delinquenten auf diesem Weg zur Richtstätte geführt.

Vorweg marschierten die Stadtsoldaten in ihren rotgelben Uniformen, mit Schwertern, Dolchen und Hellebarden bis an die Zähne bewaffnet. Ihr Kommandant ritt auf einem imposanten Rappen voran. Immer wieder mussten die Soldaten die Menge mit den Schäften der Hellebarden zurücktreiben. Vor den Karren schritten würdevoll die Abordnungen der Kleriker. Jeder Orden war vertreten. Anna erkannte den schwarz-weißen Habit der Dominikaner, die schwarzen Gewänder der Jesuiten, die groben braunen Kutten der Franziskaner.

Hinter den Geistlichen gingen, in prächtige Brokatgewänder gekleidet, die weltlichen Kirchenmänner, Dechanten, Pröpste und Chorherren, von denen Trier schier überquoll. Unter ihnen erkannte Anna den Weihbischof Peter Binsfeld, den erbittertsten Gegner der Unholde im Land. Sie alle durften heute nicht fehlen, wo doch einer aus ihrer Mitte als überführter Zauberer seiner gerechten Strafe zugeführt wurde.

Verzweifelt versuchte Anna, einen Blick auf die Insassen der Karren zu werfen. Wo war Matthias? Zwei Jesuiten saßen jeweils mit auf den vorbeiziehenden Wagen, um den Verurteilten Trost auf ihrem letzten Weg zu spenden.
Die Menge, die sich rings um Anna herum die Köpfe verdrehte, war dichter als bei den Bränden zuvor. Schließlich kam es nicht alle Tage vor, dass ein geweihter Priester als Hexenmeister verbrannt wurde. Und wer hätte gedacht, dass sogar ein Scholaster aus dem ehrwürdigen Stift St. Paulin dem Laster der Zauberei anheimfallen würde?
Freilich, der Apfel fiel in diesem Falle nicht weit vom Stamm. Hatte man im letzten Jahr nicht schon den Vater des Delinquenten als Unhold verbrannt, den reichen Meier Jakob Longen zu Pölich? Und hatte sein Sohn Matthias nicht versucht, ihn auf der Flucht zu verstecken? Mitten in der Paulinuskirche hatte man den Verdächtigen gefasst. Der Weihbischof selbst musste den heiligen Ort danach neu einsegnen. Und nun war auch der Sohn überführt.
Mit klammen Fingern und enger Kehle hörte Anna das Getratsche der Menge. Wieder griff sie an die Haube, unter der sie ihr kurz geschorenes Haar verbarg. Sie lag dicht an ihrem Kopf an. Der grobe Wollstoff des Mieders, das sie aus der Kammer einer Klostermagd entwendet hatte, scheuerte auf der Haut. Wie lange würde ihre Flucht unentdeckt bleiben?
Endlich rollte der erste Karren von der Brücke herunter und schwenkte auf den schmalen Uferweg ein, der zur Richtstätte führte. Rücksichtslos drängte sich Anna an einer protestierenden Frau vorbei, der Kleidung nach die ehrbare Gattin eines Handwerkers. Schließlich stand sie ganz vorne am Wegrand.
Drei formlose Gestalten lagen mehr, als dass sie saßen, zwischen den schwarz gewandeten Jesuiten, die Anna wie Krähen anmuteten, Totenvögel. Es waren Frauen, soweit sich dies trotz der geschorenen Köpfe, an denen vereinzelt noch ein paar schmut-

zige Strähnen klebten, erkennen ließ. Sie waren in sackartige leinene Büßergewänder gekleidet. Stumpf und leblos starrten sie vor sich hin. Eine Fliege setzte sich einer der Unseligen unter das Auge. Die Hand, mit der sie das lästige Insekt verscheuchte, war nur noch ein blutiger Klumpen.

Rund um Anna erschauerten die Leute in wohligem Entsetzen. »Was hat wohl den Teufel an denen zur Unzucht gereizt?«, flüsterte eine Magd in einem von Erde befleckten Rock der Handwerkergattin zu. »Dummes Ding, dem Teufel geht es doch nur um die Seele«, zischte die zurück. »Oh nein«, widersprach die Magd, sichtlich beleidigt, »gestern erst haben sie die Maria zum Drachen eingezogen. Die ist nicht nur reich, sondern auch sehr schön, wie man sagt.«

Anna verstand die Antwort der Handwerkerfrau nicht mehr. Tränen schossen ihr in die Augen. Also hatte Matthias recht behalten, und man hatte nun auch ihre Patin verhaftet, wie er es vorhergesagt hatte. Jetzt war sie selbst in höchster Gefahr.

Aber sie rührte sich nicht vom Fleck. Matthias hatte sie angefleht, das Kloster und Trier sofort zu verlassen. Mit seinem goldenen Kreuz, dem Geschenk des Vaters zur Priesterweihe, bestach er den Gefängniswärter. Gleich am ersten Tag nach seiner Verhaftung hatte er auf diese Weise den Brief aus dem Kerker geschmuggelt, wohl wissend, dass er später weder Mittel noch Kraft dafür haben würde.

»Dich werde ich nicht als Komplizin benennen, auch wenn sie mich noch so sehr quälen«, hatte er geschrieben. »Aber Maria kann ich nicht schützen. Sie ist schon zu oft als Hexe besagt und beschuldigt worden, und ihr Reichtum stellt für alle eine zu große Verlockung dar. Fliehe, noch heute, wenn du irgendwie kannst.«

Fast zwei Wochen war es nun her, dass sie diesen Kassiber erhalten hatte. Eine arglose Laienschwester hatte ihr den Brief überbracht und bei einem Gang auf den Markt in die Hand gedrückt.

Sie hielt ihn wohl für einen Liebesbrief. Schließlich empfingen ihre Mitschwestern im Noviziat – fast alles adlige Fräulein, die nicht freiwillig ins Kloster gegangen waren – solche Schreiben. Aber Anna hatte sich nicht zur Flucht entschließen können. Das Kloster stellte nun ihre einzige Heimat dar. Und ihre Patin Maria zum Drachen hatte einst viel Geld bezahlt, damit man sie als Tochter eines angesehenen, aber bürgerlichen Mannes dort aufnahm.
Doch schließlich hatten die Ereignisse sie eingeholt. Gestern Morgen war sie zur Priorin bestellt worden, die ihr mit finsterer Miene eröffnete, dass ihr Bruder Matthias am nächsten Tag als überführter Teufelsdiener verbrannt werden würde. Und dass ihr Kloster, die ehrwürdige Benediktinerinnenabtei St. Irminen, schon mehrmals von überführten Unholdinnen als Versammlungsort für den Hexensabbat benannt worden war. Im Konventsaal und im Hof unter der Linde sollten sich die schändlichen Orgien abgespielt haben.
Das gab den Ausschlag. Im Kloster war sie nicht länger sicher. Eine einzige Besagung würde ausreichen, um sie als Tochter und Schwester zweier verurteilter Hexenmeister dem Hochgericht zu übergeben, und sei es nur, um das Kloster von jedem Verdacht zu reinigen.
Trotz ihrer Unschlüssigkeit hatte sie sich seit Tagen auf die Flucht vorbereitet. So war es ihr ein Leichtes gewesen, das Klostergelände unbemerkt zu verlassen. Aber ohne Abschied von Matthias wollte sie nicht gehen.
Der zweite Karren rumpelte heran. Da war er, zusammengekrümmt hockte er neben einem Jesuiten. Wie schon die Frauen zuvor war auch er geschoren und bis aufs Skelett abgemagert, was das grobe Hemd nicht verhüllen konnte. Doch anders als bei seinen Leidensgenossinnen waren seine Sinne noch nicht stumpf. Seine Augen glitten unablässig über die Menge am Weg. Und dann trafen sich ihre Blicke. Verzweiflung und Freude

mischten sich in seinen Augen. Er versuchte, die Arme zu heben, aber sie gehorchten ihm nicht. Wahrscheinlich waren sie ihm durch das Aufziehen an den hinter dem Rücken zusammengebundenen Händen mit schweren Gewichten an den Füßen aus den Schultergelenken gerissen worden, so dass ihm jede Bewegung furchtbare Schmerzen bereitete. Deshalb gab er Anna nun mit Blicken zu verstehen, was er von ihr wollte. Immer wieder, zweimal, dreimal, drehte er den Kopf unter schrecklichen Mühen, schaute zur Straße am anderen Ufer der Mosel und dann wieder zu ihr. Fliehen sollte sie, fliehen, so rasch als möglich. Anna verstand ihn auch ohne Worte.

Ein Schlag auf den Kopf beendete Matthias' Bemühen. Der Pater schlug ihm den Stiel des Weihwasserwedels hart gegen die Stirn. Dadurch brach eine bereits verkrustete Wunde an der Augenbraue wieder auf, Blut strömte, mit Wasser vermischt, über sein Gesicht.

Die Menge ringsum schrie auf. »Er versucht noch auf dem Weg zum Richtplatz zu zaubern«, empörten sich die Menschen. Jedermann bekreuzigte sich hastig und machte die Schutzzeichen gegen den bösen Blick.

Da waren die Karren auch schon vorbei. Trotz der letzten Warnung ihres Bruders ließ Anna sich von der Menge mitreißen, die nun zu den Scheiterhaufen strömte. Auf flachen Holzstößen aus mit Teer vermischtem Reisig waren drei offene Strohhütten jeweils rings um einen Pfahl herum errichtet worden.

Dort wartete schon der Scharfrichter, unkenntlich unter seiner blutroten Haube. Seine Knechte rissen die Aufschreienden grob von den Karren. Ein Richter in schwarzer Schaube verlas die Urgicht, die unter der Folter erpressten Geständnisse.

Was bekam die schaudernde Menge da nicht alles zu hören! Das also waren die Hexen, die die Fröste im Mai gesandt hatten, um auch dieses Jahr die Weinernte zu verderben. Die die Raupenplage in die Obstgärten geschickt und das junge Korn auf dem

Halm durch Hagel geknickt hatten. Unschuldige Kindlein waren getötet worden, um Hexensalbe zu bereiten. Und Unzucht mit dem Teufel hatten sie getrieben. Wie auch mit dem Priester. Der hatte sogar zwei Buhlinnen gehabt.

Wie gelähmt vor Entsetzen und Schmerz hörte Anna, welche Scheußlichkeiten ihr Bruder begangen haben sollte. Als Pfeifer habe er zum Hexentanz aufgespielt, drei Kindlein im Namen des Teufels getauft, hernach gesotten und verspeist.

Nun rissen die Henkersknechte die zusammengesunkenen Verurteilten erneut in die Höhe. Die Urteile wurden gesprochen, dann der Stab über jedem Delinquenten gebrochen.

Unter dem Johlen und Schreien der Menge zerrten die Henkersknechte diese in die Strohhütten und banden sie paarweise Rücken an Rücken an die Pfähle. Atemlos verfolgte die Menge, wie der Scharfrichter jeden Haufen bestieg, in der Hand die Eisenschlinge. Da alle Verurteilten geständig waren, sollte ihnen das Verbrennen bei lebendigem Leibe erspart bleiben. Sie wurden zuvor erdrosselt.

Matthias war in der Strohhütte, die der Henker als Letztes betrat. Anna konnte ihn nicht sehen. Er stand mit dem Rücken zu ihr. So sah sie wie betäubt ins Gesicht seiner Leidensgenossin. Es war eine Frau von ungefähr dreißig Jahren, die einmal schön gewesen sein musste.

Plötzlich begegnete der Blick der Frau dem ihren. Anna hielt ihn fest. Spontan begann sie, das Vaterunser zu sagen. Die gefesselte Frau erkannte das Gebet, und ihre verkrusteten Lippen begannen, sich im gleichen Rhythmus mit denen Annas zu bewegen.

Sie waren beim Ave-Maria, als der Scharfrichter zu ihr trat. »Jetzt und in der Stunde unseres Todes«, betete Anna. Die Augen der Frau wurden glasig, ihr Körper erschlaffte.

Als der Scharfrichter die Fackel an das trockene Reisig hielt, drehte Anna sich um und verschwand in der Menge.

# Teil 1
# *Dunkle Wolken*

# Kapitel 1

*Pfingstfreitag, 8. Juni 1612*

Claudia von Leuchtenberg trat so würdevoll, wie es ihr mit ihren neunzehn Jahren möglich war, aus dem Kirchenportal von St. Nikolaus. Huldvoll nickte sie den Bürgern und Burgbediensteten zu, die mit ihr die Frühmesse besucht hatten. Dann sah sie sich verstohlen um.

Sobald sie sich unbeobachtet fühlte, huschte sie rasch um die Ecke der Kirche. Dort, auf dem hinteren Friedhof, verbarg sie in einem Gebüsch einen Umhang und die Stiefel, die sie sich heimlich vom Sattelmacher der Burg hatte anfertigen lassen.

Wenig später hätte kaum jemand in der Dienstmagd, die mit ihrem Henkelkorb eifrig dem Markt zueilte, das Edelfräulein von Leuchtenberg erkannt. Ihre dunkelbraunen Locken hatte sie unter einer einfachen Leinenhaube verborgen. Allenfalls hätte man sie an ihrer hochgewachsenen, schlanken Gestalt erkennen können.

Als sie in die Hohlgasse einbog, die hinab zum Markt führte, raffte sie unter dem groben bodenlangen Umhang ihren Rock aus feinem Tuch, damit er nicht allzu sehr mit dem zähen Straßenschmutz in Berührung kam. Dank ihrer Stiefel rutschte sie trotz des schlüpfrigen Untergrunds nicht aus. Schließlich war sie am Ende der Gasse angelangt und hatte freien Blick auf den Markt.

Obwohl es noch früh am Morgen war, wimmelte es dort schon von Menschen. Heute war Tuchmarkt, und die Buden der Stoffhändler hatten die Stände der Bauern an die Seiten des Platzes gedrängt. Tuchmarkt war nur zweimal im Jahr und zog Krämer, Gaukler und Käufer aus der ganzen Umgegend von Neuerburg

an. Besonders der Pfingstmarkt war weit über die Grenzen der Gemarkung hinaus bekannt.
Achtlos drängte sich Claudia an den Ständen mit Eiern, Gemüse und Käse vorbei und strebte den inneren Marktgassen zu, wo Kostbares und Fremdländisches feilgeboten wurde. Sie blieb vor der Bude eines Gewürzhändlers stehen und betrachtete die bunte Auslage. Es roch betörend nach Orient und fernen Gestaden.
»Was sind dies für seltsame Sterne?« Claudia deutete auf ein Körbchen mit schwarzbraunen holzigen Früchten. Sie suchte noch ein Geschenk für Barbara, die sie später besuchen wollte.
Der Händler musterte sie geringschätzig. »Sternanis ist das, Jungfer. Er kommt aus China und wird über die Seidenstraße gebracht. Ein Gewürz für die Tafel von Edelleuten. Viel zu teuer für deinen Beutel.«
Claudia vergaß, dass der Händler sie in ihrem fleckigen Umhang für eine Dienstmagd halten musste. Hochfahrend fuhr sie ihn an: »Hüte deine Zunge, Unverschämter.«
Der Krämer zuckte zusammen. Nach einem scharfen Blick in ihr Gesicht verbeugte er sich tief. Nicht zum ersten Mal kam eine Dame verkleidet auf den Markt. Er hätte aufmerksamer sein sollen und verfluchte sein Ungeschick. »Verzeiht, wenn ich Euch beleidigt habe, Herrin. Darf ich Euch ein Beutelchen abpacken? Zu einem besonders günstigen Preis natürlich.«
Jetzt war es an Claudia, sich innerlich eine Närrin zu schelten. Was sollte der Aufzug, um unerkannt zu bleiben, wenn sie ihre Zunge nicht im Zaum halten konnte! Schon bemerkte sie aus den Augenwinkeln, dass einige Neugierige aufmerksam geworden waren. Sie nickte dem Händler zu. Den exorbitant hohen Preis, den sie ohne Feilschen entrichtete, empfand sie als gerechte Strafe für ihre Torheit.
Nachdem sie das Beutelchen in ihrem Korb verstaut hatte, gewann ihre gute Laune wieder die Oberhand. Am Stand eines Bäckers erwarb sie einen von Honig triefenden Krapfen und

verzehrte ihn auf den Stufen des Marktbrunnens. Dann schlenderte sie weiter.
An den Ständen mit venezianischen Trinkgläsern und zierlich gearbeiteten Lederwaren bedauerte sie kurz, in der Verkleidung einer Dienstmagd nichts kaufen zu können. Dies waren auch die Buden, zu denen Tante Erika ihre lästige Kusine Adela führen würde, natürlich erst am späteren Morgen und in vollem Staat. Zweifellos würde Adela ein kostspieliges Geschenk erhalten. Claudia fühlte den vertrauten Klumpen im Magen.
Aber sei es, wie es wolle. Selbst wenn sie sich brav dem Tross der Landgräfin angeschlossen hätte, wäre sie wohl leer ausgegangen. Wie immer, wenn es um die Gunst ihrer Tante ging. Da war es allemal besser, allein den Markt zu besuchen und zumindest dorthin gehen zu können, wo sie hinwollte.
Gerade machte sie sich auf den Weg zu den Gauklern, die mit Bällen und Feuerringen in einer Ecke des Marktes jonglierten. Da ertönte in ihrem Rücken wütendes Geschrei.

»Diesmal kann ich es Euch nicht durchgehen lassen, so leid es mir tut, Meister Lenzen. Ich muss die ganze Ware beschlagnahmen. Ihr wart oft genug gewarnt.«
Trotz seiner strengen Worte wirkte Heinrich Dietz bekümmert. Als Brudermeister, wie man den Vorsteher der Wollweber- und Tuchhändlerzunft auch nannte, war er dazu verpflichtet, alle Stoffe zu prüfen, die auf dem Tuchmarkt feilgeboten wurden. Allen voran die der eigenen Zunftmitglieder. Schließlich war Neuerburg weithin berühmt für die Qualität seiner feinen Wollstoffe und hatte nicht nur dort, sondern auch in Vianden und Echternach das Vorrecht, die eigenen Tuche wohlfeiler anbieten zu dürfen als die auswärtige Konkurrenz. Da durfte man allein schon zum Wohle der Zunft Betrüger in den eigenen Reihen nicht dulden.
Aber so leicht gab sich Johannes Lenzen, ein vierschrötiger

Mann mit aufgedunsenem Gesicht, nicht geschlagen. »Die Ware ist einwandfrei, Meister Dietz. Hergestellt nach allen Regeln der Wollweberkunst. Ihr habt kein Recht, sie zu nehmen.«
Seufzend wandte sich Dietz an seinen Begleiter, einen noch jungen Mann, der wie er selbst trotz der Hitze des Tages nach der spanischen Mode gekleidet war. Über den schwarzen Seidenstrümpfen trugen sie samtene Pluderhosen und Wämser, die, in der Taille gegürtet, bis über die Hüften reichten. Dietz fühlte, wie ihm der Schweiß unter der engen Halskrause aus blütenweißem Leinen ausbrach. Unwillkürlich griff er nach der goldenen Kette des Bürgermeisters, die ihm schwer auf die Brust hing.
»Paulus, gebt Ihr Euer Urteil ab«, forderte er den Jüngeren auf. Die Zunft der Wollweber und Tuchhändler war die mächtigste in Neuerburg. Jedes Jahr wählte man daher zwei Brudermeister, die die Interessen der zahlreichen Mitglieder zu wahren hatten. Mit strenger Miene trat Paulus Jönen vor. Er war zum ersten Mal Brudermeister, und die Duldsamkeit des älteren Heinrich Dietz war ihm noch fremd.
»Das Tuch ist ohne Zweifel gestreckt. Seht selbst den Vergleich zu einwandfreier Ware. Ihr erlaubt?« Er wandte sich dem Händler der Nachbarbude zu, der zustimmend nickte. Gemeinsam wuchteten sie einen Ballen Wollstoff auf die Auslage des Beschuldigten.
Jede Hausfrau konnte erkennen, dass das Tuch des Johannes Lenzen dünner und faseriger war als das des Zunftbruders. Befühlte man beide Stoffe, so war das gute Wolltuch von unvergleichlicher Zartheit. Lenzens Stoff dagegen brettig und hart.
»Und nun die Wiegeprobe«, forderte Paulus Jönen. Widerwillig schnitt Lenzen eine Elle seines Stoffs ab. Jönen winkte einem Knecht zu, der eine Waage mit sich führte. Er legte das Gewicht, welches einer Elle des Neuerburger Tuchs entsprach, in die eine Schale. Dann warf er nacheinander das Tuch des Beschuldigten und das seines Standnachbarn in die andere Schale. Jedermann

konnte sehen, dass sich die Waagschalen nur beim zweiten Mal ohne zusätzliche Gewichte ins Gleichgewicht senkten. Lenzens Tuch war offensichtlich viel zu leicht.

»Fast drei Unzen«, stellte Jönen nüchtern fest und schüttelte die kleinen Gewichtssteine in seiner Hand. »Ihr müsst Euer Tuch bis zum Zerreißen gespannt haben.«

Das Spannen des fertig gewebten Wolltuchs, um seine Länge zu strecken, war streng verboten. Da die Preise für Neuerburger Tuch festgelegt waren, kam der Verkauf gestreckter Ware zum gleichen Preis einem Betrug gleich. Entsprechend hart war die Strafe: Die minderwertige Ware wurde beschlagnahmt und zu je einem Drittel an die Herrschaft, die Zunft und die Armen verteilt. Hinzu kam eine saftige Geldstrafe, die an die Zunft zu entrichten war. Im Wiederholungsfall drohte der Ausschluss.

Nun verlegte sich Lenzen aufs Jammern. »Meister Dietz«, wandte er sich wieder an den Bürgermeister. »So habt noch einmal Erbarmen mit mir. Ihr wisst, dass die Schulden mich fast erdrücken. Lasst mir das Tuch, ich verkaufe es zu billigem Preis in der nächsten Woche in Trier.«

Dietz schüttelte den Kopf. »Der Suff ist es, der Euch in die Schulden treibt, Meister Lenzen. Mäßigt Euren Weingenuss, zeigt Reue und verhaltet Euch gottesfürchtig. Dann will ich bei der Zunftversammlung erwirken, dass zumindest die Geldstrafe niedrig ausfällt.« Er gab den Knechten einen Wink, die die Wollballen auf einen Handwagen zu laden begannen.

Doch Lenzen erhob ein wütendes Geschrei und fiel einem der Knechte in den Arm. »Lumpen, Betrüger, Saukerle. Selber verkaufen wollt ihr mein gutes Tuch.«

Die Menschen ringsum wurden aufmerksam. Eine neugierige Menge versammelte sich um die Auslage des Händlers. Auch Claudia mischte sich unter sie.

Eine verhärmte Frau mit einem blau geschlagenen Auge trat nun aus einer Ecke des Standes ins Freie. Zaghaft berührte sie ihren Mann am Arm. »So lass es doch um Christi willen gut sein, Johannes«, bat sie. Empört sah Claudia, wie ihr Gatte sie brutal von sich stieß, so dass sie hart gegen den Stand prallte. Nun wurde es auch Dietz zu bunt. Er winkte den Wachsoldaten, der ihn begleitete, heran. »Nehmt ihn mit und sperrt ihn einen Tag in den Turm. Da mag er darüber nachdenken, welches Verhalten einem ehrbaren Zunftmeister frommt.«

Er hatte den Satz kaum beendet, als Claudia in der Sonne etwas aufblitzen sah. »Obacht, Meister Dietz«, schrie sie. Der wich erschrocken unwillkürlich einen Schritt zurück. Der Dolch des Händlers verfehlte ihn nur um Haaresbreite.

»Was werdet Ihr nun mit ihm tun?« Bekümmert saß Claudia vor einem Becher Apfelmost in der guten Stube des Bürgermeisters. Dietz seufzte vernehmlich und kratzte sich den gepflegten, von grauen Fäden durchzogenen Bart. Seine Tochter Barbara betrachtete beide mit großen, erschrockenen Augen.

»Ich weiß es noch nicht, mein Fräulein«, wandte Dietz sich schließlich Claudia zu. »Aus der Zunft werden wir ihn ausschließen müssen, da führt kein Weg mehr daran vorbei. Aber vielleicht kann ich Paulus Jönen davon überzeugen, dass wir ihn wenigstens nicht vor das Hochgericht bringen. Wenn das geschieht, baumelt er nächste Woche am Strang.«

Barbara zog erschrocken den Atem ein. »Aber Vater, was wird dann aus der Liese und den vier unmündigen Kindern? Sie würden verhungern.«

Liebevoll sah Dietz seine Tochter an. Mit ihren langen, seidigen blonden Haaren und den veilchenblauen Augen war sie das Abbild seiner geliebten Frau, die bei der Geburt im Kindbett verstorben war.

»Barbara, ich werde tun, was ich kann.« Taktvoll verschwieg er den beiden jungen Frauen, dass das Schicksal der Familie Lenzen auch ohne den Henkerstod des Vaters ungewiss war.

Aus der Zunft ausgeschlossen zu werden bedeutete zumeist bittere Armut und Not.

»Und Ihr«, wandte er sich an Claudia. »Euch verdanke ich, dass ich nicht schwer verwundet oder gar tot bin. Was sagt Ihr zu der Sache?«

»Wenn Ihr es wünscht, werde ich schweigen. Die Frau hat es schon schwer genug mit dem prügelnden Säufer. Der Amtmann muss von mir nichts erfahren.«

»Gut, so sei es denn«, seufzte Dietz noch einmal. Schwerfällig erhob er sich vom Tisch und zog sein Wams über den massigen Bauch. »Dann werde ich jetzt auf den Markt zurückkehren und weiterhin meine Pflicht tun. Vielleicht hat Paulus Jönen ja ein Einsehen.«

Er hatte die schwere Eichentür kaum hinter sich geschlossen, da konnte Barbara ihre Neugier nicht länger bezähmen. »Nun sag schon, Claudia, wie kommst du in diesem Aufzug auf den Markt?«

Claudia zog eine Grimasse. Mit einer schwungvollen Bewegung riss sie sich die kratzende Haube vom Kopf und schüttelte ihre langen schwarzbraunen Locken. »Nun, ich wollte meiner grässlichen Kusine Adela entkommen. Sie ist gestern zu Besuch auf der Neuerburg eingetroffen. Ich kannte sie zuvor nur vom Hörensagen und habe sie auf Anhieb verabscheut. Sie ist falsch und berechnend. So beschloss ich, heute allein über den Tuchmarkt zu schlendern. Ohne das Genörgel der unausstehlichen Tante und dieser intriganten Adela. Claudia, halte dich aufrecht. Claudia, eine Dame starrt die Leute nicht an«, äffte sie den Ton ihrer Tante täuschend echt nach. Ihre dunklen mandelförmigen Augen blitzten. Barbara musste trotz des zuvor erlittenen Schreckens lachen.

»Du änderst dich wohl nie«, sagte sie halb liebe-, halb vorwurfsvoll.

»Vor allem lerne ich nichts dazu.« Claudia sah zerknirscht auf

die Tischplatte. »Nun weiß alle Welt, dass ich mit Umhang und Haube einer Dienstmagd heimlich die Burg verlassen habe. Was wird Adela jetzt über mich lachen.«
Barbaras mitfühlender Blick tat ihr gut. Grimmig fuhr sie fort: »Es ist nur eine Frage von Stunden, bis es die Tante erfährt. Und um mir erneut eine Strafpredigt anzuhören, fehlt mir die Langmut.«
Bekümmert blickte sie an sich hinab. »Das Kleid habe ich auch verdorben. Der ganze untere Rand ist voll Straßendreck.«
Barbara bückte sich und nahm den Saum des hellbraunen Gewandes aus feinstem flandrischem Tuch in die Hände. »Dem kann man leicht abhelfen«, sagte sie dann. »Binde den Überrock ab, ich werde Elsbeth bitten, ihn vor deiner Heimkehr zu säubern. Aber die Strafpredigt wirst du erdulden müssen.«

Claudia sah ihrer Freundin nach, als sie mit dem Rock in der Hand die Stube verließ. Die tüchtige Barbara, immer das Herz auf dem rechten Fleck.
Zwei unterschiedlichere Freundinnen als uns wird man kaum finden, dachte Claudia und ließ die Gedanken zur gemeinsamen Zeit in der Klosterschule von St. Thomas in Kyllburg zurückschweifen. Schon der Standesunterschied zwischen ihnen wäre normalerweise unüberwindbar gewesen. Aber auch im Charakter waren sich die jungen Frauen so unähnlich, wie sie es nur sein konnten. Doch genau das war der Ursprung ihrer Freundschaft.
Claudia konnte sich noch gut des Morgens entsinnen, an dem sie Barbara weinend im Klostergarten gefunden hatte. Wieder einmal hatte sie ihre Lateinlektion nicht verstanden und war hart von der Lehrschwester gescholten worden. »Wozu nutzt mir denn dieser blöde Gallische Krieg«, klagte sie schluchzend der mitfühlenden Claudia, »wenn ich später meinem Gemahl ein gemütliches Heim bieten möchte?«

Anfangs hatte Claudia ihr Mitleid dazu veranlasst, dem bürgerlichen Dummchen bei den nächsten Lektionen zu helfen. Doch schon bald hatte sie erkannt, dass Barbara mehr konnte als weinen und wehklagen.
Sie waren schnell quitt miteinander geworden, als sich Barbara der knotigen Stickereien annahm, die Claudia immer wieder auftrennen musste. Darin war Barbara eine wahre Meisterin, und so hatten sie sich rasch arrangiert.
Claudia glänzte in Latein und Mathematik, die auf dieser Schule für höhere Töchter zum Pflichtprogramm gehörten. Die Zisterzienserinnen, die das Kloster unterhielten, legten mehr Wert auf die geistige Bildung ihrer meist adligen Zöglinge als sonstige Mädchenschulen. Aber auch die hausfraulichen Tugenden wurden nicht vernachlässigt. Schließlich besuchte so manche Schülerin die Lehrstatt, um ihrem zukünftigen Ehemann später mit Geschick und Umsicht Haus und Hof zu führen. Auch Barbara sollte sich in St. Thomas auf ihre Ehe mit Sebastian de la Val, dem Sohn des gräflichen Amtmanns, vorbereiten.
Während Claudia also erklärte und übersetzte, säumte Barbara mit flinken Fingern feine Leinenhemden oder stickte an Claudias Altartuch. So klug das Edelfräulein auch mit den Wissenschaften umzugehen wusste, so wenig Geschick bewies sie in allen Handarbeiten.
Zwar argwöhnten die Lehrschwestern bald, dass es bei den Fortschritten der Freundinnen nicht mit rechten Dingen zuging. Doch beweisen konnten sie ihnen nichts. Die Mädchen hielten zusammen wie Pech und Schwefel.

Barbara kam im Schlepptau mit Elsbeth zurück, der Gesindemeisterin. Sie hielt eine Schale mit feinem Gebäck in den Händen und sank vor Claudia in einen tiefen Knicks. »Wenn Ihr mir die Ehre erweisen würdet.« Ihre Stimme klang unterwürfig. »Ich habe die Plätzchen selbst gebacken.«

Claudia griff mit gemischten Gefühlen zu. Das Gebäck war köstlich, das wusste sie schon von früheren Besuchen. Aber sie mochte die Gesindemeisterin nicht. Sie gehörte zu den Menschen, die nach oben buckelten und nach unten traten, wie Barbara es einmal ausgedrückt hatte. Die Freundin erriet ihre Gedanken.

»Es geht einigermaßen«, beantwortete sie die unausgesprochene Frage, nachdem sich Elsbeth zurückgezogen hatte. »Nach dem Tod der Muhme kommt der Haushalt nicht ohne sie aus. Und zumindest tut sie so, als ob jetzt ich die Herrin des Hauses wäre.«

»Wenigstens bist du wieder in Neuerburg«, tröstete sie Claudia. Barbara hatte das Kloster nach dem Tod der verwitweten Schwester ihres Vaters vor einigen Tagen verlassen, um ihm den Haushalt zu führen. »Ich habe dich schrecklich vermisst.«

Barbara dankte ihr mit einem warmen Lächeln. »Auch mir ist ohne dich die Zeit lang geworden. Und Schwester Richardis plagte sich mehr denn je mit meinem Latein.«

Eine Weile hingen beide ihren Gedanken nach. Dann fragte Barbara zaghaft: »Wurdest du schlimm bestraft auf der Burg?«

Claudia zuckte die Achseln. »Es war auszuhalten. Vier Wochen Kammerarrest, bei gutem Essen und Büchern. Das war es allemal wert.«

Unwillkürlich musste Barbara lächeln. Trotz ihrer Warnungen hatte sich Claudia nicht davon abbringen lassen, das Kloster durch eine Seitenpforte bei Nacht und Nebel zu verlassen, um auf den Hüttensonntag zu gehen. Ein Fest der Eifeler Jugend am Sonntag nach Aschermittwoch, ein Brauch mit heidnischen Wurzeln, bei dem man ausgelassen um Strohfeuer herumtanzte und ungeheure Mengen Schmalzgebackenes vertilgte.

Zwar hatte die pflichtgetreue Barbara um keinen Preis mitkommen wollen, aber an der Klosterpforte gewartet, um Claudia später wieder einzulassen. So waren sie beide weit nach Mitternacht der Äbtissin persönlich in die Arme gelaufen, die auf dem Weg zur Matutin, dem Nachtgebet, war.

Zur Rede gestellt, hatte Claudia kein Hehl aus ihrem nächtlichen Ausflug gemacht. Schließlich hatte sie nach ihrem Ermessen nichts Unrechtes getan, Fastenzeit, Ausgangsverbot und heidnisches Brauchtum hin oder her.

Die Geduld der Klosterfrauen war jedoch nach mehreren ähnlichen Vorfällen erschöpft gewesen. Während Barbara drei Tage bei Wasser und Brot in einer ungeheizten Zelle büßen musste, hatte man Claudia ohne weitere Umstände nach Hause geschickt. Allerdings nicht, ohne ausdrücklich klarzustellen, dass man keinen Pfennig des Geldes zurückerstatten würde, welches Claudias Tante ohne deren Wissen bereits für ihre Profess entrichtet hatte.

»Wenn ich daran denke, dass sie mich zeit meines Lebens ins Kloster sperren wollte, schaudert es mich noch immer. Der Heilige Geist persönlich muss mir eingegeben haben, zum Hüttensonntag zu gehen«, hatte Claudia der verstörten Barbara zum Abschied gesagt. Bis heute hatte sie ihrer Tante nicht verziehen. Ihr vormals schon unterkühltes Verhältnis war eisig geworden.

Ehe der Trübsinn sie erneut heimsuchen konnte, fiel Claudia der Sternanis ein. Sie fischte ihn aus dem Henkelkorb. »Hier, ich habe dir etwas mitgebracht.« Strahlend hielt sie der Freundin das Beutelchen hin. Barbara schnupperte verzückt daran. »So etwas Köstliches habe ich kaum jemals gerochen«, schwärmte sie. »Ich werde Elsbeth fragen, welche Gerichte man damit würzt. Du kannst sie dann auf dem Festmahl zu Ehren Sebastians Heimkehr kosten. Du bist natürlich geladen.«

Claudia seufzte innerlich. Nichts wollte sie weniger als ein weiteres Essen, das mit Barbaras unentwegter Schwärmerei für ihren Verlobten verging. Wie konnte man nur so in einen Mann vernarrt sein!

Barbara merkte wie üblich nichts von ihrer Verstimmung. Um

ihr die Freude nicht zu verderben, fragte Claudia: »Wann kommt er denn zurück?«

»Oh, schon heute oder spätestens morgen. Ich kann es kaum mehr erwarten.«

»Und wann ist das Fest?«, lenkte Claudia ab.

»Schon am nächsten Donnerstagabend. Vater wird unsere Verlobung endlich öffentlich bekanntgeben. Eigentlich ist es noch zu früh, da Tante Grete erst zwei Wochen tot ist. Aber Vater meint, er wolle den adligen Amtmann nicht länger warten lassen. Und außerdem«, ihre blauen Augen funkelten spitzbübisch, »würde Tante Grete sich ärgern. Und das geschieht ihr ganz recht.«

Claudia sah sie überrascht an. Was war nur in die kreuzbrave Barbara gefahren?

»Schließlich«, fuhr ihre Freundin fort, »war sie auch eine schreckliche Tante.«

## Kapitel 2

*Pfingstfreitag, 8. Juni 1612*

Die Nachmittagssonne stand hoch am Himmel, als Sebastian de la Val endlich in Neuerburg ankam. Über den steilen Abstieg von der Kreuzkapelle her erreichte er das südliche Stadttor. Die Wachen in ihren grün-roten Uniformen erkannten den Sohn des Amtmanns und grüßten ihn respektvoll, als er auf seinem ermatteten Schimmel unter dem mächtigen Fallgatter hindurch in den inneren Stadtbezirk ritt.

Hinter dem Tor stieg er ab und nahm sein Pferd am Zügel. In den engen Gassen, die zur Burg und zum Haus seines Vaters führten, ritt es sich ohnehin schlecht, zumal mit einem müden Tier. Mit einem tiefen Atemzug nahm er das Panorama in sich auf.

Mächtig und imposant erhob sich die Neuerburg hoch über der Altstadt. Wie ein gewaltiger Adlerhorst wirkte sie mit ihren Mauern und zinnenbewehrten Türmen. An ihrem Fuße, aber noch im unteren Burgbereich, strahlte die weißgetünchte Pfarrkirche St. Nikolaus hell in der Sonne. Auch sie thronte stolz über der Stadt. Linker Hand, zwischen Kirche und Burg, sah Sebastian den Wachturm, der zu seinem Vaterhaus gehörte. Das Gebäude wurde seit jeher dem amtierenden Neuerburger Amtmann als Lehen überlassen. Der Turm bildete einen Teil der unteren Burgmauer. Wie oft hatte er als Junge dort oben gestanden und kleine Steine ins steile Tal hinabgeworfen. Überrascht spürte Sebastian, dass er Neuerburg mehr vermisst hatte, als ihm bewusst gewesen war.

Vom Rathaus schlug die Uhr die vierte Stunde. Das Glöckchen der Eligius-Kapelle bimmelte. Sebastians Schimmel witterte das Wasser des nahen Brunnens und zerrte am Zügel. Er führte das Pferd durch eine der schmalen ungepflasterten Gassen die wenigen Schritte bis zum Marktplatz. Während sein Pferd trank, beobachtete er das bunte Gewimmel des Tuchmarkts.

Mehr als die Gaukler und Krämer zogen ihn die Stände der Marktfrauen an, die die ersten Früchte des Sommers feilboten. Zarte Rüben und frühe Kohlsorten waren zu kleinen Bergen geschichtet, daneben lagen Mangold, Spinat und der unvergleichliche Neuerburger Salat. Kräuter aller Art erfüllten die Luft mit aromatischen Düften. Sebastian lief das Wasser im Munde zusammen.

An einem Stand mit den ersten Kirschen konnte er nicht widerstehen und bezahlte zwei Pfennige für eine Tüte der saftigen roten Früchte. Wahrlich ein stolzer Preis, aber nach dem langen Winter mit all dem zähen Gersten- und Erbsenbrei waren sie die Summe wert. Darüber hinaus bedachte ihn die halbwüch-

sige Tochter der dicken Bäuerin mit einem strahlenden Lächeln. Sebastian zwinkerte ihr amüsiert zu. Er wusste um seine Wirkung auf Frauen. Kaum eine widerstand seinen schwarzen Locken und den dunkelblauen Augen.
Rechts neben dem Rathaus stand das prächtigste Wohnhaus von Neuerburg. Dreistöckig erhob es sich stolz auf steinernen geschmückten Säulen, die die untere offene Halle umrahmten. Zwischen den Balken des Fachwerks war es bunt bemalt mit dem Bildnis der heiligen Katharina von Alexandria, die über Spinnrad und Webstuhl wachte, dem Zunftzeichen der Wollweber und Tuchhändler. Hier wohnte seine Verlobte Barbara Dietz, Tochter des einflussreichsten Zunftmeisters, der in diesem Jahr zudem das Amt des Bürgermeisters bekleidete. Kurz überlegte Sebastian, ob er im Hause vorsprechen sollte, schlug aber dann den Weg zur steilen Kirchgasse ein. Er würde Barbara noch früh genug begegnen.
In der schmalen Gasse verebbte der Lärm des Markttreibens rasch zu einem Raunen und Summen. Kirschkerne ausspuckend, suchte sich Sebastian vorsichtig einen Weg durch den glitschigen Unrat aus Küchenabfällen und Mist. Die Ausdünstungen der menschlichen und tierischen Bewohner der Gasse raubten ihm fast den Atem. Mehrfach rutschten sein Pferd und er während des steilen Anstiegs zur Pfarrkirche hinauf aus. Die überkragenden Stockwerke der dicht beieinanderstehenden Häuser ließen den blauen Sommerhimmel nur noch erahnen.
Wie so oft in dieser Gasse befiel Sebastian ein Gefühl der Beklemmung. Doch das Enztal war bei Neuerburg so schmal, dass mit Ausnahme des Marktplatzes und Burgbereichs kaum Raum für eine großzügige Bebauung blieb. Jeder Quadratmeter der Altstadt wurde genutzt, und selbst in der Kirchgasse, dem Wohnort ehrbarer Handwerker und Stadtbediensteter, war es so düster und dumpfig wie in den Armenvierteln der Neustadt jenseits der Enz.

Als Sebastian endlich den Torturm erreichte, der in den inneren Burgbereich führte, war er in Schweiß gebadet. Zum Glück erkannten ihn die Wächter auch dort und ließen ihn anstandslos passieren. Auf dem Platz vor der Kirche blieb er stehen und genoss mit geschlossenen Augen die warme Sonne. Eine leichte Brise säuselte in den Blättern der alten Kastanien und erfrischte sein erhitztes Gesicht. Dann sah er zurück auf die Stadt.

Neuerburg – nirgendwo sonst lagen Weite und Enge, Frische und Muff so dicht beieinander wie in diesem Eifelstädtchen. Und doch – dachte er an Trier zurück, die Stadt, in der er seine Studienjahre verbracht hatte, so hätte er seinen Geburtsort nicht dagegen tauschen wollen. All die prächtigen Straßen und schmucken Gebäude, die prunkvollen Kirchen und Klöster bedeuteten ihm nichts gegen die Stätte seiner Kindheit. Hier hatte er als Knabe die Wälder und Hügel durchstreift, die Bäche und Flüsschen durchwatet. Hier kannte er immer noch jede Weggabelung und jeden Stein.

Schließlich wandte er sich nach links und zog das widerstrebende Pferd mit sich, das gerade begonnen hatte, an ein paar Grasbüscheln des Friedhofs zu zupfen. Es waren nur noch ein paar Schritte bis zum steinernen Eingangsportal des Lehnshauses mit der Statue der Gottesmutter in einer Nische des Torbogens. Ein letztes Mal ließ Sebastian seinen Blick über die Stadt schweifen und ignorierte das leichte Unbehagen, das er in seiner Magengrube spürte. Was auch immer ihn hier erwarten mochte – es tat gut, wieder zu Hause zu sein.

Eine Stunde später hatte Sebastian sein Pferd versorgt, ein Bad genommen und frische Kleider angezogen. Alles war noch am selben Platz wie immer gewesen, als er sein Vaterhaus betrat. Seit dem vorletzten Weihnachtsfest war er nicht mehr heimgekommen.

Die alte Magd Katharina war vor Freude über das Wiedersehen

schier außer sich. Kaum konnte sich Sebastian all der Speisen erwehren, die sie ihm aufdrängte. Kuchen, kalter Braten und Ziegenkäse. Doch er lehnte dankend ab, denn es war nicht mehr lang bis zum Nachtmahl, das er mit seinem Vater einnehmen wollte. Beim Essen stritt es sich schlechter, und er hoffte, auf diese Weise den ersten Abend mit ihm in Frieden verbringen zu können. Im Moment befand sich Christoph de la Val noch in Geschäften auf der Burg.

Mit einem Becher Wein saß Sebastian nun am blank gescheuerten Küchentisch und lauschte mit halbem Ohr dem unaufhörlichen Geplapper der alten Frau. Die Küche war seit jeher sein Lieblingsplatz gewesen, und das nicht nur wegen der Leckereien, die Katharina ihm und dem Bruder zugesteckt hatte. Hier blitzte alles vor Sauberkeit, und herrliche Düfte nach Vanille und Zimt, Thymian und Koriander, Petersilie und Sellerie durchzogen den Raum, je nachdem, woran die Magd werkte. Eine bessere Köchin als sie ließ sich schwerlich finden.

Dennoch zog es ihn bald wieder ins Freie hinaus. Der Abend war mild nach den Unwettern, von denen die Gegend in diesem Frühsommer immer wieder heimgesucht wurde. So entschloss sich Sebastian zu einem Spaziergang zur Burg, um seinem Vater entgegenzugehen.

Müßig bestieg Sebastian die trutzige Mauer, auf der ein überdachter Wehrgang rund um die Burg herum verlief, und ließ seinen Blick durch die Schießscharten über das weite Land schweifen, das sich nur von der Höhe der Burg aus erkunden ließ. Gleich nach seiner Ankunft hatte er vom Hauptmann der Wache erfahren, dass sein Vater zum Festmahl geladen war, das man heute Abend zu Ehren des Edelfräuleins Adela von Manderscheid-Kail gab. Nun bedauerte er von Herzen, die Köstlichkeiten Katharinas abgelehnt zu haben.

Dennoch verspürte er keine Lust, ins einsame Lehnshaus zurückzukehren. Die untergehende Sonne tauchte die Burg in ein goldenes Licht und zeichnete alle Konturen weich. Ein seltsames Gefühl von Sehnsucht, gepaart mit dem Verlangen, nach den Schrecken in Trier endlich zur Ruhe zu kommen, breitete sich in seinem Inneren aus.

Plötzlich flog eine Tür auf, und eine junge Frau stürmte auf den Burghof. Obwohl Sebastian sie noch nie gesehen hatte, erkannte er sie sofort. Dies musste Claudia von Leuchtenberg sein, die Nichte des Landgrafen Wilhelm. Nahezu endlos hatte ihm seine Verlobte Barbara in ihren monatlichen Briefen über sie geschrieben.

Augenscheinlich war Claudia sehr wütend. Verblüfft hörte Sebastian sie französische Flüche murmeln. Mit hastigen Schritten durchquerte sie den Burghof. Trotz ihrer Wut wirkten ihre Bewegungen anmutig. Sie erinnerten ihn an ein fliehendes Reh, das er unlängst beobachtet hatte.

Claudia war groß für eine Frau, wohl an die fünfeinhalb Fuß, schätzte er. Obwohl selbst hochgewachsen, würde er sie wohl gerade um eine halbe Haupteslänge überragen. Die meisten Männer waren kleiner als sie. Jetzt war sie am Ende des Burghofs angekommen, drehte um und kam genau auf ihn zu, ohne nach oben zu blicken und ihn zu bemerken.

Dennoch zog sich Sebastian vorsichtig ein Stück hinter die hölzerne Brüstung zurück, die den Wehrgang zum Hof hin in halber Mannshöhe begrenzte, und verbarg sich im Schatten eines Wachturms. Von dort aus beobachtete er sie weiter.

Die Sonne fiel auf ihr fein geschnittenes Gesicht mit den charakteristischen Zügen der Leuchtenberger. Er erkannte die leicht gebogene Nase und die vollen Lippen. Sie waren kirschrot und bildeten einen reizvollen Kontrast zu ihrer milchweißen Haut. Allerdings war der Einfluss ihres südländischen Vaters nicht zu übersehen. Dichte schwarzbraune Locken hatten sich aus der verrutschten Spitzenhaube herausgestohlen und fielen über die volle Brust, die sich unter dem eng anliegenden Mieder heftig hob und senkte. Auch die kräftigen Augenbrauen hatte ihr dieser vererbt. Sie wölbten sich in einem perfekt geschwungenen Bogen über den Augen, die die Farbe von Ebenholz hatten.

Claudia von Leuchtenberg stammte aus einer morganatischen Ehe. Sebastian erinnerte sich wieder an das Geschwätz Katharinas. Die älteste Schwester des Landgrafen war gegen den Willen des Vaters bei Nacht und Nebel mit einem verarmten französischen Ritter durchgebrannt. Beide Eltern waren einige Jahre nach der Geburt ihrer Tochter an der Pest gestorben. Gerüchteweise betrachtete Claudias Großvater dies heute noch als gerechte Strafe für den Ungehorsam ihrer Mutter.

Dabei könnte sich das verweichlichte blasse Geschlecht über das frische Blut glücklich schätzen, dachte Sebastian. Claudia sprühte geradezu vor Leben und Energie. Einige Schweißtropfen glitzerten wie winzige Perlen auf der hohen Stirn, ihre Augen funkelten.

So stellte er sich die römische Göttin Diana vor. Er wäre deshalb nicht verwundert gewesen, wenn Claudia in diesem Moment einen Pfeil aus dem Köcher gezogen und ihre Widersacher mit einem gezielten Schuss zur Strecke gebracht hätte.

Schon wandte sie ihm wieder den schmalen Rücken zu und strebte mit kraftvollen Schritten der anderen Seite des Hofes zu. Ihre langen Haare flatterten wie Seidenstränge im leichten Sommerwind. Worüber war sie nur so erbost?

Etwas flog durch die Luft. Abrupt blieb sie stehen. »Kannst du nicht aufpassen? Was tust du hier? Stellst du mir wieder nach?«

Sebastian konnte nicht sehen, mit wem sie sprach. Ihre Stimme war klangvoll und tief und verriet ihre oberpfälzische Herkunft. Mit einer grazilen Bewegung bückte sie sich und hob einen kleinen bunten Ball auf. Schwungvoll warf sie ihn in die Richtung des Störenfrieds. Er hörte einen gedämpften Aufschrei.

Zu seinem Erstaunen trat nun sein eigener Vater ins Blickfeld.

Christoph de la Val, würdiger Amtmann der Herrschaft Neuerburg. Er rieb sich die offensichtlich schmerzende Nase. An der Hand führte er den ältesten Sohn des Grafen.
Einen Augenblick starrte Claudia ihn erschrocken an. Dann glättete sich ihre Stirn wie von Zauberhand. Sie begann zu lachen. Es war ein herzliches Lachen, ungekünstelt und ansteckend. Es brachte warmen Glanz in ihre Augen und trieb ihr eine leichte Röte auf die zarten Wangen.
Sebastians Vater näherte sich dem Edelfräulein. Claudia hob den Stoff ihres leichten blauen Sommergewandes und deutete einen eleganten Knicks an. »Oh, entschuldigt mein Ungestüm, Herr Amtmann. Ich bitte viele tausend Mal um Vergebung.« Noch immer vibrierte ihre Stimme vor unterdrücktem Lachen. »Aber er ist mir andauernd auf den Fersen.« Mit einer schwungvollen Geste wies sie auf den ungefähr zehnjährigen Jungen. Christoph de la Val verbeugte sich leicht. Sebastian konnte seine Antwort nicht verstehen.
Claudia legte ihre Hand auf seinen Arm. Die Gruppe entfernte sich in Richtung der Stallungen. Fasziniert sah Sebastian Claudia nach. Ihre schlanke Gestalt bewegte sich geschmeidig, ihr Schritt hatte die Leichtigkeit einer Tänzerin. Ihr Groll schien verschwunden.
Sebastian trat aus dem Schatten des Wachturms, um einen letzten Blick auf sie zu erhaschen. Barbara hatte nicht übertrieben. Claudia von Leuchtenberg war eine ungewöhnliche Frau.
Sogar in ihrem Zorn war sie Sebastian wunderschön erschienen. Außerdem hatte er eine Frau aus adligem Hause noch niemals fluchen gehört. Und dann, so rasch, wie sich ein Sommergewitter verzieht, war ihre Wut verraucht. Ihr Lachen klang ihm immer noch in den Ohren.
Unwillkürlich schloss er die Augen. Eine verlockende Szene stieg in ihm auf. Wie würde es sein, diese warme, vibrierende Stimme in einer lauen Sommernacht zu hören, dunkel und samtig? Die

schmalen und doch kräftigen Hände auf seinem Gesicht zu spüren, die vollen Lippen weich auf den seinen …
Er spürte sein Herz klopfen. Sein Mund wurde trocken.
Mit einem Ruck riss er sich aus seinen Träumereien. Was focht ihn nur an! Claudia von Leuchtenberg war ein Mitglied des Hochadels, mochte sie auch noch so sprühen vor Leben und alle Sitten ihres Standes missachten.
Für ihn, den Sohn des Amtmanns und Verlobten der Kaufmannstochter Barbara, war sie unerreichbar.

Die Dämmerung war schon hereingebrochen, als Sebastian, noch immer träumend, mit einem Becher Wein im hinteren Garten des Lehnshauses saß. Plötzlich klopfte es an der Haustür. Wenig später trat Andreas Mohr, der Stadtpfarrer von Neuerburg und somit Hüter der Kirche St. Nikolaus, in den Garten hinaus. Strahlend schüttelte er Sebastian die Hand.
»Wie schön, dass du endlich zurück bist. Wir haben dich schon gestern erwartet.«
Sebastians halbherzige Erklärung wegen der spät gewordenen Abschiedsfeier mit Kommilitonen in Bitburg unterbrach er mit einer ungeduldigen Handbewegung. »Nun lass es schon gut sein, ich war auch einmal jung.«
Sebastian spürte ein warmes Gefühl in sich aufsteigen. Liebevoll betrachtete er den fülligen Mann mit dem grauen Haarkranz und den wachen hellblauen Augen. Angesichts der schlichten Soutane und der niemals ganz reinen Fingernägel hätte man nicht vermutet, den höchsten Geistlichen der Herrschaft vor sich zu haben. Aber Andreas Mohr liebte nicht nur seinen Garten und seine Berufung, er liebte auch die Menschen. Wie oft hatte der Pfarrer Michel und ihn getröstet, wenn der Vater sie wieder einmal wegen ein paar läppischer Bubenstreiche verdroschen hatte. Da das Pfarrhaus gleich gegenüber der Kirche lag, waren sie fast Nachbarn.

»Was hast du aus der Fremde zu erzählen?«, fragte Mohr nun mit sichtlicher Neugier. »Wie steht es in Trier, ehrwürdiger Herr Doktor beider Rechte?« Er machte eine halb spöttische, halb ernst gemeinte Verbeugung. Schließlich konnte sich keineswegs jeder junge Mann mit nur dreiundzwanzig Lenzen dieser Titel rühmen.
Einen Moment war Sebastian versucht, dem Pfarrer von seinen schlimmen Erlebnissen in Trier zu berichten. Doch der Abend hatte zu schön begonnen, um in den Untiefen menschlicher Grausamkeit zu enden.
So berichtete er stattdessen über gelernte Lektionen, gelehrte Dispute und die üblichen Studentenstreiche. »Und wie geht es hier in Neuerburg?«, wechselte er schließlich das Thema. »Ich war kurz auf der Burg und habe das Edelfräulein Claudia von Leuchtenberg gesehen. Wie macht sich ihr Oheim als Regent der Herrschaft?«
»Oh, es geht besser als gedacht mit dem hochwohlgeborenen Windbeutel«, erklärte der Pfarrer respektlos. »Obwohl ihn sein Vater, der alte Landgraf, für verrückt erklären ließ, nachdem er sich mit Gewalt einen Teil seines Erbes in Pfreimd geholt hat. Er will ihn entmündigen lassen und den Herzog von Bayern zu seinem Nachfolger machen.«
Das war Sebastian neu, und der Pfarrer ließ sich nicht lange bitten. Staunend erfuhr er, dass Wilhelm, der Kronprinz der Grafschaft Leuchtenberg, vor sechs Monaten in einer Nacht-und-Nebel-Aktion das Schloss seines Vaters in der Oberpfalz gestürmt, dort Wertsachen und Pferde geraubt und mit zurück nach Neuerburg genommen hatte.
»Aber hier gibt er sich ganz als guter Landesherr. Und wüsste man nicht um diese Tollheiten, man würde sich wünschen, dass der Streit um das Erbe der Manderscheider noch recht lange währt. Auch dein Vater kommt gut mit Landgraf Wilhelm aus.«
»Und wie geht es der Landgräfin?« Sebastian grinste.

Auch Mohr konnte ein süffisantes Lächeln nicht unterdrücken. Erika von Manderscheid-Virneburg, die Gemahlin Wilhelms, galt als ebenso bedauernswert wie lächerlich. Dabei verdankte Wilhelm nur ihr allein seine jetzige Stellung.

Nach einem heftigen Streit mit seinem tyrannischen Vater hatte der Landgraf mit seiner ganzen Familie Pfreimd vor zwei Jahren verlassen und war in die Eifel gekommen. Dort weckte die Neuerburg nach dem Tod des letzten männlichen Mitglieds aus dem Geschlecht derer von Manderscheid-Schleiden im Jahr 1593 so manche Begehrlichkeit. Wechselnde Bewohner aus dem Kreis der zahlreichen Erbanwärter erhoben ihren Anspruch auf sie und waren von den übrigen Erben wieder gezwungen worden, die Burg zu räumen. Vor Wilhelms Ankunft war sie schon einige Jahre verwaist und nur vom Amtmann de la Val und der Besatzung verwaltet worden. Vielleicht hatte Erika deshalb bei ihrer zerstrittenen Verwandtschaft erreicht, dass sie dort Wohnung nehmen und Wilhelm regieren durfte.

Allein, er dankte es ihr schlecht. Nach schwierigen Schwangerschaften war seine um zehn Jahre ältere Frau von der Wassersucht aufgeschwollen und immer öfter unpässlich. Was Wilhelm nicht weiter bekümmerte. Er hielt sich schadlos an Mägden und Mädchen aus dem Ort, die er sogar auf der Burg einquartierte. Dass er seine Gemahlin dadurch zum Gespött der Neuerburger machte, scherte ihn kaum.

»Aber an seiner Regierung ist nichts auszusetzen. Er schindet die Leute nicht und achtet die Rechte der Stadt. Er verlangt an Steuern und Frondiensten nur, was ihm zusteht. Und er prasst und säuft auch nicht, wie es sein alter Herr dem Kaiser so gerne weismachen würde«, schloss der Pfarrer seinen Bericht. »Sonntags erscheint er pünktlich zur Messe in St. Nikolaus, an seinem Arm die betrogene Gattin. Ganz so, wie es sich für einen gottesfürchtigen Landesvater gehört.«

»Dann seid Ihr wohl froh, dass Ihr ihm die Beichte nicht abneh-

men müsst«, bemerkte Sebastian. »Im Wissen, dass er die nächsten Sünden begeht, sobald er die Kirche verlässt.«
Der Pfarrer sah ihn halb belustigt, halb missbilligend an. »Über die Beichte spottet man nicht, mein Sohn.« Seine Stimme klang ungewohnt würdevoll. Dann brach sich der Schalk in ihm erneut Bahn. »In der Tat musste ich eine Zeitlang dem ganzen Haushalt der Burg die Beichte abnehmen und habe mir über die Buße für den Grafen so manchen Abend den Kopf zerbrochen«, erklärte er. »Der alte Burgkaplan ist im Frühjahr an einem schlimmen Brustkatarrh verstorben. Aber seit gestern bin ich diese Last wieder los.«
»Und wodurch?« Sebastian beugte sich gespannt vor. Der Pfarrer genoss sichtbar die Neugier des jungen Mannes. Genüsslich nahm er einen Schluck Wein und wischte sich den Mund am Ärmel seiner Soutane. Die Lachfältchen rund um seine Augen vertieften sich.
»Gestern ist der neue Burgkaplan eingetroffen. Das Edelfräulein von Manderscheid-Kail hat ihn mitgebracht. Er wechselt aus den Diensten des Kailer Grafen nun auf die Neuerburg.«
Die Linie von Manderscheid-Kail war die kleinste der Familien, die um das Erbe des reichsten Zweigs ihres Geschlechts, derer von Manderscheid-Schleiden, seit nunmehr zwanzig Jahren stritten. Die kleinste, aber auch die ehrgeizigste Linie. Vor Jahren war Sebastian dem Grafen von Kail einmal begegnet und hatte ihn als hartherzigen, machtgierigen Mann in Erinnerung.
Der Pfarrer schien seine Gedanken zu lesen. Seine fröhliche Miene verdüsterte sich. »Ja, gebe Gott, dass nicht die Kailer die Herrschaft Neuerburg bei der Erbteilung erhalten«, seufzte er. »Dann brächen harte Zeiten für das Städtchen an.« Er stockte.
Sebastian sah ihn aufmerksam an. »Was trübt Eure Laune so plötzlich?«, fragte er schließlich, als der Pfarrer weiter dumpf vor sich hin brütete.
Mohr hob seinen Blick. »Man brennt in der Grafschaft von

Manderscheid-Kail. Mindestens zwanzig Weiber sind schon als Hexen gerichtet worden.«
Sebastian fuhr der Schrecken in alle Glieder.
»Glaubt Ihr, dass der Funke auf die Herrschaft Neuerburg überspringen wird?« Er versuchte, sich sein Entsetzen nicht anmerken zu lassen. Doch die Frage berührte ihn unmittelbar. Denn sein Vater hatte ihm das Amt eines Schöffen am Neuerburger Hochgericht verschafft. Und wie schon bei seiner Verlobung mit der Kaufmannstochter Barbara hatte er es nicht vonnöten befunden, ihn zuvor um sein Einverständnis zu fragen.
»Ich hoffe nicht«, antwortete Mohr. »Doch es schwirren immer mehr böse Gerüchte durch die Herrschaft, und die beständigen Unwetter verschlimmern die Lage von Tag zu Tag. Selbst meine eigenen Geistlichen schüren das Feuer, anstatt es zu löschen.«
»Was meint Ihr damit?«
Mohr seufzte wieder. »Erst heute sandte der Pfarrer von Oberweis einen Boten zu mir. Er will, dass ich deinen Vater auffordere, eine amtliche Untersuchung einzuleiten, ob Unholde in diesem Flecken am Werk sind.«
»Und was werdet Ihr tun?« Sebastian kannte die Haltung seines Vaters zum Sonderverbrechen der Zauberei.
Der Pfarrer zuckte die Achseln. Plötzlich ging ein Leuchten über sein Gesicht.
»Ich habe eine Idee, Sebastian. Du bist doch schon zum Schöffen am Hochgericht bestallt, ich habe deine Ernennungsurkunde selbst bezeugt. Was hältst du davon, morgen den Ort aufzusuchen und dir ein Bild von der Lage zu machen?«
Sebastian sah den Älteren zweifelnd an. »Ohne offiziellen Auftrag kann ich dort nichts bewirken. Und mein Vater wird schnell davon erfahren«, wandte er ein.
Mohr klopfte ihm auf die Schulter. »Nicht von mir, wenn sich der Verdacht nicht erhärtet. Reite ins Dorf und berichte mir, was du erfahren hast. Danach sehen wir weiter.«

## Kapitel 3

*Pfingstsamstag, 9. Juni 1612*

Der Donner knallte wie ein Kanonenschlag über dem Hohlweg. Fluchend riss Sebastian sein scheuendes Pferd zurück. Seitdem er am Morgen von Neuerburg aufgebrochen war, machte die drückende Schwüle ihm zu schaffen. Schon in der Nacht waren neue Unwetter aufgezogen. Myriaden von Stechmücken hatten ihn und seinen Hengst geplagt, als er sich auf der uralten Römerstraße mühsam seinen Weg durch Schlaglöcher und Pfützen gesucht hatte.

Prüfend hob er den Blick zum Himmel. Die Wolken hatten sich drohend zu anthrazitgrauen Gebirgen aufgetürmt. Da fielen auch schon die ersten Tropfen, groß wie Silbermünzen. Wieder scheute sein Pferd, als der Himmel seine Schleusen öffnete und sich wie ein Sturzbach über Mensch und Tier ergoss. Binnen Sekunden war Sebastian bis auf die Haut durchnässt. Ein heftiger Wind kam auf und zerrte an seinem leichten Umhang und der Mähne des Schimmels.

Er fluchte erneut und trieb das Pferd mit Gerte und Sporen an. Es konnte jetzt nicht mehr weit sein. Plötzlich machte die Straße einen Knick und führte abwärts ins Tal. Hier ging es hinunter nach Oberweis am Ufer der Prüm.

Der heftige Regen ließ ihn blinzeln, nur schemenhaft nahm er die ersten Holzhütten des Weilers wahr. Sie duckten sich ins enge Tal, rund um den Dorfplatz mit der mächtigen, jahrhundertealten Linde. Auf dem Hügel dahinter ragte der Turm der einfachen Holzkirche in den düsteren Himmel. Von Regen- und Nebelschwaden fast verhüllt, erkannte Sebastian über dem Tal die Burg, Wohnstatt und Residenz von Jost Kerpen. Er war Ver-

walter in diesem Teil der Herrschaft und damit ein Gefolgsmann seines Vaters, des Amtmanns von Neuerburg.
Dort hinauf würde er es mit dem verängstigten Tier allerdings nicht mehr schaffen. Nahezu ununterbrochen überzogen Blitze den pechschwarzen Himmel mit gleißendem Licht, dröhnte der Donner wie die Pauken des Jüngsten Gerichts. Nun mischte sich auch noch Hagel unter den Regen und prasselte schmerzhaft auf Kopf und Rücken.
Sebastian fluchte ein drittes Mal. Es würde ihm nichts anderes übrigbleiben, als zunächst in der verkommenen Schenke des Dorfes abzusteigen. Trotzdem seufzte er erleichtert auf, als er im Dunst das verrostete Wirtshausschild ausmachte.

Die einfache Holztür quietschte durchdringend, als Sebastian, nur mit Hemd und Hose bekleidet, die verräucherte Gaststube betrat. Zuerst hatte er sein erschöpftes Pferd versorgt, es abgesattelt und trockengerieben, danach Umhang und Wams ausgezogen. Nirgendwo fand er einen halbwegs reinlichen Ort zum Trocknen der Kleider und stopfte sie schließlich tropfnass in die Satteltaschen. Zumindest der Schimmel störte sich nicht an dem allgegenwärtigen Schmutz. Zufrieden malmte er in seinem umgebundenen Hafersack, während der Regen auf das Stalldach trommelte.
Die Gaststube war niedrig, die Decke völlig vom Ruß geschwärzt. Vorsichtig ließ sich Sebastian an einem der schmierigen Tische nieder. Eilfertig näherte sich der Wirt, ein untersetzter Mann in einem speckigen Kittel. »Was für eine Ehre in meinem bescheidenen Haus!« Er verneigte sich tief. »Was darf ich dem jungen Herrn Amtmann bringen?«
Sebastian winkte ungeduldig ab. »Mein Vater ist der Amtmann, nicht ich.« Er merkte auf einmal, dass ihn der anstrengende Ritt hungrig gemacht hatte. »Was gibt es zum Essen? Ich würde gern einen Blick in die Töpfe werfen.«

Diensteifrig führte ihn der Wirt zur Rückseite des Raumes, wo über einer offenen Feuerstelle zwei gusseiserne Töpfe an Haken hingen. Der eine enthielt einen wässrigen Gerstenbrei, der andere einen Eintopf von nicht zu bestimmender Farbe, der durchdringend roch. Sebastian unterdrückte ein Schaudern.

»Nur Brot und Käse«, beschied er dem enttäuschten Wirt. »Hast du reines Wasser?«

»Frisch aus unserem Dorfbrunnen«, beteuerte der und wies auf einen Eimer, in dem bereits einige tote Fliegen schwammen. Sebastian seufzte. Wein war in dieser erbärmlichen Schenke wohl nicht zu bekommen. »Dann bring mir Bier.« Er hoffte, dass das Brauwasser nicht aus der Kloake stammte, in die sich der Bach auf seinem Weg durch den Ort hinter dem Wirtshaus verwandelt hatte.

In düsterer Stimmung kehrte er an den Tisch zurück. Schon nach wenigen Minuten erschien die Tochter des Wirts mit seiner Mahlzeit und einem irdenen Krug. Vorsichtig nahm Sebastian einen Schluck. Kein Vergleich mit dem köstlichen Bitburger Gebräu, das er vor zwei Tagen so reichlich genossen hatte. Aber auch nicht so schlecht, wie er befürchtet hatte. Das Brot war recht frisch, der Käse würzig. Langsam besserte sich seine Laune.

Die Wirtstochter war in der Nähe des Tisches stehen geblieben und sah ihn unverwandt an. Sie war ein mageres Mädchen von ungefähr sechzehn Jahren, mit blonden, fettigen Zöpfen und Kuhaugen. Ihr Hemd aus grobem Leinen ließ den Ansatz der Brust erkennen. Sie rieb ihre Hände nervös an der schmuddeligen Schürze.

Sebastian seufzte innerlich. Meistens genoss er seine Anziehungskraft auf weibliche Wesen jeden Alters. Heute war ihm allerdings nicht nach einem Techtelmechtel zumute, und sei es auch noch so harmlos.

In der Tat war Sebastian de la Val ein außergewöhnlich gutaussehender Mann. Seine gleichmäßigen Gesichtszüge mit der römischen Nase erinnerten an die Darstellungen von Legionären, wie sie auf alten Sarkophagen in Trier zu sehen waren. Hätte er die schwarzen Haare kurz getragen und sich den Oberlippenbart rasiert, man hätte ihn tatsächlich für einen Offizier des Kaisers Augustus halten können.

Denn obwohl er die Jurisprudenz studiert hatte und schon mit dreiundzwanzig Jahren Doktor beider Rechte war, sorgte sein Vater dafür, dass die alten Rittertugenden den Büchern nicht völlig zum Opfer fielen.

Hierin waren sie sich ausnahmsweise einmal einig gewesen. Sebastian konnte fechten und schießen und ritt wie der Teufel, wenn er das richtige Pferd hatte. Die körperliche Ertüchtigung verhinderte, dass er Fett ansetzte wie so viele seiner Studiengenossen in Trier. Seine Körpergröße tat ein Übriges: Sebastian überragte die meisten Männer um Haupteslänge. Kurzum, er fiel auf, und die Frauenherzen flogen ihm zu.

Da das Mädchen ihn weiter unablässig anstarrte, fuhr er es schließlich an: »Worauf wartest du noch?«

Die junge Frau erschrak und wurde rot. »Mein Herr, verzeiht mir«, stammelte sie. »Der Vater hat gemeint, ich solle Euch gänzlich zu Diensten stehen.« Einen Moment war Sebastian verblüfft. Dann verstand er. Den kupplerischen Wirt hätte er sich am liebsten vorgeknöpft. Aber es würde nicht nur zwecklos sein, sondern dem Mädchen am Ende auch noch schaden. Sebastian hatte bemerkt, dass es eine kaum verheilte Schwellung unter dem linken Auge hatte.

So schluckte er seine Wut hinunter und winkte ihm zu, sich zu setzen. »Weitere Dienste als Essen und Trinken werde ich nicht benötigen«, bedeutete er ihm. Worauf es noch röter wurde und verlegen auf die Tischplatte starrte.

Gerade gleißte der nächste Blitz durch die Ritzen der Fensterläden, gefolgt von einem ohrenbetäubenden Donnerschlag. Der

Wind hatte sich zu einem Sturm ausgewachsen. »Die Hexen sind wieder am Werke«, sagte die junge Frau. Noch bevor Sebastian Zeit hatte, den Mund zu einer Frage zu öffnen, fuhr sie fort. »Wir haben welche mitten im Dorf, müsst Ihr wissen. Sie machen alleweil Unwetter und verderben die Ernte. Im Winter werden wir wieder hungern müssen, wenn niemand sie aufhält.« Tränen traten ihr in die Augen.

»Was redest du da, dummes Ding?« Sebastians Stimme klang schroffer als von ihm beabsichtigt. Also gab es wahrlich Grund für die Sorge des Stadtpfarrers. »Wer sollen denn die Hexen in eurem Dorf sein?«

Das Mädchen sah ihn erschrocken an. »Der Kleinmülner ist es mit seinem wahnsinnigen Weib. Das sagt selbst der Pfarrer.«

Sebastian spürte, wie ihm trotz der drückenden Schwüle in der Stube ein Schauer über den Rücken lief. Die Kälte kam tief aus seinem Inneren, war von Schreien und verkohlten Leibern begleitet. Er packte das Mädchen hart am Arm.

»Was soll der Kleinmülner denn getan haben?« Das Mädchen wand sich unter seinem Griff, beschämt ließ Sebastian es los. »Also, antworte mir«, sagte er mit ruhigerer Stimme.

»Sie werfen ein Messer in die Luft, um die Unwetter zu machen. Sie verzaubern das Vieh mit ihrer Hexensalbe. Unsere Kuh gibt schon seit einer Woche keine Milch mehr. Seit die Kleinmülnerin an ihr vorbeiging. Vater hat gesagt, er geht selbst zum Amtmann nach Neuerburg, wenn die Unholde nicht ergriffen werden.«

»Der Amtmann ist mein Vater«, erinnerte Sebastian das Mädchen. Plötzlich fiel ihm etwas ein. »Wie heißt du eigentlich?«

»Lene.« Ein neuer Donnerschlag übertönte fast ihre Stimme. Sie überging Sebastians Hinweis und fuhr fort. »Der Vater sagt, wenn der Amtmann nichts unternimmt, werden die Leute es selbst tun, um die Ernte zu retten.«

»Recht hat sie«, ertönte die Stimme des Wirts hinter Sebastians

Rücken. Der zuckte zusammen, da er den Wirt nicht bemerkt hatte. »Und könnte der junge Herr wohl ein gutes Wort einlegen bei seinem ehrwürdigen Herrn Vater?« Seine Stimme klang genauso ölig, wie seine Glatze fettig war. »Damit die Obrigkeit tätig wird und das Hexengeschmeiß seiner Strafe zuführt.« Er verneigte sich.
Sebastian sah seine schlimmsten Befürchtungen bestätigt. Eine scharfe Erwiderung lag ihm auf der Zunge. Aber bevor er sie äußern konnte, ertönte draußen ein furchtbares Krachen.

Ein apokalyptisches Szenario bot sich den Menschen, die wie Sebastian auf die schlammige Straße gerannt waren. Der Blitz hatte in die alte Linde auf dem Dorfplatz eingeschlagen und sie in zwei Hälften gespalten. Ein Teil des Stammes stand noch, der andere war samt der Krone zu Boden gestürzt und hatte das Strohdach einer Kate durchschlagen. Der Sturm zauste die Blätter und Zweige, die wie Peitschen durch die Luft wirbelten. Ein Mann, der auf die Trümmer der Hütte zulief, schrie vor Schmerz auf, als ihn ein Zweig mitten ins Gesicht traf.
Wenigstens der Regen war schwächer geworden. Sebastian näherte sich der Hütte vorsichtig von der Rückseite. Durch das Tosen des Sturms hindurch hörte er ein schwaches Wimmern.
»Mein Vater, mein Vater ist noch da drinnen!« Der Mann, den der Zweig getroffen hatte, rüttelte an Sebastians Arm. Über seine Wange zog sich ein feuerroter Striemen. »Helft mir, so helft mir doch.«
Ratlos sah Sebastian auf die Trümmer der Kate. Er erkannte rasch, dass man hier nichts tun konnte, solange das Unwetter tobte. Der Baum versperrte den Weg zu dem Eingeschlossenen, und die peitschenden Zweige verwehrten jedes Durchkommen. Nadelspitz ragten die zerborstenen Bretter der dünnen Holzwände zwischen den Ästen hindurch. Wenigstens drohte kein Brand. Das Herdfeuer schien erloschen zu sein.

Da ertönte ein Schrei der Verzweiflung vom anderen Ende des Platzes. Schemenhaft sah Sebastian die Wirtstochter Lene am Boden knien. Vor ihr lag ein unförmiger dunkler Haufen. Er lief zu ihr hin.
Am Rande des Platzes war ein offener Pferch, in dem einige Stück Vieh verwahrt worden waren. Lene kniete vor dem Kadaver einer roten Milchkuh. Das Tier schien vom gleichen Blitz getroffen worden zu sein wie der Baum. Das Mädchen weinte hemmungslos und warf sich über den toten Körper.
»Die Kuh war für ihre Mitgift bestimmt!« Die Stimme des Wirts schallte durch das Zwielicht. »Sie hat sie als Kälbchen mit der Hand aufgezogen. Nun werde ich ihr nichts mitgeben können, aber das wirst du mir büßen, du Unhold«, schrie er in maßloser Wut. »Wenn das Wetter vorbei ist, hängst du am nächsten Baum.« Er schüttelte die Faust in Richtung einer kleinen Kate aus Flechtwerk, die am Rande des Dorfplatzes stand. Ein Schatten huschte daraufhin in ihr Inneres.
Mittlerweile hatten Regen und Sturm endlich nachgelassen. Der Himmel riss auf und enthüllte eine glutrote Sonne, die ihr gespenstisches Licht über das Dorf warf. Jetzt erst wurde das Ausmaß der Zerstörung sichtbar. Die Hälfte der Häuser hatte kein Dach mehr, selbst der Turm der Kirche war abgedeckt worden und reckte sein nacktes Balkengerippe anklagend zum Himmel. Außer der Kuh waren noch zwei weitere Rinder verendet, vom Blitz oder dem umgestürzten Baum erschlagen.
Mit vereinten Kräften versuchten die Männer des Dorfes, in die Hütte des Verletzten vorzudringen. Frauen und Kinder räumten das abgeschlagene Geäst beiseite. Auch Sebastian half mit, angetrieben vom Wimmern des Verwundeten. Endlich war der Weg frei.
Sebastian sah sofort, dass der Mann sterben würde. Ein Teil der Krone hatte sein linkes Bein zerschmettert. Es war nur noch ein blutiger Brei. Selbst wenn sich an diesem gottverlassenen Ort

ein Bader gefunden hätte, der des Amputierens kundig war, würde der Mann wahrscheinlich an Blutverlust oder später am Wundbrand sterben. Ohne fachkundige Hilfe blieben ihm jedoch nur noch wenige Stunden oder gar Minuten.

Weinend kniete der Sohn, ein rothaariger Mann von vielleicht fünfundzwanzig Jahren, vor dem Schwerverletzten. »Er hat im vergangenen Winter seine ganze Familie am Fieber verloren«, raunte jemand Sebastian zu. »Sein Vater war der letzte Verwandte.«

Der Dorfpriester kam mit den Utensilien für die Letzte Ölung. Er war ein hagerer Mann mit schmierigen Haaren und einer fleckigen Soutane. Sein Atem roch nach billigem Fusel, als er sich an Sebastian vorbei zu dem Verletzten hinabbeugte. »Macht Platz«, fuhr er ihn schroff an. »Und betet für seine Seele, damit das Hexengezücht ihn nicht mit sich in die Hölle zerrt.«

Angewidert fuhr Sebastian zurück. Der Klerus auf dem flachen Land war ungebildet und lebte in einfachsten Verhältnissen. Dennoch hatte Sebastian entgegen der Einschätzung von Mohr bis zuletzt gehofft, in dem Priester einen Verbündeten zu finden, der zur Mäßigung aufrief.

Aber jetzt war nicht die Zeit für einen Disput. Der Mann, dessen Bein immer noch eingeklemmt war, stöhnte vor Schmerzen, als er die Sterbesakramente empfing. Hilflos stand Sebastian mit den Dörflern im Kreis und betete für die rasche Erlösung des Unglücklichen.

Unverrichteter Dinge stand Sebastian eine Stunde später im Stall und legte seinem Schimmel die Satteldecke auf. In der Gaststube neben der unaufhörlich weinenden Lene und ihrem wütenden Vater war ihm rasch klargeworden, dass es die Stimmung nur weiter aufheizen würde, wenn er jetzt seine wahre Mission enthüllte und das Gespräch mit den Einwohnern suchte.

Auch Jost Kerpen würde er in dieser Angelegenheit ein andermal seine Aufwartung machen. Jetzt wollte er nur noch fort aus diesem trostlosen Weiler. Mit klarerem Kopf wollte er später mit dem Stadtpfarrer zu Hause beraten, was jetzt am besten zu tun sei.

Gerade hob er ächzend den Sattel vom Haken, als draußen ein Tumult ausbrach. Menschen schrien durcheinander. Sebastian konnte ihre Worte nicht verstehen, aber er hörte die Wut in den Stimmen. Rasch band er sich seinen Schwertgurt um. Dann öffnete er die Stalltür.

Eine Menschenmenge hatte sich am anderen Ende des Dorfplatzes rund um die ärmliche Kate versammelt, in die der Schatten während des Unwetters geschlüpft war. Noch ehe Sebastian den Platz überquert hatte, schlugen Flammen aus der Hütte. Inmitten der Menschenmenge ertönten Schmerzensschreie. Sebastian begann zu laufen.

Was er sah, ließ ihm den Atem stocken. Ein alter Mann von vielleicht sechzig Jahren lag auf dem Boden. Sein Gesicht war blutüberströmt, die Menge ringsum trat und schlug auf ihn ein. Daneben hielt der stämmige Wirt eine kreischende Frau an den grauen Haaren fest. Noch ehe er ihr eine brennende Fackel ins Gesicht stoßen konnte, hatte Sebastian sie ihm aus der Hand geschlagen. Dann hielt er dem Wirt die Spitze des Schwerts an die Kehle.

»Was tut ihr hier?« Seine Stimme klang kalt und ruhig, obwohl ihm klar war, was gerade geschah. Der Wirt sah ihn hasserfüllt an. »Nun, will mir niemand Auskunft geben?« Herausfordernd schaute er in die Runde. Nur zögernd senkten die Menschen den Blick. Sebastian erkannte einige Bauern und Handwerker des Dorfes.

»Heda, Schmied«, sprach er einen grobschlächtigen Mann an, der einen dicken Knüppel in der Hand hielt. »Du hast meinem Vater vor Jahren ein Pferd beschlagen, das ein Eisen verloren hatte. Wie heißt du?«

»Hennes«, antwortete der Mann widerwillig.
»Nun, Hennes, sag mir, warum du, ein Kerl wie ein Bär, und ein Dutzend andere dieses alte, wehrlose Paar totschlagen wollt?«
Der Mann wich seinem Blick aus und blieb stumm.
»Steckt Euer Schwert ein!« Zu Sebastians Überraschung trat eine Frau vor, die ihn mutig ansprach. Sie trug ein verwaschenes Kopftuch und ein verblichenes Kleid aus grobem Tuch. »Ihr bedroht den Falschen. Nicht er, sondern die da verdienen Euren Zorn.« Sie wies auf die zitternden Alten.
Sebastian sah ein, dass er so nicht weiterkam. Betont langsam zog er sein Schwert von der Kehle des Wirts und steckte es zurück in die Scheide. Dann sah er der Frau in die Augen. »Wie heißt du?«
»Hilde Wendel, die Wittib von Paulus Wendel. Die Hexe da hat ihn auf dem Gewissen.« Sie zeigte erneut auf die alte Frau, die weinend am Boden hockte. Die Menge murrte drohend.
»Ihn, unsere Tiere, unsere Ernten, unsere Kinder«, die Frau erhob anklagend die Stimme. »Seit Jahren treiben sie hier im Ort ihr Unwesen. Die Kleinmülnerin murmelt ihre Zaubersprüche sogar am helllichten Tag.«
Mittlerweile hatte sich der alte Mann mühsam aufgerichtet. Blut lief ihm aus Mund und Nase. Er spuckte einen Zahn aus. Ehe Sebastian sich versah, kniete er vor ihm und umklammerte seine Beine. »Helft uns, Herr«, röchelte der Alte. »So helft uns, sonst bringen sie uns um. Meine Sanna ist nicht mehr ganz richtig im Kopf, seitdem ihr vor Jahren ein Ziegel daraufgefallen ist. Sie ist oft nicht ganz bei sich, doch Unholde sind wir nicht. Wir tun niemandem etwas zuleide.«
»Lügner«, schrie eine Frau, die Sebastian nicht sehen konnte. »Lügner, Teufelspack, Drudner«, fielen die anderen ein. Die alte Frau hielt sich hilflos die Ohren zu. Unsanft befreite Sebastian sich aus dem Griff des Alten und trat einen Schritt zurück. Dann sah er erneut in die Runde. »Was genau legt ihr ihnen zur Last?«

»Die beständigen Unwetter, die sie brauen. Das Korn ist gefällt, die Ernte und Tiere vernichtet. Drei Rinder sind heute verreckt«, ertönte es von allen Seiten.
Der junge rothaarige Mann trat vor. »Sie haben meinen Vater gemordet. Nur böser Zauber konnte die Linde fällen, die seit Menschengedenken den Platz überschattet.«
»Meine Kuh haben sie getötet!« Sebastian erkannte die schüchterne Lene kaum wieder. Sie schrie mit schriller Stimme. »Brennt sie oder knüpft sie wenigstens auf.« Die Menge murrte lauter und schickte sich an, wieder näher zu rücken.
Unwillkürlich fuhr Sebastians Hand erneut an den Schwertgriff. Aus den hinteren Reihen flogen Steine. Einer traf ihn hart am Arm.
Doch bevor er sein Schwert wieder ziehen konnte, teilte sich die Menge, und zu Sebastians Erstaunen trat der Pfarrer vor. Er hielt ein irdenes Gefäß in der Hand.
»Hier habe ich den Beweis ihrer Schuld.« Er hielt Sebastian einen Topf entgegen, der eine schwärzliche, zähe Substanz enthielt. »Ihr Zauberdüppen mit der Hexensalbe. Es stand hinter der Hütte.« Die Menge stöhnte auf und wich zurück.
Sebastian griff nach dem Topf und roch daran. Sofort erkannte er die Substanz. »Was ist das?« Betont unwirsch hielt er dem Alten das Gefäß entgegen und schämte sich, als Panik in dessen Augen aufflammte.
»Mein Herr, das ist Pech, ich schwöre es bei meiner Seligkeit.« Die Stimme des Alten zitterte. »Simples Pech zum Dichten von Ritzen in Dach und Wänden.« Die Menge grollte empört.
In diesem Moment kam ein einzelner Reiter über den Platz. Er gehörte zur Besatzung der Burg. Sebastian erkannte das Wappen von Neuerburg über dem einfachen Kettenhemd. Er drängte die Menge beiseite.
»Du da!«, rief er dem Reiter zu. »Im Namen des Amtmanns, komm näher. Ich bin dessen Sohn, Sebastian de la Val.«

Der Mann lenkte sein Pferd auf Sebastian zu. Der reichte ihm den Topf mit der Hexensalbe. »Sag mir, was das ist!«

Verwundert nahm der Mann das Gefäß entgegen und roch daran. Die Menge hielt den Atem an. Man hätte eine Nadel zu Boden fallen hören.

Dann gab der Mann das Gefäß zurück. »Pech ist es nach meinem Dafürhalten, Herr«, sagte er mit lauter Stimme. »Einfaches Pech.«

»Warum bist du dir so sicher?«

Der Mann grinste. »Wir haben eine Menge davon in der Kammer über dem Fallgatter, Herr. Falls jemand die Burg erstürmen will, wird er damit getauft, bevor er zur Hölle fährt.«

Triumphierend blickte Sebastian sich um. Doch er sah nichts als verstockte Mienen. Wieder trat der Pfarrer vor.

»Das hier sind Unholde.« Er wies auf das Paar. Erschrocken zog der Reiter den Atem ein. »Sie haben die Hexensalbe verzaubert, um unentdeckt zu bleiben. So hilft der Teufel den Seinen.«

Sebastian fühlte hilflose Wut in sich aufsteigen. Mit mühsam beherrschter Stimme sagte er: »Und wenn es so wäre, so habt ihr doch nicht die Gerichtsbarkeit. Ein paar von euch sind nicht einmal freie Bauern, sondern Hintersassen der Herrschaft. Ich werde meinem Vater, dem Amtmann, von allem berichten, was hier vorgefallen ist. Und«, er hob drohend die Stimme, »sollte einem der beiden auch nur ein Haar gekrümmt werden, dann sorge ich selbst dafür, dass der Täter am nächsten Baum aufgeknüpft wird. Nur meinem Vater steht es zu, im Namen des Landgrafen anzuklagen und zu richten.«

Er sah in die Runde. »Habt ihr das verstanden?« Er starrte dem Wirt in die Augen. Der senkte schließlich den Kopf. »Ja, Herr.«

Sebastian ließ den Blick über die Runde schweifen. Auf den Gesichtern der Dörfler zeigte sich Trotz und Wut, aber schließlich nickten sie widerwillig.

Sebastian atmete insgeheim auf. »Du musst deine Mission noch ein wenig verschieben«, wandte er sich an den Wachsoldaten. »Die Hütte der beiden ist abgebrannt. Hilf mir, sie auf die Burg zu schaffen.«

Zwei Stunden später hatte Sebastian das Dorf endlich hinter sich gelassen. Trübsinnig hing er seinen Gedanken nach, während sein Pferd sich mit losen Zügeln seinen Weg auf der verschlammten Straße suchte, deren Zustand diese Bezeichnung weniger verdiente denn je.
Schon beim Ritt auf die Burg hatte der Wachsoldat misstrauisch geschwiegen und nur widerwillig geduldet, dass sich die alte Frau, die der junge de la Val hinter ihn in den Sattel gehoben hatte, an ihm festhielt. Sebastian hatte ihn scharf zurechtweisen müssen.
Auch bei Jost Kerpen, dem Verwalter, hatte er nur mit Verweis auf seinen Vater erreicht, dass den Alten vorläufig Kost und ein Nachtlager im Stall gewährt wurden. Nachdrücklich hatte er Jost darauf hingewiesen, dass er persönliche Folgen für sein Amt zu vergegenwärtigen habe, falls die Dörfler zur Selbstjustiz griffen.
Freunde hatte er sich auf der Burg in Oberweis damit nicht gemacht. Ohne ihm eine Erfrischung anzubieten, ließ man ihn schließlich wieder ziehen. Jetzt grübelte er über die Frage, ob und was er seinem Vater von den Vorgängen erzählen sollte.
Als Amtmann würde sich Christoph de la Val wahrscheinlich berufen fühlen, selbst nach Oberweis zu reiten und sich ein Bild von der Lage zu machen. Zwar war Sebastian sicher, dass sein Vater Selbstjustiz als Verstoß gegen das Recht des Grundherrn auf die Hochgerichtsbarkeit ansehen und streng bestrafen würde. Nicht so sicher war er allerdings, wie er mit den alten Leuten verfahren würde.
Auch er selbst hatte das Sonderverbrechen der Hexerei vor Beginn seines Studiums nicht in Frage gestellt. In Trier beschäftig-

te er sich jedoch mit der Kritik des Cornelius Loos. Der katholische Priester verfasste sie seinerzeit als Replik auf das Hetzpamphlet des Weihbischofs Binsfeld gegen die Unholde, bevor er zum Widerruf gezwungen wurde.

Anfangs hatte Sebastian die Schriften Loos' nur aus studentischer Opposition heraus gelesen, zumal sie verboten waren und auch ein Student der Rechte nur ein illegales Exemplar bekommen konnte. Dann ließen ihn jedoch einige Sitzungen im Folterkeller, denen er als angehender Jurist beiwohnen musste, rasch das ganze Hexerei-Konstrukt bezweifeln.

Heute gingen seine Ansichten weit über die der kirchlichen Kritiker hinaus. Er glaubte nicht mehr, dass es überhaupt Hexen und Zauberer gab. Stattdessen war er der felsenfesten Überzeugung, dass die Geschichten über Hexensabbat und Teufelsbuhlschaft zu gleichen Teilen auf den schmutzigen Phantasien des *Hexenhammers* und den unter der Folter erpressten Geständnissen beruhten.

Mit der offenen Äußerung dieser Zweifel hätte Sebastian sich allerdings in höchstem Maße verdächtig gemacht. So weit hatte er das korrupte Justizsystem mittlerweile durchschaut, das gleichermaßen auf dem Aberglauben von Fanatikern, dem Zynismus der Hexenkommissare und einem perfiden Denunziantentum beruhte, mittels dem man sich jeder missliebigen Person entledigen konnte. Aber wie stand es in dieser Hinsicht um seinen Vater?

Selbst wenn zwischen ihnen ein gutes Einvernehmen bestünde, hätte der Amtmann die Thesen seines Sohnes als studentische Irrlehren abgetan. Doch nachdem seit Jahren der Tod von Sebastians älterem Bruder Michel zwischen ihnen stand, würde sein Vater ihm höchstwahrscheinlich nicht einmal zuhören.

Die Macht des Amtmanns zu nutzen, um das Paar vor dem Lynchmord zu bewahren, war Sebastian nicht schwergefallen. Aber dadurch hatte er nur einen Aufschub für die Alten erreicht. Auf jeden Fall würde sein Vater handeln, sei es, weil sich Sebastian in Oberweis auf seine Autorität berufen hatte, sei es, weil er davon überzeugt war, dass man jeder Anzeige auf Hexerei sorgfältig nachgehen musste. Davon würde ihn auch Andreas Mohr nicht abbringen können.

Damit wäre das Schicksal des Paares besiegelt. Nie hatte Sebastian in Trier erlebt, dass jemand, der einmal in die Mühlen der Hexenjustiz geraten war, unversehrt blieb. Spätestens die peinliche Befragung, eine beschönigende Formulierung für die Folter bei Gericht, zeitigte all die Antworten, die schon zum Zeitpunkt der Anklage feststanden.

Ein Hexenprozess fiel zudem in die Zuständigkeit des Hochgerichts und würde ihn als Schöffen zwingen, der Tortur beizuwohnen. Sein Vater würde sich keinen Deut um seine Skrupel scheren.

Dieses Verhalten hatte schon Michel in den Tod getrieben. Aber sein Vater hatte nichts dazugelernt. Wie ätzende Säure stieg die Erbitterung in Sebastians Kehle hoch. Was sollte er nur tun?

Ratlos ließ er seinen Blick über die lieblich-rauhe Eifellandschaft schweifen, die weich im Licht der Abendsonne lag. Neben dem Weg plätscherte munter ein Bächlein. Erst als er abstieg, um sein Pferd zu tränken und sich selbst zu erfrischen, fiel ihm auf, dass das Unwetter außerhalb von Oberweis kaum Schäden angerichtet hatte. Ein Beweis mehr für die Hexerei im Ort, würde jedes Gericht feststellen.

Als Sebastian seinen Schimmel wieder bestieg, war sein Entschluss gefasst. Dem Stadtpfarrer würde er ausführlich Bericht erstatten und ihn bitten, seinen Geistlichen im Weiler zur Räson zu bringen. Jost Kerpen hatte er angewiesen, die Alten für zwei Wochen auf der Burg zu beherbergen. Sollte der Verwalter in dieser Zeit nichts aus Neuerburg hören, habe er die Beschuldigten wieder ins Dorf zu entlassen, da der Amtmann dann der Sache nicht weiter nachgehen werde.

Nun konnte Sebastian nur noch hoffen, dass sein Plan aufging und die Angelegenheit nicht so bald ans Ohr seines Vaters dringen würde. Die Chance war zwar gering, aber besser als jede Alternative.

# Kapitel 4

*Pfingstdienstag, 12. Juni 1612*

Die letzten Regentropfen sprühten Magdalena wie feine Gischt ins Gesicht, als sie das Ende der Weihergasse erreichte und über die Enzbrücke hastete. Kurze Zeit später verließ sie den ummauerten Stadtbezirk durch das Südtor und bog nach rechts in die Webergasse ein.

Der kleine Junge vor ihr keuchte vor Anstrengung. Magdalena beobachtete ihn besorgt. Wie alle Kinder von Lehn Lauert war auch der zehnjährige Hans viel zu mager. Lehns Mann war vor einigen Monaten von einem Pferdefuhrwerk überfahren worden und drei Tage später elend zugrunde gegangen. Magdalena hatte mit ihren Salben und Tränken nur seine schlimmsten Schmerzen lindern können. Den Lohn war Lehn ihr immer noch schuldig.

Nun schlug sich die Frau mühsam als Spinnmagd durch und versuchte, ihre drei Kinder auf diese Art zu ernähren. Ihr Mann war vor Jahren wegen seiner Trunksucht aus der Zunft ausgeschlossen worden und hatte sich seither als Weber im Tagelohn verdingt, wenn er überhaupt etwas tat außer saufen. Er hatte Lehn nichts als Schulden hinterlassen, die sie bei ihrem Brotherrn mit einem Teil ihres Lohns abtragen musste. So reichte es hinten und vorne nicht, obwohl Lehn buchstäblich Tag und Nacht arbeitete.

Das zehrte an ihr. Dennoch verstand Magdalena nicht, warum Lehn ihre Kinder derart verwahrlosen ließ. Hans' schmutziger Kittel wimmelte von Ungeziefer, und selbst beim Laufen kratzte er sich ununterbrochen den Kopf. Obwohl er hungrig war, wollte er nichts essen, so sehr drängte sein Auftrag, sie zu holen. Und so hatte Magdalena kurz entschlossen, als Hans vor ihrer Tür stand, in ihren Korb mit den Kräutern, Salben und Tränken zusätzlich noch einen Topf Pflaumenmus und einen halben Laib Brot eingepackt. Das Mus hatte Barbara ihr beim letzten Besuch mitgebracht. Die Kinder würden es nötiger haben.

In der Webergasse, die direkt neben der Enz verlief, stand das Wasser des jüngsten Gewitters fußhoch. Unrat und Kot schwammen in der ekligen Brühe. In dieser Gasse gab es keinen Blumenschmuck zum Pfingstfest, das heute Abend nach drei Tagen zu Ende ging. Hier vor den Toren der Stadt lebten die Tagelöhner der reichen Wollweber, und nackte Not grinste aus allen Ecken.

Magdalena sah prüfend zum Himmel empor. Zum Glück klarte es wieder auf, doch es war empfindlich kühl geworden. Erste Nebelschwaden waberten über das Ufer.

Bis zu den Knien mit Dreck bespritzt, erreichte sie schließlich Lehns Hütte, die fast am Ende der Gasse lag. Schüchtern stieß der Junge die wurmstichige Tür auf. Die Hütte mit Wänden aus Flechtwerk bestand nur aus einem Raum ohne Rauchabzug für den Herd, der allerdings ohnehin kalt war. Im hinteren Teil war der Ziegenstall, abgetrennt durch ein Gatter. Da Lehn schon lange kein Tier mehr besaß, schliefen jetzt die drei Kinder darin. Im schwindenden Tageslicht, das durch das winzige Fenster auch bei strahlender Sonne kaum Einlass in die düstere Stube fand, saß Lehn trotz des hohen Feiertags an ihrem Spinnrad. Magdalena konnte sich noch gut an die Zeit erinnern, zu der der gestrenge Stadtpfarrer Jakob Mohr, der Vater des heutigen Amtsträgers, über Lehn deshalb eine Kirchenbuße verhängt hätte. Zum Glück war sein Sohn gütiger und drückte zwei Augen zu, wohl wissend, dass in dieser Gasse jeder Heller gebraucht wurde.

»Guten Abend«, grüßte Magdalena. Lehn erhob sich ächzend von ihrem dreibeinigen Schemel. Sie war kaum dreißig, sah aber aus wie fünfzig. Auch sie war mager und ausgezehrt. Die Augen unter der schmuddeligen Haube lagen tief in den Höhlen, die Wangen waren faltig und eingefallen. Missbilligend erblickte Magdalena den Krug mit billigem Fusel hinter dem Schemel. Schon länger ging im Ort das Gerücht, dass auch Lehn sich der Trunksucht hingab. Tatsächlich roch ihr Atem nach Schnaps, als sie Magdalena zum Bett des kranken Kindes führte.

»Ich danke dir für dein Kommen. Es ist meine Jüngste, das Lieschen. Sie fiebert nun schon seit Tagen.«

Fassungslos sah Magdalena auf die Szene, die sich ihr bot. Auf einem dünnen Strohbett lagen zwei kleine Mädchen unter löchrigen Decken. Das jüngere war offensichtlich sehr krank. Das Gesichtchen war rot und aufgedunsen, die Augen glasig vom Fieber. Das Kind war ohne Bewusstsein.

Es roch widerlich nach Erbrochenem und Urin. Und nach Gänsedreck. Magdalena erkannte den Geruch auf der Stelle.

»Ich hab der Marie gesagt, sie soll sie wärmen. Sie zittert nun schon den ganzen Tag.«

Magdalena unterdrückte den aufkommenden Zorn. Hier gab es erst einmal zu tun. »Ich brauche reines Wasser«, beschied sie Lehn kurz angebunden. »Und geh es selbst holen, der Eimer ist für Hans viel zu schwer«, kam sie der Mutter zuvor. Mit einem finsteren Blick verließ Lehn die Hütte.

»Nun steh schnell auf, Mariechen«, bedeutete Magdalena der älteren Schwester. Dann kniete sie sich neben das Lager und schob dem kranken Kind behutsam den Kittel hoch. Was sie sah, übertraf ihre schlimmsten Befürchtungen.

Behutsam löste sie den schmutzigen Wickel, der dem Kind um die Brust gebunden war. Mit dem Fetzen wischte sie die Mi-

schung aus Gänsekot und ranzigem Talg ab, die den ganzen Oberkörper bedeckte.
In diesem Moment kam Lehn mit dem Wasser zurück. Magdalena bedeutete ihr schroff, den Eimer neben der Bettstatt abzustellen. Aus ihrem Korb nahm sie ein sauberes Tuch, tunkte es in den Eimer und kühlte die glühende Stirn der Kleinen.
»Mach das Herdfeuer an und erhitze Wasser. Ich muss das Kind waschen und auch seinen Kittel. Er wimmelt von Läusen.«
Lehn schüttelte den Kopf. »Ich habe kein Brennholz mehr. Reisig im Wald konnten wir wegen des Wetters nicht sammeln. Und zum Kaufen fehlt mir das Geld.«
Magdalena richtete sich auf. Unwillig wischte sie einige Läuse von ihrem Rock, die munter darauf herumliefen. »So hast du auch kein reines Stroh für das Bett?« Sie wusste die Antwort, bevor Lehn erneut den Kopf schüttelte.
»Der Meister hat schon wieder den Lohn gekürzt«, klagte sie. »Mein Faden sei knotig, hat er gesagt. Ich hab nur sechs Pfennig erhalten für den ganzen Korb Garn.«
Und einen davon für den Fusel verschwendet, lag es Magdalena auf der Zunge, aber sie verkniff sich die Bemerkung. Lehns Brotherr war Caspar Scholer, einer der mächtigsten Meister in Neuerburg. Er galt weithin als hartherzig und geizig. Doch da er auch Ratsherr war, konnte man kaum Beschwerde gegen ihn führen. Dennoch nahm Magdalena sich vor, Barbara beim nächsten Besuch von Lehns Hungerlohn zu erzählen. Für den Korb Garn arbeitete die Frau zwei bis drei Tage. Sogar wenn Scholer einen Teil des Verdienstes zur Tilgung der Schulden behielt, war dieser selbst für schlechtes Garn noch immer zu wenig. Vielleicht konnte Barbara ihren Vater bewegen, einmal mit Scholer zu sprechen.
Doch nun gab es Dringlicheres zu tun. »Dann gieß mir Wasser ab in den Topf. Ich hoffe, er ist rein.« Lehn grinste bitter und ließ dabei schwärzliche Zahnstummel sehen. »Oh ja, ich muss

ihn nicht auswaschen. Das Gerstenmus vom Frühmahl haben die Kleinen bis auf den letzten Rest ausgeleckt.«
Grimmig griff Magdalena nach dem Topf und tunkte ihr Tuch erneut ein. Dann hob sie den Kopf des Mädchens vorsichtig an und löste eine kleine geschmolzene Wachsschicht von der Stirn. Wie sie befürchtet hatte, war die Haut darunter blasig und rot.
»Warum hast du nicht gleich nach mir geschickt?«, fragte sie.
Lehn zuckte nur trotzig die Achseln.
Seufzend verließ Magdalena das Krankenlager. »Ihr zwei«, winkte sie den älteren Kindern. »Zieht eure Kittel aus und wascht euch mit Wasser hier aus dem Eimer. Du, Lehn, schüttelst die Kittel gründlich vor der Tür aus, damit die Läuse abfallen.« Es würde nicht viel nützen, war aber besser als nichts. »Und dann gibt es Brot mit Pflaumenmus.«
Während die Kinder und Lehn gierig über die mitgebrachten Speisen herfielen, wusch Magdalena das kranke Mädchen. Lieschen mochte kaum fünf Jahre alt sein, schätzte sie. Der spindeldürre Körper war mit schwärzlichen Malen übersät, die unerträglich juckten. Selbst in der Bewusstlosigkeit versuchte das Kind, sich immer wieder zu kratzen. Magdalena bestrich die Male mit Wegerichsaft. Auf die Brandwunde an der Stirn strich sie kühlende Salbe von Ringelblumen. Kurz zögerte sie, doch dann griff sie zu dem Fläschchen mit Meisterwurz-Wein. Das Mittel war teuer, weil Meisterwurz schwer zu finden war. Lehn würde ihr wieder nichts zahlen können. Und Lieschen würde ohnehin sterben, das hatte Magdalena sofort erkannt.
Diese Art von Fieber war ihr nur allzu gut bekannt. Es war tückisch und führte auch bei einem kräftigen Menschen zum Tode, hatte er erst einmal das Bewusstsein verloren. Das von Hunger und Mangel ausgezehrte Kind konnte der Krankheit nichts entgegensetzen.
Vorsichtig flößte Magdalena dem Mädchen das Mittel mit einem Holzlöffel ein. Es würde zumindest das Fieber ein wenig

senken. Mehr konnte sie nicht für die Kleine tun. »Warum hast du nicht früher nach mir geschickt?«, fragte sie Lehn noch einmal, als die ihr über die Schulter blickte. Sie hatte ihr Pflaumenmusbrot schon verschlungen. Die Kinder leckten den Topf aus. Lehn wich ihrem Blick aus. »Die Zia hat mir versprochen, dass die geweihte Kerze das Fieber aus dem Körper zieht. Sie hat sogar einen Segen darüber gebetet. Du hast nicht gebetet!«
Magdalena überhörte den Vorwurf. »Und warum der Brustwickel?«, fragte sie scharf. »Er besteht aus Gänsedreck. Wusstest du das?«
»Zia hat ihn mir umsonst gegeben«, erklärte Lehn. »Ich habe ihr nur den Pfennig für die Kerze bezahlt. Deine Kräuter sind teurer, hat sie gesagt.«
Wieder stieg Zorn in Magdalena hoch. Aber sie bezähmte sich. Es würde ohnehin nichts nützen.
»Aber nun hast du dich anders besonnen?«, fragte sie, so ruhig es ihr möglich war. Plötzlich stiegen Tränen in Lehns Augen.
»Das Fieber wurde schlimmer und schlimmer«, gestand sie. »Seit gestern ist Lieschen nicht mehr bei sich. Den Preis für die Arznei musst du mir stunden«, fügte sie hastig hinzu. »Aber sobald mir der Meister wieder den rechten Lohn zugesteht, zahle ich alles zurück. Das schwöre ich.«
Magdalena kramte in ihrem Korb. Dann drückte sie Lehn einen Tiegel mit Quendelsalbe in die Hand. Davon hatte sie noch einen Vorrat zu Hause.
»Halte sie warm und sauber und reibe sie hiermit ein. Das vertreibt den Ausschlag. Ich komme morgen noch einmal wieder.«
Erschrocken hob Lehn die Hand. »Ich kann nicht noch mehr für Arzneien bezahlen. Ich brauche den Lohn für Essen und Brennholz.«
Magdalena winkte ab. »Das lass meine Sorge sein«, sagte sie. Dann packte sie den leeren Mustopf in den Korb und machte sich auf den Heimweg.

Die Bilder aus der Webergasse verfolgten Magdalena bis in ihre Träume. Unruhig wälzte sie sich auf ihrem Lager und erwachte am nächsten Morgen wie zerschlagen. Ob Lieschen die Nacht überlebt hatte?

Um sich abzulenken, sortierte sie ihre Kräuter, die sie teils in Tiegeln und Töpfen verwahrte, teils getrocknet in Büscheln, die von der Decke hingen. Ihr Vorrat ging allmählich zur Neige. Aber sie wollte noch einige Tage warten, ehe sie sich auf die Suche nach Nachschub begab. In der nächsten Woche war Sommersonnenwende. An diesem magischen Datum sammelten Heilkundige seit uralten Zeiten Kräuter. Pflückte man sie am Mittag des Johannistages, entwickelten sie eine besondere Heilkraft.

Rastlos trat sie vor die Tür ihrer Kate und warf einen Blick zum wolkigen Himmel. Da sah sie zu ihrer Freude Barbara die steile Weihergasse emporkommen. In ihrer Begleitung war eine junge Magd, die einen großen Henkelkorb trug.

Strahlend umarmten sich die Frauen. »Geh eine Stunde zu deinem Schatz, Hanna«, wandte sich Barbara an die Magd, die sich das nicht zweimal sagen ließ. Flink entschwand sie in Richtung des Eligius-Hospitals.

Prüfend sah Barbara Magdalena an. »Du siehst heute erschöpft aus, Amma.« Noch immer nannte sie die Ältere beim Kosenamen ihrer Kindheit. »Da wirst du dich über das, was ich dir mitgebracht habe, sicher freuen.«

Wenig später hatte sie ihre Schätze auf dem einfachen, blitzblank gescheuerten Holztisch Magdalenas ausgebreitet. »Sieh her, dies ist schon Gebäck für das morgige Festmahl. Ich habe es selbst aus der Küche stibitzt. Und ein Stück vom Wildschweinbraten aus der Speisekammer. Eingemachter Rotkohl und Pastinaken. Dazu weißes Brot. Und«, sie lächelte spitzbübisch, »das Beste kommt noch.«

Magdalena hob abwehrend die Hände. Aber Barbara ließ sich

nicht beirren. »Wenn du schon am Fest nicht teilnehmen kannst, sollst du zumindest ebenso gut speisen wie wir.« Sie hob ein kleines Gefäß in die Höhe. »Dies ist in Wein eingelegter Kürbis«, sagte sie geheimnisvoll. »Das Gemüse kommt aus der Neuen Welt und wird bei uns noch kaum angebaut. Vater hat einen Groschen pro Topf auf dem Pfingstmarkt gezahlt.«

Magdalena schlug die Hand vor den Mund. Das war fast ihr halber Wochenlohn als Wäscherin. Doch Barbara hatte schon einen anderen Topf in der Hand. »Riech einmal hieran.« Sie zog das Tuch hinab, mit dem das Gefäß abgedeckt war.

Magdalena erkannte Vanille und Zimt. Aber da war noch ein Duft, fremdartig und betörend. »Das ist Sternanis«, Barbara strahlte. »Den hat mir Claudia geschenkt. Elsbeth kam auf die Idee, Gewürzäpfel damit zu kochen. Sie ist unausstehlich, aber am Herd unübertrefflich. Noch besser als die Köchin der de la Vals, wenn du mich fragst.«

Liebevoll sah Magdalena Barbara an. »Du gleichst immer mehr deiner Mutter«, sagte sie leise und ließ eine Strähne des feinen blonden Haars durch ihre Finger gleiten. »Äußerlich, aber noch mehr von der Art her. Du hast ganz ihr gutes Herz.«

Mit gespielter Betrübnis warf Barbara den Kopf zurück. Wie Seide floss ihr das lange Haar, das heute nur durch ein Band aus der Stirn gehalten wurde, über die Schultern. Ein Sonnenstrahl ließ es aufleuchten wie Gold.

»Bald werde ich es unter einer Haube verstecken müssen.« Sie zog einen reizenden Schmollmund.

Magdalena ließ sich nicht täuschen und puffte sie leicht in die Seite. »Du kannst es doch kaum erwarten, ein braves Eheweib zu werden«, lächelte sie. »Kaum je habe ich erlebt, dass eine Tochter es so eilig damit hat, das Eheversprechen ihres Vaters einzulösen.«

Eine leichte Röte stieg Barbara in die Wangen. »Sebastian ist doch wahrlich ein stattlicher Mann. Welches Mädchen würde

sich nicht glücklich schätzen, ihm das Jawort vor Gott zu geben?«
Magdalena antwortete nicht und verbarg ihre Besorgnis. Sie bezweifelte, dass der junge Mann aus uraltem Viandener Adel der Verbindung ebenso entgegenfieberte wie ihr ehemaliger Schützling.
»Und sobald wir verheiratet sind, kannst du bei uns wohnen und meine Gesindemeisterin sein«, sprudelte es weiter aus Barbara heraus. Unwillig sah sie sich in der engen, wenn auch blitzsauberen Kate um. »Dann musst du nicht länger für fremde Leute waschen und Kräuter sammeln. Ich habe es Tante Grete und Vater nie verziehen, dass sie dich aus dem Haus gewiesen haben.«
»Dein Vater trägt daran keine Schuld«, wehrte Magdalena ab. »Er hat deiner Mutter erlaubt, mich um unserer Jugendfreundschaft willen in euer Haus aufzunehmen, obwohl ich ihm vollkommen fremd war. Und mir noch sieben glückliche Jahre mit dir geschenkt, nachdem es dem Herrgott gefiel, deine Mutter im Kindbett zu sich zu rufen.«
»Und dann hat Muhme Grete dich vertrieben, aus purer Boshaftigkeit«, empörte sich Barbara. »Und nun musst du Tag und Nacht arbeiten, um das Nötigste zum Leben zu haben.«
Nachsichtig schüttelte Magdalena den Kopf und unterdrückte die aufsteigende Bitterkeit. »Schon Elsbeth konnte mich niemals leiden. Sie hatte ihre Nichte als Amme für dich vorgesehen. Als ich plötzlich nach Neuerburg kam, durchkreuzte das ihre Pläne.«
»Deshalb willst du auch jetzt nicht zurückkommen.« Barbara war nicht zu beruhigen. »Den Vater würde ich schon überreden.«
Magdalena seufzte. Zweifellos war Heinrich Dietz ein herzensguter Mann und völlig vernarrt in seine Tochter. Aber er hatte sie schon einmal um des eigenen Friedens willen aus seinem Haus gewiesen, weil seine Schwester keine Ruhe zu geben

drohte. Grete war nach dem Tod ihres Gatten in sein Haus gezogen, und Blut war eben dicker als Wasser. Die damals geschlagene Wunde schmerzte Magdalena noch immer. Aber Barbara sollte das um keinen Preis wissen.

»Und wer weiß«, plapperte die junge Frau weiter. »Am Ende finden wir auch noch für dich einen Gatten, wenn du erst bei mir und Sebastian wohnst. Du bist immer nach wie vor eine sehr stattliche Frau.«

Obwohl Barbara recht hatte, war ein Gatte mitnichten das, was Magdalena sich wünschte. Sie ging jetzt auf ihr vierzigstes Jahr zu, war aber immer noch schön. Ihre braunen Haare, die sie züchtig unter der schlichten Leinenhaube verbarg, zeigten kaum graue Strähnen, und sie hatte noch alle Zähne. Bis auf ein paar Fältchen um die rehbraunen Augen herum hatten Leid und Entbehrung kaum Spuren in ihrem ausdrucksvollen Gesicht mit den hohen Wangenknochen und den geschwungenen Lippen hinterlassen. Durch die harte Arbeit war ihre ohnehin schlanke Gestalt gekräftigt, und so konnte sie durchaus noch für eine junge Frau gelten.

So mancher Verehrer hatte sich ihr in den Jahren, die sie allein in der Neustadt lebte, zu nähern versucht. Doch sie waren alle von ihr abgewiesen worden. Von Männern hatte sie frühzeitig für den Rest ihres Lebens genug gehabt. Und doch waren die Weiber oft eifersüchtig auf ihre Schönheit und beleumundeten sie übel. Mehr als einmal hatten die Sendschöffen, die von der Kirche bestallten Sittenwächter, sie aufgesucht, um sich ein Bild über ihren Lebenswandel zu machen. Und mussten, ohne etwas Nachteiliges gesehen oder gefunden zu haben, wieder abziehen.

Plötzlich fiel Magdalena ihr gestriger Krankenbesuch ein. Das würde Barbara vom heiklen Thema »Heirat« ablenken. Sie berichtete ihr von dem Hungerlohn, zu dem der Ratsherr und Wollwebermeister Caspar Scholer, seines Zeichens ebenfalls Sendschöffe, Lehn Lauert für sich schuften ließ. Wie nicht an-

ders erwartet, war Barbara empört und versprach, noch am gleichen Tag mit ihrem Vater darüber zu sprechen.
»Und das Mädchen wird sterben?«, fragte sie besorgt.
Magdalena nickte traurig. »Lehn hat zu lange auf Zia Schreber vertraut. Die bemäntelt ihre mangelnden Heilkenntnisse mit geweihten Wachskerzen und frommen Segenssprüchen, weil sie rein gar nichts von Kräutern und Heilkunde weiß. Aber sie bietet ihre Dienste so wohlfeil an, dass die Armen immer wieder auf sie hereinfallen. Lieschens Fieber ist tückisch. Vielleicht hätte auch ich nichts bewirken können, wenn Lehn mich früher gerufen hätte. Doch ich hätte es zumindest versuchen können. Nun ist es zu spät.«
Barbara wirkte bekümmert. »Soll ich mit dem Vater auch einmal über diese Zia sprechen?«.
Magdalena schüttelte den Kopf. »Es würde nur schaden statt nützen. Auch wenn Zia nichts von Heilkunde versteht, so gelten wir doch beide als Kräuterweiber und Heilerinnen. Die Leute machen keinen Unterschied zwischen uns. Außerdem ist Zia alt und gebrechlich. Sie kann nicht wie ich Wäsche waschen oder sich anders erhalten. Sie müsste verhungern, wenn niemand mehr ihre zweifelhaften Dienste in Anspruch nähme. So lass sie um Christi willen ihre Wachskerzen um die Köpfe der Kranken binden und ihre Segenssprüche murmeln. Die Leute glauben daran. Und allein dieser Glaube hilft manchmal ja schon.«
»Und der Gänsekot?«, fragte Barbara empört.
Magdalena zuckte die Schultern. »Auch der hiesige Bader verordnet Pferdeurin und Wickel aus Mist. Nur nimmt er den vielfachen Preis. Ich habe die Kräuterkunde der heiligen Hildegard von Bingen erlernt. Doch sie ist hier in der Eifel nicht sehr bekannt.«
»Erzähl mir davon«, bat Barbara. Magdalena schüttelte wieder den Kopf. »Ein andermal, wenn wir mehr Zeit haben. Ich muss noch die Wäsche von zwei Gevatterinnen besorgen. Und da sehe

ich auch schon Hanna kommen. Ich fürchte, auch für dich wird es Zeit zu gehen.«

Es war schon spät am Nachmittag, als sich Magdalena aufs Neue in die Webergasse aufmachte. Sie hatte zuvor noch die Wäsche abgeliefert und spürte jetzt die unruhige Nacht in allen Knochen. Den ganzen Tag hatte die Sorge um Lieschen sie nicht losgelassen. Und noch ein anderes Gefühl trieb sie um, das sie zunächst nicht einordnen konnte. Später erkannte sie es als böse Vorahnung.

Schon von weitem sah sie die Bewohner der Webergasse in Grüppchen vor ihren ärmlichen Behausungen stehen. Sie wirkten aufgebracht. Mitten unter ihnen erkannte Magdalena Lehn Lauert. Sie schien einer Gruppe von Zuhörern etwas zu erzählen und gestikulierte wild mit den Händen.

Vorsorglich hatte Magdalena wieder einige Nahrungsmittel in ihren Korb gepackt. Am Eingang der Webergasse spielten zwei verhungert aussehende Kinder im Matsch. Sie holte zwei Äpfel aus ihrem Korb und hielt sie den Kleinen hin. Zu ihrem Erstaunen griffen sie jedoch nicht danach, sondern rannten zu einer Gruppe von Frauen und verbargen die Gesichter in deren Röcken.

Nun bemerkten die Menschen in der Gasse Magdalenas Ankunft. Abrupt verstummten die Gespräche. Sie starrten ihr finster entgegen. Magdalena verdrängte das ungute Gefühl, das in ihr aufstieg, und wandte sich an Lehn Lauert. »Wie geht es dem Lieschen?«, fragte sie. »Ich komme, um nach ihr zu sehen.«

Lehns Gesicht verzog sich zu einer hässlichen Fratze. »Was fragst du so scheinheilig, Hexe?«, schleuderte sie ihr entgegen.

Magdalena durchfuhr ein eisiger Schrecken. Ihr Puls begann zu rasen. Sie wusste, was nun kommen würde.

»Mein Lieschen ist tot. Zia und du habt sie auf dem Gewissen. Gemordet habt ihr sie mit euren Tränken und Zaubersprüchen.

Aber du«, Lehn sprühte Geifer in ihrer Wut, »bist von euch beiden die schlimmere Zauberin. Du hast auch Mariechen krank gemacht und sogar noch den Karl, ihren Spielkameraden.«
Panik drohte Magdalena zu überwältigen. Alles in ihr strebte danach, aus der Gasse zu fliehen, zurück in den sicheren Hafen hinter dem Stadttor. Aber sie bezwang ihre Angst. Wenn sie jetzt floh, würde sie sich nur noch verdächtiger machen.
»Ich habe dir gesagt, dass du mich zu spät gerufen hast«, antwortete sie Lehn. Sie versuchte, das Zittern in ihrer Stimme zu beherrschen. »Es tut mir sehr leid, dass das Kind gestorben ist. Aber lass mich nach dem Mariechen sehen. Vielleicht kann ich wenigstens deine andere Tochter retten.«
Ein Aufschrei aus vielen Kehlen erscholl. Mittlerweile waren die anderen Bewohner der Gasse näher gekommen. Magdalena sah, dass sich viele bekreuzigten. Einige machten das uralte Zeichen gegen den bösen Blick.
»So hast du deinem Buhlen noch weitere Opfer versprochen, verfluchtes Weib?«, erklang es in ihrem Rücken. Magdalena fuhr herum. »Auch den Karl, mein einziges lebendes Kind?« Eine verhärmte Frau in einem fadenscheinigen Kleid funkelte sie hasserfüllt an.
Nun fielen andere Stimmen mit ein. »Du bringst den Tod über uns, Hexe. Brennen sollst du«, erklang es drohend von allen Seiten.
Angst überflutete Magdalena wie eine Woge. Blindlings drehte sie sich um und rannte zurück in Richtung des Südtors. Da trat ihr ein massiger Mann in zerlumptem Kittel in den Weg und stieß sie grob zurück. Sie strauchelte und wäre fast in den Dreck der Gasse gestürzt. Gehetzt sah sie sich um. Es blieb nur der Weg in die Enz, aber sie konnte nicht schwimmen. War das Wasser zu tief, würde sie ertrinken.
Die Wachen am Stadttor waren auf den Tumult aufmerksam geworden. Neugierig starrten sie hinüber in die Webergasse.

Magdalena winkte ihnen verzweifelt zu. Aber sie machten keinerlei Anstalten einzugreifen.
Etwas traf sie schmerzhaft an der Schulter. Als sie sich umwandte, sah sie den kleinen Hans, Lehns Sohn, den sie erst gestern noch mit Pflaumenmus gefüttert hatte. Er bückte sich schon nach dem nächsten Stein.
Tränen stiegen ihr in die Augen, ein trockenes Schluchzen schüttelte ihren ganzen Körper. Die Gedanken rasten durch ihren Kopf. Mit dem Mut der Verzweiflung wandte sie sich wieder der Menge zu, aber sie sah nichts als Wut und Hass in den Gesichtern der Leute.
Plötzlich ertönte hinter ihr eine sonore Stimme. »Was geht hier vor, Volk?« Die Stimme klang, als ob sie das Befehlen gewohnt sei. Hoffnung stieg in Magdalena auf. Doch bevor sie sich umdrehen konnte, um ihrem Retter zu danken, traf sie ein furchtbarer Schlag am Hinterkopf. Um sie herum versank alles in tiefschwarze Nacht.

# Kapitel 5

*Donnerstag, 14. Juni 1612*

Claudia holte tief Luft und pochte entschlossen an die Tür des Frauengemachs. Es ging schon auf fünf Uhr zu. Wenn sie jetzt nicht den Mut fand, um Erlaubnis zu bitten, würde Barbaras Fest ohne sie stattfinden.
Anstatt einer Antwort wurde die Tür geöffnet. Vor Claudia stand ihre Kusine Adela. Sie maß Claudia von oben bis unten. Ihre Augen in der Farbe eines Gewitterhimmels funkelten spöttisch, als sie sie mit einer Handbewegung aufforderte, einzutreten.

Wieder einmal staunte Claudia über den merkwürdigen Kontrast zwischen Adelas dunkelgrauen Augen und rotbraunen Haaren. Niemals zuvor hatte sie eine solche Kombination von Augen- und Haarfarbe gesehen, schon gar nicht in der eigenen Familie.

Flüchtig erinnerte sie sich daran, dass ihr Aussehen Adela schon als Kind den Ruf eingetragen hatte, ein Wechselbalg zu sein. Das waren Hexenkinder, die nach ihrer Geburt von Hebammen, die mit dem Teufel im Bunde standen, mit Neugeborenen vertauscht wurden.

Die Gerüchte schienen jedoch keinen Einfluss auf den Stolz des Edelfräuleins gehabt zu haben. Und auch nicht auf die Zuneigung meiner Tante, dachte Claudia bitter, als sie näher trat.

In der Kemenate im zweiten Stock des Wohnturms war es stickig und düster. Trotz des strahlenden Sommertags waren die Fenster mit den gelben Butzenscheiben geschlossen. Es roch durchdringend und scharf nach Kräutern, die in einer kleinen Kohlenpfanne schwelten.

Erika von Manderscheid-Virneburg lag ausgestreckt auf einer gepolsterten Liege. Sie sah erschöpfter und schlechter aus denn je. Ihr Leib war vom Wasser aufgetrieben, ihre Fußknöchel, die unter dem viel zu warmen grauen Samtgewand hervorlugten, waren dick wie Elefantenfesseln. Sie atmete schwer in dem eng geschnürten Mieder.

Claudia deutete einen Knicks an. »Was willst du?«, fragte die Landgräfin. Ihre Stimme war ohne jede Wärme. Noch immer war sie verärgert wegen der kürzlich ausgetragenen Streitereien mit ihrer Nichte. Schon am Abend nach Claudias eigenmächtigem Ausflug auf den Pfingstmarkt kam es zu einem neuen heftigen Disput beim Nachtmahl, weil sich Claudia weigerte, Adela ihre Kammer zu überlassen. Schließlich verwies Erika sie sogar des Saales. Nun machte sie keinerlei Anstalten, ihrer Nichte einen Platz anzubieten.

Claudia zwang sich, ihrer Stimme einen demütigen Klang zu verleihen. »Ich möchte Euch um die Erlaubnis bitten, das Verlobungsfest meiner Freundin Barbara Dietz zu besuchen. Sie wird heute öffentlich ihrem zukünftigen Gemahl Sebastian de la Val versprochen.«

Erikas Augen, die über den aufgedunsenen Wangen klein wie Schweinsäuglein wirkten, nahmen einen verächtlichen Ausdruck an. Statt einer Antwort wandte sie sich an Adela, die neben ihr in einem bequemen Sessel Platz genommen hatte.

»Was sagst du zu diesem Ansinnen, Teuerste? Sie will das Fest einer Bürgerlichen besuchen, die weit unter ihrem Stand steht. Sich gemein machen mit raffgierigen Kaufleuten und armseligen Handwerkern.«

Claudia spürte, wie ihr vor Wut das Blut in den Kopf stieg. Mühsam versuchte sie, ihre Gefühle im Zaum zu halten. Aus dem Augenwinkel sah sie, dass Adelas Blick auf ihr ruhte, spöttischer denn je.

»Nun, liebste Tante, sie wird ihre Gründe haben. Vielleicht braucht sie die Gesellschaft von Niedrigen, um sich selbst erhöht zu fühlen?«

Der ätzende Ton verfehlte seine Wirkung nicht. Claudia wirbelte herum, eine aufbrausende Antwort auf der Zunge. Doch etwas hielt sie im letzten Moment zurück. Adela wollte ihr eine Falle stellen, dessen war sie sich auf einmal gewiss.

»Barbara Dietz wird den Sohn von Christoph de la Val heiraten«, sagte sie so ruhig es ihr nur möglich war. »Das ist, soviel ich weiß, älterer Adel als der von Manderscheid-Kail. Und sein Sohn ist ein stattlicher Mann. Dich plagt doch nicht etwa der Neid, Base?«

Ohne das empörte Schnauben der Gräfin zu beachten, starrten sich die jungen Frauen an. Sie hätten äußerlich kaum unähnlicher sein können. Adela von Manderscheid-Kail war von kleiner gedrungener Gestalt. Dennoch war sie nicht ohne Reiz, ihre

üppigen Brüste und ausladenden Hüften betonten ihre Weiblichkeit und entsprachen dem gängigen Schönheitsideal viel eher als Claudias Größe und Schlankheit.
Sie trug ein rostbraunes Kleid aus mit Goldfäden bestickter Seide, neben dem sich Claudias Gewand aus feinem Wollstoff nahezu billig ausnahm. Ihre Haare, die ein hauchzartes Spitzenhäubchen mehr betonte als verhüllte, hatte sie an den Seiten zu einer eleganten Frisur aufgesteckt. An den kurzen Fingern trug sie mehrere kostbare Ringe. Einen davon hatte Claudia noch gestern an der Hand ihrer Tante gesehen.
Zu Claudias kurzem Triumph wandte sich Adela als Erste ab. Sie rümpfte geziert die Nase und verzog die mit Henna gefärbten Lippen. »So lasst sie nur gehen, Tante. Es dürstet sie offenbar nicht nach unserer Gesellschaft.«
Auf Erikas Wangen waren hässliche rote Flecke erschienen, die ihr restliches Gesicht noch käsiger wirken ließen. »Du wirst hierbleiben und Elisabeth aufwarten. Ständig versuchst du, dich vor deinen Pflichten zu drücken. Das Wohl meiner Tochter dürfte wichtiger sein als das Fest eines verarmten Mannes aus niedrigem Adel, der seinen Sohn um des schnöden Geldes willen an eine Bürgerliche verschachert.« Ihre Stimme triefte vor Verachtung.
Noch bevor Claudia antworten konnte, betrat der Landgraf das Gemach. Niemand hatte bemerkt, dass die Tür offen stehengeblieben war.
»Ich hoffe, Ihr meint nicht unseren hoch verehrten Herrn Amtmann, teure Gemahlin«, wandte er sich schroff ohne Begrüßung an Erika. Die Flecken auf ihrem Gesicht wurden purpurn.
»Hier geht es um häusliche Belange der Frauen, mein Gemahl«, suchte sie ihre Stellung zu behaupten. »Nichts, was Euch kümmern müsste.«
»Oh doch, Oheim. Es sollte Euch kümmern.« Claudia ergriff die Gelegenheit beim Schopf. »Ich möchte am Verlobungsfest von

Sebastian de la Val und Barbara Dietz teilnehmen. Allein die Tante findet es unter meiner Würde, dass ich dort hingehe. Aber Heinrich Dietz hat mich persönlich geladen, und der Amtmann weiß es. Es würde ihn kränken, wenn ich aus Hochmut fernbliebe.«

»Claudia soll sich um Elisabeth kümmern«, fiel ihr die Tante ins Wort. »Eine gute Erzieherin bringt ihren Zögling zu Bett und überlässt das nicht irgendeiner Dienstmagd.«

»Nun, nun, Teuerste«, wiegelte der Graf ab. »Eine Nacht wird Elisabeth auch ohne Claudia auskommen. Sie versieht ihren Dienst gewissenhaft und mit Freude. Elisabeth jedenfalls schwärmt mir von ihr vor. Und Ihr solltet Euch schämen, unseren wackeren Amtmann zu schmähen. Sein Geschlecht ist in der Tat älter als das Eurige. Und ist es die Schuld des Enkels, wenn der Großvater das Vermögen bei einem Turnier verliert? Christoph de la Val leistet uns gute Dienste. Die Erträge der Herrschaft ermöglichen Euch und Euren Verwandten ein Leben in sorglosem Wohlstand, wie er selbst es bis heute nicht kennt. Ihr solltet ihm danken, anstatt ihn verächtlich zu machen.«

In der folgenden Stille hätte man eine Stecknadel zu Boden fallen hören. Der Landgraf hatte seine Frau vor den Ohren ihrer beiden Nichten getadelt. Erika schien an der Demütigung fast zu ersticken. Sie atmete kurz und schwer. Aber sie verkniff sich weitere Widerworte.

»Nun, Claudia, du hast meine Erlaubnis, das Fest zu besuchen«, wandte sich der Graf an seine Nichte. »Amüsiere dich und mache uns Ehre. Der Amtmann leistet mir persönlich Gewähr dafür, dass du wohlbehalten auf die Burg zurückkehrst.« Er verbeugte sich knapp vor den Damen und verließ den Raum.

Erika winkte auch Claudia, den Raum zu verlassen. Diese warf einen letzten Blick auf Adela, die das Wortgefecht ohne jeden Kommentar verfolgt hatte. Doch der Triumph blieb ihr im Halse stecken. Im Gesicht ihrer Base zeigte sich nicht der erwartete

Verdruss, geschweige denn Neid oder Missgunst wegen Claudias Erfolg. Ein merkwürdiger Ausdruck lag stattdessen in ihren Augen, für den Claudia zunächst nicht die passenden Worte fand.
Erst als sie in Begleitung eines Dieners den steilen Burgberg hinabstieg, fiel es ihr ein. Abrupt blieb sie stehen. »Verschlagen sah sie aus, dieses Luder. Verschlagen. Aber warum?«, murmelte sie. Der Diener starrte sie verständnislos an.
»Ohne Zweifel führt sie etwas im Schilde, die falsche Schlange. Ich wüsste nur zu gerne, was.«

Zur gleichen Zeit, als Claudia an die Tür ihrer Tante pochte, stand Sebastian de la Val missmutig vor dem schmalen Spiegel in der Kammer seiner verstorbenen Mutter. Noch immer saß der breite Spitzenkragen nicht richtig und kratzte ihn furchtbar am Hals. Er hatte dieses Accessoire spanischer Herkunft zeit seines Lebens verabscheut. Da es aber nun einmal modischer Ausweis der Oberschicht war, konnte kein Festtagskostüm ohne die Halskrause auskommen.
Endlich war der Kragen gerichtet. Sebastian musterte sich prüfend. Der neue Anzug aus dunkelblauem Samt, den er sich schon in Trier auf Weisung seines Vaters hatte anfertigen lassen, saß wie angegossen. Er war mit feinen Goldornamenten bestickt und hatte ein hübsches Sümmchen Geld gekostet. Dunkelblaue Seidenstrümpfe unter den Pluderhosen und Halbstiefel aus weichem schwarzem Leder vervollständigten das Ensemble.
Zwar wusste alle Welt, dass Barbara und Sebastian einander versprochen waren. Auch galt das zwischen den Vätern vereinbarte Eheversprechen als ebenso bindend wie die Trauung selbst. Dennoch hatte Heinrich Dietz die halbe Herrschaft geladen, um das Ereignis in gebührend festlichem Rahmen bekanntzugeben. Auch Claudia von Leuchtenberg würde da sein. Sebastian spürte, wie sein Herz unwillkürlich schneller schlug.
Von draußen pochte es heftig an die Tür. Unmittelbar danach

wurde sie aufgerissen, und Christoph de la Val schaute herein. Auch er trug bereits seinen dunkelbraunen Festanzug, von Schnitt und Stoff her das Gegenstück zu dem seines Sohnes. Sebastian wusste, dass sein Vater ein junges Rassepferd aus seiner kleinen Zucht verkauft hatte, um ihn und sich selbst so kostbar zu kleiden. Der Amtmann wollte am Verlobungsfest seines Sohnes unter keinen Umständen hinter der reichen Kaufmannsfamilie zurückstehen.

»Komm noch auf einen Trunk in die Halle, ich habe etwas mit dir zu bereden.« Wie üblich kam es seinem Vater nicht in den Sinn zu fragen, ob das Gespräch auch Sebastian genehm war. Schon ging er vor seinem Sohn die Stiege in den großen Raum hinab, der fast das ganze erste Geschoss des Lehnshauses einnahm und als Speise- und Empfangssaal genutzt wurde. Dort hatte die Magd Katharina bereits roten Wein und einen Krug frisches Quellwasser auf dem mächtigen Eichentisch bereitgestellt.

Die Männer mischten den Rotwein mit Wasser. Im Laufe des Festes würde das Getränk noch in Strömen fließen. »Ich möchte, dass du ab morgen dein Schöffenamt antrittst und in dieser Sache bei deinem zukünftigen Schwiegervater vorstellig wirst«, begann der Amtmann ohne weitere Einleitung. »Als Bürgermeister ist er der oberste Richter am Hochgericht. Es gibt vier Schöffen, je einen aus den Herrschaftsbezirken Waxweiler und Oberweis. Du selbst vertrittst zusammen mit dem Ratsherrn Caspar Scholer die Stadt und Gemarkung Neuerburg.«

Sebastian scharrte ungeduldig mit dem Fuß. Das wusste er alles. Worauf wollte sein Vater hinaus?

»Caspar Scholer hat heute bei mir vorgesprochen«, fuhr sein Vater fort. »Es gibt in der Stadt ein paar Weiber, die man der Hexerei verdächtigt. Schon morgen will Scholer mit Heinrich Dietz sprechen und fordern, dass man sie gefänglich einzieht, um der Sache nachzugehen. Als Ankläger im Namen des Landgrafen habe ich schon meine Zustimmung gegeben.«

Sebastian durchfuhr ein eisiger Schrecken. »Was wird den Weibern zur Last gelegt?«, fragte er mühsam beherrscht.
»Ein Kind in der Webergasse soll durch Schadenszauber ums Leben gekommen sein.«
»Ein Kind in der Webergasse? Alleweil sterben Kinder in diesem elenden Viertel. War es denn satt und wohlauf, bevor es verstarb?«
Sein Vater zuckte die Achseln. »Eben das soll das Hochgericht herausfinden. Sind die Weiber unschuldig, lässt man sie wieder laufen.«
»Man lässt sie wieder laufen?« Sebastians Stimme wurde lauter. »Noch nie habe ich erlebt, dass ein Weib, das der Zauberei beschuldigt war, wieder freikam. Die armen Frauen werden gepeinigt, bis sie alles bekennen, was man ihnen vorwirft.«
»Nun, wenn sie bekennen, sind sie wohl schuldig.« Noch blieb Christoph de la Val ruhig. Aber seine Augen funkelten gefährlich.
»Was wisst Ihr denn davon?«, brauste Sebastian auf. »Ihr seid zwar der Ankläger hier in der Herrschaft, aber die Jurisprudenz habt Ihr nie studiert. Und könnt daher gar nicht beurteilen, wie das Recht bei Hexerei-Verfahren mit Füßen getreten wird. Es reicht schon irgendjemandes dummes Geschwätz, um eine Frau in Haft zu nehmen, auch wenn sie aus reiner Missgunst angezeigt wurde.«
»Und wenn es so ist? Unter der Folter wird die Wahrheit schon ans Licht kommen!«
»Ihr haltet Folter für ein probates Mittel, die Wahrheit zu finden? Ich habe die Weiber ächzen und schreien gehört, wenn man ihre Glieder Stück für Stück zerriss und zerquetschte. Ich habe blühende Jungfrauen und wohlhabende Bürgerinnen, alte Vetteln und armselige Landstreicherinnen gesehen, die alles zugaben, wenn ihre Leiber nur noch Klumpen aus rohem Fleisch waren. Auf dem Weg zum Brand konnte man keine mehr von

der anderen unterscheiden. Doch eine jede war unschuldig, das kann ich Euch versichern.«

»Was redest du denn da?« Nun wurde auch der Amtmann laut. »Machst dich gemein mit Gesindel der niedrigsten Art? Habe ich dich etwa zum Studieren nach Trier geschickt, damit die Familie Schande durch dich erfährt anstatt Ehre?«

»Oh nein, Vater«, sagte Sebastian bitter. »Das war nicht Eure Absicht. Ich soll Euch den Michel ersetzen, den Sohn, den Ihr aus dem Haus und in den Tod getrieben habt. Das ertragen, was er nicht ertrug. Euch in allem gehorsam sein, auch wenn Ihr meine Seele an ein verhasstes Amt und meinen Körper an eine Kaufmannsdirne verschachert.«

Kaum waren die Worte heraus, bereute er sie. Doch sie waren gesprochen und ließen sich nicht mehr zurücknehmen. Christoph de la Val war grau im Gesicht geworden, bevor er sich mühsam wieder fasste.

»Wäre heute nicht der Tag deiner Verlobung und trügest du nicht schon dein Festgewand, das mich meine letzte Jungstute gekostet hat, gäbe ich dir jetzt eine Lektion mit der Hundepeitsche. So will ich so tun, als hättest du mir mit Sohnesliebe vergolten, was ich für dich getan habe. Vor dem Kaufmann möchte ich nicht als der Mann dastehen, der seiner einzigen Tochter einen ehrlosen Strolch als Gatten angedient hat.« Damit drehte er sich um und verließ den Saal.

In Sebastian tobten die widersprüchlichsten Gefühle. Scham über die Beschimpfung seiner Braut mischte sich mit heftiger Wut auf seinen Vater und dem Schmerz über Michels Tod, der auch nach drei Jahren unvermindert war. Das zaghaft sich regende Gefühl, den alten Mann unnötig hart gekränkt zu haben, drängte er beiseite.

Doch dies alles wurde von seiner panischen Angst vor einer Hexenprozesswelle in Neuerburg überlagert. Als Schöffe würde er jede gütliche und peinliche Befragung mitmachen müssen und

könnte doch nichts für die Unglücklichen tun. Als einer von fünf Richtern und Schöffen stünde er von Anbeginn an auf verlorenem Posten.
Die teuflische Saat würde auch in anderen Orten der Herrschaft aufgehen und tödliche Früchte tragen. Sebastian dachte an das alte Paar aus Oberweis, das er erst kürzlich vor einem schrecklichen Tod bewahrt hatte. Jeder Nachbarschaftsstreit, jeder unglückliche Zufall, jede Begehrlichkeit nach des anderen Hab und Gut würde die Glut zum Feuersturm anheizen. In Trier waren vor seiner Zeit Hunderte von Menschen den Bränden zum Opfer gefallen. Noch heute verging dort kein Monat ohne Prozess.
Ein schüchternes Klopfen riss ihn aus seinen trüben Gedanken. Die alte Magd Katharina öffnete die Tür. Sie wirkte bekümmert. Wahrscheinlich hatte sie den Streit mit angehört.
»Euer Herr Vater lässt Euch ausrichten, dass die Glocke bald sechs schlägt. Er ist schon zum Haus des Herrn Dietz vorausgegangen. Er bittet Euch, nachzukommen und«, sie zögerte und rang sichtlich mit sich, »die Ehre der de la Vals nicht dem Gespött der Leute preiszugeben.« Bei diesen Worten brach sie in Tränen aus.
Sebastian riss sich zusammen. »Nun, nun, Katharina.« Er strich der alten Frau beschwichtigend über den von harter Arbeit gebeugten Rücken. »Nun sei ohne Sorge. Du weißt doch, wie heftig wir streiten können, mein verehrter Herr Vater und ich. Morgen ist es vergessen«, fügte er ohne Überzeugung hinzu. Damit ergriff er sein Samtbarett und machte sich zum Haus seiner zukünftigen Gattin auf.

Schon von weitem war zu erkennen, dass an diesem Tag im prächtigen Anwesen von Heinrich Dietz ein Fest gefeiert wurde. Die offene Halle, auf deren Säulen die restlichen Geschosse ruhten, war über und über mit Blumen und bunten Tüchern geschmückt. Aus allen Richtungen strömten festlich gekleidete

Gäste herbei und wurden vom Hausherrn und seiner Tochter vor dem reich geschnitzten Eingangsportal empfangen.
Barbaras Gesicht leuchtete auf, als sie ihren Verlobten erblickte, der sich gemessenen Schrittes näherte.
Sebastian hatte sich auf der kurzen Strecke von seinem Vaterhaus zu Heinrich Dietz' Anwesen zu beruhigen versucht. Auf keinen Fall sollte irgendjemand etwas von seinem inneren Aufruhr ahnen.
»Und konntet Ihr den Fall erfolgreich lösen?«, fragte Dietz seinen zukünftigen Schwiegersohn nach der herzlichen Begrüßung. Auf den verständnislosen Blick Sebastians fügte er hinzu: »Na, den Streit um die Liegenschaften des Eligius-Hospitals. Konntet Ihr dem Stadtpfarrer raten?«
Geistesgegenwärtig nickte Sebastian: »Ich bitte, mein verspätetes Erscheinen zu entschuldigen. Aber die Angelegenheit von Hochwürden Mohr duldete keinerlei Aufschub.« Wahrscheinlich hatte sein Vater dies als Begründung für ihr getrenntes Eintreffen genannt.
»Ich bin überaus stolz, die Gattin eines so gelehrten Mannes zu werden«, strahlte Barbara. »Wollt Ihr die Güte haben, die Gäste gemeinsam mit uns zu empfangen?« Gerade als Sebastian nach einem Vorwand suchte, sich dieser Pflicht zu entziehen, sah er Claudia von Leuchtenberg über den Marktplatz kommen. Kurz entschlossen machte er eine kleine zustimmende Verbeugung und stellte sich neben seine zukünftige Braut. Verstohlen musterte er sie aus den Augenwinkeln.
Hatte ihn Claudia, als er sie das erste Mal gesehen hatte, an die Jagdgöttin Diana erinnert, so ähnelte Barbara einer schüchternen Venus. Sie war über einen Kopf kleiner als er und reichte ihm nur bis zur Schulter. Alles an ihr war rundlich und zart.
Ihr Gesicht mit den rosigen Pausbäckchen und der kleinen Stupsnase glich dem eines Cherub. Ihre schmale Ober- und volle Unterlippe, die sie schmollend vorschob, wenn ihr etwas missfiel,

bildeten zusammen einen herzförmigen Mund. Ein Lächeln wiederum zauberte entzückende Grübchen in ihre Wangen.
Jetzt funkelten ihre veilchenblauen Augen mit dem Licht der sinkenden Sonne um die Wette. Zur Feier des Tages trug sie ein kostbares Kleid, himmelblau aus feinstem Flandrischem Tuch mit modisch breitem Reifrock. Brusteinsatz und Ärmel waren mit wertvollen Spitzen besetzt. Auch der nach neuester Mode gefertigte Kragen, der ihr weit über die fülligen Schultern reichte, war aus Spitze. Sie hatte wahrlich keine Mühe gescheut, sich zu ihrem Ehrentag herauszuputzen.
Dennoch verspürte Sebastian ein schales Gefühl, als er Claudia von Leuchtenberg entgegenblickte. Auch sie trug ein blaues Gewand aus feinem Tuch, allerdings in der Farbe der Nacht und mit sparsamen silbernen Stickereien an Ausschnitt, Ärmeln und Saum. Die Farbe unterstrich ihre herbe Schönheit. Sie wirkte majestätisch und stolz.
Seine Braut dagegen sah lieblich aus in ihrem prächtigen Kleid. Lieblich und nichtssagend. Die seidig glänzenden flachsblonden Haare, mit der Brennschere aufwendig zu feinen Löckchen gedreht, unterstrichen noch diesen Eindruck.
Mittlerweile war Claudia bei ihnen angekommen. Heinrich Dietz verbeugte sich tief, als er sie in seinem bescheidenen Haus willkommen hieß. Barbara dagegen umarmte sie herzlich, ungeniert ob des unterschiedlichen Standes. Dann zog sie die junge Frau vor Sebastian. »Und dies, liebster Anverlobter, ist das Edelfräulein Claudia von Leuchtenberg. Ich habe die Ehre, sie Freundin nennen zu dürfen.«
Auch Sebastian verbeugte sich elegant. Als er sich aufrichtete, ruhten Claudias dunkle Augen prüfend auf ihm.
»Ihr seid also der Herr, der die Gedanken meiner liebsten Gefährtin seit vielen Monden beherrscht«, sagte sie mit der tiefen, wohltönenden Stimme, die ihn schon im Burghof für sie eingenommen hatte. Ohne sich um Barbaras heftiges Erröten zu

kümmern, fuhr sie fort: »Ich hoffe, Ihr erweist Euch ihrer als würdig, Monsieur de la Val. Nicht jeder verdient ein so reines und aufrichtiges Herz.« Damit wandte sie sich ab und schritt ins Innere des Hauses.

Sebastian fühlte sich wie ertappt. Es war, als hätte Claudia seine Gedanken gelesen. Unwillkürlich schämte er sich dafür. Barbara freute sich aufrichtig über seine Rückkehr und war offensichtlich in ihn verliebt. Unzählige Burschen hätten gerne mit ihm getauscht und die fröhliche, arglose Jungfer zur Frau genommen, noch dazu mit dieser stattlichen Mitgift.

Auch er selbst hatte ursprünglich gegen die Wahl seines Vaters nur den Einwand gehabt, nicht um sein Einverständnis gefragt worden zu sein. Erst seitdem er Claudia gesehen hatte, erschien ihm Barbara trotz ihrer hübschen Erscheinung merkwürdig fade.

Aber es gab ohnehin kein Zurück mehr. Schon drängten sich die nächsten Gäste vor dem Portal, die es zu begrüßen galt. Zum Glück war die Trauung erst im kommenden Frühjahr vorgesehen. Bis dahin würde er schon einen Weg finden, die Situation zu meistern.

Das Fest nahm seinen rauschenden Fortgang. Man lobte die köstlichen Speisen und edlen Weine, unter deren Vielfalt sich die Tafel nahezu bog. Heerscharen gemieteter Diener legten den Gästen vor und füllten immer wieder die Pokale aus kostbarem Kristallglas. Besonders Elsbeths Gewürzäpfel mit dem fremdartigen Geschmack fanden viel Beifall. Auch der süßsauer eingelegte Kürbis mundete den Gästen vorzüglich. Jedermann fragte sich, wie Dietz beim Hochzeitsmahl das Gebotene noch einmal übertreffen wolle.

Sebastian, der den Ehrenplatz neben Barbara einnahm, ließ seinen Blick über die Tafel schweifen. Er musste zugeben, dass Dietz weder Kosten noch Mühen gescheut hatte, eine unver-

gessliche Feier auszurichten. Jede Person, die in der Herrschaft Rang und Namen hatte, war eingeladen worden. Selbstverständlich waren die Zunftmeister der Tuchhändler vollzählig erschienen. Die Kleider ihrer Gattinnen leuchteten in allen Farben, ihr Geschmeide strahlte mit dem Licht von Hunderten von Wachskerzen um die Wette. Auch die Honoratioren der anderen Zünfte nahmen mit ihren Familien am Fest teil.
Selbstverständlich waren auch die Freunde und Gefolgsleute seines Vaters von Dietz geladen worden. Sebastian erkannte den Burgvogt, den Hauptmann der Burgbesatzung und den Rentmeister, alles Edelfreie wie er selbst. Sie hatten sich nicht gescheut, dem Fest eines Bürgerlichen beizuwohnen. Widerwillig musste Sebastian eingestehen, dass sein Vater beliebt unter seinesgleichen war.
Am Ende der Tafel saß auch Jost Kerpen. Sebastian wich seinem Blick tunlichst aus. Er hoffte, dass sein Vater an einem solchen Abend keinen Sinn für Amtsgeschäfte haben und Jost daher nicht auf Neuigkeiten aus Oberweis ansprechen würde.
Nun erhob sich Heinrich Dietz und schlug mit einem silbernen Löffelchen an seinen Weinpokal. Erwartungsvoll richteten sich aller Augen auf ihn. Dietz räusperte sich und zog die goldene Bürgermeisterkette über seinem reich bestickten Wams aus grünem Samt zurecht. »Werte Gäste aus nah und fern, werte Zunftbrüder und Ratsherren, werte Edelfreie, hochverehrtes Edelfräulein von Leuchtenberg, Hochwürden Mohr, werter Herr Amtmann de la Val«, er verbeugte sich jeweils in Richtung der Genannten. »Ich danke euch allen, dass ihr dieses Fest so zahlreich mit eurer Anwesenheit bereichert. Ich habe heute die große Ehre, euch die bevorstehende Vermählung meiner Tochter Barbara mit Sebastian de la Val, dem Sohn unseres hoch geschätzten Amtmanns Christoph de la Val, anzuzeigen. Das Eheversprechen wurde schon vor einiger Zeit geleistet. Heute nun darf ich euch allen unsere geliebten Kinder als Brautpaar vor-

stellen. Möge die Ehe glücklich werden und euch viele Nachkommen bescheren«, Barbara errötete bei diesen Worten bis unter die Haarwurzeln, »und uns Vätern den Lebensabend versüßen. Erhebt nun alle eure Pokale auf den Segen für diese Verbindung.«

Tosender Beifall brandete auf, bevor alle Gäste dem Paar zutranken und ihre Glückwünsche quer über die Tafel riefen. Barbara strahlte vor Glück und verbeugte sich am Arm von Sebastian nach allen Seiten.

Auch Sebastian bemühte sich aufrichtig, seinem Lächeln einen freudigen Glanz zu verleihen. Plötzlich spürte er einen bohrenden Blick auf sich ruhen. Er vermutete, dass es sein Vater war, der in dieser Stunde des Erfolgs seine Haltung prüfen wollte. Schließlich würde die Familie de la Val seit zwei Generationen zum ersten Mal wieder wohlhabend sein, wenn auch nur dank der Mitgift einer Bürgerlichen.

Aber er würde sich nichts mehr gefallen lassen. Dieses letzte Opfer war genug. Trotzig richtete Sebastian sich zu seiner vollen Größe auf und wandte sich um. Doch es war gar nicht sein Vater, der ihn beobachtete, da er gerade die Glückwünsche seiner Gefolgsleute entgegennahm. Auf Sebastian ruhte der forschende Blick des Edelfräuleins von Leuchtenberg.

»Dietz, auf ein Wort, es duldet keinen Aufschub.« Erstaunt sah Sebastian, wie ein vierschrötiger Mann in einem protzig wirkenden Brokatwams seinen Schwiegervater am Arm nahm. Die Tafel war gerade erst aufgehoben worden, und Dietz schickte sich an, seinen Gästen den Weg in den Tanzsaal zu weisen, wo die Musikanten bereits aufspielten. Bevor Sebastian hören konnte, was denn an einem solchen Abend so eilig war, schlug ihm jemand kräftig auf den Rücken. »Man darf wirklich von Herzen gratulieren«, ertönte die Stimme des Stadtpfarrers Mohr in gewohnter Lautstärke. Zur Feier des Tages trug er eine saubere Soutane

und hatte sie sogar mit einer blauen Schärpe umgürtet. »Ein prächtiges Weib mit einem spendablen Vater und eine reiche Mitgift. Man könnte es wahrlich schlechter treffen.«
Sebastian spürte, wie ihm das Blut zu Kopfe stieg, zumal die Umstehenden zustimmend grinsten. Mohr zwinkerte Sebastian verschwörerisch zu. »Dein Geheimnis ist bei mir in besten Händen«, raunte er zum Glück so leise, dass die Musik seine Stimme verschluckte. »Aber komm nicht noch einmal zu spät zu deiner eigenen Verlobung.« Christoph de la Val musste den Pfarrer ins Vertrauen gezogen haben, freilich ohne ihm den wahren Grund seiner Notlüge zu offenbaren.
»Kommt morgen in mein Kontor, Scholer. Ich sage es Euch zum letzten Mal. Am Ehrentag meiner Tochter verhandle ich nicht über Amtsgeschäfte.« Selten hatte Sebastian Dietz so bestimmt reden hören. Seine Kehle wurde eng. Dies also war der Ratsherr und zweite Neuerburger Schöffe Caspar Scholer, von dem sein Vater gesprochen hatte. Sebastian verabscheute den Mann auf Anhieb.
Scholers fleischiges Gesicht wurde dunkelrot ob dieser Zurechtweisung, der grausame Zug um seinen Mund vertiefte sich. Er machte eine steife Verbeugung. »Wie Ihr wünscht, Herr Bürgermeister«, sagte er betont höflich mit eisiger Stimme. »Doch ich hoffe, das Wohl unserer Bürger liegt Euch spätestens morgen wieder am Herzen.« Damit drehte er sich auf dem Absatz um und verschwand grußlos in der Menge der Gäste.
Auch Mohr hatte die Szene verfolgt und runzelte besorgt die Stirn. Seine gute Laune schien verflogen. Doch bevor Sebastian seine Befürchtungen mit ihm teilen konnte, hängte sich Barbara bei ihm ein und zog ihn in den Tanzsaal. Sie lachte ihn an.
»Männergeschäfte müssen bis morgen warten. Jetzt möchte ich tanzen und zeigen, was ich alles gelernt habe.«
Schon spielte die Musik einen Reigen, und die Tanzfläche füllte sich mit ausgelassenen Paaren. Barbara und Sebastian führten

den Tanz mit eleganten Figuren und Schritten an. Dann zeigten sie zum Vergnügen der Zuschauer eine lebhafte Volta. Sebastian wusste, dass für Barbara eigens ein Tanzlehrer engagiert worden war, mit dem sie in den letzten Tagen Stunden um Stunden geübt hatte. So wie sein Vater ihn mit prächtiger Garderobe ausstattete, die er sich eigentlich gar nicht leisten konnte, hatte Dietz alles dafür getan, dass seine Tochter höfische Sitten und Manieren erlernte. Kein Vater wollte hinter dem anderen zurückstehen.

Nahezu eine Stunde forderten Barbara und andere junge Frauen Tanz um Tanz von Sebastian. Nur Claudia machte zu seiner Enttäuschung keinerlei Anstalten, sich an dem Vergnügen zu beteiligen. Als er sich schließlich ein Herz fasste und sie um einen Tanz bat, winkte sie vor aller Augen ab.

Barbara rettete ihn aus der Verlegenheit und forderte ihn auf, mit ihr die Reste des Mahls an die Armen zu verteilen, die schon in großer Zahl vor dem Haus warteten. Doch auch sie war verwirrt. Auf ihr heiteres Gesicht fiel zum ersten Mal an diesem Abend ein Schatten.

»Warum bist du so hochmütig gegenüber Sebastian?«, nahm Barbara die Freundin beiseite, als sich während einer Tanzpause endlich eine Gelegenheit bot. »Missfällt er dir denn so sehr?« Ihre Stirn verzog sich in Kummerfalten.

»Nein, nein, meine Liebste«, beschwichtigte Claudia mit einem Anflug schlechten Gewissens, weil Barbara sie durchschaut hatte. »Ich bin nur ein wenig in Sorge um dich. Es geht oft nicht gut aus, wenn sich ein Adliger unter seinem Stande vermählt.« Barbaras Augen weiteten sich erschrocken.

»Die de la Vals sind ein sehr altes Geschlecht aus Vianden«, erklärte Claudia. »Der Urgroßvater deines Verlobten war ein angesehener und wohlhabender Edelmann. Er geriet in Fehde mit seinem Nachbarn und wettete sein ganzes Vermögen bei einem

Turnier auf den Sieg gegen ihn. Leider verlor er. Der Gegner zeigte weder Edel- noch Großmut. Die Familie ist seither verarmt. Man munkelt sogar, dass sich Sebastians Großvater wegen der Schande das Leben nahm. Jedenfalls wuchs Christoph de la Val als Waise sehr ärmlich auf und diente sich vom mittellosen Pagen bis hinauf in die Würde des Amtmanns. Dennoch ist seine Stellung nicht vergleichbar mit dem alten Glanz des Geschlechts.«

»Und nun glaubst du, sein Sohn heiratet mich nur wegen des Geldes? Um sich die Würde zurückzukaufen, die der Urgroßvater verlor?« Manchmal war Barbara scharfsinniger, als Claudia vermutete.

»Ich weiß es nicht«, antwortete sie ehrlich. »Ich hoffe, dass es sich nicht so verhält, doch den Dünkel des Adels kenne ich zur Genüge.« Ein bitterer Zug zeigte sich um ihren Mund.

Bevor Barbara weitere Fragen stellen konnte, zupfte ihre Magd Hanna sie von hinten am Kleid. Sie flüsterte Barbara etwas ins Ohr. Entsetzt sah diese auf und winkte Claudia, den Festsaal mit ihr zu verlassen. Die Frauen folgten Barbara in ihre Kammer im zweiten Geschoss des Hauses. Von unten vernahm man gedämpft das Stampfen der Tänzer.

»Nun sprich«, drängte Barbara. »Was ist Magdalena geschehen?«

Hanna wich ihrem Blick aus. »Sie wurde verletzt, als sie in die Webergasse zu einem kranken Kind eilte. Ein Stein traf sie am Kopf. Man trug sie bewusstlos zu ihrer Kate. Aber es geht ihr schon wieder besser.«

»Wer hat das getan und warum?«, empörte sich Claudia.

Hanna hielt den Blick gesenkt und zuckte die Schultern. »Ich weiß es nicht, Herrin. Ich habe Magdalena auf ihrem Lager gefunden, als ich ihr einige Speisen von der Tafel brachte, wie Ihr es befohlen hattet.« Sie schaute kurz zu Barbara auf. »Sie bat mich, Euch auszurichten, dass sie nicht wohl sei. Mehr kann ich nicht sagen.«

»Ich danke dir von Herzen und werde es dir reichlich vergelten.« Barbara zog eine Silbermünze aus einem kleinen Beutel, den sie am Gürtel trug. Hanna knickste erfreut und verließ auf ihren Wink hin die Kammer.
»Was mag das zu bedeuten haben?« Barbara war sehr besorgt. »Gestern Morgen war sie noch fröhlich und wohlauf. Ich muss sie gleich morgen besuchen.«
»Soll ich dich begleiten?«, bot Claudia an. Barbara lächelte erleichtert. »Das wäre mir eine große Stütze. Aber«, wieder zog sie besorgt die Stirn kraus, »kannst du denn fort aus der Burg?«
Claudia winkte mit mehr Zuversicht ab, als sie empfand. »Da werde ich schon einen Weg finden«, versprach sie. »Gleich nach der Frühmesse bin ich bei dir.«

# Kapitel 6

*Freitag, 15. Juni 1612*

Die Glocke der Rathausuhr schlug neun, als Claudia und Barbara am nächsten Morgen in die steile Weihergasse einbogen, die zur Hütte von Magdalena Pirken führte.
Anders als erwartet, war es Claudia nicht schwergefallen, die Burg zu verlassen. Ihre Tante lag mit heftigen Kopfschmerzen zu Bett und hatte weder an der Frühmesse in der Burgkapelle noch am anschließenden Frühmahl teilnehmen können. Claudia erbot sich daher, bei einer in Neuerburg wohlbekannten Kräuterfrau nach einem Linderungsmittel zu fragen. Da der Trank des Ortsbaders nichts gefruchtet hatte, erteilte ihr der Graf die Erlaubnis, einen Gang in die Stadt zu tun.
»Und stell dir nur vor, diese falsche Schlange Adela fragte betu-

lich, welches Kraut ich besorgen wolle«, erzählte sie der keuchenden Barbara, die in der steilen Straße kaum Schritt mit ihr halten konnte.
»Und was hast du geantwortet?«, japste sie.
»Bilsenkraut und Stechapfel«, antwortete Claudia leichthin.
Barbara blieb entsetzt stehen. »Bist du des Wahnsinns?«, entfuhr es ihr ungewohnt respektlos. »Das sind Hexenkräuter.«
»Ach was«, winkte Claudia ab. »Es war doch nur ein Scherz. Meinst du, der Graf hätte mich gehen lassen, wenn ich Gift für seine Gemahlin besorgte?«
Doch Barbara war mitnichten beruhigt. »Damit treibt man keine Späße«, tadelte sie.
Einige Schritte lang herrschte Schweigen. Dann lenkte Claudia das Gespräch auf ein anderes Thema. »Was hältst du denn überhaupt von meinen Stiefeln? Sie leisten mir gute Dienste.«
Barbara, die sich auf hölzernen Trippen, die sie sich unter ihre feinen Lederschuhe gebunden hatte, durch den Straßenmatsch quälte, runzelte die Stirn. »Das mag dir von Nutzen sein, ist aber kein Schuhwerk für eine Dame. Wo hast du sie überhaupt her?«
»Du klingst schon wie meine Tante«, antwortete Claudia verdrossen. »Der Sattler hat sie mir heimlich gefertigt. Ich habe die Hälfte meiner Barschaft dafür bezahlt. Ich mag keine Dame sein, aber wenigstens gehe ich bequem.«
Barbara blieb stehen. Als sich Claudia daraufhin zu ihr umwandte, sah sie Tränen in den Augen der Freundin stehen. Barbara sah blass und übernächtigt aus. »Verzeih mir, Claudia. Du kommst eigens in die Stadt, um mich zu begleiten, und ich habe mich nur zu beschweren. Ich habe in der Nacht kein Auge geschlossen, weil ich mir solche Sorgen um Magdalena mache.«
Claudia sah sie mitfühlend an. »Magdalena wird sicherlich wieder gesund. Sie hat eine Natur wie ein Pferd«, tröstete sie.
»Das ist es nicht.« Barbaras Stimme war kaum zu verstehen.

»Sie hat mir von dem kranken Kind in der Webergasse erzählt, weil sie wusste, dass es sterben würde. Die Mutter hatte zuerst eine Pfuscherin gerufen. Nun fürchte ich, dass man ihr den Tod des Kindes zur Last legen wird.«

»Und du meinst, deshalb hat man den Stein nach ihr geworfen?«, fragte Claudia betroffen. Barbara nickte.

Claudia ließ dies auf sich wirken, während die jungen Frauen den Weg schweigend fortsetzten. Noch bevor ihr eine Antwort eingefallen war, hatten sie Magdalenas Kate erreicht. Die Hütte lag direkt neben dem Friedhof, der die Kapelle des Eligius-Hospitals umgab. Ein kleines gepflegtes Kräutergärtchen, umzäunt mit Weidengeflecht, lag dahinter. Claudia musste sich bücken, als sie durch die schmale Holztür trat.

Im Inneren war es düster, da nur ein kleines, mit Pergament bespanntes Fenster Licht in den einzigen Raum ließ. Dennoch konnte Claudia erkennen, dass alles blitzsauber war. Auf dem Boden aus gestampftem Lehm lagen frische Binsen, unter die duftende Kräuter gemischt waren. An der Rückwand gab es einen kleinen gemauerten Kamin mit Rauchfang, der als Herd und Heizung diente. Da der Rauch auf diese Weise abziehen konnte, war der Raum kaum geschwärzt.

Auf Wandborden standen, sauber geordnet, Tiegel und Töpfchen in verschiedenen Größen. Kräuterbüschel hingen an einer Schnur, die quer durch den hinteren Teil des Raumes gespannt war.

Das Mobiliar bestand aus einem groben Eichentisch, drei wackligen Stühlen und einer geschnitzten Truhe. Diese war das Abschiedsgeschenk von Barbaras Vater gewesen, als Magdalena vor dreizehn Jahren sein Haus verlassen musste.

Hinter einem Leinenvorhang lag Barbaras frühere Amme auf einer schmalen, mit einem Strohsack gepolsterten Bettstatt. Sie richtete sich mühsam auf, als sie die jungen Frauen bemerkte. Um den Kopf trug sie einen weißen Verband.

»So bleib doch um Himmels willen liegen, Amma!«, rief Barbara statt einer Begrüßung und eilte zum Bett.
Doch Magdalena wehrte ab. »Es geziemt sich nicht, einen solch hohen Gast im Liegen zu empfangen. Seid herzlich willkommen, edles Fräulein von Leuchtenberg. Und natürlich auch du, mein lieber Schatz. Ich freue mich sehr über euren Besuch.«
Mit Barbaras Hilfe erhob sie sich vorsichtig. »Es geht mir außerdem schon wieder viel besser. Ich muss nicht mehr erbrechen und fühle nur noch leichten Schwindel und Ohrensausen. In einigen Tagen bin ich wieder ganz hergestellt.«
Sie ließ sich auf einem der Stühle nieder und bat Barbara, Wasser für einen Kräutertee aufzukochen. Erst als das duftende Getränk in einfachen Tonbechern auf dem Tisch stand, gemeinsam mit dem noch unberührten Gebäck, das Barbara ihr vor zwei Tagen gebracht hatte, war sie bereit, die drängenden Fragen der jungen Frauen zu beantworten.
Magdalenas Stimme klang seltsam hohl, als sie von ihrem zweiten Besuch in der Webergasse berichtete.
»Aber warum waren die Leute so aufgebracht gegen dich?«, fragte Claudia. »Sie wussten doch, dass du nichts Unrechtes getan hast.«
»Und wer warf den Stein?«, fiel Barbara ein. »Ich will, dass der Täter zur Rechenschaft gezogen wird.«
Magdalenas bleiches Gesicht verzog sich zu einem matten Lächeln. »Den Stein warf wahrscheinlich Lieschens Bruder. Er ist kaum zehn Jahre alt. Wie willst du ihn zur Rechenschaft ziehen?«
»Aber warum tat er das? Du hattest die Kinder doch sogar beim letzten Besuch beschenkt.«
Magdalena wich Barbaras Blick aus. »Sie schimpften mich eine Hexe«, sagte sie schließlich. Ihre Stimme klang resigniert.
Die jungen Frauen schwiegen schockiert. Dann begann Barbara zu weinen.

Mit einer ungeduldigen Handbewegung bedeutete ihr Claudia, sich zusammenzunehmen. »Wer wagt es, eine so ungeheuerliche Behauptung aufzustellen?«, fragte sie empört.
»Dazu bedarf es keines Wagemuts, edles Fräulein. Obwohl ich seit über zwanzig Jahren hier lebe, bin ich für die Einheimischen immer noch eine Fremde, der man mit Argwohn begegnet. In jungen Jahren habe ich die Kräuterheilkunde erlernt. Seitdem ich Barbaras Haus verlassen habe, bin ich darauf angewiesen, diese Kunst zu meinem Lebensunterhalt auszuüben. Das Waschen bringt mir nicht genug ein, besonders im Winter.
Nur verstehen die Leute nichts von Krankheiten und Medizin. Helfen meine Salben und Tränke, erhalte ich meistens einen bescheidenen Lohn. Doch man dankt Gott für die Genesung und spendet eine Wachskerze, während ich länger auf die Bezahlung warten muss. Helfen meine Mittel jedoch einmal nicht, glauben die Leute gleich an schwarze Magie. Wenn sich eine Krankheit verschlimmert oder sogar zum Tod führt, muss eine Hexe am Werke gewesen sein. Eine natürliche Ursache für das Siechtum ziehen sie nicht in Betracht.«
»Aber alle Menschen müssen einmal sterben, und die meisten sterben an einer Krankheit.«
Magdalena zuckte die Achseln. »Jede Kräuterfrau lebt mit dieser Gefahr. Auch jede Hebamme. Und schließlich gibt es ja wirklich Kräuterweiber, die mehr Schaden als Nutzen mit ihren Mitteln anrichten.«
»So wie diese Zia Schreber? Warum wird die nicht als Hexe beschuldigt? Sie war es doch, die dem Kind Gänsekot auf die Brust geschmiert hat«, mischte sich Barbara ein.
»Auch Zia schimpfen sie eine Hexe«, antwortete Magdalena. »Die Leute machen keinen Unterschied zwischen ihr und mir.«
Barbara schwieg betroffen. »Das hast du mir neulich schon einmal erzählt«, sagte sie schließlich leise. »Es ist so furchtbar gemein.«

»Wie bist du dem Pöbel überhaupt entkommen?«, wollte Claudia wissen.
Ein merkwürdiger Ausdruck trat auf Magdalenas Gesicht. »Der Ratsherr Caspar Scholer hat mich gerettet. Er kam wohl zufällig in die Gasse, um Garn abzuholen. Seine Knechte trugen mich in meine Kate, da mir so schwindlig war, dass ich nicht mehr alleine gehen konnte.«
»Also«, rief Claudia, »da siehst du doch, was ein Mann von Rang von diesem Hexerei-Unsinn hält!«
»Oh, er befragte die Leute sehr gründlich.« Magdalenas Stimme klang flach. »Und auch mich fragte er gestern, was ich für Kräuter und Mittel verwende. Auch ob ich damit Schadenszauber verübt hätte. Er suchte mich eigens dazu auf.«
Die jungen Frauen schwiegen entsetzt.
»Ich kenne ihn schon als Sendschöffen«, fuhr Magdalena fort. »Dreimal bezichtigte er mich bereits der Unzucht und Hurerei. Doch ich habe mir nichts zuschulden kommen lassen, und so konnte er nichts beweisen. Aber glaubt mir, ein Mann wie er gibt nicht auf.«
»Aber warum hat er dich dann gerettet?«, fragte Claudia. »Das macht doch gar keinen Sinn.«
»Er ist Schöffe am Hochgericht. Er wies Lehn Lauert und die anderen darauf hin, dass nur ein ordentliches Gericht Hexerei ahnden darf.«
»Und was heißt das?«
Nun traten auch in Magdalenas Augen Tränen. »Er wird wohl eine Untersuchung der Sache fordern. Scholer ist unbarmherzig gegenüber jedermann. Warum sollte er mit zwei elenden Kräuterweibern besser verfahren als mit seinen eigenen Knechten und Tagelöhnern?«
»Außerdem ist es nicht das erste Mal, dass man mich Hexe und Zauberin nennt«, fuhr sie mit leiser Stimme fort. »Schon letztes Jahr ist es geschehen, als der alte Wellinger an einem Geschwür

starb, und auch im Jahr davor. Nur bin ich diesmal in aller Öffentlichkeit beschrien worden, so dass es nun alle Welt weiß.«
»Dem muss man schleunigst einen Riegel vorschieben.« Claudia überwand ihre Bestürzung und sprang auf die Füße. »Du musst dich gegen die Verleumdung wehren. Wer solch einen Verdacht unwidersprochen lässt, macht sich umso verdächtiger.«
»Ja, Claudia hat recht«, pflichtete Barbara ihr bei. »Du musst zumindest Lehn Lauert wegen übler Nachrede verklagen. Gleich wenn ich heimkomme, werde ich mit meinem Vater von der Sache sprechen. Er wird dafür sorgen, dass dir kein weiteres Unrecht geschieht.«

Bedrückt verabschiedeten sich die jungen Frauen wenig später vor Barbaras Haustür. Mit dem Verdacht auf Hexerei war wahrlich nicht zu spaßen.
Grimmig stieg Claudia den steilen Burgberg hinauf. In einem Beutelchen am Gürtel trug sie den Tee aus Melisse, Johanniskraut und Schafgarbe, den ihr Magdalena gegen das Kopfweh der Tante gemischt hatte. Sorgsam war Claudia von ihr zuvor nach den Symptomen befragt worden. Eine Bezahlung wies sie weit von sich. Claudia hinterließ ihr dennoch heimlich eine Silbermünze auf der Truhe.
Sie selbst war mit Hexenprozessen noch kaum in Berührung gekommen. In der Oberpfalz hatte es keinen einzigen Brand gegeben, solange sie dort lebte. Nur im fernen München erregte vor vielen Jahren ein Prozess gegen eine Landfahrerfamilie so viel Aufsehen, dass die Kunde davon bis nach Pfreimd gelangte. Aber damals war sie noch ein kleines Mädchen gewesen, das kaum verstand, worüber die Mägde so eifrig schwatzten. Nun begann Claudia jedoch zum ersten Mal, ernsthaft über das Phänomen der Hexerei nachzudenken.
Denn hierzulande ging es offenbar anders zu. Auf dem Rückweg erzählte ihr Barbara, dass Hexenverfolgungen in Luxem-

burg, an der Mosel und auch in den benachbarten Eifelgrafschaften viele Menschen das Leben gekostet hatten. Barbara glaubte, dass auch viele Unschuldige hingerichtet wurden. Dies war Claudia noch nie in den Sinn gekommen. Zweifellos gab es Hexen und Unholde, das stellte niemand in Frage. Doch konnte es wirklich Unschuldige treffen? Ehrbare und von Grund auf anständige Frauen wie Magdalena? Sie ließ sich noch einmal durch den Kopf gehen, was ihr von Barbara anvertraut worden war.

»Schon Muhme Grete hat Magdalena vor dem Vater eine Hexe genannt«, hatte diese der erschrockenen Freundin erzählt. »Als kleines Mädchen habe ich ein solches Gespräch belauscht. Vater wies Grete scharf zurecht und verbot ihr jede weitere üble Nachrede. Er drohte ihr, sie müsse sein Haus sonst verlassen. Auf seinen Geschäftsreisen nach Trier war er Zeuge der Brände und ihrer Folgen geworden und wollte die Herrschaft Neuerburg um jeden Preis vor einem ähnlichen Schicksal bewahren. Aber Magdalena musste dennoch das Haus verlassen, damit nicht weiter Öl ins Feuer gegossen würde und am Ende das Gesinde Klage gegen sie erhob.«

»Hast du Magdalena davon erzählt?«

Barbara schüttelte den Kopf. »Aber ich glaube, dass sie es trotzdem weiß. Bis heute geht sie der Gesindemeisterin Elsbeth aus dem Weg und will auch nicht wieder zurückkommen, obwohl die Muhme jetzt tot ist.«

»Was brachte Grete denn gegen Magdalena vor?«

»Schon damals nutzte die Amma ihre Heilkunst. Ich lag mit einem schweren Fieber danieder, und Amma bestand darauf, mich zu pflegen. Sie ließ niemanden außer dem Vater zu mir. Die Muhme holte den Bader, damit er mich zur Ader ließe, aber Amma verbot ihm den Zutritt zu meiner Kammer. Anstatt die Fenster geschlossen zu halten, ließ sie Luft und Licht hinein und tat auch sonst mancherlei, was der Bader nicht guthieß. Trotzdem wurde ich wieder gesund, und die neidische Tante glaubte, es könne nicht mit rechten Dingen zugegangen sein.«

»Und das war der Grund ihrer Klage? Dass du ohne die Mittel des Baders wieder gesund wurdest? Das kann doch nicht alles gewesen sein, was sie vorbrachte.«

»Um eine mittellose Fremde der Zauberei zu bezichtigen, braucht es nicht viel.« Barbara stockte. Sie rang sichtlich mit sich. Dann fuhr sie fort: »Aber du hast recht. Deinem Scharfsinn entgeht wirklich nichts. Da war noch etwas, das die Amma sehr verdächtig machte. Die Muhme hatte geweihtes Wasser aus der St.-Nikolaus-Kirche besorgt. Damals war Jakob Mohr dort im Amt, der Vater des heutigen Stadtpfarrers. Er war bekannt für seine mangelnde Reinlichkeit. Das Weihwasser schöpfte er aus dem Becken, in das jeder die Hände eintauchen konnte, um sich zu segnen. Es roch schlecht, und allerlei Unrat schwamm darin, erzählte die Amma mir später. Sie wollte nicht, dass ich es trank, und schüttete es fort. Das hielt die Muhme für den Beweis, dass sie mit dem Teufel im Bunde sei. Hätte der alte Mohr davon erfahren, er hätte die Sache niemals auf sich beruhen lassen.«

Magdalena war also schon seit vielen Jahren verrufen. Aber steckte wirklich Hexerei dahinter? Dafür gab es keinen einzigen echten Beweis, machte sich Claudia klar, als das innere Burgtor in Sicht kam. Magdalena wurde allein aus Unwissenheit, Neid und Argwohn aufgrund ihrer unbekannten Herkunft abgelehnt. Tatsächlich wusste selbst Barbara kaum etwas über das Leben ihrer Amme, bevor diese nach Neuerburg gekommen war. Magdalena sei mit einem Söldnerheer gezogen, meinte sie, mehr war ihr nicht bekannt.

Claudia vermutete, dass Magdalena einst ihr Leben als Hure gefristet hatte wie die meisten Frauen im Tross und sich schämte, dies einzugestehen. Tatsächlich hätte es ihr auch nur geschadet und den Argwohn der Leute noch vergrößert.

Aber soweit Claudia wusste, tat Magdalena niemandem etwas zuleide. Sie war von Grund auf ehrlich und hilfsbereit: Kein Wäschestück in ihrer Obhut war je abhanden gekommen, kein Kranker je abgewiesen worden. Fiel das denn nicht ins Gewicht? Magadalena hatte unzähligen Menschen geholfen, und mehr als einmal war man ihr den Lohn dafür schuldig geblieben. Sie zum Dank eine Hexe zu schimpfen war einfach himmelschreiend ungerecht.
Als Claudia das Burgtor erreichte, war ihr Entschluss gefasst. Mochten anderswo Zauberer und Hexen ihr Unwesen treiben, Magdalena gehörte mit Sicherheit nicht zu ihnen. Also wollte sie sich selbst dafür einsetzen, dass Barbaras Amme nicht weiter verdächtigt würde. Als Edelfräulein von Leuchtenberg besaß ihr Wort immerhin einiges Gewicht.

Es pochte an der Tür des Kontors. Heinrich Dietz sah unwillig von den Büchern hoch, die er gerade prüfte. Soeben hatte die Uhr die zehnte Stunde geschlagen. Jedermann wusste, dass gestern bis spät in die Nacht ein großes Fest in seinem Hause gegeben worden war. Wer störte ihn da vor dem Nachmittag?
Zögernd öffnete die Magd Hanna die Tür. Hinter ihr wurde die massige Gestalt von Caspar Scholer sichtbar. Dietz' Herzschlag beschleunigte sich. Er hätte wissen müssen, dass dieser Mensch keine Ruhe geben würde.
Dennoch wahrte er die Form und ging seinem Gast entgegen. Er bestellte Wasser und Wein und bediente Scholer eigenhändig, als die Magd das Gewünschte gebracht hatte. Dann trat er die Flucht nach vorne an.
»Gut, dass Ihr kommt, Meister Scholer. Auch ich habe mit Euch zu sprechen in Angelegenheiten der Zunft.«
Scholers selbstsicherer Ausdruck kam einen Augenblick lang ins Wanken. Doch er fand schnell wieder zu seiner üblichen großspurigen Art zurück.

»Später, Meister Dietz, später«, wehrte er ab. »Die Interessen der Zunft müssen zurückstehen hinter den Interessen der ganzen Herrschaft. Ich komme in der Sache, die ich Euch gestern Abend bedeutet habe.«

Dietz sah ein, dass Scholer sich nicht von seinem Vorhaben abbringen lassen würde. »So sprecht denn«, lenkte er ein.

»In der Stadt gehen Gerüchte um, dass einige Kräuterweiber Schadenszauber verüben. In der Webergasse sind schon zwei Kinder an einem tückischen Fieber verstorben, am ganzen Körper mit Teufelsmalen übersät. Zwei weitere und auch zwei Erwachsene liegen todkrank danieder.«

»Was haben die Kräuterweiber damit zu tun?«, erkundigte sich Dietz.

»Sie wurden ans Bett der Kranken gerufen. Ein altes, gebrechliches Weiblein mit Namen Zia Schreber machte den Anfang. Sie band eine Wachskerze um den Kopf des zuerst erkrankten Kindes und murmelte Sprüche dazu. Die Mutter, eine Spinnmagd mit Namen Lehn Lauert, sagt aus, sie habe geglaubt, es seien christliche Segenssprüche. Jetzt aber, da auch ihr zweites Kind verstorben ist, glaubt sie, dass die Kerze dem Teufel geweiht war und es böse Zaubersprüche waren, die am Krankenlager gesprochen wurden.«

»Aber das Kind war schon krank, als man die Frau rief?«

»Ein harmloses Fieber, wie es Kinder im zarten Alter häufig befällt. Erst nach dem Besuch des Weibes wurde es schlimmer.«

»Woher wisst Ihr, dass die Male am Körper der Kranken teuflischen Ursprungs sind?«

»Die Male sind schwärzlich und rund. Jedermann weiß, dass der Teufel so seine Opfer zeichnet.«

Dietz erkannte, dass Scholer sich gut auf das Gespräch vorbereitet hatte. So stellte er endlich die Frage, deren Antwort er fürchtete. »Ihr sagtet, es seien mehrere Kräuterweiber?«

»Als das erste Kind nach Zias Behandlung noch kränker wurde, schickte Lehn Lauert nach Magdalena Pirken, der Wäscherin. Sie flößte dem Mädchen einen Trank ein und verschenkte einen Topf Pflaumenmus an die restlichen Kinder. Auch ließ sie eine Salbe da, die die Teufelsmale zum Verschwinden bringen sollte, damit die Verbrechen unentdeckt bleiben. Lehn Lauert glaubt, dass die Pirken die Oberhexe ist und das Werk der Zia Schreber zur Vollendung gebracht hat.«

Dietz blieb äußerlich ruhig, obwohl ihm der Schrecken in alle Glieder fuhr. Aber er wäre ein schlechter Kaufmann gewesen, hätte man ihm seine Gefühle ansehen können.

»Und wie hat sie das gemacht?«

Scholer strich sich über den mächtigen Bauch, der das Wams aus feinem Wolltuch bedenklich dehnte. Dann nahm er noch einen Schluck Wein. »Einen guten Tropfen schenkt Ihr hier aus«, bemerkte er anerkennend.

Dietz schwieg und wartete.

»Lehn Lauert berichtet, dass die Pirken sie aus der Hütte schickte, um Wasser zu holen. In dieser Zeit murmelte sie böse Sprüche über dem Krankenlager und die gesunden Geschwister. Das erzählt der Hans, ihr einzig verbliebenes Kind. Der Lehn selbst fiel nur auf, dass die Pirken die Spuren des Zaubers der Schreberin beseitigte. Sie nahm die Kerze an sich und band den Wickel ab, den die Schreberin dem Töchterchen um die Brust gebunden hatte. Auch gab sie nicht einmal vor zu beten und wich Lehn aus, als diese sie dazu aufforderte.« Er machte eine bedeutungsvolle Pause.

»Und weiter?«, drängte Dietz.

»Dann verabreichte sie dem kranken Kind den tödlichen Trank und vergiftete die beiden anderen mit einem Topf Pflaumenmus, den sie mitgebracht hatte. Am nächsten Tag war auch die ältere Tochter Marie sterbenskrank. Das kleine Lieschen verstarb um die Mittagsstunde.«

Dietz ließ sich Scholers Worte eine Weile durch den Kopf gehen.

Ruhig und besonnen zu bleiben war jetzt das Gebot der Stunde. »Und was ist nun Euer Begehr?«, fragte er schließlich.
Scholer stieß unwillig die Luft aus und kratzte sich den kahl werdenden Schädel. »Das liegt doch auf der Hand, Meister Dietz. Ihr seid der Bürgermeister von Neuerburg und damit Richter am Hochgericht des Landgrafen. Ihr müsst nun den Amtmann bitten, Klage gegen die Weiber zu erheben und sie gefänglich einziehen lassen. Der Amtmann ist einverstanden und wartet nur noch auf Euren Anstoß. Die Weiber zu überführen wird dann ein Leichtes sein. Euer eigener Eidam ist mit mir Schöffe am Hochgericht.«
Dietz ließ sich Zeit, ehe er antwortete. »Das sind schwerwiegende Beschuldigungen, die Ihr da vorbringt, Meister Scholer. So habe ich Euch recht verstanden, dass nach dem Besuch der Pirken alle Kinder der Lehn Lauert erkrankt sind und auch sie selbst?«
»Nein«, gab Scholer widerwillig zu. »Nur die älteste Tochter ist krank geworden. Dazu ein Nachbarsjunge und seine Eltern.«
»Also der Junge, der von dem vergifteten Pflaumenmus aß, ist gesund?«, hakte Dietz nach. »Und auch die Mutter Lehn Lauert?«
Scholer schnaubte. »Noch, Meister Dietz, noch sind sie gesund. Wer weiß, wann der Zauber auch bei ihnen zu wirken beginnt.«
Dietz ließ sich nicht beirren. »Aber der Nachbarsjunge und seine Eltern haben nichts von dem Mus gegessen? Und auch nichts von dem Trank eingenommen, den die Pirken dem Lieschen verabreichte?«
Jetzt wurde Scholer wütend. »Was spielt denn das für eine Rolle? Wie der Zauber verübt wurde, soll das Gericht herausfinden. Unter der Folter werden die Weiber schon gestehen, wie sie es bewerkstelligt haben.«
Doch Dietz winkte ab. »Euer Verdacht ist mir nicht schlüssig genug für ein Zaubereiverfahren«, sagte er in bestimmtem Ton.

»In der Webergasse herrschen Elend und Not. Eltern und Kinder entbehren das Nötigste zum Leben und wissen nicht, wie sie dem nächsten Winter begegnen sollen. Es bedarf wahrlich keines Schadenszaubers, dass sie sterben wie die Fliegen. Auch dank Euch ist das so«, kam er Scholer zuvor, der gerade zu einer Erwiderung ansetzen wollte und daraufhin tatsächlich verblüfft schwieg.

»Auch dank Euch«, wiederholte Dietz. »Meine Tochter hat mir berichtet, dass Ihr den Spinnmägden unter jedem beliebigen Vorwand den Lohn kürzt. Auch den Lohn der Lehn Lauert. Sie kann ihre Kinder nicht von den paar Hellern ernähren, die Ihr ihr zugesteht. Das ist eine Schande für unsere ganze Zunft.«

Scholers Gesicht wurde puterrot und nahm einen gehässigen Ausdruck an.

»Und woher beliebt Eure Tochter dies zu wissen?«, fragte er mit Häme. »Sie wird sich kaum selbst in die Webergasse begeben haben.«

Dietz erkannte, dass er zu voreilig gewesen war. Doch nun konnte er nicht mehr zurück.

»Eben jene Magdalena Pirken, die Ihr beschuldigt, hat es ihr berichtet, als sie von ihrem ersten Besuch bei Lehn Lauert kam.«

»So lasst Ihr Eure Tochter Umgang mit einer besagten Hexe pflegen?« Scholers Tonfall war gespielt ungläubig. »Aber ja, jetzt fällt es mir ein. Sie war ja einst ihre Amme. Habt Ihr nicht die Befürchtung, sie könnte Eure Tochter ihre teuflischen Künste lehren?«

Dietz brach der kalte Schweiß aus. Die Gedanken rasten durch seinen Kopf. Das Gespräch drohte eine gefährliche Wende zu nehmen. Doch äußerlich blieb er ruhig.

»Das nehmt Ihr zurück, Scholer, oder ich verklage Euch vor dem Zunftgericht und beantrage Euren Ausschluss.« Er sah Scholer fest in die Augen. »Jedermann in Neuerburg weiß, dass Ihr ein Heuchler und Unmensch seid. Seit vielen Jahren seid Ihr Send-

schöffe und wacht im Auftrag der Kirche über die Sitten der Bürger. Doch in Eurem eigenen Haushalt ist keine Magd vor Euren Nachstellungen sicher. Ich habe Zeugen dafür«, wehrte er Scholers empörten Einspruch ab.
»Und Ihr beutet die Tagelöhner aus, auch das ist bekannt«, fuhr er fort. »Ihr bietet ihnen Fusel als Teil ihres Lohns an und verlangt einen Zinsfuß für ihre Schulden, der selbst dem schlimmsten Wucherer die Schamröte ins Gesicht treiben würde. Schon lange habe ich den Brudermeister Paulus Jönen eingeweiht, da Euer Verhalten zu einem zunehmenden Ärgernis für uns alle wird. Auch Hochwürden Mohr weiß über Euch Bescheid. Doch wir alle haben bislang geschwiegen, um der Ehre des Stadtrats und der Zunft willen. Aber wir werden nicht zulassen, dass Ihr jetzt Unschuldige auf den Scheiterhaufen bringt.« Er holte tief Luft.
Scholer schien an seiner Wut schier zu ersticken. Doch auch er war ein gewiefter Kaufmann und gab so schnell nicht auf. Dietz' Vorwürfe ließ er unbeachtet und wechselte geschickt das Thema. »Ich begreife, dass es Euch schwerfallen muss, ein ehemaliges Mitglied Eures eigenen Haushalts unter so schwerem Verdacht zu sehen«, säuselte er mit gespieltem Mitgefühl. »Doch ist Euch niemals aufgefallen, dass man überall die Unholde und Zauberer verfolgt, nur nicht in unserer Herrschaft Neuerburg? In Oberkail und Gerolstein wird seit vielen Jahren gebrannt, und immer neue Schandtaten der Hexen kommen dabei ans Licht. Sie verderben die Ernte, vergiften das Vieh und schicken Seuchen über die Menschen.«
Dietz wollte etwas erwidern, doch Scholer ließ ihn nicht zu Wort kommen. »All das geschieht auch hier in Neuerburg, das wisst Ihr genau. Denkt nur an die Stürme im Frühjahr, die Kälte bis weit in den Mai, die letzten Unwetter und die Schneckenplage, der man kaum Herr werden kann. All das ist Schadenszauber! Doch hier bei uns bleiben die Schuldigen ungestraft, und

die ehrbaren Leute sehen es mit Grauen und Unmut. Täglich erreichen mich Bitten, im Rat endlich dagegen durchzugreifen.«

»Wer bittet darum?«

»Die Reichen genauso gut wie die Armen. Selbst der Vater Eures eigenen Schwiegersohns, der Amtmann de la Val, hat mir versichert, dass er Hexen in der Herrschaft am Werke glaubt. Und wäre unser Landgraf nicht aus der fernen Oberpfalz, sondern aus unserer Gegend, er hätte es schon längst seinen Verwandten nachgetan, anstatt seine Pflichten als Landesvater so sträflich zu vernachlässigen.«

Dietz' Miene war wie versteinert. Es war nur zu wahr, was Scholer da vorbrachte. Überall ringsumher wurde gebrannt, und auch er wusste, dass viele Bürger und Bauern der Herrschaft nicht verstanden, dass man in Neuerburg die vermeintlichen Zauberer ungeschoren ließ. Wäre Hochwürden Mohr nicht ebenso ein Gegner von Hexenprozessen wie er selbst, Dietz hätte sich im Rat schon längst nicht mehr gegen das Ansinnen verwahren können, auch in Neuerburg nach Unholden zu fahnden.

Doch um nichts in der Welt wollte er eingestehen, wie gut Scholer die Stimmung im Volk erfasst hatte. »Die Beweise reichen nicht aus, die Ihr gegen die Schreberin und die Pirken vorbringt«, beschied er Scholer kurz angebunden und stand auf.

Es war das Zeichen, dass das Gespräch beendet war. Auch Scholer erhob sich, wenn auch betont langsam. »Das werdet Ihr noch bereuen, Dietz«, drohte er offen. »Schon morgen reite ich selbst zu den Amtmännern von Gerolstein und Kail und nehme Einsicht in die Prozessakten. Ich will doch einmal sehen, ob es nicht auch Besagungen aus den Nachbarherrschaften gegen die Neuerburger Unholde gibt. Schließlich versammeln sich die Weiber doch alleweil zu ihrem teuflischen Sabbat. Gewiss hat dort jemand auch die Schreberin und die Pirken gesehen. Erst recht, wenn Letztere die Oberhexe ist, wie Lehn Lauert behauptet.«

»Tut, was Ihr nicht lassen könnt, Scholer«, entgegnete Dietz ruhiger, als er war. »Doch merkt Euch, die Pirken hat niemandem etwas zuleide getan und steht unter meinem persönlichen Schutz.«
»Ich werde es wohl bedenken, Dietz.« Scholer ließ sich nicht einschüchtern. »Vor allem, wenn ihr teuflischer Leib auf dem Richtplatz zu Asche verbrennt.« Damit riss er die Tür auf.
Und stieß beinahe mit Barbara zusammen, die offensichtlich einen Teil der Unterredung belauscht hatte. Ihre Augen waren weit aufgerissen, ihr Gesicht totenbleich. Noch bevor Scholer an ihr vorbei war, sank sie ohnmächtig in sich zusammen.

# Kapitel 7

*Sonntag, 22. Juli 1612*

»Was meinst du, Claudia? Werde ich so den Beifall der Eltern und der Tischgesellschaft erringen?«
Kritisch sah Elisabeth von Leuchtenberg an sich hinunter. Zum ersten Mal trug sie ihr neues Festkleid, das ihr der Vater in der Hoffnung auf die baldige Bekanntgabe ihrer Verlobung geschenkt hatte.
Claudia nickte der schmalen Vierzehnjährigen aufmunternd zu. »Ich denke, du wirst auf jedermann großen Eindruck machen.«
Elisabeth lächelte schüchtern, wirkte aber nicht überzeugt. »Die Polster drücken scheußlich.« Sie strich sich über die wulstartig verbreiterten Hüften, über denen sich der mit Reifen verstärkte Unterrock spannte. Darüber breitete sich in makellosem Fall die kostbare hellgrüne Seide des Obergewandes aus.
»Wer schön sein will, muss leiden«, antwortete Claudia mit

einem verschwörerischen Augenzwinkern. Doch im Innersten tat Elisabeth ihr leid.
Das prachtvolle, aber unbequeme Kleid war nach der neuesten Mode geschnitten. Besonders auffällig war der nach vorne hin offene Spitzenkragen, der mittels eines unsichtbaren Drahtgeflechts hoch in den Nacken ragte. Auch Brusttuch und Ärmelbesatz waren aus Spitze.
Eigentlich ist Elisabeth noch viel zu jung für solch ein Gewand, dachte Claudia. Ihre schmale Gestalt verschwand fast unter der Stofffülle, anstatt durch sie zur Geltung zu kommen. Doch ginge es nach dem Willen ihres Vaters, sollte Elisabeth bald einen einflussreichen Verwandten ehelichen, den Sohn des mächtigsten Anwärters auf das Erbe derer von Manderscheid-Schleiden. Und da zu erwarten war, dass Ernst von der Marck seine Braut nach der Verlobung umgehend mit einem Besuch beehren würde, sollte sich das Mädchen schon jetzt auf diese Gelegenheit vorbereiten, um einen möglichst guten Eindruck zu machen.
»Meinst du, ich werde ihm auch gefallen?« Es war, als ob Elisabeth Claudias Gedanken gelesen hätte.
»Ernst wäre ein Narr, wenn er dich nicht hübsch fände«, antwortete diese mit ehrlicher Überzeugung.
In der Tat hatten sich bei der Tochter des Landgrafen die positiven Merkmale der Leuchtenberger mit denen der Manderscheider vereinigt. Das feine blonde Haar und die blassblauen Augen der Mutter bildeten einen reizvollen Kontrast zu den vollen Leuchtenberger Lippen. Die Locken hatte sie vom Vater, die zarten Gesichtszüge wiederum von der Mutter geerbt, deren Gesicht mittlerweile allerdings von der Wassersucht derart aufgequollen war, dass man die Ähnlichkeit erst auf den zweiten Blick bemerkte.
»Aber ob er ein guter Ehemann sein wird?«, zweifelte Elisabeth. »Man sagt, die von der Marcks seien hoffärtig und grausam.«
Dem konnte Claudia nicht widersprechen. Um das Mädchen

nicht noch mehr zu beunruhigen, lenkte sie ab. »Nun, immerhin haben sie sich im Streit um das Erbe bislang gut behauptet. Es gereicht einer Frau gemeinhin zum Vorteil, die Gattin eines mächtigen Fürsten zu sein.«

»Stimmt es, dass Ernsts Vater, Philipp von der Marck, schon kurz nach dem Tod meines Großonkels Dietrich die Burg Kerpen mit Gewalt genommen hat?«

»Es stimmt«, bestätigte Claudia.

»Warum hat er das getan?«

»Um das zu erklären, muss ich etwas ausholen.« Sie gab Elisabeth einen Wink, sich zu ihr in die Fensternische des Gemachs zu setzen. Von dort hatte man einen atemberaubenden Blick über die Eifellandschaft, die von der Abendsonne in ein rotgoldenes Licht getaucht wurde.

»Das Geschick des männlichen Zweigs derer von Manderscheid-Schleiden ist tragisch. Dein Urahn Dietrich III. teilte vor mehr als einhundert Jahren die Manderscheider Grafschaften unter seinen drei Söhnen auf. Anfangs entwickelte sich der Schleidener Zweig am besten und wurde sehr wohlhabend. Doch der letzte Graf Dietrich VI. blieb kinderlos. Sein jüngerer Bruder, dein Großvater Joachim, sollte ihn beerben. Er lebte hier auf der Neuerburg, starb aber schon elf Jahre vor Dietrich und hinterließ sechs Töchter, aber nur einen einzigen Sohn. Auch der starb vor Dietrich. Er wurde bei einem studentischen Raufhändel getötet. So gab es keinen männlichen Nachkommen mehr als Erben der Grafschaft. Übrig blieben nur Joachims Töchter, deine sechs Tanten. Noch zu Lebzeiten des alten Grafen begannen sie um die reiche Grafschaft zu streiten.«

»Aber Ernst von der Marck ist doch gar nicht der Sohn einer meiner Tanten.«

»Zum Glück nicht«, antwortete Claudia. »Wäre er dein direkter Vetter, dürfte es noch weit schwerer fallen, vom Trierer Erzbischof den Dispens für eure Vermählung zu erwirken.«

Sie schenkte sich Wasser aus einem irdenen Krug ein und nahm einen Schluck. Es war trotz der Hitze des Tages noch erfrischend kühl. »Ernst von der Marck ist dein Großcousin. Sein Vater Philipp hat Dietrichs Schwester Katharina geheiratet. Philipp wäre eigentlich gar nicht erbberechtigt gewesen, aber das scherte ihn nicht. Ganz im Gegenteil: Nach dem Tode des letzten Grafen suchte er dessen Witwe auf, die sich auf die Burg Kerpen zurückgezogen hatte. Angeblich wollte er ihr sein Beileid bekunden. Am Morgen nach seiner Ankunft besetzten seine Mannen jedoch die Burg und nahmen auch die reiche Stadt Schleiden ein. Seither haben sie diese Besitztümer nicht wieder herausgegeben trotz aller Proteste der rechtmäßigen Erben.«

»Und warum ließen ihn die Mächtigen des Reiches gewähren und geboten ihm keinen Einhalt? Der Herzog von Luxemburg zum Beispiel oder der Kaiser selbst?«

Claudia lächelte erfreut. Wieder einmal zeigte sich Elisabeths Klugheit.

»Das hat religiöse Gründe«, erklärte sie. »Dein Großvater Joachim tolerierte den Protestantismus, deine Großmutter bekannte sich sogar offen zu Luthers Lehren. Das gefiel den katholischen Majestäten gar nicht. Die von der Marcks aber waren allezeit strenge Katholiken und leiteten die Gegenreformation in den von ihnen besetzten Gebieten ein. Insofern hielt man Philipps Eroberungen wohl für gottgefällig«, fügte sie mit feiner Ironie hinzu.

Elisabeth runzelte die Stirn. »Aber auch wir sind gut katholisch und mit uns die ganze Herrschaft Neuerburg.«

»Unter Joachims Regierung durfte jedermann seine Religion frei wählen. Auch deine Mutter wurde damals lutherisch erzogen. Erst als dein Vater um ihre Hand anhielt, musste sie ihren Glauben wechseln. Das war eine Bedingung für die Heirat.«

Elisabeth staunte. »Das hätte ich niemals vermutet, so eifrig wie sie heute ihren katholischen Pflichten nachkommt.«

Der bittere Zug erschien wieder um Claudias Mund. »Es blieb ihr am Hof deines oberpfälzischen Großvaters nichts anderes übrig«, erklärte sie. »Er ist ein furchtbarer Tyrann und Despot. Deine Mutter ließ er von seinem Burgkaplan auf das strengste überwachen. Er sorgte dafür, dass sie kein Jota mehr vom rechten Glauben abwich. Da sie deinem Vater in allem gefallen wollte, unterwarf sich deine Mutter diesem Zwang. Vielleicht wurde sie dadurch so bösartig und lebensfeindlich«, murmelte sie in plötzlicher Erkenntnis.

»Hält sie deshalb so große Stücke auf den neuen Burgkaplan Josten?« Unwillkürlich rieb sich Elisabeth die rechte Hand.

Claudia wurde aufmerksam. Sanft ergriff sie die Hand des Mädchens und drehte sie um. Ein hässlicher roter Striemen zog sich quer über die zarte Innenhaut.

»Hat er dich schon wieder geschlagen?« Heiße Wut stieg in ihr hoch. Elisabeth zog die Hand zurück.

»Es ist nicht so schlimm«, beruhigte sie. »Ich habe die lateinischen Verben falsch konjugiert. Es ist meine Schuld.«

»Aber er hat kein Recht, dich deshalb zu schlagen. Soll ich mit deinem Vater darüber sprechen?«

Elisabeth schüttelte den Kopf. »Ich möchte ihm keinen Grund zur Besorgnis geben, jetzt, wo er so auf meine Vermählung hofft.«

Claudia biss die Zähne zusammen. Immerzu warb dieses hübsche kluge Ding um die Anerkennung und den Stolz seiner Eltern. Für Wilhelm schien sie vor allem ein Mittel zu sein, seinen Einfluss zu mehren. Ihre Mutter Erika behandelte sie fast mit der gleichen bigotten Strenge wie Claudia. Es war wahrlich nicht leicht, die Tochter hochadliger Herrschaften zu sein. Wer hätte dies nicht besser gewusst als sie selbst?

Zumindest ich will ihr eine Freundin sein, dachte Claudia, als sie die steile Wendeltreppe zum Rittersaal hinabstiegen. Den Kloß in ihrem Hals ließ sie unbeachtet.

Der größte Teil der Gäste, die der Landgraf an diesem Abend zum festlichen Sonntagsmahl geladen hatte, war schon im großen Rittersaal versammelt, als Claudia und Elisabeth durch die schwere Tür aus geschnitztem Eichenholz traten. Claudia erkannte die Edelfreien, die auf der Burg höhere Ämter bekleideten, mit ihren Gemahlinnen. Auch der Amtmann mit seinem Sohn Sebastian war da.
Claudia fiel zum ersten Mal die große Ähnlichkeit zwischen Vater und Sohn auf, die durch die gleiche Machart ihrer samtenen Tracht noch unterstrichen wurde. Sie waren hochgewachsen, wobei Sebastian seinen Vater sogar noch um eine halbe Hauptes länge überragte. Die eisengrauen, immer noch dichten Haare des Vaters mussten einst vom gleichen Schwarz gewesen sein wie die Locken des Sohnes. Beide hatten den gleichen Zug um den Mund, der von Entschlossenheit, aber auch von Unnachgiebigkeit zeugte. Man munkelte auf der Burg, dass sich Vater und Sohn selten einig seien. Claudia konnte sich vorstellen, dass es bei ihren Auseinandersetzungen hart zugehen mochte und sie sich kaum etwas schuldig blieben.
In diesem Moment betraten der Landgraf und seine Gemahlin den Raum. Wilhelm von Leuchtenberg bekam das Leben in der selbst gewählten Verbannung augenscheinlich sehr gut. Der Mittdreißiger strotzte nur so vor Kraft und hatte beachtlich an Leibesfülle hinzugewonnen, seitdem sie Pfreimd verlassen hatten. Sein rundes Gesicht unter dem bereits spärlich werdenden hellbraunen Haar war gerötet, als käme er gerade von einem erfrischenden Ausritt.
Geradezu kläglich wirkte dagegen Erika von Manderscheid-Virneburg. Auch ihr Gesicht war gerötet, dabei aber aufgeschwollen wie ein Ballon. Das Atmen fiel ihr offensichtlich schwer, hatte sie sich doch trotz des vom Wasser aufgetriebenen Leibes eng geschnürt. Ihr Kleid aus schwarzem Samt mit dem runden Kragen aus gestärkter Spitze war für den Sommerabend viel zu

warm. Auf ihrer Stirn standen kleine Schweißperlen, die zu einer kunstvollen Frisur geformten Haare klebten ihr am Kopf. Hinter dem Grafenpaar erspähte Claudia ihre Kusine Adela am Arm des Burgkaplans Bernhard Josten. Sie trug ein Kleid von ähnlichem Schnitt wie das von Elisabeth. Offensichtlich stammte es vom selben Schneider. Ihre rotbraunen Haare bildeten einen reizvollen Kontrast zum kräftigen Grün der schimmernden Seide. Claudia schluckte einen Anflug von Neid hinunter. Wieder einmal kam sie sich ärmlich vor in ihrem nachtblauen Kleid aus Wolltuch mit den sparsam ausgeführten Silberstickereien. Aber es war das beste, das sie besaß.

Die Gäste gruppierten sich um den mächtigen Tisch aus poliertem Eichenholz und nahmen ihre Plätze ein, sobald sich das gräfliche Paar am Kopfende niedergelassen hatte. Wilhelm hatte seiner Tochter Elisabeth wohlwollend zugenickt und ihr einen Sitz am oberen Ende der Tafel angewiesen, nur zwei Plätze von seinem eigenen entfernt. Strahlend vor Freude ob dieser Auszeichnung nahm Elisabeth Platz. Claudia, die viel lieber weit entfernt von Adela und ihrer Tante gesessen hätte, musste sich wohl oder übel neben sie setzen. Es gehörte zu ihren Aufgaben, die Tischmanieren ihres Schützlings zu überwachen und ihm bei Bedarf zu raten.

An Claudias anderer Seite saß Bernhard Josten. Sie verkniff sich ein Naserümpfen, als sie den säuerlichen Geruch bemerkte, der der schlichten schwarzen Soutane des Burgkaplans entströmte. Über seinen schmuddeligen weißen Kragen kroch eine Laus in sein fettiges graues Haar. Claudia wandte sich angeekelt ab. Um nicht von ihm angesprochen zu werden, ließ sie den Blick durch den Saal schweifen.

Rund um die Tafel, die den größten Teil des Raumes einnahm, saßen mehr als zwanzig Gäste. Die mit Butzenscheiben verglasten Fenster standen weit offen, um die erfrischende Abendluft einzulassen und den Geruch kalten Rauchs zu überdecken, den der riesige gemauerte Kamin an der Stirnwand auch im Sommer verströmte. Die Seitenwände waren mit kostbaren Gobelins aus Brüsseler Manufakturen geschmückt. Sie zeigten die Wappen der Manderscheider Grafengeschlechter sowie Szenen aus Ritterturnieren und dem Alten Testament. Einen inhaltlichen Zusammenhang zwischen den verschiedenen Darstellungen konnte Claudia nicht erkennen. Sie wusste, dass Elisabeths Großvater Joachim diese Wandteppiche teils erstanden, teils als Geschenk während seiner Amtszeit als stellvertretender Gouverneur der Spanischen Niederlande erhalten hatte. Sie zeugten von der ehemaligen Größe und dem Reichtum der Familie.

Nun öffnete sich die schwere Flügeltür erneut. Pagen und Diener trugen die Speisen auf großen silbernen Platten herein. Es gab verschiedenes Wildbret, gebratene und gedünstete Fische aus den Teichen der Burg, Fasane und Rebhühner, angerichtet im eigenen Federkleid, und Schüsseln mit Sommergemüse und zartem grünem Salat.

Den Gästen wurde auf silbernen Tellern vorgelegt. Weißer und roter Wein schimmerte in Pokalen aus kostbarem Kristallglas. Das Tafelgeschirr gehörte zu der Beute, die der Landgraf von seinem Raubzug aus dem Schloss seines Vaters mitgebracht hatte.

Die Gäste griffen herzhaft zu. In althergebrachter Weise benutzten die meisten Messer und Finger zum Zerteilen und Aufnehmen der Speisen. Nur wenige hantierten ungeschickt mit den neumodischen zweizinkigen Gabeln, die neben den Tellern lagen.

Auch Claudia aß mit Appetit und bemühte sich, den unangenehmen Geruch ihres Tischnachbarn nicht zu beachten. Gerade zeigte sie Elisabeth, wie sie mit der Gabel zierlich ein Stück Hühnerbrust aufspießen konnte, da richtete der Burgkaplan unvermittelt das Wort an sie.

»Ihr solltet auf den Gebrauch dieses Werkzeugs verzichten, edles Fräulein«, riet er mit salbungsvoller Stimme. »Die Gabel ist

ein Symbol des Teufels und der Hexen, seiner satanischen Dienerinnen.«
Verblüfft ließ Claudia Elisabeths Hand mit dem derart gescholtenen Essbesteck sinken. Auch die Landgräfin hatte Jostens Bemerkung gehört und ließ ihre Gabel erschrocken auf den Tisch fallen. Um Adelas Lippen zuckte ein spöttisches Lächeln.
»Was meint Ihr damit, Ehrwürden?«, richtete die Gräfin das Wort an den Geistlichen.
»Ein Werkzeug des Teufels, in der Tat«, erläuterte der nun mit Stentorstimme. Die Gespräche rund um den Tisch verstummten. »Auf Heugabeln fahren seine verblendeten Anhängerinnen zu ihrem Hexensabbat aus. Auf Heugabeln, Besen oder gar Ziegenböcken. Alles Symbole des Leibhaftigen selbst.«
In Claudia regte sich Zorn gegen das selbstgerechte Auftreten des Burgkaplans. »Woher wisst Ihr das?«, fragte sie herausfordernd. Die Gräfin warf ihr einen warnenden Blick zu. Doch Josten missverstand Claudias Frage als Zeichen von Interesse.
»Ich war Hexenbeichtiger am Hochgericht von Oberkail, bevor ich dieses ehrenvolle Amt auf der Neuerburg antrat«, erklärte er. »Dort haben die Zauberinnen ihre Untaten gleich im Dutzend gestanden. Ganze Dörfer waren verseucht.«
»Erzählt uns mehr darüber, Ehrwürden Josten. Was für Untaten haben die Hexen gestanden? Wie geht es auf ihren teuflischen Festen zu?« Zu Claudias Überraschung hatte Adela diese Fragen mit lauter Stimme gestellt.
Gebannt richteten sich aller Augen auf Josten. Über sein hageres Gesicht zuckte unverkennbar Stolz darüber, im Mittelpunkt zu stehen. Dennoch wandte er sich an den Landgrafen, bevor er antwortete.
»Dies ist kein erquickliches Thema für ein gräfliches Festmahl, Euer Gnaden. Zumal für die zarten Ohren der Edelfräulein.« Seine Stimme klang unterwürfig. »Doch die Zeiten sind hart, und die Werke des Teufels monströser denn je. Daher sollte je-

dermann über dieses Unwesen Bescheid wissen. Erlaubt Ihr mir, diese Fragen zu beantworten?«
Wilhelm von Leuchtenberg winkte ungeduldig ab. »Eure Erfahrungen interessieren mich selbst. Weibliche Zimperlichkeit sollte Euch nicht daran hindern, sie mit uns zu teilen. Deshalb sprecht frei heraus.«
Josten räusperte sich und blickte in die Runde. Seine schwarzen Augen funkelten. Dann holte er tief Luft und hob an: »Hat eine Hexe dem Teufel ihre Seele verschrieben, so ist sie verpflichtet, sich zu satanischen Festen einzufinden, um den Leibhaftigen anzubeten und von ihren Untaten zu berichten. Betrüblicherweise gibt es viele Orte, an denen der Hexensabbat stattfindet. Nahezu jedes Dorf hat eine solche verrufene Stelle. Und ebenso wie unsere heilige Mutter Kirche besonders hohe Feiertage hat, so gibt es diese auch bei den Höllischen. Es sind dies die Donnerstage in den Quatemberwochen, an denen sich alle Hexen und Unholde mit ihren Buhlteufeln zum Sabbat einfinden müssen. Hier in der Gegend trifft man sich auf der Schneifel.«
Er nahm einen Schluck Wein und wischte sich den Mund mit dem Ärmel seiner Soutane.
»Und was geschieht nun bei diesen Zusammenkünften?« Wieder war es Adela, die die Frage stellte.
»Jedes Quatemberfest beginnt mit einer schwarzen Messe. Der König der Unterwelt sitzt auf einem Thron, meist in Gestalt eines Ziegenbocks oder schwarzen Hundes, und lässt sich opfern und huldigen. Unschuldige Kindlein müssen ihr Leben lassen, ihr Blut wird in silbernen Pokalen aufgefangen und zum teuflischen Tranke gereicht. Dann betet die Gemeinde den Satan an.«
»Stimmt es, dass die Hexen ihrem Gebieter den Hintern küssen?«
Peinlich berührt sah Josten Adela an. »Es ist so, wie Ihr sagt, edles Fräulein«, sagte er steif. »Ekliges und Widerwärtiges bestimmt ihre Rituale und Sitten.«

»Und dann gibt es ein Fest?«, lenkte der Landgraf ab.
Josten verbeugte sich in seine Richtung. »Ein Fest feiern die Teuflischen bei jeder Zusammenkunft, Euer Gnaden. Es ist eine überaus erbärmliche Nachahmung irdischer Feste. Pfeifer sitzen auf Bäumen und machen mit Pferdeköpfen gar schauerliche Musik, schwarze Kerzen beleuchten die Szene. Man isst an der hohen Tafel delikate Speisen von goldenen Tellern, doch das gemeine Hexenvolk trinkt aus Kuhhufen und erhält nur fade Speisen und sauren Wein.«
»Ich dachte, es ginge dort gar herrlich und in Freuden für alle zu«, wunderte sich die Gattin des Burgvogts.
»Der göttlichen Ordnung muss sich selbst das Hexenvolk beugen, Gnädigste«, salbaderte Josten. »Nur der Teufel und sein höllisches Gefolge schlemmen in Saus und Braus, ab und an werden auch die Elenden, die irdischen Reichtum ihr Eigen nennen und sich dennoch dem Satan verschrieben haben, hinzugeladen. Doch die gemeine Hexe stammt aus dem ärmlichen Volk, wie ich selbst viele Male erfahren habe.«
Beifall heischend blickte der Burgkaplan in die Runde. Die meisten Gäste sahen Josten mit einer Mischung aus Furcht und Bewunderung an. Nur auf dem Gesicht Sebastian de la Vals lag ein anderer Ausdruck. Zu Claudias Überraschung war es unverhohlener Abscheu.
»Erzählt uns weiter von ihren Festen«, drängte Adela.
Josten räusperte sich erneut. »Nach dem Mahl tanzen die Unholde mit ihren teuflischen Buhlen und Buhlinnen, jedoch nur Rücken an Rücken und links herum. Dann wird Gericht gehalten. Jede Hexe muss Zeugnis ablegen, welche Untaten sie seit dem letzten Sabbat begangen hat. Ist der Teufel nicht zufrieden, wird sie vor aller Augen mit Ruten gepeitscht.«
»Ich dachte, es gäbe auch Orgien bei diesen Zusammenkünften?«, unterbrach ihn Adela.
Josten wirkte erneut peinlich berührt. Er warf einen zögernden

Blick auf Elisabeth, die dem Bericht stumm und mit weit aufgerissenen Augen folgte. Der Graf runzelte missbilligend die Stirn.
»Orgien gibt es auch, gnädiges Fräulein«, bestätigte Josten schließlich. »Die fleischliche Vermischung mit ihren Buhlen ist für die Hexen der Höhepunkt des Festes und ...«
»Was für Untaten werden beschlossen?«, fiel ihm der Landgraf ins Wort.
Offensichtlich erleichtert wandte sich Josten in seine Richtung und verbeugte sich erneut. »Untaten, wie Ihr, erlauchter Landesherr, sie schon viele Male in diesem Sommer erleben musstet. Wetter werden gebraut, die mit Sturm und Hagel die Ernte vernichten. Aus Schlamm und Kot wird Ungeziefer geformt, das wie die erst kurz zurückliegende Schneckenplage Gemüse und Früchte verdirbt. Die Teuflischen bestreichen mit ihrer Hexensalbe Mensch und Vieh und erzeugen so Krankheiten und Gebrechen jedweder Art.«
Claudias Magen zog sich zusammen. Sie dachte an Magdalena Pirken, die trotz der Gefahr für Leib und Leben ihre Arbeit an den Betten der Armen längst wieder aufgenommen hatte. Die Seuche wütete in Neuerburg mittlerweile schlimmer denn je. So mancher Patient verdankte ihr in den letzten Wochen sein Leben.
»So erkennt man die Hexen also leicht daran, dass ihre eigenen Familien und Güter von solchen Plagen verschont bleiben?«, fragte Sebastian de la Val.
Josten war verdutzt. »Darüber ist mir nichts bekannt, junger Herr. Hexen werden am häufigsten ergriffen, weil sie bei ihren Festen zusammentreffen. Hat man erst eine erkannt, so verrät sie rasch ihre Gespielinnen.«
Sebastian de la Val hatte schon den Mund geöffnet, um die nächste Frage zu stellen, da ergriff überraschend sein Vater das Wort. »Woraus besteht die Hexensalbe, Ehrwürden? Kennt man die Zutaten?«

Mit gespielter Betrübnis verneigte sich Josten in seine Richtung. »Man kennt sie, verehrter Herr Amtmann. Die Hexensalbe besteht aus verschiedenen, ekelerregenden Ingredienzien. Um zu voller Wirksamkeit zu gelangen, muss sie vor allem zwei Bestandteile enthalten. Das Herz eines ungetauften Kindleins und die heilige Hostie, schändlich entwendet vom Altar des Herrn.«

Entsetztes Raunen erhob sich am Tisch.

»Wie kann denn die heilige Hostie in die Hände der Teuflischen geraten?« Zum ersten Mal meldete sich die Landgräfin zu Wort.

»Sie stehlen sie in der Kirche während des heiligen Abendmahls, das sie empfangen wie andere Fromme auch. Sie tragen sie unter der Zunge hinaus und unterwerfen sie der frevlerischsten Behandlung. Was sie davon nicht in ihre teuflische Salbe mischen, treten sie mit Füßen oder werfen es auf den Mist. Sie überantworten das Allerheiligste ihren satanischen Buhlen oder liegen sogar darauf bei ihrer unsäglichen fleischlichen Vermischung.«

Wieder lief ein Raunen des Entsetzens durch den Saal. Claudias Blick fiel auf Adelas Gesicht. Sie schien den Bericht des Geistlichen sichtlich zu genießen. Ihre Augen glänzten, ihre rosige Zungenspitze leckte über die Lippen. Claudias Zorn wuchs und verlangte nach einer Entladung.

»Und es sind fast nur Frauen, die sich dem Teufel verschreiben?«, fragte sie.

»Überwiegend Frauen, gnädiges Fräulein«, bestätigte Josten.

»Arme und unbedeutende Frauen dazu?«

»So ist es.«

»Was veranlasst sie denn dazu, sich dem Satan zu ergeben?« Bislang hatte Jostens Bericht keine Gründe enthalten, die es reizvoll erscheinen ließen, eine Hexe zu werden.

Doch jetzt war Josten in seinem Element. »Die Erbsünde, edles Fräulein, die Erbsünde«, dozierte er. »Sie hat das Weib seit jeher mit Schwäche geschlagen. Der hoch gelehrte Autor des *Hexenhammers,* der Dominikanerpater Heinrich Institoris, weist uns darauf hin, dass schon die lateinische Bezeichnung für Weib, *femina,* diesen Makel offenbart. *Fe* steht für *fides,* den Glauben, und *mina* für *minus,* also weniger. In Summa ist das Weib schwächer im Glauben.«

Die Gräfin zog erschrocken den Atem ein. Rings um den Tisch herum sah Claudia viele betretene Gesichter. Nur in Sebastian de la Vals Ausdruck zeigte sich neben Abscheu jetzt auch Verachtung. Doch Josten fuhr bereits fort:

»Die Hexen scheitern an den Prüfungen des Schicksals, die unser Herrgott uns allen auferlegt, um unsere Festigkeit im Glauben auf die Probe zu stellen. Diese Weiber ertragen sie nicht und versagen. Sie ergeben sich dem Bösen in einer Zeit der Melancholie. Ein gestorbenes Kind, ein Eheherr, der sie schlägt, ein abgebranntes Haus sind die Gründe dafür, dass der Teufel leichtes Spiel mit ihnen hat.«

»So verspricht und verleiht er ihnen also Stärke und Reichtum?«, fragte Claudia.

»Oh nein, er narrt sie und nutzt ihre grenzenlose Dummheit. Fast immer verschenkt er Gold und Silber, wenn sich das Weib ihm zum ersten Mal unterworfen hat. Doch hernach findet sich Pferde- und Hundekot anstatt der erwarteten Taler im Beutel.«

»So wissen die Frauen also von Anbeginn an, dass der Teufel sie betrügt? Warum schwören sie dann nicht wieder ab und kehren auf den rechten Weg zurück?«

Einen Moment war Josten irritiert. Ihm fehlten sichtlich die Worte. Doch dann trat er die Flucht nach vorne an und wandte sich dem Thema zu, das er bislang von sich aus vermieden hatte.

»Es ist die unersättliche Wollust des Weibes, das es dazu veranlasst, an der Verbindung festzuhalten. Die fleischliche Vermischung mit seinen Buhlen gibt den Ausschlag. Auch dies ist eine Folge der Erbsünde.«

»Doch sagt man, das *membrum virile* des Satans sei kalt wie Eis«, warf Sebastian de la Val ein und bezeugte jetzt nichts anderes als höfliches Interesse.
Die Tischgesellschaft war schockiert. Aber Josten war nun nicht mehr zu halten.
»Oh, ein weiterer Experte am Tisch, wie erfreulich.« Ohne Sebastians erneuten verächtlichen Gesichtsausdruck zu bemerken, verbeugte er sich in dessen Richtung. »Der junge Herr de la Val hat die Rechte studiert, wie man mich unterrichtete. Vortrefflich, vortrefflich.«
»Es ist so, wie Herr de la Val sagt«, erklärte der Burgkaplan dann der Runde. »Kalt wie ein Eis, berichten die Hexen. Jedoch tut dies der Begierde der Weiber, wie es scheint, keinen Abbruch.«
»Und die Hexen berichten von ihrer Wollust im Verhör und in der Beichte?«, fragte wieder Adela. Die Neugier in ihrer Stimme war nicht zu überhören. Der Graf warf ihr einen finsteren Blick zu.
Josten errötete. Plötzlich schien ihm aufzugehen, auf welch schlüpfriges Thema er sich eingelassen hatte. »Selbst bei Hexen muss ich das Beichtgeheimnis wahren, gnädiges Fräulein«, wich er aus.
Doch nun mischte sich Claudia ein. »Nach Eurem Bericht kommt eine Hexe also vom Regen in die Traufe?«, fragte sie mit gespielter Ruhe, während es in ihr brodelte wie in einem Vulkan, der kurz vor dem Ausbruch stand.
Josten war verdutzt. »Ich verstehe Eure Frage nicht.«
»Ich werde sie Euch gleich erläutern. Doch beantwortet mir zuvor bitte noch eine andere Frage. Sagt man nicht, die Erbsünde sei auch mit der Schlauheit des Weibes verbunden?«
Jetzt fühlte sich Josten wieder sicher. »Ihr sagt es, gnädiges Fräulein. Mit Schlauheit und Hinterlist verführte Eva den Adam, vom verbotenen Apfel zu naschen.«
Jetzt konnte Claudia sich nicht länger beherrschen. »So bleibt

also vorläufig ungeklärt, ob die Erbsünde die Weiber dumm oder schlau gemacht hat«, konstatierte sie.
Josten ging ihr in die Falle. »Wie meint Ihr das?«
Claudia warf einen letzten Blick in die Runde. Die Gräfin starrte sie finster an. In den Augen des Landgrafen lag Anerkennung. Auch er hatte bemerkt, dass sich Josten fortwährend in Widersprüche verwickelte, und schätzte einen Disput auf gelehrtem Niveau. Adela lächelte gespannt. Die restlichen Gäste wirkten verwirrt oder blickten missbilligend drein. Nur Sebastian sah sie erwartungsvoll an. Verstohlen zwinkerte er Claudia zu. Einen Moment irritierte sie diese unangebrachte Vertraulichkeit. Dann wandte sie sich wieder an Josten.
»Nun, von hoher Schlauheit zeugt es mir nicht, wenn eine Frau zur Hexe wird und somit ihre unsterbliche Seele auf ewig den Höllenqualen preisgibt. Würde ihr die Verbindung mit dem Satan zumindest ein irdisches Leben in Wohlstand und Macht ermöglichen, so wäre es eher verständlich, warum so viele Frauen der Versuchung erliegen. Doch was auch immer der Satan verspricht, pflegt er von Anbeginn an nicht zu halten, wie Ihr sagt. Das versprochene Geld verwandelt sich in Kot, der Eheherr schlägt weiter, das Kind wird nicht wieder lebendig. Stattdessen ist die Hexe bei Prügelstrafe verpflichtet, Unheil zu stiften, doch ohne jeden Gewinn für sich selbst. Nicht einmal das Mahl beim Hexensabbat scheint ihr zu munden, wenn ich Euch recht verstehe, und die fleischliche Vermischung mit einem *membrum virile* aus Eis mag selbst an einem noch so heißen Sommertag kaum die erwartete Wollust zur Folge haben.« Ihre Stimme klang nun ätzend vor Sarkasmus.
Josten war vollkommen verstört. »Edles Fräulein«, stammelte er.
»Claudia, schweig auf der Stelle«, zischte die Gräfin. Auch die Miene des Landgrafen zeigte, dass Claudia im Begriff war, zu weit zu gehen. Doch sie ließ sich nicht davon beirren.
»Selbst die Untaten der Hexen zeugen nicht gerade von ihrer

Schlauheit. Ihr sagt, es seien vorwiegend arme Weiber aus dem Volk. Nimmt ihre eigene Ernte auf den Feldern denn nicht genauso Schaden bei Hagel und Sturm wie die ihrer Nachbarn? Bleiben ihre Gärten von Raupen und Schnecken verschont? Und stirbt nicht auch ihr eigenes Vieh, wenn sie eine Herde mit einer Seuche schlagen?«

Jostens Gesicht wurde puterrot. Er griff sich an den schmierigen Kragen. »Gottes Gerechtigkeit«, stotterte er. »Gottes Gerechtigkeit …«

Doch Claudia fiel ihm ins Wort.

»Schließlich hat die Hexe nicht einmal genug Macht, mit ihren Zauberkünsten dem Kerker zu entgehen. Warum sieht sie nicht voraus, dass ihr die Entdeckung droht, und verbirgt sich? Warum hilft ihr der Leibhaftige nicht? Ist nicht der teuflische Buhle ein gar erbärmlicher Geselle, wenn er seine Gespielin nicht einmal aus dem Gefängnis befreien kann, in welches Menschen wie Ihr sie werfen lasst? Wie passt dies zu der Macht, die sie vorgeblich hat, um Ernte, Vieh und Menschen zu verderben?«

Während Josten nach Luft schnappte, schaute sie in die Runde. Adelas Gesicht zeigte eine Mischung aus Bewunderung und unerklärlicherweise Schadenfreude. Der Landgraf schüttelte leicht den Kopf. »Lass es genug sein«, bedeutete seine Geste. Claudia verstand sofort, dass er das Ansehen des Burgkaplans schützen wollte, das sie gerade dabei war, vor der ganzen Elite der Burgbesatzung zu erschüttern.

Doch Jostens Entgegnung gab den Ausschlag. Mittlerweile hatte er sich wieder gefangen. »Der Herrgott persönlich«, donnerte er in seiner gerechten Empörung, »der Herrgott persönlich sorgt dafür, dass der Teufel seine göttliche Schöpfung nicht dauerhaft schädigen kann. Er hat das Weib schwach erschaffen und den Mann haushoch darübergestellt. Darum kann die gelehrte Obrigkeit der Hexen leicht Herr werden, sind sie erst einmal ergriffen. Dann ist auch der Teufel machtlos. Hat er die Schwä-

che des Weibes zunächst ausnutzen können, so vermag er doch nichts, übernimmt der Mann erst wieder das Regiment.«
Claudia richtete sich hoch auf und holte Luft. Sie übersah die Handbewegung des Landgrafen, mit der er versuchte sie aufzuhalten. Dann sah sie Josten gerade in die Augen.
»Wie kommt Ihr darauf, dass die Frau das schwache Geschlecht unter Gottes Sonne ist? Hätte nicht Adam, wenn Gott ihm so viel mehr Weisheit zugestanden hätte als seinem Weib, Evas List durchschauen und den Apfel zurückweisen müssen?«
Die Tischgesellschaft stöhnte entsetzt auf.
Josten zeigte mit dem ausgestreckten Finger auf Claudia. »Dies ist Blasphemie, edles Fräulein, ob Ihr nun eine gräfliche Hoheit seid oder nicht, Blasphemie und Gottlosigkeit. Zuerst hat Gott den Mann erschaffen, aus seiner Rippe erschuf er das Weib. Allein die Schöpfungsgeschichte beweist, dass das Weib das minderwertigere Geschlecht ist.« Rings um die Tafel vernahm Claudia zustimmendes Raunen.
Sie senkte in gespielter Demut den Kopf. »Verzeiht mir mein Ungestüm, Ehrwürden«, gab sie scheinbar nach. »Eure Worte sind überzeugend. Doch lasst mich Euch eine letzte Frage stellen.«
Josten ging ihr erneut in die Falle und nickte gnädig. Die Tischgesellschaft lauschte in atemloser Spannung.
»Wenn ein Knappe Euch berichtet, dass er in seinem ersten Übungskampf versagt hat und nun ganz mutlos ist, was ratet Ihr ihm?«
Josten war verwirrt. »Ich rate ihm, es ein zweites Mal zu versuchen.«
»Ein weiser Rat«, stimmte Claudia zu. »Warum empfehlt Ihr dies?«
Josten sah sie hochmütig an. »Es geht in der Regel beim zweiten Versuch besser als beim ersten, Fräulein von Leuchtenberg. Man lernt aus seinen Fehlern und kann sie solcherart beim zweiten Mal leichter vermeiden.«

Das war die Antwort, auf die Claudia gewartet hatte. Triumphierend sah sie in die Runde. Die meisten Gäste wirkten vollkommen verwirrt. Nur Sebastian de la Val grinste breit über das ganze Gesicht. Auch Adela schien verstanden zu haben, dass dies eine Fangfrage war, und starrte Claudia neugierig an. Der Landgraf hob beschwörend die Hand. »Lass es nun gut sein, Nichte«, sagte er. Er vermutete, dass Claudia etwas im Schilde führte. Doch sie ließ sich nicht beirren.
»So mag dieses Prinzip auch auf Gottes Erschaffung des Menschen zutreffen«, antwortete sie kühn. Die warnende Stimme in ihr ließ sie unbeachtet. »Alles wird besser beim zweiten Versuch. Vielleicht war Adams Rippe das Einzige, mit dem Gott so zufrieden war, dass er sie bei der Schöpfung des Weibes ein zweites Mal nutzte. Den Rest erschuf er neu und vollkommener.«
Einen Moment lang herrschte entsetzte Stille im Saal. Selbst wenn Josten eine Antwort auf Claudias ungeheuerliche Behauptung gehabt hätte, sie wäre im lautstarken Tumult, der sich nun an der Tafel erhob, untergegangen.

# Kapitel 8

*Sonntag, 22. Juli 1612*

Müde richtete Magdalena sich auf und rieb sich den schmerzenden Rücken. Es ging schon auf die achte Stunde zu. Trotz des Sonntags war sie seit den frühen Morgenstunden auf den Beinen. »Er schläft jetzt. Ich glaube, das Schlimmste ist überstanden«, sagte sie leise zu der verhärmten Frau, die ihr ängstlich über die Schulter blickte. »Dein Sohn Jonas wird leben, so der Herrgott es will.«

»Dem Himmel sei Dank«, schluchzte die Frau. »Dem Himmel und dir, Magdalena. Wie kann ich es dir je vergelten?« Tränen liefen ihr über das ausgezehrte Gesicht mit den tiefen Augenringen. Die durchwachten Nächte am Bett ihres einzigen Kindes hatten Spuren hinterlassen.

Trotz ihrer Erschöpfung verspürte Magdalena ein warmes Gefühl. »Der Herrgott wird es mir dereinst vergelten. Bete fleißig für mich, Martha. Und«, sie zögerte einen Moment, »lege ein gutes Wort für mich ein, wo es sich anbietet. Nicht alle konnte ich retten.«

Trotz ihrer Erleichterung huschte ein Schatten über Marthas Gesicht. »Wie viele sind heute gestorben?«, fragte sie ängstlich.

»Von denen, die meine Hilfe erbaten, zwei. Ein Säugling der Bäckersfrau und die alte Wittib Klausen. Sie waren zu schwach, um dem Fieber etwas entgegenzusetzen.«

Martha bedeutete Magdalena, Platz an dem wackligen Tisch zu nehmen. Wie Magdalena nannte auch Martha Adams nur eine Hütte aus Holz ihr Eigen, die aus einem einzigen Raum mit einem abgetrennten Verschlag für den Stall bestand. Immerhin besaß sie eine Ziege, und ihr Mann, der mit einem der Söldnerheere als Knecht umherzog, schickte ab und an ein paar Groschen nach Hause. Dies besserte ihren Lohn als Wäscherin auf, mit dem auch Martha ihr Leben fristete. Die beiden Frauen waren fast Nachbarinnen und wohnten nur einige Häuser voneinander entfernt im oberen Teil der Weihergasse.

Martha schenkte der Kräuterfrau einen Trunk aus mit Wasser verdünntem Apfelmost ein.

Dankbar nahm Magdalena einen tiefen Schluck. Der Tag war heiß gewesen. Nach dem kalten Frühjahr mit seinen beständigen Frösten und den heftigen Unwettern des Frühsommers drohte das Getreide, das bislang nicht verfault war, nun auf dem Halm zu verdorren. Schwere Zeiten standen der Herrschaft bevor.

»Wie steht es in der Webergasse?«, fragte Martha mit gesenktem Blick.

Magdalena zog resigniert die Schultern hoch. »Genau weiß ich es nicht, da man mich nicht mehr gerufen hat. Aber Gerüchte besagen, dass mehr als die Hälfte der Kinder gestorben ist und mindestens zehn Erwachsene.«

Martha schlug ein Kreuz. »So danke ich dem Herrgott und dir umso mehr für die Genesung von Jonas.« Sie machte eine Pause. »Warum blieb er wohl verschont?«

Magdalena sah sich in der Hütte um. »Ich glaube, ein Grund dafür könnte deine Reinlichkeit sein. Dort, wo es besonders schmutzig und widerwärtig ist, sterben die meisten an diesem Fieber.«

»Du meinst, die Krankheit steckt im Schmutz?« Marthas Stimme klang ungläubig.

Magdalena nickte. »Du hast meine Ratschläge von Anbeginn an befolgt. Deine Binsen sind ausgewechselt, auch wenn es dich einen Pfennig deines sauer verdienten Lohns gekostet hat. Du hast Jonas' Kleider verbrannt, ihm die Haare geschnitten und ihn von Kopf bis Fuß gewaschen, wie ich es anempfohlen habe. Das tun beileibe nicht alle meine Patienten.«

»Aber was ist mit deinen Kräutern?«

»Die Tränke und Salben helfen, die Krankheit zu besiegen, wenn der Körper noch nicht allzu geschwächt ist. Jedoch nur, wenn das Fieber nicht immer wieder aufs Neue angefacht wird.« Sie zögerte einen Moment. Dann sah sie Martha offen ins Gesicht. »Ich denke, die Läuse spielen dabei eine Rolle.«

Unwillkürlich fuhr Martha sich an die abgetragene, jedoch saubere Haube, unter der sie ihr Haar verbarg.

»Die Läuse? Aber Läuse haben doch alle, die Edelleute ebenso wie der ärmste Bettler.«

»Es kommt auf die Anzahl der Läuse an, glaube ich. Anfangs fiel es mir gar nicht auf, dass die Kranken vor allem dort starben, wo

die Läuseplage am stärksten war. Erst als einige Menschen hinweggerafft wurden, die mich rechtzeitig gerufen hatten, aber nicht reinlich waren, kam mir der Verdacht. Die Male am Körper der Kranken sind wahrscheinlich entzündete Läusebisse.«
Martha ließ dies auf sich wirken. »So meinst du, der Teufel sendet uns die Seuche über das Ungeziefer?«
Magdalena zuckte die Schultern. »Ich weiß es nicht, Martha«, antwortete sie ehrlich. »Als ich die Kräuterheilkunde erlernte, habe ich Derartiges nie gehört. Auch die heilige Hildegard von Bingen hielt Fieber für eine Folge des Ungleichgewichts der Körpersäfte. In Neuerburg ist mir die Krankheit zuerst in der verwahrlosten Hütte von Lehn Lauert wiederbegegnet. Die Kittel der Kinder wimmelten nur so von Läusen und auch das Lager des kranken Mädchens. Ihr Körper war mit Bissen nahezu übersät.«
»Aber nicht jeder, der Läuse hat, wird auch krank«, wandte Martha ein.
»Vielleicht ist es eine bestimmte Art von Läusen«, überlegte Magdalena. »Ich habe die Krankheit vor vielen Jahren zum ersten Mal bei verwundeten Soldaten gesehen. Sie starrten vor Schmutz und hatten sich wochenlang nicht waschen oder die Kleider wechseln können. Ihre adligen Offiziere, die bessere Versorgung erhielten, erkrankten so gut wie nie.«
»Du solltest deinen Verdacht der Obrigkeit melden«, schlug Martha vor. »Vielleicht kann man ja etwas gegen die Seuche tun.«
Magdalena schüttelte heftig den Kopf. »Man würde mir kein Wort glauben, Martha. Und der Bader würde die Gelegenheit nur nutzen und ein weiteres Mal fordern, dass man uns Kräuterweibern die Ausübung der Heilkunde ganz untersagt. Wenn es denn dabei bliebe«, fügte sie leise hinzu.
Schweigend tranken die Frauen von ihrem Apfelmost. Dann ergriff Martha zögernd das Wort: »Viele einfache Leute halten die Seuche für Hexenwerk. Wolltest du das damit sagen?«

Magdalena nickte.
»Zia mag eine Hexe sein, aber nicht du«, ereiferte sich Martha. Magdalena war überrascht von der Heftigkeit ihres Ausbruchs. Fragend sah sie die andere an.
»Vor zwei Jahren bat ich Zia um ein Mittel gegen die fliegende Hitze«, erklärte Martha. »Sie empfahl mir einen Trank aus Wachs und Pferdeurin. Ich musste mich zwei Tage lang übergeben, nachdem ich das Mittel genommen hatte.«
Magdalena machte eine beschwichtigende Handbewegung. »Zia ist eine Stümperin, aber sie ist keine Hexe. Wenn du sie so nennst, tust du ihr unrecht. Sie ahmt die Mittel des Baders nach und kennt ein paar Heilkräuter. Aufgrund ihres Alters ist sie zu schwach, um noch zu waschen oder eine andere Arbeit auszuüben. Die Heilkunde ist das Einzige, was ihr bleibt, um nicht zu verhungern.«
»Aber sie richtet mit ihren Methoden Schaden an«, empörte sich Martha.
»Keinen größeren Schaden, als wenn der Kranke ohne Behandlung bleibt oder den Albus für den Bader entrichtet. Deshalb nenne sie mir zu Gefallen nicht mehr eine Hexe. Solches Geschwätz fällt auch auf mich zurück.«
Betroffen sah Martha die Kräuterfrau an. »Wie kann das sein?«
»Menschen wie Caspar Scholer machen keinen Unterschied zwischen Kräuterweibern. Ist erst einmal eine als Hexe verschrien, müssen auch die anderen mit dem Teufel im Bunde sein. Gar nicht zu reden von einfachen Gemütern wie Lehn Lauert. Die schwatzen alles leichtfertig nach, was man ihnen in den Mund legt.«
In diesem Moment bewegte sich der Junge auf seinem Strohlager. Martha stürzte sofort an sein Bett. Der Zwölfjährige war das einzige ihrer acht Kinder, das nicht schon bei der Geburt oder als Kleinkind gestorben war. Magdalena wusste, dass Martha in den letzten Tagen Höllenqualen durchlitten hatte.

Doch Jonas ging es sichtlich besser. »Ich habe furchtbaren Hunger«, seine Stimme war noch schwach, aber verständlich.

»Das ist doch ein gutes Zeichen, nicht wahr?«, strahlte Martha.

Magdalena nickte. »Gib ihm von der Milchsuppe, aber am Anfang nur wenig. Der Körper muss sich erst wieder an die Nahrung gewöhnen. Er soll außerdem viel von dem Tee zu sich nehmen. Melisse beruhigt, und er muss jetzt viel trinken und schlafen. Morgen komme ich wieder, um nach ihm zu sehen.« Sie stand auf und griff nach dem Korb mit ihren Tiegeln und Fläschchen.

»So warte doch einen Moment«, drängte Martha. Sie ging zur Rückseite der Hütte und öffnete ein kleines Schränkchen aus einfachem Holz. »Ich schulde dir noch deinen Lohn.« Sie hielt Magdalena eine Silbermünze entgegen.

»Martha, das ist viel zu viel«, wehrte Magdalena ab. In ihren Augen standen Tränen der Rührung. Dies war sicherlich Marthas einziger Notgroschen.

»Es ist viel zu wenig für das Leben meines Kindes«, beharrte die Wäscherin. »Ich weiß, dass dir so mancher den Lohn gar nicht zahlt. Und sieh«, sie zog eine weitere Silbermünze aus dem Beutelchen, »eine habe ich sogar noch übrig. Ich habe sie Matthes heimlich aus der Geldkatze genommen, als er das letzte Mal zu Hause war.«

Widerstrebend nahm Magdalena die Münze. Es stimmte ja, dass sie das Geld dringend brauchte. Aufgrund der Gerüchte hatte sie schon zwei Waschstellen verloren. Außerdem war sie in den letzten Wochen kaum dazu gekommen, ihre Kräuter und Salben zu verkaufen, weil sie immer sofort an die Betten der Kranken eilte, wenn sie die Wäsche abgeliefert hatte.

Vielen Familien war durch die Seuche ein Teil ihres Verdiensts verlorengegangen, sei es, weil sie selbst erkrankt waren, sei es, weil sie ihre Angehörigen betreuten. Und starb ein Patient, erhielt Magdalena ohnehin nichts. Eine ganze Woche lang hatte

sie täglich die Wittib gepflegt, die am Morgen gestorben war. Trotzdem war sie von deren Sohn ohne einen Heller aus dem Haus gewiesen worden.
»Gott vergelte es dir, Martha.«

Zusammengekauert wie ein gescholtenes Kind hockte Claudia auf ihrem Lieblingsplatz hoch über dem Tal. Es war ein kleiner Turm, der nur noch in Zeiten der Gefahr von den Wachen besetzt wurde. Dort gab es eine einfache steinerne Bank vor der kleinen Schießscharte, durch die man die ganze Stadt Neuerburg überblicken konnte.
Aber heute hatte Claudia keinen Sinn für die Lichter, die in der Abenddämmerung aufblitzten und Häuser und Gassen golden färbten. Tränen liefen ihr über die Wangen, ihr ganzer Körper war klamm und verkrampft.
Warum war sie nur so töricht gewesen und hatte sich ausgerechnet mit dem Burgkaplan auf einen Disput eingelassen? Obwohl rhetorisch und dialektisch die unbestreitbare Siegerin, hatte der Landgraf sie daraufhin schmählich des Saales verwiesen. Nicht ohne sich zuvor bei allen Gästen für die Rede seiner Nichte entschuldigt zu haben.
Doch die gute Stimmung beim Festmahl war dahin gewesen. Schon kurz nachdem Claudia sich in ihren Schlupfwinkel zurückgezogen hatte, waren die Gäste aufgebrochen. Von ihrem Versteck aus vernahm sie deren empörtes Getuschel. Der Burgvogt forderte eine Woche Karzer bei Wasser und Brot, die bigotte Gattin des Rentmeisters gar die Rute für die Unverschämtheit des Edelfräuleins.
Claudia wusste, dass ihre öffentliche Demütigung nur die erste Konsequenz von vielen weiteren war, die sie zu erwarten hatte. Dafür würde schon ihre Tante sorgen. Aber diesmal war auch der Oheim über sie erzürnt, der ihr in der Regel weit mehr gewogen war als seine Gattin. Was würde er tun? In ihrer Ver-

zweiflung ballte sie ihre Hände zu Fäusten, so dass ihr die Fingernägel tief ins Fleisch schnitten.
Plötzlich hörte sie ein Geräusch. Schritte näherten sich dem kleinen Wachturm. Wer konnte das zu dieser Stunde sein? Vorsichtig lugte Claudia um die Ecke. Ein Mann kam den überdachten Wehrgang entlang. Ein Burgwächter war es nicht, sein silberner Brustpanzer hätte in der Dämmerung hell aufgeleuchtet. Und ihr Oheim war es auch nicht. Dazu war die Gestalt viel zu groß und schlank.
Als der Mann herankam, richtete sich Claudia zu ihrer vollen Größe auf. Hastig wischte sie sich die Tränen aus dem Gesicht, obwohl man sie in der Dunkelheit kaum hätte sehen können. Dann ergriff sie die Initiative.
»Wer ist da?«, fragte sie barsch. Die Gestalt verneigte sich elegant.
»Sebastian de la Val«, antwortete sie zu Claudias großem Erstaunen. »Ich komme, um Euch meine Hochachtung zu bezeugen.«
»Verschwindet und lasst mich allein«, fauchte Claudia. »Verspottet wurde ich heute schon mehr als genug.«
Im Dämmerlicht erkannte sie, dass de la Val eine Hand auf sein Herz legte und sich mit dem Barett in der anderen ein weiteres Mal tief verbeugte.
»Ich schwöre bei meinem Seelenheil, dass ich noch nie einer so klugen und mutigen Frau begegnet bin. Ich bin stolz darauf, Euch zu kennen.«
Claudia war aufrichtig verblüfft. Bei seinem Seelenheil schwor niemand leichtfertig. Also schien de la Val seine Worte ernst zu meinen. In ihrer Verwirrung lenkte sie ab. »Woher wisst Ihr, dass ich hier bin?«
Sebastian verbeugte sich ein drittes Mal. »Euer Schützling Elisabeth hat es mir anvertraut. Sie lässt Euch Grüße bestellen. Auch sie bewundert Euch für Euren Mut.«
Ungewollt war Claudia gerührt. »Das dumme Ding tut gut dar-

an, sich jemand anders zum Vorbild zu nehmen«, suchte sie ihre Gefühle zu verbergen. »Von mir kann sie nur lernen, wie man von einem Schlamassel im nächsten landet.«
Sebastian nahm all seinen Mut zusammen. »Darf ich mich zu Euch setzen?«, bat er. »Man könnte mich sonst vom Burghof aus sehen.«
Widerwillig stimmte Claudia zu. An diesem Tag fehlte ihr nur noch, hier oben von den Burgwachen in Begleitung eines Mannes entdeckt zu werden.
Die steinerne Bank war so schmal, dass sie Sebastians Bein durch die Falten ihres Gewandes hindurch spürte. Unbehaglich zog sie unter dem Rock ihre Knie hoch und umfasste sie mit den Armen. Zum ersten Mal war sie froh, dass die Gräfin ihr nur so wenig Kleidergeld zugestand, dass es für den Tand der spanischen Mode nicht reichte. Hätte auch zu ihrem Gewand ein solch ausladender Reifrock gehört, wie ihn Adela und Elisabeth heute Abend trugen, der Platz auf der Bank hätte nicht einmal für sie allein ausgereicht.
»Also nun sprecht, was wollt Ihr von mir?« Schon bereute sie, sich auf dieses Gespräch eingelassen zu haben.
»Ich sagte es bereits, Fräulein von Leuchtenberg«, antwortete Sebastian. Claudia bemerkte, dass er auf die übliche Anrede »edles Fräulein« verzichtete. Zu ihrer Überraschung störte es sie nicht. »Ihr habt Euch heute Abend als klüger erwiesen als die gesamte juristische Fakultät zu Trier, an der ich Jurisprudenz studierte. Niemals habe ich dort oder woanders eine Person getroffen, die die Unsinnigkeit des Hexerei-Konstrukts so messerscharf auf den Punkt gebracht hat wie Ihr.«
Damit hatte Claudia nun gar nicht gerechnet. Sie wehrte ab: »Dazu bedarf es nicht viel bei einem so dummen Menschen wie Josten. Was er sagte, war barer Unsinn. Er widersprach sich in jedem zweiten Satz.«
Sebastian schüttelte den Kopf. »Was Josten heute von sich gab,

entspricht der offiziellen Lehrmeinung der Kirche und aller weltlichen Gerichte.«

»Das ist nicht Euer Ernst«, wandte Claudia ein.

»Leider ist es so, mein Fräulein. Josten beschrieb den Hexensabbat nach dem Werk des hochberühmten Jesuiten Delrio und wiederholte einige Thesen aus dem Buch des Trierer Weihbischofs Binsfeld. Beide gelten als Koryphäen auf dem Gebiet der Hexenlehre. Selbst den Autor des weit über hundert Jahre alten *Hexenhammers* hat er korrekt zitiert.«

»Diesen Narren, der aus einer lateinischen Vokabel die geringere Glaubensstärke der Frauen ableitet?«

»So ist es.«

Claudia ließ sich das Gehörte eine Weile durch den Kopf gehen. »Wollt Ihr mir wirklich weismachen, dass die Verfolgung und Hinrichtung von Frauen auf Vergleichbarem beruht wie dem eitlen Geschwätz eines Josten? Es muss doch Beweise für die Schuld überführter Zauberinnen geben.«

»Die Beweise werden durch Folter erpresst. Ich habe in Trier einmal erlebt, dass ein angeblich dem Teufel geopfertes Kind wieder gesund und munter bei seinen Eltern erschien. Es war nach einer Tracht Prügel ausgerissen und hatte sich auf dem Karren eines Fuhrmanns versteckt. Der brachte es bei seiner nächsten Fahrt nach Trier zu den Eltern zurück. Dennoch wurde die beschuldigte Frau als Hexe verbrannt. Denn während der Folter gestand sie nicht nur besagten Kindsmord, sondern auch noch eine Reihe anderer Untaten. Kein Richter und Schöffe kam auf den Gedanken, dass all ihre weiteren Missetaten frei erfunden waren, nur um den Martern ein Ende zu machen.«

Claudia lief es kalt den Rücken hinunter.

»So glaubt Ihr tatsächlich, dass immer wieder vollkommen unschuldige Frauen als Hexen verbrannt werden? Nicht nur in Oberkail mit seinem Landesherrn ohne Gewissen und diesem Hohlkopf von Hexen-Beichtiger, sondern überall?« Sie dachte schaudernd an die Gefahr, in der Magdalena Pirken in diesem Fall schwebte.

»Es ist noch viel schlimmer, Fräulein von Leuchtenberg. Keine einzige Frau, die ich in Trier brennen sah, hielt ich selbst für schuldig.«

»Aber das ist doch unmöglich«, begehrte Claudia auf. »Jede Obrigkeit, die den Tod so vieler Unschuldiger zuließe, wäre doch unfähig oder korrupt.«

Sebastian antwortete nicht.

»Ihr haltet unsere Obrigkeiten also für unfähig oder korrupt? Selbst die Hexenkommissare, die sich auf dieses Gebiet spezialisiert haben?«

Sebastian schnaubte. »Jeder Hexenkommissar, der mir bislang begegnet ist, war korrupt bis ins Mark. Richter, Schöffen und Beichtiger mögen manchmal verblendet sein oder fanatisch wie Bernhard Josten. Aber ein Hexenkommissar weiß, was er tut. Cornelius Loos prangert dies in seinen Schriften an. Er spricht ganz klar aus, dass mit den Prozessen eine neue Art von Alchemie erfunden wurde. Nicht aus Quecksilber, sondern aus Menschenblut wird hier Gold gewonnen.«

»Wie meint Ihr das?«

»Das Vermögen der Delinquenten wird eingezogen und auch das ihrer Verwandten, wenn die Kosten des Verfahrens mit dem Hab und Gut der Hexe nicht zu begleichen sind. Allein schon von den Gulden, die der Kerkermeister berechnet, um den Gequälten stinkendes Stroh, fauliges Wasser und verschimmeltes Brot zu gewähren, könnte man im feinsten Hause am Platz residieren und dreimal pro Tag königlich speisen. Doch den Löwenanteil ziehen Hexenkommissare, Richter und Henker ein. Auch der Landesherr erhält seinen Anteil.«

Claudia dachte nach. »Aber es sind doch zumeist arme Frauen, die des Lasters der Zauberei angeklagt werden?«

»Zu Beginn einer Prozesswelle sind es zumeist arme Frauen«,

bestätigte Sebastian. »Doch sie werden gezwungen, Komplizen zu benennen, die sie auf dem Hexensabbat gesehen haben. Beim Verhör legt man ihnen dann geschickt Worte in den Mund, die auch Wohlhabende in Verdacht bringen. In Trier hat man vor über zwanzig Jahren sogar den Bürgermeister und Rektor der Universität Doktor Flade hingerichtet, dazu viele weitere reiche Bürgerinnen und Bürger. Ihr Vermögen wurde ausnahmslos eingezogen.«

»Aber es ist eine Todsünde, andere Menschen zu beschuldigen, die gar nichts verbrochen haben. Warum tun die Beklagten das?«

»Manche der armen Weiber tun es wahrscheinlich aus Niedertracht oder Rachsucht. Aber die meisten werden so lange gefoltert, bis sie jeden, den sie kennen, als Komplizen benennen, sogar ihre eigenen Kinder, Ehegatten und Eltern.«

Claudia war tief betroffen. »Wer ist Cornelius Loos?«, fragte sie plötzlich. Gerade war ihr der Name wieder eingefallen, den Sebastian vor einer Weile erwähnt hatte.

»Loos war ein Priester wie Binsfeld und Delrio. Er hielt das Zaubereikonstrukt jedoch für erfunden und belegte dies in seinen Schriften.«

»So gibt es also auch gelehrte Männer, die dem Unrecht entgegentreten?«, fiel Claudia ihm ins Wort.

»Nur eine Handvoll. Und leider haben sie sich bislang kaum Gehör verschaffen können. Binsfeld und der päpstliche Gesandte zwangen Loos unter Androhung schwerer Strafe zum Widerruf. Sein soeben in Druck gegangenes Buch wurde verboten. Ich habe in Trier nur eine heimlich kursierende Ausgabe lesen können. Wäre ich dabei ertappt worden, hätte man mich sogleich von der Juristischen Fakultät verwiesen. Wenn mir nicht sogar Schlimmeres widerfahren wäre«, fügte er leise hinzu.

»Sogar Schlimmeres?«, echote Claudia.

»Jeder Kritiker des Hexerei-Konstrukts läuft Gefahr, ebenfalls als Zauberer beschuldigt zu werden. So hat sich die Meute einen unantastbaren Freiraum für ihre Untaten geschaffen. Wer aufbegehrt und sich für die Unschuldigen einsetzt, endet leicht selbst auf dem Scheiterhaufen.«

Claudia ging ein Licht auf. »So haltet Ihr mich nicht für mutig, weil ich in der Öffentlichkeit einem Geistlichen widersprochen habe, sondern weil es gefährlich ist auszusprechen, was ich gesagt habe?«

»Nicht ganz«, entgegnete Sebastian. »Ich wusste zwar nicht, dass Ihr über die Gefährlichkeit Eurer Zweifel gar nicht im Bilde wart. Jedoch seid Ihr als Mitglied des Hochadels kaum in Gefahr, je als Hexe beschuldigt zu werden. Davon abgesehen erfordert es Mut, öffentlich zu äußern, dass Gott den Mann nicht über das Weib gestellt hat oder dass das Weib dem Manne gar überlegen sein könnte. Und es ist noch einmal mutiger, dies nicht zurückzunehmen, selbst wenn es der Landgraf befiehlt.«

»Eher tollkühn bis zum Irrsinn.« Sebastian bemerkte die Bitterkeit in Claudias Stimme. »Ich werde es noch zu büßen haben, so viel ist gewiss.«

»Eure Haltung war jedenfalls bewundernswert. Glaubt Ihr denn nicht, dass Eure Muhme ein gutes Wort für Euch einlegen wird? Schließlich ist auch sie eine Frau und gehört damit dem Geschlecht an, für das Ihr so mutig die Lanze gebrochen habt.«

Claudia lachte unwillkürlich laut auf. Dann schlug sie sich erschrocken die Hand vor den Mund. Mittlerweile war es finstere Nacht. Undenkbar, was geschehen würde, wenn man sie hörte und mit dem Sohn des Amtmanns in diesem Winkel der Burg fände.

»Ausgerechnet meine Muhme?«, sagte sie nun mit gedämpfter Stimme. »Noch nie hat meine Muhme ein gutes Wort für mich eingelegt. Sie lässt keine Gelegenheit aus, mich zu schikanieren. Schon einmal wies sie mich beim Nachtmahl aus dem Saal, weil ich mich weigerte, meiner verhassten Kusine Adela meine Kam-

mer zu überlassen. Nur dass der Disput zuvor unter vorgehaltener Hand stattfand, und keiner der Gäste wusste den wahren Grund, warum ich die Tafel verließ.«
Sebastian erinnerte sich an seine erste Begegnung mit Claudia. Dies war also der Grund ihrer Wut gewesen. Er war betroffen.
»Warum ist sie Euch denn so sehr feind?«
»Sie hasst mich, seit mein Oheim mich als zehnjährige Waise in seine Familie aufnahm. Ich habe meine Eltern früh verloren. Oheim Wilhelm verehrte meine Mutter, die seine ältere Schwester war. Ihr zum Gedenken gab er mir ein Heim.« Plötzlich schluchzte sie auf. »Allein, ich danke es ihm schlecht«, flüsterte sie mit tränenerstickter Stimme.
Sebastian hätte gerne seinen Arm um Claudias Schultern gelegt, doch etwas hielt ihn zurück. Er spürte, dass dies die Vertrautheit nicht fördern, sondern zerstören würde, die im Schutz der Dunkelheit zwischen ihnen entstanden war. Stattdessen dachte er nach.
»Vielleicht neidet sie Euch die Zuneigung Eures Onkels?«, riet er auf gut Glück.
Zu seiner Überraschung stimmte Claudia zu. »Daran habe ich auch schon gedacht. Ihre Verbindung war keine Wunschehe, wie so häufig in unseren Kreisen. Erika ist zehn Jahre älter als mein Onkel und war schon eine verblühte alte Jungfer, als der neunzehnjährige Graf sie zur Frau nahm. Für sie selbst ging ein Herzenswunsch in Erfüllung, mit dem sie schon nicht mehr gerechnet hatte. Für ihn war die Heirat nur eine weitere Unterwerfung unter die Befehle seines tyrannischen Vaters. Ich glaube, er hat Erika nie geliebt, nicht einmal geachtet.«
»So haltet Ihr Liebe für die wahre Grundlage der Ehe?« Sebastian wusste selbst nicht, warum er diese Frage stellte.
Wieder lachte Claudia auf. »Oh nein, Monsieur de la Val«, erklärte sie dann zu seiner Enttäuschung. »Liebe ist höchstens per Zufall im Spiel, wenn man innerhalb des Hochadels heiratet.«

Aber noch gab er sich nicht geschlagen. »Und wird dies auch für Euch selbst gelten?«, fragte er herausfordernd.

Die Antwort war niederschmetternd. »Selbstverständlich, Monsieur de la Val«, antwortete Claudia befremdet. »Gerade für mich wird es gelten. Ich habe keinen eigenen Besitz und keine andere Mitgift als die, die mein Oheim mir einmal zubilligt. Um meine Stellung zu sichern, werde ich den Mann akzeptieren müssen, den er für mich aussucht.«

»So viel Glück wie Ihr werde ich nicht haben«, fuhr sie fort. »Ihr konntet eine hübsche Frau wählen, die im Alter gut zu Euch passt. Und Euch sogar von Herzen liebt. Solch ein Geschick wird mir nicht beschieden sein.«

Sebastian fühlte sich, als habe man ihm in die Magengrube geschlagen. Zum Glück war es so finster, dass Claudia den Ausdruck auf seinem Gesicht nicht erkennen konnte. Aus Angst, seine Stimme könne ihn verraten, schwieg er betreten.

Auf einmal hörten sie vom Burghof her leise Geräusche. Stimmen wisperten unverständliche Worte. Neugierig lugten beide über die Brüstung der Mauer. Zwei schwarze Gestalten, in unförmige Kapuzenumhänge gehüllt, huschten durch die Finsternis. Plötzlich waren sie verschwunden.

»Merkwürdig«, flüsterte Claudia. »Geradezu als hätte die Wand sie verschluckt.«

»Du wartest hier drin«, zischte Adela ihrer zitternden Zofe zu. »Und rühre dich nicht vom Fleck, wenn dir dein Leben lieb ist.«

Doch die panische Angst vor dem stockfinsteren, feuchten Gang war diesmal stärker als Kathrins Furcht vor Adela. »Ich bitte Euch, Herrin«, flehte sie. »Lasst mich um Christi willen nicht allein an diesem furchtbaren Ort.«

Adela fauchte und bleckte die Zähne. »Nimm diesen Namen nicht in den Mund, Törin, wenn du mich zu dunkler Stunde begleitest. Du wartest hier, sonst wirst du es bitter bereuen.«

Schon drehte sie dem Mädchen den Rücken zu und war in der Finsternis verschwunden.
Kathrins Herz klopfte schier zum Zerspringen. Schon immer war ihr an engen dunklen Orten bange gewesen. Doch noch nie war ihr ein Platz grausiger erschienen als dieser verborgene Ausgang aus der Neuerburg. Sie konnte sich nicht erklären, woher Adela, die erst seit einigen Wochen hier zu Besuch weilte, davon wusste. Kein Mensch konnte den geheimen Gang in den letzten Jahren benutzt haben. Das bewies schon das Skelett einer Katze, über das Kathrin gleich hinter der schmalen Pforte gestolpert war, die sich plötzlich in der Burgmauer aufgetan hatte.
Erst als das niedrige Tor wieder verschlossen war, hatte Adela im Gang mit einer glühenden Kohle ein Binsenlicht entzündet. Es wies ihnen mehr schlecht als recht den Weg. Mehrfach schlug Kathrin sich den Kopf an.
Der enge Tunnel schien tief in den Fels unter der Neuerburg geschlagen worden zu sein. Nach einigen Windungen mündete er über eine weitere verborgene Pforte in einer Höhle, deren schmaler Ausgang hinter dichtem Brombeergebüsch versteckt lag. Dort hatte Adela sie verlassen, und sie musste nun im Dunkeln ausharren, bis sie wiederkam. Modergeruch stieg ihr in die Nase. Schon glaubte sie zu ersticken. Säure stieg ihr vom Magen in die Kehle und verursachte ihr Brechreiz.
Schließlich hielt sie es nicht mehr aus. Vorsichtig zwängte sie sich durch den Spalt, durch den ihre Herrin verschwunden war. Dass Adela sie wirklich töten könnte, erschien ihr weniger gewiss als die Angst, in der Höhle ohnmächtig zu werden und an Luftmangel zu sterben.
Draußen herrschte finstere Nacht. Es musste Neumond sein, nur ein paar Sterne standen seltsam blass am Firmament. Kathrin atmete tief die reine Luft ein. Langsam gewöhnten sich ihre Augen an die Umgebung. Sie erkannte, dass sie sich im Wald unterhalb der Burg befand. Erneut packte sie das Entsetzen.

Mühlenwald nannten die Einheimischen dieses Gelände, weil sich am Fuße des Hügels zwei Mühlen drehten. Die eine mahlte Getreide, die andere walkte die Wollstoffe, für die Neuerburg so berühmt war. Doch Mühlen, hieß es allgemein, waren auch verwunschene Orte. Allerlei Geister trieben sich dort herum, und der Tod selbst mahlte in mondlosen Nächten wie dieser seine grässliche Beute. Diese und andere Sagen gingen Kathrin durch den Kopf, als sie sich vorsichtig auf dem schmalen Pfad bewegte, der sich durch das Gebüsch und die hohen Bäume schlängelte. Jedes Geräusch ließ sie aufschrecken, jeden Moment erwartete sie, von eisigen Fingern gepackt und gewürgt zu werden. Dennoch trieb sie etwas in ihr weiter voran.

Plötzlich schimmerte ein schwaches Licht durch die Bäume hindurch. Auf dem Laub des vergangenen Herbstes schlich Kathrin lautlos darauf zu. Schließlich erblickte sie, verborgen hinter dem Stamm einer uralten Eiche, eine kleine halbrunde Lichtung. Was sie sah, ließ ihr das Blut in den Adern gefrieren.

Ein baumfreier Platz von etwa sechs Fuß war mit kleinen, in die Erde gesteckten Talglichtern erhellt. Sie bildeten die Form eines fünfeckigen Sterns. In seiner Mitte erkannte Kathrin den Kadaver eines geköpften Hahns.

Um den Stern herum tanzte Adela, den Kopf des Hahns in der hoch erhobenen Hand. Das Blut des Tieres tropfte ihr über das Gesicht und den Leib. Dazu sang sie eine schaurige Weise. Die Worte klangen heidnisch und böse, auch wenn Kathrin keine Silbe verstand. Adelas üppiger Körper bewegte sich im Rhythmus des grausigen Liedes, ihr Gesicht war wie in Trance verzückt. Sie war vollkommen nackt.

Unwillkürlich wich Kathrin zurück. Ein Zweig knackte unter ihren Füßen. Sie erstarrte vor Schreck. Erneut schien ihr heftiges Herzklopfen den Brustkorb sprengen zu wollen.

Adela verharrte in ihrem Tanz. Ihre Augen, unnatürlich groß und glänzend im schwachen Schein der Talglichter, durchbohr-

ten die Dunkelheit. Kathrin wagte kaum zu atmen. Auf einmal kam ihr die finstere Höhle wie ein tröstlicher Ort der Geborgenheit vor.
Sekunden zogen sich wie Stunden dahin. Kathrin drohten die Sinne zu schwinden. Nun bezweifelte sie nicht länger, dass Adela sie töten würde, wenn sie die Zofe als Zeugin ihres unheimlichen Gebarens ertappte.
Endlich bewegte Adela sich und nahm Gesang und Tanz wieder auf. In quälender Langsamkeit schlich Kathrin davon, bis sie die Lichter nicht mehr erkennen konnte. Dann hastete sie, wie von Furien gehetzt, zurück in den Schutz der Höhle.

# Kapitel 9

*Montag, 23. Juli 1612*

*Der Mönch näherte sich. An seiner braunen Kutte erkannte Adela, dass er dem Franziskanerorden angehörte. Ein unerträglicher Gestank nach Moder und Verwesung ging von ihm aus und trieb ihr den Brechreiz in die Kehle. Maden krochen über sein zerlöchertes Gewand. Die Kapuze hatte er tief ins Gesicht gezogen. Sein Antlitz war nicht zu erkennen. Dennoch wusste Adela, wer er war.*
*Angst ergriff sie, mit jeder Faser ihres Körpers wollte sie die Flucht ergreifen. Doch wie gelähmt verharrte sie auf dem prächtigen samtbezogenen Stuhl an der Seite ihres Vaters.*
*Hochmütig und unbeweglich saß der Graf auf dem wappengeschmückten goldenen Thronsessel und sah dem Ankömmling entgegen. Bemerkte er denn nicht den entsetzlichen Geruch? Warum ließ er den Eindringling nicht aus der Halle werfen?*

*Die grausige Gestalt näherte sich unaufhaltsam. Fünf Schritte vor dem Thron blieb sie stehen. Anklagend hob sie den bleichen Finger und zeigte auf Adela.*
*»Graf von Manderscheid-Kail«, ertönte die Stimme des Mönchs, hohl wie aus einer Gruft, »ich komme vom Totenbett Eurer Gemahlin. Dies ist nicht Eure Tochter. Ein Bastard ist sie, gezeugt von Eurem schlimmsten Feind. Jagt sie davon!«*
*Adelas Vater richtete seine stählernen blauen Augen auf sie. Streng und abweisend sah er sie an.*
*»Gebt Euch zu erkennen«, forderte er den Mönch auf. »Der Ihr eine so schwere Beschuldigung gegen mein geliebtes Kind erhebt! Doch habt Ihr Beweise für Eure Behauptung, lasse ich sie noch heute mit Ruten von meinem Hof peitschen.«*
*»Vater, so glaubt ihm doch nicht. Er lügt«, wollte Adela ihm entgegenschreien. Vor seinem Thron wollte sie sich niederwerfen und um Gnade flehen. Doch ihre Zunge war wie gelähmt, ihr Körper zu Eis erstarrt. Nichts konnte sie tun, um das Verhängnis aufzuhalten.*
*Der Mönch schlug mit einem Ruck seine Kapuze zurück. »Bruder Johannes bin ich, der Beichtvater Eurer Gemahlin«, donnerte er. »Bei meiner unsterblichen Seele schwöre ich, dass ich die Wahrheit sage.«*
*Doch Adela vernahm seine Worte kaum. Mit der schon vertrauten Mischung aus Grauen und Faszination starrte sie ins Gesicht ihres Anklägers. Tote Augenhöhlen, ein lippenlos grinsender Mund. Knöcherne Hände drohten, nach ihr zu greifen und sie vom Sessel an der Seite des Vaters zu reißen. Mit letzter Kraft befreite sie sich aus ihrer Starre und schlug wild um sich.*

Etwas ruckte beharrlich an ihrer Schulter. Unendlich langsam fand Adela zurück in die Wirklichkeit. Schweißgebadet öffnete sie die Augen. Das helle Licht des Tages schien durch das Fenster ihrer Kammer auf der Neuerburg.

Kathrin, ihre Zofe, stand über ihr Lager gebeugt. Sie hatte die schweren Bettvorhänge zur Seite gezogen. »Ihr habt wieder schlecht geträumt, Herrin. Ich hörte Euch schreien«, sagte sie leise. Ihre Miene wirkte vollkommen verängstigt.

»Diesmal könnt Ihr es Eurer Nichte nicht durchgehen lassen, Wilhelm.« Die Stimme der Landgräfin klang beschwörend. »Nicht, nachdem sie Euch vor dem ganzen Hof den Gehorsam verweigert hat. Sie muss auf das härteste bestraft werden.«
Der Graf machte eine unwillige Geste mit der Hand. Sein Gesicht konnte Erika von Manderscheid-Virneburg nicht sehen. Schon vor geraumer Zeit war er aufgestanden und hatte sich mit dem Rücken zu ihr ans Fenster gestellt. Erikas Verzweiflung wuchs. Dabei hatte alles doch so vielversprechend begonnen.
Das Paar befand sich im Knappen-Saal, wie die gemütliche Wohnstube genannt wurde, die sich im Torgebäude gleich neben der großen Küche befand. Erst vor zwanzig Jahren waren die Räume in dem trutzigen Bauwerk eingerichtet worden und gehörten seither zu den schönsten und komfortabelsten auf der Neuerburg.
Im Knappen-Saal nahm die Familie des Landgrafen gewöhnlich ihre Mahlzeiten ein, wenn es nicht besondere festliche Anlässe gab. Dann wich man wie gestern Abend auf den größeren Rittersaal aus. Dieser lag allerdings ein gutes Stück von der Küche entfernt, und nicht selten waren die Speisen nur noch lauwarm, wenn sie dort serviert wurden. Das geschah im Knappen-Saal nie.
Im Winter war es dort zudem mollig warm, da der große Küchenkamin, vom Nebenraum nur getrennt durch eine kunstvoll geschmiedete Eisenplatte, auch den Knappen-Saal beheizte.
Das Frühmahl, zu dem Claudia übernächtigt, aber pünktlich erschienen war, hatte in bedrückendem Schweigen stattgefunden. Gleich im Anschluss daran brachte Claudia Elisabeth und deren

Brüder zu ihren Unterrichtsstunden. Adela war gar nicht erst zum Frühstück gekommen. Sie sei unpässlich, ließ sie durch ihre Zofe ausrichten.

So war die Landgräfin schließlich mit ihrem Gatten allein geblieben und ergriff diese seltene Gelegenheit beim Schopf. Anfangs hatte Wilhelm ihrer Rede aufmerksam gelauscht und aus seinem Verdruss über Claudia keinen Hehl gemacht.

»Ich stimme Euch darin zu, Gnädigste, dass eine Strafe diesmal unerlässlich ist. Nur bin ich mir noch nicht sicher, ob es wie nach dem Verweis aus dem Kloster erneut Kammerarrest sein soll oder ob eine härtere Gangart angebracht ist.«

Erika hatte schon heimlich frohlockt und war fest entschlossen, die Stimmung des Grafen für ihre Pläne zu nutzen. Dass sie dabei über das Ziel hinausschoss, bemerkte sie anfangs nicht einmal.

»Teurer Gemahl, ich bitte Euch zu bedenken, dass Eure Nachsicht bislang keine Früchte getragen hat. Claudias Charakter ist nicht so beschaffen, wie es einem Edelfräulein ihrer Stellung gut anstünde. Bedenkt auch, dass sie einen ehrwürdigen Geistlichen in aller Öffentlichkeit lächerlich gemacht hat.«

»Claudia ist jähzornig und unbeherrscht«, hatte Wilhelm geantwortet. »Sicher keine Charakterzüge, mit denen sie Ehre einlegen kann. Aber sie ist auch scharfsinnig und überaus klug. Der Burgkaplan hat selbst sein Gutteil dazu beigetragen, lächerlich zu erscheinen.«

Doch Erika übersah die Warnzeichen, die diese Antwort enthielt.

»Dass sie mir den Respekt verweigert und sich immerzu unbotmäßig und anmaßend verhält, mag Euch meinethalben nicht kümmern«, hatte sie hitzig erklärt. »Doch dass sie auch Euch widerspricht und Eure Autorität öffentlich in Frage stellt, sollte Euch nicht gleichgültig sein. Wenn Ihr jetzt kein Exempel statuiert, lauft Ihr Gefahr, dass auch Ihr Euch der Lächerlichkeit preisgebt.«

Dies war der Moment gewesen, in dem Wilhelm aufgestanden und zum Fenster gegangen war. Erst jetzt bemerkte Erika, dass ihre letzten Worte ihrer Absicht nicht förderlich waren. Und was immer sie seither versucht hatte, war fehlgeschlagen. Wilhelm sah bereits nahezu zehn Minuten auf die dichten Wälder hinaus, die sich auf der Rückseite der Burg über die Hügel erstreckten.

Die Gräfin unternahm einen letzten verzweifelten Versuch, ihre Wünsche doch noch durchzusetzen, und wählte ein, wie sie vermeinte, nicht zu schlagendes Argument. »Ihr vertretet Vaterstelle an Claudia und seid daher für sie verantwortlich. Eure vornehmste Pflicht muss es sein zu verhindern, dass sie die gleichen Fehler macht wie ihre Mutter.«

Als hätte ihn etwas gestochen, fuhr Wilhelm zu ihr herum. »Lasst meine verstorbene Schwester aus dem Spiel«, herrschte er Erika an. »Ihr habt sie gar nicht gekannt und könnt Euch folglich kein Urteil über sie erlauben.«

Erika erschrak. Die purpurnen Flecken auf ihren Wangen verrieten ihre Erregung. »Ich meine es doch nur gut, teuerster Gemahl«, suchte sie ihn zu beschwichtigen. »Eine harte Strafe wäre durchaus zu Claudias Wohl. Wer weiß, was sie sonst noch anrichten mag. Ihr wisst doch, zu welchen Taten sie fähig ist.«

Der Landgraf sah sie finster an. Die Spitzen seines sorgfältig gezwirbelten Schnurrbarts zitterten. »Damals war Claudia ein Kind und in arger Bedrängnis. Ihr wisst auch, wie hart ihr Vergehen geahndet wurde. Welche Strafe haltet Ihr diesmal für angebracht?«

Trotz ihrer zunehmenden Angst wagte die Gräfin die Flucht nach vorn. »Schickt Eure Nichte wieder in ein Kloster. Falls St. Thomas sie nicht mehr aufnimmt, wählt ein anderes. Die Benediktinerinnen von St. Irminen in Trier haben einen sehr guten Ruf und nehmen nur adlige Anwärterinnen auf. Tragt Sorge dafür, dass sie diesmal Profess tut und uns allen nicht wiederum

Schande bereitet. Jedes Kloster hat Mittel und Wege, sich unwillige Zöglinge gefügig zu machen.«

Der Landgraf antwortete nicht. Seine buschigen Augenbrauen zogen sich drohend zusammen.

»Glaubt mir, es ist zu ihrem eigenen Besten. Einen passenden Gemahl werdet Ihr ohnehin kaum für sie finden«, flehte die Gräfin.

»Zu Claudias eigenem Besten?«, wiederholte der Graf. »Ihr wisst, dass sie ein Leben im Kloster verabscheut. Wie soll dieses Schicksal zu ihrem Besten sein?«

Erika ahnte, dass sie im Begriff war, das Spiel zu verlieren. Daher setzte sie alles auf eine Karte.

»Ihr müsst Claudia vor dem verderblichen Erbe bewahren, das ihre Mutter ihr zweifellos mitgegeben hat. Auch wenn ich großen Respekt vor der Verehrung hege, die Ihr Eurer verstorbenen Schwester entgegenbringt, so hat sie doch um der Wollust willen Schande über die Leuchtenberger gebracht. Nur wenn Claudia sicher im Kloster verwahrt ist, könnt Ihr sicher sein, dass die Tochter nicht das gleiche Schicksal erleidet wie ihre Mutter.«

Wut flammte in den Augen des Grafen auf. »So habt Ihr nun endlich Eure erbärmlichen Beweggründe enthüllt, Gräfin. Und Euch dabei selbst als Heuchlerin entlarvt.« Er spuckte die Worte regelrecht aus.

Erika wich zurück, als hätte er sie geschlagen. »Wie meint Ihr das?«

»Ihr wollt Claudia aus dem Weg haben, seitdem ich sie als Waise in die Familie aufgenommen habe. Ihr neidet ihr die Zuneigung, die ich ihr in Erinnerung an meine so tragisch verstorbene Schwester entgegenbringe, die Mutterstelle an mir vertreten hat. Wahrscheinlich neidet Ihr Claudia auch den brillanten Geist, neben dem Euer eigener engstirnig und kleinlich daherkommt. Wie der Geist der Menschen, mit denen Ihr Euch umgebt. Josten ist nichts weiter als ein Narr vor dem Herrn. Und was die Wollust angeht, so war es Eure geliebte Nichte Adela, die nicht genug über die Unzucht mit dem Teufel hören konnte. Für sie habe ich mich gestern Abend mehr geschämt als für Claudia.« Er rang nach Luft.

Die Gräfin nutzte die winzige Atempause für eine letzte Gegenwehr. »Ihr mögt mich meinethalben für dumm halten, Wilhelm. Aber eine Heuchlerin zeiht Ihr mich nicht. Das habe ich nicht verdient.«

»Nicht verdient?«, höhnte der Graf. »Habt Ihr nicht darauf bestanden, dass Claudia Elisabeth aufwartet wie eine bessere Dienstmagd? Sie soll eine sinnvolle Aufgabe übernehmen, habt Ihr erklärt, als sie aus dem Kloster zurückkam. Den Geist von Elisabeth bilden, sie auf die Ehe mit Ernst von der Marck vorbereiten. Das war es doch, was Ihr vorschlugt?«

Erika sah ihn totenbleich an. Selbst die purpurnen Flecken waren verblasst. Da sie wusste, dass jede weitere Rechtfertigung vergeblich sein würde, zog sie es vor zu schweigen.

Der Graf war ohnehin nicht mehr aufzuhalten. Der mühsam bezwungene Groll vieler trostloser Ehejahre an der Seite dieser ihm widerwärtigen Frau brach sich nun Bahn.

»Entgegen Eurem eigenen Urteil über Claudia habt Ihr also die geistige und sittliche Bildung unserer einzigen Tochter einem Menschen mit verkommenem Charakter anvertraut? Samt der Vorbereitung auf die politisch so überaus wichtige Heirat? Das glaubt Ihr doch selbst nicht. Ihr wolltet nur damals schon Claudias Stolz brechen! Heuchlerin nenne ich Euch.«

Unwillkürlich schossen Erika Tränen in die Augen. Sie strömten über ihr aufgeschwollenes Gesicht und verloren sich in der Krause ihres zu engen Kragens. Unverwandt sah sie ihren Gatten an.

»Womit habe ich all diesen Zorn und diese Abneigung verdient, Wilhelm?«, fragte sie. »Seitdem ich Euch kenne, versuche ich, Euer Gefallen zu finden. Allein, nichts kann ich Euch recht ma-

chen, was auch immer ich tue. Vielleicht ist es wahr, dass ich Eure undankbare Nichte um die Zuneigung beneide, die Ihr dem Mädchen gewährt und mir so beharrlich versagt.« Ein jammervolles Schluchzen entrang sich ihrer Kehle.
Wilhelms Zorn verrauchte. An seine Stelle trat das vertraute Gefühl des schlechten Gewissens. Erika konnte nichts dafür, dass sein despotischer Vater ihn zu dieser Ehe gezwungen hatte. Sie waren auf der Durchreise nach den Spanischen Niederlanden gewesen, als der habgierige Landgraf plötzlich eine Möglichkeit sah, wie er einen Anteil an der verwaisten Grafschaft Manderscheid-Schleiden an sich bringen konnte. Auf der Rückreise hatten sie Erika nach Pfreimd mitgenommen. Nachdem sie dort in den Schoß der katholischen Kirche zurückgekehrt war, fand die Hochzeit mit großem Pomp statt. Die Drohung Georg Ludwigs von Leuchtenberg, den Sohn zu enterben, um die sich Wilhelm heute keinen Deut mehr scherte, hatte den damals Neunzehnjährigen in die Knie gezwungen.
Doch um nichts in der Welt war er darauf gefasst gewesen, dass seine viel ältere Gattin um seine Zuneigung buhlen könnte wie eine verliebte Dienstmagd. Selbst noch nach all den Jahren ihrer freudlosen Verbindung und den pflichtschuldigst gezeugten Kindern.
So lenkte er reumütig ein, jedoch ohne die Absicht, ihren Klosterplänen auch nur ein Jota entgegenzukommen. Er verneigte sich förmlich.
»Ich bedaure zutiefst, wenn ich Euch gekränkt habe, teuerste Gattin. Nichts sollte mir ferner liegen, und ich weiß Euren Rat wie immer zu schätzen.« In dieser Woche würde er viele Lügen zu beichten haben. »Ich gebe Euch recht, dass Claudia eine Strafe für ihr gestriges Verhalten verdient. Ich werde darüber nachdenken und es Euch zu gegebener Zeit wissen lassen. Nun erholt Euch und kommt ein wenig zur Ruhe. Ich wünsche Euch einen gesegneten Tag.«

Damit verbeugte er sich erneut und verließ den Raum. Adela, die sich im Schatten einer Säule verborgen hatte, bemerkte er nicht.

Je weiter Caspar Scholer nach unten stieg, desto mulmiger wurde ihm. Draußen war ein heller, sonniger Sommertag angebrochen, doch hier drinnen war es feucht und düster wie in einer Gruft. Die Luft wurde immer stickiger, wozu die blakenden Fackeln, die hier und da in eisernen Halterungen an der Treppenwand hingen, ihr gutes Teil beitrugen. Außerdem war es kühl. Scholer fröstelte in seinem dünnen Sommergewand.
Auf dem letzten Treppenabsatz hielt Dietrich Mey an und reichte ihm eine Duftkugel. »Dies haltet Ihr Euch besser vor die Nase, wenn Ihr die Folterkammer betretet. Dieses Hexengeschmeiß stinkt wie der Leibhaftige selbst.«
Von ferne waren undeutlich schrille Schreie zu vernehmen. Der Amtmann von Oberkail, ein untersetzter Mann mit einem fassrunden Bauch und grausamen Augen, lächelte. »Horcht, werter Ratsherr. Meister Hans ist schon an der Arbeit. Kommt schnell, damit Ihr nichts versäumt.« Damit eilte er die Treppe hinab, so rasch es die schlüpfrigen Stufen zuließen.
Als Scholer ihm vorsichtig folgte, kamen ihm erneut Zweifel, ob es richtig gewesen war, Mey von seinen Sorgen über das Hexentreiben in Neuerburg zu erzählen. Hier wie in Gerolstein hatte er die Prozessakten verurteilter Zauberinnen schon vor Wochen vergeblich nach Hinweisen auf Zia Schreber oder Magdalena Pirken durchforstet. Vor zwei Tagen war er nach Oberkail zurückgekehrt und hatte wieder nichts gefunden.
Als er seine Enttäuschung im besten Haus am Platz in Wein ertränkte, gesellte sich der Oberkailer Amtmann zu ihm. Nicht mehr ganz nüchtern klagte ihm Scholer sein Leid. Zu seiner Überraschung wusste Mey guten Rat. Dass es noch keine Denunziationen der Neuerburger Hexen gäbe, läge nur daran, dass

man den Unholdinnen noch nicht die richtigen Fragen gestellt hätte. Dem wäre leicht abzuhelfen, wobei ein gut gefüllter Beutel Gulden nicht von Nachteil sei.

Schließlich lud er Scholer für den morgigen Tag in die Oberkailer Burg ein. Dort fanden im Rittersaal die Verhandlungen statt, in den Verliesen der Burg lagen die Zellen und die Folterkammer. Mit einer Mischung aus Neugier und Hoffnung hatte Scholer zugestimmt.

Das Geschrei wurde lauter, je tiefer sie stiegen. Auch der Gestank machte sich jetzt bemerkbar. Es roch durchdringend nach Fäkalien, ungewaschenen Körpern und etwas, das Scholer nicht auf Anhieb erkannte. Verbranntes Fleisch, fiel es ihm schließlich schaudernd ein.

Endlich erreichten sie den Fuß des Turms und gelangten vor eine schwere eisenbeschlagene Holztür. Der Amtmann pochte laut dagegen. »Die Tür ist von innen verschlossen, seitdem uns eine der Unholdinnen beinahe entwischt wäre«, erklärte er Scholer.

Nach einer kurzen Weile drehte sich ein schwerer Schlüssel im Schloss, und die Tür wurde quietschend aufgestoßen. Offensichtlich von einem Henkersknecht. Der Mann war noch jung, kaum zwanzig Jahre alt, schätzte Scholer. Er trug eine Kniehose und über dem nackten muskulösen Oberkörper eine blutbesudelte Lederschürze. Nach einer kurzen Verbeugung winkte er die Besucher herein.

Der Raum war kreisrund und wurde von einigen Fackeln und einem glühenden Kohlebecken erhellt. Was Scholer erblickte, trieb ihm die Schamröte ins Gesicht und brachte gleichzeitig sein Glied zum Schwellen.

Eine junge Frau stand vornübergebeugt nackt in der Mitte des Raumes. Ihre Hände waren an ihre Fußgelenke gefesselt, so dass er nur ihren geschorenen Hinterkopf sehen konnte. In ihrem hoch erhobenen Gesäß steckte eine brennende Kerze.

»Ah, der Leuchter!« Auch aus der Stimme des Amtmanns war die Lüsternheit deutlich herauszuhören. Er drehte sich zu Scholer, der die Szene mit offenem Mund begaffte. »Ich nehme an, Ihr wisst, worum es sich handelt?«
Scholer schüttelte sprachlos den Kopf.
»So beleuchten die Satansdienerinnen ihre teuflischen Feste«, erklärte der Amtmann. »Unsere Marie hier ist noch ganz frisch.« Er griff der stöhnenden Frau brutal zwischen die Beine. »Erst vor drei Tagen hereingekommen, bislang auf Hexenmale examiniert und gütlich verhört worden. Noch ist sie verstockt und will ihre Untaten nicht bekennen. Aber die da hat sie als Komplizin denunziert und uns dabei auch verraten, dass sie häufig den Leuchter gespielt hat.«
Erst jetzt sah Scholer im Hintergrund des Raumes eine andere Frau in merkwürdig verrenkter Haltung.
»So helfen wir Maries Gedächtnis schon einmal nach, bevor ihr Meister Hans die Beinschrauben anlegt und sie nicht mehr stehen kann.« Er zog seine Hand zurück und bedeutete dem Ratsherrn, ihm zu der zweiten Frau zu folgen.
Scholer sah, dass deren auf den Rücken gedrehte Arme an einer Seilwinde befestigt waren. Das Seil war so stark gespannt, dass sie auf den Zehenspitzen stand. Was furchtbare Schmerzen verursachen musste, denn die Frau jammerte und stöhnte unablässig. Auch sie war kahl geschoren und trug einen von Blut und Kot befleckten sackleinenen Kittel. Scholers Erektion ließ schlagartig nach.
»Das ist Lisbeth Semmerin oder das, was noch von ihr übrig ist«, sagte Mey zynisch. »Stellt Euch vor, sie war ehemals Köchin hier auf der Burg. Wollte sogar unseren Grafen vergiften. Doch wir kamen ihr auf die Schliche. Anders als Marie, die ihre Küchenmagd und Helfershelferin war, ist sie schon weich gekocht und hat all ihre Schandtaten gestanden. Nun fehlen nur noch die Denunziationen ihrer Gespielinnen. Zwei hat sie uns

schon genannt. Aber ich habe hier meine eigenen Methoden entwickelt.« Stolz warf er sich in die Brust. »Unter fünf Besagungen kommt mir keine aus dem Folterkeller heraus. Mit diesem Hexengezücht muss ein für alle Mal aufgeräumt werden.«
Scholer sah Mey mit einer Mischung aus Abscheu und Bewunderung an. Ob er wohl jemals ebenso abgebrüht inquirieren könnte?
Zögernd näherte er sich der wimmernden Gestalt. Erst jetzt bemerkte er den unsäglichen Gestank im Raum, der ihm fast den Atem nahm. Einen Moment lang wurde ihm schwarz vor Augen. Doch dann hielt er sich die Duftkugel an die Nase und riss sich zusammen. Er hatte zu tun, was getan werden musste.
Hinter der grausam verrenkten Frau stand ein riesiger grobschlächtiger Mann. Er musste mehr als sechs Fuß groß sein und war augenscheinlich der Henker.
»Wie lange hängt sie schon so, Meister Hans?«, sprach der Amtmann den Scharfrichter an.
»Seitdem die Glocke sechs schlug. Genau, wie Ihr es befohlen habt, werter Herr.«
Der Amtmann drehte sich stolz zu Scholer um. »Auch eine meiner Methoden, die anzuwenden ich Euch dringend anrate. Man lässt die Delinquentin nach der ersten peinlichen Befragung eine Weile so hängen, bevor man sie weiter inquiriert. Es gilt nicht als Folter, erfüllt aber durchaus seinen Zweck, wenn die Arme schon aus den Gelenken herausgerissen sind.«
»Nun, nun, Lisbeth«, wandte er sich an die Frau, in einem Tonfall, als spräche er zu einem unartigen Kind. »Jetzt ist es ja bald überstanden. Nur noch ein paar Fragen zu den Hexen aus Neuerburg. Der Herr hier ist weit gereist, um sie dir zu stellen. Sieh uns an!« Mit diesen Worten zog er am Seil, was einen schrillen Aufschrei zur Folge hatte.
Mühsam hob die Gequälte den Kopf und richtete ihre blutunterlaufenen Augen auf Scholer.

»Ich weiß nichts von Hexen aus Neuerburg, Herr.« Ihre Stimme war kaum zu verstehen.
»Komm, komm, Lisbeth!« Wieder riss der Amtmann am Seil. »So erspar dir und uns das weitere Aufziehen. Ihr habt euch doch alle auf der Schneifel getroffen. Und eine der Neuerburger Zauberinnen war dort die Oberhexe. Sie muss dir doch aufgefallen sein.«
Doch Lisbeth schüttelte erneut den Kopf. »Habt Erbarmen mit meiner unsterblichen Seele«, flehte sie. »Ich kann nicht noch mehr Unschuldige mit mir ins Verderben reißen.«
Der Amtmann zuckte in gespielter Betrübnis die Schultern. Dann gab er dem Henker einen Wink. Der drehte die Kurbel der Seilwinde, bis die Füße der Frau den Boden nicht mehr berührten. Das Weib schrie, wie Scholer noch nie einen Menschen schreien gehört hatte.
Doch der Amtmann blieb ungerührt. »Nun, Lisbeth, willst du bekennen?«
»Alles, alles, was Ihr mich fragt«, schrie die Verzweifelte. »Nur lasst mich um Christi Barmherzigkeit wieder hinab.«
Der Amtmann nickte dem Scharfrichter zu. Stöhnend und würgend kam Lisbeth wieder zum Stehen.
»Nun stellt Eure Fragen«, forderte er Scholer auf. »Üblicherweise bleiben sie ein *Miserere* lang hängen, wenn sie so verstockt sind. Aber Euch zuliebe mache ich eine Ausnahme. Ihr seht aus, als sei Euch nicht ganz wohl.«
Beschämt senkte Scholer den Kopf. In der Tat hatte er eben befürchtet, sein Frühmahl auf das schmutzige Stroh zu erbrechen. Aus dem Augenwinkel sah er, dass sich der Henkersknecht an der anderen Frau zu schaffen machte. Auch von dort ertönten jetzt schrille Schreie. Scholer wünschte sich plötzlich weit weg.
»Die Frau heißt Magdalena Pirken«, sagte er mit belegter Stimme. »Sie ist Wäscherin und Kräuterfrau in der Stadt Neuerburg.«

»Ja, ja, ich erinnere mich.« Tatsächlich blitzte so etwas wie Erkennen in den Augen der Frau auf. »Sie geht gebeugt und ist schon sehr alt. Sie wickelt Wachskerzen um die Köpfe der Kranken.«

Scholer schüttelte gleichzeitig erfreut und verärgert den Kopf. »Nein, das Weib, das du meinst, heißt Luzia Schreber. Es ist gut zu wissen, dass sie eine Unholdin ist. Ich hatte sie auch schon im Verdacht. Aber die Frau, die ich meine, sieht anders aus.«

»Beschreibt sie ihr«, raunte der Amtmann.

Verblüfft warf Scholer ihm einen Blick zu, befolgte aber dann seinen Rat. »Sie ist an die fünf Fuß groß, schlank von Gestalt und hat braune Haare und Augen.«

»Ist sie schön?«, warf der Amtmann ein. Wieder schwang Lüsternheit in seiner Stimme mit.

»Für ihr Alter ist sie immer noch schön«, bestätigte Scholer.

»Das sind die Schlimmsten«, bemerkte Mey. »Wahrscheinlich überlässt ihr satanischer Buhle ihnen ein Schönheitselixier als Belohnung für ihre Verbrechen.«

Dann wandte er sich wieder an Lisbeth Semmerin. »Also, hast du sie gesehen?«

Verzweifelt nickte die Frau mit dem Kopf.

»Was hat sie für Untaten begangen? Kindlein getötet und ihnen das Herz aus dem Leibe gerissen? Hexensalbe gekocht und verteilt? Dem Satan den Hintern geküsst?«

Immerzu bejahte die gefolterte Frau die Fragen mit einem Kopfnicken.

»Gut, so kommen wir weiter. Doch woran hast du erkannt, dass sie die Oberhexe ist?«

Die Frau gab keine Antwort. Ihre Augen huschten gehetzt durch den Raum. Mey zog erneut an dem Seil.

»An der hohen Tafel hat sie gesessen«, schrie die Frau mit greller Stimme. »Ein kostbares Gewand hat sie getragen, rot mit goldenen Stickereien und einem schwarzen gewirkten Gürtel.«

»Was noch?«

»Mit dem Satan selbst hat sie Unzucht getrieben. Aus Lehm und Kot hat sie Raupen geformt, um die Gemüsegärten zu verderben.«

»Auch Schnecken?«, fragte Scholer.

»Auch Schnecken«, bestätigte die Gequälte.

Einen kurzen Moment hatte Scholer den Eindruck, dass die Frau alles sagen würde, was er hören wollte. Doch rasch vertrieb er diese unmännlichen Zweifel. Dem Teufel musste das Handwerk gelegt werden, mit allen Mitteln, die zu Gebote standen.

Trotzdem war er erleichtert, als der Amtmann von Lisbeth abließ. »Ich denke, das reicht, Scholer«, sagte er. »Wir lassen sie jetzt noch eine Viertelstunde so hängen, damit sie sich an weitere Untaten Eurer Hexen erinnert und diese später dem Richter gesteht. Hörst du, Lisbeth?« Ein letztes Mal drehte er sich der Gemarterten zu. »Wenn später der Herr von Winterstein dich befragt, will ich all dies und noch weitere Verbrechen in einem freiwillig erbrachten Geständnis hören. Sonst lasse ich dich foltern, bis die Sonne durch dich hindurchscheint.«

Ein letztes Mal riss er am Seil, um seinen Worten Nachdruck zu verleihen. Dann wandte er sich zum Gehen.

Sobald sie nach oben stiegen, atmete Scholer tief die immer reinere Luft ein. Schon lange bevor er das sonnige Tageslicht erblickte, erschien sie ihm köstlicher als jemals zuvor. Dennoch beunruhigte ihn Meys letzte Aussage. »Was meint Ihr damit, dass die Delinquentin ihr Geständnis noch wiederholen muss?«, fragte er, als sie den Burghof erreicht hatten.

»Die nächste Verhandlung beginnt um Schlag neun«, erklärte der Amtmann. »Dies hier war eine inoffizielle Vernehmung, wenn Ihr versteht, was ich meine.« Er zwinkerte Scholer zu. »Eigentlich darf nur peinlich befragt werden, wenn das gesamte Hochgericht anwesend ist. Aber der Richter und seine Schöffen sind Weichlinge vor dem Herrn, im Vertrauen gesagt. Schon lange meiden sie den stinkenden Keller und überlassen die Drecksarbeit mir und Meister Hans. So gelten die Geständnisse überdies als freiwillig erbracht.«

»Und Ihr glaubt, Lisbeth Semmer wird ihre Beschuldigungen vor dem Gericht wiederholen?«

»Oh ja«, bestätigte der Amtmann. »Das ist bislang noch immer der Fall gewesen. Und wenn nicht, wird Meister Hans mit seinem Sohn dafür sorgen, dass es nicht wieder vorkommt. Ein vielversprechender Geselle ist dieser Sohn.« Wieder zwinkerte er Scholer zu.

»Aber wird eine Besagung denn ausreichen, um Anklage zu erheben?«, fragte Scholer.

»Nun«, antwortete Mey gedehnt. »Wie Ihr es in Neuerburg macht, weiß ich nicht. Wir halten uns hier an die Schrift des ehrwürdigen Weihbischofs Binsfeld. Der empfiehlt die Verhaftung ganz eindeutig schon nach der ersten Besagung. Zumal, wenn die Verdächtigte bereits übel beleumundet ist.«

»Aber«, fuhr er mit einem Grinsen fort, das selbst Scholer abstoßend fand, »es ist alles eine Frage des Geldes. Wenn Ihr noch ein paar Gulden drauflegt, liefere ich Euch so viele Besagungen, wie Ihr nur haben wollt. Schon in den nächsten Tagen erwarte ich Nachschub. Doch nun lasst uns ein zweites Frühmahl einnehmen. Diese Verhöre zehren immens an den Kräften.«

Damit drehte er sich um und ging pfeifend in Richtung des Burgtors voran.

»Liebste Tante, so beruhigt Euch doch bitte. Kommt zur Ruhe und seid wieder froh. Kann ich denn gar nichts für Euch tun?«

Adela war fest entschlossen, die unverhoffte Chance zu nutzen, sich die Gunst ihrer Tante endgültig auf Claudias Kosten zu sichern. Wie genau sie das erreichen wollte, wusste sie zwar noch nicht, aber das würde sich finden. Scheinbar ratlos stand sie vor dem Sessel, auf dem die Landgräfin mit einem Weinkrampf zusammengebrochen war. Tröstend strich sie ihr über das schweißnasse Haar.

Mit einem letzten tiefen Schluchzer richtete sich Erika schließlich auf. Ihre Augen waren blutunterlaufen. »Ich habe Kopfschmerzen, als würde mir der Schädel zerspringen«, klagte sie. »Bitte schicke nach einem Aufguss des Heiltees der Kräuterfrau.«

Einen Moment war Adela versucht, ihrer Tante schon jetzt die Herkunft des Tees zu verraten. Doch dann dachte sie sich, dass sie diese Gelegenheit, Claudia anzuschwärzen, später noch besser nutzen konnte. Während sie an der Glockenschnur für die Dienstboten zog, schickte sie ein lautloses Dankgebet an den Schwarzen Meister, der ihr so gewogen war. Kurze Zeit später brachte eine Küchenmagd das heiße Getränk.

Adela konnte es kaum erwarten, bis Erika genippt und sich die zerzausten Haare gerichtet hatte. Mit gespielter Ruhe sprach sie sie an: »Liebwerte Tante, was hat Euch so bekümmert?«

Wieder füllten sich die Augen der Gräfin mit Tränen. »Es ist nichts«, wehrte sie ab. »Nur eine kleine Meinungsverschiedenheit unter Gatten.«

Doch so leicht ließ Adela nicht locker. »Geht es um meine Base Claudia?«, fragte sie scheinheilig.

Die Gräfin sah ihr scharf in die Augen. »Wie kommst du darauf, Adela? Was hast du gehört?«

Ihre Nichte senkte bekümmert den Blick. »Ich wollte nicht lauschen, liebste Muhme«, beteuerte sie. »Aber als ich in der Hoffnung auf ein verspätetes Frühmahl den Saal betrat, hörte ich unfreiwillig die letzten Worte des Grafen. Er war so zornig, dass ich nicht wagte, mich bemerkbar zu machen.«

Erika ließ resigniert die Schultern hängen. »Wenn du ohnehin weißt, wie es in unserer Ehe zugeht, sehe ich keine Veranlassung mehr, es zu verheimlichen. Ja, es ging um Claudias gestrigen Auftritt beim Festmahl.«

»Ein empörender Auftritt, der härteste Strafe verdient. Was ist der Grund für die Nachsicht des Landgrafen?«

»Er behauptet, die Liebe zu seiner verstorbenen Schwester.«

»Aber das glaubt Ihr ihm nicht?«

Die Gräfin schwieg eine Weile. »Ein Grund mag es sein«, antwortete sie schließlich mit leiser Stimme. »Sein Vater Georg Ludwig ist ein harter Mann. Wilhelms Mutter starb früh, man sagt, an gebrochenem Herzen. Ihr Gatte beraubte sie aller Freude und Lebenslust. So nahm sich Elisabeth, seine um fünf Jahre ältere Schwester, Wilhelms an. Das hat er ihr nie vergessen, nicht einmal als sie Schmach und Schande über die Familie brachte.«

»Was hat sie denn getan?« Adelas Neugier war mehr als geweckt.

»Ihr Vater verlobte sie mit einem Sohn des Herzogs von Bayern. Elisabeth wurde natürlich nicht um ihr Einverständnis gefragt. Doch ihr zukünftiger Gemahl war über zwanzig Jahre älter als sie und nicht sehr ansehnlich. Als er seine Verlobte in Pfreimd besuchte, befand sich ein französischer Ritter in seinem Gefolge. Sein Name war Henry de Montpellant. Er entstammte einer Familie, die alt, aber völlig verarmt war. Deshalb hatte er sich selbst auch als Hauptmann der herzoglichen Leibwache verdingt.«

»Und Elisabeth verliebte sich in den mittellosen Ritter und brüskierte somit ihren Vater und den Herzog von Bayern?«, fragte Adela mit gespieltem Entsetzen.

Die Gräfin zuckte die Schultern. »Wahrscheinlich verhielt es sich so. Genaueres habe ich nie darüber erfahren, da es jedem Bediensteten in Pfreimd bei strenger Strafe verboten war, Elisabeths Namen auch nur zu erwähnen. Nachdem sie mit Henry de Montpellant durchgebrannt war, ließ sie ihr Vater für tot erklären. Er befahl sogar, Seelenmessen für sie zu lesen.«

Das fand Adela überaus interessant. »Seelenmessen, obwohl sie noch lebte?«

Erika nickte. »Ihre Mutter hatte den Kindern ein kleines Erbteil vermacht, das der Landgraf nicht anrühren konnte, weil es im Ehevertrag so festgeschrieben war. Elisabeths Anteil war ein Landgut, drei Tagesreisen vom Hof des Vaters entfernt, auf dem sie fortan in bescheidenen Umständen lebte. Sie und ihr Mann starben an der Pest, als Claudia fünf Jahre alt war.«

»Was wurde danach aus dem Kind?«

Wieder zuckte Erika die Achseln. »Auch das weiß ich nicht genau, weil der Landgraf Wilhelm zu jener Zeit als Gesandten an den Kaiserhof zu Prag geschickt hatte. Wahrscheinlich blieb dem Alten nichts anderes übrig, als die Enkelin bei sich aufzunehmen. Doch er ließ das Kind die Taten der Mutter bitter vergelten. Claudia lebte beim Gesinde, als wir nach Pfreimd zurückkehrten.«

»Umso dankbarer müsste sie Euch doch allemal sein!« Adela heuchelte Entrüstung.

Doch Erikas Antwort war überraschend. »Ihrem Onkel ist Claudia mit Sicherheit dankbar. Mir gegenüber besteht, bei Licht besehen, kein Anlass dazu. Ich wurde nicht nach meiner Zustimmung gefragt und war nie damit einverstanden, dass er Claudia in die Familie aufnahm. Das weiß sie nur zu gut.«

Angesichts der Offenheit ihrer Tante und ihrem Verständnis für Claudia war Adela eine Sekunde lang sprachlos. Über all den spannenden Neuigkeiten hätte sie beinahe vergessen, ihre verhasste Base in Misskredit zu bringen.

Die Gelegenheit bot sich jedoch rasch, als die Gräfin noch einen Schluck von dem Kräutertee nahm.

»Immerhin hat sie mir dieses Heilmittel gebracht, das meine Kopfschmerzen vertreibt. Ab und an ist meine ungeliebte Nichte also auch mir von Nutzen.«

Jetzt war es höchste Zeit zum Handeln, wenn sie Claudia schaden wollte. Obwohl Adela keinen Zweifel daran hegte, dass der Kräutertee völlig harmlos war, setzte sie eine besorgte Miene auf.

»Liebste Tante, es fällt mir nicht leicht, Euch dies einzugestehen. Dieser Tee mag Euch guttun. Doch er stammt von einer Kräuterfrau, die in Neuerburg als Hexe verschrien ist.«

Die Gräfin setzte die Tasse so hart ab, dass sie zersprang und sich der Rest des Getränks über den Tisch ergoss. »Warum sagst du mir das erst jetzt?«, herrschte sie Adela an.

Die wich ihrem Blick aus und knetete ihre Hände. »Ich habe es bislang nicht gewagt, liebste Tante. Der Tee linderte Eure Pein, und Ihr habt mich so sehr gedauert. Aber vielleicht seid Ihr sogar in Gefahr. Claudia ist leichtgläubig. Wie sie gestern vor jedermann ausgeführt hat, glaubt sie gar nicht an Hexen. Wäre die verrufene Kräuterfrau daher wirklich eine Zauberin, könnte sie Claudia sogar als Werkzeug nutzen, um Euch und uns allen zu schaden.«

»Es ist unerhört«, murmelte die Gräfin. Sie wies die erschrockene Köchin, die auf ihr Läuten hin erschien, barsch an, die Flüssigkeit aufzuwischen und den restlichen Tee auf den Misthaufen zu werfen.

»Vielleicht solltet Ihr Claudia den Umgang mit Bürgerlichen ganz untersagen?«, schlug Adela vor, als die Köchin den Raum verlassen hatte. »Die Kräuterfrau ist, wie man hört, die ehemalige Amme von Barbara Dietz. Auch dem Herrn Grafen müsste doch einleuchten, welche Gefahr für uns alle besteht, wenn Claudia Kontakt mit solch übel beleumundeten Personen pflegt.«

Ein bitterer Zug erschien um Erikas Mund. »Dem Landgrafen kann ich nicht schon wieder mit einer Angelegenheit kommen, die seine Nichte betrifft. Du hast doch selbst gehört und gesehen, wie er mich heute traktiert hat.«

Anscheinend betroffen senkte Adela den Blick. »Die Frauen von Manderscheid haben ein schweres Los, wie mir scheint«, sagte sie mit kühler Berechnung.

Erika sah sie mitfühlend an. »Du hast recht, liebes Kind. Über meinem eigenen Elend vergesse ich nur zu oft, dass auch deine Mutter kein leichtes Leben bei deinem Vater hatte.«

»Sie starb zu früh an gebrochenem Herzen«, sagte Adela mit tragischer Miene. »Ich hätte als Kind hier so glücklich sein können, wenn nicht das Leid meiner Mutter gewesen wäre.«

Erika sah sie überrascht an. »Liebste Nichte, ich hatte in der Tat ganz vergessen, dass auch du einmal auf der Neuerburg gelebt hast.«

»Meine ganze Kindheit und Jugend habe ich hier verbracht, bis wir die Burg auf Betreiben der anderen Erbanwärter verlassen mussten. Schau!« Sie zeigte auf die Eisenplatte, die den Küchenkamin vom Knappen-Saal trennte. »Diese Takenplatte erinnert an meine Mutter.«

Erstaunt trat Erika näher und betrachtete die Abdeckung. »Ja, ich erkenne das Ehewappen meiner Schwester Amalia. Wie merkwürdig, dass es mir bislang nie aufgefallen ist.«

»Mein Vater gab die Platte erst nach dem Tod meiner Mutter in Auftrag. Er wollte damit wohl zu verstehen geben, dass die Neuerburg und Manderscheid-Kail eng miteinander verbunden sind. Doch wie es aussieht, wird er wohl leer ausgehen.«

Kaum waren die Worte heraus, hätte Adela sich am liebsten die Zunge abgebissen. Doch die Gräfin schöpfte keinen Verdacht.

»Es ist noch nicht aller Tage Abend«, erklärte sie zu Adelas Überraschung. »Wenn Elisabeth erst mit Ernst von der Marck vermählt ist, werden die Karten neu gemischt. Und wenn ich meinen Einfluss geltend machen kann, werde ich schon dafür sorgen, dass die Verwandten, die mir am nächsten stehen, nicht leer ausgehen.« Liebevoll sah sie Adela an.

Die ergriff die Gelegenheit beim Schopf. »So ist die Vermählung schon beschlossene Sache?«, fragte sie.

»So gut wie beschlossen. Wir warten nur noch auf die Erlaubnis des Erzbischofs von Trier. Elisabeth und Ernst sind zu nahe miteinander verwandt, um ohne Dispens heiraten zu können.«

Das wusste Adela sehr wohl. Dennoch gab sie sich ahnungslos.

»So möge Elisabeth ein glücklicheres Los beschieden sein als meiner Mutter und dir«, sagte sie mit gespielter Herzlichkeit. »Ist Ernst von der Marck denn ein stattlicher Mann?«

Anstatt einer Antwort öffnete die Gräfin eine kleine Schatulle, der sie ein Medaillon aus Gold und Bernstein entnahm. »Schau!« Sie hielt Adela das Schmuckstück hin. »Sein Verlobungsgeschenk.«

Das Medaillon enthielt aufgeklappt auf der rechten Seite eine Miniatur von Ernst von der Marck. Sie zeigte einen jungen Mann mit hochmütigen Zügen. Adela warf nur einen flüchtigen Blick darauf.

Wie gebannt starrte sie hingegen auf die linke Seite des Deckels. Dort war eine braune Haarlocke befestigt.

»Wie romantisch«, seufzte sie tief.

»Ja, dies entspricht der neuesten Mode«, erklärte die Gräfin stolz. »Die Familie von der Marck hat zweifellos Stil. Elisabeth kann sich glücklich schätzen. Sobald der Dispens da ist, wird sie das Schmuckstück am Herzen tragen.«

»Eure Tochter ist zweifellos zu beneiden«, antwortete Adela. Dies meinte sie ehrlich. »Ich gratuliere von ganzem Herzen, liebe Tante.«

Gerührt strich Erika ihrer Nichte über die Wange. Dann klappte sie das Medaillon wieder zu und verschloss es in der Schatulle. Selbst wenn sie es nochmals geöffnet hätte, wäre ihr nicht aufgefallen, dass eine kleine Strähne der Locke fehlte.

# Kapitel 10

*Freitag, 3. August 1612*

Es pochte zaghaft an der Tür. Adela sprang auf und warf sich rasch einen weiten Umhang über, bevor sie öffnete.

»Na endlich«, herrschte sie ihre Zofe Kathrin an. »Hast du das Gewünschte bei dir?«

Kathrin nickte ängstlich und überreichte Adela ein kleines Päckchen. Das Edelfräulein winkte sie ungeduldig herein. Dann öffnete sie das leinene Tüchlein und lächelte zufrieden.

»Du bist sicher, dass Ehrwürden Josten nichts gemerkt hat?«

Kathrin nickte wieder und senkte den Blick. »Aber es ist eine furchtbare Sünde«, flüsterte sie.

»Papperlapapp, dummes Ding«, zischte Adela. »Und hüte dich davor, es zu beichten! Hast du mich verstanden?« Unsanft griff sie Kathrin unter das Kinn, so dass die Zofe ihr in die Augen schauen musste.

Das Mädchen sah aus, als wollte es anfangen zu weinen. »Wenn ich es nicht beichten darf, Herrin, lastet es als Todsünde auf mir. Ich werde in der Hölle brennen.«

Adela verzog den Mund zu einem grausamen Lächeln. »Das wirst du ohnehin, wenn du mir nicht in allem gehorsam bist. Denk an das Schicksal deiner Mutter.«

Damit schob sie das verängstigte Mädchen grob aus der Kammer.

Adela drehte den Schlüssel zweimal im Schloss um. Es war die Stunde der Mittagsruhe. Ihre Tante hatte sich niedergelegt, sie wurde wieder einmal von heftigen Kopfschmerzen geplagt, gegen die es nun kein Mittel mehr gab, das half. Der Landgraf war

im Morgengrauen zusammen mit seinen kleinen Söhnen zu einem Jagdausflug aufgebrochen. Claudia und Elisabeth hielten sich ohnehin von ihr fern. Niemand würde sie stören.
Vorsichtig legte sie die Hostie, die Kathrin ihr gebracht hatte, auf einen kleinen silbernen Teller. Endlich war alles beisammen. Die Zeremonie würde vollkommen sein, ihr Wunsch in Erfüllung gehen. Vorfreude durchströmte ihre Adern wie kräftiger Wein.
Erst beim Festmahl am vorletzten Sonntag war Adela der Gedanke gekommen, eine Hostie zu stehlen. Allerdings ging ihr Versuch, die geweihte Oblate schon beim nächsten Hochamt in der Nikolauskirche zu besorgen, beinahe schief. Nach dem Empfang der heiligen Kommunion hatte sie wie in tiefer Andacht die Hände vor das Gesicht geschlagen, um die Hostie in ein Tüchlein zu spucken. Plötzlich spürte sie den scharfen Blick des Stadtpfarrers Mohr. Als sie bemerkte, dass ein Zipfel des Tuchs zwischen ihren Fingern hervorlugte, schob sie die Hostie in eisigem Schrecken zurück in den Mund. Sie verschluckte sich heftig, als sie hastig versuchte sie hinunterzuwürgen, und musste minutenlang husten. Dies hatte ihr nicht nur weitere kritische Blicke von Hochwürden Mohr, sondern auch die Missbilligung des Landgrafen eingetragen.
Auch ihr zweiter Anlauf war gescheitert, bei dem sie versuchte, den Tabernakel der Burgkapelle, in dem Bernhard Josten die geweihten Hostien verwahrte, mit einer Haarnadel zu öffnen. Just in diesem Moment war ausgerechnet ihre lästige Base Claudia in die Kapelle gekommen. Sie sagte zwar kein Wort, als Adela sich hastig vor dem Altar auf die Knie warf. Doch was sie zuvor gesehen hatte, wusste Adela nicht.
Einen weiteren Versuch wagte sie selbst danach nicht mehr zu unternehmen. Sie durfte um keinen Preis Verdacht erregen, auch wenn die Ungeduld sie fast verzehrte.
Schließlich war sie auf die Idee gekommen, Kathrin mit dem

gefährlichen Auftrag zu betrauen. Trotz anfänglichen Sträubens fügte sich die Zofe am Ende. Adelas Drohung, sie demselben Schicksal zu überantworten wie ihre Mutter, hatte wie immer gewirkt.
Und nun war sie endlich am Ziel. Sie warf ihren Umhang ab. Darunter trug sie nur ein loses Hemd aus schwarzem hauchzartem Gewebe. Genüsslich rieb sie sich Brüste und Scham mit der Salbe ein, die sie zu diesem Zweck zu bereiten pflegte. Sie enthielt Fliegenpilz und Eisenhut, giftige Pflanzen, die seit uralten Zeiten dazu verwandt wurden, Wollust zu wecken. Adela seufzte vor Wonne.
Dann verhängte sie das Fenster mit einem schwarzen Tuch und breitete ihr Bettlaken über einer geschnitzten Truhe aus. Kurz hatte sie erwogen, Kathrins nackten Körper als Altar zu verwenden, wie es bei schwarzen Messen der Brauch war, dann aber darauf verzichtet. Die Angst des Mädchens hätte ihr die Freude zu sehr getrübt und den Riten vielleicht ihre Wirkung genommen. So verwandte sie als Altar einen Teil ihres Lagers. Auch damit war der Meister zufrieden.
Adela verteilte die Kerzen. Die meisten, tiefschwarz gefärbt, dienten zur Beleuchtung. Nur eine schmückte die linke Seite des Altars. Die einzige weiße Kerze stellte sie auf dessen rechte Seite. Erst danach zog sie das Kästchen aus Ebenholz unter dem Bett hervor.

Aus ihrem Versteck heraus beobachtete Kathrin schaudernd, wie ihre Herrin ein gesticktes Tuch auf dem Boden der Kammer ausbreitete. Sie erkannte den fünfzackigen Stern, den sie schon im Wald gesehen hatte. Nur starrte ihr diesmal ein grausiges Gesicht aus dem Zentrum der Figur entgegen, gehörnt wie ein Ziegenbock. Kathrins Härchen stellten sich auf, eine Gänsehaut überzog ihren ganzen Körper. Kein Zweifel, dies war ein Abbild des Leibhaftigen selbst.

Jetzt nahm Adela einen Gegenstand aus dem Kästchen, den die Zofe anfangs gar nicht erkannte. Erst auf dem Altar erwies er sich als ein auf dem Kopf stehendes Kreuz.
Zuletzt zog Adela den Silberpokal hervor, nach dem der ganze Haushalt seit Tagen suchte. Also hatte ihre Herrin das Gefäß gestohlen. Kathrin brach der kalte Schweiß aus.
Es war nicht auszudenken, was geschehen würde, wenn man den Kelch in ihrer Kammer fände. Mit dem Verlust einer Hand käme sie noch glimpflich davon. Kathrin wusste, dass Adela, sollte sie unter Verdacht geraten, nicht die geringsten Skrupel haben würde, ihr den Diebstahl anzuhängen. Erst jetzt wurde dem Mädchen bewusst, wie gefährlich seine Situation war, selbst wenn es Adela in allem gehorchte. Denn würde Kathrin jemand Glauben schenken, wenn sie erzählte, was hier gerade geschah?

Adela füllte den Pokal mit Rotwein und stellte ihn zusammen mit dem Hostienteller auf den Altar. Nun war alles für die Andacht bereit.
Sie schloss die Augen und sammelte sich für die Zeremonie. Das Herz klopfte ihr bis zum Hals.
Dann ging sie gegen den Uhrzeigersinn um das Tuch mit dem Bildnis des Meisters herum. Sie verneigte sich tief in alle Himmelsrichtungen und rief ihn bei seinen verschiedenen Namen. »Satan aus dem Süden, ich grüße dich. Baphomet aus dem Osten, sei mir willkommen. Belial aus dem Norden, ich verehre dich. Leviathan aus dem Westen, ich bete dich an.« Schon spürte sie seine Anwesenheit. Ein kühler Luftzug durchströmte die Kammer. Ihr Schoß wurde heiß und prall.
Mit geschlossenen Augen begann sie den Tanz. Die Worte kamen ihr wie von selbst über die Lippen. In tiefer Trance ergab sie sich dem vertrauten Singsang.

*»Lebü med nov snu esölre nrednos*
*Gnuhcusrev ni thcin snu erhüf dnu*
*Nregidluhcs neresnu nebegrev riw hcua eiw*
*Dluhcs eresnu snu bigrev dnu«*

Ihr Körper wiegte sich immer schneller zum Klang ihrer Stimme.

Kathrin erkannte die schaurige Melodie wieder, verstand die Worte aber auch diesmal nicht. Sie mussten geradewegs aus der Hölle stammen. Wie schon im Wald tanzte ihre Herrin mit geschlossenen Augen links um das Tuch herum. Ihre Bewegungen wurden immer schneller, bis Adela am Ende des Gesangs erschöpft zu Boden sank. Eine Weile blieb sie regungslos liegen. Im Lichtschein der Kerzen konnte Kathrin erkennen, dass ihr Körper unter dem unzüchtigen Hemd vor Schweiß glänzte.
Sie wollte den losen Stein in der Mauer schon wieder an seinen Platz schieben, als sich Adela erhob. Aus dem Kästchen nahm sie ein Stück Pergament und einen silbernen Dolch, der mit seltsamen Ornamenten verziert war. Mit dessen Spitze durchbohrte sie das zusammengerollte Papier und hob es samt Dolch auf ihrer rechten Handfläche hoch über den Kopf. Dann griff sie nach dem Teller mit der gestohlenen Hostie und begann erneut zu beten. Diesmal verstand die Zofe die Worte.
»Luzifer, du mein Gebieter! Deinen Segen erflehe ich für meinen Wunsch. Lilith, du mächtige Herrscherin! Du kennst meine Sehnsüchte. Demütig bitte ich dich, sie zu erfüllen. Seht, ich bringe euch als Gabe für eure Gewogenheit den Leib des verfluchten Herrn Jesus. Euch zu Füßen werfe ich ihn und trete ihn in den Staub.«
Mit namenlosem Grauen sah Kathrin, wie Adela den silbernen Teller umdrehte und die Hostie unter ihrer nackten Ferse zermalmte. Dann hielt sie das aufgespießte Pergament in die Flamme der weißen Kerze.

»Dies ist es, was ich erflehe. Möge des Landgrafen Tochter Elisabeth verdorren wie eine Blume in der Wüste! Möge sie nie seinen Blick auf sich ziehen! Lasst sie verderben, bevor er ihrer je ansichtig wird.«
Kathrin stockte der Atem. Und noch bevor das nächste Ritual es ihr enthüllte, wusste sie, was ihre Herrin nach Neuerburg geführt hatte.

Adela nahm gierig einen Schluck von dem roten, würzigen Wein. Dann trank sie den höllischen Herrschern zu. »Lilith, meine Gebieterin, Luzifer, mein mächtiger Meister! Euch zur Ehre und zum Dank für euren Beistand leere ich diesen Pokal.«
Sie setzte den silbernen Kelch erneut an die Lippen und trank den Wein bis zum letzten Tropfen. Das schwere Getränk stieg ihr sofort zu Kopf und verstärkte die Lust, die sie empfand.
Der Höhepunkt ihrer Andacht nahte. Sie entnahm dem Kästchen zwei weitere Kerzen, die eine rosafarben, die andere schwarz, und stellte sie dicht nebeneinander auf den Altar. Mit einem Messerchen schnitt sie den Nagel ihres rechten Ringfingers ab und drückte ihn in die schwarze Kerze. Dann klebte sie mit Wachs einige Haare der kostbaren Strähne aus dem Medaillon, die sie unbemerkt entwendet hatte, an die rosafarbene Kerze. Darum herum streute sie Rosenblätter, die sie bei Sonnenaufgang im Garten gesammelt hatte. Zum Schluss schnitt sie eine dünne Locke ihres rotbraunen Haars ab und wickelte sie um beide Kerzen.
Sie holte tief Luft und sammelte sich erneut. Jetzt durfte ihr nicht der geringste Fehler unterlaufen. Vorsichtig zündete sie die Kerzen an und konzentrierte sich auf die Verse des Liebeszaubers. Sie hatte den Begehrten noch nie leibhaftig gesehen. Daher versuchte sie, sich dessen Miniaturporträt im Medaillon so lebendig wie nur möglich vorzustellen:

*»Du siehst mich nicht, ich kann dich sehn.*
*Dies ändert sich bald, es wird geschehn.*
*In Liebe entbrennt dein Herz zu mir,*
*in Sehnsucht verzehrst du dich nach mir.*
*Ernst von der Marck, du wirst mein Gemahl,*
*die Geister lassen dir keine Wahl.«*

Es war vollbracht. Nun würden die Dinge unweigerlich ihren Lauf nehmen. Adela verharrte wie trunken im Gefühl ihrer Macht.

Ein schabendes Geräusch ließ sie aufhorchen. Sie fuhr herum. Wie neulich im Wald hatte sie plötzlich das Gefühl, beobachtet zu werden. Doch alles blieb still. Von fern hörte Adela die Rathausuhr drei schlagen. Höchste Zeit, die Spuren der Andacht zu beseitigen, bevor die Burgbewohner nach der Mittagshitze zu neuem Leben erwachten.

Ihr Schoß brannte und pochte und drängte nach Erfüllung. Einen Augenblick war Adela versucht, selbst Hand anzulegen. Doch dann bezwang sie ihre Ungeduld. Es gab einen besseren Weg, ihr Verlangen zu stillen.

Der Regen hörte schon wieder auf, als Magdalena am späten Nachmittag die steile Weihergasse zu ihrer Hütte hinaufstieg. Das befürchtete Unwetter hatte sich diesmal als sanfter Schauer entpuppt. Er brachte nach vielen Tagen der Dürre nicht nur das ersehnte Nass, sondern auch eine erfrischende Abkühlung für Mensch, Tier und Natur.

Überhaupt war heute ein guter Tag. Die Tischlerfrau hatte ihr endlich den ausstehenden Lohn gezahlt, als Magdalena ihren Wäschekorb ablieferte. Sie hatte schon befürchtet, wieder leer auszugehen. Die letzten beiden Lieferungen waren von einer unwirschen Magd in Empfang genommen worden, die frech behauptete, ihre Meisterin sei nicht zu Hause.

Doch es war zum Glück kein Versuch gewesen, Magdalenas beschädigten Ruf auszunutzen, um ihr den hart erarbeiteten Waschlohn vorzuenthalten. Wahrscheinlich waren dem Tischler selbst etliche säumige Kunden größere Zahlungen schuldig geblieben, die sie nun beglichen hatten. Jedenfalls besaß Magdalena nun einen ganzen Silbergroschen und musste sich vorerst um ihr tägliches Brot nicht mehr sorgen.

Als sie ihre Hütte betrat, bemerkte sie zu ihrer großen Freude, dass Barbara wieder Lebensmittel vorbeigebracht hatte. Auf dem blank gescheuerten Tisch lagen dicke Würste und ein Napfkuchen. Sogar ein Krug Wein stand da. Mit dem frischen Brot, das Magdalena auf dem Heimweg erstanden hatte, würde es heute Abend nach der kargen Kost der vergangenen Tage ein Festmahl geben.

Liebevoll betrachtete sie das kleine Pergament mit dem geschwungenen B, das Barbara ohne weitere Nachricht hinterlassen hatte. Nicht einmal ihr ehemaliger Schützling wusste, dass Magdalena lesen und schreiben konnte. Sie hatte es stets geschickt zu verbergen gewusst.

Nachdem sie ihre vom Waschwasser rissigen Hände mit Ringelblumensalbe eingerieben hatte, ergriff Magdalena das Joch mit den Eimern, um Wasser am nahen Eligius-Brunnen schöpfen zu gehen. Schon von weitem erkannte sie Martha Adams.

»Wie geht es Jonas?«, fragte sie nach der herzlichen Begrüßung.

»Er ist gesund wie ein junges Pferd«, strahlte Martha. »Denk nur, er hat eine Stelle als Stallbursche im Gestüt des Amtmanns de la Val gefunden. Zwei Pfennig pro Tag bringt er seit gestern nach Hause.«

Die Frauen tauschten weitere Neuigkeiten aus, während sie ihre Eimer füllten. Die grausame Seuche schien langsam an Kraft einzubüßen. Seit Anfang der Woche war niemand mehr gestorben, obwohl es hier und da noch neue Krankheitsfälle gab.

»Vielleicht ist das Schlimmste ja jetzt überstanden«, meinte

Martha. Magdalena war zwar nicht davon überzeugt, behielt ihre Gedanken aber für sich. Sie wollte um keinen Preis die gute Laune der Freundin trüben.

Stattdessen lud sie sie ein: »So lass uns heute ein wenig feiern. Barbara Dietz hat mir Wein gebracht und fette Würste für eine kräftige Suppe.«

Es stellte sich heraus, dass auf Marthas Herd schon ein würziger Eintopf brodelte. Sie versprach, einen Topf davon mitzubringen, sobald sie das Wasser in ihre Hütte gebracht und Jonas sein Abendessen bereitgestellt hätte.

Wenig später saßen die Frauen schmausend und trinkend beisammen. Magdalena fühlte sich so leicht und beschwingt wie seit vielen Wochen nicht mehr. Sie sprachen gerade über die bevorstehende Hochzeit von Barbara Dietz, da pochte es zaghaft an die Tür.

»Sicher nur jemand, der eine Salbe oder einen Trank benötigt«, beruhigte Magdalena, als Martha erschrocken aufsah. Es war zwar noch hell, doch der Abend schon fortgeschritten und die übliche Zeit für Besuche vorüber. Die Kräuterfrau hoffte inständig, dass sie kein neuer Seuchenfall an ein Krankenlager rufen würde.

Vor der Tür stand eine alte verhutzelte Frau, die mit ihrer ledigen Tochter in einer baufälligen Hütte vor den Toren der Stadt lebte. Die Mutter ernährte sich notdürftig vom Betteln. In den Gassen munkelte man, dass die Tochter ihre Gunst gegen bare Münze verschenkte. Beide galten als unehrlich und wurden von anständigen Bürgern gemieden.

Nachdem sie die alte Grieth ins Haus gezogen hatte, blickte Magdalena unruhig die Gasse hinauf und hinab. Ihrem Ruf wäre es schwer abträglich, wenn man die Bettlerin auf ihrer Schwelle sah. Dennoch blieb sie freundlich.

»Was führt dich zu mir, Grieth?«

Die Augen des Weibleins huschten durch den Raum und blie-

ben schließlich begehrlich an dem Weinkrug hängen. Wortlos nahm Magdalena einen Becher und mischte darin Wein mit Wasser, so wie sie ihn auch mit Martha getrunken hatte.
Die Alte nahm einen tiefen Zug. Dann holte sie sichtlich Luft. »Es ist wegen meiner Eva«, nuschelte sie mit abgewandtem Gesicht. Ihre Hände umklammerten den Becher. »Sie blutet, und es will gar nicht mehr aufhören.«
Magdalena erblasste. »Woher kommt das Blut denn?«, fragte sie mühsam beherrscht.
Die Alte hielt den Blick hartnäckig gesenkt und kaute auf ihrer Unterlippe.
Magdalena straffte sich. »Ich kann deiner Tochter nicht helfen, wenn ich nicht weiß, wo und warum sie blutet. Sie wird vielleicht sterben.«
Das Gesicht des Weibleins verzog sich, als wollte es zu weinen beginnen. Aber es gab immer noch keine Antwort. Magdalena wartete. »Meine Eva war schwanger«, murmelte die Alte schließlich so leise, dass ihre Worte kaum zu verstehen waren.
Magdalenas Herz setzte einen Schlag lang aus. Es war genau das, was sie befürchtet hatte. »Und nun ist sie nicht mehr schwanger?« Unwillkürlich klang ihre Stimme schneidend.
»Zia Schreber gab ihr ein Mittel. Sie nahm es und verlor die Frucht. Aber sie hört nicht auf zu bluten.«
Martha Adams stöhnte entsetzt auf. Auf Abtreibung stand die Todesstrafe, für die Mutter wie für die Engelmacherin. Die Alte sah Magdalena flehentlich an.
»Wir können uns schon jetzt kaum am Leben erhalten«, jammerte sie. »Wie hätten wir da noch ein weiteres Maul durchfüttern sollen?«
»Darüber zu richten, steht nur dem Herrgott zu«, antwortete Magdalena bestimmt. Aus dem Augenwinkel sah sie, wie Martha beschämt den Blick senkte. »Was hat Zia deiner Tochter gegeben?«

Statt einer Antwort hielt ihr die Alte ein kleines Säckchen entgegen. Magdalena griff hinein. »Die Frucht des Sadebaums.« Sie erkannte das Mittel sofort. Die meisten Frauen starben bei dem Versuch, sich ihrer Leibesfrucht damit zu entledigen.

Plötzlich sank die Alte vor ihr auf die Erde und umklammerte ihre Knie. »Wenn du ihr helfen kannst, tu es um Christi Erbarmen willen«, flehte sie. »Ich muss elend verhungern, wenn Eva stirbt.«

Mit einer Mischung aus Mitleid und Widerwillen befreite sich Magdalena und hob die Frau auf. Dann winkte sie ihr, sich auf den Schemel am Tisch zu setzen, und goss ihr noch einen Becher verdünnten Wein ein.

In ihr tobte ein Kampf. Was sie nun im Begriff stand zu tun, war auch für sie lebensgefährlich. Sie kannte nur ein Mittel, das gegen starke Blutungen nach einer Geburt oder Abtreibung wirkte. Doch nicht einmal Hebammen durften es anwenden. Trotzdem verwahrte sie seit Jahren einen kleinen Vorrat in ihrem Besitz. Er stammte noch aus der Zeit, in der sie das Mittel selbst benutzt hätte, wenn es nötig gewesen wäre.

Sie suchte eine Weile, bis sie das Döschen mit dem grauschwarzen Pulver gefunden hatte. Dann füllte sie unverdünnten Wein in einen kleinen Krug und mischte eine sorgsam bemessene Menge des Pulvers darunter. Schließlich versiegelte sie das Gefäß mit heißem Wachs.

»Gib deiner Tochter dies hier zu trinken.« Sie reichte der Alten den Krug. »Sie soll alles auf einmal zu sich nehmen. Danach wird sie stark schwitzen und vielleicht sogar phantasieren. Halte sie warm und sorge dafür, dass sie um keinen Preis ihr Lager verlässt. So Gott will, wird das Mittel die Blutung stoppen und Eva am Leben bleiben.«

»Für dich ist es giftig«, fügte sie vorsichtshalber hinzu. Schließlich war Wein in dem Krug. »Trinkst du davon, wirst du unweigerlich sterben.«

Als ihr die Alte mit zitternden Fingern zwei Kupfermünzen entgegenhielt, wehrte sie ab. »Dafür nehme ich keinen Lohn. Spende eine Kerze, wenn Eva wieder gesund wird.«
Das Weiblein verließ ihre Hütte unter vielen Dankesbezeigungen. Müde setzte sich Magdalena zurück an den Tisch. Ihre gehobene Stimmung war einer bleiernen Schwere gewichen. Auch Martha wirkte bedrückt.
»Was hast du ihr gegeben?«, unterbrach sie schließlich die Stille.
Magdalena trank einen Schluck Wein. Plötzlich schmeckte er schal und abgestanden. Um Marthas und ihrer eigenen Sicherheit willen überlegte sie kurz zu schweigen. Dann aber gewann der Wunsch, ihre Sorge mit einem Menschen zu teilen, die Oberhand.
»Das Mittel heißt Mutterkorn«, erklärte sie leise. »Es ist eine Krankheit, die in nassen Jahren den Roggen befällt und schwarze Früchte hervorbringt. Zu Pulver zermahlen, verstärkt es die Wehen bei einer schweren Geburt und stillt die Blutung. Es kann die Leibesfrucht aber auch abtöten, wenn man es falsch dosiert. Deshalb dürfen nicht einmal Hebammen das Mittel verwenden. Mich könnte es an den Galgen bringen, wenn man es bei mir fände«, fügte sie lakonisch hinzu.
Martha war entsetzt. »Warum hast du die Alte nicht einfach fortgeschickt?«
Magdalena zuckte die Achseln. »Wenn ihre Tochter stirbt, wird die Alte so oder so erzählen, dass sie mich aufgesucht hat. Man wird nicht nur Zia, sondern auch mich für den Tod des Mädchens verantwortlich machen. So habe ich eine geringe Chance, dass Eva überlebt und nie jemand erfährt, was geschehen ist.«
Die Frauen saßen noch kurze Zeit beisammen, doch die heitere Stimmung war verflogen.
Magdalena war nicht überrascht, als Martha sich bald nach der Alten verabschiedete.
Draußen war mittlerweile die Abenddämmerung angebrochen.

Als es kurze Zeit später noch einmal klopfte, glaubte Magdalena, Martha hätte etwas vergessen.
Doch vor der Tür stand der Ratsherr Caspar Scholer.

Ekel würgte sie so sehr, dass sie kaum Luft bekam, und trieb ihr die Tränen in die Augen. Claudia trug den Topf mit weit ausgestrecktem Arm vor sich her. Dennoch stieg ihr der widerliche Gestank, der ihm entströmte, in die Nase, so flach sie auch zu atmen versuchte.
Noch einen Gang hinunter, dann hätte sie endlich den Abtritt erreicht, der sich in einem Erker an der Rückseite der Burg befand. Der Inhalt des Plumpsklos ergoss sich von dort direkt in die Büsche am Fuße der Mauer.
Zu ihrem Entsetzen war die kleine Holztür jedoch verriegelt. Nun würde also schon wieder ein Dienstbote Zeuge davon werden, wie ihre Tante sie seit Tagen behandelte. Kurz erwog sie, das Nachtgeschirr einfach vor der Tür abzusetzen und zu verschwinden. Aber der bemalte Henkeltopf trug wie alle Besitztümer der Gräfin deren Wappen, und da keine Zofe es wagen würde, ihre Pflicht derart zu vernachlässigen, wüsste jedermann gleich, welche neue Schikane sich Erika für ihre Nichte ausgedacht hatte. Und käme es ihrer Tante zu Ohren, würde sich ihre Fron um drei weitere Tage verlängern.
Dies war ein Teil der Strafe, die am Tag nach dem Streit mit dem Burgkaplan über sie verhängt worden war. Statt Hoffart und Ungehorsam solle sie Demut und Bescheidenheit üben, hatte ihr der Oheim salbungsvoll im Beisein der Gräfin erklärt. Volle vier Wochen lang müsse sie ihrer Tante in allem gehorsam sein, was auch immer ihr auferlegt werde. Jeder Verstoß verlängere die Frist um drei weitere Tage.
Zudem durfte sie die Burg bis auf weiteres nicht verlassen. Sogar die Teilnahme am Gottesdienst in der Stadtkirche war ihr verboten.

Adela, die ihr nur noch mit Häme und Spott begegnete, hätte ihr sagen können, dass diese seltsame Buße den Gewissensbissen des Landgrafen nach dem Streit mit seiner Gattin geschuldet war. Claudia wusste nicht, dass sie der Rückkehr ins Kloster nur knapp entronnen war. Sonst hätte sie die Dienste einer Magd, die Erika täglich von ihr verlangte, wahrscheinlich mit mehr Gelassenheit ertragen. So aber drang ihr die Schmach von Tag zu Tag tiefer wie ein giftiger Stachel ins Fleisch.
Die kleine Holztür sprang auf. Claudia wusste, dass nur Dienstboten den Abtritt benutzten, da die adligen Burgbewohner über Leibstühle verfügten. Trotzdem schoss ihr die Schamröte ins Gesicht. Ausgerechnet Adelas Zofe kam aus der Tür. Noch in derselben Stunde würde sie ihrer Herrin berichten. Adela würde sich totlachen vor Schadenfreude.
Doch zu Claudias Erstaunen knickste die kleine Magd ehrerbietig. Sie war ein mageres Ding, kaum fünfzehn Jahre alt, mit verhuschtem Blick aus graublauen Augen und einem schmalen Mund. Trotz ihrer Jugend wirkte sie ausgezehrt und verhärmt, so als nage ein geheimer Kummer an ihr.
Aber dumm schien sie nicht zu sein. Mit einem Blick erfasste sie Claudias Lage, bückte sich wortlos und nahm das Gefäß mit seinem ekligen Inhalt auf. Dann ging sie zurück in den Abtritt. Claudia wartete verblüfft, unternahm aber keinen Versuch, die Magd an ihrer Arbeit zu hindern. Nach kurzer Zeit trat die Zofe wieder heraus und überreichte ihr mit einem weiteren Knicks den blitzblank gereinigten Topf. Claudia war gerührt.
»Warte!«, rief sie das Mädchen an, während sie ihren Gürtel vergeblich nach einer kleinen Münze durchsuchte. »Warte! Ich habe nichts bei mir, um mich erkenntlich zu zeigen, doch ich möchte es nachholen. Wie ist dein Name?«
»Ich heiße Kathrin«, kam die Antwort so leise, dass Claudia sie kaum verstehen konnte. »Und Ihr braucht mich nicht zu entlohnen. Diese Arbeit gehört zu meinen täglichen Pflichten, und

für Euch habe ich sie gern getan.« Schüchtern hielt sie den Blick gesenkt.
»Aber ich möchte dir gern etwas dafür geben«, beharrte Claudia. »Du weißt, dass du mir nicht hättest helfen müssen.« Das Mädchen nickte leicht. Natürlich kannte sie Claudias Strafe wie jedes Mitglied des Haushalts.
Ihre Antwort setzte das Edelfräulein umso mehr in Erstaunen. »Ich habe es gern getan, Herrin. Bitte lasst mir die Freude. Wer die Wahrheit sagt, sollte dafür nicht bestraft werden.« Damit knickste sie erneut und huschte davon.
Claudia grübelte noch über diese Worte, als sie den Nachttopf längst abgeliefert und zu ihrer großen Erleichterung für den Rest des Nachmittags die Erlaubnis erhalten hatte, sich zu entfernen. Ihre Tante litt schon den ganzen Tag an den grässlichen Kopfschmerzen, die nur Magdalenas Tee hatte lindern können. Trotzdem hatte Erika ihrer Nichte bittere Vorwürfe gemacht, weil das Mittel von einer verrufenen Kräuterfrau stammte.
Nicht nur aus diesem Grund gönnte Claudia ihr die Pein, auch wenn die Liste ihrer Sünden von Tag zu Tag länger wurde. Die meisten behielt sie für sich, bis sie wieder zur Beichte zu Hochwürden Mohr gehen durfte. Burgkaplan Josten, mit dem sie vorerst vorliebnehmen musste, erfuhr von ihr nur das Nötigste.
Sie beschloss, sich ein wenig die Füße zu vertreten. Als sie auf den Burghof hinaustrat, merkte sie, dass ein sanfter Regenschauer einen erfrischenden Duft hinterlassen hatte. In vollen Zügen sog Claudia die kühle Luft ein. Da sie das Gelände nicht verlassen durfte, beschloss sie, zu den Stallungen im unteren Burgbereich zu gehen. Ihr war zu Ohren gekommen, dass die Lieblingsstute des Grafen in der Nacht gefohlt hatte.
Kein Mensch war zu sehen, als Claudia sich dem niedrigen Schuppen näherte, in dem die Pferde untergebracht waren. Die meisten Reitknechte waren vom Landgrafen als Treiber mit zur Jagd genommen worden. Die übrigen Stallburschen schienen

die Gelegenheit zu nutzen, um sich einen arbeitsfreien Nachmittag zu gönnen.

Claudia stieß das niedrige Tor auf und betrat den Schuppen. Im Halbdunkel roch es nach frischem Heu und Pferdedung. Leise malmten die Tiere in ihren Hafersäcken oder den gut gefüllten Krippen. Sie kamen erwartungsvoll näher und ließen sich streicheln, als Claudia sie mit ein paar verschrumpelten Karotten lockte, die sie in einem Korb an der Stalltür gefunden hatte.

Box für Box begrüßte das Edelfräulein die Tiere und kam langsam bis in die Mitte des Schuppens. Das Fohlen musste am Ende des Gangs sein. Dort gab es einen abgetrennten Teil für trächtige Stuten.

Da hörte sie auf einmal ein merkwürdiges Geräusch. Es klang wie unterdrücktes Stöhnen, begleitet von einem leisen rhythmischen Quietschen. Neugierig ging sie in die Richtung, aus der das seltsame Ächzen kam.

Was sie sah, verschlug ihr im wahrsten Sinne des Wortes die Sprache. Selbst wenn Kathrin ihrer Herrin die Nachttopfgeschichte petzte, wäre sie jetzt mehr als quitt mit Adela.

Claudia starrte direkt auf das entblößte Hinterteil ihrer Kusine. Ihr üppiger Körper bewegte sich heftig auf und ab. Sie hatte den Kopf in den Nacken geworfen. Ihre Haube war verrutscht, so dass ihr die kastanienbraunen Haare weit über die Schultern hinabfielen.

Von dem unter ihr liegenden Mann konnte Claudia außer den Beinen nur den beachtlichen Penis erkennen, auf dem ihre Base hingebungsvoll ritt.

Die beiden waren derart vertieft in ihre Beschäftigung, dass sie Claudia nicht bemerkten. Eine Weile beobachtete sie mit einer Mischung aus Verachtung und Belustigung, wie Adela versuchte, zum Höhepunkt zu gelangen. Kurz bevor es anscheinend so weit war, bückte sich Claudia und warf einen spitzen Stein geradewegs auf Adelas nacktes Gesäß.

Schnell wie der Blitz fuhr ihre Base in die Höhe. Sie fauchte vor Wut, als sie Claudia sah. Die lächelte spöttisch.

»Ach, du bist das, liebste Adela«, heuchelte sie Überraschung. »Erprobst du eine neue Art der Leibesertüchtigung? Und mit welch edlem Galan!«

Mittlerweile hatte sich auch der Mann aufgerappelt und zog seine um die Knie verwickelte Hose hoch. Claudia erkannte Hilarius, einen als tumb verschrienen Stallburschen, der seine mangelnden geistigen Fähigkeiten jedoch offensichtlich durch andere Qualitäten wettmachte.

Während Adela immer noch sprachlos vor Wut mit den Bändern ihrer Röcke kämpfte, schüttelte Claudia in gespielter Betrübnis den Kopf. »Arme Muhme Erika. Dies wird ihre argen Kopfschmerzen unendlich verschlimmern. Hält sie doch so darauf, dass ihre Nichten nur Umgang mit ihresgleichen pflegen. Oder handelt es sich etwa bei deinem Gespielen um deinesgleichen?«, fügte sie mit beißendem Spott hinzu. »Nun, was zerbreche ich mir darüber den Kopf. Das soll unsere in diesen Dingen unfehlbare Tante entscheiden.«

»Halt deinen schmutzigen Mund, du Miststück.« Endlich hatte Adela ihre Sprache wiedergefunden. »Die Gräfin wird dir sowieso kein Wort glauben. Sie wird denken, dass du aus purer Niedertracht meine Ehre besudelst.«

»Welche Ehre?«, höhnte Claudia. »So lassen wir sie den Stallknecht befragen. Kinder und Narren sagen bekanntlich die Wahrheit. Nicht wahr, Hilarius, du wirst die Gräfin doch wohl nicht belügen?« Sie drehte sich um und merkte, dass der Knecht den kurzen Wortwechsel zur Flucht genutzt hatte. Er war nirgendwo mehr zu sehen.

Auf Adelas Gesicht erschien ein triumphierendes Lächeln. »Aber ja, liebste Base, er wird sie belügen. Denn ich habe ihm eingebleut, dass er sein Gemächt verlieren wird, wenn er mich jemals verrät.«

Mit einem Mal war Claudia ernüchtert. Leider würde ihre Tante nur allzu wahrscheinlich genau so reagieren, wie Adela es sagte. Auch dass ihre Base den Stallknecht eingeschüchtert hatte, war glaubhaft. Doch sie verbarg ihre Gefühle und musterte Adela kühl von oben bis unten. »Nun«, sagte sie gedehnt. »Für was unsere Muhme dich hält, ficht mich nicht an. Ich weiß, was ich gesehen habe. Du bist eine lose Dirne.«

»Und mich ficht deine Meinung nicht an«, konterte Adela. »Alle Welt weiß, dass du nur ein Bastard bist.«

Claudia spürte, dass sie rot vor Zorn wurde. Ihre Hände ballten sich unwillkürlich zu Fäusten.

»Das nimmst du zurück, du Flittchen«, fauchte sie. »Meine Eltern waren vor Gott und den Menschen ein Paar.«

»Es war eine Winkelheirat«, erklärte Adela ungerührt. »Gegen den Willen deines Großvaters und weit unter dem Stand deiner Mutter. So eine Verbindung hat keine Gültigkeit in unseren Kreisen. Also bleibt es dabei, dass du ein Bastard bist.«

»Und du nichts weiter als eine Hure!«

»Was man von deiner Mutter auch sagen könnte.«

Die Worte waren Adela kaum über die Lippen, als sich Claudia auch schon auf sie stürzte. Die erlittenen Demütigungen der letzten Wochen und die Beleidigung ihrer geliebten Mutter brachten das Fass zum Überlaufen.

Sie griff Adelas Haare mit beiden Händen und riss ihren Kopf brutal nach vorne. Doch Adela blieb ihr nichts schuldig. Fauchend schlug sie um sich und versuchte, mit ihren scharfen Nägeln Claudias Gesicht zu zerkratzen.

Eine Weile rangen die Frauen verbissen miteinander. Doch sosehr sie auch schlugen und traten, kratzten und bissen, schimpften und fluchten, keine konnte die Oberhand gewinnen. Plötzlich stolperte Adela und glitt aus. Ihr Mieder, in das sich Claudia festgekrallt hatte, zerriss mit einem hässlichen ratschenden Geräusch. Claudia ließ erschrocken los.

Adela fiel rücklings zu Boden und landete in einem Haufen Mist, der neben einer Box zusammengekehrt worden war.
»Nun bist du wenigstens da, wo du hingehörst«, keuchte Claudia schadenfroh. Doch erstaunlicherweise gab ihr Adela keine hämische Antwort. Stattdessen versuchte sie hastig, ihr zerrissenes Mieder zusammenzuhalten. Das Luder versucht, etwas vor mir zu verbergen, schoss es Claudia durch den Kopf. Blitzschnell bückte sie sich und riss Adelas Hände zur Seite.
Zwischen den prallen Brüsten baumelte ein großer silberner Anhänger in einer Form, die Claudia noch nie zuvor gesehen hatte. Das Schmuckstück sah aus wie ein Kreuz, das an seinem oberen Ende in einer Schlinge auslief. Unwillkürlich ließ sie Adelas Hände los und griff danach, um es näher in Augenschein zu nehmen.
Da traf eine Handvoll Mist sie mitten ins Gesicht und raubte ihr die Sicht. Als sie sich prustend und spuckend den Dreck aus den Augen gewischt hatte, sah sie Adela gerade noch durch die Stalltür entwischen.

Magdalena war zu überrascht und entsetzt, um Einspruch zu erheben, als sich Scholer an ihr vorbei in die Hütte drängte. Während der forschende Blick des Ratsherrn jeden Winkel des Raumes observierte, rang sie verzweifelt um Fassung.
»Was wollt Ihr zu dieser Stunde?«, fragte sie schließlich, so ruhig es ihr möglich war.
Zu ihrem Erstaunen setzte der Ratsherr ein laszives Lächeln auf. Ohne sie um Erlaubnis zu fragen, nahm er Platz und schenkte sich Wein in Marthas verwaisten Becher ein. Dann musterte er sie von oben bis unten.
Was er sah, gefiel ihm durchaus. Zweifellos war die Kräuterfrau reinlich. Ihre Hütte duftete nach den Pflanzen, die von der Decke hingen, und war nicht vergleichbar mit den Schweineställen der Webergasse oder anderen Behausungen armer Leute.

Zudem war Magdalena eine schöne Frau. Dies war ihm erst in Oberkail klargeworden, als er sich vorstellte, was die Folter wohl aus ihrem schlanken Körper und dem ausdrucksvollen Gesicht mit den rehbraunen Augen machen würde. Diese Vorstellung hatte ihn in den vergangenen Tagen immer stärker beschäftigt. Nacht für Nacht verfolgten ihn die Bilder aus dem Folterkeller. Deshalb hatten die nunmehr drei Besagungen, die der Amtmann Dietrich Mey gegen Magdalena erwirkt hatte, seine Bemühungen, erneut auf ihre Verhaftung zu drängen, keineswegs verstärkt. Sie waren ganz im Gegenteil vollständig zum Erliegen gekommen. Auch das andere Kräuterweib hatte er vorläufig ungeschoren gelassen.

»Ich komme, um dich zu warnen«, sagte er schließlich. Seine Augen hefteten sich auf Magdalenas züchtig verhüllten Busen. »Es liegen drei Beschuldigungen aus Oberkail gegen dich vor. Man hat dich bei mehreren Hexenfesten erkannt.«

Magdalena erstarrte vor Schreck. Ihre Glieder wurden fühllos wie Eis. Wortlos sah sie Scholer an.

Der verzog seine fleischigen Lippen zu einem lüsternen Grinsen. »Doch ich habe beschlossen, dir einen Handel anzutragen. Es ist wahrlich niemandem damit gedient, wenn hier in Neuerburg eine Hexenjagd beginnt wie in Oberkail. Zu unappetitlich geht es zu in den Kerkern und Folterkammern.«

Mit einem plötzlichen Griff zog er Magdalena zu sich heran und zwang sie auf seinen Schoß. Angewidert spürte sie sein erigiertes Glied. Aber noch lähmte sie das Entsetzen.

Scholer sprach weiter. »Darum höre mein Angebot. Du schwörst hier und heute dem Satan ab und versprichst mir auf deinen Knien, fortan keine Wetter mehr zu brauen oder sonstige Untaten zu begehen. Du verbrennst deine Zauberkräuter und Salben und ernährst dich nur noch von ehrlicher Arbeit.«

Er betatschte grob ihre Brüste. »Und anstelle des Satans, deinem jetzigen Herrn und Meister, bist du zuweilen mir zu Willen und zeigst dich gefällig. Du wirst sehen, es wird dein Schaden nicht sein.« Er schob eine Hand unter ihre Röcke.

Erst als seine gierigen Finger ihren Schoß betasteten, erwachte Magdalena aus ihrer Erstarrung. Heiße Wut schoss in ihr hoch, doch zugleich ergriff kühle Berechnung von ihr Besitz. Aus Erfahrung wusste sie, dass sie sich mit Protest und offener Gegenwehr nicht aus der misslichen Lage befreien konnte, in die er sie gebracht hatte. An Körperkräften war er ihr weit überlegen. So behalf sie sich, wie sie es auch schon früher getan hatte.

»Das Versprechen ist leicht zu geben, wenn der Lohn so verheißungsvoll ist«, gurrte sie und ließ beide Hände zu seinem erigierten Penis gleiten. Scholer stöhnte vor Lust auf.

Plötzlich griff Magdalena nach seinen Hoden und drückte mit aller Kraft zu. Als der Schmerz daraufhin durch seinen Körper jagte, sprang sie blitzschnell auf und ergriff den eisernen Schürhaken neben dem Herd.

»Verschwindet aus meinem Haus, oder ich schlage Euch den Schädel ein«, zischte sie. Scholer krümmte sich immer noch und umfasste sein Gemächt.

»Ich bin keine Hexe. Auf der Folter erpresste Geständnisse sind kein Beweis gegen mich.« Sie wusste, wie lächerlich dies für einen Menschen wie Scholer klingen musste. Doch um nichts in der Welt würde sie den gleichen Preis noch einmal bezahlen. Nicht einmal angesichts des drohenden Scheiterhaufens.

»Aber Ihr seht, ich weiß mich auch ohne Zauberkünste zu behaupten«, sagte sie höhnisch. »Soldatenschraube nennt man diesen Griff unter Huren. Er verfehlt nie seine Wirkung. Doch nun wird es Zeit für Euch zu gehen.« Mit der freien Hand ergriff sie den Wasserkrug und schüttete seinen Inhalt in Scholers Gesicht.

Mühsam und noch immer zusammmengekrümmt kam der Ratsherr auf die Füße. Er knirschte vor Wut und Schmerz mit den Zähnen.

»Das wirst du bereuen und büßen, du Hexe«, drohte er. »Ich verspreche dir tausendmal schlimmere Qualen als die, die du mir heute bereitet hast. Du wirst dir noch wünschen, nie geboren worden zu sein.« Damit ergriff er seinen Hut und humpelte breitbeinig zur Tür.
Erschöpft sank Magdalena auf einen Stuhl. Alle Kraft war von ihr gewichen. Sie hatte keinerlei Zweifel, dass Scholer über kurz oder lang seine Drohung wahr machen würde.
Nur in einem würde er unrecht behalten. Nie geboren worden zu sein, hatte sie sich schon früher gewünscht. Viele Male sogar.

# Teil 2
# *Wetterleuchten*

# Kapitel 11

*Montag, 27. August 1612*

Ein ohrenbetäubender Knall ließ Sebastian hochfahren. Verwirrt rieb er sich die Augen. Eben noch hatte er von seinem Bruder Michel geträumt, mit dem er durch die Neuerburger Wälder gestreift war.

Da krachte es schon wieder. Erleichtert stellte Sebastian fest, dass sich nur der Fensterladen losgerissen hatte und gegen die Hausmauer schlug. *Gegen die Hausmauer?*

Seine Erleichterung wandelte sich in Entsetzen, als er die Butzenscheibe aufstieß. Draußen tobte ein furchtbares Unwetter. Die Bäume bogen sich, als wollten sie brechen. Abgerissene Äste und Gegenstände aller Art fegten über den Kirchplatz.

Im fahlen Licht der Blitze sah er, dass der Wind alle Bohnenstangen im Gemüsegarten geknickt hatte. Die Früchte waren gerade reif geworden. Katharina, die Köchin, hatte zum heutigen Mittagsmahl mit der Ernte beginnen wollen.

Nun prasselte Hagel hernieder, zum Teil so groß wie Wachteleier. Unbarmherzig prallten die Eiskörner auf die Beete mit dem zarten Salat, rissen die halbreifen Äpfel vom Baum und zerschlugen die Rosenbüsche, an denen die alte Magd mit ganzem Herzen hing.

Angesichts der Wucht des Sturms war es aussichtslos, die Fensterläden wieder zu schließen. Sebastian drückte mit einiger Mühe das Fenster zu, bevor der Sturm es ihm aus der Hand reißen und in tausend Scherben zerschmettern konnte. Erschöpft setzte er sich auf sein Bett. Rund ums Haus heulte es, als wären alle Geister der Hölle auf Neuerburg losgelassen worden. Unwillkürlich betete er ein Vaterunser.

Dabei war der gestrige Abend ruhig und sommerlich warm gewesen. Die Rosen dufteten betäubend, Glühwürmchen schwebten durch die sanfte Dämmerung. Sebastian hatte im Garten gesessen und sich wieder einmal seiner Sehnsucht nach Claudia ergeben.
Sie dürfe zur Strafe für ihre Frechheit die Burg nicht mehr verlassen und auch keine Besuche empfangen, hatte sein Vater ihm brüsk erklärt, als er sich bei ihm nach ihr erkundigte.
Er hatte Claudia seit ihrer letzten Begegnung vor mehr als vier Wochen nicht mehr getroffen, sie gestern aber endlich wiedergesehen. Er war gar nicht darauf gefasst gewesen, ihr auf dem Weg zur Burg zu begegnen. Sie waren in den Mühlenwald abgebogen, wo sie, auf einem Baumstumpf sitzend, eine Weile miteinander plauderten.
Dabei erfuhr Sebastian auch von der empörenden Art ihrer Strafe. Über einen Monat lang hatte das Edelfräulein die niedrigsten Dienste für ihre Tante verrichten müssen. »Immerhin habe ich es beinahe geschafft, meinen vorlauten Mund zu halten. Die Strafe wurde nur zweimal verlängert«, erzählte sie ihm mit einem selbstironischen Lächeln. Sebastian berichtete ihr seinerseits die letzten Neuigkeiten aus Oberkail, die Claudia sehr zu interessieren schienen.
Die Begegnung hatte nur kurze zwanzig Minuten gedauert, aber seither ließ Sebastian das Gefühl nicht mehr los, Claudia mit Haut und Haaren verfallen zu sein. Sie war ihm den ganzen Abend nicht mehr aus dem Kopf gegangen.
Doch nun war dieses Unwetter buchstäblich aus heiterem Himmel über Neuerburg hereingebrochen. Sebastian fröstelte. War das ein schlechtes Omen für seine Hoffnungen? Und was mochte der Sturm auf den Feldern anrichten, wo noch immer ein Teil der Getreideernte stand?
Er schlüpfte zurück in sein Bett. Warum straft Gott uns so hart in diesem Jahr? Was haben wir hier in der Eifel verbrochen?, dachte

Sebastian, als ihm plötzlich klarwurde, wie abergläubisch diese Gedanken waren. War ein Gewitter nicht einfach nur ein Naturereignis, das mitnichten von höheren Mächten gesandt wurde? Sebastian schauderte. Wenn selbst er anfällig für solche Gedanken war, wie mochte es da dem einfachen Landmann gehen, der die Mühe eines ganzen Jahres in nur wenigen Stunden vernichtet sah? Wieder schossen die Bilder aus Oberweis durch seinen Kopf.

Mit verkrampften Gliedern wälzte er sich auf seinem Lager und fiel erst in einen unruhigen Schlaf, als das Gewitter sich in der Morgendämmerung langsam verzog.

Er rannte, so schnell er konnte. Der Schweiß lief ihm in Strömen in die brennenden Augen, Seitenstechen raubte ihm den Atem. Doch er musste weiter, koste es, was es wolle. Dort hinter dem letzten Hügel müsste die Stadt schon zu sehen sein.

Er stolperte und fiel der Länge nach hin. Handflächen und Knie waren aufgeschürft und bluteten heftig. Doch dafür war jetzt keine Zeit. Er musste weiter.

Ein heftiger Wadenkrampf zwang ihn, stehen zu bleiben. Vor Wut und Hilflosigkeit fing er zu weinen an. Bitte, allmächtiger Herrgott, bitte, ich muss weiter, flehte er lautlos. Der Krampf ließ etwas nach. Er lief wieder los.

Lautlos begann er zu beten und Gelübde abzulegen. ›Ich spende die größte Kerze, die ich bekommen kann, lieber Herr Jesus. Heilige Jungfrau Maria, die du deinen Sohn hergeben musstest, hab Erbarmen mit mir. Lass mich nicht zu spät kommen. Beschütze sie nur noch eine kleine Weile. Nur, bis ich Hilfe geholt habe. Ich habe doch sonst niemanden mehr auf der Welt.‹

Er atmete laut und keuchend. Grelle Blitze zuckten vor seinen Augen.

›Jedes Jahr im August mache ich eine Wallfahrt nach Klausen, heilige Muttergottes. Aber gib mir die Kraft weiterzulaufen.

Wenn sie noch am Leben sind, weihe ich dir meine erste Tochter. Ich schicke sie zu deinen Ehren ins Kloster. Lass mich durchhalten, nur bis zu dem Baum dort.‹
Er war einer Ohnmacht nahe. Durst quälte ihn. Kurz verharrte er bei dem Baum. Der Weg führte weiterhin steil bergan.
›Ich danke dir, heilige Mutter Maria. Aber noch bin ich nicht am Ziel. Ihr vierzehn Nothelfer, lasst mich bis dort zu dem Grenzstein kommen. Ich gebe an jedem eurer Namenstage den Armen ein reichliches Almosen. Nur noch ein Stück, es ist nicht mehr weit. Nur noch das letzte Stück.‹
Das Herz schien ihm fast im Leib zu zerspringen, als er endlich den Scheitel des steilen Hügels erreicht hatte, von dem es hinunter nach Neuerburg ging. Er lachte und weinte zugleich, als das Stadttor in Sicht kam.

Missmutig blätterte Sebastian in der staubigen Akte, mit der er sich von seinen Sorgen abzulenken versuchte. Die Schrift des Protokollanten war krakelig, die Tinte verblasst. Der junge Jurist bezweifelte, dass sich der Streit um eine sumpfige Wiese an der Enz mit Hilfe dieses Dokuments lösen lassen würde.
Sebastian bereute nun zum ersten Mal, dass er sich erboten hatte, in Angelegenheiten der niederen Gerichtsbarkeit tätig zu werden. Als Schöffe am Hochgericht war er dazu nicht verpflichtet.
Aber für das Hochgericht gab es zum Glück kaum etwas zu tun, seitdem er nach Neuerburg zurückgekehrt war. Es war zuständig für Kapital- und Sonderverbrechen wie Hexerei.
Nur der Tod der Tochter einer Bettlerin hatte vor einigen Wochen kurzfristig für Aufsehen gesorgt. Sie war als Prostituierte bekannt gewesen und an heftigen Blutungen gestorben. Der Verdacht war aufgekommen, dass sie zuvor ein Kind abgetrieben hatte.
Deshalb wurde die Mutter unter dem Verdacht der Beihilfe zur Kindstötung festgenommen. Doch die Alte stellte sich dumm

und faselte ständig etwas von Zauberei, die schuld am Tod ihrer Tochter sei. Dieses Ablenkungsmanöver war allzu offensichtlich gewesen. Außer Caspar Scholer war ihm kein Mitglied des Hochgerichts aufgesessen.
Hinreichend Beweise für eine Abtreibung hatte es außerdem nicht gegeben. Und die Alte war eine stadtbekannte Säuferin und durch den Tod ihrer Tochter schon genügend bestraft. So hatte das Hochgericht sie schließlich laufen lassen.
Die Tür quietschte, als Sebastians Vater hereinkam. Seit dem Streit am Tag der Verlobung sprachen die beiden kaum mehr ein Wort miteinander. Der Amtmann wirkte besorgt und erschöpft. Auch ihm hatte das Unwetter den größten Teil seines Nachtschlafs geraubt.
»Wie steht es draußen?«, fragte Sebastian spontan. Sein Vater war schon am frühen Morgen aufgebrochen, um sich ein Bild von den durch das Unwetter entstandenen Schäden zu machen.
»Nicht gut.« Christoph de la Val ließ sich schwer auf einen der unbequemen Stühle des Kontors sinken. Das Gericht tagte und arbeitete im Rathaus der Stadt.
Schweigend goss Sebastian ihm einen Trunk Wasser ein. Der Amtmann winkte ab, als er Wein hinzumischen wollte. Sebastian spürte, wie sein Körper sich wieder verkrampfte. Seit der unbequemen Nacht war er völlig verspannt.
»Was heißt das genau?«, fragte er schließlich, als der Amtmann keine Anstalten machte weiterzusprechen.
Sein Vater seufzte schwer. »Die meisten Obst- und Gemüsegärten sind völlig vernichtet. Äpfel und Birnen werden in diesem Jahr kaum geerntet werden können. Selbst der Kohl ist vom Hagel zerschmettert. Es darf als ein Wunder gelten, dass kein Mensch ernstlich zu Schaden gekommen ist. Aber dreizehn Ziegen wurden von Ästen und Dachziegeln erschlagen. Unzählige Hühner und Gänse fielen dem Hagel zum Opfer. Das Pferd des Hauptmanns der Stadtwache hat sich losgerissen und in seiner

Panik ein Bein gebrochen. Es taugt nur noch für den Abdecker. Gar nicht zu reden von den Schäden an Häusern und Hütten. Viele Dächer sind durchlöchert, teilweise oder ganz abgedeckt worden. Nahezu jede Familie in Neuerburg ist betroffen.«

Sebastian dachte an den verwüsteten Garten am Lehnshaus, in dem ihre alte Köchin am Morgen laut weinend die wenigen Früchte zusammengeklaubt hatte, die noch zu verwenden waren. Die meisten Obstbäume und -sträucher waren so stark beschädigt, dass man sie nur noch fällen konnte. In einer einzigen Nacht war die liebevolle Arbeit von Jahren zunichtegemacht worden.

Im Hause des Amtmanns würde man deshalb im Winter trotzdem keine Not leiden. Doch wie erging es den Bauern und Gärtnern, die von den Erträgen ihrer Felder und Obstwiesen ihre Familien ernährten?

»Was sagen die Leute?«, unterbrach Sebastian schließlich das lastende Schweigen.

Der Amtmann sah seinen Sohn müde an. »Du weißt, was die Leute sagen, Sebastian. Und du kennst meine Meinung. Doch ich werde mit dir deshalb nicht wieder in Hader und Zank geraten. Solange unser Landesherr mich nicht eingreifen lässt, sind wir ohnehin machtlos.«

Obwohl ihm nicht gefiel, was sein Vater sagte, wurde Sebastian plötzlich von heftigem Mitgefühl und von Scham gepackt. Der Streit musste seinem Vater mehr zugesetzt haben, als er geglaubt hatte. »Es tut mir leid, was ich dir neulich vorgeworfen habe«, sagte er leise.

Sein Vater winkte ab. »Du hattest nicht mit all deinen Anklagen unrecht. Michel verließ unser Haus in heftigem Zorn. Hätte ich nicht unerbittlich auf seinen Gehorsam gedrungen, wäre er vielleicht noch am Leben. Nacht für Nacht verfolgen mich diese Gedanken.«

Sebastian war überrascht. Das hätte er niemals für möglich gehalten. »Ihr könnt nichts dafür, dass er gleich bei seinem ersten

Scharmützel getötet wurde«, entgegnete er und war über sich selbst erstaunt.

Sein Vater zuckte die Schultern. Er nahm noch einen Schluck Wasser. »Ihr seid euch so ähnlich, Sebastian.« Sein Lächeln war voller Schmerz. »Immer auf dem Sprung, die Welt vor sich selbst zu erretten. Dass Söldner morden und schänden, war Michel bestimmt nicht bewusst, als er sich den Truppen des Mansfeld anschloss. Er träumte von Abenteuern und Ruhm.«

Sebastian war verwirrt. Als Michel starb, begann er gerade sein Studium in Trier. »Wie meint Ihr das, Vater? Was hätte Michel bewusst sein müssen?«

Christoph de la Val sah seinen jüngeren Sohn traurig an. Sebastian konnte sich nicht entsinnen, seinen Vater je in diesem Zustand erlebt zu haben.

»Dein Bruder wurde nicht von feindlichen Truppen erschlagen. Die eigenen Kameraden erstachen ihn, als er eine Bauerndirne verteidigte, der sie Gewalt antun wollten.«

Sebastian war fassungslos.

»Die Mörder wurden gehenkt«, fuhr sein Vater fort. »Und der Oberst des Regiments machte mir seine Aufwartung, um sich zu entschuldigen. Doch das macht Michel nicht wieder lebendig.«

Sebastian versuchte, das soeben Gehörte zu verarbeiten. »Warum habt Ihr mir das nicht früher erzählt?«, fragte er nach einer langen Pause.

Sein Vater setzte zu einer Antwort an. Doch in diesem Moment erhob sich draußen ein lauter Tumult. Die Tür wurde aufgerissen, und ein blutüberströmter Mann stürzte herein. Seine Kleidung, die Uniform der Stadtwache, war mit Schlamm bedeckt und an vielen Stellen zerrissen. Hinter ihm stürmten die Rathauswächter herein, um ihn aufzuhalten.

Der Mann warf sich vor Christoph de la Val auf die Knie. »Um Christi Erbarmen willen, helft mir und hört mich an«, flehte er.

Der Amtmann sah dem Mann scharf ins Gesicht. »Ich kenne

dich. Du bist Jörg Armbruster aus Utscheid, einer der besten Schützen der Stadtwache.«

»Der bin ich«, bestätigte der Mann. »Doch allein konnte ich nichts gegen sie ausrichten. Ihr müsst ihnen helfen, sie bringen sie um.«

»Wen bringen sie um?«, fragte der Amtmann verständnislos.

»Meine Mutter und meine Schwester«, stöhnte der Mann. Sebastian sah Entsetzen und Panik in seinem Gesicht. »Ich habe nur noch sie auf der Welt. Ich bitte Euch, helft ihnen!«

Auch Sebastian war jetzt aufgesprungen. »Um Himmels willen, wer sollte sie umbringen? Und warum?«

»Sie sind unschuldig! Ich schwöre es bei meiner unsterblichen Seele!« Jetzt schrie der Mann.

»Reiß dich zusammen, Kerl, und gib endlich Auskunft«, herrschte der Amtmann ihn an.

Armbruster schluchzte auf. Dann holte er tief Luft. »Die Leute in Utscheid wollen sie umbringen«, sagte er schließlich, so ruhig es ihm möglich war. »Das Unwetter hat dort die ganze Ernte vernichtet. Sie wollten heute anfangen, das Getreide zu schneiden. Meine Mutter ist im Ort seit jeher die weise Frau. Auf ihren Rat hin haben die Bauern so lange mit der Ernte gewartet. Doch nun ist alles zerstört, und sie glauben, sie sei eine Hexe und habe das Wetter gemacht. Auch meine Schwester beschuldigen sie. Sie ist erst zwölf Jahre alt.« Er schluchzte erneut.

Sebastian schnallte schon seinen Schwertgurt um, den er über den Stuhl gehängt hatte. Sein Vater sah grimmig aus.

»Sattelt die Pferde und ruft fünf der Stadtsoldaten zusammen. Beeilt euch und steht hier nicht rum«, fuhr er die Rathauswächter an. »In zehn Minuten brechen wir auf.«

Als Magdalena zum Fluss kam, sah sie sofort, dass ihr üblicher Platz besetzt war.

Die Frauen in Neuerburg hatten es beim Waschen recht komfortabel. Am Ufer der Enz führte eine flache Treppe ins Wasser. An beiden Seiten der breiten Stufen waren hölzerne Waschkisten eingerichtet, die nach hinten hin offen waren, um die Frauen vor überschwappenden Wellen zu schützen. Zur Wasserseite hin waren dagegen geraffelte Schieferplatten als Waschbretter an ihnen befestigt.

Dennoch gehörte das Waschen zu den schwersten Arbeiten im Haushalt. Da Magdalena nahezu täglich hierherkam, ließen die Hausfrauen und Mägde ihr meistens den Platz in der Mitte der Treppe. Dort konnte man das Wasser am bequemsten erreichen, ohne selbst allzu nass zu werden. Viele Frauen wuschen nur alle paar Wochen und wussten, wie hart diese Arbeit war, wenn man sie jeden Tag verrichtete.

Doch in der letzten Zeit war alles anders geworden. Caspar Scholer hatte Wort gehalten und ganze Arbeit geleistet. Magdalena waren nur noch drei Waschaufträge geblieben. Zwar hatte sie keiner ihrer Kunden eine Hexe geschimpft und ihr deshalb die Stelle aufgekündigt, die sie oft schon seit Jahren innehatte. Doch mehr und mehr Leute mieden sie auf der Straße und bekreuzigten sich sogar im Vorübergehen. Daher wusste Magdalena, wie es um ihren Ruf stand.

Ihre Stimmung schwankte zwischen Hoffnung, Trotz und Verzweiflung. Dessen ungeachtet stand ihr Entschluss fest, Neuerburg nicht zu verlassen.

Dazu trug maßgeblich bei, dass die Seuche wieder mit voller Kraft wütete. Einerseits machte dies ihre Lage noch schwieriger, weil immer mehr Neuerburger offen von Hexenwerk faselten. Andererseits suchten die Angehörigen vieler Erkrankter Magdalenas Hilfe. Ihre Heilmittel und Ratschläge bewahrten weiterhin viele Patienten vor dem Tode. Da sie aus nackter Not keine Arzneien mehr ohne Bezahlung hergab, besserte der Verkauf ihren Lohn so weit auf, dass sie trotz des Verlustes der Waschaufträge bislang noch keinen Hunger litt.

Also straffte sie ihren Rücken, hob den schweren Korb auf und wandte sich der Stufe über der Frau zu, die ihre Waschkiste besetzt hatte. Es war Berthe, die Magd eines Webermeisters, der Magdalena erst gestern aus seinen Diensten entlassen hatte. Wahrscheinlich war sie wütend, dass die schwere Arbeit jetzt an ihr hängen blieb.

Dennoch war Magdalena auf ihre Reaktion nicht gefasst, kaum dass sie den Korb absetzte. »Verschwinde aus meiner Nähe, du schlechtes Weibsstück«, fauchte die dickliche Frau. »Ich will deinesgleichen nicht um mich haben.« Dabei kreuzte sie ihre Finger in Abwehr gegen den bösen Blick.

Magdalena war schockiert. So offen hatte noch niemand sie angegriffen. Dennoch blieb sie äußerlich ruhig. »Was stört es dich, wenn ich hier wasche? Das Wasser der Enz reicht für alle.«

Doch die Magd hob drohend den Bleuel, mit dem sie gerade die Wäsche klopfte. »Ich schlage dir deinen Schädel ein«, kreischte sie. »Kein Wasser, in das du deine dreckigen Hände getaucht hast, soll über die meinigen fließen. Mir hängst du keins deiner Fieber an.«

Mittlerweile waren auch die anderen Frauen aufmerksam geworden. Erst jetzt erkannte Magdalena, dass Martha Adams unter ihnen war, deren Stammplatz ihrem eigenen gegenüber auf der anderen Seite der Treppe lag. Sie sah sehr besorgt aus, grüßte sie aber offen. Die übrigen Weiber starrten sie finster und wortlos an.

Magdalena blieb nichts anderes übrig, als einen Waschplatz auf der untersten Stufe zu nehmen, wollte sie den Korb noch heute im Hause Dietz abliefern. Nach dem Unwetter der letzten Nacht führte die Enz mehr Wasser als gewöhnlich. Deshalb überspülte das Flüsschen den Boden der Waschkiste, so dass sie fußhoch im Nassen kniete. Auch ragte das Waschbrett kaum mehr aus dem Wasser heraus, weshalb sie die Wäsche nicht ordentlich schrubben konnte und viel mehr Seife zur Reinigung brauchen würde.

Doch sie hatte keine Wahl. Blind vor Tränen ergriff sie ein Laken und weichte es ein. Mechanisch schlug und wrang sie das Leinengewebe, krampfhaft bemüht, nicht in heftiges Schluchzen auszubrechen. So schrak sie hoch, als jemand sie sanft an der Schulter fasste. Es war Martha.
»Komm, Magdalena«, sagte sie so laut, dass alle Wäscherinnen es hören konnten. »Ich bin fertig für heute. Du kannst meinen Platz einnehmen.«
»Und du wirst *meinen* Bleuel zu spüren bekommen, wenn du sie nicht in Frieden lässt«, wandte sie sich an Berthe, die sich erneut anschickte zu protestieren.
Die Dicke wich vor der blanken Wut in Marthas Augen zurück. »Steckst wohl mit der Hex unter einer Decke!«, geiferte sie aus sicherem Abstand. »Kein Wunder, dass dein Balg überlebt hat, wo alle rundum krepieren.« Erst jetzt erinnerte sich Magdalena, dass die ledige Magd ein kleines Kind gehabt hatte, das vor einigen Wochen gestorben war.
Das also veranlasste Berthe zu ihrem ungeheuerlichen Vorwurf. Mochte man hinter vorgehaltener Hand über Hexerei noch so sehr tuscheln, eine konkrete Beschuldigung in aller Öffentlichkeit wog schwer. Die Anklägerin musste mit einer Anzeige rechnen, die vor dem Stadt- oder sogar dem Hochgericht verhandelt wurde. Eine hohe Strafzahlung war fällig, wenn die Beschuldigung sich als haltlos erwies und somit als pure Beleidigung galt.
Doch Martha blieb Berthe nichts schuldig. »Du scheinst halt den Segen des Himmels nicht zu verdienen, wenn dein Kind gestorben ist«, höhnte sie. »Doch wen soll es wundern, wurde es doch in Sünde und Schande gezeugt.«
Mit hoch erhobenem Bleuel stürzte Berthe auf Martha zu. Krachend schlug das Holz aufeinander, als Marthe den Schlag mit ihrem eigenen Klopfer abfing. Drei Frauen rissen Berthe zurück, als die sich anschickte, erneut zuzuschlagen.

»So mach dich doch nicht unglücklich, Berthe«, beschwor sie Clara, die Tochter des Wirts »Zum Roten Turm«. »Das macht dein Kind nicht wieder lebendig. Die da«, sie machte eine verächtliche Handbewegung in Richtung Magdalena und Marthe, »werden ihrer Strafe schon nicht entgehen.«

Sie kamen nur mühsam voran. Es ging schon auf Mittag zu, und noch immer war der Ort nicht in Sicht.
Schon hinter dem Stadttor waren die Pferde auf dem steilen Kreuzberg nur noch im Schritttempo vorangekommen. Die Wege waren völlig verschlammt und mit tiefen Pfützen übersät. In der letzten Stunde hatten sie gar nicht mehr reiten können, sondern mussten die Tiere am Zügel führen.
Immer wieder versperrten ihnen umgestürzte Bäume den Weg, die zur Seite geschafft oder vorsichtig umgangen werden mussten. Stechmücken plagten Mensch und Tier. Sebastian war froh, dass sie den völlig entkräfteten Jörg Armbruster in Neuerburg zurückgelassen hatten. Anfangs wollte er sie unbedingt begleiten. Erst der Hinweis, er würde die Gruppe aufgrund seiner Erschöpfung aufhalten, bewog ihn schließlich zurückzubleiben.
Die Schäden, die das nächtliche Gewitter angerichtet hatte, waren ungeheuer. Sie übertrafen alles Bisherige, obwohl dieses Jahr wahrlich nicht arm an Unwettern gewesen war. Kamen sie an Feldern oder Gärten vorbei, bot sich ihnen überall das gleiche Bild der Verwüstung. Feldfrüchte und Obst waren vernichtet, Bäume und Sträucher schwer beschädigt oder völlig zerstört.
Auch in den Wäldern hatte der Sturm gewütet. Ganze Schonungen waren gefällt, Wege und Straßen unpassierbar für Wagen geworden. Es würde Wochen dauern, bis Handel und Warenverkehr wieder ungehindert möglich wären.
Dumpfes Schweigen herrschte unter den Männern der Stadtwache, die von Christoph de la Val zu diesem Auftrag abkommandiert worden waren. Sie alle hatten daheim eine kleine

Wirtschaft, die von den Eltern oder Frau und Kindern bestellt wurde, und machten sich Sorgen.

Als der Weg endlich breiter wurde, schloss der Amtmann zu seinem Sohn auf. »Was hat Armbruster noch über die Geschehnisse in Utscheid berichtet?«, fragte er. Sebastian hatte mit dem Mann gesprochen, während die Pferde gesattelt wurden.

Er zögerte mit der Antwort. Möglicherweise schadete er den Frauen, wenn er seinem Vater die Geschichte erzählte. Doch die ungewohnte Vertrautheit, die heute zum ersten Mal zwischen ihnen entstanden war, ermutigte ihn.

»Die alte Armbrusterin ist die Kräuterfrau im Ort. Sie hilft auch bei so mancher Geburt von Mensch und Vieh. Vor allem aber versteht sie sich angeblich aufs Wahrsagen.«

Der Amtmann runzelte finster die Stirn. Doch er schwieg und gab Sebastian ein Zeichen, fortzufahren.

»Die Utscheider glaubten durch die Dürre im Juli die Ernte schon völlig verloren. Aber die Alte sprach ihnen Mut zu und prophezeite, es würde rechtzeitig zu regnen beginnen. Als das vor drei Wochen wirklich so kam, hielten es alle für ein göttliches Wunder. Sie glaubten, die Armbrusterin sei mit einer besonderen Gabe gesegnet. Tatsächlich begann das fast schon verdorrte Getreide wieder zu sprießen.

Da die übliche Erntezeit weit überschritten war, verlangten die Bauern von Jörgs Mutter, ihnen den günstigsten Tag für den Beginn der Ernte vorherzusagen. Sie schlachtete ein Huhn, las aus dem Gekröse und empfahl schließlich den heutigen Montag.«

Der Amtmann schnaubte unwillig.

»Nun glauben die Leute, die Alte hätte sie hinhalten wollen, bis Hexenwerk die Ernte zerstören kann. Sie beschuldigen sie und ihre Tochter, das Utscheider Wetter gebraut zu haben.«

»Und was geschah heute Nacht?«

»In der Morgendämmerung rotteten sie sich zusammen und zogen vor die Hütte der Armbrusters. Sie schimpften und schrien und waren nicht mehr zu bändigen. Jörg, der auf einen Tag zu Besuch war, versuchte, mit ihnen zu reden, doch er konnte nichts ausrichten. So zeigte er der Mutter und Schwester, wie sie die Hütte von innen verbarrikadieren müssen, und schlich sich durch die Hintertür weg, um Hilfe zu holen. Der Pöbel bemerkte ihn nicht, weil die Hütte direkt am Waldrand liegt. Doch sie ist nur aus Holz und nicht sehr stabil. Wenn die Menge hineinkommen will, um die Frauen herauszuholen, wird sie nichts aufhalten.«

Der Amtmann schwieg eine Weile. Nur das Sirren der Stechmücken war zu hören. Ansonsten war alles geisterhaft still. Kein Vogel zwitscherte, keine Biene summte. Von einem weißlichen Himmel schien eine blasse Sonne. Es herrschte drückende Schwüle.

»Was werdet Ihr tun?« Sebastian hielt es nicht länger aus.

»Sofern den Frauen ein Leid geschehen ist, werden die Schuldigen zur Verantwortung gezogen. Niemand macht unserem Landesherrn ungestraft das Recht der Hochgerichtsbarkeit streitig. Das halte ich ganz so, wie du es in Oberweis gesagt hast.«

Sebastian war völlig verblüfft. Nie hatte sein Vater angedeutet, dass er über die Vorgänge im Juni Bescheid wusste.

»Doch sollten die Frauen am Leben und unverletzt sein, werde ich sie nach Neuerburg mitnehmen«, fuhr der Amtmann fort. »Die Vorgänge in dieser Nacht müssen untersucht werden. Jedermann glaubt, dass dieses Unwetter nur Hexenwerk sein kann.«

»Ich weiß, dass du dazu deine eigenen Ansichten pflegst«, kam Christoph de la Val dem Einspruch seines Sohnes zuvor. »Doch im Ort sind die Frauen nicht sicher. Auch in Oberweis haust das alte Paar noch immer im Kuhstall der Burg, wie Jost Kerpen mir nahezu wöchentlich klagt. Im Dorf würden sie binnen vierundzwanzig Stunden gemordet werden.«

Sebastians Protest wich tiefer Betroffenheit. Zum zweiten Mal an diesem Tag kam ihm der Gedanke, dass er seinen Vater nicht

wirklich kannte. Den Verdacht, dass er ihm möglicherweise schon des Öfteren unrecht getan hatte, drängte er rasch beiseite.
»Und was soll in Neuerburg mit den Frauen geschehen?«
»Ich werde mich beim Herrn Grafen dafür einsetzen, dass das Hochgericht sich der Sache annimmt. Überall schreien die einfachen Leute nach Gerechtigkeit. Es werden noch mehr Menschen das Recht selbst in die Hand nehmen, wenn die ordentliche Gerichtsbarkeit weiterhin versagt.«
Sebastian fühlte das alte Gemisch aus Angst und Wut in sich aufsteigen. »Die ordentliche Gerichtsbarkeit?«, fragte er bitter. »Nennt Ihr die Geschehnisse in Oberkail die ordentliche Gerichtsbarkeit?«
Christoph de la Val sah seinen Sohn über den Hals seines Rappen hinweg finster an. »Nennst du mich etwa einen Schurken, wie der Amtmann Dietrich Mey einer ist?«
Sebastian geriet in die Defensive. »Er hat immerhin Dutzende von Frauen zugrunde gerichtet, bevor der Graf von Manderscheid-Kail ihn selbst in den Kerker werfen ließ.«
»Er liegt im Kerker, weil er das Recht mit Füßen getreten hat. Nicht, weil es keine Unholdinnen in Oberkail gab. Das Hochgericht unter der Leitung des Jämmerlings Peter von Winterstein hat ihm allzu freie Hand gelassen. Doch ob die angeklagten Weiber unschuldig waren, weiß nur unser Herrgott allein.«
»So meint Ihr, der Allmächtige werde die Seinen schon erkennen? Wie es weiland der päpstliche Legat vor Béziers behauptete, als er Ketzer und Gläubige gleichermaßen ermorden ließ?«
Die Augen des Amtmanns blitzten auf. Doch diesmal ließ er sich durch den Sarkasmus Sebastians nicht aus der Ruhe bringen. »Ich brauche keine Belehrung, mein Sohn, auch wenn du die Rechte studiert hast. Als Amtmann werde ich dafür sorgen, dass die Verfahren in Neuerburg recht- und ordnungsgemäß durchgeführt werden. Sind die Verdächtigen unschuldig, werden sie freigelassen. Sind sie es nicht, erwarte ich, dass du dich

als Mann erweist und nicht als Memme wie die Richter und Schöffen in Oberkail. Auch bei der peinlichen Frage wird in Neuerburg nach den Gesetzen gehandelt, da sei versichert. Deine Anwesenheit in der Folterkammer wird also vonnöten sein, und ich hoffe, du machst dir und mir keine Schande.«
Er kniff die Augen zusammen und spähte den Weg entlang, der jetzt schnurgerade bergab lief. »Doch ich glaube, da vorne kommt endlich Utscheid in Sicht. Wir sollten uns sputen.«
Der Amtmann saß auf, gab seinem Rappen die Sporen und trabte davon. Seinen wütenden Sohn würdigte er keines weiteren Blickes mehr.

Jeder Muskel ihres Rückens schmerzte, als Magdalena mit der nassen Wäsche endlich das Haus des Bürgermeisters erreichte. Aus Angst, die Wäsche würde beschmutzt oder sogar beschädigt werden, hatte sie es nicht gewagt, sie zum Bleichen und Trocknen auf den Uferwiesen auszulegen. Nun hoffte sie inständig, dass Barbara zu Hause wäre und sie den Korb nicht bei der missgünstigen Haushälterin Elsbeth abgeben müsste, die ihr sicherlich einen Teil ihres Lohns kürzen würde.
Keuchend betrat sie den engen Hinterhof, der zum Gesindeeingang führte. Der Hausknecht, ein vierschrötiger, ungepflegter Mann namens Wilbert, hackte Holz auf dem Block an der Mauer. Er stand im Ruf, jedem Weiberrock nachzustellen.
Magdalena klopfte, doch es rührte sich nichts. Seufzend wandte sie sich an den Mann. »Weißt du, ob die Herrin zu Hause ist?«
Der Knecht musterte sie mit einem lüsternen Lächeln von oben bis unten. Sein Blick blieb an ihrem Ausschnitt hängen. Erst jetzt bemerkte Magdalena, dass ihr Brusttuch verrutscht war und sich die Schnüre ihres durchnässten Mieders zum Teil gelöst hatten. Deutlich stachen die Brustwarzen durch das nasse Leinen.
Errötend nestelte sie an den Bändern und kreuzte die Arme vor der Brust. »Nun, bist du taub?«, herrschte sie den Knecht an, der

sie weiterhin unverwandt anstarrte. »Ich habe dich etwas gefragt.«
Der Mann legte die Axt aus der Hand und kam auf sie zu. »Nun, nun, warum gleich so frech und ungebärdig?«, grinste er. Seine Stimme klang schmierig. Magdalena roch seinen ungewaschenen Körper. Er stank nach Schweiß und Urin.
»Die Herrschaft ist zur Beichte gegangen«, fuhr er fort und versetzte dem kleinen Tor zum Hof einen Stoß mit dem Fuß, so dass es zufiel. »Du wirst wohl mit mir vorliebnehmen müssen.«
Magdalena stöhnte innerlich auf und begann sich zu wappnen. Diese Art von Verhalten kannte sie nur zu gut.
»Wage es nicht, mich zu belästigen«, fauchte sie und griff verstohlen nach dem Bleuel in ihrem Korb.
Der Mann kam näher. Sein Gestank war unerträglich. Wie konnte die Gesindemeisterin Elsbeth nur dulden, dass ein Mitglied des Haushalts sich derart verwahrlosen ließ?
Nun stand der Knecht direkt vor ihr. Grob drängte er sie an die Hauswand und presste seine Hand auf ihr Mieder.
»Nun ziere dich nicht so, meine Schöne.« Auch sein Atem stank wie die Pest. »Auf diese Gelegenheit haben wir beide doch lange gewartet.« Er fummelte an seiner Hose.
»Lass mich los, du Scheusal. Ich habe mit dir nichts zu schaffen.«
Er lachte und enthüllte dabei schwärzliche Zahnstummel. »Oh, du bist eine von der Sorte, die man erobern muss. Magst es wohl am liebsten hart, nicht wahr?« Er riss ihren Kopf grob nach hinten und presste seinen Mund auf ihre Lippen. Ekel würgte Magdalena, als er versuchte, seine Zunge in ihren Mund zu schieben. Heftig biss sie zu.
»Autsch, du Miststück«, fuhr er zurück. »Das wirst du mir büßen.« Er hob seine Hand. Doch Magdalena fing seinen Schlag blitzschnell mit dem hölzernen Klopfer ab, den sie in den Falten ihres Rocks verborgen hatte. Es knackte vernehmlich. Der

Knecht wich brüllend vor Schmerz zurück. Seine Hand war seltsam verkrümmt. Offensichtlich hatte sie ihm einige Finger gebrochen.
Bevor beide sich von ihrem Schrecken erholen konnten, ertönte es scharf von der Hintertür. »Was geht hier vor?« Es war Elsbeth, die Haushälterin. Ihre hagere Gestalt war hoch aufgerichtet, die Stirn argwöhnisch gerunzelt.
Wilbert fand seine Stimme als Erster wieder. Anklagend hob er die verletzte Hand und zeigte auf die Wäscherin. »Die da ist schuld.« Seine Stimme überschlug sich vor Wut und Schmerz. »Sie hat sich mir unzüchtig genähert, um mich zu verführen. Als ich sie abwies, hat sie mir mit dem Bleuel die Hand zerschlagen.«
Elsbeth wandte sich zu Magdalena. Ihre Brauen waren drohend zusammengezogen. Verächtlich heftete sie ihren Blick auf das Mieder der Wäscherin. Durch das Gerangel mit dem Knecht hatten sich die Schnüre wieder gelöst.
»Nun habe ich dich zu guter Letzt doch noch erwischt.« Triumph schwang in ihrer Stimme. »Ich wusste schon immer, dass du eine Dirne bist. Für lose Frauenzimmer gibt es in diesem Haus nichts zu tun. Also stelle die Wäsche in den Flur und verschwinde. Lohn zahle ich dir nicht, und der Herr muss entscheiden, ob er dich wegen des Schadens zur Rechenschaft zieht, den du dem Knecht zugefügt hast.«
Magdalena ahnte, dass die Gesindemeisterin heute eine uralte Rechnung beglich. Verzweiflung stieg in ihr auf, doch sie riss sich zusammen. Mutig sah sie Elsbeth in die Augen.
»Du weißt, dass Wilbert lügt«, sagte sie. »Selbst eine Dirne würde sich nicht freiwillig mit ihm abgeben, so schmutzig und verkommen, wie er ist. Lass mich mit der Herrin Barbara sprechen, sie soll die Sache entscheiden.«
»Die Herrin ist nicht im Hause«, antwortete Elsbeth schneidend. »Und ich würde nie wagen, sie mit solch einer schmutzi-

gen Angelegenheit zu belästigen. Dein Ruf als Dirne und noch Schlimmeres ist längst stadtbekannt und auch der Herrin zu Ohren gekommen. Sie selbst hat mich angewiesen, dir das Haus zu verbieten, solltest du dir auch nur das Geringste zuschulden kommen lassen.«

Magdalena wusste, dass Elsbeth log. Doch bevor sie antworten konnte, fuhr die Haushälterin fort. »Daher befehle ich dir, dich zu trollen und dich nie wieder blicken zu lassen. Es ist meine Pflicht als Gesindemeisterin, auf Anstand und Leumund aller Bediensteten sorgsam zu achten. Also wage es nicht, die Wünsche der Herrin zu missachten und ihr jemals wieder unter die Augen zu treten. Das sage ich dir in ihrem eigenen Namen.«

»Wann habe ich dir diesen Befehl erteilt?« Erschrocken fuhr Elsbeth herum. Im düsteren Hausflur stand Barbara.

Grob drängte sie Elsbeth zur Seite und trat auf den Hof. Magdalena konnte sich nicht entsinnen, ihren sanften Zögling je so wütend erlebt zu haben. Barbaras zartes Gesicht war gerötet, ihre Augen sprühten geradezu vor Zorn.

»Du verschwindest noch heute.« Dabei zeigte sie auf den Knecht. Trotz ihrer Wut klang ihre Stimme beherrscht. »Gesindel wie du wird in diesem Haus nicht geduldet. Lass dir den Lohn bis zum Rest der Woche auszahlen.«

»Aber Herrin, ich bitte Euch«, stammelte Wilbert kläglich und wies auf seine verletzte Rechte. »Das Weib hat mir die Finger gebrochen. Ich werde nirgendwo anders Arbeit finden, wenn Ihr mich heute entlasst.«

»Das hättest du früher bedenken sollen«, entgegnete Barbara ungerührt. »Geh zum Bader und lass dir die Hand richten. Die Rechnung soll er an meinen Vater schicken. Damit bist du mehr als glimpflich davongekommen.«

Mittlerweile hatte Elsbeth sich wieder gefasst. »Herrin, das ist nicht recht«, protestierte sie. »Ich bin die Gesindemeisterin und sollte daher entscheiden, wer entlassen wird.«

Barbara fuhr zu ihr herum. Wie Nemesis, die griechische Göttin der Rache, schoss es Magdalena durch den Kopf. »Wage es nicht, dich einzumischen. Sonst gehst du gleich mit dem Knecht und verlässt noch heute das Haus. Missgunst und Neid zerfressen dich schon seit meinen Kinderjahren. Ich habe dich satt bis zum Überdruss.«

Elsbeth schossen Tränen in die Augen. »Ich habe Euch zeit meines Lebens treu gedient, Herrin«, kreischte sie vorwurfsvoll. »Doch diese da habt Ihr mir immerzu vorgezogen.« Sie zeigte mit zitternder Hand auf Magdalena. »Dabei verdient sie Eure Zuneigung nicht. Stadtauf, stadtab schimpft man sie eine Hexe. Vielleicht hat sie auch Euch schon verzaubert.«

Barbara trat dicht an Elsbeth heran und schlug ihr mit aller Kraft ins Gesicht. Fassungslos wich die ältere Frau zurück und hielt sich die schmerzende Wange. Auch Magdalena und der Knecht starrten Barbara ungläubig an. Noch nie hatte diese ihre Stimme, geschweige denn die Hand gegen einen Dienstboten erhoben.

»Verschwinde aus meinen Augen, Elsbeth«, zischte Barbara. »Wärst du nicht schon weit über zwanzig Jahre im Haus, ich würde dich heute noch auf die Straße werfen. So werde ich mit meinem Vater sprechen, was mit dir geschehen soll. Geh auf deine Kammer und bleib dort, bis man dich rufen lässt.«

Sie wandte sich an den Knecht. »Und du packst deine Lumpen und kommst in einer Viertelstunde in den Hof zurück. Ich werde dich auszahlen.«

Damit ergriff sie Magdalena am Arm und zog sie mit sich ins Haus.

# Kapitel 12

*Montag, 27. August 1612*

Sie sahen schon von weitem, dass sie zu spät kamen.
Über dem Dorf, das tief in einem Talkessel lag, stand eine dünne Rauchsäule. Sie stieg aus der Asche einer Hütte auf, die einst am Waldrand gestanden hatte. Um sie herum konnte man noch die Überreste eines kleinen Kräutergärtchens erkennen.
Kein Mensch war zu sehen. Fast alle Hütten waren beschädigt, bei vielen fehlte das ganze Dach. Beklommen sah sich Sebastian um. Überall lag totes Federvieh. An Haus- und Stalltüren erkannte er Büschel von Bärlapp. Diesem Verwandten des Farnkrauts schrieb das einfache Volk Zauber abwehrende Kräfte zu. Die Pflanzen zeugten davon, wie tief die Dorfbewohner an die Mächte des Bösen glaubten.
Schließlich erreichten sie den Dorfplatz. Ein kleines Mädchen hütete dort ein paar Gänse und Enten. Es war vielleicht sieben Jahre alt. Der Amtmann hielt vor dem Kind an und stieg vom Pferd. »Wo sind deine Leute?«, fragte er sanft.
Das Mädchen wich ängstlich vor ihm zurück. »Alle sind auf den Feldern. Sie holen das Korn, das noch zu retten ist«, antwortete es mit piepsiger Stimme. Die Felder des Dorfs lagen auf den Höhen rund um den Talkessel und waren von unten nicht zu sehen.
»Und wo sind die Kräuterfrau und ihre Tochter?«
Das Mädchen begann plötzlich zu lächeln. »Die bösen Hexen sind tot«, sagte es stolz.
Sebastian lief ein Schauer über den Rücken.
Der Amtmann rang sichtlich um seine Fassung. »Wo wurden sie hingebracht?«, fragte er knapp.

Das Kind deutete auf eine kleine Holzkirche, die von einem Friedhof umgeben war. »Sie liegen dort auf dem Schindanger.«
Auf jedem Friedhof gab es ein Stück ungeweihter Erde, in der Verbrecher und Selbstmörder verscharrt wurden. Schweigend lenkte der Amtmann sein Pferd in die angegebene Richtung und winkte seinen Männern, ihm zu folgen.
Was sie schließlich erblickten, schlug auch den hartgesottenen Stadtsoldaten auf den Magen. Sebastian hörte, wie sich einer von ihnen hinter seinem Rücken würgend erbrach.
Zwei blutige Fleischklumpen waren alles, was von der Frau und dem halbwüchsigen Mädchen übrig geblieben waren. Die Leichen waren nackt. Ihre Gesichter konnte man nicht mehr erkennen.
»Sie wurden gesteinigt«, ertönte plötzlich die piepsige Stimme des Mädchens. Es war ihnen unbemerkt gefolgt. »Nun können sie kein Unheil mehr anrichten.«
Noch bevor Sebastian das Kind anherrschen konnte zu verschwinden, fügte es stolz hinzu: »Ich habe auch zwei Steine geworfen.«
Fassungslos starrte der junge Mann das kleine Mädchen an. »Aber es waren doch eure Nachbarinnen und Freundinnen. Die Tochter war nur ein paar Jahre älter als du. Wie konntet ihr ihnen so weh tun?«
»Sie haben uns mit ihrem bösen Zauber alles genommen«, plapperte das Kind. »Das sagt auch der Vater.«
Der Amtmann war wieder abgestiegen und hockte sich vor dem Mädchen nieder. »Wer ist denn dein Vater?«, fragte er mit trügerischer Freundlichkeit.
»Der Schmied ist es.« Das Mädchen sah ihm über die Schulter. »Dort kommt er gerade mit den anderen.«
Tatsächlich näherten sich ungefähr zwei Dutzend Männer, Frauen und Kinder dem Dorfplatz. Sie trugen Säcke und Garben bei sich. Die kleine Truppe ritt auf sie zu.

Misstrauisch starrten die Leute ihnen entgegen. Der Amtmann ergriff das Wort: »Ich bin Christoph de la Val, Amtmann in der Herrschaft Neuerburg, und vertrete unseren Landesherrn, den edlen Landgrafen Wilhelm von Leuchtenberg. Wer von euch ist der Dorfälteste?«

Ein schmächtiger Mann von ungefähr fünfundvierzig Jahren trat vor. Er verneigte sich knapp. »Das bin ich, Herr. Mein Name ist Georg Derber.«

Unter den Leuten hatte Sebastian auch einen bulligen Mann entdeckt, der eine Lederschürze trug. Dies musste der Schmied sein.

»Was ist hier geschehen?«, fuhr Christoph de la Val fort. Die Dörfler starrten ihn trotzig und schweigend an.

Der Amtmann ließ sich nicht beeindrucken. »Seid ihr alle mit Taubheit und Stummheit geschlagen? Ich vertrete die Obrigkeit und will wissen, was hier geschehen ist.«

Er wandte sich an den bulligen Mann. »Du da«, herrschte er ihn an. »Hast du genug Mumm in den Knochen, um mir Auskunft zu geben?«

Tatsächlich trat der Mann vor. »Die Obrigkeit haben wir allzu lange vergeblich um Beistand angefleht. Nun haben wir uns selbst von den Zauberinnen befreit.«

»Was soll das heißen?« Sebastian wusste, dass sein Vater den Mann zum Reden und damit zu einem vorzeitigen Geständnis bringen wollte. Er suchte nach einem Grund, um ihn und die anderen Rädelsführer zu verhaften.

Doch der Mann war viel zu sehr von der Rechtschaffenheit seines Tuns überzeugt, um zu bemerken, dass er sich gerade seine eigene Grube grub. »Wir hatten zwei Hexen hier im Ort. Sie haben sich als weise Frauen und Heilerinnen getarnt. Jahrelang lebten sie unerkannt in unserer Mitte und konnten ihre Untaten ohne Strafe begehen. Nun haben wir sie endlich entlarvt.«

»Wie habt ihr sie entlarvt?« Der Amtmann sah den Dorfältesten an.

Auch der ging ihm in die Falle. »Die Weiber haben uns mit der Ernte hingehalten, bis ihr Unwetter alles vernichtet hat. Seht, dies ist das wenige, was wir noch retten konnten. Es reicht kaum für zwei Wochen. Im Winter werden wir alle hungern.«

Sebastian mischte sich ein. »Woher wisst ihr, dass die Frauen das Unwetter gemacht haben?«

»Das Kräuterweib konnte wahrsagen und die Zukunft deuten. Bei ihren Heilkünsten murmelte sie allerhand Zaubersprüche. In mondlosen Nächten ging sie aus, um teuflische Kräuter zu suchen.«

»Also wusstet ihr das schon vor dem Unwetter. Warum habt ihr sie dann nicht längst bei der Obrigkeit angezeigt? Sondern stattdessen ihre Dienste sogar in Anspruch genommen?«

Ein dritter Mann trat vor. »Mein Name ist Valentin Pflüger. Ich bin freier Bauer«, erklärte er. »Und ich will Euch Eure Frage beantworten. In Utscheid hat der Teufel ein besonders listiges Spiel getrieben. Die Weiber täuschten selbst großes Ungemach vor. Im letzten Sommer starben all ihre Verwandten an einem Fieber. Dann krepierten ihre beiden Milchkühe, und im Winter wurde der Hausvater von einem gebrochenen Ast erschlagen. Zweifelsohne ihr eigenes Hexenwerk. Aber so ahnten wir nicht, dass sie mit dem Teufel im Bunde waren, sondern hielten sie für ganz gewöhnliche Frauen aus unserem Dorf.«

Sebastian krümmte sich schier ob dieses Eingeständnisses bodenloser Dummheit und Naivität. »Warum auch das Mädchen?«, fragte er empört. »Es war erst zwölf Jahre alt.«

Sein Vater warf ihm einen warnenden Blick zu. Doch die Dorfleute fühlten sich mittlerweile sicher.

»Jedermann weiß, dass die Hexen ihre Töchter dem Satan weihen und ihre teuflischen Künste an sie weitergeben«, belehrte ihn der Dorfälteste. »Deshalb konnten wir sie nicht leben lassen.«

»Doch warum habt ihr sie selbst gerichtet, anstatt dies der Obrigkeit zu überlassen?« Die Stimme des Amtmanns klang höflich interessiert.

»Die Obrigkeit in der Herrschaft Neuerburg ist zu schwächlich«, erklärte der bullige Schmied. »Unser Landesherr stammt nicht von hier und kennt die Gefahr nicht. Überall in der Eifel werden die Unholde verfolgt und in Scharen ergriffen. Nur in unserem Landstrich bleiben die bösen Taten der Zauberer ungesühnt. Wir mussten uns selbst helfen, um uns zu schützen.«

»Habt ihr sie angehört, bevor ihr sie getötet habt?«

»Das war nicht nötig. Die Beweise waren allzu erdrückend«, erklärte der Dorfälteste.

»Wie habt ihr sie gerichtet?«

Der Bauer Valentin antwortete. »Die Zauberer sollst du nicht leben lassen, lehrt uns das Alte Testament. Und wie in uralten Zeiten haben wir auch die Strafe gewählt. Wir haben die Weiber ausgeräuchert, bis sie aus ihrem Loch krochen. Dann wurden sie nackend ausgezogen und mit Ruten durchs Dorf gepeitscht. Schließlich haben wir sie gesteinigt.« Plötzlich bemerkte Sebastian die Steine, die überall rund um den Friedhof herumlagen. Einige von ihnen trugen Spuren von Blut.

Der Amtmann hatte genug gehört. »Ergreift diese drei«, wies er die Stadtsoldaten an. »Ich verhafte euch im Namen des Landgrafen Wilhelm von Leuchtenberg wegen Mordes an dem Kräuterweib Anna Armbruster und ihrer Tochter Susanna.«

Ehe die entsetzte Menge sich versah, waren die Soldaten abgesessen, hielten den Beschuldigten ihre Schwerter an die Kehle und fesselten ihnen die Hände. Auch Sebastian beteiligte sich. Der Zorn ließ ihn die Seile gröber festzurren, als es notwendig gewesen wäre.

Die Menge murrte drohend und machte Anstalten, sich zu nähern. Auf ein Zeichen des Amtmanns hin hielten die Soldaten sie mit ihren Schwertern in Schach. Das kleine Gänsemädchen begann zu weinen.

Eine magere Frau drängte sich nach vorne. Sie warf sich vor dem Amtmann auf die Knie. »Was habt Ihr mit ihnen vor, werter Herr?«, jammerte sie. »Sie haben doch nur in bester Absicht gehandelt, um uns zu schützen.«
Der Amtmann saß grimmig auf. »Ist einer von diesen dein Eheherr?«, fragte er.
Die Frau nickte und zeigte auf den bulligen Mann. »Dieser dort, er ist hier der Schmied. Ich flehe Euch an, ihm kein Leid anzutun. Ich habe fünf kleine Kinder. Wir werden im Winter verhungern.«
Wider Willen fühlte Sebastian Mitleid mit der Frau. Doch der Amtmann blieb ungerührt.
»Sie werden in Neuerburg vor das Hochgericht gestellt«, beschied er der Frau kurz angebunden. »Sind sie unschuldig, kommen sie wieder frei.«
»Und wenn nicht, was geschieht dann mit ihnen?«
Der Amtmann ritt an. »Dann werden sie auf dem Galgenberg gehenkt.«

Claudia trat aus der kühlen Dämmerung der Nikolauskirche in den schwülen Augustabend hinaus. Überall waren die Spuren des Unwetters der vergangenen Nacht zu sehen. Besorgt blickte sie zum Himmel empor. Hoffentlich gab es kein weiteres Gewitter.
Trotzdem fühlte sie sich nach dem Kirchgang getröstet. Die Beichte bei Hochwürden Mohr hatte ihr gutgetan und ihr das schlechte Gewissen der vergangenen Wochen genommen. Freimütig gestand sie ein, dass sie Burgkaplan Josten gegenüber im Beichtstuhl nicht ehrlich gewesen war. Doch Mohr nahm es mit väterlicher Ruhe auf und erlegte ihr nur drei Rosenkränze zur Buße auf.
Obwohl Claudia immer noch um Erlaubnis bitten musste, wenn sie die Burg verlassen wollte, genoss sie ihre wiedergewonnene

Freiheit. Anstatt sich nach Hause zum Nachtmahl zu begeben, trat sie an die Brüstung der niedrigen Friedhofsmauer und ließ den Blick über die Stadt zu ihren Füßen gleiten.
Von ferne sah sie eine kleine Reiterschar durch das untere Enztor kommen. Sie führte drei Gefangene zu Fuß mit sich. Neugierig beschirmte Claudia die Augen. Die Hände der Männer schienen mit Seilen gebunden zu sein, deren anderes Ende jeweils an den Sätteln festgebunden war, denn sie stolperten hinter den Reitern her. Claudia erkannte den Amtmann und Sebastian auf seinem Schimmel.
Ein leichter Stich des Unbehagens durchfuhr sie. Einerseits hatte sie sich über das gestrige Zusammentreffen mit Sebastian gefreut, zumal er lebhaften Anteil an ihrem Schicksal der letzten Wochen nahm. Andererseits waren ihr zum ersten Mal Zweifel gekommen, ob das große Interesse, das ihr der Sohn des Amtmanns entgegenbrachte, angesichts seiner Verlobung auch wirklich schicklich war.
Plötzlich sah sie Adelas Zofe Kathrin durch den Torturm auf den Kirchplatz kommen. Das Mädchen trug einen Weidenkorb in der Hand und hatte augenscheinlich Besorgungen gemacht. Seit ihrer Begegnung vor dem Abtritt war Kathrin ihr aus dem Weg gegangen. Claudia hatte keine Gelegenheit mehr gehabt, unter vier Augen mit ihr zu sprechen.
Sie beschloss, dies jetzt nachzuholen, und trat vom Friedhof auf den Kirchplatz hinaus. »Heda, Kathrin!«, rief sie die Zofe an. Das Mädchen blickte erschrocken auf und wollte mit einem flüchtigen Knicks an ihr vorbeihuschen. Doch Claudia ließ sich nicht beirren.
»Komm einmal her zu mir«, befahl sie mehr, als dass sie bat. Sie bereute ihre Schroffheit sofort, als sie Kathrins ängstliches Gesicht sah. »Ich will dir nichts Böses«, beruhigte sie Adelas Zofe und fügte schelmisch hinzu: »Nicht einmal die verschmähte Münze will ich dir aufdrängen.«

Kathrin musste wider Willen lächeln. Erst jetzt bemerkte das Edelfräulein, dass das Mädchen auf unauffällige Weise hübsch war. Es hatte fein geschnittene Züge. Das Lächeln zauberte kleine Sterne in seine graublauen Augen.
»Komm, wir setzen uns ein Weilchen dort auf die Bank unter der Linde.« Claudia wies auf einen Baum, der im Windschatten der Kirche nicht allzu stark vom Sturm gezaust worden war. Sie wischte einige Blätter von den groben Holzbohlen und bedeutete Kathrin, neben ihr Platz zu nehmen.
»Warum fliehst du mich, Mädchen?«, fiel sie dann mit der Tür ins Haus.
Kathrin errötete und wich ihrem Blick aus. »Die Herrin Adela hat mir verboten, mit Euch zu sprechen«, sagte sie leise.
Claudia fühlte den altbekannten Zorn in sich aufsteigen. »Warum hat sie es verboten?«
Kathrin zuckte die Achseln. Im Licht der Abendsonne bemerkte Claudia einen bläulichen Schatten auf ihrer Wange.
»Schlägt sie dich?«, fragte sie scharf.
Wieder hob Kathrin die Schultern. »Jede Magd wird zuweilen geschlagen, Herrin«, antwortete sie.
Claudia sah das anders, doch sie bezwang ihre Empörung. »Seit wann stehst du in Adelas Diensten?«, wollte sie stattdessen wissen.
»Seit dem Frühjahr. Um Ostern herum hat sie mich als Zofe genommen.«
»Und wo bist du zu Hause?«
Ein schmerzlicher Zug erschien auf Kathrins Gesicht. »Ich stamme aus dem Weiler Schwarzenborn bei Oberkail. Meine Eltern hatten dort einen kleinen Hof.« Sie stockte.
»Sind deine Eltern gestorben?« Claudia sah die Jüngere mitfühlend an.
Kathrin nickte. Ihre Augen füllten sich mit Tränen.
Claudia ergriff ihre Hand. »Glaub mir, ich weiß, wie bitter das

Leben einer Waise ist«, versuchte sie das Mädchen zu trösten. »Und du gingst in Stellung, um dir deinen Lebensunterhalt zu verdienen?«

Einen Moment schien die Zofe zu zögern. Dann nickte sie. Claudia hatte den Eindruck, dass sie ihr etwas verschwieg.

»Meine Base weilt nun schon an die drei Monde lang auf der Neuerburg. Weißt du, wann sie nach Oberkail heimkehren will?«

Zu ihrer Überraschung lächelte Kathrin spöttisch. »So bald wird das nicht sein, Herrin Claudia. Wohl kaum, bevor die Verlobung des Fräuleins Elisabeth ausgerufen wird.«

Claudia stutzte. »Was hat die Verlobung mit Adelas Besuch zu tun?«

Kathrin schwieg und sah verlegen zu Boden. Offensichtlich bereute sie ihre vorlaute Bemerkung.

Claudia ging plötzlich ein Licht auf. »Hat Adela etwa ebenfalls auf eine Verbindung mit Ernst von der Marck gehofft?«, wollte sie wissen und traf mit ihrer Vermutung den Nagel auf den Kopf.

»So ist es wohl, Herrin«, antwortete Kathrin. »Doch bitte fragt mich nicht weiter. Es ist mir streng verboten, darüber zu sprechen.«

Nun war Claudias Neugier vollends geweckt. »Ich werde dich nicht verraten, wenn du mir mehr erzählst, als du darfst«, versprach sie. Doch zu ihrer Bestürzung fing die Zofe nun zu weinen an.

»Bitte, Herrin, lasst mich«, flehte sie und machte Anstalten, aufzustehen. Claudia ergriff sie am Handgelenk.

»Kathrin«, sagte sie eindringlich. »Bitte höre mich an. Meine Base ist hinterhältig und falsch wie eine Schlange. Ich muss wissen, ob sie etwas Unlauteres im Schilde führt.«

Die Zofe brach in heftiges Schluchzen aus. Claudia nahm sie spontan in die Arme. Doch je mehr sie der Verzweifelten leise Trost zusprach und ihr sanft über Haube und Schultern strich, umso krampfhafter wurde das Weinen. Ein Damm schien ge-

brochen zu sein, hinter dem sich tiefer Schmerz verborgen gehalten hatte.
»Wovor fürchtest du dich nur so sehr, Kathrin?«, fragte Claudia hilflos. Als das Mädchen antwortete, glaubte sie zuerst, sich verhört zu haben.
»Sie wird dich töten wie deine Mutter?«, wiederholte sie ungläubig. Kathrin nickte heftig.
»Woran ist deine Mutter denn gestorben?«
Diesmal verstand sie die Antwort kaum. »Sie wurde als Hexe in Oberkail hingerichtet? Hast du das gerade gesagt?«
Kathrin nickte erneut und schneuzte sich in ihren Ärmel. Claudia wartete, bis sich das Mädchen wieder ein wenig beruhigt hatte.
»Nun erzähl mir die ganze Geschichte«, bat sie sanft.
Kathrin holte tief Luft. »Da gibt es nicht viel zu erzählen. Meine Mutter war eine einfache Bäuerin. Sie bot auf dem Marktplatz in Oberkail ihre Früchte feil. Die Herrin Adela pflegte häufig mit einem Diener über den Markt zu spazieren und sich ohne Bezahlung den Korb füllen zu lassen. Doch zu ihrem eigenen Unglück war meine Mutter eine mutige Frau. Eines Tages beschloss sie, dies nicht länger klaglos hinzunehmen.« Kathrin wischte sich über die Augen.
»Wenige Tage später kam Adela an ihren Stand. Sie verlangte junges Frühjahrsgemüse und wollte meine Mutter wie üblich dafür nicht entlohnen. Doch die wollte Adela das Gemüse diesmal nicht umsonst geben. Die Herrin wurde zornig und beschimpfte meine Mutter, die ihr aber weiter zu trotzen wagte. Es gab ein großes Geschrei und Aufsehen. Die Leute liefen zusammen, glotzten und tuschelten. Manch einer rief Spottworte aus der Menge. Schließlich musste Adela nachgeben und sich trollen.« Die Zofe stockte einen Moment.
»Doch bevor sie ging, drohte sie meiner Mutter noch, sie würde für ihre Frechheit büßen. Drei Tage später kamen des Amt-

manns Soldaten und verhafteten sie als Hexe. Sie wurde grausam gefoltert und kurz vor dem Osterfest auf dem Richtplatz verbrannt.«

Claudia stockte der Atem. Dass ihre Kusine ein hinterlistiges Luder war, hatte sie längst erkannt. Doch Kathrin beschrieb ihr ein Ungeheuer in Menschengestalt. Aber die Geschichte war noch nicht zu Ende.

»Um die Prozesskosten zu bezahlen, wurde der Hof meines Vaters gepfändet. Er war so viel Unglück nicht gewachsen und erhängte sich in der Scheune. Adela zwang mich in ihre Dienste und droht mir seither …« Kathrin brach ab.

»… damit, dass auch du als Hexe verbrannt werden wirst?«, vollendete Claudia den Satz. Kathrin nickte.

Das Edelfräulein war fassungslos. Doch dann fiel ihr ein, was ihr Sebastian am Vortag erzählt hatte. »Davor musst du dich nicht länger fürchten, Kathrin. In Oberkail wird nicht mehr gebrannt. Den dortigen Amtmann hat man ins Verlies geworfen und die Richter und Schöffen mit Schimpf und Schande aus ihren Ämtern gejagt.«

Kathrin sah überrascht auf. »Woher wisst Ihr das, Herrin?«

»Sebastian de la Val hat es mir gestern erzählt. Er ist der Sohn des Amtmanns von Neuerburg und selbst Schöffe am hiesigen Hochgericht. Er kann sich nicht irren.«

Kathrin musterte sie ungläubig. Als sie erkannte, dass Claudia die Wahrheit sagte, schluchzte sie ein letztes Mal auf. Dann wischte sie sich entschlossen die Tränen aus dem Gesicht.

»So will ich Euch sagen, was Eure Base nach Neuerburg führt. Auch der Graf von Manderscheid-Kail hat Ernst von der Marck seine Tochter als Braut angedient. Doch dessen Vater Philipp wollte davon nichts wissen und zog Adela das Edelfräulein Elisabeth vor. Adela schloss sich daraufhin drei Tage in ihrem Gemach ein und ließ niemanden außer mir zu sich. Drinnen schwor sie bittere Rache und verbot mir, mit einer Menschenseele darüber zu sprechen. Einige Wochen später brach sie zu ihrem Besuch auf die Neuerburg auf.«

»Mehr weiß ich nicht, Herrin«, fügte sie hinzu. »Doch ich vermute, sie will die Herrschaften von Leuchtenberg auskundschaften, um den Grafensohn Ernst doch noch für sich zu gewinnen.« Sie senkte die Stimme. »Sie hat sogar einen Liebeszauber gesprochen und das Edelfräulein Elisabeth verflucht. Ich habe sie dabei durch ein Loch in der Mauer belauscht.« Beschwörend sah sie Claudia an. »Glaubt mir, Herrin, nicht meine Mutter, sondern Eure Base Adela ist mit dem Teufel im Bunde.«

»Nun beruhige dich, Kind, und erzähle, was dich so in Aufruhr versetzt hat.« Ratlos blickte Heinrich Dietz auf seine Tochter hinab, die totenblass auf die Bank seines Kontors gesunken war und um Luft rang. Barbara hatte so lange die Fassung bewahrt, bis ihr Vater nach Hause gekommen war. Dann aber war sie mit krampfhafter Atemnot zusammengebrochen.

»Ich bitte Elsbeth, dir einen starken Würzwein zu bringen.« Heinrich Dietz hatte den Glockenzug schon in der Hand, als Barbaras Anfall schlagartig aufhörte. »Nein!«, rief sie mit scharfer Stimme.

Nun kannte Dietz sich gar nicht mehr aus. Zwar war seine Tochter zart und von sanftem Gemüt, doch so sonderbar hatte er sie noch nie erlebt. »Was ist dir nur, Kind?«

Barbara richtete sich mit einem Ruck auf und griff nach dem Krug auf dem Tisch. Ihre Hand zitterte, so dass sich ein Teil des Wassers über die polierte Eichenplatte ergoss. Sie schenkte sich einen Becher ein und trank gierig in tiefen Zügen. Dietz beobachtete sie schweigend.

Schließlich begann seine Tochter mit stockender Stimme von den Ereignissen des Nachmittags zu berichten. Magdalena hatte ihr auch von der unverhohlenen Feindseligkeit der Frauen am Waschplatz erzählt.

»So ist sie heute gleich zweimal vor Zeugen als Hexe beschimpft worden«, schloss Barbara. »Und nicht nur vom Pöbel der Webergasse, sondern diesmal von ehrbaren Frauen. Sogar von unserer eigenen Gesindemeisterin.«

Dietz schwieg eine ganze Weile und dachte über Barbaras Worte nach. Schließlich beschloss er, offen mit ihr zu sprechen.

»Unter anderen Umständen würde ich Magdalena raten, beim Hochgericht Klage gegen Berthe und Elsbeth zu führen. Es gilt vielen Richtern als Indiz der Schuld, wenn eine Frau sich nicht gegen die öffentliche Beschuldigung, eine Hexe zu sein, verwahrt. Aber ich kann Magdalena nicht empfehlen, dies zu tun. Es würde am Ende nur schlafende Hunde wecken.«

»Was bedeutet das, Vater?«, fragte Barbara ängstlich.

Heinrich Dietz sah sorgenvoll aus, als er antwortete. »Im Weiler Utscheid wurden heute Morgen zwei Weiber gesteinigt, die man für Hexen hielt.«

Barbara schlug erschrocken die Hand vor den Mund.

»Der Amtmann hat drei Rädelsführer verhaftet und will sie vors Hochgericht bringen. Zweifellos ist er im Recht, doch die Volksseele kocht. Überall auf den Märkten und in den Schenken brodelt der Zorn auf die unfähige Obrigkeit, angefacht durch das letzte Unwetter, das kaum jemandes Eigentum verschont hat. Wenn Magdalena jetzt gegen Berthe und Elsbeth Klage führt, wird das Hochgericht gezwungen sein, eine Untersuchung anzustrengen. Und wie die enden würde, kann niemand sagen.«

»Aber Magdalena hat niemandem etwas getan«, schluchzte Barbara auf. »Stattdessen setzt sie jeden Tag ihr eigenes Leben aufs Spiel, um den Seuchenkranken zu helfen.«

»Da trotzdem viele sterben, wird ihr das nichts nutzen. Auch wird gemunkelt, dass sie ihre Hand beim Tod dieser Dirne im Spiel hatte, die neulich vor den Toren der Stadt gestorben ist. Wahrscheinlich an einer Abtreibung.«

Barbara war empört. »Dazu würde Magdalena sich niemals hergeben.«
Dietz zuckte die Achseln. »Caspar Scholer, Ratsherr und Schöffe am Hochgericht, behauptet, er habe die alte Bettlerin wenige Stunden vor dem Tod ihrer Tochter aus Magdalenas Hütte schleichen sehen. Mit einem Gefäß in der Hand.«
Ein verächtlicher Zug erschien um Barbaras Mund. »Du weißt, was für ein Schurke er ist. Er lügt, wenn er den Mund auftut.«
Dietz wiegte den Kopf. »Er ist bereit, es bei seinem Seelenheil zu beschwören. Mit knapper Not konnten wir eine gerichtliche Untersuchung des Todes der Dirne verhindern. Er wollte darauf bestehen. Und außerdem ...«, brach er plötzlich ab und biss sich auf die Zunge.
Barbara sah ihn argwöhnisch an. »Du verschweigst mir doch etwas, Vater.«
Dietz rang mit sich. Dann seufzte er tief. »Du wirst es ohnehin eines Tages erfahren. In Oberkail gibt es Aussagen von drei verurteilten Hexen, die Magdalena beim Tanz auf der Schneifel gesehen haben wollen. Sogar als Oberhexe.«
Barbara wurde schwarz vor Augen. Zitternd trank sie noch einen Schluck Wasser.
»Woher weißt du das?« Ihre Stimme war kaum zu verstehen.
»Scholer hat es behauptet. Wahrscheinlich steckt er auch dahinter. Wäre Dietrich Mey, dieser Schuft von einem Amtmann, nicht hinter Gittern, hätte Scholer wohl längst einen Mittelsmann gesucht, der Klage gegen Magdalena erhebt.«
Barbara starrte ihn verständnislos an. Da fiel Dietz ein, dass sie von den Vorgängen in Oberkail noch gar nichts wissen konnte. So hob er an, ihr die verzwickte Lage zu erklären. »Du hast sicher gehört, dass der Graf von Manderscheid-Kail die Hexen in seinem Gebiet schon seit Monaten auf das schärfste verfolgen lässt.«
Barbara nickte beklommen. Sebastian hatte ihr vor einigen Wo-

chen davon erzählt, als er ihren Vater wegen einer amtlichen Sache aufgesucht, ihn aber nicht zu Hause angetroffen hatte.

»Nun, die Verfolgungen kamen abrupt zum Erliegen, als zuerst die Köchin der Burg Oberkail und später ihre Küchenmagd die Mätresse des Grafen auf der Folter als Hexe besagten. Das taten ihnen auch die drei letzten verurteilten Frauen gleich. In seiner grenzenlosen Dummheit verlangte das Oberkailer Hochgericht daraufhin den gefänglichen Einzug der Dame, die es nach wie vor als ehemalige Kammerzofe, wenn auch derzeitige Geliebte des Grafen, ansah. Doch der wurde fuchsteufelswild und noch dazu endlich misstrauisch. Es stellte sich heraus, dass das Hochgericht dem grausamen Amtmann Dietrich Mey freie Hand in der Folterkammer gelassen hatte und wider das Gesetz bei keiner peinlichen Befragung anwesend war.«

Barbara war entsetzt. »Und was geschah mit den Frauen?«

»Sie wurden nach Recht und Gesetz verurteilt und als geständige Hexen erwürgt und verbrannt.« Seine Stimme klang bitter. »Doch der Graf befahl, bis auf weiteres alle Verfolgungen einzustellen.«

»Und was hat all dies mit Magdalena zu tun?«

Dietz runzelte finster die Stirn. »Ich habe Scholer im Verdacht, dass er Mey bestochen hat, falsche Aussagen gegen Magdalena zu erzwingen. Doch lässt sich das nicht mehr beweisen, da die Zeuginnen zu Asche verbrannt sind. Auch der Scharfrichter mit seinem Ungeheuer von Sohn ist über alle Berge. Und Mey selbst tut gut daran zu schweigen. Sonst würde er noch in derselben Woche gehängt werden.«

Barbara blickte verständnislos drein. »Ich verstehe es immer noch nicht, Vater.«

Dietz hob die Hände in einer Geste der Ratlosigkeit. »Nun, Dietrich von Manderscheid-Kail sitzt in der Klemme. Würden die Aussagen der geständigen Hexen zu neuen Verfolgungen führen, müsste er dem Hochgericht auch seine Geliebte ausliefern. Doch er soll ihr hörig sein, heißt es. Also hält er die Akten unter Verschluss. Doch Scholer weiß, dass es die Besagungen gegen Magdalena gibt. Im Moment kann er sie nicht nutzen, aber er wird warten, bis in Oberkail Gras über die Sache gewachsen ist. Denn was sollte es den Herrn Grafen jucken, wenn aufgrund der Oberkailer Beschuldigungen in Neuerburg gebrannt wird. Die Hauptsache ist, dass es vorerst keine neuen Verfolgungen in seiner Herrschaft gibt.«

Barbara sank kraftlos in sich zusammen. »So meinst du, es ist nur eine Frage der Zeit, bis Magdalena verhaftet wird?«

Dietz nickte sorgenvoll. »Am besten wäre es, sie würde die Stadt verlassen.«

»Aber das will sie um keinen Preis«, schrie Barbara auf. »Ich habe sie angefleht, doch sie lässt sich nicht überzeugen.«

»Wenn sie Angst hat, Hunger zu leiden, gebe ich ihr genügend Geld, bis sie woanders Fuß gefasst hat«, bot Dietz an.

Barbara schüttelte verzweifelt den Kopf. »Das habe ich ihr auch schon angeboten. Aber sie will nicht. Sie hat nicht die Kraft, noch einmal in die Fremde zu gehen, sagt sie. Lieber will sie hier sterben.«

Dietz zuckte die Schultern. »Versteh mir einer die Weiber und ihre Flausen«, brummte er. Dann sah er Barbara an.

»Du hast recht daran getan, Wilbert zu entlassen«, sagte er. »Er war mir schon lange ein Dorn im Auge. Aber er gehört zu Elsbeths riesiger Sippschaft, und so habe ich ihn bislang geduldet. Sie sollten wir jedoch im Hause behalten. Wirfst du sie auf die Straße, hat sie nichts mehr zu verlieren, denn in ihrem Alter wird sie keine vergleichbare Stelle mehr finden. Allein schon aus Rache würde sie Magdalena als Hexe denunzieren.«

Er holte tief Luft. »Auch wenn sie mir zunehmend zuwider ist, werde ich ihr einen Handel vorschlagen. Sie darf bleiben, wenn sie jede weitere Feindseligkeit gegen Magdalena unterlässt. Das ist alles, was ich im Moment für deine Amme tun kann.«

Plötzlich kam Barbara eine Idee. »Kannst du nicht Hochwürden Mohr einschalten?«, fragte sie.
Vor Begeisterung schlug Dietz mit der Faust auf den Tisch. »Ein ausgezeichneter Gedanke. Auch Hochwürden Mohr ist oft bei den Seuchenkranken, spendet Trost und, wo es nötig ist, die Letzte Ölung. Ich werde ihn bitten, sich ein Bild von Magdalena zu machen. Mohr ist ein ehrenwerter Mann. Nicht so ein dummer Schwätzer wie dieser Burgkaplan Josten. Gleich morgen sehe ich Mohr wegen einer Gerichtssache. Ich werde ihn auf Magdalena ansprechen.«
Ein Funken Hoffnung kam in Barbara auf. Vielleicht würde am Ende doch noch alles gut ausgehen.

## Kapitel 13

*Donnerstag, 13. September 1612*

Der Zug schwenkte, vom Rathausplatz kommend, in die Braubachgasse ein. Die letzte Nacht ihres Lebens hatten die Delinquenten im bequemen Stadtgefängnis verbracht, das sich im unteren Geschoss des Rathauses befand. Dort wurde ihnen auch die Henkersmahlzeit gereicht, die nach altem Brauch aus dem Gasthaus »Zum Roten Turm« stammte.
Im Rathaussaal hatte auch die Gerichtsverhandlung stattgefunden. Während dieser Zeit saßen die Angeklagten im Haidturm fest, einem der dreizehn Wachtürme der trutzigen Stadtmauer. Dort befanden sich die Zellen für die gewöhnlichen Häftlinge und die Folterkammer. Eine peinliche Befragung war allerdings nicht vonnöten gewesen, um die Beschuldigten zu überführen. Denn sie waren von Beginn an geständig gewesen.

Sebastian dachte noch immer mit Schaudern an die furchtbar zugerichteten Leichen der Utscheider Frauen. Jörg Armbruster hatte sich am Tag nach dem Mord an seiner Mutter und Schwester in der Enz ertränkt. Die Erinnerung daran tat bitter weh. Der Schmerz wurde nur dadurch ein wenig gelindert, dass der Stadtpfarrer Mohr persönlich den Selbstmörder eingesegnet hatte, obwohl das Grab in ungeweihter Erde in einer Ecke des Friedhofs beim Eligius-Hospital lag.

Sebastian ließ seinen Blick über den Zug schweifen. Er ritt mit dem Amtmann gleich hinter dem Käfigkarren, auf dem die Verurteilten saßen. Dem Gefährt voran schritt die städtische Geistlichkeit. Ein Messdiener mit einem großen Holzkreuz führte die Gruppe an. Hinter ihm ging der Stadtpfarrer Mohr in vollem Ornat, gefolgt von seinen beiden Kaplanen. Den Schluss bildeten zwei weitere Messdiener, die Weihwasserkessel trugen.

Mohr war außer dem Bürgermeister und obersten Richter Heinrich Dietz der Einzige, der Sebastians Abscheu über die furchtbare Tat teilte. Doch seine Pflicht zwang ihn, die Delinquenten auf ihrem letzten Gang zu begleiten und ihnen vor ihrer Hinrichtung die Absolution zu erteilen.

Das hatte die Menge am Weg schon längst getan. Dichte Menschenmassen säumten die enge Gasse, die sich am Braubach entlangwand. So mancher war schon ins Wasser des Bächleins geschubst worden und hatte sich nasse Stiefel geholt. In jedem Fenster standen Trauben von Schaulustigen. Bauern von nah und fern waren in die Stadt geströmt und drängten sich auf den brüchigen Holzstegen, die über den Bach zu den Häusern auf der rechten Seite der Gasse führten.

Und alle jubelten den Verurteilten zu. Sebastian erinnerte sich bitter an die letzte Hinrichtung, die er in Trier erlebt hatte. Dort war ein Dieb, der aus nackter Not eine Kutsche beraubt hatte, um Brot für seine hungernden Kinder zu kaufen, von der Menge mit faulen Eiern und Hundekot beworfen worden. Hier flo-

gen kleine Blumengebinde und Rosenblüten auf den Karren, der damit schon ganz bedeckt war.
In der Regel wurden die Delinquenten auf dem Weg zur Richtstätte mit glühenden Zangen gezwickt oder zumindest gepeitscht, wenn es um ein so abscheuliches Verbrechen wie Mord ging. Doch diesmal hatte das Gericht von solchen Torturen abgesehen.
Es hatte ohnehin heftige Debatten über das Urteil gegeben. Nicht nur Caspar Scholer, auch der Schöffe Veit Mölich, der am Hochgericht den Bezirk Oberweis vertrat, stellten die Schuld der Beklagten in Frage. Der Schöffe aus Waxweiler hatte während des ganzen Prozesses kaum ein Wort gesagt.
Doch da die ermordeten Frauen nicht der Hexerei überführt worden waren, war die Gesetzeslage eindeutig gewesen. So hatten sich der Amtmann als Ankläger, Dietz als oberster Richter und Sebastian als Schöffe mit ihrer Forderung schließlich durchsetzen können, die Utscheider Bauern wie gewöhnliche Mörder abzuurteilen. Der Verzicht auf die übliche Verschärfung der Strafe auf dem Weg zum Galgen war Sebastian leichtgefallen. Solche Quälereien lehnte er ohnehin ab.
Dennoch erkannte er erst jetzt, wie weise dieser Beschluss gewesen war. Er warf einen Blick auf seinen Vater, der auf einem stolzen Rappen an seiner Seite ritt. Finster betrachtete der Amtmann das Geschehen am Wegrand. Er hatte eine Hand an den Schwertknauf gelegt, als erwarte er jeden Moment, dass die Menge sich auf den Karren stürzen würde, um die Gefangenen zu befreien.
Sebastian wusste, dass es dem Amtmann vor allem um seine Pflicht und die Würde des Hochgerichts ging. Auch er war der Meinung, dass die Delinquenten nur deshalb zur Selbstjustiz gegriffen hatten, weil ihre Lage unerträglich geworden war. Dabei erlaubte sich Christoph de la Val kein Urteil über die Schuld oder Unschuld der Getöteten. Die Utscheider Bauern hatten in

die Befugnisse des Hochgerichts und des Landesherrn eingegriffen. Allein diesen Standpunkt hatte er in der Anklage vertreten, und allein dieses Vergehen rechtfertigte den Tod durch den Strang. Aus seiner Ansicht, dass eine beklagenswerte Untätigkeit der Verantwortlichen diesen Exzessen Vorschub geleistet hatte, machte sein Vater allerdings keinen Hehl.
Schon vor einiger Zeit hatte er deshalb um eine Audienz bei Graf Wilhelm gebeten. Mohr schien sich dabei geweigert zu haben, das Anliegen seines Vaters zu unterstützen. Genaueres wusste Sebastian nicht. Die Köchin Katharina hatte ihm nur erzählt, dass es zu einer lautstarken Auseinandersetzung zwischen den beiden Männern gekommen war, nach der Mohr das Lehnshaus mit finsterer Miene verlassen hatte.
Daraufhin war am nächsten Tag Burgkaplan Josten bei ihnen zu Hause erschienen. Auch den Inhalt dieser Unterredung kannte Sebastian nicht. Er konnte sich jedoch denken, dass der Wunsch seines Vaters, die Hexen in der Herrschaft Neuerburg von Amts wegen zu verfolgen, vom Burgkaplan mit ganzem Herzen befürwortet worden war.
Zwar hatten sich Vater und Sohn über diese Pläne des Amtmanns nicht mehr gestritten. Doch der zarte Keim des Vertrauens, der vor einigen Wochen erstmalig zwischen ihnen gesprossen war, war dadurch wieder erstickt worden.
Sebastians Schimmel scheute. Zwei Frauen waren aus der Menge am Wegrand getreten und warfen sich vor den berittenen Mitgliedern des Hochgerichts nieder. Sie erhoben flehend die Arme.
»Hohe Herren, wir bitten um Gnade für unsere Ehemänner und Väter unserer Kinder.«
Die Worte waren im Lärm der Menge kaum zu verstehen. Gefährlich tänzelten die Pferde, nervös durch die vielen Menschen, um die im Dreck knienden Frauen herum. Sebastian erkannte das magere Weib des Schmieds, das schon in Utscheid für seinen Mann gebeten hatte.

Der Amtmann stieß einen schrillen Pfiff aus. Der Zug kam ins Stocken, als die Stadtwachen den Karren mit den Verurteilten anhielten. Die Menge wurde auf das Geschehen aufmerksam und verstummte schlagartig.
Christoph de la Val sah von der imposanten Höhe seines Rappens auf die Frauen hinab. »Das Urteil des Hochgerichts ist gesprochen.« Seine volltönende Stimme erreichte auch noch die Umstehenden in den hinteren Reihen. »Nur unser Landesherr Graf Wilhelm von Leuchtenberg kann die Delinquenten jetzt noch begnadigen.«
»Aber sie haben doch gar nichts Böses getan.« Sebastian konnte den Schreier in der Menge nicht ausmachen. Doch viele Stimmen schlossen sich dem Protest an. Die Menge drängte nun dichter an den Karren heran.
Die Miene des Amtmanns blieb unbewegt. Doch Sebastian bemerkte die feinen Schweißtropfen auf seiner Stirn. Wenn jetzt ein Tumult in der engen Gasse ausbrach, waren die Folgen unabsehbar. Entschlossen ergriff er die Initiative und kam seinem Vater zu Hilfe. Gebieterisch hob er die Hand.
»Die Schuld der getöteten Weiber aus Utscheid war vor einem ordentlichen Gericht nicht erwiesen.« Auch seine Stimme schallte weit über die Menge. »So muss als Mord gelten, was die Verurteilten getan haben. Auf Erden unterliegen sie der irdischen Gerichtsbarkeit, und die Gesetze fordern ihren Tod durch den Strang. Mag der himmlische Herrscher entscheiden, ob ihr Tun Recht oder Unrecht war.«
Ein vielstimmiger Aufschrei der Menge war die Folge. Der Amtmann zischte seinem Sohn etwas zu. Sein Gesicht war vor Wut verzerrt. Sebastian erkannte, dass seine Absicht zu helfen, die gegenteilige Wirkung gezeitigt hatte. Die Menge war aufgebrachter denn je.
Da drängte sich Andreas Mohr zu den Frauen, die noch immer hinter dem Karren knieten. Sein kostbarer Überwurf aus grü-

nem Damast war schlammbespritzt, die weiße Tunika, die er als Unterkleid trug, starrte am Saum vor Schmutz. Trotzdem wirkte er Ehrfurcht gebietend, als er seine grauen Augen mit erhobenen Händen über die Menge gleiten ließ. Dann half er beiden Frauen aus dem Schmutz der Gasse und segnete sie mit dem Zeichen des Kreuzes.

»Der junge Herr de la Val hat recht.« Auch seine an eindringliche Predigten gewohnte Stimme war deutlich zu vernehmen. »Nur unser Herrgott vermag über die wahre Schuld eurer Männer und die der getöteten Weiber zu richten. Wir hier auf Erden müssen uns an die Gesetze des Kaisers halten. Doch diese begrenzen die Möglichkeiten der Kirche nicht.«

Er machte eine Pause. Die Menge starrte ihn erwartungsvoll an. »Daher gewähre ich den Verurteilten im Namen des Herrn ein ordentliches Begräbnis in geweihter Erde. Sie werden auf dem Friedhof der Nikolauskirche bestattet.«

Einen Moment herrschte Schweigen. Dann begannen die Leute zu tuscheln. Selbst Sebastian war verblüfft.

Obwohl auch verurteilten Verbrechern die Absolution erteilt wurde, war es Brauch, ihre Leichen unter dem Galgen zu verscharren. Diese Schande haftete den Angehörigen zeit ihres Lebens an. Das Angebot Mohrs war daher mehr als großzügig.

Schon glaubte Sebastian, die gefährliche Situation sei überwunden, da erhob sich einer der Männer auf dem Karren. Es war der bullige Schmied. »Doch wir sind unschuldig und wollen nicht sterben«, schrie er mit sich überschlagender Stimme. Er zeigte mit den gefesselten Händen in die Seitengasse, die sich vor dem Karren auftat. »Dort sind die wahren Verbrecherinnen! Ergreift sie! Dort sind die Hexen!«

Rund um die Stelle, auf die der Schmied gewiesen hatte, entstand ein Gerangel. Sebastian erstarrte vor Schreck. Hatte Magdalena Pirken seinen Rat missachtet, den er ihr über Barbara ausrichten ließ? Er hatte seiner Verlobten eindringlich einge-

schärft, dass Magdalena sich bei der Hinrichtung auf keinen Fall zeigen dürfe.
Doch es war nicht die schlanke Gestalt der Wäscherin, die dort von der Menge nach vorne gezerrt und vor den Amtmann in den Dreck der Straße gestoßen wurde, sondern ein altes, dürres Weiblein in einem schmutzig grauen Gewand.
Sebastian sprang vom Pferd und half der Alten auf die Füße. Dies musste Zia Schreber sein, die pfuschende Kräuterfrau und ewige Rivalin von Magdalena. Widerwillig gestand sich Sebastian ein, dass auch er sich eine Hexe so vorstellen würde, hätte er an deren Existenz geglaubt.
Zia Schreber mochte zwischen fünfzig und sechzig Jahre alt sein. Sie besaß ein hageres, faltiges Gesicht mit spitzem Kinn und einer langen gebogenen Nase. Außerdem war sie einäugig. Sebastian erinnerte sich vage daran, dass Zias eigener Gatte ihr das Auge bei einem Streit ausgeschlagen hatte. Er war vor zwanzig Jahren wegen seiner Schulden in den Haidturm geworfen worden und hatte sich dort erhängt. Da damals noch Mohrs strenger Vater Jakob das Amt des Stadtpfarrers bekleidete, war er als Selbstmörder unter dem Galgen verscharrt worden.
Zias ganze Erscheinung war ungepflegt. Graue fettige Haarsträhnen lugten unter dem schmutzigen Tuch hervor, das sie statt einer Haube trug. Ihr Gewand war von oben bis unten befleckt. Sie stank so sehr, dass Sebastian angeekelt zurückwich, nachdem er ihr aufgeholfen hatte.
In panischer Angst blickte das Weiblein um sich. Drohendes Murren breitete sich in der Menge aus. Schon flog der erste Stein. Er traf das Pferd des Amtmanns, das sich aufbäumte und vor Schreck und Schmerz wieherte. Die Menschen wichen furchtsam zurück.
Christoph de la Val zog sein Schwert blank und gab seinen Männern den Wink, das Gleiche zu tun. Auch Sebastian und Heinrich Dietz zogen nun die Waffen.

»Macht Platz, Volk, und lasst uns weiterziehen«, donnerte der Amtmann. »Droben auf dem Richtberg wartet der Landgraf Wilhelm von Leuchtenberg. Ihm mögt ihr eure Bitte nach Begnadigung dieser Verurteilten vortragen. Denn er ist der Einzige, der sie gewähren kann.«
Er richtete seinen strengen Blick auf die Menge. Tatsächlich wichen die vordersten Reihen unwillkürlich zurück.
»Dieses Weib da lasst jedoch vorläufig ungeschoren.« Er zeigte auf Zia Schreber. »Sonst sind auch diejenigen des Todes, die sich ohne Befugnis an ihr vergreifen. Schon morgen will ich den Herrn Grafen bitten, auch in der Herrschaft Neuerburg das Hexenunwesen zu verfolgen. Stimmt unser Landesherr zu, möge jeder Klage erheben, der etwas über Hexen in Neuerburg weiß. Das Gericht wird jede Aussage sorgfältig prüfen. Doch nun lasst uns vorbei.«
Die Worte des Amtmanns verfehlten ihre Wirkung nicht. Die Menge gab den Weg frei. Der Zug setzte sich wieder in Bewegung, und die Männer steckten die Schwerter zurück in die Scheide.
Sebastian musste seinem Vater widerwillig Hochachtung zollen. Er hatte die drohende Gefahr erst einmal abgewendet. Zia Schreber war in der Menge verschwunden.
Doch die Leute waren weiter in Unruhe. Rädelsführer, unter ihnen viele Männer aus Utscheid, sprachen auf die Umstehenden ein und zeigten immer wieder erregt auf den Karren. Die Sache war noch lange nicht ausgestanden. Sebastian graute davor, was sie auf dem Galgenberg noch erwarten mochte, wenn die Männer gehängt würden.

Bevor Claudia die Kammertür aus geschnitztem Eichenholz öffnete, sah sie sich vorsichtig um. Es war keine Menschenseele zu sehen. Den meisten Bediensteten hatte der Landgraf erlaubt, an der Hinrichtung teilzunehmen. Sie eilten nun zur Richtstätte,

die hoch über Stadt und Burg auf einem Hügel lag, um dort die Erhängung der Männer aus Utscheid zu verfolgen, die in ihrem Dorf zwei Frauen getötet hatten, die sie für Hexen hielten.
Auch die gesamte gräfliche Familie würde der Urteilsvollstreckung beiwohnen. Nur Claudia hatte sich unter dem Vorwand, sie fühle sich unpässlich, entschuldigt.
Schnell schlüpfte die junge Frau durch den schmalen Spalt. Die Tür knarrte und quietschte in den Angeln, wenn man sie vollends öffnete. Niemand wusste das besser als sie, war dies doch ihre Kammer gewesen, bevor ihre Tante Adela dort einquartiert hatte. Drinnen war es kühl und dumpfig. Das Fenster schien lange nicht mehr geöffnet worden zu sein. Ein Geruch nach kaltem Rauch lag in der Luft und noch ein anderer, süßlicher Brodem, den Claudia nicht einordnen konnte und der ihr leichte Übelkeit verursachte.
Dennoch wagte sie nicht, das Fenster zu öffnen. Da die Kammer auf der Rückseite des hohen Wohnturms lag, konnte Adela die Veränderung leicht entdecken, wenn sie vom Galgenberg heimkehrte.
Obwohl Kathrin wusste, dass ihr vom Oberkailer Hexengericht vorläufig keine Gefahr mehr drohte, fürchtete sich die Zofe immer noch vor Adela. Dazu trug bei, dass sie von ihrer Herrin mit der Rute gezüchtigt worden war, als diese von ihrer Begegnung mit Claudia auf dem Friedhof der Nikolauskirche erfuhr. Eine schwatzhafte Magd hatte die beiden dort miteinander gesehen und Kathrin verpetzt.
So war es nicht einfach gewesen, das verängstigte Mädchen zu einem erneuten Treffen zu überreden, um mehr über die magischen Künste Adelas in Erfahrung zu bringen. Es war Claudia erst vor zwei Tagen gelungen, als die Base ihre Tante zu einer Ausfahrt begleitete.
Doch Kathrin traute sich nicht, ihr zu sagen, was genau bei der schwarzen Andacht geschehen war. Claudia konnte aus ihr nur

herausbekommen, dass ein von Adela gestohlener silberner Pokal dabei eine Rolle gespielt und sie alle teuflischen Devotionalien in einer Kiste unter dem Bett verborgen hatte. Deshalb wollte Claudia nunmehr die günstige Gelegenheit nutzen, um selbst nachzuforschen.

Prüfend sah sie sich in der Kammer um. Alles sah unverändert aus. Die schweren Bettvorhänge aus rotem Samt waren zurückgeschlagen, die Laken und Kissen akkurat gerichtet. Vor dem Bett lag ein dicker Läufer, der eines der ersten Geschenke ihres Oheims war. Die Muhme hatte Claudia nicht erlaubt, ihn in ihre neue Schlafstatt mitzunehmen. Sie lag ein Stockwerk höher, gleich unter dem Dach, und würde im Winter empfindlich kühl werden. Denn dort droben gab es keinen Kamin wie in Adelas Kammer, die zu den Frauengemächern der Grafenfamilie und damit zu den am besten ausgestatteten Räumen der Burg zählte. Das zeigten auch die Wandteppiche, die die groben Mauern bedeckten. Sie waren zwar nicht so kostbar wie die im Rittersaal, erfüllten aber durchaus ihren Zweck, den Raum behaglich zu machen.

An der Wand rechts vom Fenster befand sich ein weiteres Möbelstück, das Claudia schmerzlich vermisste. Es war ein in die Wand eingebauter Schrank mit vielen Fächern. Er bot sogar die Möglichkeit, Kleider der Länge nach aufzuhängen, anstatt sie in die gewöhnlichen Truhen zu legen, wo sie allzu leicht verknitterten.

Mit einem Anflug von Bitterkeit öffnete Claudia die Schranktür. Nun, immerhin hatte ihre Kusine mehr Verwendung für das kostbare Möbel als sie selbst. Drei farbenprächtige Seidenkleider hingen dort neben einigen schlichteren Gewändern aus feinem Leinen und Wollstoff.

Claudia besaß nur ein Festkleid und wenige Röcke und Mieder für den Alltag. Zwar waren sie alle aus gutem Tuch und längst nicht so grob gewebt wie die Kleidung der Dienstboten, doch im

Vergleich zu ihrer Kusine wirkte sie wie das unauffällige Pfauenweibchen gegenüber dem prächtigen Pfauenmännchen.
Prüfend ließ sie ihren Blick über die Schrankfächer gleiten, ohne irgendetwas Besonderes zu entdecken. Lediglich eine kleine Phiole aus rotem venezianischem Glas fiel ihr ins Auge. Claudia schüttelte sie. Sie enthielt eine farblose Flüssigkeit. Der Stopfen aus Kristall ließ sich nur mit Mühe herausziehen.
Derselbe betäubende Duft, den sie schon beim Betreten der Kammer bemerkt hatte, entströmte der Phiole. Er war so stark, dass sie ein leichter Schwindel erfasste. Sie versuchte vergeblich, das Gefäß wieder zu schließen, und stieß einen französischen Fluch aus. Das fing ja gut an.
Ratlos stellte sie die Phiole auf einem niedrigen Tischchen ab. Sie wollte später noch einmal versuchen, sie zu verschließen.
Dann kniete sie sich auf den Läufer und lugte unter das Bett aus schwerem Eichenholz, konnte in der Schwärze allerdings keinen Gegenstand ausmachen. Doch beim Umhertasten stieß sie schnell auf eine kleine hölzerne Truhe. Natürlich war sie verschlossen.
Aber darauf war Claudia vorbereitet. Die ärmlichen ersten Jahre am Hof ihres Großvaters in Pfreimd hatten sie früh gelehrt, wie man Schränke öffnete, hinter deren Türen ein Stück Brot oder Käse zu ergattern war. Sie brauchte kaum fünf Minuten, bis das Schloss mit Hilfe einer Haarnadel und eines dünnen Federmesserchens aufsprang.
Neugierig hob Claudia den Deckel. Zuoberst lag ein Leinentuch. Fassungslos starrte sie wenig später in das grausige Gesicht, das ihr aus der Mitte des Lakens entgegengrinste. Es war tatsächlich ein Abbild des Leibhaftigen, gehörnt wie ein Ziegenbock.
Sie bekam eine Gänsehaut, als sie rasch ein Kreuzzeichen schlug und das Tuch mit spitzen Fingern wieder zusammenlegte. Einen Moment war sie versucht, aus der Kammer zu fliehen, doch dann siegte ihre Neugier.

Stück für Stück nahm sie den Inhalt des Kästchens in Augenschein. Tatsächlich enthielt es den verschwundenen Silberpokal aus dem Geschirr, das der Landgraf seinem Vater in Pfreimd geraubt hatte. Das Wappen derer von Leuchtenberg war auch im Halbdämmer deutlich zu erkennen.

Wenigstens kann ich Kathrin versichern, dass Adela sie nicht mehr des Diebstahls bezichtigen kann, dachte Claudia grimmig. Eine Weile überlegte sie, den Pokal an sich zu nehmen und Adela damit zu kompromittieren. Doch schnell wurde ihr klar, dass dieses Unterfangen ähnlich aussichtslos war, wie ihre Kusine der Unzucht mit dem Stallknecht Hilarius zu bezichtigen. Zunächst würde sie sich unangenehme Fragen über den Fundort des Gefäßes gefallen lassen müssen. Und selbst wenn man ihr Glauben schenkte, war es nicht sehr wahrscheinlich, dass ihre Base hart bestraft werden würde. Im schlimmsten Fall schickte sie der Landgraf nach Oberkail zurück. Kathrin würde mit ihr gehen müssen. Was Adela dem Mädchen dann antun könnte, wagte sich Claudia nicht auszumalen.

So stellte sie den Pokal neben die Phiole auf den kleinen Tisch und griff nach dem nächsten Gegenstand. Zwei weit heruntergebrannte Kerzen kamen zum Vorschein, eine davon rosafarben. Claudia betrachtete sie stirnrunzelnd. Woher bezog man Kerzen in dieser Farbe? Die weiße war freilich überall zu bekommen, aber eine Kerze in Rosa? Erst jetzt bemerkte sie, dass die Truhe auch eine Reihe schwarzer Kerzen enthielt. Wieder lief ihr ein Schauer über den Rücken.

Sie holte tief Luft. Sofort fühlte sie sich schwindlig. Der Duft, der der Phiole entströmte, wurde immer intensiver. Von neuem war sie versucht, das Fenster zu öffnen. Doch die Zeit war mittlerweile schon fortgeschritten. Vielleicht war die Hinrichtung längst vollzogen und die Burgbewohner bereits auf dem Rückweg. Claudia merkte, dass sie nicht wusste, wie lange sie sich bereits in der Kammer aufhielt. Waren es erst zehn Minuten oder schon eine ganze Stunde? Sie beschloss, sich zu sputen. Nacheinander entnahm sie dem Kasten eine silberne Schale und einen Dolch mit merkwürdigen Ornamenten. Ein Gefäß aus Alabaster enthielt eine widerlich stinkende Salbe. Schnell schloss Claudia den Deckel.

Am Boden ertasteten ihre Finger ein Pergament. Im Halbdunkel versuchte sie, die darauf geschriebenen Worte zu entziffern, doch sie ergaben keinen Sinn. Claudia beherrschte Latein und Französisch und kannte mehrere Dialekte deutscher Lande. Doch die Worte waren in einer vollkommen fremden Sprache geschrieben, obwohl sie Claudia merkwürdig vertraut schienen. Sie konnte sich keinen Reim darauf machen.

Zu ihrer Enttäuschung fand sie den seltsamen Anhänger nicht, den sie in den Stallungen gesehen hatte. Wahrscheinlich trug ihn Adela am Leib.

Die Luft wurde immer stickiger. Ein jäher Kopfschmerz durchfuhr Claudia. Gerade wollte sie zumindest die Tür zum Gang ein wenig öffnen, da hörte sie schwere Schritte. Einigen Mägden und Knechten war der Ausflug zum Galgenberg als Strafe für irgendein Pflichtversäumnis verboten worden. Undeutlich hörte Claudia schabende Geräusche. Anscheinend schrubbte eine Dienstmagd während der Abwesenheit der Herrschaft den Boden vor den Gemächern.

Der Kopfschmerz wurde immer schlimmer. Rote Flecke begannen vor ihren Augen zu tanzen. Doch nun war sie vorläufig gezwungen, weiter in der Kammer auszuharren. Sie versuchte, so flach wie möglich zu atmen. Halb blind fuhr sie ein letztes Mal über den Boden des fast leeren Kastens. Und tatsächlich, da war noch etwas. Es fühlte sich an wie ein Gegenstand aus Wachs.

Claudia betrachtete ihn im Halbdunkel. Er schien vor ihren Augen zu verschwimmen. An einigen Stellen ragte etwas Spitzes aus ihm heraus. Claudia erhob sich mühsam und wankte zum Fenster.

Sie erstarrte in eisigem Schrecken, als ihr klarwurde, was sie da in der Hand hielt. Es war eine grob geformte Puppe mit stummligen Armen und Beinen. Die Figur war weiblich, wie das deutlich ausgeformte Geschlecht auswies. Mitten im Kopf, in Brust, Bauch und im Geschlecht steckten Nadeln.
Entsetzt schleuderte Claudia die Fluch-Puppe von sich. Diese prallte gegen die rote Phiole und fegte sie vom Tisch auf den Boden, wo sie klirrend zerbrach.
Der Geruch wurde übermächtig. Claudia rang nach Atem, die Kammer begann sich zu drehen. Dann versank alles um sie herum in Schwärze.

Sebastians Kehle wurde eng, als der Zug den steilen Hügel endlich erklommen hatte. Vor seinen Augen erstreckte sich eine kleine Hochebene, in deren Mitte der Galgen stand. Seit jeher wurden Urteile auf diesem Platz vollstreckt.
Wie üblich trieb sich viel fahrendes Volk auf der Richtstätte herum und versuchte, die Gunst der Stunde für gute Geschäfte zu nutzen. Fliegende Händler boten kalte Getränke oder frisch gebackene Krapfen an. Gaukler jonglierten mit bunten Bällen oder spuckten vor den Augen der staunenden Menge Feuer.
Gegenüber dem Galgen war ein Podest für die Familie des Landgrafen errichtet worden. Die Leuchtenberger hatten die Menschenmassen umgangen und einen Weg genommen, der direkt von der Neuerburg zur Hinrichtungsstätte führte.
Mit Erleichterung und Enttäuschung zugleich bemerkte Sebastian, dass Claudia nicht dabei war. Die restliche Familie war vollzählig versammelt. Wilhelms halbwüchsige Söhne tollten umher und schienen das grausige Schauspiel kaum erwarten zu können. Adela saß neben ihrer Tante in einem auffälligen Kleid aus fliederfarbenem Tuch. Sie starrte gebannt auf den Karren und musterte die Verurteilten mit einer Mischung aus Sensationsgier und Arroganz, die Sebastian abstieß.

Unter dem Galgen wartete der Henker, den Kopf mit einer schwarzen Haube mit Sehschlitzen verhüllt. Da Neuerburg über keinen eigenen Scharfrichter verfügte, war er eigens aus der Grafschaft Gerolstein geholt worden.
Der Karren hielt vor dem Galgen an, der aus zwei Pfosten mit einem darübergelegten Querbalken bestand. Die Henkersknechte zerrten die Männer unter den Querbalken, von dem bereits die Schlingen herabhingen, und legten ihnen die Stricke um den Hals. Dann zwang ein Knecht die Männer mit vorgehaltenem Spieß, nacheinander je eine der an den Querbalken gelehnten Leitern zu besteigen, während ein anderer die Stricke verkürzte und deren jeweiliges Ende schließlich an einem eisernen Haken befestigte, der in die Pfosten eingelassen war. Die Menge heulte vor Wut auf.
Nun trat Heinrich Dietz vor. Als oberster Richter musste er das Urteil verlesen, bevor der Landgraf den Stab über den Delinquenten brechen und sie dem Tod überantworten würde. Sebastian wusste, dass seinem zukünftigen Schwiegervater diese Pflicht verhasst war. Dennoch bewahrte er Haltung. Er zog seine Schaube zurecht und rückte den steifen schwarzen Hut gerade, der zur Robe des Richters gehörte. Dann entrollte er das Urteil und begann mit volltönender Stimme zu lesen.
»Im Namen des Kaisers und unseres allergnädigsten Landesherrn, Landgraf Wilhelm von Leuchtenberg, verlese ich das folgende Urteil. Der Schmied Martin Kehler aus Utscheid, der Bauer Valentin Pflüger aus Utscheid und der Bauer Georg Derber, seines Zeichens Dorfältester in Utscheid, werden für schuldig befunden, die Kräuterfrau Anna Armbruster und ihre Tochter Susanna am 27. Tag des Monats August erst mit Ruten gepeitscht und dann mit Steinen vom Leben zum Tode gebracht zu haben, weil sie als Hexen galten.«
Ein vielstimmiges Beifallsgeschrei erhob sich und verschluckte die nächsten Worte des Richters. Die Menge johlte und jubelte.

Hüte und Kappen wurden in die Luft geworfen, Fäuste drohend gen Himmel gereckt.
Der Amtmann gab seinen Männern ein Zeichen, den Galgen zu umringen. Mit Hellebarden und gezückten Schwertern hielten sie die Menschen in Schach.
Doch die Leute ließen sich nicht beirren. Aus dem Geschrei bildete sich ein einstimmiges Rufen. »Lasst sie frei, lasst sie frei, lasst sie frei«, skandierte die Menge. Sie drängte zum Podest, auf dem sich der Landgraf beunruhigt erhoben hatte. Die Männer der Burgbesatzung zogen ebenfalls ihre Schwerter.
Schließlich hob der Landgraf die Hand. Die Menge verstummte allmählich. Mit lauter Stimme wandte sich Wilhelm von Leuchtenberg an den Amtmann.
»War die Schuld dieser Weiber erwiesen?«
»Sie war es nicht, Euer Gnaden.«
»So waren die Weiber unschuldig?«
»Auch das ist nicht erwiesen. Sie wurden nie vor ein ordentliches Gericht gestellt.«
»Was werft Ihr den Männern vor?«
»Sie haben als Rädelsführer die Bewohner des Weilers Utscheid angestiftet, die Weiber gewaltsam aus ihrer Hütte zu holen und sie zu steinigen. Vor dem Gesetz des Kaisers gelten sie als Mörder.«
Der Landgraf nickte bedächtig. Dann wandte er sich an Dietz.
»Zu welchem Spruch ist das Hohe Gericht gekommen?«
»Die Männer werden mit dem Tod durch den Strang bestraft.«
Wieder schrie die Menge auf. »Lasst sie frei, lasst sie frei«, tönte es über die ganze Hochebene.
Erneut hob der Landgraf die fleischige Hand. Er wischte sich über die Stirn. Dann zeigte er auf einen der lautesten Schreier in der vordersten Reihe. »Du da, komm näher.«
Furchtlos trat der Mann vor das Podest und verneigte sich.
»Wie ist dein Name?«

»Nikolaus Pflüger. Der Bauer Valentin ist mein Vetter.«
»Aus welchem Grund soll ich deinen Vetter begnadigen?«
»Die Weiber haben mit ihrem Hexenwerk die ganze Ernte vernichtet. Sie waren schon lange beschrien, doch die Obrigkeit hat nichts gegen sie unternommen.«
»Und doch hattet ihr nicht die Befugnis, das Recht selbst in die Hände zu nehmen.«
Der Mann senkte demütig den Kopf. »Verzeiht uns, edler Landesherr. Verzeiht uns allen und lasst diese Männer frei. Sie sind ehrliche Bauern und Handwerker. Ihre Familien werden im Winter verhungern, wenn ihr Ernährer gehenkt wird.«
Unschlüssig drehte der Graf den kleinen Stab aus dünnem Holz in seinen Händen. Schließlich winkte er dem Amtmann und Heinrich Dietz, zu ihm auf das Podest zu steigen. Ungefragt schloss sich Sebastian ihnen an. »Was ratet Ihr mir zu tun?«, fragte Wilhelm mit gedämpfter Stimme.
Der Amtmann ergriff das Wort. »Lasst Ihr sie laufen, so steht zu befürchten, dass man überall in Eurer Herrschaft zur Selbstjustiz greift. Es sei denn, Ihr ordnet eine rechtmäßige Verfolgung der Hexen an.«
Der Graf wandte sich an Heinrich Dietz. »Was denkt Ihr, Herr Bürgermeister und oberster Richter?«
Dietz verbeugte sich. »Die Tat dieser Männer war abscheulich und ist durch nichts zu rechtfertigen. Die Weiber waren im Dorf zu Hause und jahrelang die Nachbarinnen und Freundinnen ihrer späteren Mörder. Vor dem Unwetter galten sie zudem nicht als Hexen. Sie waren geachtet und ihre Künste gefragt.«
»So würdet Ihr es auf Euer Gewissen nehmen, diese Männer zu richten?«
Dietz zögerte. »Nach der Carolina gebührt ihnen der Tod durch den Strang«, antwortete er ausweichend.
Wieder dachte der Landgraf nach. »Doch mag die Peinliche Halsgerichtsordnung unseres hochverehrten Kaisers Karl V. ei-

nen Fall, wie er hier vorliegt, nicht vorgesehen haben«, überlegte er laut. Dann wandte er sich an seine Gemahlin. »Was ratet Ihr mir, meine Teuerste? Soll ich die Männer begnadigen?«
Vor Überraschung und Freude errötete die Angesprochene bis zu den Haarwurzeln. Dann verbeugte sie sich leicht. »Meine Nichte Adela erzählt mir Grauenhaftes vom Unwesen der Hexen im Land. Sie richten große Schäden an Mensch, Vieh und Früchten an. Und alleweil bestätigt sich ihre Schuld, wenn man verdächtige Weiber ergreift. So lasset denn Großmut walten gegenüber den Verurteilten und gebt sie frei. Man wird Euch im ganzen Land für diese Tat preisen.«
Sebastians Magen krampfte sich vor Wut zusammen. Um sich seine Gefühle nicht anmerken zu lassen, wandte er den Blick ab und bemerkte plötzlich Adelas Gesichtsausdruck. Anstatt sich zu freuen, dass ihre Tante sich auf sie berufen hatte, wirkte sie ausgesprochen enttäuscht.
Noch bevor er darüber nachdenken konnte, überschlugen sich die Ereignisse. Die Menge in den hinteren Reihen hatte das Geschehen nur von weitem verfolgen können. Als Andreas Mohr zu den Verurteilten trat, um sie zu segnen und ihnen die Absolution zu erteilen, hielten die Menschen ihr Schicksal schon für besiegelt.
Ein Tumult erhob sich und pflanzte sich bis in die vorderen Reihen fort. »Lasst sie frei, lasst sie frei, lasst sie frei«, tobte die Menge. Wieder drängte sie gefährlich in Richtung des Galgens und des gräflichen Podests.
Plötzlich flog etwas sirrend durch die Luft und traf die Landgräfin mitten ins Gesicht. Es war ein frischer Pferdeapfel. Würgend und spuckend vor Ekel versuchte sie, den Kot abzuwischen. Dabei verteilte sie ihn jedoch nur noch mehr über ihr Gesicht und ihr kostbares Gewand aus hellgrauem Atlas. Starr vor Entsetzen standen ihre Tochter Elisabeth und ihre Nichte Adela neben ihr, unfähig, auch nur einen Finger zu rühren.

Die Menge begann brüllend zu lachen. Die Landgräfin war von ihrem erhöhten Standort weithin zu sehen, und jedermann freute sich über ihr Missgeschick. Dunkelrot vor Zorn wandte sich Wilhelm von Leuchtenberg an den Amtmann. »So lasst das Urteil vollstrecken. Die Würde des Landesherrn wird der Lächerlichkeit preisgegeben, wenn ich dem Willen des Pöbels jetzt nachgebe.« Er hob beide Hände hoch über den Kopf und zerbrach wütend den dünnen Stab, mit dem er das Todesurteil besiegelte.

Christoph de la Val gab dem Henker ein Zeichen. Seine Schergen zogen daraufhin die Leitern weg, und die Männer stürzten in die Tiefe. Ihr Genick brach mit einem hässlichen Knacken, als sie von ihrem eigenen Gewicht ins Bodenlose gezogen wurden. Die Menge schrie wieder auf. Dass den Mördern ein gnädiger Tod gewährt worden war, fiel nicht ins Gewicht. Auch das Erhängen konnte sich über mehr als zwanzig Minuten hinziehen, je nachdem, wie die Schlinge geknüpft war. Doch auch auf das Schauspiel des langsamen Erstickens, üblicherweise sehr beliebt bei den geifernden Massen, hatte das Gericht diesmal verzichtet.

Die Menge drohte mit Knüppeln und Stöcken. Steine flogen auf das Podest. Wilhelm bedeutete seiner Familie, sich umgehend in Sicherheit zu bringen. Adela und Elisabeth zogen die weinende Landgräfin mit sich, die von einer Magd notdürftig gesäubert worden war. Begleitet von fünf Burgwachen und den Bediensteten traten sie den Heimweg an.

Wilhelm von Leuchtenberg verharrte auf dem Podest. Seine untersetzte Gestalt war hoch aufgerichtet, sein Blick gab unmissverständlich zu verstehen, dass er kein Jota zurückweichen würde. Mag er im Alltag auch noch so verweichlicht wirken, in der Stunde der Gefahr ist er ein mutiger Mann, dachte sich Sebastian.

Auf einen Wink des Grafen vereinigten sich die restlichen Mannen der Burgbesatzung mit der Stadtwache und rückten mit ge-

zogenen Waffen gegen die Wütenden vor. Auch Sebastian zückte sein Schwert. Er stand unter Schock. Würde man jetzt das Blut der eigenen Bürger vergießen müssen?
Es war der Stadtpfarrer Mohr, der größeres Unheil verhinderte. Behende drängte er sich zwischen die Bewaffneten und die Menge. Dabei schwenkte er einen schweren Weihwasserkessel aus Messing nach allen Seiten, um sich Platz zu verschaffen. Schließlich stieg er auf den Stand eines Brezelverkäufers, so dass er auch in den hinteren Reihen gut zu sehen war.
»Haltet ein!«, rief er, so laut er konnte. »Haltet ein und fügt Unrecht nicht neues Unrecht hinzu. Viele Männer der Stadt- und Burgwache sind eure Väter, Söhne und Brüder. Zwingt sie nicht, die Waffen gegen ihr eigenes Fleisch und Blut zu erheben.«
Seine Worte zeigten Wirkung. Die Menge hielt inne.
»Helft mir stattdessen, die Gerichteten ehrenvoll zu begraben, damit sie in Würde vor ihren himmlischen Richter treten können«, nutzte Mohr seine Chance. »Lasst uns gemeinsam ein Paternoster für ihr Seelenheil beten.«
Schon sprach er die ersten Worte. Und tatsächlich, die Menge fiel mit ein. Die Worte des vertrauten Gebets hallten weithin über den Platz. Beim Ave-Maria beteten auch die Soldaten mit. Selbst der Landgraf bewegte die Lippen.
Schließlich gab Mohr dem Henker ein Zeichen. Mit seinen Schergen nahm dieser die Leichen ab und bettete sie auf den Karren. Mohr setzte sich, gefolgt von seinen Kaplänen und Messdienern, an die Spitze des Zuges und stimmte das Tedeum an. Singend und betend bewegte sich die Menge schließlich den Weg hinab, den sie gekommen war, um den Gerichteten das letzte Geleit zum Friedhof der Stadtkirche zu geben.
Auf dem Platz blieben nur wenige Männer zurück. Unter ihnen waren der Amtmann und Sebastian. Wilhelm von Leuchtenberg wischte sich den Schweiß von der Stirn. In der Ferne sah man die gräfliche Familie bereits der Neuerburg zustreben.

»Kommt gleich morgen zu einer Unterredung auf die Burg«, beschied der Graf dem Amtmann kurz angebunden. »Ich habe Wichtiges mit Euch zu besprechen.«
Christoph de la Val verbeugte sich tief. Nur Sebastian sah den Triumph in seinen Augen.

## Kapitel 14

*Freitag, 14. September 1612*

*Sie flog hoch durch die Lüfte. Tief unter sich sah sie die Lichter der Stadt. Wie ein Vogel schwang sie sich höher und höher. Der Wind brauste ihr um die Nase, sie fühlte sich lebendig wie nie zuvor. Ihr ganzer Körper kribbelte vor Erregung.*
*Sie ließ die Stadt weit hinter sich und schwebte über die dunklen Wälder und Hügel. Ab und zu blitzte das Licht eines einsamen Feuers auf, wie ein am Boden liegender Stern. Sie fühlte sich leicht wie eine Feder im süßen Rausch der Schwerelosigkeit.*
*Plötzlich tauchte ein rot glühender Fleck am Horizont auf. Er lag inmitten einer Hochebene auf der flachen Spitze eines kegelförmigen Berges. Wie von Geisterhand wurde sie nach unten gezogen, bis sie am Rand der Fläche sanft im weichen Gras landete.*
*Auf samtenen Pfoten schlich sie näher. Das schwarz glänzende seidige Fell bedeckte ihren ganzen Körper. Sie duckte sich tief unter einen Haselnussstrauch. Die Finsternis verschluckte ihre Gestalt. Nur die Augen leuchteten grün wie körperlose Irrlichter.*
*Eine wilde Fröhlichkeit erfüllte sie, als sie das Treiben beobach-*

*tete. Männer und Frauen tanzten ekstatisch um ein riesiges Feuer. Sie bewegten sich Rücken an Rücken und drehten sich links herum zur Musik. Mitten unter ihnen waren Barbara und Sebastian.*
*Droben auf einer alten Eiche saßen die Pfeifer. Sie bliesen ihre Weisen auf Pferdeköpfen und langen gewundenen Hölzern. Der Amtmann schlug die Trommel dazu.*
*Plötzlich erfüllte ein tiefer Ton wie aus einem Jagdhorn die Luft. Er schallte weithin über die Ebene. Die Tänzer erstarrten in der Bewegung. In ihre Mitte trat eine Gestalt im schwarzen Umhang. Ihre Füße waren behaart und klumpig wie Ziegenhufe.*
*Die Gestalt schlug die Kapuze zurück. Hätte ihre Verwandlung es zugelassen, sie hätte laut aufgelacht. Es war die hagere Fratze von Bernhard Josten. Um den Hals trug er Adelas Anhänger, das Kreuz mit der Schlinge. Es blitzte silberhell in der Dunkelheit.*
*Gebieterisch hob er die Hand. Die ganze Versammlung fiel auf die Knie und huldigte ihm mit einem Singsang, dessen Worte sie nicht verstand.*
*Nun trugen zwei Weiber einen Kessel herbei. Sie erkannte die Landgräfin und ihre Base Adela. Sie waren fast nackt, nur in schwarze Schleier gehüllt.*
*Auf einen Wink des Gebieters setzten sie den Dreifuß auf eine glimmende Feuerstelle. Dann braute die Versammlung den Trank. Gar Widerliches warfen sie in den Kessel, Kröten und Lurche, Spinnen und Mäuse, schleimige Pilze und vermodertes, grünlich schillerndes Holz. Ein jeder trat an den Kessel, warf eine andere Zutat hinein und murmelte einen unheimlich klingenden Spruch. Sie brauen ein Wetter, wusste sie plötzlich.*
*Jetzt war Barbara an der Reihe. Sie hielt eine weiße Blüte in der Hand. Bevor sie sie in den Kessel werfen konnte, erhob die Meute ein schauerliches Geschrei. Sie fletschten die Zähne und drohten, sich auf die Erschrockene zu stürzen. In letzter Sekun-*

*de riss Sebastian sie zurück und verschwand mit ihr im dichten Unterholz.*

*Sie duckte sich tiefer in ihr Versteck. Nun trat Adela an den Kessel und öffnete eine blutrote Phiole. Der betäubende Duft drang bis in ihr Versteck und ließ sie schwindlig werden. Adela goss den Inhalt des Fläschchens in den Kessel. Mit einem gewaltigen Puff entwich dem Gefäß eine schwarze Wolke und schwebte rasch über die Berge auf die nächstgelegenen Dörfer zu. Schon fuhren Blitze hernieder, der Donner grollte. Die Meute jubelte und triumphierte.*

*Sie kannte fast alle Gäste auf diesem unheimlichen Fest. Mohrs Kapläne waren darunter, der Ratsherr Caspar Scholer und Clara, die Wirtstochter »Zum Roten Turm«. Die dicke Webermagd Berthe reckte drohend die Fäuste gen Himmel und stieß lästerliche Verwünschungen aus.*

*Plötzlich trat Dietz' Gesindemeisterin Elsbeth in die Mitte der Jauchzenden. In Ekstase riss sie sich ihren Rock vom Leib und zeigte der geifernden Gesellschaft ihr schrumpeliges Geschlecht. Dies schien ein Signal für alle zu sein. Schon bald wälzten sich Männer und Weiber in einer schamlosen Orgie wild durcheinander.*

*Ihr wurde heiß in dem engen Versteck. Doch zu fliehen, wagte sie nicht. Taghell erleuchtete das gewaltige Feuer die Nacht. Sie sehnte sich danach, wieder fliegen zu können.*

*Erneut ertönte das tiefe Waldhorn. Die verschlungenen Leiber lösten sich voneinander. Alle zugleich warfen sie sich vor dem Gebieter zu Boden. Ihre Stirnen berührten die Erde, die nackten Hintern hatten sie hoch gen Himmel erhoben.*

*Majestätisch durchschritt der Jesuit ihre Reihen. Ein drittes Mal erschallte das Horn. Mit einer Gerte schlug der Gebieter auf Adelas Gesäß. Jubelnd hob sie die Stirn vom Boden und näherte sich Josten auf Knien. Er drehte sich um und entblößte sein haariges Hinterteil. Hingebungsvoll verharrte Adela davor*

*und drückte ihm einen ehrfürchtigen Kuss auf den After. Nacheinander tat es die ganze Gesellschaft ihr gleich.*
*Plötzlich begann es sie am ganzen Körper unerträglich zu jucken. Entsetzt bemerkte sie, dass ihr seidiges schwarzes Fell verschwand. Ihre Gestalt reckte und streckte sich und brach mit lautem Krachen durch das Versteck im Haselnussbusch.*
*Die Menge wurde aufmerksam und zeigte mit Fingern auf sie. Josten gab zwei Männern ein Zeichen. Es waren Scholer und der Stallknecht Hilarius. Grinsend kamen sie auf sie zu und packten sie unter den Achseln. Dann schleppten sie sie vor den Gebieter und zwangen ihren Kopf nach unten. Wieder zeigte der Jesuit sein haariges Gesäß. Unerbittlich drückten die Männer ihren Mund in Richtung des rosigen, widerlich stinkenden Afters. Sie glaubte, schier zu ersticken, und schlug wild um sich. Mit letzter Kraft riss sie den Kopf zur Seite …*

»Ich glaube, sie wird wach«, hörte Claudia wie aus weiter Ferne die Stimme ihrer Kusine Elisabeth. Mühsam öffnete sie die Augen. Sofort fuhr ein stechender Schmerz durch ihren Kopf. Ihr Schädel brummte, als hätte sie tagelang gezecht. Sie schloss die Augen wieder.
Sofort stieg ihr der scheußliche Gestank in die Nase. »Nein, ich will nicht«, schrie sie in wilder Panik auf.
»Lass es gut sein mit dem Riechsalz, Gunda.« Es war wieder Elisabeths Stimme. »Gib ihr die Zeit, die sie braucht.«
Nach und nach fand Claudia zurück in die Wirklichkeit. Sie blinzelte vorsichtig. Neben ihrem Bett in der Dachkammer saß Elisabeth und hielt ihre Hand. Daneben stand Gunda, die Kammerzofe der Landgräfin.
»Wo bin ich? Was ist geschehen?«, fragte sie mühsam. Elisabeth strich ihr sanft über die Stirn. Selbst durch die halb geöffneten Augen nahm Claudia ihre Besorgnis wahr.
»Wir haben dich auf dem Gang vor dem Abtritt gefunden«,

sagte sie leise. »Du warst fast vierundzwanzig Stunden lang bewusstlos.«

Pünktlich zum dritten Glockenschlag fanden sie sich im Kabinett des Landgrafen ein, das er für Audienzen im kleinen Kreis nutzte. Hochgericht und Rat der Stadt Neuerburg waren gleichermaßen vertreten. Heinrich Dietz und Caspar Scholer gehörten beiden Gremien an. Dietz bat als weiteren Ratsherrn seinen Zunftbruder Paulus Jönen zu der Versammlung hinzu. Zum Ausgleich dafür hatte Sebastian gegen den Wunsch seines Vaters darauf bestanden, als vom Rat unabhängiges Mitglied des Hochgerichts teilzunehmen. Was von Dietz befürwortet worden war.
Auch der Amtmann kam in doppelter Funktion. Er war oberster Verwalter der Herrschaft Neuerburg und vertrat als Ankläger grundsätzlich den Landesherrn in Sachen des Hochgerichts. Auf seinen Wunsch war auch Burgkaplan Josten geladen worden.
Dem Landgrafen brannte der Anlass des Treffens buchstäblich unter den Nägeln. Ungeduldig verkürzte er die Begrüßungszeremonie und bedeutete den Männern, Platz an dem runden Tisch zu nehmen, der den größten Teil des Raumes einnahm. Er konnte kaum abwarten, bis eine adrett gekleidete Magd einen süffigen Moselwein serviert und sich wieder zurückgezogen hatte. Gerüchte besagten, das hübsche dralle Mädchen sei seine derzeitige Geliebte. Angesichts der Art, wie er sie hinausgescheucht hat, lässt sich dies allerdings nicht vermuten, dachte Sebastian.
Stirnrunzelnd sah Wilhelm von Leuchtenberg von einem zum anderen. »Nun, Mitglieder des Rats und des Hochgerichts«, begann er schließlich. »Wie erklärt Ihr den gestrigen Aufruhr, und was ist dagegen zu unternehmen?«
Als Scholer Anstalten machte, sich zu erheben, winkte der Landgraf barsch ab. »Der Amtmann möge beginnen. Er ist mir verantwortlich für die Ruhe in meinen Landen.«

Christoph de la Val stand auf und verbeugte sich. Seiner Miene war nicht anzusehen, ob er die versteckte Drohung bemerkt hatte. »Ehrwürdiger Landgraf, ich danke Euch für die Erteilung des Wortes. In der Tat erfüllt mich seit etlichen Monden große Besorgnis, die ich Euch gegenüber auch zuweilen zum Ausdruck gebracht habe.«

Wilhelm schnaubte unwillig.

Doch der Amtmann ließ sich nicht einschüchtern. »Umso mehr erfreut es mein Herz, dass Ihr diese Sorge nun zu teilen beginnt. Es geht um das Unwesen der Hexerei. Überall in der Eifel fand man Unholde und Zauberinnen in großen Scharen und widmet sich mit Fleiß ihrer Ausrottung. Nun steht zu befürchten, dass der Satan seine Bundesgenossen auch in Eure Herrschaft Neuerburg entsandt hat. Vielleicht sogar in größerer Zahl als an andere Orte, da man hier die Teufelsdienerinnen bislang ungeschoren ließ. Darauf weisen die grässlichen Unwetter hin, die die Ernte des heurigen Jahres fast zur Gänze vernichtet haben.«

»Was hat dies mit der Unbotmäßigkeit zu tun, die Uns am gestrigen Tage entgegengeschlagen ist? Die Gräfin liegt noch immer zu Bett und kann sich angesichts des schändlichen Betragens Unserer Untertanen kaum fassen.«

Der Amtmann verbeugte sich erneut. »Diese Tat zeugt wahrlich von äußerster Frechheit, und ich bedaure gegenüber Euer Gnaden zutiefst, den Täter nicht dingfest machen zu können. Doch Euer Volk fühlt sich den Schandtaten der Hexen hilflos ausgeliefert und gerät in immer größere Wut darüber, dass man diese in der Herrschaft Neuerburg ungeschoren lässt. Ich komme heute, Euch um die Erlaubnis zu bitten, gegen diese Sonderverbrechen mit allen zu Gebote stehenden Mitteln vorgehen zu dürfen.«

Unschlüssig kaute der Landgraf auf seiner Unterlippe. »Wer gibt mir Gewähr, dass die Sache nicht entartet wie in der Grafschaft meines Schwagers zu Oberkail?«

Noch bevor der Amtmann antworten konnte, sprang Bernhard

Josten auf. »Erlaubt mir zu sprechen, edler Herr Landgraf. Ich war dort viele Monde lang Hexenbeichtiger. Meine Ausbildung habe ich im Jesuitenorden zu Trier erhalten, wo man große Erfahrung mit den Unholden im Land hat. Im Laufe eines Jahrzehnts habe ich unzählige Hexen zum Scheiterhaufen begleitet. Ich versichere Euch, dass auch in Oberkail alle hingerichteten Frauen schuldige Zauberinnen waren und großes Unheil angerichtet haben.«

Sebastians Magen krampfte sich zusammen. Ohne um Erlaubnis zu bitten, fiel er Josten ins Wort. »Weshalb seid Ihr Euch dessen so sicher, wo doch der zuständige Amtmann Dietrich Mey jedes Recht bei der Prozessführung mit Füßen getreten hat?«

Josten fixierte ihn verächtlich. »Es mangelt Euch zweifellos noch an Erfahrung, junger Herr de la Val. Die Geständnisse der Hexen in Oberkail glichen den Aussagen der Hexen in Trier. Dort hielt man sich bei der Prozessführung streng an die Auflagen der Carolina.«

»Nicht an die Ausnahmen für Sonderverbrechen?«, warf Sebastian höhnisch ein.

Josten ließ sich nicht beirren. »Natürlich ist die Hexerei ein *crimen exceptum*, junger Mann, und bedarf demgemäß besonderer Vorgehensweisen«, dozierte er. »Doch Euer eigener Vater steht dafür ein, dass bei Hexenverfolgungen in Neuerburg das Gesetz geachtet wird. Gemeinsam mit dem hier anwesenden hochverehrten Bürgermeister und obersten Richter Heinrich Dietz.« Er neigte seinen fettigen Kopf in Richtung von Barbaras Vater.

Der Landgraf sah Dietz an. »So haftet auch Ihr mir dafür, dass mit aller gebotenen Sorgfalt vorgegangen wird?«

Dietz stand auf und verbeugte sich. »Sollten Euer Gnaden eine Untersuchung der Frage anordnen, ob in der Herrschaft Neuerburg Hexerei ausgeübt wird, verspreche ich es Euch bei meiner Ehre und der Würde des Rats dieser Stadt.«

»Ihr klingt nicht sehr überzeugt, dass eine solche Untersuchung vonnöten ist?« Wilhelm sah den Bürgermeister scharf an.
Nun hielt es Scholer nicht länger auf seinem Stuhl. »Sie ist mehr als vonnöten, edler Landesherr. Verzeiht, dass ich mich ungefragt einmische. Allein in der Stadt Neuerburg gibt es mehrere beschriene Weiber, denen man nicht nur die Schuld an den verheerenden Unwettern anlastet, sondern auch die Verantwortung für die tödliche Seuche, die die Bevölkerung seit Monaten dahinrafft.«
Der Landgraf schaute in die Runde. »Wer kann dies bestätigen?« Sein Blick blieb an Paulus Jönen hängen.
»Solche Gerüchte gehen um«, stimmte der Zunftmeister zu. »Sie betreffen vor allem zwei Kräuterweiber, aber auch die eine oder andere bislang unbescholtene Bürgerin.«
»So könnte es Klarheit bringen, diese Kräuterweiber gefänglich einzuziehen und zu befragen? Und sei es, um zu verhindern, dass man Unschuldige in Verruf bringt?«, wandte sich der Landgraf an den Amtmann.
Doch wieder war es Scholer, der das Wort ergriff. »Ein einziges Verhör brächte es an den Tag, Euer Gnaden«, bestätigte er. »Die Beweise sind schon jetzt erdrückend.«
Der Landgraf sah ihn unwillig an. »Mäßigt Euch, Scholer«, beschied er dem Errötenden kurz, »und antwortet nur, wenn Ihr gefragt werdet.«
Er wandte sich erneut an den Amtmann. »Was sagt Ihr, Monsieur de la Val?«
Sebastians Gedanken rasten, das Herz schlug ihm bis zum Hals. Er musste sich zwingen, Ruhe zu bewahren. Geriet Magdalena in die Fänge von Scholer, so war sie verloren. Doch was sollte er tun? Plötzlich kam ihm ein Gedanke.
Christoph de la Val antwortete. »Wenn Ihr die Verhaftung der Frauen anordnet, ehrwürdiger Graf, wird es bei ihrer Befragung nach Recht und Gesetz zugehen.«

Diesmal fiel ihm Josten ins Wort. »Und Ihr erfüllt Eure Verpflichtung als Landesvater gegenüber unserem Schöpfer«, mahnte er. »Er hat Euch das Wohl Eurer Untertanen anvertraut, und einst müsst Ihr ihm Rechenschaft ablegen, wie Ihr diese Aufgabe gemeistert habt.«

Der Landgraf musterte ihn kühl. »Habt Dank für Eure Belehrung, Bruder Josten. Wenn ich einen Rat brauche, der mein Seelenheil betrifft, werde ich mich an Euch wenden. Doch nun habt auch Ihr die Güte, mir die Leitung dieses Gesprächs zu überlassen und Euch nicht mehr unaufgefordert einzumischen.«

Durch die Unterbrechung hatte der Landgraf den Faden verloren. »Wo waren wir stehengeblieben?«, fragte er in die Runde.

Sebastian ergriff die Chance, die sich ihm bot. Rasch stand er auf und verneigte sich tief. »Ich bitte ehrfürchtig ums Wort, Euer Gnaden. Als Doktor beider Rechte möchte ich auf einen Umstand hinweisen, der bislang noch keine Erwähnung fand.«

Der Landgraf nickte knapp. »So sprecht.«

»Die Herrschaft Neuerburg ist als Lehen der Grafen von Vianden der Gerichtsbarkeit des Herzogtums Luxemburg verpflichtet. Dies unterscheidet sie bei der Verfolgung von Sonderverbrechen von anderen Territorien in der Eifel. Hier ist das Hochgericht nicht autonom.«

Die Mehrzahl der Teilnehmer war aufrichtig verblüfft. Nur Dietz nickte zustimmend. Der Amtmann sah wütend aus. Doch der Landgraf hatte nur Augen für Sebastian.

»Was heißt das, junger Herr?«

»Bevor eine der Hexerei beschuldigte Frau gefänglich eingezogen werden kann, bedarf es einer Erlaubnis des obersten Gerichts der Stadt Luxemburg. Diese Erlaubnis wird Advis genannt und von eigens bestallten Gutachtern ausgestellt. Ein Advis wird nur erteilt, wenn es Aussagen gibt, die einen Verdacht hinreichend begründen. Reine Gerüchte reichen für eine Verhaftung nicht aus.«

Der Landgraf wandte sich an den Amtmann. »So kann ich selbst also gar keine Verhaftung veranlassen?«, fragte er schneidend.
Der Amtmann verneigte sich. An seiner Schläfe pochte eine Ader. Doch seine Stimme war ruhig. »Ich bin sicher, dass kein Gutachter in Luxemburg die Weisheit Eurer Anordnungen in Frage stellen würde, Euer Gnaden. Das Gesetz existiert, doch es ist seit Menschengedenken nicht mehr zur Anwendung gekommen.«
»Wo hätte es denn zur Anwendung kommen müssen? Ich hoffe doch, noch nie während der Zeit meiner Regentschaft!« Die Runde schwieg betreten.
»Nun, Dietz, Ihr seid der oberste Richter am Hochgericht. Beantwortet meine Frage.«
Dietz kratzte sich verlegen am Kinn. Dann seufzte er vernehmlich und erhob sich gemessen. »Streng genommen handelt es sich auch bei Mord um ein Sonderverbrechen. Wir hätten also einen Advis von Luxemburg gebraucht, bevor wir die Täter von Utscheid hinrichten ließen.«
Der Landgraf hieb mit der Faust auf den Tisch. »Das nennt Ihr ein Vorgehen nach Recht und Gesetz, de la Val?«, blaffte er den Amtmann an. »Muss erst Euer junger Schnösel von Sohn uns belehren, was wir unserem Lehnsherrn schuldig sind?«
Die Spannung im Raum war mit Händen zu greifen. Niemand sah Sebastian an. »Also, was ist zu tun, junger Herr?«, wandte sich der Landgraf erneut an ihn. »Hier scheint es ja außer Euch niemand zu wissen.«
»Man sollte eine Stelle am Hochgericht schaffen, an der Zeugen vorsprechen können, ehrwürdiger Herr Graf. In der Stadt Köln nennt man dies ein Hexenkommissariat. Liegen genügend belastende Aussagen vor, bittet man in Luxemburg um den Advis für die Verhaftung.«
»Und dieses Vorgehen entspricht den Vorschriften?«
Sebastian nickte. »So ist es.«

»Was sagt Ihr dazu, werter Herr Amtmann?« Der Sarkasmus in der Stimme des Grafen war nicht zu überhören.
Christoph de la Val verbeugte sich knapp. »Es ist so, wie mein Sohn es gesagt hat. Doch man braucht einen zuverlässigen Kommissar, der die Anzeigen entgegennimmt.«
»Wen schlagt Ihr vor?«
Sebastian kannte die Antwort, bevor sein Vater sie ausgesprochen hatte. »Den Ratsherrn und Schöffen am Hochgericht, Caspar Scholer, werter Herr Graf.«
»Gut denn, so sei es«, stimmte der Landgraf zu. »Berichtet mir regelmäßig, wie sich die Sache entwickelt.« Er stand auf und bedeutete damit, dass die Versammlung beendet war.
Die Männer verließen den Raum in gedrücktem Schweigen. Nur Scholer grinste erfreut vor sich hin. Im Burghof verabschiedete sich der Amtmann vom Rest der Runde. Dann wandte er sich um und ließ seinen Sohn grußlos stehen.
Mit schwerem Herzen sah Sebastian ihm nach. Zweifellos hatte er etwas Zeit durch sein Manöver gewonnen, im besten Fall einige Wochen. Doch der Preis war hoch. Die Demütigung vor dem Landgrafen würde sein Vater ihm niemals verzeihen.

Erst um die sechste Nachmittagsstunde ließen die unerträglichen Kopfschmerzen etwas nach. Das Glöckchen der Burgkapelle hatte Elisabeth und die Zofe Gunda zur Vesper gerufen. Claudia blieb mit ihren ungelösten Fragen allein.
Das Letzte, an das sie sich erinnern konnte, war die Durchsuchung der Kammer Adelas. Dabei war sie ohnmächtig geworden, vermutlich durch die Essenzen, die der roten Phiole entströmt waren. Aber wie war sie in den Gang vor dem Abtritt gekommen? Hatte Adela sie gefunden und dorthin geschafft?
Von Elisabeth wusste sie, dass man Claudia erst vermisst hatte, nachdem sie am vorigen Abend nicht zum Nachtmahl erschienen war. Der ganze Haushalt war in Aufruhr wegen der unsäg-

lichen Schmach gewesen, die der Pöbel der Landgräfin zugefügt hatte. Auch Elisabeth selbst war noch immer empört.
Claudia hatte den Ausführungen ihrer Kusine nur bruchstückhaft folgen können. Immer wieder war sie dazwischen eingedöst. Doch jetzt kicherte sie heftig in Erinnerung an den Pferdeapfel. Sie bezahlte ihr mangelndes Mitgefühl mit einem stechenden Schmerz, der ihr die Wirbelsäule hinauf und von dort aus buchstäblich durch Mark und Bein jagte.
Durch das offene Fenster der Dachkammer zeigten sich die ersten Sterne. Plötzlich erinnerte sich Claudia an den wirren Traum, von dem sie während ihrer Bewusstlosigkeit heimgesucht worden war. Konnte sie sich wahrhaftig eingebildet haben, zu fliegen? Hatte sie wirklich geträumt, in der Gestalt einer schwarzen Katze ein unsäglich verderbtes Fest zu beobachten?
Zweifellos mochte sie viele Menschen nicht, die in ihrem Traum Gäste des Festes gewesen waren, oder verabscheute sie sogar. Aber waren nicht auch Barbara und Sebastian dort gewesen? Was hatten sie mit dieser Orgie zu schaffen?
Der kalte Schweiß brach ihr aus, als ihr die Bedeutung des Traums klarwurde. So erzählte man sich die Geschichten vom Hexensabbat, der angeblich viermal im Jahr in den Quatemberwochen auf der Schneifel gefeiert wurde. Waren die Gegenstände in Adelas Kiste verflucht? War sie von ihnen verzaubert worden? Konnte man durch die bloße Berührung dieser teuflischen Dinge selbst zu einer Hexe werden? Oder war es ein tückisches Trugbild, das ihr der Dunst aus der roten Phiole vorgegaukelt hatte?
Mühsam versuchte sich Claudia aufzurichten, doch eine überwältigende Schwäche warf sie zurück auf das Lager. Der Schweiß lief ihr in Strömen die Arme hinab und juckte unerträglich auf der Haut. Halb weinend vor Überdruss kratzte sie sich heftig und zog ihre Hand erschrocken zurück. Sie hatte in eine glibberige Substanz gegriffen, mit der ihre ganze Achsel eingeschmiert war.

Prüfend betrachtete sie ihre Finger im schwächer werdenden Licht. Das Zeug war weißlich und zäh. Was war das bloß? Etwa auch eines von Gundas grässlichen Mittelchen? Sie roch an ihrer Hand.
Sofort stieg ihr ein widerwärtiger Geruch in die Nase. Diesmal erkannte sie ihn auf Anhieb. So hatte die Salbe gestunken, die Adela in dem Gefäß aus Alabaster aufbewahrte.
Ratlos ließ sie sich zurück in die Kissen sinken. Sie konnte sich auf all das keinen Reim machen. Hatte dieses Zeug sie vergiftet? Oder hatte es ihr nur die wirren Träume geschickt?
Plötzlich kam ihr eine Idee. Obwohl ihr übel und schwindlig wurde, verließ sie ihr Lager mit großer Anstrengung und schleppte sich zu ihrer Truhe. Schließlich fand sie die kleine Dose, nach der sie gesucht hatte. Ebenfalls ein Geschenk ihres Onkels, das einst mit Atempastillen gefüllt gewesen war.
Vorsichtig strich Claudia so viel von der Substanz, wie sie nur unter ihren Achseln zusammenkratzen konnte, in die Dose und schloss den Deckel. Dann wankte sie zur Schüssel, um sich den Rest gründlich abzuwaschen. Erst als sie das Hemd gewechselt hatte, fühlte sie sich wieder einigermaßen sauber. Erschöpft sank sie zurück in ihr Bett. Doch ihr Entschluss war gefasst. Sobald sie sich wieder erholt hatte, wollte sie Magdalena fragen, um was für eine Substanz es sich dabei handelte. Wenn es überhaupt jemand wissen würde, dann die erfahrene Kräuterfrau.

»Gelobt sei Jesus Christus.«
»In Ewigkeit, Amen«, antwortete Magdalena verblüfft.
Der späte Gast deutete eine Verbeugung an. »Darf ich einen Augenblick eintreten?«, fragte der Stadtpfarrer Andreas Mohr.
Magdalena nickte und machte die Tür frei. Erst als der rundliche Priester an ihrem Tisch Platz genommen hatte, fasste sie sich. Eilig räumte sie die Kräuter, die sie gerade sortiert hatte, zur Seite.

»Darf ich Euch etwas anbieten?« Ihre Stimme klang zaghaft trotz ihrer Selbstbeherrschung. Wenn Mohr gekommen war, weil er sie der Hexerei verdächtigte, würde er sicher nichts annehmen wollen.
Doch es kam anders. »Was hat es denn zur Auswahl?«, erkundigte sich der Priester mit einem herzlichen Lächeln. »Ich bin wahrlich durstig nach diesem steilen Aufstieg.«
Wenig später saßen sich beide bei einem Becher Apfelmost gegenüber. »Du fragst dich sicher, was mich zu dir führt?«, eröffnete Mohr das Gespräch. Magdalena nickte.
»Nun, es gehen böse Gerüchte über dich um«, erklärte Mohr freundlich. »Ich bin gekommen, um mir ein eigenes Bild zu machen.«
Magdalenas Magen zog sich zu einem Klumpen zusammen. »Womit kann ich Euch dienen?« Ihre Stimme klang gepresst.
Der Stadtpfarrer lächelte ihr beruhigend zu. »Du musst dich nicht fürchten, wenn du nichts Unrechtes getan hast. Ich komme nicht zu dir, weil meine Meinung schon feststeht. Im Gegenteil hat mich der Bürgermeister Heinrich Dietz persönlich gebeten, mit dir zu sprechen. Er ist sehr in Sorge um dich.«
Magdalena sah ihm prüfend ins Gesicht. Doch er schien seine Worte ernst zu meinen.
»Was wollt Ihr wissen?«, fragte sie schließlich.
»Nun, lass uns mit dem beginnen, was der Grund für den Argwohn unserer braven Mitbürger ist. Du übst neben deinem Tagwerk als Wäscherin die Heilkunde aus. Wo hast du diese gelernt und nach welchen Methoden arbeitest du?«
»Ich sammele heimische Kräuter und Früchte, die verschiedene Krankheiten lindern oder sogar heilen können. Daraus bereite ich Tränke und Salben. Dies tue ich meistens nach den Rezepten der heiligen Hildegard von Bingen. Einiges habe ich aber auch durch eigenes Ansehen gelernt.«
»Gib mir ein Bespiel.«

Statt einer Antwort zog Magdalena ein Leinensäckchen aus einer Lade. Es enthielt kleine getrocknete Beeren. Magdalena schüttete eine Handvoll davon auf den Tisch.
»Dies ist die Frucht des Heidelbeerstrauchs. Die heilige Hildegard hielt ihren Verzehr für schädlich. Ich habe aber die Erfahrung gemacht, dass die Früchte, ob roh oder getrocknet als Aufguss, schlimme Leibschmerzen lindern können.«
»Und wo hast du dein Wissen ursprünglich erworben?« Dem Pfarrer war nicht entgangen, dass Magdalena nur auf den zweiten Teil seiner Frage geantwortet hatte.
Magdalena wich seinem Blick aus. »Das meiste weiß ich von meiner Mutter. Sie war eine Marketenderin. Unseren Lebensunterhalt verdiente sie mit der Pflege kranker und verwundeter Soldaten. Als junges Mädchen war sie Klostermagd und lernte die Kräuterkunde als rechte Hand der Schwester Gärtnerin.«
»Wer war dein Vater?«
Magdalenas Gesicht verzog sich in tiefem Kummer. Dennoch hatte der Pfarrer den Eindruck, dass sie ihm nicht die Wahrheit sagte. »Ich war die Frucht einer Liaison mit einem Landsknecht. Meine Mutter musste das Kloster verlassen, als sie mit mir schwanger ging. In der Hoffnung, ihn zu finden, schloss sie sich verschiedenen Söldnerheeren an. Doch sie traf ihn nie wieder.«
»Wie kamst du nach Neuerburg?«
Magdalena heftete den Blick auf die Tischplatte. Leise fuhr sie fort: »Meine Mutter starb, als ich achtzehn Jahre alt war. Danach hatte ich ein schweres Leben und konnte mich kaum der Zudringlichkeit der Soldaten erwehren. Es war eine Söldnertruppe der Spanischen Niederlande, die gelegentlich in der Eifel marodierte. Als das Heer in der Nähe von Neuerburg lag, schlich ich mich fort. Ich war schwanger und hoffte auf eine Stelle als Amme. Die fand ich dann auch im Hause des Zunftmeisters Heinrich Dietz.«
»Was wurde aus deinem Kind?«

Wieder sah Magdalena unendlich traurig aus. »Es starb nur wenige Tage nach der Geburt. Ich musste viele Entbehrungen erdulden, als ich gesegneten Leibes war. Dadurch konnte sich das Kind nicht kräftig genug entwickeln. Es kam schon blau vor Atemnot auf die Welt.«

Der Pfarrer schnaubte mitleidig. »So hattest du schon in jungen Jahren ein schweres Schicksal zu meistern. Das kann ein Weib bitter machen gegen Gott und anfällig für die Einflüsterungen des Bösen.« Er beobachtete die Kräuterfrau genau.

Spontan schossen Magdalena Tränen in die Augen. »So haltet Ihr mich doch für eine Zauberin?«, fragte sie mit erstickter Stimme.

Andreas Mohr verspürte eine ungewohnte Rührung. Magdalena war das Beichtkind seines Kaplans, dem das Eligius-Hospital samt der angeschlossenen Kapelle unterstand. Auch der Kaplan hielt die Kräuterfrau für verdächtig.

Doch horchte er jetzt in sich hinein, glaubte er nicht, dass Magdalena ihr Brot mit unlauteren Mitteln verdiente. Trotzdem unterzog er sie einer weiteren Prüfung. »Warum meidest du die Unseligen nicht, die an der Seuche erkrankt sind?«, fragte er. »Deine Mittel und Tränke helfen nicht immer, und so lastet dir mancher den Tod seiner Angehörigen an.«

Magdalena hob den Kopf und sah ihn trotzig an. »Wenn man die Seuche frühzeitig mit Quendelsalbe und Meisterwurz behandelt und die Kranken sich reinlich halten, können viele gerettet werden. Wer mich um Hilfe bittet, wird daher nicht von der Schwelle gewiesen.«

Es fiel Mohr zunehmend schwer, seine Hochachtung vor dieser tapferen Frau zu verbergen. Dennoch schoss er einen letzten Pfeil ab. »Bemühst du auch Segenssprüche und weiße Magie, um die Kranken zu heilen?«

Magdalena sah ihn verächtlich an. »Ein Paternoster für die Genesung ist bei mir immer umsonst. Alles andere ist doch nur Humbug und Augenwischerei.«

»So stammt dieser Zettel also nicht von dir?« Er hielt Magdalena ein schmutziges Pergament hin, auf das mit ungelenken Buchstaben einige schiefe Zeilen gekritzelt waren. Sie warf einen kurzen Blick darauf.

»Küchenlatein«, kommentierte sie zu seiner namenlosen Verblüffung. *»Nesciamus qua hora dominus veniet«*, müsste es richtig heißen. Zia Schreber verwendet solche Zettel. Sie lässt sie um einige Pfennige von dem unfähigen Schreiberling herstellen, der seinen Stand in der Nähe des Marktbrunnens hat, und bindet sie den Kranken mit heißem Wachs um den Kopf. Dies ist Hokuspokus, wenn Ihr mich fragt. Kein Hexenwerk, aber Hokuspokus. Damit verbirgt Zia, dass sie kaum Wissen über die wahre Heilkunde besitzt.«

Sie hatte sich so in Rage geredet, dass sie erst jetzt merkte, dass der Pfarrer sie fassungslos anstarrte.

»Ihr könnt nicht nur lesen, sondern Ihr versteht auch Latein. Ihr könnt sogar gutes von schlechtem Latein unterscheiden.« Endlich hatte er seine Sprache wiedergefunden. »Das lernt man nicht bei den Marketenderinnen. Magdalena, wer seid Ihr und wo kommt Ihr her?«

# Kapitel 15

*Donnerstag, 20. September 1612*

Es war schon fast dunkel, als Claudia leise an die Hinterpforte des Dietzschen Anwesens klopfte. Die junge Magd Hanna öffnete ihr sofort. Sie musste hinter der Tür gewartet haben.

Claudia hüllte sich fester in ihren dunklen Umhang und zog die Kapuze noch tiefer in ihr Gesicht. Das Kleidungsstück war ihr von Adelas Zofe Kathrin geliehen worden, die Claudia ins Vertrauen über ihren abendlichen Ausflug gezogen hatte. Sie würde sie auch später wieder in die Wohngemächer der Burg einlassen, deren Eingangstore bei Einbruch der Dunkelheit verschlossen wurden.

Nach ihrer Ohnmacht hatte Claudia noch mehrere Tage das Bett hüten müssen, bis die periodisch wiederkehrenden rasenden Kopfschmerzen und die beständige Übelkeit langsam abklangen. Das Kammerpersonal der Burg hatte sich in ihre Pflege geteilt, und so war glücklicherweise vor einigen Tagen auch Kathrin an der Reihe gewesen. Zwar konnte das Mädchen Claudia keine genaue Auskunft über die Ereignisse nach der Hinrichtung geben. Doch sie berichtete ihr, gesehen zu haben, dass der Stallknecht Hilarius in den Gängen der Burg herumgeschlichen war. Claudia vermutete, dass Adela sie mit seiner Hilfe aus ihrer Kammer geschafft hatte.

Auch über die Salbe oder den Inhalt der roten Phiole wusste Kathrin nichts. Sie war aber nach einigem Zögern einverstanden gewesen, Claudia dabei zu unterstützen, Magdalena aufzusuchen. Diese täuschte daraufhin am heutigen Nachmittag einen Rückfall vor, um die Burg unbemerkt verlassen zu können, während die Familie des Landgrafen sie in ihrem Bett wähnte.

Nun trat sie ungeduldig von einem Fuß auf den anderen. Wo blieb Barbara nur? Die Freundin wollte sie auf dem Gang durch die dunkle Weihergasse begleiten.

Mit einer Mischung aus Wehmut und Zorn dachte sie daran, wie rasch sich die Verhältnisse innerhalb der letzten Wochen geändert hatten. Würde ihre Muhme Erika jemals erfahren, dass Claudia nach Anbruch der Dunkelheit eine als Hexe verrufene Kräuterfrau aufsuchte, so wäre ihr eine noch härtere Strafe gewiss als nach dem Disput mit dem Burgkaplan.

Sogar Barbara war es verboten worden, in der Öffentlichkeit Kontakt zu Magdalena zu pflegen. Seit der Landgraf einer Ver-

folgung der Hexen zugestimmt hatte, verbrachte Caspar Scholer mehrere Stunden am Tag in seinem neu eingerichteten Hexenkommissariat. Deshalb befürchtete ihr Vater, auch seine einzige Tochter könne in den Strudel der Denunziationen hineingezogen werden, die jetzt zweifellos zu erwarten waren.
Barbara besuchte Claudia in der Burg, nachdem sie von ihrer Krankheit erfahren hatte. Dabei erzählten sich die jungen Frauen auch gegenseitig, was geschehen war. Claudia war zutiefst erschrocken über die drohende Hexenjagd. Barbara wiederum war bestürzt über die unheimlichen Umtriebe des Edelfräuleins Adela und die Gefahr, in die ihre geliebte Freundin sich gebracht hatte.
Doch der Schrecken schweißte sie mehr denn je zusammen. Barbara war dem väterlichen Verbot zum Trotz sofort bereit gewesen, Claudia zu Magdalena zu begleiten. Nur über ihren Wunsch, auch Sebastian einzuweihen, war Claudia nicht begeistert gewesen. Sie schämte sich wegen ihrer Kusine vor ihm. Aber sie sah auch ein, wie gefährlich ein Gang durch das dunkle Neuerburg ohne männlichen Beschützer war.
Endlich öffnete sich eine Tür, und Barbara schlüpfte in den Hausflur. Auch sie war in einen dunklen Umhang gehüllt. »Verzeih, dass du warten musstest«, begrüßte sie die Freundin nach einer hastigen Umarmung. »Aber Vater wollte das Nachtmahl einfach nicht beenden. Ich konnte nicht früher von der Tafel fort.«
»Hast du Magdalena eine Nachricht gesandt?«
Barbaras Nicken wurde von der Dämmerung fast verschluckt. »Das hat Sebastian übernommen. Magdalena erwartet uns um Schlag acht. Er wird uns begleiten und vor ihrer Hütte wachen, damit niemand uns überrascht.«
Es pochte dreimal verstohlen an die Hintertür. »Ich glaube, da ist er schon.« Tatsächlich war es Sebastian.
»Und du wirst es kaum glauben«, flüsterte Barbara mit einem

Lachen in der Stimme. »Ich habe mir sogar Stiefel von ihm geliehen und sie mit Schafwolle ausgepolstert, damit ich nicht aus ihnen herausrutsche.«
Schweigend hasteten die drei über die Brücke der Enz und die steile Weihergasse hinauf. Claudia war froh, dass sie vorgeschützt hatte, sich nicht mehr an ihre Träume erinnern zu können. Was würden Barbara und Sebastian von ihr denken, wenn sie erführen, dass ihre Phantasie auch sie beide an diesen verderbten Ort geführt hatte?
Hinter ihnen knackte es vernehmlich. Claudia erschrak und fuhr herum. »Wer da?«, rief Sebastian mit barscher Stimme, die Hand schon am Schwertknauf. Doch es war nur ein streunender Köter, der im schwachen Licht des Mondes im Unrat der Gasse wühlte. Die drei setzten ihren Weg fort.
Wieder ertönte ein Geräusch. Diesmal klang es wie ein Platschen, gefolgt von einem unterdrückten Ausruf des Ärgers. Ein Schatten verschwand zwischen den dicht stehenden Hütten. Mit gezücktem Schwert ging Sebastian drei Schritte zurück und spähte angestrengt in die Dunkelheit. Auch in der kleinen Stadt Neuerburg kam es gelegentlich vor, dass Straßenräuber wehrlose Bürger ausraubten oder sogar umbrachten.
Alles blieb still. Trotzdem wurde Claudia das Gefühl nicht los, dass sie beobachtet wurden. Sie atmete auf, als sie die Hütte endlich erreichten. Sebastian ging nicht mit ihnen hinein, sondern verbarg sich auf der gegenüberliegenden Seite der Gasse in einem dunklen Winkel. Von dort wollte er aufpassen, dass niemand sie störte. Sollte sich eine Person Magdalenas Kate nähern, würde er sie mit dem Ruf eines Käuzchens warnen.
Im schwachen Schein eines einzelnen Binsenlichts sah Magdalena bleich und müde aus. Seitdem das Hexenkommissariat eröffnet worden war, schlief sie kaum noch. Auch ihre Einnahmen wurden knapp. Niemand hatte sich in den letzten Tagen zu ihr gewagt, um eine Arznei zu erwerben. Die einzige Wäsche, die

sie noch besorgen musste, kam aus dem Haushalt ihrer Ziehtochter.
Dennoch hatte sie den Tisch mit Apfelmost und etwas Gebäck gedeckt, das aus Barbaras letztem Lebensmittelpaket stammte. Im kleinen Kamin prasselte ein lustiges Feuer, denn draußen war es schon herbstlich kühl geworden.
Magdalena und Barbara umarmten sich herzlich. Auch Claudia hielt der Kräuterfrau beide Hände entgegen.
»Wie kann ich Euch helfen, edles Fräulein?«, fragte sie, als die jungen Frauen die schweren Umhänge abgelegt hatten. Claudia kramte in ihrer Gürteltasche und förderte schließlich das Döschen mit der stinkenden Salbe zutage.
»Kannst du mir sagen, was dies hier ist?«, fragte sie voller Erwartung.
Magdalena öffnete den Deckel und schnupperte kurz am Inhalt des kleinen Gefäßes. Dann fuhr sie entsetzt zurück. »Um Christi willen! Wo habt Ihr das her?«
Obwohl Claudia die Substanz für giftig gehalten hatte, erschrak sie. Immer wieder stockend vor Aufregung berichtete sie der Kräuterfrau von ihrem Besuch in Adelas Kammer und der nachfolgenden Ohnmacht. Erneut ließ sie den Inhalt der Träume aus. »Doch du scheinst zu wissen, was es mit diesem Zeug auf sich hat«, drängte sie. »Was ist es denn?«
Magdalena zögerte sichtlich. Sie steckte einen Finger in die Salbe und leckte vorsichtig daran. Angewidert spuckte sie danach aus und rieb sich auch mit einem Tuch über den Mund. Dann trank sie einen großen Schluck Most.
»Also, was ist es? So sprich doch!« Claudia musste an sich halten, um die Kräuterfrau nicht zu schütteln.
»Man nennt es Hexensalbe, gnädiges Fräulein.« Barbara stieß einen Laut des Entsetzens aus.
»Hexensalbe?«, fragte Claudia ungläubig. »Aus Kinderherzen und entweihten Hostien?«

Magdalena schüttelte den Kopf. »Nichts dergleichen werdet Ihr darin finden. Diese Salbe enthält Bilsenkraut und Eisenhut. Außerdem vermutlich Stechapfel, Tollkirsche und Fliegenpilz. Gemischt mit ranzigem Gänsefett.«

»Hexenkräuter«, murmelte Barbara.

»Unfug«, entfuhr es Magdalena barsch. »Es gibt keine Hexenkräuter. Diese Pflanzen sind nur giftig, wenn man zu viel davon nimmt. Das dumme Volk hält sie deshalb für Zaubermittel. Tatsächlich sind sie in niedriger Dosis wertvolle Heilpflanzen. Bilsenkraut zum Beispiel vertreibt unerträgliche Schmerzen. Der Fliegenpilz heilt eitrige Geschwüre.«

»Aber du sagtest doch selbst, es sei Hexensalbe. Wie kann sie da aus Heilkräutern bestehen?«

Magdalena zuckte müde mit den Schultern. »Im Volksmund nennt man sie Hexensalbe, weil man vorgeblich Schadenszauber damit betreiben kann. Doch meiner Ansicht nach ist das nicht möglich. Der Reiz dieser uralten Rezepte, heimlich von Generation zu Generation weitergegeben, liegt ganz woanders. Manche Weiber mischen sie, um sich in einen Rausch zu versetzen. Die Salbe schickt Träume und Trugbilder und lässt sie das irdische Elend eine Weile vergessen. Aber sie kann auch Alpträume und böse Gesichte verursachen. Am meisten wird sie jedoch genutzt, um die Wollust zu steigern.«

Claudia versuchte mühsam, ihren inneren Aufruhr zu zügeln. »Was für Trugbilder schickt diese Salbe?«

»Enthält sie Fliegenpilz, glauben manche Weiber, fliegen zu können. Eisenhut verursacht ein Gefühl auf der Haut, als hätte man ein Fell oder Federkleid. Die Berauschten glauben, sie wären Tiere. Fast alle Ingredienzien senden Träume von Orgien mit abstoßenden Ausschweifungen.«

Claudia schwieg eine Weile fassungslos. Dann gab sie zu: »Ja, das stimmt. Ich habe geträumt, durch die Lüfte zu gleiten, und das Gefühl war so wirklich, als wäre ich wach. In der Gestalt

einer schwarzen Katze habe ich ein anzügliches Fest beobachtet. Glaubst du, meine Base Adela wollte mich mit der Salbe vergiften?«
Der Fensterladen knarrte. Erschrocken blickten die jungen Frauen auf. Doch Magdalena beruhigte sie: »Da ist nichts, werte Fräulein. Das Holz verzieht sich nur bisweilen und knackt.«
Claudia schalt sich selbst eine Närrin. Schließlich hielt Sebastian draußen Wache.
Magdalena sah Claudia offen an. »Die Salbe ist nicht tödlich, edles Fräulein. Die Haut unter der Achsel ist zart und für die Substanzen empfänglich. Und eine Zubereitung der Pflanzen als Salbe ist auch nicht stark genug, um größere Schäden anzurichten. Wahrscheinlich seid Ihr durch die Essenz aus der Phiole ohnmächtig geworden. Dieses Gift scheint mir weitaus gefährlicher zu sein. Vielleicht wollte Eure Base Euch eine Lehre erteilen, weil Ihr ihre Sachen durchsucht habt.«
»Aber ich habe lauter Utensilien für eine schwarze Messe bei ihr gefunden.«
Magdalena nickte. »Vielleicht hält sich Eure Base tatsächlich für eine Dienerin Satans. Solche verblendeten Weiber gibt es zuweilen. Sie richten Schaden an, doch sie können nicht zaubern.«
»Woher bist du dir da so sicher?«, fragte Barbara.
»Es ist gegen Gottes Natur«, antwortete Magdalena schlicht. »Auch für schlimme Ereignisse gibt es in seiner Schöpfung eine natürliche Erklärung. Menschen und Vieh sterben an Krankheiten. An schwülen Tagen erhitzt sich die Luft und entlädt sich mit Blitz und Donner. Das alles gibt es seit Menschengedenken, doch unsere Ahnen hielten es nicht für Hexenwerk.«
»Woher weißt du das alles?«, fragte Claudia ungläubig. Sprach da wirklich eine einfache Wäscherin zu ihr?
Doch Magdalena wich ihr geschickt aus. »Ich habe die Heilkunde gelernt und dabei die Natur seit vielen Jahren beobachtet. Gottes Schöpfung ist gut und lässt keinen Platz für die Werke

des Teufels. Schon seit Urzeiten kennt man die heilende Wirkung von Pflanzen, die im Volksmund als giftig gelten. Schaut!«
Sie kramte ein kleines Beutelchen aus einer Lade und schüttete etwas in ihre Hand, das aussah wie schwarze Bohnen.
»Dies ist die Frucht des schwarzen Bilsenkrauts. Ich habe immer einen kleinen Vorrat davon, um schlimme Schmerzen zu lindern, zum Beispiel bei einer schweren Geburt. Liegt das Kind mit dem Steiß nach vorne, muss es im Mutterleib gedreht werden. Das hält keine Frau ohne betäubende Mittel aus.«
Claudia kam aus dem Staunen nicht mehr heraus. »Hast du auch schon als Wehmutter gearbeitet?«
Magdalena nickte. »Ja, doch es ist lange her. Das war, bevor ich nach Neuerburg kam.«
Claudia wagte darauf zu fragen: »Es heißt, du bist mit einem Söldnerheer gezogen?«
Magdalena zögerte. Dann nickte sie. »So ist es, Herrin. Meine Mutter war eine Marketenderin und lehrte mich die Heilkunde und die Geburtshilfe. Bilsenkraut gaben wir auch den Soldaten, wenn ihre Wunden so schwer waren, dass man sie nicht mehr heilen konnte.«
Nun war Claudias Neugier aufs höchste geweckt. Doch bevor sie weiterfragen konnte, ertönte von draußen der Ruf des Käuzchens.

Heinrich Dietz saß mit finsterer Miene in seinem Kontor. Die Zahlen der Kontobücher verschwammen immer wieder vor seinen Augen. Seitdem er seiner Tochter Barbara den öffentlichen Umgang mit ihrer Amme Magdalena verboten hatte, hing der Haussegen schief. So war auch das Nachtmahl in trübsinniger Stimmung verlaufen, und nichts, was Dietz versuchte, um seine Tochter ein wenig aufzuheitern, hatte Wirkung gezeigt. Gleich nach dem Essen war sie aufgestanden, um sich in ihre Kammer zurückzuziehen.

Als es schüchtern an die schwere Eichentür klopfte, blickte er daher hoffnungsvoll auf. Er vermisste die vertraulichen Unterredungen mit seinem einzigen Kind, die sie so oft in diesem Raum geführt hatten. Doch es war nur die junge Magd Hanna, die einen späten Besucher ankündigte.
Dietz freute sich trotzdem, als Andreas Mohr das Kontor betrat und seinen schlichten Umhang achtlos auf einen der schweren Sessel warf. Wenig später saßen die Männer vor einem Becher heißen Würzwein, den Dietz in der Küche bestellt hatte. Draußen kündigte sich schon der nahende Herbst an.
»Was machen die Vorbereitungen für die Kirmes?«, begann Mohr die Unterhaltung mit einem unverfänglichen Thema.
Dietz lächelte und hob die Schultern. »Es ist wie in jedem Jahr. Die Zünfte rangeln darum, welche Bruderschaft heuer den Festumzug anführt. Die Brüder untereinander streiten wiederum, wer die Zunftzeichen tragen darf und wie viele Kerzen und Almosen gespendet werden. Doch zuletzt werden sich alle einigen. In solch trübsinnigen Zeiten obsiegt die Vorfreude auf das Fest.«
Der Stadtpfarrer nickte bedächtig. Tatsächlich war die Kirchweih, die jedes Jahr am Sonntag vor Michaelis stattfand, neben den hohen Feiertagen Neuerburgs größtes Fest. Von nah und fern würden Besucher in die kleine Stadt strömen. Zum Glück waren die Wege nach dem schweren Unwetter Ende August wieder weitgehend frei.
Zum Fest gehörte ein großer Jahrmarkt. Schon dieser Tage hatten die ersten Gaukler ihre bunten Zelte vor den Stadttoren am Ufer der Enz aufgeschlagen.
Doch Mohr war nicht gekommen, um über die Kirmes zu plaudern. »Was gibt es Neues von Scholer?«, griff er das Stichwort auf, das Dietz ihm gegeben hatte.
»Ich lasse ihn jeden Tag Bericht erstatten«, erklärte der Bürgermeister. »Es ist so, wie ich befürchtet habe. Schon jetzt haben sich mehr als zehn Zeugen gemeldet, die das Kräuterweib Zia

Schreber der Hexerei bezichtigen. Auch die Pirken wurde schon mehrere Male beschrien.«

»Was genau wirft man den Weibern vor?«

»Die Schreberin ist schon viele Jahre als Zauberin verrufen. Mal soll sie ein Kind aus der Wiege genommen haben, das kurze Zeit später gestorben ist. Mal flößte sie einem kranken Fohlen einen Trank ein, wonach das Tier unter Krämpfen eingegangen ist. Mehrere Zeugen behaupten, dass sich ihre Krankheit verschlimmert hat, nachdem Zia ihnen eine Kerze um den Kopf gebunden hat. Viele Ereignisse liegen schon Jahre zurück.«

Der Pfarrer schüttelte betrübt den Kopf. »Was haltet Ihr selbst von den Anschuldigungen?«

Dietz zuckte die Achseln. »Ich halte es durchaus für möglich, dass es Mensch und Tier nach mancher Behandlung der Schreberin schlechterging als zuvor. Barbara hat mir immer wieder erzählt, dass Magdalena Pirken Zia für eine Pfuscherin hält. Es bedarf also keines Schadenszaubers, um die Patienten kränker zu machen. Doch der gemeine Mann auf der Straße ist abergläubisch und verblendet von Hexenfurcht.«

»Glaubt Ihr selbst nicht an die Umtriebe der Teuflischen?«

Dietz warf ihm einen scharfen Blick zu. Doch er konnte im Gesicht des Geistlichen keine Missbilligung erkennen.

»Solche Umtriebe mag es wohl geben«, antwortete er bedächtig. »Doch ich glaube, sie bleiben eher im Verborgenen. Der Satan kann nicht so dumm sein, sich derart durchsichtiger Mittel zu bedienen, um Gottes Schöpfung zu schädigen. Außerdem geraten zu viele Menschen in die Mühlen der Hexenjustiz, wenn diese sich erst einmal zu drehen begonnen haben. Ich kann mir nicht vorstellen, dass sie alle schuldig sind.«

Wieder nickte der Pfarrer. »Was wisst Ihr über die Kräuterfrau Pirken?«, fragte er unvermittelt.

Dietz sah überrascht auf. »Hattet Ihr schon Gelegenheit, mit ihr zu sprechen?«, wollte er, statt eine Antwort zu geben, wissen.

Mohr bejahte. »Doch bevor ich Euch über meine Erkenntnisse unterrichte, möchte ich hören, was Ihr von ihr wisst. Sie kam vor vielen Jahren als Fremde in Euer Haus. Wo stammt sie her?«
Dietz fuhr sich durch sein schütteres Haar. »Ich weiß es nicht«, räumte er ein. »Ich konnte meinem Eheweib Barbara nie die Wahrheit über ihre Herkunft entlocken.«
Der Pfarrer war überrascht. »So nahmt Ihr sie auf, ohne zu wissen, wer sie ist?«
Dietz nickte und wich Mohrs Blick aus. »Für Euch als Gottesmann mag dies schwer zu verstehen sein. Doch ich war Barbara in Liebe zugetan. Schon seit Kindertagen vergötterte ich sie. Als sie dann zustimmte, mein Eheweib zu werden, nicht auf Geheiß ihrer Eltern, sondern aus freien Stücken, kannte mein Glück keine Grenzen. Ich las ihr jeden Wunsch von den Augen ab.«
Der Pfarrer sah ihn mit einem merkwürdigen Gesichtsausdruck an. »Von ehelichen Gefühlen weiß ich mehr, als Ihr für möglich haltet«, meinte er. »Doch davon ein andermal. Was geschah an dem Tag, als sie in Euer Haus kam?«
»Sie stand eines Abends vor über zwanzig Jahren vor unserer Tür. Sie war abgerissen und halb verhungert, dazu hochschwanger. Ihr Gesicht trug die Male schwerer Misshandlungen. Sie begehrte, mein Weib zu sprechen, das ebenfalls gesegneten Leibes war. Ich wollte sie schon von der Schwelle jagen, als Barbara hinzukam. Mit einem Freudenschrei schloss sie das verwahrloste Ding in die Arme und bat mich, ihr Obdach in meinem Haus zu gewähren.«
»Und dem stimmtet Ihr zu?«
Dietz sah verlegen aus. »Anfangs schien es ja nur für ein oder zwei Nächte zu sein. Doch ich muss eingestehen, dass Magdalena einen weitaus besseren Eindruck machte, als sie erst einmal gebadet hatte und reinliche Kleider trug. Sie wirkte bescheiden und anständig und machte sich nützlich, ohne viel zu fragen.«
»Und so durfte sie bleiben?«

Wieder wich Dietz dem Blick des Stadtpfarrers aus. »Auch Barbara stand kurz vor der Niederkunft, und wir brauchten eine Amme. Die Gesindemeisterin Elsbeth hatte schon eine ihrer Nichten vom Land ins Haus geholt, die diese Aufgabe übernehmen sollte. Doch Barbara fand sie unreinlich und tumb. So bat sie mich schließlich darum, dass Magdalena die Amme für unser Kind werden dürfe.«

Der Pfarrer kommentierte das nicht. Nach einer Weile fuhr Dietz fort.

»Ihr fragt Euch sicher ein weiteres Mal, warum ich dem zustimmte, ohne Genaueres über Magdalenas Herkunft zu wissen. Doch Barbara vertröstete mich Tag um Tag. Sie deutete an, sie kenne die Amme seit ihren Kindertagen und dass sie aus einem guten Hause stamme. Gleichwohl wollte sie mir nicht sagen, wo sie ihr begegnet war, sondern bat mich, mir erst ein eigenes Bild von ihr zu machen. Erst nach der Niederkunft wollte sie mir alles enthüllen.«

»Aber dann verstarb sie im Kindbett?«, fragte der Pfarrer mitfühlend.

Auch nach all den Jahren wurde Dietz die Kehle eng. Er wischte sich über die Augen.

»Auf einmal überschlugen sich die Ereignisse.« Seine Stimme klang belegt. »Erst kam Magdalena nieder. Das Kind, ein kleiner Junge, war schwächlich und starb nach wenigen Tagen. Als die Frau gerade genesen war, kam Barbara in die Wehen. Doch es gab Komplikationen. Ihr Schoß war zu eng für die Geburt. Mehr als zwei Tage wollte das Kind nicht kommen, und sie litt furchtbare Schmerzen. Weder der Bader noch die Hebamme konnten ihr helfen. Sie flehte mich an, Magdalena zu ihr zu lassen, doch das schlug ich ihr ab aus Angst, sie könne Schaden nehmen. Als ich endlich zustimmte, war es zu spät. Magdalena holte das Kind, doch mein geliebtes Weib hatte schon zu viel Blut verloren und starb kurz darauf an ihrer Schwäche.«

Die Stimme versagte ihm. Ein tiefes Schluchzen entrang sich seiner Kehle. Der Pfarrer legte seine Hand über die verkrampfte Faust des Bürgermeisters.

»Glaubt Ihr, Euer Weib wäre noch am Leben, wenn Ihr Magdalena früher ans Kindbett gelassen hättet?«

Dietz nickte. »Sie hat meiner Tochter das Leben gerettet. Deshalb stehe ich für immer in ihrer Schuld. Vielleicht hätte sie auch mein Weib retten können. Ich habe Barbaras Tod als Strafe Gottes empfunden, weil ich Magdalena zu wenig vertraut habe.«

Der Pfarrer schnaubte unwillig. »Zweifellos sandte Euch unser Herrgott eine schwere Prüfung, mein Freund. Doch sicherlich nicht aus Rachsucht und Kleinlichkeit.«

Dietz wirkte beschämt. Dann fuhr er fort. »Nach Barbaras Beerdigung bat ich Magdalena um eine Unterredung. Sie erzählte mir, ihre Mutter sei eine Marketenderin gewesen und mit verschiedenen Söldnerheeren gezogen.«

Mohr nickte. Das wusste er schon.

»Als ihre Mutter starb, wurde das junge Mädchen zur Prostitution gezwungen. Die Frucht ihres Leibes stammte von einer Vergewaltigung. Als das Heer in der Nähe von Neuerburg lagerte, wo sie ihre alte Freundin Barbara wusste, floh sie und bat sie um Hilfe.«

»Das hat sie mir auch erzählt, als ich sie neulich abends aufsuchte«, bestätigte Mohr. »Doch habt Ihr Euch nie gefragt, wo Euer Eheweib, das aus einer begüterten Kaufmannsfamilie stammte, die Tochter einer Marketenderin kennengelernt haben soll?«

»Natürlich habe ich das getan«, protestierte Dietz. »Magdalena behauptet, sie habe Barbara in einem Kloster getroffen, in dem sie sich eine Zeitlang mit ihrer Mutter aufhielt. Barbara besuchte dort die Schule.«

Mohr horchte auf. »In welchem Kloster soll das gewesen sein?«

Dietz hob die Schultern. »Magdalena behauptet, eine Abtei im Herzogtum Luxemburg, an deren Namen sie sich nicht mehr er-

innern könne. Tatsächlich war Barbara als junges Mädchen in verschiedenen Klosterschulen. Da ihre Eltern kurz nach unserer Heirat an einem Fieber verstarben, wusste niemand mehr, um welche Klöster es sich handelte. Jetzt werdet Ihr sicherlich fragen, warum ich keine weiteren Nachforschungen anstellte«, kam Dietz dem Einwand Mohrs zuvor. »Doch nach dem Tod Barbaras war ich lange Zeit völlig am Boden zerstört. Ich glaube heute, dass ich auch gar nichts Näheres wissen wollte. Magdalena versorgte meine Tochter, als sei es ihr eigenes Kind. Barbara wuchs behütet und wohlumsorgt auf, und ich mochte keine Zweifel daran aufkommen lassen, in welche Hände ich sie gegeben hatte.«
Mohr erwiderte den trotzigen Blick seines Freundes mit einem nachsichtigen Lächeln.
»Es war im Laufe der Jahre ohnehin schwierig genug«, räumte der Bürgermeister ein. »Die Gesindemeisterin Elsbeth verzieh Magdalena nie, dass sie den Platz ihrer Nichte einnahm. Bis heute verfolgt sie die Amme mit tödlichem Hass. Auch meine verstorbene Schwester Grete, die ich nach dem Tod ihres Gatten aufnahm, war ihr von Anfang an spinnefeind. Schließlich musste ich Magdalena aus meinem Haus weisen, um den Familienfrieden zu wahren«, ergänzte er nicht ganz ehrlich. Dass schon damals der Vorwurf der Hexerei im Raum gestanden hatte, erwähnte er nicht.
Mohrs nächste Frage traf ihn vollkommen unerwartet. »Wusstet Ihr, dass die Kräuterfrau lesen und schreiben kann?«
Dietz war völlig verblüfft. »Davon hat sie nie ein Sterbenswörtchen erwähnt. Ganz im Gegenteil! Barbara hat ihr mit einiger Mühe beigebracht, ihren Namen zu schreiben und Grüße von ihr an einem B zu erkennen, das sie auf ein kleines Pergament schreibt.«
Doch die Überraschungen waren noch nicht zu Ende.
»Die Pirken spricht sogar Latein. Gutes Latein auf einem hohen Niveau. Sie ist eine gebildete Frau.«

Dietz war sprachlos. Als er sich wieder gefasst hatte, fragte er: »So hat sie Euch ihre wahre Herkunft verraten?«
Der Pfarrer schüttelte betrübt den Kopf. »Leider nicht. Sie behauptet, sie habe einige Wörter Latein in einem der Klöster aufgeschnappt, in denen ihre Mutter im Winter zuweilen als Magd diente. Dass sie lesen kann, weiß ich und vermute daher, dass sie auch schreiben kann. Doch bejaht hat sie dies nicht.«
Dietz sah ratlos aus. »Darauf kann ich mir keinen Reim machen«, gab er zu. »Magdalena hätten ganz andere Wege offen gestanden, wenn mir diese Kenntnisse bekannt gewesen wären. Sie hätte weder als Amme noch später als Wäscherin arbeiten müssen. Ich hätte Verwendung für sie in meinem Kontor gehabt und ihr auch bei der Wollweberzunft einen Posten verschaffen können.«
»Es wird seine Gründe haben, warum sie dies bis heute geheim hielt. Welche Klagen sind bei Scholer gegen sie erhoben worden?«
»Soviel ich weiß, wirft man ihr hauptsächlich vor, die Seuche erzeugt zu haben, die Neuerburg seit einigen Monaten heimsucht. Scholers Spinnmagd Lehn Lauert beschuldigt sie, zwei ihrer Kinder mit der Krankheit getötet zu haben. Auch die Webermagd Berthe wirft ihr den Tod ihres Säuglings vor. Es sind sehr schwerwiegende Anklagen, doch insgesamt sind es wenige. Da Magdalena viele Menschen von der Seuche oder anderen Krankheiten geheilt hat, ist man ihr in der Stadt dankbarer als der Schreberin.«
»Sie erzählte mir, dass sie nahezu all ihre Aufträge als Wäscherin verloren hat.«
Dietz' Gesicht verfinsterte sich. »Das mag wohl wahr sein. Doch der Grund dafür ist nicht, dass die Leute Magdalena ebenso misstrauen wie Zia. Jedermann ist in Sorge, in den Strudel der Denunziationen mit hineingezogen zu werden, wenn man Umgang mit ihr pflegt. Tatsächlich liegen sogar schon erste Be-

schuldigungen gegen die Wäscherin Martha Adams vor, die mit Magdalena befreundet ist. Auch ich habe meiner Tochter verboten, sich in der Öffentlichkeit mit ihrer Amme zu zeigen. Was ist Euer Eindruck nach dem Gespräch mit ihr?«
Auch Andreas Mohr sah jetzt grimmig drein. »Mein Herz sagt mir, dass sie unschuldig ist. Dennoch kann ich mir ihr Verhalten noch nicht erklären. Seit meinem Besuch weicht sie mir aus. Ich bin mir bislang nur sicher, dass sie nicht diejenige ist, die sie vorgibt zu sein.«

Magdalena sprang auf und winkte den jungen Frauen, sich hinter dem Vorhang zu verbergen, der ihre Lagerstatt umgab. Dort ließen sich beide erschrocken auf dem Bett nieder, die schweren Umhänge auf dem Schoß. Wer mochte die Kräuterfrau zu so später Stunde noch aufsuchen?
Rasch verstaute Magdalena das Bilsenkraut und das Döschen mit Hexensalbe in der Lade des Tisches. Da klopfte es auch schon an die Tür. Nach einem letzten prüfenden Blick öffnete die Kräuterfrau. Eine vermummte Gestalt schlüpfte durch den schmalen Eingang. Sie war klein und gedrungen.
»Seid Ihr Magdalena, das Kräuterweib?« Die Stimme klang heiser.
»Die bin ich«, bestätigte Magdalena, ohne dem späten Gast einen Platz anzubieten. »Was ist Euer Begehr?«
Die heisere Stimme senkte sich zu einem verschwörerischen Flüstern. »Einen Liebeszauber begehre ich. Schaut her, ich bezahle Euch gut.«
Die Unbekannte ließ einen Gulden auf die Platte des Tisches fallen. Dann zog sie sich unaufgefordert einen Schemel heran und setzte sich.
Magdalena dachte mit Wehmut daran, für wie viele Tage dieses Goldstück die drohende Not vertreiben würde. Dann fasste sie sich und nahm ebenfalls Platz.

»Wer seid Ihr und zu welchem Zweck benötigt Ihr solch ein Mittel?«
Die Frau schälte eine Hand aus dem dicken Umhang, der ihre Gestalt verhüllte. Sie war mit hässlichen roten Narben übersät. »Wer ich bin, soll Euch nicht kümmern«, raunte sie. »Doch den Zweck will ich Euch gerne verraten. Ich bin das Weib eines Kaufmanns, der zum Kirchweihmarkt nach Neuerburg gekommen ist. Seitdem die Pocken mein Gesicht und meinen ganzen Leib entstellt haben, rührt mein Gemahl mich nicht mehr an.«
»Ich bedauere Euer Geschick von ganzem Herzen«, erklärte Magdalena mit fester Stimme. »Doch ich bin eine Heilkundige und kenne keine Zaubermittel. Aber lasst mich Euer Gesicht sehen. Vielleicht kann ich Euch eine Salbe empfehlen, die die Narben mildert.«
Die Unbekannte fuhr zurück. »Mir kann niemand helfen. Ich habe die teuersten Ärzte aufgesucht und bin dafür sogar bis nach Italien gereist. Ein Liebeszauber ist das, was ich brauche. Ein Mittel, das die Sinne meines Gatten vernebelt, auf dass er mich wieder für begehrenswert hält und mein Leib seine Lust entfacht.«
Magdalena stand auf. »Solch ein Mittel kenne ich nicht.« Ihre Stimme klang nun entschlossen. »Ich möchte Euch daher bitten zu gehen.«
Doch die Frau ließ sich nicht beirren. »Dann gebt mir einen Rat, an wen ich mich wenden kann.« Nun klang der Jammer aus ihrer Stimme.
Magdalena schüttelte den Kopf. »Ich kenne niemanden, der solch ein Mittel verkauft.«
»Ich flehe Euch an, gute Frau. Ihr seid meine letzte Hoffnung.« Unterdrückte Schluchzer drangen zu den vor Entsetzen erstarrten Freundinnen hinter dem Vorhang.
Magdalena blieb ungerührt. »Ich biete Euch meine Hilfe als Heilerin an. Zeigt mir Euer Gesicht, und ich kann vielleicht etwas für Euch tun.«

Die Gestalt schüttelte heftig den mit einem schwarzen Schleier verhüllten Kopf. »Wenn Ihr eine Heilkundige seid, so kennt Ihr doch sicher ein Kraut, das die Wollust des Mannes dämpft und sein Geschlecht zum Erschlaffen bringt«, raunte sie schließlich. »Nacht für Nacht treibt sich mein Gemahl in den Hurenhäusern herum. Das kränkt meine Ehre und betrübt mich zutiefst. So gebt mir wenigstens solch ein Mittel.«
Magdalena nahm den Gulden vom Tisch und streckte ihn der Frau auf der flachen Hand entgegen. »Nehmt Euer Geld und geht. Auch mit einem solchen Kraut kann ich nicht dienen.«
Die Gestalt lachte höhnisch auf. Claudia spürte, wie eine Gänsehaut über ihren ganzen Körper zog.
»Lasst ab davon, mich zum Narren zu halten. In jedem Kloster kennen die Mönche solche Mittel. Ihr werdet doch den Gefleckten Schierling bei der Hand haben oder zumindest die gelb blühende Raute.«
Magdalena ging zur Tür der Hütte und öffnete sie. Dann warf sie die Münze in den Unrat der Gasse. »Verlasst sofort mein Haus, sonst lasse ich Euch durch meinen Bruder hinauswerfen.« Sie winkte Sebastian zu, der sein Versteck zögernd verließ.
Doch es war nicht nötig, dass er Magdalena zu Hilfe kam. Mit einem Fluch fischte die Frau den Gulden aus der Gosse und wandte sich ein letztes Mal an die Kräuterfrau.
»Dein unverschämtes Betragen wirst du noch einmal bereuen«, zischte sie. Dann schritt sie eilig die Weihergasse hinab und wurde bald von der Dunkelheit verschluckt.
Magdalena winkte Sebastian zu sich herein und schloss rasch die Tür hinter ihm. Mit einer hilflosen Geste schob sie den schwachen Riegel vor, als befürchtete sie, der ungebetene Gast würde noch einmal umkehren. Erschöpft sank sie auf den Schemel, auf dem die unheimliche Besucherin noch soeben gesessen hatte. Dann verlor sie die Fassung und begann heftig zu schluchzen.
Rasch zog Barbara den Vorhang der Bettnische zurück und eilte

auf ihre ehemalige Amme zu. Auch sie zitterte am ganzen Körper. Claudia folgte ihr wie betäubt.

Es dauerte eine ganze Weile, bis Magdalena sich beruhigte und einen Schluck von dem Würzwein nehmen konnte, den Barbara ihr gesandt und Sebastian am Feuer erwärmt hatte.

»Was wollte die Frau?«, fragte er zornig.

»Einen Liebeszauber oder ein Mittel, das die Manneskraft raubt.« Rasch weihte die Kräuterfrau den Sohn des Amtmanns in die wenigen Angaben ein, die die Unbekannte gemacht hatte. Sebastian hörte aufmerksam zu.

»Du glaubst, die Frau ist von Caspar Scholer gesandt«, sagte er schließlich zu Claudias Verblüffung. »Um Beweise gegen dich zu sammeln.«

Magdalena nickte mit einem letzten Schluchzen. »Er wird keine Ruhe geben, bis er mich auf den Scheiterhaufen gebracht hat.«

Barbara schrie entsetzt auf. »Wer war dieses Weib?« Ihre Stimme überschlug sich vor Angst.

Sebastian warf seiner Verlobten einen ärgerlichen Blick zu und legte den Finger auf die Lippen. »So schreit doch um Christi willen nicht, als würdet Ihr aufgespießt werden. Die ganze Weihergasse weiß bald von unserer Visite bei Eurer Amme.«

Barbara errötete ob dieser Zurechtweisung bis unter die Haarwurzeln. Doch sie beruhigte sich und schlug beschämt die Augen nieder.

Auch Claudia war peinlich berührt von dieser Szene. Um davon abzulenken, fragte sie Magdalena: »Kanntet Ihr dieses Weib?«

Magdalena verneinte. »Ich bin ihr nie begegnet, soweit ich es beurteilen kann. Ihr Gesicht war verhüllt, und ihre Stimme wahrscheinlich verstellt. Auch schienen die Narben auf ihrer Hand aufgemalt. Doch genau konnte ich dies im schwachen Licht nicht erkennen.«

Claudia sah Sebastian an. »Kam sie allein zu der Hütte, oder war jemand bei ihr?«

»Sie tauchte ganz plötzlich aus der Dunkelheit auf. Ich habe sie nicht kommen gesehen oder gehört. Ich glaube, sie hatte sich schon eine Weile im Schatten der Häuser verborgen.«
»Könnten wir sie schon auf dem Hinweg gehört haben?«
Sebastian zuckte die Schultern. »Es wäre möglich. Ich sah sie erst, als sie der Tür zustrebte. Niemand war bei ihr.«
»Warum glaubt Ihr, dass Scholer sie gesandt hat?«
»Nun, hätte der Ratsherr eine Zeugin, die beschwört, einen Liebeszauber oder ein Mittel, das die Männlichkeit lähmt, von Magdalena erhalten zu haben, bräuchte es keine weiteren Aussagen gegen sie. Das Gericht in Luxemburg würde einer Verhaftung sofort zustimmen.«
»Wenn Scholer sie gesandt hat, müsste es ein Weib aus Neuerburg sein. Oder zumindest aus einem der umliegenden Weiler«, schlussfolgerte Claudia scharfsinnig.
Sebastian nickte. »So wird es wohl sein. Gleich morgen werde ich in den Wirtshäusern Erkundigungen einziehen, obwohl viele Fremde wegen des Marktes in der Stadt sind. Vielleicht erinnert sich trotzdem jemand an einen Kaufmann mit einer verschleierten Frau.«
Er mied Barbaras Blick. »Außerdem werde ich im Hurenhaus nachfragen, ob ein auswärtiger Gast sich über sein pockennarbiges Weib beschwert hat.«
»Ich glaube kaum, dass sie die Wahrheit über ihre Herkunft gesagt hat«, meldete Magdalena sich mit leiser Stimme zu Wort. »Ich denke, sie ist selbst eine Kräuterkundige. Wie sonst sollte sie wissen, dass die golden blühende Raute die Manneskraft lähmen kann? Sie gilt als ein Mittel zur Förderung des Blutflusses und Stärkung der Augen. Kaum jemand weiß, dass sie das Liebesverlangen schwächt.«
Alle schwiegen bedrückt und ließen dies auf sich wirken. Schließlich ergriff Sebastian das Wort.
»Sollte es Scholers Kundschafterin sein, könnte sie Klage gegen

Magdalena erheben, obwohl sie kein Zaubermittel erhalten hat. Es ist einfach zu behaupten, Magdalena habe ihr schädliche Kräuter angeboten. Zumal, wenn das Weib deren Namen kennt.« Er stockte einen Moment und sah die jungen Frauen mit ernster Miene an. »In diesem Fall müsstet ihr beide Zeugnis für ihre Unschuld ablegen.«
Barbara nickte heftig. Doch Claudia fuhr der Schrecken in alle Glieder. Bei einer Aussage würde sie zweifellos auf die Bibel schwören müssen, dass sie die Wahrheit sagte. Vier Wochen Dienst als Magd würde sie zur Not noch einmal ertragen. Doch womit sollte sie Graf Wilhelm den Grund ihres Besuches bei Magdalena erklären?

## Kapitel 16

*Sonntag, 23. September 1612*

»Nun komm schon, gib deinem Herzen einen Stoß. Du kannst dich doch nicht den ganzen Kirmessonntag hier drinnen verstecken!«
Seufzend blickte Magdalena von ihrer Näharbeit hoch. »Martha, ich weiß, dass du es gut meinst. Aber mir ist wahrlich nicht danach, unter die Leute zu gehen.«
»Papperlapapp«, wischte Martha Adams die Bemerkung ihrer Freundin vom Tisch. »Wenn du die Leute scheust, werden sie nur noch mehr über dich tratschen.«
Unschlüssig dachte Magdalena über Marthas Vorschlag nach. Es war schon ein Körnchen Wahrheit in ihrer Rede. Vielleicht machte sie sich tatsächlich noch verdächtiger, wenn sie an einem so strahlenden Sonntag Neuerburgs größtem Fest fernblieb.

»Horch!« Martha spähte durch das niedrige Fenster. »Ich glaube, da kommt schon die Prozession.«
Tatsächlich begann in diesem Moment das Glöckchen der nahe gelegenen Eligius-Kapelle silberhell zu läuten. Da der Festzug die steile Weihergasse hinauf bis zum Scheuerner Tor zog und dort umkehrte, würde er Magdalenas Kate sogar zweimal passieren. Jedermann war auf den Straßen, zumal sich das Wetter rechtzeitig zur Kirmes in einen milden Altweibersommer gewandelt hatte.
»Nun gut«, gab die Kräuterfrau schließlich nach. »Aber nur ein Stündchen, bis der Umzug vorüber ist.«
Wenig später standen die beiden Frauen Arm in Arm am Straßenrand. Es schien, als ob die Kirchweih auch die verhärteten Herzen der Neuerburger berührt hätte. Magdalena blickte in lächelnde Gesichter und wurde nicht wenige Male sogar freundlich gegrüßt. Das zarte Pflänzchen der Hoffnung begann erneut in ihr zu keimen.
Zur Feier des Tages waren die ungepflasterten Gassen mit Birkenruten und Buchenzweigen ausgelegt worden. Vor jedem Fenster standen Töpfe mit den letzten Wiesenblumen des Jahres. Auch Magdalena hatte ihre Kate mit Schafgarbe und Ringelblumen geschmückt. Getrocknet konnte sie die Pflanzen später als Heilkräuter verwenden.
Da sahen sie auch schon die Spitze des Zuges nahen. Majestätisch schritten die Stadtschützen in ihren grün-roten Uniformen voran. Hinter ihnen schmetterten Spielleute mit ihren Querpfeifen und Hörnern die altgewohnten festlichen Weisen, untermalt von den mächtigen Schlägen der Pauken. Zusammen mit den anderen Zuschauern sang Martha aus vollem Hals mit, und selbst Magdalena summte die vertrauten Melodien. Ihre Laune hob sich zusehends.
Während die ersten Böller vom tiefer gelegenen Beilsturm ertönten, kam die Fahne der Schmiede in Sicht. Die stolze Zunft

führte den Festzug in diesem Jahr an. Gleich dahinter schritten die Wollweber und Tuchhändler. Ihr Brudermeister Paulus Jönen trug stolz die buntbemalte Stabstatue der heiligen Katharina. Sie stützte sich auf die Werkzeuge ihres Martyriums, Richtschwert und Rad. Ihre Füße ruhten auf den Zunftzeichen Spinnrad und Webstuhl. Magdalena reckte den Hals nach Barbara Dietz, bis ihr einfiel, dass ihr Vater als Bürgermeister die Gruppe des Stadtrats anführen würde.

Doch zuerst kam die Geistlichkeit. Die Kapläne und Ordensbrüder des Eligius-Hospitals gingen voran. Dahinter kam, umringt von Messdienern mit Klingeln und rauchenden Weihrauchkesseln, ein kostbar gestickter seidener Tragehimmel in Sicht. Vier Zunftmeister der Schmiede hielten ihn an den Eckpfosten. Darunter schritten der Burgkaplan Bernhard Josten, den Magdalena heute zum ersten Mal sah, und der Stadtpfarrer Andreas Mohr, beide in festlichem Ornat. Sie wechselten sich beim Tragen der schweren gotischen Monstranz mit der geweihten Hostie ab. Die Menge verneigte sich vor dem Allerheiligsten.

Im Vorbeigehen trafen sich Mohrs Blicke mit denen der Kräuterfrau. Noch bevor sie den Kopf senken konnte, peinlich erinnert an den Verrat ihres so lange gehüteten Geheimnisses, schenkte er ihr ein strahlendes Lächeln. Sie errötete unter den neugierigen Blicken der Umstehenden.

Martha setzte gerade an, um sie mit Fragen zu überschütten, da erblickte Magdalena Barbara. Sie stieß ihre Freundin in die Seite. »Schau, wird sie nicht jeden Tag schöner?«

Tatsächlich strahlte Barbara mit der Spätsommersonne um die Wette, als sie in ihrem goldbestickten königsblauen Samtgewand am Arm ihres Verlobten dahinschritt. Das Kleid war ein Geschenk ihres Vaters und eigens für den Festumzug angefertigt worden. Nicht ganz vergeblich hatte Dietz gehofft, seine Tochter damit auf fröhlichere Gedanken zu bringen.

»Sie sieht aus wie eine Königin«, bestätigte Martha, während

Barbara, unbekümmert um das Verbot ihres Vaters, Magdalena zuwinkte.
Doch auch der Bürgermeister selbst nickte der Kräuterfrau zu. Er ging Seite an Seite mit dem Amtmann gleich hinter dem Tragehimmel. Seine schwere goldene Amtskette klirrte leise, als er die Frauen passierte.
Dahinter folgten die Ratsherren und Schöffen des Hochgerichts mit ihren Damen. Nur Scholer war allein. Sein Weib sei unpässlich, hieß es wie schon so oft. Jedoch besagten Gerüchte, die Eheleute hätten sich so entzweit, dass sie nicht mehr gemeinsam in der Öffentlichkeit auftraten.
Scholers höhnischer Blick ließ Magdalena erstarren. Ekel und Furcht schnürten ihr die Kehle zu. Doch Martha Adams ließ sich nicht einschüchtern. Sie starrte dem Ratsherrn frech ins Gesicht, bis er sich mit einem verächtlichen Ausdruck abwandte.
Hinter dem Rat gingen die Würdenträger der Burg. Der Landgraf hatte mit seiner Familie den steilen Gang durch die Weihergasse gescheut und den Zug nur bis zum Rathausplatz begleitet. Dort wartete die gräfliche Gesellschaft unter einem Sonnendach auf die Rückkehr der Prozession, um sich ihr wieder bis zum Kirchplatz anzuschließen, wo der festliche Gottesdienst stattfinden sollte.
Zunft um Zunft zog zu den Klängen immer neuer Kapellen an den Frauen vorbei. Schuhmacher, Zimmerleute, Schneider und Ledergerber suchten sich gegenseitig mit dem Prunk ihrer Fahnen und Festgewänder zu übertrumpfen. Den Schluss bildeten die Bäcker. Zwei kräftige Gesellen trugen ihr Zunftzeichen aus vergoldetem Holz, eine Brezel in den Vordertatzen zweier Löwen. Wie in jedem Jahr musste Martha bei diesem Anblick lachen. Ihre Fröhlichkeit steckte Magdalena an und verdrängte die Begegnung mit Scholer.
So wehrte sie sich nur halbherzig, als die Freundin sie in Richtung der Altstadt zog. »Komm, lass uns die Messe besuchen. Si-

cher wäre der Herr Stadtpfarrer sehr enttäuscht, wenn du nicht kommen würdest«, spöttelte sie gutmütig. »Und sieh her!« Sie zeigte Magdalena einen kleinen Beutel mit Pfennigen. »Nachher schlendern wir über den Jahrmarkt. Es soll Feuerschlucker und Seiltänzer unter den Gauklern geben. Und wer weiß?« Sie lachte verschmitzt. »Vielleicht finden wir auch noch zwei Burschen, die uns zum Tanzboden begleiten.«

Es ging schon auf Mitternacht zu, als Sebastian und Andreas Mohr gemeinsam dem Kirchplatz zustrebten, an dem ihre Wohnhäuser lagen. Mohr war bester Laune.

»Stell dir nur vor, der Landgraf wird fünfzig Gulden für das Kirchendach spenden. Mit dieser Summe können wir die Eligius-Kapelle gleich mit instand setzen.«

Sebastian setzte ein herzliches Lächeln auf. »Das freut mich für Euch.« Trotz seiner Mühe, sich gut gelaunt zu geben, klang seine Stimme gequält. Der Pfarrer horchte auf.

»Welche Laus ist dir denn an diesem strahlenden Festtag über die Leber gelaufen?«, fragte er leicht amüsiert. »Es wird doch kein Zerwürfnis mit deiner Liebsten sein, noch bevor ihr Tisch und Bett teilt?«

Unwillkürlich wurde Sebastian rot. »Nein, nein. Mit meiner Verlobten steht alles zum Besten«, beeilte er sich, dem Pfarrer zu versichern.

Tatsächlich war es zu keinem Streit zwischen ihm und Barbara gekommen. Doch er hatte den ganzen Abend mit allen Würdenträgern der Stadt an der Tafel des Landgrafen gesessen, die zur Feier des Tages unter einem Zeltdach am Ufer der Enz aufgestellt worden war. Natürlich war auch Claudia da gewesen. In ihrer herzlichen Art hatte sie viel mit ihrer Freundin Barbara und ihm gesprochen, ungeachtet der verächtlichen Blicke ihrer Base Adela. Mit jeder Begegnung begehrte Sebastian sie mehr und machte sich zunehmend Sorgen, wo diese Gefühle ihn hin-

führen mochten. »Es hat mit meinem Vater zu tun«, wich er dem heiklen Thema aus. Auch das entsprach der Wahrheit.
Im Dunkel der Gasse erahnte er den besorgten Blick des Priesters mehr, als er ihn sah. »Was ist denn geschehen? Es ist mir wohl aufgefallen, dass ihr den ganzen Abend kein Wort miteinander gesprochen habt.«
Sebastian seufzte. »Er grollt mir seit der Audienz beim Landgrafen. Ich habe ihm nicht nur vor allen Anwesenden widersprochen, sondern auch noch recht bekommen. Der Landgraf ist meinem Vorschlag gefolgt und hat vorläufig keine Verhaftungen erlaubt. Die Hexenverfolgung ist aufgeschoben, bis genügend Zeugenaussagen und ein Advis aus Luxemburg vorliegen. Doch mein Vater wurde getadelt und fühlt sich in seinem Ansehen geschädigt. Seither hat er kein Wort mehr mit mir gesprochen.«
Der Pfarrer überlegte kurz. »Soll ich einmal mit ihm reden?«, fragte er schließlich.
Sebastian schüttelte den Kopf. »Es würde ihn nur noch zorniger machen, wenn Ihr ein gutes Wort für mich einlegen würdet. Er würde glauben, ich hätte Euch gegen ihn eingenommen.«
Sie bogen gerade in die steile Kirchgasse ein, als sie aus der Richtung der Hohlgasse unterdrückte Schreie vernahmen. »So halt sie doch fest, du Narr«, hörten sie eine rauhe Männerstimme. »Und stopf ihr das Maul, bis ich mit ihr fertig bin.«
Alarmiert machten Mohr und Sebastian kehrt und gingen mit schnellen Schritten auf die Hohlgasse zu. Was sie dort im schwachen Schein einer erlöschenden Pechfackel erblickten, ließ ihnen den Atem stocken.
Vier Kerle hatten sich zweier Frauen bemächtigt in der Absicht, ihnen Gewalt anzutun. Ein Gauner war offensichtlich schon zum Zuge gekommen. Während sein Spießgeselle die zuckende Frau hochhielt und ihr dabei die Arme an die Seiten presste, stieß er mit lautem Stöhnen zwischen ihre Schenkel, die er mit beiden Händen gespreizt hatte.

Die zweite Frau wehrte sich noch aus Leibeskräften. Obwohl sie ihr schon den Rock heruntergerissen hatten, gelang es ihren Peinigern nicht, sie ruhig zu halten und ihre Beine auseinanderzuzwingen. Die Kerle waren so beschäftigt, dass sie Sebastian und Mohr nicht herankommen hörten.
Der junge Mann fackelte nicht lange. Ohne Vorwarnung zog er dem Vergewaltiger eins mit dem Schwertknauf über den Schädel. Während der wie ein gefällter Baum zu Boden sank, ließ sein Kumpan die geschändete Frau in den Straßendreck fallen und gab Fersengeld.
Auch Mohr war nicht untätig geblieben. Mit bloßen Händen hatte er den Mann, der die strampelnde Frau bedrängte, von hinten an der Gurgel gepackt und würgte ihn heftig. Trotzdem ließ der Schurke die Frau erst los, als Sebastian seinem Helfershelfer die Schwertklinge an die Kehle setzte.
»Lass sie ja behutsam herunter, sonst schlitze ich dich von einem Ohr zum anderen auf«, zischte er.
»Und du fährst ohne Beichte und Absolution zur Hölle«, ergänzte der Pfarrer grimmig.
Langsam ließ der Mann die Geschundene mit den Füßen voran zu Boden gleiten. Als sie sich hastig bückte, um ihren zerrissenen Rock aufzuheben, entfuhr Sebastian ein Laut des Entsetzens. Es war Magdalena, die er in letzter Minute gerettet hatte.
Mittlerweile hatte sich auch die andere Frau aufgerappelt. Sie war über und über mit Blut und dem Kot der Gasse beschmutzt. Trotzdem erkannte Sebastian die Wäscherin Martha Adams. Auch sie versuchte, ihre Blöße notdürftig mit den Fetzen ihres Rocks zu bedecken.
Kurz entschlossen zog Sebastian seinen Umhang aus kostbarem Samt aus, während er noch immer mit dem Schwert die Verbrecher in Schach hielt. Er warf das Kleidungsstück Magdalena zu, die es ihrer Freundin um die Schultern legte. Der Umhang reichte ihr weit über die Knie.

»Kennt ihr die Hurensöhne?«, fragte er grimmig.
Magdalena nickte. »Der da ist Wilbert, der ehemalige Hausknecht bei Dietz.« Sie zeigte auf den Mann, den der Pfarrer an der Gurgel gepackt hatte.
Jetzt erkannte ihn auch Sebastian. Er wusste, dass der Knecht von Barbara entlassen worden war, weil er schon einmal versucht hatte, ihrer Amme Gewalt anzutun.
»Wie seid ihr ihnen in die Hände gefallen?«, fragte der Pfarrer. In diesem Moment begann sich der Bewusstlose am Boden zu regen. Der Pfarrer versetzte ihm einen gezielten Tritt gegen die Schläfe. »Gegen drei wollen wir es ja nicht gleichzeitig aufnehmen«, bemerkte er lakonisch, als er Sebastians halb bewundernden, halb entsetzten Blick sah.
»Also, sprecht frei heraus«, forderte er die Frauen auf.
»Sie haben uns schon den ganzen Abend verfolgt«, erklärte Magdalena. »Zuerst sind wir ihnen auf dem Jahrmarkt begegnet. Sie warfen uns unflätige Schimpfworte an den Kopf, aber taten uns weiter kein Leid an. Auf dem Tanzboden haben wir sie aus den Augen verloren und wähnten uns schon in Sicherheit. Doch sie lauerten uns auf, als wir den Heimweg antraten, und verschleppten uns hier in die Gasse. Wärt Ihr nicht gekommen, wer weiß, was sie uns angetan hätten.«
»Das Weib lügt doch, wenn es sein schmutziges Maul aufmacht«, krächzte Wilbert heiser. Der Griff des Pfarrers hatte offensichtlich gewirkt. »Bezahlt haben wir die Dirnen für ihre Liebesdienste. Doch kaum hatten sie das Geld, versuchten sie, sich aus dem Staub zu machen.«
»Jawohl, so war es«, stimmte sein Spießgeselle zu. »Huren sind sie und Diebinnen. Sie gehören gestäupt und an den Pranger gestellt.«
»So gebt ihr also den Frauen die Schuld?«, fragte Sebastian gefährlich ruhig.
»Schamlose Weiber sind das«, geiferte Wilbert. »Sie haben uns

wie Hübschlerinnen aufgegeilt. Kirre machen wollten sie uns, um uns unserer Manneskraft zu berauben. Denn Ihr müsst wissen, hoher Herr«, wandte er sich mit beschwörender Stimme an den Sohn des Amtmanns. »Das ist nicht nur Hurengesindel, das ist auch Hexengeschmeiß.«
Mit einem einzigen Faustschlag streckte Sebastian ihn zu Boden.

*Dienstag, 25. September 1612*

Es dämmerte schon, als Sebastian den Wachturm erreichte. Um die Mauern der Neuerburg pfiff ein scharfer Wind. Nichts erinnerte mehr an den strahlenden Sonnenschein der vergangenen Kirmestage.
Sein Herz klopfte in einer wilden Mischung aus Sehnsucht, Ungeduld und Furcht vor dem Kommenden. Heute war Zia Schreber verhaftet worden, ohne den Advis aus Luxemburg abzuwarten. Nur das beherzte Eingreifen des Bürgermeisters hatte verhindert, dass auch Magdalena in den Haidturm geworfen worden war.
Christoph de la Val, Caspar Scholer und Bernhard Josten waren gemeinsam beim Landgrafen vorstellig geworden und hatten gefordert, die Frauen in Gewahrsam zu nehmen. Die Magd Kathrin hatte den Gästen einen Trunk gebracht und Claudia danach völlig aufgelöst von dem Gespräch berichtet. Trotz ihrer Angst vor Adela überbrachte sie Sebastian danach eine Nachricht des Edelfräuleins ins Lehnshaus.
»Ich will wissen, wie schlimm es steht«, hatte in Claudias kühner Handschrift auf dem Pergament gestanden, das mit rotem Wachs gesiegelt war. »Kommt heute um die siebte Abendstunde zum Wachturm.«
Dank der Stellung seines Vaters hatten die Burgwachen Sebastian ungehindert passieren lassen. In einem unbeobachteten

Moment war er die Treppe zum Wehrgang hinaufgehuscht, wo er nun in der Nische des kleinen Turms verborgen wartete.
Leise Schritte kündigten Claudias Ankunft an. Wie schon bei ihrem Besuch in Magdalenas Kate war sie in den schwarzen Umhang gehüllt, der ihre schlanke Gestalt fast völlig verbarg. Irritiert zog sie ihre Hand zurück, auf die Sebastian einen allzu leidenschaftlichen Kuss drückte.
»Lasst doch die Förmlichkeiten«, überspielte sie die Situation mit barschem Ton.
»Wie geht es Magdalena?«, fuhr sie fort, als sich beide auf die enge Bank im Inneren des Türmchens gezwängt hatten.
»Angesichts des Unheils, das in jüngster Zeit über sie hereingebrochen ist, hält sie sich tapfer«, antwortete Sebastian. Er versuchte krampfhaft, nicht an Claudias Schenkel zu denken, den er auch durch das dicke Gewand hindurch deutlich spürte.
Die junge Frau nickte kummervoll. »Habt Ihr die Schurken dingfest gemacht, die ihr Gewalt antun wollten?«
Sebastian schüttelte grimmig den Kopf. »Auf Rat des Bürgermeisters haben wir sie gestern wieder laufen lassen. Sie hätten im Fall einer Anzeige den Vorwurf der Hexerei gegen die Frauen erhoben, so viel ist gewiss. Dieses Risiko wollten wir nicht eingehen.«
Claudia schnaubte vor Empörung. »So kommen sie völlig ungeschoren davon?«
»Nicht ganz«, grinste Sebastian. »Dem Hausknecht Wilbert habe ich die Nase gebrochen, und dem Burschen, der Bekanntschaft mit Mohrs Stiefel gemacht hat, dürfte noch immer der Schädel brummen. Außerdem hat Dietz die Kerle wegen Störung der öffentlichen Ordnung aus der Stadt jagen lassen.«
»Und damit auf Dauer verhindert, dass sie Anzeige gegen Magdalena erstatten«, ergänzte Claudia besänftigt. »Dietz ist ein kluger Mann.«
»Doch wie geht es nun weiter?« Sie drehte ihren Kopf zu Sebas-

tian, so dass ihre Lippen nur wenige Zentimeter von den seinen entfernt waren. Einen Augenblick lang schwindelte ihn. Dann riss er sich zusammen und konzentrierte sich auf die Schilderung der komplizierten Rechtslage.

»Das kann ich im Moment nur vermuten. Mein Vater, Dietz und Scholer haben Zia Schreber heute verhört. Sie hat natürlich nichts eingestanden. Dietz hat als oberster Richter verfügt, dass ein weiteres Verhör erst nach Eintreffen des Advis stattfinden darf, der ihre Verhaftung nachträglich bestätigt. Bis dieses Schreiben da ist, passiert also erst einmal gar nichts. Danach wird die Schreberin weiter gütlich verhört und Zeugen befragt. Ergeben sich daraus zwar Verdachtsmomente, aber kein Geständnis, was zu erwarten ist, muss ein zweiter Advis aus Luxemburg eingeholt werden, bevor man Zia foltern darf.«

»Was wird denn als Verdachtsmoment angesehen?«

Sebastian zuckte die Achseln. »Das kann alles Mögliche sein. Widersprüche in den Aussagen der Beschuldigten oder mangelnde Kenntnis kirchlicher Gebote. Am wichtigsten sind aber die Zeugenaussagen. Und hier werden zumindest die schwerwiegendsten fehlen. Da Zia die erste Verhaftete ist, gibt es keine Frauen, die sie als Gespielin denunzieren können. Vielleicht verweigert das Luxemburger Gericht unter diesen Umständen die Erlaubnis zur Folter. Dann würde alles Weitere schnell im Sande verlaufen.« Sebastian versuchte zuversichtlicher zu klingen, als er sich fühlte.

»Was ist mit den Aussagen aus Oberkail?«, fragte Claudia. »Barbara hat mir erzählt, dass man dort Magdalena besagt hat. Gilt dies auch für Zia Schreber?«

Sebastian erschrak. Daran hatte er noch gar nicht gedacht. »Ich weiß es nicht«, gab er zu. Plötzlich fasste er den Entschluss, noch in dieser Woche nach Oberkail zu reiten. »Doch ich werde es herausfinden«, versprach er.

Die beiden schwiegen eine Weile. Sebastian roch den schwachen

Duft, den das Edelfräulein verströmte. Es war ein Hauch von Jasmin und Rosen.
»Glaubt Ihr, dass die Predigt des Stadtpfarrers den Stein ins Rollen gebracht hat?«, unterbrach Claudia ihn in seinen sinnlichen Gedanken.
Sebastian zuckte die Schultern. »Ich denke, der Stein rollte bereits. Vielleicht hat Mohr ihm nur einen weiteren Stoß versetzt.«
»Aber er wollte doch genau das Gegenteil bewirken.«
»Natürlich wollte er das. Auch ihm ist das ganze Hexengeschrei aus tiefstem Herzen zuwider. Er wollte das Unrecht anprangern, welches Magdalena seit Wochen angetan wird. Doch er hat die Rechnung ohne den Wirt gemacht. Kein anständiger Bürger lässt sich am Kirmesmontag vorhalten, dass er zu den Pharisäern zählt und die Splitter im Auge der anderen sucht, um von den Balken im eigenen abzulenken. Zumindest nicht, wenn es um Hexen geht«, fügte er bitter hinzu.
»Meint Ihr, das gab den Ausschlag, dass mein Oheim den Verhaftungen zugestimmt hat?«
»Josten und Scholer machten ihm weis, dass der Stadtfrieden gefährdet sei, wenn man nicht wenigstens die zwei Kräuterweiber verhaftet. Der Burgkaplan drohte ihm überdies mit der Strafe des Himmels, wenn er seine Untertanen nicht besser vor den Umtrieben der Satansdienerinnen beschützt.«
»Und das soll ihn beeindruckt haben?«, meinte Claudia spöttisch.
»Wahrscheinlich nicht«, gab Sebastian zu. »Dafür sitzt der Aufruhr bei den Hinrichtungen der Männer aus Utscheid umso tiefer. Wahrscheinlich will der Landgraf verhindern, dass man auch in Neuerburg zur Selbstjustiz greift.«
Wieder schwiegen beide. Bevor Sebastian seine Gefühle erneut überwältigen konnten, fragte Claudia: »Wie hat Euer Vater sich in dieser Sache verhalten?«

Sebastian schluckte. Dann räusperte er sich. »Wankelmütig, würde Scholer es nennen. Zuerst befürwortete er die Verhaftung der Frauen. Doch als Dietz sich für Magdalena verbürgte und versprach, dass sie die Stadt nicht verlassen würde, ließ er sie ziehen. Er möchte sich deswegen nicht mit meinem Schwiegervater entzweien.«

»Habt Ihr die Frau ausfindig machen können, die den Liebeszauber von Magdalena verlangt hat?«

»Leider nicht. In keinem Wirtshaus der Stadt konnte man sich an die Frau eines Kaufmanns erinnern, die ihr Gesicht mit einem Schleier bedeckt hielt. Es sieht wirklich danach aus, als habe Scholer sie gedungen, Beweise gegen Magdalena zu sammeln.«

Vom Rathausplatz schlug die Uhr achtmal. Claudia schreckte auf. »Es ist schon spät, ich muss gehen.«

Ohne zu überlegen, ergriff Sebastian ihre Hand. »Bleibt noch ein wenig«, bat er.

Claudia sah ihn befremdet an und zog ihre Hand zurück. »Es ist wohl kaum schicklich, Eure Gesellschaft länger zu suchen, als es unsere gemeinsamen Interessen erfordern«, beschied sie ihm kühl. »Vergesst nicht, Monsieur de la Val, dass Ihr meiner Freundin Barbara anverlobt seid. Sie hätte wenig Verständnis dafür, wenn wir uns im Dunkeln ohne triftigen Grund treffen würden.« Sie stand auf. »Gehabt Euch wohl, junger Herr. Aber haltet mich auf dem Laufenden.«

Mit hocherhobenem Haupt schritt sie den Wehrgang entlang. Sebastian sah ihr nach wie ein begossener Pudel.

»Darf ich hereinkommen?«, fragte Mohr, da Magdalena die Tür ihrer Kate nur einen Spalt weit geöffnet hatte. Sie nickte und huschte beiseite. Dann schloss sie die Tür und schob den Riegel vor.

Unschlüssig blieb sie vor dem Stadtpfarrer stehen, der sich ohne Aufforderung am Tisch niedergelassen hatte. »Habt Ihr noch

von dem guten Apfelmost?«, überbrückte Mohr die angespannte Situation.
Unwillkürlich musste Magdalena lächeln. Kummervoll bemerkte der Priester, dass ihre Lippe noch immer dick geschwollen war. Dennoch erschien sie ihm schöner denn je.
»Ihr dürft mich weiterhin duzen«, bemerkte die Kräuterfrau, während sie Mohr den Becher füllte.
Der füllige Mann sah sie aufmerksam an. »Ich werde mich hüten, Jungfer Pirken, solange ich nicht weiß, wer Ihr seid.«
Magdalena schwieg und wich seinem Blick aus.
»Ich konnte Euch noch nicht danken für das, was Ihr am Kirmessonntag für mich getan habt«, sagte sie schließlich leise.
Mohr winkte ab. »Es war nicht der Rede wert. Zumal ich die Meute durch meine gestrige Predigt so aufgebracht habe, dass Euch danach noch weit Schlimmeres drohte.« Er wirkte zerknirscht.
»Ihr habt es nur gut gemeint«, verteidigte Magdalena ihn zu seiner eigenen Überraschung. »Und glaubt mir, kaum etwas ist schlimmer für eine Frau, als wenn ihr Gewalt angetan wird.«
Der Pfarrer nickte traurig. »Wie geht es Eurer Freundin?«, erkundigte er sich dann.
»Sie ist heute zum ersten Mal aufgestanden. Ich habe ihr einen Tee aus Baldrian und Johanniskraut gebracht, damit sie innerlich ruhiger wird. Nachts plagen sie Alpträume.«
Mohr nickte wieder. »Und wie geht es Euch?«
Magdalena zuckte die Schultern. »Wie soll es mir gehen? Den Umständen entsprechend gut. Immerhin kann mich nun niemand mehr drängen, die Stadt zu verlassen, da sich der Bürgermeister selbst für mein Bleiben verbürgt hat.«
»Was wollt Ihr nun tun?«
»Was ich immer getan habe. Die Wäsche im Hause Dietz besorgen und meine Kräuter sammeln.«
»Habt Ihr denn gar keine Angst?«

Magdalena versteckte sich nach dieser Frage nicht länger hinter einer Maske von Gleichgültigkeit.
»Natürlich habe ich Angst. Doch was bleibt mir anderes übrig? Es macht keinen Unterschied, ob ich hier in der Stadt bleibe oder mich in der Fremde durchschlage. Überall wird es mir schlecht ergehen. Ich bin nur eine alleinstehende Frau.«
»Hattet Ihr denn nie einen Gemahl?«, fragte der Pfarrer neugierig.
»Nein«, antwortete Magdalena schroff. »Ich wollte auch keinen. Den heiligen Stand der Ehe hielt ich nie für erstrebenswert. Ihr müsstet das eigentlich gut verstehen. Auch Ihr lebt allein.«
Der Pfarrer warf ihr einen seltsamen Blick zu.
»Ihr täuscht Euch, Magdalena.« Unwillkürlich nannte er sie bei ihrem Vornamen. »Einst hatte ich eine Frau und fast auch einen Sohn.«
Die Kräuterfrau sah ihn überrascht an. »Wie kann das sein?«
Mohr lächelte amüsiert. »Eigentlich dürfte es Euch nicht allzu sehr verwundern. Ihr wisst doch, dass schon mein Vater Stadtpfarrer in Neuerburg war.«
»Ja, aber das war, bevor die Kirche den Priestern die Heirat verbot«, wandte Magdalena ein.
Mohr grinste. »Mein Vater war nie im gesegneten Stand der Ehe«, erklärte er der schockierten Kräuterfrau. »Meine Mutter war seine Haushälterin. Sie starb, als ich drei Jahre alt war.«
»So habt auch Ihr Eure Mutter früh verloren.« Erst als ihr die Worte entschlüpft waren, wurde Magdalena bewusst, dass sie erneut im Begriff stand, sich zu verraten. Sie hatte Mohr erzählt, ihre Mutter sei gestorben, als sie achtzehn Jahre alt war. Ängstlich warf sie dem Priester einen Seitenblick zu. Doch sein Gesicht blieb unbewegt. Sie konnte nicht ausmachen, ob er den Widerspruch bemerkt hatte.
»Doch wie kamt Ihr zu Weib und Kind?«, lenkte sie schnell von sich ab.

»Dazu muss ich ein wenig ausholen«, erklärte Mohr. »Mein Vater beschloss früh, auch aus mir einen Priester zu machen, und nahm mich als Knaben in die Lehre. Ihr wisst, dass dies auf dem Land die übliche Art ist, Geistliche auszubilden. Kaum ein Landpfarrer hat je Theologie studiert. Das Tridentinische Konzil, das die Rückkehr zur Keuschheit und zum Zölibat fordert, nahm mein Vater, wie so viele seiner collegae, nicht ernst. Er hielt sich auch nach dem Tod meiner Mutter Konkubinen und erregte damit sogar den Zorn des späteren Trierer Weihbischofs Binsfeld, als der auf einer Visitationsreise die heruntergekommene Moral des Landklerus bemängelte.« Er machte eine Pause und nahm einen Schluck Most. »Wie viele Söhne verstand ich mich mit meinem Vater nicht besonders gut und war mit einigem, was er tat, nicht einverstanden. Er war ungebildet und grob, selbst Binsfeld schrieb dies in seinem Bericht über ihn. Erst später erkannte ich, dass er mich etliche Sakramente nicht richtig gelehrt hatte. Viele Jahre lang traten in Neuerburg Sterbende ihren letzten Gang ohne korrekte heilige Ölung an. Aber der Herrgott wird es ihnen nicht angelastet haben.«
Er wischte sich mit dem Ärmel seiner Soutane über den Mund. Dann fuhr er fort. »Auch die Moral meines Vaters billigte ich nicht. Er war streng und unerbittlich mit den Verfehlungen seiner Schäfchen, erlaubte sich selbst aber Sünde um Sünde. Vor allem die Weiber, die in seinem Haushalt als Magd dienten, behandelte er schlecht. Wurde eine von ihnen schwanger, jagte er sie fort. Wahrscheinlich habe ich überall in der Eifel Geschwister. Nur eine meiner Halbschwestern konnte ich ausfindig machen. Sie ist Bäuerin in Lissendorf und bewirtschaftet dort einen ansehnlichen Hof.«
Magdalena hörte dem Pfarrer gebannt zu. Warum weihte er sie so tief in seine Familiengeheimnisse ein? »Und als Ihr Euer Herz verlort, beschlosst Ihr, das Mädchen zu ehelichen«, schloss sie scharfsinnig.

Mohr sah sie lächelnd an. »So ist es, Magdalena. Ich wollte das Weib, das ich liebte, vor Gott und der Welt zur Gemahlin nehmen. Aber sie war nur die Tochter eines armen Wollwebers und hatte keine Mitgift. Mein Vater war mit der Verbindung nicht einverstanden und weigerte sich, uns zu vermählen. So beschloss ich, nach Echternach zu ziehen, wo ich meine Ausbildung zum Priester beendete und bei den Benediktinermönchen gutes Latein lernte. Auch das verzieh mir mein Vater nie. Nach der Priesterweihe erbat ich vom Prior des Klosters den Segen für meine Verbindung, und er verweigerte ihn mir nicht. Danach bekam ich eine Pfarre in der Nähe von Prüm.«

»Was wurde aus Eurem Weib?«

»Sie starb ein Jahr später am Kindbettfieber und mit ihr mein neugeborener Sohn. Mein Beichtvater, ein selbstgerechter, sauertöpfischer Mann, behauptete, dies sei Gottes Strafe für die Missachtung der Gebote der heiligen Kirche.«

Er sah Magdalena an. »Aber ich glaube, dass die Wehmutter ihr Handwerk nicht verstand. Es war eine alte, versoffene Vettel, unreinlich wie eine Sau. Wäre meine Maria in Eurer Obhut gewesen, sie wäre sicher am Leben geblieben.«

Trauer und Bitterkeit schwangen in seiner Stimme. Spontan legte Magdalena ihre Hand auf die seine. Mohr zog sie nicht fort.

»Wie ging es dann weiter?«

»Ich habe mein Weib sehr geliebt und beschloss daher, in Zukunft allein zu bleiben. Aus diesem Grund gab es kein Hindernis, als ich mich nach dem Tod meines Vaters um das Amt des Stadtpfarrers von Neuerburg bewarb. Mit dem Beginn der Erbstreitigkeiten und der gut katholischen Haltung des Anwärters Philipp von der Marck herrschten hier strengere Sitten. Wäre ich noch vermählt gewesen, hätte man mich kaum für das Amt in Betracht gezogen.«

Er machte eine kurze Pause. Dann holte er Luft und sah Magdalena in die Augen.

»Ihr erinnert mich an meine Maria«, sagte er leise. Magdalena konnte die Worte kaum verstehen. »Sie wäre jetzt ungefähr in Eurem Alter. Daher liegt mir Euer Wohl sehr am Herzen. Doch ich fürchte, Ihr seid in Neuerburg nicht mehr sicher. Ihr solltet die Stadt verlassen.«

Magdalena schüttelte unwillig den Kopf und zog ihre Hand zurück. »Wohin sollte ich gehen? Zudem hat Heinrich Dietz für mein Bleiben gebürgt.«

Mohr ergriff ihre Hand und zog sie wieder auf die Tischplatte. »Ich kann meine Schwester bitten, Euch auf ihrem Hof aufzunehmen. Sie würde mir meine Bitte nicht abschlagen, und Ihr wärt dort fürs Erste außer Gefahr. Dietz würde das mittragen. Trotz seiner Bürgschaft wüsste er Euch lieber in Sicherheit. Doch es gibt eine Bedingung. Zuvor müsstet Ihr mir sagen, wer Ihr in Wirklichkeit seid. Ich möchte unser aller Gewissen nicht mit einer Lüge belasten.«

Angesichts seiner sanften Stimme schossen Magdalena Tränen in die Augen. »Eure Schwester würde mich gar nicht aufnehmen, wenn sie die Wahrheit wüsste«, murmelte sie mit erstickter Stimme.

Der Pfarrer streichelte ihre Hand. Dann fasste er sie unters Kinn und hob ihren Kopf.

»Magdalena.« Seine Stimme klang eindringlich. »Mein Herz sagt mir, dass Ihr nie etwas Unrechtes getan habt. Warum verbergt Ihr Euch? Ich habe Euch meine Geschichte, die in Neuerburg niemand mehr kennt, in der Hoffnung erzählt, Ihr würdet Vertrauen mit Vertrauen vergelten. Wie steht es damit?«

Im Gesicht der Kräuterfrau spiegelte sich ihr innerer Kampf. Mohr erahnte die Antwort, bevor sie sie aussprach.

»Ihr habt recht damit, dass ich wissentlich nie etwas Böses getan habe. Ihr habt auch recht damit, dass ich nicht die bin, die ich zu sein vorgebe. Doch ich brauche noch etwas Bedenkzeit. Ich muss erst gründlich über alles nachdenken.«

Der Pfarrer erkannte, dass dies für heute ihr letztes Wort war. Seufzend erhob er sich. »Auch darin gleicht Ihr meinem verstorbenen Weib. Wenn man Maria überhaupt einen Fehler nachsagen konnte, dann war es Starrköpfigkeit.«
Er nahm seinen Hut und wandte sich zum Gehen. »Lasst mich wissen, wenn Ihr Eure Meinung geändert habt«, sagte er zum Abschied.
Magdalena sah ihm nach, bis die Tür hinter ihm zufiel. In ihrem Inneren tobte wilder Aufruhr. Sollte sie den Eid brechen, den sie einst Barbaras Mutter geschworen hatte?

## Kapitel 17

*Dienstag, 6. November 1612*

Schon wenige Meilen hinter Gerolstein war Sebastians Erleichterung wieder verflogen. Ein feiner Nieselregen hatte eingesetzt. Bald waren sein Schimmel und er trotz des dichten Umhangs völlig durchnässt. Trübsinnig lenkte er das Pferd durch die immer schlammiger werdenden Pfade und Hohlwege. War er sich in Gerolstein noch sicher gewesen, dass seine Erkenntnisse den gefangenen Neuerburger Frauen von Nutzen sein würden, so bezweifelte er dies nun. Mehrere Tage lang hatte er die Protokolle aller Hexenprozesse der vergangenen zwei Jahre durchgesehen. An keiner Stelle hatte er Besagungen von Personen aus Neuerburg gefunden.
Somit gab es außerhalb des Herrschaftsbereichs des Landgrafen keine Beschuldigungen mehr, denn die Oberkailer Akten waren vor einigen Wochen bei einem Brand im Keller des Rathauses vernichtet worden. Man munkelte, dass dabei der Graf von

Manderscheid-Kail seine Hand mit im Spiel gehabt hätte. Jedenfalls lebte er ungenierter denn je mit seiner Mätresse zusammen, jener Frau, die die letzten hingerichteten Zauberinnen übereinstimmend als ihre Gespielin bei den Hexenfesten besagt hatten.

Als sein Schimmel in ein tiefes Schlammloch trat und ins Stolpern geriet, schreckte Sebastian aus seinen Gedanken auf. Er sprang ab, um sein Pferd am Zügel zu führen, bis der Weg wieder sicherer wurde. Prüfend schaute er zum grau verhangenen Herbsthimmel empor. Es konnte erst um die zweite Nachmittagsstunde sein, doch im Wald schien schon die Abenddämmerung eingesetzt zu haben. Der Nieselregen war ihm durch die Kleidung bis auf die Haut gedrungen und ließ ihn frösteln, zumal auch noch ein kräftiger Wind aufgekommen war. Das Wetter passte zu seiner Stimmung. Der Triumph über die verbohrten Hexenjäger war nur von kurzer Dauer gewesen. Als zwei Wochen nach Zia Schrebers Verhaftung der Advis aus Luxemburg eintraf, der ihren gefänglichen Einzug bestätigte, zerstreuten sich die Bedenken des Landgrafen. Von nun an stand Sebastian dem weiteren Verlauf der Ereignisse machtlos gegenüber.

Sobald der Advis vorlag, war Zia Schreber in Anwesenheit des gesamten Hochgerichts mehrmals gütlich verhört worden. Obwohl sie weiterhin abstritt, mit dem Teufel im Bunde zu sein, mehrten sich die Verdachtsmomente gegen sie. Sie kannte weder die sieben Todsünden, noch wusste sie das Paternoster fehlerfrei aufzusagen. Nicht einmal das große Kreuzzeichen konnte sie schlagen.

Als sie im Laufe des letzten Verhörs über Durst klagte, hatte ihr Bernhard Josten, der mit Erlaubnis des Landgrafen den Verhandlungen beiwohnte, nach kurzem Getuschel mit Scholer drei Becher mit Wasser bringen lassen. Er forderte sie auf, einen davon zu nehmen. Und ob es nun Zufall oder ein Zeichen für ihre Verderbtheit war, ergriff sie genau den Becher und leerte ihn bis zum letzten Tropfen, der als einziger kein geweihtes Wasser enthalten hatte. Das scheinheilige Angebot des Burgkaplans, noch einen Becher zu nehmen, lehnte sie ab.

Nicht einmal Heinrich Dietz pflichtete Sebastian bei, als er dieses Vorgehen später monierte. Der Teufel selbst habe die Hand seiner Dienerin gelenkt, um das heilige Wasser zu meiden, argumentierte Josten mit hochrotem Kopf. Die restlichen Schöffen und auch sein Vater hatten zustimmend genickt. Seit diesem Tag war Sebastian zum Außenseiter am Hochgericht geworden. So war es zwar ausgesprochen verdrießlich, aber nicht weiter verwunderlich, dass die nächsten Ereignisse an ihm vorübergegangen waren. Bis heute wusste Sebastian nicht genau, was an jenem Tag, an dem Zia Schreber schließlich gestanden hatte, seit mehr als zwanzig Jahren eine verstockte Unholdin zu sein, wirklich geschehen war.

Weder er selbst noch Dietz waren dabei gewesen. Sebastian war am Morgen nach Oberkail geritten, wie er es schon seit Wochen vorgehabt hatte. Mit Sicherheit wusste sein Vater, dass die dortigen Akten verbrannt waren. Er hatte ihn dennoch ohne ein Wort ziehen lassen.

Dietz war unterwegs gewesen, um Tuche zum Markt nach Trier zu bringen. Der Advis für die peinliche Befragung Zias war erst kürzlich beantragt worden. Und Dietz wollte die Wartezeit nutzen, um wichtige Geschäfte in der Moselstadt zu erledigen.

Diese Gelegenheit hatte Scholer wahrgenommen, um als stellvertretender Richter die restlichen Schöffen einzuberufen. Josten und der Amtmann hatten dafür gesorgt, dass der Landgraf sein Einverständnis zu dem außerordentlichen Gerichtstermin gab. Er diente dem Zweck, Zia Schreber in der Folterkammer die Instrumente zu zeigen. Damit verhielt man sich nicht einmal ungesetzlich. Denn es war strittig, ob dieses Prozedere noch zur gütlichen oder bereits zur peinlichen Frage gehörte. Das Gericht war zudem beschlussfähig gewesen.

Der Foltermeister hatte Zia die Anwendung der Werkzeuge nicht nur erläutert, sondern bereits mit einigen Kostproben der bevorstehenden Marter verbunden. Auch das war nicht ungewöhnlich und galt sogar als human, wie der Amtmann in der späteren Auseinandersetzung mit Sebastian behauptete. Schließlich seien dem Kräuterweib dadurch ernsthaftere Schmerzen erspart geblieben, weil sie danach gestanden hatte.
Sebastian konnte trotz seiner eindringlichen Fragen nicht herausbekommen, was genau in der Folterkammer geschehen war. Das Protokoll war ebenfalls mehr als dürftig gewesen. Eine Wache, die er mit einem Krug Schnaps bestach, erzählte ihm, dass er Zia schreien gehört hatte. Doch das Weiblein war alt und gebrechlich und wies keine sichtbaren Verletzungen auf, als Sebastian es beim nächsten Mal sah.
Sobald das Hochgericht wieder vollzählig zusammengetreten war, hatte Zia ihr Geständnis aus freien Stücken wiederholt. Sie gab zu, Unwetter gebraut, Ernte und Vieh verdorben und die heilige Hostie mit Füßen getreten zu haben. Die Heilkunde habe ihr als Mittel gedient, möglichst vielen Menschen Schaden zuzufügen.
Nach unappetitlichen Schilderungen der Unzucht mit ihrem teuflischen Buhlen hatte Scholer sie schließlich nach Komplizinnen gefragt. Ohne einen Moment zu zögern, nannte ihm Zia die Wäscherin Martha Adams und die Bettlerin Grieth. Die beiden seien oft auf Besen mit ihr zu den Hexentänzen geritten.
Dann hatte sie Magdalena Pirken beschrien. Diese sei in einer schwarzen Kutsche durch die Lüfte gefahren. Als Oberhexe habe sie vornehm getan und sie keines Blickes gewürdigt. Schließlich habe sie an der hohen Tafel gespeist und gleich neben dem Satan gesessen.
Scholer sah bei Zias Angaben wie ein fetter Kater aus, der gerade an der Sahne genascht hatte. Das erste Geständnis des Kräuterweibs hatte keine Angaben zu Gespielinnen enthalten.

Deshalb war sich Sebastian sicher, dass sie von Scholer zu diesen Aussagen veranlasst worden war. Doch er konnte dem Ratsherrn nichts nachweisen. Zias Geständnis galt somit als freiwillig, was ihren Beschuldigungen noch mehr Gewicht verlieh.
Nachdem Zia zurück in den Kerker gebracht worden war, setzte eine heftige Debatte ein. Scholer und Josten forderten die sofortige Verhaftung der beschuldigten Frauen. Dietz argumentierte, dass Zia zumindest die Vorwürfe gegen Magdalena aus Neid und Missgunst erhoben haben könnte, weil ihr die ehemalige Amme als Heilerin weit überlegen war. Doch die Mehrzahl der Anwesenden wollte davon nichts wissen. Schließlich blieb Dietz nichts anderes übrig, als von seinem Weisungsrecht als oberster Richter Gebrauch zu machen. Nur von Sebastian unterstützt, verfügte er, einen neuen Advis in Luxemburg einzuholen, bevor eine der Frauen in Gewahrsam genommen wurde. Als die restlichen Mitglieder des Hochgerichts Einspruch erhoben, drohte er sogar, sich in Luxemburg zu beschweren, wenn gegen diese Anordnung verstoßen würde. Die Gruppe schien heillos zerstritten.
Es war Christoph de la Val, der schließlich den Kompromiss suchte, nachdem er die Debatte zunächst schweigend verfolgt hatte. Er wolle vorläufig auf eine Anklage Magdalenas verzichten, wenn im Gegenzug Martha Adams und die Bettlerin Grieth schon einmal verhaftet und gütlich befragt werden könnten. Sollten die Frauen Zias Angaben bestätigen, könne man Magdalena sofort gefänglich einziehen lassen. Im anderen Fall würde das Verfahren seinen regulären Gang nehmen. Bis auf Sebastian war das Hochgericht einverstanden gewesen.
Wieder hatte der erste Advis aus Luxemburg die Verhaftung der Frauen nachträglich bestätigt. Martha Adams und die Bettlerin gestanden zwar nicht. Doch Zia wiederholte ihre Vorwürfe bei der Gegenüberstellung mit den Frauen, was als starkes Indiz ihrer Schuld galt. Umgehend war der zweite Advis zur Anwen-

dung der Tortur beantragt worden und konnte nun jeden Tag eintreffen.
Um eine ähnliche Entwicklung wie bei Zia zu verhindern, hatte Dietz seither Neuerburg nicht mehr verlassen. Solange er vor Ort war, konnte Scholer an ihm als Bürgermeister und oberstem Richter nicht vorbei. Aber Dietz' Amtszeit würde schon im Januar ablaufen. Und da das Neuerburger Stadtrecht eine Wiederwahl binnen der nächsten fünf Jahre ausschloss, graute Sebastian schon jetzt davor, wie es weitergehen würde, wenn die Hexenjagd bis dahin nicht ein Ende gefunden hätte.
Auf einmal bemerkte Sebastian, dass ihm der Weg nicht mehr bekannt vorkam. Tief in Gedanken versunken, musste er den schmalen Abzweig zur Straße nach Neuerburg verpasst haben. Er stieß einen lästerlichen Fluch aus. Mittlerweile war es im Wald schon so dunkel, dass er die Bäume am Wegrand nur noch als unförmige Schatten wahrnahm. Da er nicht wusste, wie viele Stunden er schon in die falsche Richtung gegangen war, wagte er nicht, umzukehren. Selbst wenn er den Abzweig in der Finsternis fand, so gab es auf dem Weg nach Neuerburg weit und breit kein Dorf in der Nähe der Straße, geschweige denn ein Wirtshaus, wo er für die Nacht unterkommen konnte. Dagegen war der vor ihm liegende Weg zwar schmal, schien aber öfter benutzt zu werden, wie ihm frische Rad- und Hufspuren zeigten. Seufzend beschloss er weiterzugehen, bis er auf eine menschliche Behausung stieße, wo er ein Obdach für die Nacht erbitten konnte.
Zu Hause erwartet mich ohnehin niemand, dachte er bitter. Den flüchtigen Gedanken an Barbara, die in großer Sorge sein würde, wenn er nicht pünktlich heimkehrte, drängte er beiseite. Stattdessen erinnerte er sich an den letzten Streit mit seinem Vater.
»Zia Schreber hat ohne peinliche Frage gestanden«, hatte der Amtmann ihm brüsk erklärt, als Sebastian ihm zum wiederholten Mal bittere Vorwürfe machte.

»Ihr habt das alte Weiblein eingeschüchtert und in Todesängste versetzt!«
Der Amtmann musterte ihn voller Verachtung. »Sie hat ihr Geständnis nicht nur wiederholt, sondern sogar noch ergänzt«, konterte er.
»Ihr habt sie vorher foltern lassen, ohne den Advis abzuwarten. Dabei hattet Ihr dem Landgrafen geschworen, das Gesetz einzuhalten. Schon bei der ersten Gelegenheit habt Ihr Euren Eid schmählich gebrochen. Ihr seid nicht besser als der Amtmann von Oberkail.«
Sein Vater war ruhig geblieben, obwohl Sebastian die Ader an seiner Schläfe pochen sah. »Hüte dein freches Mundwerk und hör auf zu zetern wie eine alte Jungfer. Der Landgraf hat unser Vorgehen in vollem Umfang gebilligt. Er weiß mittlerweile, dass Luxemburg nicht anders entscheidet als wir.«
»Ihr habt weitere Frauen ohne Advis verhaften lassen!«
»Auch diese Entscheidung wurde bestätigt. Nun werden wir sehen, was die von der Schreberin denunzierten Frauen zu sagen haben.«
»Falls Ihr sie foltern lasst, werden sie alles gestehen, was Ihr ihnen in den Mund zu legen beliebt.«
Der Amtmann runzelte finster die Brauen. »Bislang habe ich deinem Schwiegervater zuliebe die Amme deiner Verlobten unbehelligt gelassen. Ohne Anklage kann sie nicht inhaftiert werden. Bedenke dies wohl, bevor du weiter haltlose Beschuldigungen gegen mich und andere ehrbare Leute erhebst.«
Sebastian hatte vor Empörung der Atem gestockt. Sein Vater schreckte nicht einmal mehr vor Erpressung zurück. Türen schlagend war er aus dem Lehnshaus gestürmt und hatte sich stundenlang mit Heinrich Dietz, Andreas Mohr und seiner Verlobten beraten. Doch es schien keinen Ausweg zu geben.
Vor diesem Hintergrund wurde es immer rätselhafter, warum sich Magdalena nach wie vor weigerte, ihre Herkunft zu enthül-

len und die Stadt zu verlassen. Es war fast so, als ob sie ein unsichtbarer Bann lähmen und die zunehmende Gefahr ausblenden ließe. Auch auf die eindringlichsten Vorhaltungen Barbaras deutete sie nur an, dass sie den Tod weniger fürchte, als erneut heimatlos zu werden.

Hinzu kam, dass sie sich Martha verpflichtet fühlte, an deren Verhaftung sie sich offensichtlich eine Mitschuld gab. Nur mit Mühe hatte Dietz sie davon abbringen können, die Wäscherin im Kerker zu besuchen. Das wäre ein gefundenes Fressen für Scholer gewesen. Über Andreas Mohr, der als Stadtpfarrer auch Beichtiger der Gefangenen des Hochgerichts war, ließ sie ihrer Freundin stattdessen Lebensmittel und Arzneien zukommen.

Nach der Unterredung im Haus des Bürgermeisters war Sebastian mit der üblichen Mischung aus klopfendem Herzen und Trübsinn aufgebrochen, um Claudia zu berichten. Mittlerweile trafen sie sich nicht mehr in dem kleinen Wachturm. Claudia hatte von einer Jagdhütte in der Nähe des Schwarzbildchens, eines Madonnenaltars mitten im Wald, erfahren. Es lag ungefähr zwanzig Minuten Fußweg entfernt von der Burg.

Wann immer sie konnte, kam sie dorthin, um Sebastian zu befragen. Oft gelang es ihr nicht, da weder Adela noch ihre Muhme davon erfahren durften. Nur dank Kathrins Hilfe gelang es ihr ab und an, sich unbemerkt für eine kurze Zeit zu entfernen. Sie nahm lebhaften Anteil an den Geschehnissen in der Stadt, verhielt sich Sebastian gegenüber aber weiterhin kühl.

Von ferne schimmerte ein Licht durch die Bäume. Sebastian fasste neuen Mut und schritt kräftiger aus. Auch sein Hengst schien zu spüren, dass ein trockener Stall wartete, und sträubte sich nicht, als Sebastian aufsaß und ihm die Sporen leicht in die Flanken drückte.

Nach einer Viertelstunde tauchten die Umrisse einer Burg aus dem Nebel auf. Jetzt bestätigte sich Sebastians Verdacht, dass er den Weg schon vor Stunden verfehlt hatte. Er kannte das Wappen über der Zugbrücke. Es prangte über dem Eingang von Burg Schönecken, dem Stammsitz der Barone von Wawern.

»Autsch.« Claudia zog die Luft durch die Zähne und steckte den blutenden Finger in den Mund. Sie hatte sich gerade mit der Sticknadel gestochen. Gemeinsam mit Elisabeth arbeitete sie an einem Tafeltuch, das zur Aussteuer ihrer Kusine gehören sollte.
»Was gibt es?« Ihre Tante Erika sah missbilligend zu den beiden hinüber. »Es ist nichts, liebste Mutter«, suchte Elisabeth sofort zu beschwichtigen. Die Landgräfin wandte sich wieder der Partie Dame zu, die sie mit Adela spielte.
Nachdem sie sich überzeugt hatte, dass Erika und Adela ins Spiel vertieft waren, zog Elisabeth unauffällig die Ecke des feinen Leinenstoffs zu sich herüber, die Claudia gerade bearbeitete. »Ich fürchte, das werden wir auftrennen müssen«, seufzte sie angesichts der völlig aus den Fugen geratenen Rosen.
Claudia nickte zerknirscht. »Das Handarbeiten hat mir noch nie gelegen.«
»Vielleicht sagt dir ein einfaches Motiv mehr zu?«, schlug Elisabeth vor. »Hierher kommt eine Wiese. Du könntest sie mit grünen Seidenfäden im Plattstich sticken.«
Missmutig machte sich Claudia wieder an die Arbeit. Sie hasste diese Zusammenkünfte in der Kemenate ihrer Tante, auf denen Erika von Leuchtenberg in jüngster Zeit immer häufiger bestand. Je länger der Dispens aus Trier für die Hochzeit mit Ernst von der Marck auf sich warten ließ, umso mehr forderte sie, dass Elisabeth an ihrer Aussteuer arbeitete. Claudia hatte als ihre Gesellschafterin keine andere Wahl, als sich zu beteiligen.
Stirnrunzelnd überlegte sie, wie sie das vereinbarte Treffen mit Sebastian de la Val am nächsten Tag ermöglichen könnte. Sollte sie vielleicht einen Anfall von Übelkeit vortäuschen, wie er sich tatsächlich seit ihrem Besuch in Adelas Kammer immer noch ab und an einstellte? Oder konnte sie wagen, um Ausgang in die

Stadt zu bitten? Vielleicht war es am sichersten, wenn sie erklärte, zur Beichte in die St.-Nikolaus-Kirche gehen zu wollen. Der Stadtpfarrer wusste um ihr Interesse am Fortgang der Hexenprozesse und hatte schon mehr als einmal ein heimliches Treffen mit Barbara oder Sebastian gedeckt.

Ein heimliches Treffen mit Sebastian! Unwillkürlich schoss Claudia die Schamröte ins Gesicht. Würde Mohr diese Begegnungen gutheißen, wenn er wüsste, was außer dem Austausch von Informationen damit verbunden war? Wohl kaum!

Dass der Verlobte ihrer innig geliebten Freundin unziemliche Gefühle für sie hegte, war Claudia schon seit längerem klar. Doch dass sie gegen ihren Willen begann, diese in aller Heimlichkeit zu erwidern, war neu und ein beständiges Ärgernis für sie.

Anfangs versuchte sie, sich einzureden, dass nur die Neugier auf Sebastians Informationen ihr Herz schneller schlagen ließ, je mehr sich der Zeitpunkt der nächsten Verabredung näherte. Dann hatte sie sich damit beruhigt, dass der junge Herr de la Val eben ein gar zu stattlicher Mann sei. Welcher Frau hätten die schwarzen Locken und die römisch geschnittenen Gesichtszüge nicht gefallen? Welches Weib konnte dem intensiven Blick seiner blauen Augen ohne Gänsehaut standhalten? Dass sie den Treffen mit ihm entgegenfieberte, musste also noch lange nichts bedeuten.

Auch ihre häufiger auftretende Ungeduld mit Barbara hatte Claudia zunächst nicht mit ihren Gefühlen für Sebastian in Verbindung gebracht. Benahm sich die Freundin bei aller Liebe nicht oft wie ein dummes Huhn? Hatte ihr Verlobter nicht recht, wenn er sie ab und an dafür tadelte? Und suchte er nicht vor allem deshalb Kontakt zu ihr, weil Barbara ihm keine ebenbürtige Gesprächspartnerin war? Tränen und Verzweiflung halfen nicht weiter, wenn es um das Schicksal der bedrohten Frauen ging.

Sie zuckte erschrocken zusammen, als Elisabeth sie sanft in die Seite stieß. Ihre Tante sah sie ärgerlich an. »Träumst du etwa mit offenen Augen?«, fragte sie gereizt.
»Ich war in der Tat in Gedanken, Muhme Erika«, gab Claudia zu. »Womit kann ich Euch dienen?«
»Die Zofe hat die Glocke nicht gehört, oder der Klingelzug ist erneut gerissen«, erklärte Erika ärgerlich. »Deine Base Adela dürstet, doch der Krug ist leer. Geh hinab in die Küche und hole etwas von dem süßen Moselwein.«
»Und sei dabei gleich so lieb und bitte um mehr der kandierten Früchte.« Auffordernd hielt ihr Adela die leere Schale hin. Claudia verbiss sich eine scharfe Erwiderung. Adela wurde fett, daran bestand keinerlei Zweifel. Kathrin hatte erzählt, dass die kostbaren Seidenkleider ihrer Base schon zweimal um die Taille herum erweitert worden waren, seitdem sie auf der Burg weilte. Mit einem stummen Seufzer ergriff Claudia Schale und Krug und verließ die Kemenate. Auf den zugigen Gängen der Burg war es empfindlich kühl. Draußen war schon die Dämmerung angebrochen. Ein Herbststurm rüttelte an den Läden der schmalen Fenster.
Auf dem Weg zur Küche überfielen sie wieder die Gedanken an Sebastian. Seit der letzten Nacht konnte es keinen Zweifel mehr geben. Sie war dabei, mehr als einen Freund in ihm zu sehen, obwohl er mit Barbara verlobt war. Wie sonst sollte sie sich den ersten wollüstigen Traum ihres Lebens erklären?
Im Schlaf hatte sie die für morgen geplante Begegnung vorweggenommen. Doch anstatt in der Jagdhütte über die Gerolsteiner Prozessakten zu debattieren oder sich den Kopf über Magdalena zu zerbrechen, war sie in seine Arme gesunken und hatte seine Lippen so deutlich auf ihrem Mund gespürt, als wäre sie wach. Die Intensität des Traums glich jenem vom Hexensabbat.
Schweißgebadet war sie erwacht. Ihre Haut war überempfindlich gewesen und kribbelte, ihr Schoß fühlte sich feucht und

geschwollen an. Allein die Erinnerung bewirkte, dass Claudia trotz der Kühle auf der düsteren Treppe ganz heiß wurde.
Den Rest der Nacht hatte sie sich schlaflos auf ihrem Lager gewälzt. Sollte Adela am Ende recht behalten mit ihrer Behauptung, sie sei nur ein Bastard? Lag es auch ihr im Blut, sich mit einem Mann von geringerem Stand einzulassen? Hatte ihre Mutter ihr diese unselige Neigung vererbt?
Sie straffte die Schultern, als sie endlich die Küche erreichte. Bislang hatte sie sich Sebastian gegenüber nichts anmerken lassen. Und er selbst vermied es tunlichst, ihr noch einmal zu nahezutreten, seitdem sie ihn bei ihrer letzten Begegnung im Wachturm in seine Schranken gewiesen hatte.
Was also bedeutete da ein einmaliger Traum? Energisch warf sie den Kopf in den Nacken. Sie war das Edelfräulein Claudia von Leuchtenberg und hatte ihre Lektion mehr als gründlich gelernt. Den Fehltritt ihrer Mutter würde sie gewiss nicht wiederholen.

»Man hört, Ihr brennt demnächst auch in Neuerburg?« Johann von Wawern, ein wohlbeleibter Mann im Alter seines Vaters, musterte Sebastian neugierig.
Der junge Mann versuchte, seinen Unwillen zu verbergen, als er den Blick seines Gastgebers erwiderte. Der Herr auf Burg Schönecken hatte ihn herzlich willkommen geheißen, seinem Pferd einen trockenen Platz im Stall und ihm selbst eine gemütliche Schlafkammer zugewiesen. Mit Wildschweinkeule und einem guten Burgunder sorgte er alsdann für das leibliche Wohl seines Gastes.
Dennoch war er Sebastian auf Anhieb unsympathisch gewesen. Er konnte nicht ausmachen, ob es am stechenden Blick des Barons lag, der so gar nicht zu seinem jovialen, leicht geröteten Gesicht passen wollte, oder an seinen ungelenken Bewegungen. Der Mann konnte aufgrund einer alten Kriegsverletzung nur

mühsam am Stock gehen. Sebastian wusste nicht viel über das Geschlecht derer von Wawern. Auch sie waren Vasallen des Herzogs von Luxemburg. Die männliche Linie würde mit dem Tod des jetzigen Barons allerdings erlöschen. Seine Gemahlin war schon in jungen Jahren gestorben und er seither unbeweibt geblieben. Hässliche Gerüchte besagten, Johann von Wawern fühle sich eher von seinesgleichen angezogen und hielte sich Lustknaben. Vielleicht kommt mein Unbehagen ja auch daher, überlegte Sebastian.

»Im Augenblick prüft man ein paar Verdachtsmomente, edler Herr«, antwortete er ausweichend. »Von Brennen kann noch keine Rede sein.«

»Gebrannt wird am Ende immer. Doch es scheint, Ihr wollt die Diskretion Eures Amtes am Hochgericht wahren. Das ehrt Euch, junger Mann.« Wieder traf ihn der stechende Blick. »So richtet Eurem ehrwürdigen Vater meine ergebensten Grüße aus, Monsieur de la Val. Es ist spät geworden, und Ihr werdet müde sein nach dem langen Ritt.«

Der Baron erhob sich mühsam aus dem Sessel, gleichermaßen behindert durch seine Leibesfülle wie durch sein geschwächtes rechtes Bein. Doch er winkte unwillig ab, als Sebastian ihm zu Hilfe kommen wollte.

Mit einem Binsenlicht in der Hand ging ihnen ein junger Kammerdiener voraus. Johann von Wawern verabschiedete sich vor einem langen Gang von seinem Gast, während Sebastian und der Diener weiterliefen. An den Wänden hingen vom Alter gedunkelte Gemälde, die die Vorfahren des Burgherrn zeigten. Das flackernde Licht warf unheimliche Schatten auf die Porträts, die keinen Zweifel daran ließen, dass mit dem letzten Baron von Wawern ein uraltes Geschlecht erlöschen würde.

Sie hatten das Ende des Gangs fast erreicht, als Sebastians Blick auf das Bildnis einer jungen Frau fiel. Überrascht zog er den Atem ein und blieb davor stehen. Als der Kammerdiener sich

nach ihm umdrehte, winkte ihm Sebastian ungeduldig, mit dem Binsenlicht näher zu kommen.
Das Porträt zeigte eine Frau von ungefähr fünfundzwanzig Jahren. Sie war in die Mode einer längst vergangenen Epoche gekleidet und trug eine lächerlich wirkende Hörnerhaube. Doch das schwache Licht hatte ihn nicht getrogen. Sebastian sah geradewegs in das Gesicht von Adela.

*Samstag, 10. November 1612*

Claudia sah sich verstohlen um, bevor sie mit raschen Schritten die Treppe zum Eingang des Wohnturms hinabhuschte. Kathrin hatte versprochen, Adela mit einer Platte frisch zubereiteten Naschwerks abzulenken, das von Claudia schon am Vortag gegen ein Trinkgeld in der Küche bestellt worden war. Natürlich befand sich die alte Köchin in dem Glauben, Claudia selbst wolle ein wenig über die Stränge schlagen. Ein paar Mandelplätzchen und kandierte Birnen erschienen ihr nicht unbillig angesichts des harten Umgangs der Landgräfin mit der Nichte ihres Gemahls.
Erika von Leuchtenberg hatte sich nach dem Mittagsmahl wie immer zu einem Schläfchen zurückgezogen, nicht jedoch ohne Elisabeth und Claudia zuvor streng ermahnt zu haben, weiter an der Aussteuer zu arbeiten. Heute waren feine Leinenhemden zu säumen. Doch Elisabeth ließ Claudia bereitwillig gehen, als diese sie darum bat, ihre Freundin Barbara auf ein Stündchen treffen zu können.
Lügen, Ausreden, Ablenkungsmanöver, Heimlichkeiten, und das alles wegen einer kurzen Stunde Abwesenheit von der Burg, dachte Claudia grimmig. Mit großen Schritten bog sie in den Waldweg zur Jagdhütte ein, nachdem sie das Burgtor passiert hatte. Zum Glück waren die Wachen zu gut erzogen, um ihr als

einem Mitglied der gräflichen Familie Fragen zu stellen. Bekäme ihre Tante Wind davon, dass Claudia die Burg ab und an heimlich verließ, wäre es aus mit den Treffen. Die Wachen würden strenge Anweisung erhalten, sie nicht mehr hinauszulassen.

Um nicht erkannt zu werden, zog Claudia die Kapuze von Kathrins Umhang tiefer ins Gesicht. Auf halber Strecke zur Jagdhütte lag der Madonnenaltar, der auch bei diesem scheußlichen Herbstwetter so manch eine fromme Bürgerin oder Bauersfrau in den Wald ziehen mochte. Dort flehten sie die Muttergottes um Hilfe in kleinen und großen Notlagen an. Zahlreiche Gaben rund um das Standbild zeugten davon, dass diese Bittgänge häufig erfolgreich waren.

Je mehr Claudia sich der Hütte näherte, umso heftiger schlug ihr Herz. Würde Sebastian sie diesmal erwarten? Vor drei Tagen war sie vergeblich durch den Herbstregen marschiert. Die Hütte war bei ihrer Ankunft leer gewesen.

Um keinen Verdacht zu erregen, hatte das Edelfräulein mit dem Sohn des Amtmanns vereinbart, dass er stets eine halbe Stunde vor ihr in der Hütte eintraf. Und erst dann wieder aufbrach, wenn sie bereits auf die Burg zurückgekehrt war. Dass Sebastian nicht da war, war bislang nur einmal vorgekommen. Sie selbst war hingegen schon zweimal verhindert gewesen, weil ihre Tante sie auf der Neuerburg festgehalten hatte.

Zum Glück funktionierte der Geheimzirkel, der sich seit Beginn der Hexenverfolgung aus dem kleinen Kreis der Zweifler gebildet hatte. Vom Stadtpfarrer, der jederzeit auf der Burg willkommen war, war Claudia eine Nachricht von Barbara überbracht worden. Sebastian hatte sich auf dem Rückweg von Gerolstein verirrt und auf Burg Schönecken genächtigt. Mittlerweile war er wohlbehalten in Neuerburg eingetroffen.

Es gibt also keinen Grund für deine Unrast, schalt sie sich selbst, um ihre zunehmende Ungeduld zu bezwingen. Noch immer wollte sie sich nicht eingestehen, dass sie es kaum erwarten konnte, Sebastian wiederzusehen. Ihre Begegnung würde kaum eine halbe Stunde dauern, bis sie sich wieder auf den Heimweg machen müsste. Doch ihre Gedanken kreisten seit Tagen darum. Um sich abzulenken, warf sie im Vorbeigehen einen flüchtigen Blick auf die Madonnenstatue, die inmitten einer hohlen Eiche aufgestellt war. Sie musste dort schon ein paar Jahrhunderte lang stehen, da sie vom Alter ganz geschwärzt war und deshalb auch »Schwarzbildchen« genannt wurde. Außer ihr war kein Mensch unterwegs. Schon wieder begann es zu regnen.

Sie erinnerte sich an die Begebenheit, auf die der kleine Altar zurückging. Vor vielen Generationen hatte der Ritter Kuno von Falkenstein erfolgreich um die Hand des schönen Burgfräuleins Ida gefreit. Der unterlegene Rivale, ein Ritter aus Vianden, kochte vor Zorn und lauerte seinem Nebenbuhler auf dem Weg zur Hochzeit auf. Kuno von Falkenstein konnte als Einziger fliehen, nachdem seine Begleitmannschaft niedergemacht worden war. Doch sein Pferd brach während der harten Verfolgung tot zusammen. Kuno hörte den Trupp des Feindes schon durch das Unterholz brechen und glaubte sein letztes Stündlein gekommen. In höchster Not flehte er die Muttergottes um Hilfe an. Da erschien ihm die Heilige Jungfrau und zeigte ihm das Versteck in der hohlen Eiche. Dort verbarg sich der Ritter. Die Feinde suchten ihn überall, doch sie entdeckten ihn nicht.

Durch den Lärm der Verfolger wurden die Mannen der Neuerburg aufmerksam und schwärmten aus, um die Eindringlinge zu vertreiben. Kuno verließ sein Versteck, und die Hochzeit wurde mit einem prächtigen Fest gefeiert. Zum Dank für seine Rettung stiftete der Ritter eine Madonnenstatue, die in der hohlen Eiche aufgestellt wurde.

Eifersucht, Hass und Kampf und dennoch ein glückliches Ende für die Liebenden, dachte Claudia wehmütig. Das wahre Leben schrieb solche Geschichten nur selten.

Sie bog in den schmalen Pfad ein, der zur Jagdhütte führte. Ihr Herz schlug noch schneller. Diesmal war er da. Hinter dem niedrigen Gatter des offenen Stalls malmte sein Schimmel friedlich im Hafersack.

In seinem Elend hätte er sie am liebsten in die Arme geschlossen, als Claudia die Kapuze des schweren Umhangs zurückschlug. Stattdessen half er ihr aus dem durchnässten Kleidungsstück und hängte es vor das kleine Feuer, das er in der offenen Herdstelle entzündet hatte. Zum Glück war genügend trockenes Holz in der Hütte bevorratet gewesen.
»Glaubt Ihr, das ist klug?« Zweifelnd wies Claudia auf die Glut. »Der Jagdaufseher könnte den Rauch sehen.«
»Der Jagdaufseher sitzt mit meinem Vater und anderen ehrenwerten Herren in der Schenke ›Zum Roten Turm‹«, beruhigte sie Sebastian. »Bei diesem Wetter jagt man keinen Hund auf die Gasse. Nun setzt Euch, ich habe uns auch einen Krug Würzwein bereitet.« Er hielt Claudia einen dampfenden Becher entgegen. Sie lächelte dankbar und umklammerte das Gefäß, um ihre erstarrten Hände daran zu wärmen.
Er betrachtete sie, während sie trank. Unter dem Umhang trug sie ein schlichtes Kleid aus dunkelbraunem Wollstoff, das an Hals und Ärmeln mit grünen Borten abgesetzt war. Es stand ihr phantastisch und brachte ihre schlanke Gestalt und die ausdrucksvollen dunklen Augen gleichermaßen zur Geltung. Unter dem Saum lugten schlammbespritzte Stiefel hervor.
»Weshalb macht Ihr Euch überhaupt diese Mühe zu kommen?« Sebastian wollte mit den schlimmen Nachrichten noch ein wenig warten. »Ihr könntet es Euch an einem warmen Feuer im Frauengemach wohl ergehen lassen, anstatt durch Wind und Regen zu stapfen, um Euch über das Schicksal von ein paar elenden Weibern berichten zu lassen.«
Zu seiner Überraschung zuckte das sonst so selbstsichere Edel-

fräulein die Schultern. »Darüber habe ich auch schon nachgedacht«, bekannte sie. »Ich denke, es gibt mehrere Gründe. Da ist zum einen die himmelschreiende Bosheit und Dummheit von Männern wie Josten und Scholer. Solchen Machenschaften muss man etwas entgegensetzen. Da ist zum anderen das Schicksal von Kathrins Mutter, das nun auch Barbaras Amme droht. Und …« Sie brach ab und wich seinem Blick aus.
»Es gibt also noch einen Grund?« Sebastian hielt wider alle Vernunft den Atem an.
Sie rang sichtlich mit sich. »Es gibt noch einen Grund«, gab sie schließlich zu. »Es ist meine Base Adela.«
Er versuchte, seine Enttäuschung zu verbergen. »Was ist mit ihr? Hat sie wieder eine schwarze Messe gefeiert oder Unzucht mit dem Stallknecht getrieben?« Unwillkürlich klang seine Stimme spöttisch.
Claudia funkelte ihn an. »Nehmt dies nicht zu leicht, Monsieur de la Val. Adela mag verrannt sein in ihren Wahn, doch sie führt etwas im Schilde. Das spüre ich ganz genau. Zwar mag es sein, dass ich mich täusche. Doch trotzdem muss sie keine Strafe für die Anbetung Satans und das Mischen giftiger Kräuter zu einer Hexensalbe befürchten. Obwohl sie genau das tut, was man den unschuldigen Weibern vorwirft. Die aber werden verbrannt, nachdem man falsche Aussagen unter der Folter erzwungen hat.«
Sebastian wurde das Herz erneut schwer. Doch er zögerte den Moment, in dem er Claudia von der jüngsten Entwicklung berichten würde, noch einmal hinaus. »Was hat sie denn Eurer Meinung nach vor?«, fragte er.
Claudia schüttelte verzweifelt den Kopf. »Ich weiß es nicht. Ihre Zofe hat mir erzählt, dass sie selbst die Gemahlin Ernst von der Marcks werden wollte. Mich dünkt, diese Hoffnung hat sie nie aufgegeben. Warum hätte sie sonst einen Liebeszauber bei ihrer Hexenmesse ausgeübt? Doch der Dispens aus Trier steht immer noch aus, und man munkelt, der Erzbischof würde der Heirat

nicht zustimmen. In diesem Fall bekäme auch Adela keine Erlaubnis zur Ehe, denn sie ist genau so nah verwandt mit dem Herrn von der Marck wie Elisabeth.«

»Vielleicht auch nicht«, erwiderte Sebastian geheimnisvoll. Claudia sah ihn überrascht an. Mit kurzen Worten berichtete er ihr von seiner Entdeckung auf Burg Schönecken.

»Natürlich habe ich am nächsten Morgen den Herrn von Wawern nach dem Bildnis gefragt. Es handelt sich um das Porträt der Urgroßmutter seines Großvaters. Sie hieß Sophia von Marfeld und stammte aus Böhmen. Mehr wusste er nicht über sie.«

»Und Ihr seid sicher, dass sie aussah wie Adela?«

Sebastian nickte. »Ja, soweit ich es erkennen konnte. Natürlich war ihr Haar unter der lächerlichen Haube verborgen, doch die Augen waren grau. Ihr Gesicht glich dem Adelas wie ein Ei dem anderen.«

Claudia bekam eine Gänsehaut am ganzen Körper. »Glaubt Ihr, meine Base ist eine wirkliche Hexe und hat die Gestalt einer längst Verstorbenen angenommen?«

Sebastian starrte sie ungläubig an. »Was redet Ihr für närrisches Zeug?«, entfuhr es ihm barsch, bevor er erschrocken schwieg. »Verzeiht mir, mein Fräulein«, entschuldigte er sich. »Ich dachte, wir wären uns einig, dass es zwar Weiber geben mag, die sich für Hexen halten, dass die Hexerei an sich aber ein Hirngespinst ist. Wie sollte Adela die Gestalt einer anderen Frau annehmen, ohne dass es alle bemerkt hätten, die sie aufwachsen sahen?«

Claudia nickte beschämt. »Natürlich habt Ihr recht«, räumte sie ein, ohne ihn für seine Unverschämtheit zu tadeln. »Doch glaubt Ihr an solch einen Zufall?«

»Nein. Doch habt Ihr einmal bedacht, dass Eure Base vielleicht nicht die Frucht Eures Oheims, sondern eines anderen Mannes ist?«

Claudia war schockiert. Dann aber fügten sich lose Teile plötzlich zu einem Bild zusammen.

»Ich habe niemals daran gedacht«, gab sie zu. »Doch um Adela rankten sich immer Gerüchte. Man hielt sie als Kind für einen Wechselbalg, da ihr Aussehen so sehr aus der Art der Manderscheider schlug. Kein Mitglied der weitverzweigten Familie hatte je rotbraune Haare und graue Augen. Es ist eine sehr seltene Kombination. Ich kenne sonst niemanden, der sie aufweist.«

»Da es keine Wechselbälger gibt, müsste ihr Vater ein Abkömmling derer von Wawern sein«, überlegte Sebastian. »Der jetzige Burgherr ist der Letzte seines Geschlechts, doch er hatte zwei Brüder, die jung verstarben. Ist Euch eine Verbindung zwischen der Mutter Adelas und dem Haus Wawern bekannt?«

Claudia schüttelte den Kopf. »Doch ich werde Erkundigungen einziehen«, versprach sie. »Mich schimpfte sie einen Bastard«, fügte sie erbittert hinzu. »Dabei ist sie vielleicht selbst einer. Das mag auch der Grund sein, warum sie so sehr nach der Ehe mit einem mächtigen Mann giert. Aber wie könnte sie es erfahren haben?«, dachte sie laut nach.

Sie hob entschlossen den Kopf. »Ich werde ihre Zofe Kathrin befragen. Vielleicht weiß sie etwas, dessen Bedeutung ihr gar nicht klar ist. Doch die Zeit wird knapp, und ich muss bald aufbrechen. Was habt Ihr in Gerolstein herausgefunden?«

Sebastian kämpfte gegen den Kloß in seinem Hals an. »In Gerolstein gab es keine Besagungen von Frauen aus Neuerburg«, erklärte er kurz. »Doch dies hält den Lauf der Ereignisse leider nicht auf.« Er schluckte hart. »Gestern ist der Advis eingetroffen, der die Folter von Martha Adams und der Bettlerin Grieth erlaubt. Das Hochgericht hat heute beraten, was nun zu tun sei. Und beschlossen, morgen mit der peinlichen Befragung des alten Weibs zu beginnen.«

Er spürte, wie ihm trotz der Kälte in der Hütte, die das kleine Feuer kaum zu vertreiben vermochte, der Schweiß ausbrach. »Sie hoffen, dass die gebrechliche Alte rascher gesteht als die starke, gesunde Wäscherin. Mit Marthas peinlichem Verhör will man warten, bis Grieth bekannt hat, um sie alsdann mit den Beschuldigungen zu konfrontieren.« Die Stimme versagte ihm. Er wandte den Blick ab, um seine Gefühle vor Claudia zu verbergen. Doch sie spürte seinen inneren Aufruhr. »Das ist furchtbar, aber es war zu erwarten«, sagte sie. Ihre Stimme klang sanft. »Was erschreckt Euch so sehr daran?«

»So begann es auch damals in Trier«. Er antwortete so leise, dass Claudia ihn kaum verstehen konnte. »Ich war noch Student der Jurisprudenz. Es gehörte zu meiner Ausbildung, das Protokoll bei den peinlichen Verhören zu führen. Eine Frau nach der anderen wurde so lange gefoltert, bis sie die nächsten unschuldigen Weiber mit ins Verderben zog. Noch heute höre ich in so mancher Nacht ihre Schreie.«

Die Stimme versagte ihm. Unwillkürlich schluchzte er auf. Dann wurde er sich bewusst, was gerade geschehen war, und spürte, wie sein Gesicht glühend rot wurde. Wie eine Memme heulte er hier vor dem Fräulein von Leuchtenberg! Was sollte sie nun von ihm denken? Krampfhaft hielt er den Blick gesenkt, um ihr nicht in die Augen schauen zu müssen.

Doch zu seiner Überraschung legte sie ihre Hand auf die seine. Als er aufblickte, sah er Anteilnahme und Mitgefühl in ihren Augen. Und etwas anderes, das er noch nie zuvor bemerkt hatte. War es Zärtlichkeit?

Er holte tief Luft. »Ihr verachtet mich nicht für diese Gefühle?«

Claudia schüttelte den Kopf. Ein paar feuchte Locken hatten sich aus der Haube gelöst und rahmten ihre zarten Wangen.

»Nein, Sebastian«, sagte sie sanft. Zum ersten Mal nannte sie ihn bei seinem Vornamen. »Ich verachte Euch nicht. Das Gegenteil ist der Fall. Ich hege die allergrößte Hochachtung für Euch.«

»Hochachtung«, wiederholte er ungläubig. »Ich werde nichts tun können, um die Frauen zu beschützen.«

Claudia lächelte. »Darauf kommt es auch nicht an. Nicht was Ihr tun könnt, sondern was Ihr tun würdet, so man Euch ließe,

ist der Spiegel Eurer hochherzigen Gesinnung. Die Welt bräuchte mehr Männer von Eurer Art.«
Sie sprach mit der dunklen, samtigen Stimme, von der er träumte, seitdem er sie im Hof der Neuerburg zum ersten Mal gesehen hatte. Das kleine Feuer warf Schatten auf ihr Gesicht und zauberte Sterne in ihre Augen.
In seinem Inneren brach ein Damm. Stürmisch zog er sie an sich. Nur einen winzigen Moment lang sträubte sie sich, dann gab sie nach. »Und mehr Frauen von Eurer Art«, murmelte er, als er ihre Lippen suchte. Sie leistete keinen Widerstand, als er sie küsste, zuerst sanft und zärtlich, dann immer leidenschaftlicher und fordernder.
Biegsam wie eine Weide lag sie in seinen Armen. Sie roch leicht nach Rosenwasser und dem würzigen Rauch des kleinen Feuers. Ihre Haut fühlte sich an wie ein Blütenblatt, als er ihr Gesicht umfing.
Schwer atmend ließen sie schließlich voneinander ab. Einen köstlichen Moment hielt er sie noch umfangen, bis sie sich sanft von ihm löste.
Sebastians Kummer war wie weggeblasen, es drängte ihn, seinen Jubel und Triumph hinauszuschreien. Strahlend blickte er sie an. »Von diesem Augenblick träume ich seit vielen Monden. Doch ich wagte nicht mehr zu glauben, dass er mir jemals beschieden sein würde. Wir sind füreinander geschaffen, Claudia. Ich liebe Euch seit dem Moment, an dem ich Euch zum …«
Sie wich zurück und legte ihm sanft, aber bestimmt einen Finger auf den Mund.
»Vergesst Euch nicht, Sebastian, und vermeidet Worte, die Euch hernach reuen werden.«
»Wieso sollte die Wahrheit mich reuen?« Noch wollte er nicht wahrhaben, dass er sich irren könnte.
»Ich bin nur ein schwaches Weib«, sagte Claudia leise. »Verzeiht mir, dass ich mich soeben derartig gehen ließ.«

Enttäuschung schnürte ihm fast die Kehle zu. »So treibt Ihr nur Euer Spiel mit mir?«

Traurig sah sie ihn an. »Wenn ich leichtfertig und eitel wäre wie meine Base Adela, nähme ich mir, wonach mein Herz gerade begehrt, ohne jede Rücksicht auf andere. Doch ich fühle mich meinem Gewissen verpflichtet. Ich bin nicht frei in meiner Wahl, und Ihr seid es erst recht nicht. Barbara ist die einzige Freundin, die ich je hatte. Wir können es nicht verantworten, sie derart zu hintergehen.«

»Sie ist aber nicht die Frau meiner Wahl«, entgegnete er trotzig, »unsere Heirat ist allein der Preis für ihre stattliche Mitgift.«

Ein schmerzlicher Ausdruck huschte über Claudias Züge. »So dürft Ihr nicht reden, Monsieur de la Val. Ihr seid einander versprochen. Als ein Mann von Ehre seid Ihr diesem Eid verpflichtet.«

Der Schmerz brannte wie Feuer in seiner Brust. Doch noch gab er nicht auf. »Warum habt Ihr Euch dann küssen lassen wie eine …« Im letzten Moment biss er sich auf die Lippen.

Röte schoss Claudia in die Wangen. Er wappnete sich gegen ihren unvermeidlichen Zorn, doch sie überraschte ihn einmal mehr. »Ihr seid mir seelenverwandt wie kaum ein anderer Mensch«, sagte sie mit entwaffnender Offenheit. »Ich habe in meinem Leben kaum Freunde oder gar Vertraute gehabt. Dazu seid Ihr ein stattlicher Mann. Vergebt mir also den Augenblick, in dem ich meinen Gefühlen erlaubt habe, die Oberhand zu gewinnen. Es wird nicht mehr vorkommen.«

Sie stand auf. Er kannte sie gut genug, um sie nicht zurückzuhalten. Gewaltsam riss er sich zusammen und versuchte ein Lächeln. Seine Lippen schmerzten vor Anstrengung.

»So lasst mir wenigstens eine Erinnerung an den heutigen Tag.«

Nun blitzte doch noch Zorn in ihren Augen auf. Bevor sie zu einer heftigen Erwiderung ansetzen konnte, fuhr er fort.

»Nennt mich zumindest weiter Sebastian.«

# Kapitel 18

*Freitag, 23. November 1612*

Heinrich Dietz wartete ab, bis die Magd Hanna das Kontor verließ. Dann hob er den Pokal mit dunkelrotem Burgunder und trank Sebastian zu. Genießerisch schloss er die Augen. »Ein wahrhaft göttlicher Tropfen.«

Sein zukünftiger Schwiegersohn, der nur an seinem Becher genippt hatte, nickte schweigend. Seufzend setzte Dietz den Pokal ab. »Ich weiß, es sind schwere Zeiten, Eidam«, sagte er leise. »Doch ab und zu müssen wir uns noch ein Fünkchen Freude gönnen.«

Als Sebastian nicht reagierte, fuhr er fort: »Ich sehe, Ihr möchtet zur Sache kommen. Sprecht freiheraus, was Euch beschwert.«

»Morgen soll Martha Adams ein weiteres Mal gefoltert werden. Ich habe Sorge, dass sie Magdalena Pirken erneut besagt und es diesmal nicht mehr zurücknimmt.«

Dietz strich sich bedrückt über seinen immer grauer werdenden Bart. Die letzten Wochen hatten ihre Spuren hinterlassen. Der Bürgermeister war sichtlich gealtert.

»Barbara teilt Eure Sorge und weint sich schon seit gestern Abend die Augen aus. Doch Magdalena ist noch immer nicht gewillt, die Stadt zu verlassen.«

Plötzlicher Zorn flammte in Sebastian auf. Fast hätte er mit der Faust auf den Tisch geschlagen. »Auf was wartet das dumme Weibsstück noch? Außer Zia Schreber haben sie jetzt auch die Bettlerin Grieth und sogar ihre Busenfreundin Martha beschuldigt.«

Dietz zuckte die Achseln. »Grieth ist im Kerker verstorben, bevor sie ihr Geständnis aus freien Stücken wiederholt hat. Mögen

Scholer und Josten auch noch so zetern, dass der Teufel ihr das Genick gebrochen hat. Ein unter der Folter abgegebenes Geständnis gilt nur dann als Beweis, wenn die Delinquentin ohne den Einsatz der Tortur dabeibleibt.«

Wider Willen empfand Sebastian Schadenfreude. »Es ist allein Caspar Scholers Versagen, dass die Bettlerin elend krepiert ist. Er hat sie zu hart anfassen lassen. Das Weib war alt und gebrechlich und dazu eine Säuferin.«

Dietz nickte zustimmend. »Da hat er die Rechnung einmal mehr ohne den Wirt gemacht. Doch gelernt hat er nichts daraus. Das haben die Verhöre von Martha Adams gezeigt.«

Sebastian ballte die Hände zu Fäusten. Weder er noch Dietz hatten verhindern können, dass Scholer jedes zweite Verhör nach seinem Gutdünken leiten durfte. Und wo der oberste Richter nach Ansicht der anderen Schöffen zu milde und vorsichtig war, da zeigte sich Scholer umso unbarmherziger.

Die restlichen Mitglieder des Hochgerichts hielten dies nur für recht und billig. Scholer war der stellvertretende Vorsitzende des Gerichts und amtierender Hexenkommissar. Nur Sebastian hatte gegen den Vorschlag seines Vaters gestimmt, abwechselnd Dietz und Scholer die Leitung der Verhöre zu überlassen. Der Bürgermeister selbst enthielt sich, um einen offenen Zwist mit seinem Zunftkollegen und dessen Anhängern zu vermeiden.

Gleich bei der ersten peinlichen Befragung von Martha Adams war Scholer an der Reihe gewesen. Daumenschrauben und Spanische Stiefel hatten zwar noch kein Bekenntnis erpresst, waren aber mit solcher Härte angewandt worden, dass die Wäscherin seither weder greifen noch gehen konnte. Dabei handelte es sich nach landläufiger Meinung um die milderen Arten der Folter.

Als sich Martha auch beim zweiten Verhör nicht geständig zeigte, blieb es an Heinrich Dietz hängen, das Aufziehen an der Winde anzuordnen. In ohnmächtiger Wut und Hilflosigkeit musste Sebastian mit ansehen, wie Martha am Seil hängend schrie, ob-

wohl der Richter nur die vorgeschriebene Mindestzeit anordnete und die Befragung nach einer halben Stunde beendete.
Der Erfolg dieses Vorgehens war zweifelhaft, denn jetzt galt das zweite Verhör unter der Folter nur als unterbrochen. Die Peinliche Halsgerichtsordnung Carolina schrieb vor, dass maximal drei Inquisitionen zum selben Anklagepunkt unter Anwendung der Tortur zulässig waren. Gestand die Beklagte dann noch immer nicht, wessen man sie beschuldigte, oder widerrief sie ihr Geständnis nach der Foltersitzung, war sie in den inquirierten Punkten als »nicht schuldig« anzusehen. Allerdings war dafür Voraussetzung, dass die Tortur in der vorgeschriebenen Form durchgeführt wurde. Dietz hingegen hatte abgebrochen, ohne die Folter in vollem Umfang einzusetzen.
Scholer machte sich das natürlich zunutze und setzte das Verhör am nächsten Tag mit aller Brutalität fort. Sogar als der Gequälten die Schultergelenke längst ausgerenkt waren, ließ er die Gewichte an den Füßen noch weiter erhöhen, bis Marthas Widerstand unter den Schmerzen brach.
Wie alle Weiber, deren Tortur Sebastian mit ansehen musste, hatte sie schließlich gestanden, eine Hexe zu sein. Sie gab alle Untaten zu, die ihr Scholer gemäß der Denunziationen von Zia Schreber und der Bettlerin vorhielt. Von Ekel und Zorn buchstäblich geschüttelt, hatte Sebastian nur der drohende Blick seines Vaters davon abgehalten, den Webermeister tätlich anzugehen. Er wusste, dass der Amtmann auch den eigenen Sohn in den Karzer werfen lassen würde, wenn er die Ehre des Hochgerichts missachtete.
Martha hatte nur einen Versuch unternommen, sich selbst wieder reinzuwaschen und ihr Geständnis zu widerrufen. Schon bei der nächsten Befragung durch Dietz und der damit zwangsläufig verbundenen erneuten Anwendung der Folter hatte sie die Schmerzen nicht mehr ertragen und sich erneut schuldig bekannt.

Und in der vergeblichen Hoffnung, die Tortur damit zu beenden, wiederholte sie ihr Geständnis am darauffolgenden Tag noch einmal freiwillig. Dabei gab sie die Webermagd Berthe und die Wirtstochter Clara als Gespielinnen an.
Am selben Abend betrank sich Sebastian bis zur Besinnungslosigkeit. Er wusste von Barbara, dass Martha einen Groll gegen diese Frauen hegte, weil sie Magdalena und sie auf dem Waschplatz an der Enz beschimpft hatten. Doch die Mühle der Hexenjustiz war in Gang gesetzt worden. Nun würde sie kaum mehr anzuhalten sein.
Der junge Mann schreckte hoch. »Verzeiht! Was habt Ihr gerade gesagt?«, fragte er schuldbewusst. »Ich war mit meinen Gedanken woanders.«
Dietz lächelte milde. »Vielleicht widersteht die Wäscherin ja der Tortur. Luxemburg hat ausdrücklich nur eine Wiederholung der Folter erlaubt.«
Sebastian schüttelte resigniert den Kopf. »Das glaube ich nicht. Nach den Beschreibungen von Andreas Mohr und der Kerkerwachen, die ich bestochen habe, sind Martha beide Beine gebrochen worden. Der Henker hat ihr die Schultergelenke zwar wieder eingerenkt, doch sie sind zur Größe eines Kohlkopfes angeschwollen und blau. Die schmerzlindernden Mittel, die Magdalena ihr sendet, helfen ihr kaum, ein paar Stunden zu schlafen. Wenn Scholer sie morgen wieder aufziehen lässt, wird sie den erneuten Qualen nicht gewachsen sein.«
Die Männer versanken in dumpfes Schweigen und hingen ihren Gedanken nach.
Natürlich hatte sich Scholer mit den Besagungen der Webermagd und der Wirtstochter nicht zufriedengegeben, zumal sie zu den ersten Denunziantinnen beim Hexenkommissariat gehörten. Also war er in der letzten peinlichen Befragung so lange in Martha gedrungen, bis sie auch Magdalena als Gespielin angab.

Dieses Geständnis hatte sie am nächsten Tag widerrufen. Doch da sie den dritten Grad der Folter schon erduldet hatte und bei ihren übrigen Aussagen blieb, konnten Dietz und Sebastian diesmal ein Veto gegen die Fortsetzung der Folter einlegen.
Wieder hatte der Amtmann den Kompromiss gefunden. Er ließ Magdalena zum zweiten Mal auf freien Fuß, verlangte aber, dass ein weiteres Gutachten aus Luxemburg eingeholt wurde. Dieses war gestern eingetroffen und hatte zu Sebastians Entsetzen ein viertes peinliches Verhör erlaubt, wobei es diesmal nur um die Frage von Magdalenas Schuld oder Unschuld ging.
Ihr Name war damit in Luxemburg aktenkundig. Beklagte Martha Adams ihre Freundin erneut, ohne das Geständnis zu widerrufen, stand zu befürchten, dass Luxemburg einer Verhaftung der Kräuterfrau zustimmen würde.
»Was verspricht sich Barbaras Amme davon, wenn sie in der Stadt bleibt?«, brach Sebastian die drückende Stille.
Dietz seufzte resigniert. »Ich weiß es nicht, Eidam. Mohr bietet ihr weiterhin an, sie bei seiner Schwester in Lissendorf zu verstecken, doch ist dies an die Bedingung geknüpft, dass sie uns ihren Namen und ihre Herkunft verrät. Was sie in den letzten Wochen unter immer neuen Vorwänden verweigert hat.«
»Mein Vater wird sie Euch zuliebe nicht ewig unbehelligt lassen«, erwiderte Sebastian. »Weiß die Pirken überhaupt, dass Ihr nach dem Ablauf der Amtszeit als Bürgermeister auch den Vorsitz am Hochgericht verliert?«
»Barbara hat es ihr schon mehrere Male gesagt. Doch es hat nichts gefruchtet.«
»Und weiß sie auch, dass der aussichtsreichste Kandidat für Eure Nachfolge der Webermeister und Ratsherr Caspar Scholer ist? Dem alle Welt dafür dankbar ist, dass er das Hexengeschmeiß endlich zur Strecke gebracht hat, das für die Teuerung und den Hunger verantwortlich ist? Weiß sie auch, dass er oberster Richter sein wird, während Ihr dem Hochgericht gar

nicht mehr angehört?« Seine Stimme klang hell vor Verzweiflung und Angst vor der Zukunft.

»Sie weiß es«, sagte Dietz nur.

»Und warum flieht sie dann nicht? Sehnt sich das Weib so sehr nach einem schrecklichen Tod?«

*Sonntag, 25. November 1612*

Ächzend zwängte sich Andreas Mohr durch das Angstloch und stieg vorsichtig die wacklige Leiter hinab, die die Wachen in die Kerkerzelle von Martha Adams hinabließen. Ihr Angebot, die Delinquentin zu der von ihr so dringlich gewünschten Beichte in die Wachkammer zu bringen, hatte er abgelehnt. Er wusste um die schlechte Verfassung der Frau und wollte sie vor den groben Griffen der Wärter bewahren.

Dank Heinrich Dietz und Sebastian de la Val war der Zustand der Zelle nicht so schlimm wie in anderen Gefängnissen. Das Stroh wurde alle drei Tage gewechselt, es gab einen Eimer für die Notdurft, der täglich geleert wurde, und die Gefangene trug nur eine Fußfessel an einer langen Kette, die ihr Bewegungsfreiheit gab, soweit es der enge Kerker erlaubte. Gleich neben dem Angstloch brannte eine kleine Pechfackel, die das fehlende Tageslicht zwar nicht ersetzen konnte, angesichts der völligen Dunkelheit in ähnlichen Verliesen aber eine große Annehmlichkeit darstellte. Nicht nur Scholer, auch die Wachen hatten über diesen Luxus weidlich gemurrt.

Dennoch war die Gruft, in die Mohr hinabstieg, alles andere als ein behaglicher Ort. Die Zelle war halbrund. Sie bildete mit dem zweiten Verlies, in dem Zia Schreber einsaß, das Kellergeschoss des Haidturms, der zur Stadtbefestigung gehörte. Der feuchte Raum war zu jeder Jahreszeit muffig und jetzt im Winter empfindlich kalt. Draußen lag schon seit einigen Tagen Schnee.

Der ausgestoßene Atem des Pfarrers bildete weiße Wölkchen, als er am Boden des Kerkers angelangt war. Aufseufzend vor Erleichterung streifte er den Rucksack ab, der neben seinen Utensilien für die Beichte auch Arzneien, einen kleinen Kuchen und einen Krug Wein enthielt.
Trotz des schlechten Lichts sah der Geistliche, dass sich Martha Adams nach der gestrigen Folter in einem erbärmlichen Zustand befand. Die gerade notdürftig verheilten Wunden an den Händen waren mit frischem Blut verkrustet, die Wäscherin glühte vor Fieber. Da sie am Vortag erneut aufgezogen worden war, bereitete ihr die kleinste Bewegung unsägliche Schmerzen. Aufgrund der Schwellungen hatte der Henker die erneut aus den Gelenkpfannen gesprungenen Schultern noch nicht wieder einrenken können. Da ihre Unterschenkel schon vor der Wiederholung der Tortur durch den brutalen Einsatz der Spanischen Stiefel gebrochen waren, konnte sie sich nun nicht einmal mehr auf Händen und Knien durch die Zelle bewegen.
Ein schlimmer Gestank stieg von ihrem Strohlager auf, das die Gequälte eingenässt und wohl auch eingekotet hatte. Der Eimer für die Notdurft in der Ecke war für sie unerreichbar geworden. Dennoch hob die Frau, die zuvor nur apathisch auf ihrem Lager gelegen hatte, mit großen Mühen den Kopf, als sie Mohr erblickte. Ein geisterhaft wirkendes Lächeln verzerrte ihr ausgezehrtes Gesicht.
»Ich danke Euch von ganzem Herzen, Hochwürden, dass Ihr meiner Bitte gefolgt seid«, flüsterte sie tonlos. Ihre Stimme war durch die Schreie unter der Folter heiser geworden. »Der Herr im Himmel wird es Euch lohnen.«
Mit einer sanften Handbewegung gebot Mohr, ihr zu schweigen. Erschüttert zog er die Beinwellsalbe und die frischen Verbände aus dem Rucksack, die Magdalena ihm mitgegeben hatte. Kurz überlegte er, ob er ihr etwas von dem mit Mohnsaft vermischten Wein einflößen sollte, beschloss aber dann, noch damit

zu warten. Die entkräftete Frau wollte beichten und ihr Gewissen erleichtern. Es stand zu befürchten, dass sie in einen betäubenden Schlaf fallen würde, wenn er ihr das Mittel zu früh verabreichte.

Vorsichtig zog der Pfarrer der Wäscherin das grobe Hemd herab und bestrich die zur Größe eines Kinderkopfes geschwollenen Schultern mit der Salbe. Dabei bemühte er sich, keinen Blick auf die sackartig herabhängenden Brüste zu werfen.

Bitternis und Grimm stiegen in ihm auf. Martha Adams war zwar keine Schönheit gewesen, aber doch eine kerngesunde Frau von nicht einmal fünfunddreißig Lenzen. Unter anderen Umständen hätten noch viele Jahre in Kraft und Gesundheit vor ihr liegen können. Nun war sie dem Tode geweiht, ganz gleich, ob man sie zu Asche verbrannte, oder ob sie an ihren Wunden zugrunde ging.

Die Wäscherin bemühte sich vergeblich, ihr Stöhnen zu unterdrücken, als Mohr Schultern und Hände mit den frischen Leinenstreifen verband, die er mitgebracht hatte. Nachdem er der Frau einen Trunk Wasser aus dem Krug neben dem Lager eingeflößt hatte, zog er den Kuchen aus dem Rucksack. »Dies schickt dir Magdalena«, erklärte er ungeschickt im Bemühen, seine Gefühle unter Kontrolle zu bringen. »Sie hat Zimt und Rosinen in den Teig hineingegeben.«

Zu seiner Bestürzung fing Martha bitterlich an zu weinen. Ratlos strich der Pfarrer der Schluchzenden über den kahl geschorenen Schädel. »Nun, nun, meine Tochter«, murmelte er. »Gott, unser Herr, lässt uns auch in der höchsten Not nicht im Stich.« Doch die Worte klangen hohl in seinen Ohren.

Und Martha weinte nur umso heftiger. Undeutliche Laute drangen aus ihrem verzerrten Mund. Nur allmählich verstand Mohr die Worte. Ein eisiger Schrecken durchfuhr ihn.

»Du glaubst, du kommst in die Hölle? Bist du am Ende doch eine Zauberin?«

Martha schüttelte den Kopf so heftig, wie es ihre verletzten Schultern erlaubten.
»Also, wenn du deine Seele niemals dem Bösen verschrieben hast, warum glaubst du, in das Reich Satans zu kommen?«
Martha richtete sich mit letzter Kraft auf und suchte den Blick des Geistlichen. »Ich habe gelogen, Hochwürden, und damit unschuldige Frauen mit ins Verderben gerissen.«
Mohr nickte bedrückt. Schon Sebastian de la Val hatte vermutet, dass die Webermagd Berthe und die Wirtstochter Clara von Martha aus Rache besagt worden waren. Doch darauf wollte Martha gar nicht hinaus.
»Ich habe meine beste Freundin verraten«, schluchzte die Frau verzweifelt. »Sie hat niemandem je etwas zuleide getan.«
Wieder erschrak der Pfarrer. Er hatte am Vortag seine Pfarren außerhalb der Stadt besucht und noch keine Gelegenheit gehabt, mit Dietz oder Sebastian über das Ergebnis des Verhörs zu sprechen.
»Wessen hast du sie denn beschuldigt, meine Tochter?« Er bemühte sich, seine Stimme unter Kontrolle zu halten, damit Martha seinen inneren Aufruhr nicht bemerkte.
»Ich habe sie angeklagt, die Seuche durch Läuse erzeugt zu haben, die sie herbeigezaubert hat.«
Das war in der Tat eine sehr schwerwiegende Beschuldigung.
»Was noch?« Die Antwort wollte er eigentlich gar nicht hören.
»Ich habe gesagt, dass sie der Bettlerin Grieth ein giftiges Pulver gegeben hat, das ihre Tochter Eva zur Austreibung der Leibesfrucht verwenden sollte. Das ungetaufte Kindlein wollte sie hernach zu Hexensalbe verkochen. Doch der Plan misslang, weil Eva an dem Mittel verstarb.«
Der Pfarrer war bis ins Mark erschüttert. »Und nichts davon ist wahr, meine Tochter?«
»Nicht ein Wort«, bestätigte Martha.
»Wie bist du auf diese Beschuldigungen verfallen?«

»Einmal hat Magdalena mir erzählt, dass sie glaubt, die Seuche würde durch Läuse verursacht, da die Reinlichen eher am Leben blieben als die Schmutzigen. Grieth, der Bettlerin, hat sie tatsächlich eine Arznei für ihre Tochter gegeben, deren Besitz bei strenger Strafe verboten ist. Doch Eva hatte die Abtreibung selbst eingeleitet und drohte daran zu verbluten. Das Mittel sollte ihr Leben retten, anstatt es ihr zu nehmen.«

»Wenn du das alles weißt und dennoch ein falsches Zeugnis abgelegt hast, musst du widerrufen, mein Kind. Sonst kann ich dich nicht von deinen Sünden freisprechen.« In seiner Sorge um Magdalena klang Mohr strenger, als er es beabsichtigte.

Doch die Wäscherin schüttelte den Kopf. Nun weinte sie still. Die Tränen strömten ihr über das ganze Gesicht. Gelehrte Männer behaupten, Hexen vergössen keine Zähren, dachte Mohr in seiner ohnmächtigen Wut. Doch hier ist der Beweis, dass sie unschuldig ist. Das Hochgericht müsste sie freilassen.

Doch äußerlich blieb er hart. »Magdalena kann aufgrund deiner Anklagen inhaftiert und ebenfalls gefoltert werden. Diese Schuld kannst du nicht auf dein Gewissen nehmen.«

Martha schüttelte nochmals den Kopf. »So muss ich denn ohne Absolution zur Hölle fahren«, sagte sie. Ihre Stimme klang, als hätte sie sich schon in ihr Schicksal ergeben.

»Aber warum?«, insistierte Mohr zunehmend verzweifelt. »Warum willst du deine Freundin mit ins Verderben reißen?«

»Ich will es nicht«, antwortete Martha überraschend klar. »Ich bin ihr sogar zu ewigem Dank verpflichtet. Sie hat meinem Sohn das Leben gerettet. Ich habe sie geschützt, so lange ich konnte, und der Tortur widerstanden, obwohl Scholer mich wieder und wieder fragte, ob sie meine Komplizin oder gar die Oberhexe hier in der Eifel sei. Als ich die Schmerzen beim letzten Verhör nicht mehr aushielt, habe ich das Geständnis am nächsten Tag widerrufen. Es heißt, wer dreimal die peinliche Befragung übersteht, gilt als unschuldig in der Sache, zu der er befragt worden ist. Nicht mein eigenes Leben wollte ich retten, sondern das Magdalenas. Doch gestern wurde ich wieder gefoltert. Das nahm ich als Zeichen, dass mich der Herrgott verlassen hat. Ich habe die Marter nicht länger ausgehalten. Und ich sterbe lieber und fahre zur Hölle, als solche Schmerzen noch einmal zu erdulden.« Mit diesen Worten ließ sie sich zurück auf ihr Strohlager sinken.

Mohr schwieg erschüttert. Er kämpfte mit sich. Schließlich griff er in seinen Rucksack und legte sich die Stola über die Schultern. »So lass uns zur Beichte schreiten, meine Tochter«, sagte er. »Wenn du deine Sünden bekennst und bereust, wirst du Erlösung im Himmelreich finden.«

*Dienstag, 4. Dezember 1612*

Claudia kämpfte sich vorsichtig durch den knöchelhohen, überfrorenen Schneematsch, der die steilen Gassen bedeckte. Trotz des pelzgefütterten Umhangs, der Stiefel und dicken Strümpfe, die sie trug, war ihr erbärmlich kalt. Ein scharfer Wind pfiff selbst in der Stadt um die Häuser.

Nach vielen Wochen war es dem Edelfräulein zum ersten Mal wieder erlaubt worden, einen Gang in die Stadt zu machen. Ihre Tante lag mit einem schweren Katarrh zu Bett und wollte nicht gestört werden. Claudia hatte die Gelegenheit genutzt, ihren Oheim um die Erlaubnis zu bitten, Barbara besuchen zu dürfen. Heute war ihr Namenstag. Sie wollte sie überraschen.

Ihre Vorfreude wurde rasch getrübt, als sie die vielen Bettler erblickte, die die St.-Nikolaus-Kirche umlagerten. Halb verhungerte barfüßige Kinder flehten sie um ein Almosen an. Missernten und Teuerung hatten viele arme Bauern- und Pächterfamilien in die Stadt getrieben in der Hoffnung, dort ein Auskommen über den Winter zu finden.

Obwohl der Stadtpfarrer Claudia davon erzählt hatte, war sie erschüttert angesichts des Elends. Ihr kleiner Vorrat an Halbpfennigen war rasch verbraucht, ohne dass sie die Not hätte lindern können. Schließlich drückte sie den Silbergroschen, mit dem sie Barbara noch ein Geschenk kaufen wollte, einer bis auf die Knochen abgemagerten Frau in die Hand. Sie trug einen jammernden Säugling an ihrer schlaffen Brust. Vier weitere Kinder klammerten sich an ihre zerschlissenen Röcke.
Der Vorfall war von einem grobschlächtigen Kerl beobachtet worden. Claudia hatte sich eben abgewandt, um weiterzugehen, als sie den angstvollen Schrei der Frau hörte. Sie presste den Groschen fest an sich, den ihr der Mann zu entwinden versuchte. Die Kinder weinten erbärmlich.
Zorn wallte in Claudia auf. Ohne nachzudenken, griff sie nach einem auf dem Boden liegenden Stecken und schlug ihn dem Mann über den Schädel. Nur dem beherzten Eingreifen ihres Dieners war es zu verdanken, dass danach weder sie selbst noch die Bettlerin zu Schaden kamen. Der Kerl trollte sich, als er erkannte, dass er die Beule der Nichte des Landgrafen zu verdanken hatte. Dennoch begleitete Claudia die Frau bis zu einem Brotstand auf dem Marktplatz und wartete ab, bis sie und die Kinder das ofenwarme Gebäck hastig hinuntergeschlungen hatten.
»Gott segne Euch, gnädiges Fräulein.« Die Worte klangen Claudia noch im Ohr, als sie schließlich mit leeren Händen an das prächtige Eingangstor des Dietzschen Anwesens pochte.
Barbara freute sich von ganzem Herzen, sie zu sehen. Während sich Claudia am Feuer in der Wohnstube aufwärmte, berichtete sie der zwischen Bewunderung und Entsetzen schwankenden Freundin von ihrem Abenteuer. Schließlich bat sie um einen Trunk.
Barbara schoss die Röte ins Gesicht. »Verzeih, meine Liebste. Doch dein Wagemut hat mich wieder einmal so hingerissen,

dass ich meine Pflichten als Gastgeberin vernachlässigt habe.« Sie lächelte verschmitzt. »Doch dafür erwartet dich nun eine besondere Entschädigung. Warte nur noch einen kleinen Moment!« Sie schlüpfte aus der Tür.

Nachdenklich sah Claudia ihr nach. Seit dem Kuss in der Jagdhütte hatte sie Sebastian nicht mehr getroffen. Über den Stadtpfarrer hatte er ihr ausrichten lassen, dass er jeden Moment bei Gericht gebraucht werden könne und Dietz versprochen hätte, erreichbar zu bleiben.

So blieben ihr nur ihre Träume. Wohl an die hundert Mal hatte sie dem Moment nachgespürt, in dem sie von Sebastian mit dieser Mischung aus Zärtlichkeit und Begierde umfangen und geküsst worden war. Sie glaubte noch immer, den Geschmack nach Würzwein und den Veilchenpastillen, die er ab und zu kaute, auf ihren Lippen zu schmecken. In den ersten Tagen danach konnte sie es kaum erwarten, in der Stille ihrer Schlafkammer mit ihren Erinnerungen an die Szene im Wald allein zu sein.

Der Moment war umso kostbarer, als sie ernsthaft entschlossen war, dass er sich nie mehr wiederholen würde. Sie machte sich vor, erleichtert darüber zu sein und dass es besser wäre, Sebastian nicht mehr zu sehen, um Abstand gewinnen zu können. Obwohl sie das schlechte Gewissen quälte, wenn sie an Barbara dachte, bedauerte sie auch deren Verlobten. Denn er war unter anderen Voraussetzungen als ihre Freundin in diese Verbindung gezwungen worden. Barbara würde ihm geistig niemals eine ebenbürtige Gefährtin sein. Und der Umstand, dass Sebastian nicht nur an ihr als Weib interessiert war, sondern auch an ihrem scharfen Verstand, schmeichelte ihr mehr, als sie sich eingestehen wollte.

Die Tür ging auf. Hinter Barbara trat die Haushälterin Elsbeth mit einem großen Tablett ein. Zur Feier des Tages hatte man im Hause Dietz trotz der Adventsfastenzeit knusprige Schmalzkrapfen gebacken, die Elsbeth nun beflissen, aber mit verkniffener Miene servierte. Claudia lief das Wasser im Munde zusammen.

»Wie geht es mit ihr?«, fragte sie kauend, kaum dass die Gesindemeisterin die Stube verlassen hatte. Barbaras fröhliche Miene verfinsterte sich. »Nun, sie ist höflich und tut ihre Pflicht. Doch seit dem Vorfall im August sprechen wir nur noch das Nötigste miteinander.«

»Immerhin kann sie backen, das muss man ihr lassen.« Genießerisch biss Claudia ein weiteres Stück von dem süßen Gebäck ab. Erst da fiel ihr auf, dass Barbara selbst nur an dem heißen Würzwein nippte. »Hast du gar keinen Appetit?« Barbara schüttelte den Kopf. Claudia wurde das Herz schwer.

»Was gibt es Neues vom Hochgericht?«, fragte sie mit düsteren Vorahnungen.

»Beide Frauen wurden heute zum Tode verurteilt«, antwortete Barbara traurig. »Das Urteil ist schon zur Bestätigung nach Luxemburg unterwegs.«

»Warum diese große Eile?«

»Caspar Scholer will, dass die Hinrichtung noch vor den Weihnachtsfeiertagen stattfindet. Damit es nicht noch mehr Hader gibt, hat mein Vater ihn diesmal gewähren lassen.«

Claudia legte den angebissenen Krapfen wieder in ihre Schale zurück. »Dein Verlobter hat mir erzählt, dass es immer schlimmer mit Scholer wird.«

Barbara nickte. »Der Amtmann sagt, es macht keinen guten Eindruck auf den Landgrafen und die Herren in Luxemburg, dass Richter und Schöffen sich andauernd uneins sind.«

»Sein Sohn hat mir auch davon berichtet«, bestätigte Claudia. Die Stimmung am Hochgericht war mittlerweile zum Zerreißen gespannt. Dietz und Sebastian standen offen gegen Caspar Scholer und den Schöffen Veit Mölich aus Oberweis. Das fünfte Mitglied, der Schöffe aus Waxweiler, war ein undurchsichtiger Mann namens Nikolaus Hoss. Er pflegte zunächst den Verlauf der Entwicklung abzuwarten und schloss sich dann der Partei an, von der er sich die meisten Vorteile erhoffte. Derzeit war dies die Seite von Dietz. Der hatte ihm ein großzügiges Darlehen gewährt, damit er seine niedergebrannte Scheune wieder aufbauen und das Winterfutter ersetzen konnte, das dem Feuer zum Opfer gefallen war.

Die jungen Frauen schwiegen bedrückt. Claudia rührte gedankenverloren in ihrem Würzwein. »Wie haben die Frauen es aufgenommen?«, fragte sie schließlich.

»Die Wäscherin hat sich in ihr Schicksal ergeben. Doch Zia Schreber tobte und schrie. Sie behauptet, Caspar Scholer habe ihr die Freiheit versprochen, wenn sie Magdalena und Martha besagen würde. Der Amtmann musste ihr mit der Maulbirne drohen, da sie durchaus nicht stillschweigen wollte, während das Urteil verlesen wurde.«

»Und hat es sich wirklich so zugetragen?« Gespannt beugte sich Claudia vor.

Barbara hob die Schultern. »Sebastian und mein Vater glauben es wohl, doch Scholer bestreitet es. Für Martha Adams macht es ohnehin keinen Unterschied mehr. Sie hat während der Folter gestanden und nicht widerrufen, also gilt sie als überführte Hexe.«

Claudia zögerte mit der nächsten Frage, bevor sie sich überwand. »Wie nimmt es Sebastian auf?«

»Er hat sich schon wieder betrunken. Mein Vater sagt, zwei Knechte des Amtmanns mussten ihn aus dem Wirtshaus nach Hause schaffen. Ich mache mir große Sorgen um ihn. Er trägt allzu schwer an seinem Posten.« Tränen glänzten in Barbaras Augen.

Claudia schwieg betroffen. Doch dann fragte sie weiter.

»Noch zwei andere Frauen sollen beklagt worden sein, munkelt man auf der Burg. Wird es noch mehr Verhaftungen geben?«

»Sie bleiben so lange in Freiheit, wie man Magdalena verschont. Ich lauschte an der Tür, als Hochwürden Mohr meinem Vater und dem Amtmann erzählte, dass Martha ihm eingestand, Magdalena nur denunziert zu haben, weil sie die Schmerzen der Tortur nicht länger ertrug. Christoph de la Val wollte sie gleich zur Rede stellen und ließ erst auf inständiges Bitten des Pfarrers davon ab. Hochwürden Mohr hatte ihr schon die Absolution für die Lüge erteilt.«

Claudia ließ sich dies durch den Kopf gehen. »Trotzdem wundert es mich, dass Scholer nicht schon längst auf Magdalenas Verhaftung gedrungen hat.«

»Oh, das hat er sehr wohl getan. Mehr als einmal sogar.« Barbara runzelte grimmig die Stirn. »Doch Christoph de la Val bestand darauf, entweder alle besagten Frauen gefänglich einzuziehen oder keine. Martha hat auch eine Magd namens Berthe beschuldigt und die Tochter des Wirts ›Zum Roten Turm‹. Sie gehören jedoch zu den Zeuginnen, von denen die ersten Denunziationen stammen. Scholer war deshalb mit ihrer Verhaftung nicht einverstanden.«

Claudia schüttelte den Kopf. »Also ist Magdalena schon wieder knapp davongekommen. Auf Dauer kann das nicht gutgehen.«

Barbara stiegen erneut Tränen in die Augen. »Sie fürchtet sich so sehr, in die Fremde zu gehen, dass sie die Gefahr in der Stadt unterschätzt. Da sie noch immer in Freiheit ist, beginnen manche Leute, sie für unschuldig zu halten. In jüngster Zeit hat sie sogar wieder zwei Waschaufträge zurückbekommen, die sie verloren hatte. Sie hofft einfach, dass alles bald vorbei ist. Außerdem will sie Martha nicht im Stich lassen. Sie weiß, dass die Wäscherin nur beschuldigt wurde, weil sie mit ihr befreundet ist. Darunter leidet sie furchtbar.«

»Glaubt auch dein Vater, dass nach den beiden Bränden alles vorbei ist?«

Barbara starrte durch die Butzenscheiben der Wohnstube in die heraufziehende Dämmerung. »Mein Vater befürchtet, dass nach den Weihnachtstagen alles noch schlimmer wird. Scholer will

Bürgermeister und oberster Richter werden. Da die Neuerburger glauben, dass sie die Entlarvung der Unholdinnen vor allem ihm zu verdanken haben, stehen seine Chancen recht gut.«
Claudia schauderte unwillkürlich. Draußen begann es schon wieder zu schneien. Bald würde sie aufbrechen müssen. Entschlossen lenkte sie die Unterhaltung auf ein unverfängliches Thema. Eigentlich war sie am Namenstag ihrer Freundin gekommen, um ein paar heitere Stunden mit ihr zu verbringen.
»Was machen die Vorbereitungen zu deiner Vermählung?«
Tatsächlich erschien ein kleines Lächeln auf Barbaras Gesicht. Es war nur ein schwacher Abglanz ihrer ehemaligen Freude auf die bevorstehende Heirat. Dennoch fuhr Claudia unwillkürlich ein Stich durch die Brust.
»Der Schneider hat begonnen, den Stoff für mein Kleid auszumessen.« Sie senkte beschwörend die Stimme. »Es ist hellblauer Samt aus Flandern, der über und über mit Silberfäden verziert werden soll. Die Stickmägde werden wochenlang damit beschäftigt sein. Am Sonntag nach Ostern soll die Hochzeit gefeiert werden.«
»Du kannst doch hoffentlich kommen?«, fragte sie erschrocken, als sie den düsteren Blick ihrer Freundin bemerkte.
Claudia zwang sich zu einem Lächeln. »Ich komme natürlich«, versprach sie. »Und wenn ich über die Burgmauer klettern müsste.«

*Freitag, 14. Dezember 1612*

Claudia legte beschwörend den Finger an die Lippen, als Elisabeth aufstand, um ihrer Mutter und deren Entourage aus dem behaglich warmen Knappen-Saal hinaus in die Kälte der zugigen Gänge zu folgen. Die Tochter des Landgrafen runzelte die Stirn, sagte aber kein Wort, als sich Claudia tiefer in die Nische

drückte, in der die Damen zuvor bei Kerzenschein gestickt und genäht hatten. Nun, da die Lichter gelöscht waren, wurde sie in ihrem dunklen Kleid eins mit der Dunkelheit.
Deshalb bemerkten weder der Landgraf noch der Burgkaplan Josten, die miteinander im Gespräch vertieft waren, dass eine der Damen ohne Erlaubnis im Raum geblieben war.
»Ihr glaubt, der Stadtpfarrer will Einwände gegen die Hinrichtung der Hexen erheben?«, fragte Wilhelm von Leuchtenberg. »Luxemburg hat die Todesurteile doch bestätigt.«
Bernhard Josten wiegte in gespielter Betrübnis sein fettiges Haupt. »Der Herr allein weiß, was in meinem geschätzten Amtsbruder vorgehen mag.«
Claudia zog missbilligend die Brauen hoch. Der Stadtpfarrer war Dienstherr aller anderen Geistlichen in der Herrschaft Neuerburg. Zwar war der Burgkaplan nur dem Landgrafen untertan, doch sein Einfluss war auf den Burgfried beschränkt.
Aus der Entfernung konnte das Edelfräulein nicht erkennen, ob Jostens Anmaßung auch von ihrem Oheim bemerkt worden war. Wilhelm von Leuchtenberg hatte in den letzten Wochen noch an Leibesfülle hinzugewonnen, und seine Laune verschlechterte sich von Tag zu Tag. Mittlerweile rechnete kaum noch jemand damit, dass der Trierer Erzbischof den Dispens für die Hochzeit der Grafentochter mit Ernst von der Marck erteilen würde. Es liefen bereits Gerüchte um, dass sich dessen Vater Philipp erneut auf Brautschau nach Vianden und in die Nordeifel begeben hätte.
Die nächsten Worte des Landgrafen trafen sie unerwartet. »Ich bin des leidigen Haders am Hochgericht weidlich müde«, klagte er. »Es ist an der Zeit, dass Heinrich Dietz das Amt des Bürgermeisters und obersten Richters an einen tatkräftigen Mann wie Caspar Scholer abgibt, der nicht alleweil zaudert wie ein altes Waschweib. Dem wird sich auch der Stadtpfarrer nicht verschließen können.«

Josten verneigte sich zustimmend, um ein triumphierendes Lächeln zu verbergen. Doch Claudia konnte es von ihrem Standort aus trotzdem sehen.
»Doch genug der Spekulationen«, seufzte Wilhelm. »Lassen wir den Pfarrer eintreten und hören, was er zu sagen hat.«
Wenig später betrat Mohr den Knappen-Saal. Er verbeugte sich tief vor dem Landgrafen und so knapp, wie es die Höflichkeit gerade noch zuließ, vor dem Burgkaplan.
Mit einem kurzen Nicken wies der Landgraf auf den Schemel, der unwillkommenen Gästen vorbehalten war. Dann lehnte er sich in seinem breiten Sessel zurück und forderte Mohr auf zu sprechen.
»Ich komme in tiefer Besorgnis um die Heiligkeit der Adventszeit«, begann Mohr zur Überraschung der Zuhörer. »Es ist eine Zeit der Besinnung und Einkehr, in der sich fromme Christen mit Gebet und Fasten auf die Geburt des Erlösers vorbereiten sollten. Dem werdet Ihr sicherlich zustimmen, verehrter Bruder Josten«, wandte er sich an den Burgkaplan.
Der nickte widerwillig, während der Landgraf unbehaglich auf seinem Sessel hin und her rutschte. Er wusste nur zu gut, dass es mit dem Fasten auf der Burg nicht weit her war.
»So sprecht freiheraus. Was löst Eure Besorgnis aus?«, fragte er barsch.
Andreas Mohr richtete sich auf und sah ihm gerade in die Augen. »Eure Untertanen schaffen Holz herbei, um zwei Scheiterhaufen zu errichten. Schon am kommenden Montag sollen die Weiber, die der Hexerei beschuldigt sind, erdrosselt und verbrannt werden. Ihr wisst, gnädiger Herr, dass damit ein großes Fressen und Saufen verbunden sein wird. Schon jetzt ergeben sich viele Bürger der Stadt der Sünde der Völlerei.«
Noch bevor der Landgraf den Mund zu einer Erwiderung öffnen konnte, kam ihm Josten zuvor. »Mich nimmt wunder, dass Ihr die Hexen nur als ›beschuldigt‹ bezeichnet. Meines Wissens

sind sie unsäglicher Laster überführt und geständig. Das Volk feiert seine Befreiung von solchem Übel in der Regel mit einem Fest. Nach dem Schaden, den diese Weiber angerichtet haben, hat es auch allen Grund dazu.«

Der Landgraf warf Josten einen grimmigen Blick zu. Doch er forderte Mohr mit einer Geste zur Antwort auf. Der wandte sich demonstrativ erneut an den Grafen.

»Ich hege keinen Zweifel daran, dass das Schicksal der Weiber besiegelt ist«, sagte er. Claudia, die wusste, dass er die Wahrheit sprach, allerdings ohne Josten dabei ein Jota entgegenzukommen, bewunderte Mohrs diplomatisches Geschick. »Ich bitte Euch daher nur um einen Aufschub der Urteilsvollstreckung bis nach den Feiertagen.«

Wieder ergriff Josten das Wort. »Meint Ihr nicht, Hochwürden Mohr, dass es dem Herrgott angenehm ist, wenn solches Ungeziefer vom Antlitz seiner Schöpfung getilgt wird, bevor wir die Geburt seines Sohnes feiern?«

»Was unserem Herrgott angenehm ist, wage ich als sein unwürdiger Diener nicht zu sagen«, antwortete Mohr dem Burgkaplan mit feinem Spott.

»So hegt Ihr wahrlich Zweifel daran, dass er die Vernichtung der Hexen und Zauberer als eine der vornehmsten Aufgaben der heiligen Mutter Kirche betrachtet?«

»Er hat sich mir niederem Knecht in dieser Hinsicht noch nicht eröffnet«, konterte Mohr trocken. »Doch die heilige Mutter Kirche ist sich in der Tat über das Unwesen der Zauberei nicht ganz einig. Bezeichnet sie im *Canon episcopi* nicht den Glauben an Hexen und nächtliche Ausritte auf dem Besen als den eigentlichen Wahn, mit dem uns der Satan in Versuchung führen will?«

Claudia horchte auf. Auch der Landgraf beugte sich interessiert vor. »Erklärt Euch näher!« Diesmal war er schneller als der vorlaute Burgkaplan.

Mohr verbeugte sich kurz in seine Richtung, drehte sich dann aber zu Josten. »Der *Canon episcopi* verurteilt die Behauptung verblendeter Frauen, sie ritten als Hexen nächtens im Gefolge der heidnischen Göttin Diana auf Tieren oder Heugabeln durch die Lüfte. Er verurteilt auch jene, die diesen Aberglauben verbreiten. Meines Wissens gehört der *Canon* zum gültigen Kirchenrecht. Das wird Euch als studiertem Mitglied der Gesellschaft Jesu doch wohl bekannt sein?«

Jostens Gesicht rötete sich. »Selbstverständlich kenne ich den *Canon episcopi*«, erwiderte er hochnäsig. »Doch in seiner Auslegung sind sich die Kirchenväter nicht einig. Martin Delrio behauptet zum Beispiel …«

Der Landgraf fiel ihm schroff ins Wort. »Mäßigt Euch, Josten, und erspart mir einen weiteren theologischen Disput. Zumal Ihr schon einmal bewiesen habt, dass Ihr nicht unbedingt als der Sieger daraus hervorgeht.«

Claudia hätte am liebsten gejubelt. Also hatte der Landgraf trotz ihrer harten Bestrafung ihre Diskussion mit Josten in guter Erinnerung.

»Was ist nun Euer Begehr, Hochwürden Mohr?«, wandte sich ihr Onkel nun kaum weniger ungeduldig an den Stadtpfarrer. »Stellt Ihr die Verurteilung der Hexen in Frage, oder geht es Euch nur um den Aufschub der Vollstreckung?«

Mohr verbeugte sich. »Ich bitte um den Aufschub der Vollstreckung bis nach dem Dreikönigstag«, antwortete er salomonisch.

»Ich gewähre Euch diese Bitte«, erklärte der Landgraf kurz.

»Das scheint mir ein sehr übereilter Entschluss zu sein.« Josten hatte seine Lektion immer noch nicht gelernt. »Bedenkt wohl, verehrter Landesherr, dass Ihr dem Herrgott dereinst Rechenschaft darüber ablegen müsst, wie Ihr für das Seelenheil seiner Euch anvertrauten Schafe gesorgt habt.«

Der Landgraf wurde puterrot im Gesicht. Doch Josten blieb hartnäckig. »Beachtet die Zeichen seiner Unzufriedenheit, edler Graf,

die Euch der Allmächtige sendet! Bis zum heutigen Tage steht die Erlaubnis für die Hochzeit Eurer einzigen Tochter aus.«
Pfeilschnell fuhr der Landgraf aus seinem Sessel empor. Doch bevor sich sein gefürchteter Zorn über Josten entladen konnte, wurde die Tür weit aufgerissen. Die Landgräfin stürzte mit einem Brief in der Hand herein, gefolgt von Elisabeth und Adela.
»Verzeiht mein ungestümes Eindringen, werter Gemahl«, keuchte sie. »Doch diese Nachricht duldet keinen Aufschub.«
Freudestrahlend hielt sie ihm das Pergament entgegen. »Es ist der Bescheid aus Trier. Der Bote hat mir den Spruch des ehrwürdigen Erzbischofs und Kurfürsten bereits mitgeteilt. Doch lest selbst!«
Der Brief trug ein riesiges Siegel aus blutrotem Wachs, das der Landgraf hastig erbrach. Dann strahlte auch er über das ganze Gesicht.
»Wieder einmal seid Ihr im Unrecht, Josten«, wandte er sich an den Burgkaplan. »Der Herrgott zürnt mir mitnichten. Dies ist der Dispens für die Heirat meiner Tochter Elisabeth mit dem Grafensohn Ernst von der Marck.«

# Kapitel 19

*Samstag, 15. Dezember 1612*

Bekümmert musterte der Stadtpfarrer die beiden jungen Frauen, die wie ein Häufchen Elend am polierten Eichentisch in seiner Wohnstube saßen. Seine Hausmagd hatte heißen Pfefferminztee und trotz der Fastenzeit einen Gewürzkuchen serviert, den sie schon für die Feiertage gebacken hatte. Er stand unberührt vor den Damen.

»Ich habe Barbara erzählt, dass ich bei Eurem gestrigen Besuch heimlich im Gemach geblieben bin. Dabei habe ich gehört, dass mein Oheim das Ende der Amtszeit von Barbaras Vater herbeiwünscht und große Stücke auf Caspar Scholer hält«, erklärte Claudia. »Ich wollte Magdalena Pirken warnen, dass sie nur noch bis zum Ende der Feiertage in Neuerburg bleiben kann. Danach wird Scholer sie mit Sicherheit verhaften lassen.«
Barbara schluchzte auf. »Doch sie will einfach nichts davon hören.«
Andreas Mohr nickte düster. »Auch ich habe es viele Male vergeblich versucht. Zuletzt habe ich ihr sogar angeboten, ihr zur Flucht zu verhelfen, ohne dass sie ihre Herkunft preisgeben muss. Doch sie fürchtet, dass Martha im Kerker an ihren Wunden sterben wird, wenn sie Neuerburg verlässt.«
»Martha ist doch ohnehin dem Tode geweiht«, begehrte Barbara auf. »Angesichts der bevorstehenden Hinrichtung hat mein Vater sie ins Rathausgefängnis überstellen lassen. Dort ist es warm und trocken, und sie bekommt ihr Essen aus der Schenke ›Zum Roten Turm‹. Obwohl die Urteilsvollstreckung verschoben ist, kann sie bis zum Januar dort verbleiben. Sie ist noch jung und war kräftig. Ich glaube nicht, dass sie vorzeitig stirbt.«
»Lässt Martha sie denn nicht gehen, oder besteht Magdalena selbst darauf zu bleiben?«, warf Claudia ein.
»Martha wird keinen Frieden vor ihrem Tod finden, wenn sie Magdalena nicht in Sicherheit weiß. Obwohl ich ihr die Absolution für ihr falsches Zeugnis erteilt habe, quält sie sich täglich mit schrecklichen Vorwürfen.«
»So leiden sie also beide, wie am Ende auch alle beide sterben werden«, konstatierte Claudia düster. Barbara warf ihr einen verzweifelten Blick zu, in dem zugleich ein bitterer Vorwurf lag. »Wie kannst du nur so herzlos sprechen, Claudia«, tadelte sie die Freundin mit ungewohnter Schärfe. »Magdalena weiß doch gar nicht, wie verzweifelt Martha ist.«

Andreas Mohr sah sie überrascht an. »Ihr habt recht, Jungfer Dietz. Sie weiß es nicht. Und das bringt mich auf eine Idee.«
Eine halbe Stunde später verließen die zwei Frauen zusammen mit dem Pfarrer das Haus. Während er sich Richtung Rathaus wandte, strebten sie der Weihergasse zu. Der Plan war gut, vielleicht würde er aufgehen.

»Der Bürgermeister selbst hat erlaubt, dass dieses Weib Zugang zu der Inhaftierten erhält, um ihre Wunden zu behandeln. Sie eitern und drohen brandig zu werden.«
Der junge Wachsoldat, der vor der schweren eisenbeschlagenen Tür des Rathausgefängnisses Posten bezogen hatte, blickte den Stadtpfarrer zweifelnd an. »Aber der Amtmann hat befohlen, dass außer Euch und den Kerkerwachen niemand zu der Delinquentin hineindarf.«
Mohr winkte ungeduldig ab. »Ich nehme die Sache auf mich, mein Sohn. Auch der Amtmann will nicht, dass die Hexe verreckt, bevor das reinigende Feuer ihren Körper verzehrt hat.«
Magdalena zuckte bei diesen brutalen Worten zusammen. Doch den Wachmann hatte der Pfarrer damit offenbar überzeugt. Ohne ein weiteres Wort öffnete er die Tür des Gefängnisses. Als die beiden eingetreten waren, hörten sie, wie sich der schwere Schlüssel knarrend im Schloss drehte.
Martha saß zusammengekauert dicht neben der Takenplatte, durch die die Zelle erwärmt wurde. Dietz hatte befohlen, dass der Kamin im Nachbarraum Tag und Nacht geheizt wurde. Vor der Wäscherin stand ein unberührter Teller mit Wurst und Kraut, ihr Nachtmahl. Mittlerweile waren ihre Finger so weit verheilt, dass sie ohne Hilfe essen konnte. Dennoch nahm sie kaum etwas zu sich und war bis auf die Knochen abgemagert.
Als sie erkannte, wen der Pfarrer bei sich hatte, entrang sich ihr ein Laut des Entsetzens. Abwehrend hob sie die verstümmelten Hände, als Magdalena auf sie zutrat.

»Was willst du hier, Unselige?«, krächzte sie. »Bist du gekommen, um mich wegen meiner falschen Beschuldigung zu verfluchen?«
Entsetzt stockte die Kräuterfrau mitten in der Bewegung. »Aber keineswegs, liebste Freundin«, stammelte sie hilflos. »Ich möchte deine Wunden behandeln und dir Trost zusprechen.«
Die vertrockneten Lippen der Wäscherin kräuselten sich zu einem gespenstisch anmutenden Lächeln. »Ausgerechnet du willst mir Trost spenden, die du meine Leiden Tag um Tag ins Unermessliche steigerst?«
Magdalena blickte sie verständnislos an. »Haben die Salben und Tränke deine Schmerzen denn nicht lindern können?«
»Die Schmerzen des Körpers haben sie wohl gelindert, die Schmerzen der Seele jedoch um das Tausendfache erhöht.«
Magdalena stand wie zur Salzsäule erstarrt. »Ich verstehe dich nicht, Martha«, murmelte sie tonlos.
Auf diesen Moment hatte der Pfarrer gewartet. »So erkläre dich, meine Tochter.« Sanft strich er der Wäscherin über das Haupt. Den geschorenen Kopf durfte sie inzwischen mit einer Haube bedecken.
»Ich habe falsches Zeugnis wider dich abgelegt, Magdalena. Ich habe dich grässlicher Schandtaten beschuldigt, weil ich die Marter nicht länger ertrug. Es grenzt an ein Wunder, dass du noch in Freiheit bist. Doch du vergeudest dein Leben, als sei es schmutziges Waschwasser. Anstatt zu fliehen, bleibst du starrsinnig in der Stadt, bis man auch dich verhaften und foltern wird. Du willst erst nach meiner Hinrichtung gehen, sagt Hochwürden Mohr. Also werde ich bis zu meiner Sterbestunde im Ungewissen bleiben, ob du durch mein Versagen zu Tode kommst.«
Magdalena spürte, wie ihr die Knie weich wurden. Nur der feste Griff des Pfarrers bewahrte sie vor einer Ohnmacht. Er flößte ihr einen Trunk aus dem Krug ein, der vor Martha auf dem Tisch stand. Es war ein starker, mit Zimt gewürzter Rotwein.

Als Magdalena sich wieder gefasst hatte, ergriff sie vorsichtig die verkrümmten Hände der Wäscherin. Dann sank sie vor ihr auf die Knie. »Verzeih mir, Martha, meine liebe und treue Freundin.« Tränen liefen ihr über die Wangen. »Verzeih meinen Starrsinn und meine Eigensucht. Niemals ist mir der Gedanke gekommen, dass du dich meinethalben so quälst. Sonst wäre ich längst aus der Stadt geflohen.«
Martha ergriff die Chance beim Schopf. Sie sah der Kräuterfrau fest in die Augen. »So versprich mir bei deiner Seligkeit, dass du die Stadt so bald als möglich verlässt. Man hat mir gesagt, dass du an einen sicheren Ort gehen kannst. Versprich es mir, Magdalena, und lass mich Versöhnung mit meinem Herrgott finden.«
»Ich verspreche es dir bei meiner unsterblichen Seele, Martha.« Sie schluchzte so sehr, dass ihre Worte kaum zu verstehen waren.
»Ich danke dir, liebste Freundin.« Die Wäscherin machte eine vor Schmerzen unbeholfene Geste. Doch Magdalena verstand. Eine lange Weile lagen die Frauen sich in den Armen, bis ihre Tränen schließlich versiegt waren.
»So geh nun in Frieden, Magdalena. Bete zuweilen für mich und behalte mich in guter Erinnerung.«
Magdalena erhob sich mühsam und bewegte die verkrampften Glieder. Sie war bis ins Mark erschüttert.
Als sich der Schlüssel drehte, um die Besucher hinauszulassen, wandte sich Mohr ein letztes Mal um. Seine Lippen formten einen stummen Dank. Doch Martha sah ihn nicht. Sie hatte die Augen zur Decke des Kerkers erhoben. Auf ihrem verhärmten Gesicht lag ein Strahlen.

»So will ich Euch nun erzählen, wer ich bin und woher ich komme.«
Gebannt starrten die Zuhörer Magdalena ins Gesicht. Sie spielte gedankenverloren mit ihrem Haubenband.
»Ich wurde als jüngste Tochter des Meiers Jakob Longen im

Moseldorf Pölich geboren. Mein Vater nannte mich Anna nach meiner im Kindbett verstorbenen Mutter. Mit zweitem Namen wurde ich nach meinem Heimatort Pölich gerufen, so wie auch mein älterer Bruder Matthias.

Mein Vater war einer der angesehensten Männer im Ort. Er verwaltete das Gut einer reichen Bürgersfamilie aus Trier, die dort weitläufige Weinberge ihr Eigen nannte. Der Gutsbesitzer starb früh, und seine Wittib beschloss, sich nicht mehr zu vermählen. Sie hatte sein ganzes Vermögen geerbt und war vater- und bruderlos. So gehörte sie zu den wenigen Frauen, die unabhängig und frei leben konnten.

Darüber hinaus war sie sehr schön. Mit ihren schwarzen Haaren und Augen erinnerte sie an eine Südländerin. Ihr hättet ihre Tochter sein können, edles Fräulein«, wandte sich Magdalena an Claudia.

»Wie war ihr Name?«, fragte Barbara neugierig.

»Man nannte sie überall Maria zum Drachen. Sie lebte in einem reich bemalten Haus in der Brotstraße mitten im vornehmsten Viertel von Trier. Auf der Fassade war der heilige Georg abgebildet, wie er den Drachen erlegt. Ihren wahren Namen habe ich vergessen.«

»Was wurde aus ihr?«

Mit einer Geste bat Magdalena Barbara um Geduld. Ihre Augen verschleierten sich. »Darauf komme ich noch zu sprechen.«

Dann fuhr sie fort: »Nach dem Tod meiner Mutter kam Maria zum Drachen oft in unser Haus. Sie brachte meinem Bruder und mir Naschwerk und Spielzeug mit. Der Herrgott hatte ihr Reichtum und Schönheit geschenkt, ihren Herzenswunsch jedoch nicht erfüllt. Maria war kinderlos.«

»So kam sie den weiten Weg aus der Stadt nur heraus, um euch zu besuchen?«

»Es wird wohl so gewesen sein, edles Fräulein. Natürlich gab sie vor, auf ihren Weingütern nach dem Rechten sehen zu wollen.

Doch ich glaube, in Wahrheit kam sie um meines Vaters willen und um uns Kinder um sich zu haben.«
Ein feines Lächeln umspielte die Lippen der Kräuterfrau. Dann verdüsterte sich ihre Miene. »In diesen unbeschwerten Tagen wurde die Saat meines späteren Unglücks gelegt«, sagte sie bitter. »Ich war ihr Patenkind, doch auch meinem um fünf Jahre älteren Bruder Matthias las sie jeden Wunsch von den Augen ab. Der Einzige, der sie nicht mochte, war mein Bruder Peter. Er war zwölf Jahre älter als ich und verständig genug, um zu begreifen, dass Maria und mein Vater zärtliche, aber verbotene Gefühle füreinander hegten. Wahrscheinlich verübelte er dem Vater, unsere Mutter so schnell vergessen zu haben.«
Sie trank einen Schluck von dem kalt gewordenen Kräutertee. Dann erzählte sie weiter: »Schon als kleines Mädchen schwärmte ich für die Heilkunst. Maria hatte mir eine Stoffpuppe geschenkt, die ich von allen möglichen Gebrechen kurierte. Meine Patin sah, dass ich aufgeweckt und begabt war. Deshalb schlug sie dem Vater vor, mich in die Klosterschule der Benediktinerinnenabtei St. Irminen zu schicken. Das war die feinste Adresse im ganzen Kurfürstentum Trier. Dort lernte ich deine Mutter kennen, Barbara. Sie wurde mir die teuerste Freundin.«
Barbara lächelte, während ihr gleichzeitig die Tränen in die Augen schossen. Spontan ergriff Claudia ihre Hand. »Ein Hoch auf die Klosterschulen«, sagte sie leise mit feinem Spott. »Sie stiften die dauerhaftesten Bindungen.«
»Und dort habt Ihr natürlich Latein gelernt«, warf der Pfarrer ein.
Magdalena nickte. »Latein, Rhetorik, Sticken und Musizieren. Alles, was höhere Töchter so lernen. Nur die Heilkunde stand nicht auf dem Plan. Ich saß oft stundenlang vor dem Kräutergarten und beobachtete die Leiterin der Krankenstation und ihre Gehilfinnen bei der Arbeit. Mich ließ man nicht helfen. Das sei keine Arbeit für ein junges Fräulein, wurden meine Bitten

immer wieder abschlägig beschieden. So beschloss ich schließlich, als Novizin ins Kloster einzutreten. Ich hoffte, auf diese Weise die Heilkunde doch noch erlernen zu können.«

»Die Benediktinerinnen von St. Irminen nehmen nur adlige Fräulein in ihre Gemeinschaft auf«, bemerkte der Pfarrer verblüfft.

Die Kräuterfrau nickte. »So war es gewöhnlich auch. Doch Maria zum Drachen besaß ein beträchtliches Vermögen und hatte keine leiblichen Erben. Sie bezahlte eine exorbitant hohe Mitgift für mich und sorgte auf diese Weise dafür, dass ich ins Kloster eintreten durfte.«

»Obwohl ich deine Mutter nur noch selten traf, blieb sie meine einzige Freundin unter den Schwestern«, meinte sie, an Barbara gewandt. »Die meisten Novizinnen behandelten mich hochmütig. Sie weigerten sich, Umgang mit mir zu pflegen, da ich nur bürgerlicher Abstammung war. Doch das hatte durchaus sein Gutes. Die Arbeit im Krankensaal und im Kräutergarten galt als beschwerlich und schmutzig. Die Mutter Priorin war nur zu froh, dass sie mich als Gehilfin dorthin entsenden konnte.«

»Und ich begehrte nichts anderes. Die Infirmaria, meine Lehrschwester, war eine gütige alte Frau«, setzte Magdalena ihre Geschichte fort. »Sie lehrte mich alles, was sie wusste. Darüber hinaus ermutigte sie mich, meine eigenen Erfahrungen zu machen und die Natur noch besser zu erforschen. Die drei Jahre mit ihr waren die glücklichsten meines Lebens.«

Sie starrte versonnen ins Feuer. Die Zuhörer hingen an ihren Lippen.

»Aber sie gingen zu schnell vorbei, und unversehens war eine dunkle Zeit angebrochen. Das Wetter war damals mehrere Sommer hintereinander so schlimm wie in diesem. Fünf Jahre und länger hatte es Missernten gegeben. Im ganzen Land setzte eine arge Teuerung ein, und die Menschen verhungerten auf den Straßen. Da nimmt es nicht wunder, dass die Leute begannen, Schuldige für ihr Unglück zu suchen. Sie fanden sie anfangs in alten schutzlosen Weiblein, die sie der Hexerei beschuldigten und verbrannten. Doch was als winzige Flamme begann, wurde bald zu einem verheerenden Brand. Nach und nach begannen im ganzen Trierer Land die Scheiterhaufen zu lodern, in der Stadt und rings in den Dörfern folgte eine Hexenverbrennung der anderen. Schließlich erreichte die Jagd auch das Dorf meiner Heimat.«

Claudia sah, dass sich die Hände der Kräuterfrau ineinanderkrampften.

»Mein Vater war nicht der Erste, der der Hexerei angeklagt wurde.« Barbara stieß einen entsetzten Laut aus.

»Im Gegenteil gehörte er anfangs sogar zu den Schöffen des Hochgerichts.« Magdalena wich den Blicken der anderen aus. »Doch sein Reichtum weckte so manche Begehrlichkeit, und immer mehr Weiber besagten ihn unter der Folter als Hexenmeister. Anfangs weigerte er sich, der Gefahr, in der er schwebte, ins Auge zu sehen. Es scheint, als habe er mir diesen Wesenszug vererbt«, fügte Magdalena mit bitterer Selbstironie hinzu. »Als er endlich floh, war es zu spät.« Sie seufzte. »Mein ältester Bruder Peter war zu dieser Zeit Zender in Pölich. Mit meinem Vater hatte er sich schon einige Jahre zuvor überworfen. Jetzt setzte er sich an die Spitze der Unseligen, die seine Verhaftung forderten. Er war es auch, der den Häschern den Rat gab, ihn in der Pfarrei St. Paulin in Trier zu suchen. Dorthin war er zu meinem jüngeren Bruder Matthias geflohen.«

Ein Schluchzen stieg in ihrer Kehle auf und hinderte sie eine Zeitlang am Sprechen. Schließlich fasste sie sich wieder. »Auch Matthias hatte die kirchliche Laufbahn gewählt und es in jungen Jahren schon zum Scholaster gebracht. Er war entsetzt über das Schicksal des Vaters und versteckte ihn in der Krypta. Dort fanden ihn die Häscher, nachdem der Weihbischof Binsfeld persönlich das Kirchenasyl aufgehoben hatte.«

»Was geschah dann mit ihm?«, fragte Claudia atemlos.
Magdalena zuckte betont gleichgültig die Achseln. Doch die Tränen in ihren Augen straften sie Lügen. »Man klagte ihn an und folterte ihn. Als überführter Hexenmeister wurde er nach seinem Geständnis erdrosselt und verbrannt.«
Alle schwiegen eine Weile erschüttert. Doch Magdalena war mit ihrer Geschichte noch nicht zu Ende.
»Natürlich hatte sich auch mein Bruder Matthias verdächtig gemacht. Es dauerte nicht lange, bis er besagt und schließlich verhaftet wurde. Am Tag seiner Gefangennahme schickte er mir eine Warnung ins Kloster. Er wusste, was ihm bevorstand. Unter der Folter würde man ihn nach meiner Patin Maria zum Drachen befragen. Die Hexenkommissare begehrten ihr großes Vermögen. Er fürchtete, der Marter nicht standhalten zu können und sie fälschlicherweise anzuklagen. Mich wollte er um keinen Preis als Gespielin benennen, doch er wusste nicht, ob auch Maria die Kraft dazu aufbringen würde. Deshalb flehte er mich an, die Stadt zu verlassen.«
»Aber Maria zum Drachen war doch keine einfache Bauersfrau oder Bettlerin«, begehrte Barbara auf. »Wie konnte solch eine vornehme Dame in die Mühlen der Hexenjustiz geraten?«
Claudia warf ihr einen mitleidigen Seitenblick zu. Was bist du doch nur für ein Schaf, dachte sie unwillkürlich, ungeachtet der Tatsache, dass sie Barbaras Ansicht noch vor wenigen Monaten geteilt hatte.
Magdalena streichelte Barbaras Hand »Oh, das war damals in Trier keineswegs ungewöhnlich. Man hatte gerade erst den Rektor der Universität und obersten Bürgermeister, einen hoch angesehenen Mann namens Dietrich Flade, verurteilt und hingerichtet. Maria war zudem schon früher besagt worden. Jedermann kannte sie, und so mancher neidete ihr den Reichtum, die Schönheit und vor allem ihre Freiheit. Männern und Weibern war sie gleichermaßen verdächtig. Als Dietrich Flade, mit dem

sie verwandt war, sie nicht mehr schützen konnte, war ihr Schicksal besiegelt.«

»So wurde sie wirklich verhaftet?«, fragte Claudia.

Magdalena nickte. »Einen Tag vor der Hinrichtung meines Bruders«, bestätigte sie. »Ich hatte seiner Warnung anfangs nicht Folge geleistet, da ich nicht wusste, wohin ich mich wenden sollte. Doch meine Mitschwestern betrachteten mich mit größerem Argwohn denn je. Barbara hatte das Kloster längst verlassen, um in der Eifel zu heiraten. Und meine gütige Lehrmeisterin lag mit einem schweren Lungenleiden danieder, von dem sie sich nicht mehr erholte. Schließlich sah ich ein, dass ich gehen musste. Es war keine Minute zu früh. Selbst das Kloster St. Irminen war inzwischen als Ort teuflischer Feste besagt worden. Man brauchte eine Schuldige, um sich von den Verdächtigungen reinzuwaschen.«

»Auch Klosterfrauen wurden der Zauberei beschuldigt?« Jetzt wirkte selbst Claudia ungläubig.

Mohr nickte grimmig. »Schon die Väter des *Hexenhammers* warnen die Rechtgläubigen vor der vermeintlichen Unanfechtbarkeit von Nonnen. Denn sie unterstellen dem Teufel, besonders perfide vorzugehen und sich seine Opfer bevorzugt mitten im Schoß unserer Mutter Kirche zu suchen. Große Frömmigkeit halten sie daher für ein besonders verdächtiges Zeichen.«

Die jungen Frauen waren schockiert. Nur Magdalena wirkte ungerührt angesichts dieser ungeheuerlichen Behauptung.

»Und so seid Ihr am Ende doch noch geflohen?«, nahm der Pfarrer den Faden von Magdalenas Erzählung wieder auf.

Sie nickte. »Ich verließ die Stadt am Tag der Hinrichtung meines Bruders. Als man den Scheiterhaufen unter seinem leblosen Körper entzündete, machte ich mich davon.«

Die jungen Frauen zogen entsetzt den Atem ein. Magdalena rührte in ihrem kalten Tee.

Mohr hatte noch eine letzte Frage. »Woher habt Ihr Euren neuen Namen?«
Die Kräuterfrau zögerte einen winzigen Augenblick. »Es war der Name einer verstorbenen Klosterschülerin«, sagte sie dann. »Der erste beste, der mir einfiel, nachdem ich der Stadt den Rücken gekehrt hatte.«
Die Antwort war glaubhaft. Dennoch stellte sie den Pfarrer aus unerfindlichen Gründen nicht ganz zufrieden.

»Suchst du einmal mehr deine Gesellschafterin, Elisabeth?«
Das junge Edelfräulein fuhr erschrocken herum. Sie hatte ihre Base Adela nicht kommen hören.
Doch statt des erwarteten Spotts glaubte sie aufrichtiges Mitgefühl in den dunkelgrauen Augen ihrer Kusine zu sehen. Nun ergriff Adela sogar die Initiative.
»Es ist draußen schon finstere Nacht. Warum kommst du nicht auf einen wärmenden Trunk zu mir in die Kemenate?«
Zögernd folgte Elisabeth ihrer Base in Claudias ehemalige Kammer. Dort flackerte in der Tat ein lustiges Feuer im Kamin. Sie wich den halb erstaunten, halb vorwurfsvollen Augen von Adelas Zofe aus, die gerade dabei war, Holz aufzulegen. »Hol uns Würzwein und Gebäck«, scheuchte Adela die Dienerin barsch hinaus.
Dann setzte sie ein strahlendes Lächeln auf und bedeutete Elisabeth, in einem bequemen Sessel dicht am Kamin Platz zu nehmen.
»Du machst dir sicher Sorgen um Claudia«, wagte sie sich einen weiteren Schritt vor. Elisabeth nickte.
»In letzter Zeit verhält sie sich seltsam«, gab sie Adela mit leiser Stimme recht. »Heute hat sie sogar beim Nachtmahl gefehlt. Meine Mutter ist darüber sehr erzürnt.«
»Vielleicht trifft sie sich heimlich mit einem Verehrer?«, schlug Adela vor.

Elisabeth schüttelte erschrocken den Kopf. »Davon weiß ich nichts.«
»Nun, es wäre nicht ungewöhnlich. Deine Erzieherin ist hübsch und im passenden Alter. Und sie wird kaum eine so gute Partie machen können wie du oder ich.« Nur ein scharfer Beobachter hätte im dämmrigen Licht des Gemachs bemerkt, dass Adelas Blick etwas Lauerndes hatte.
»Wirst du dich auch bald vermählen, liebe Kusine?«, ging ihr Elisabeth in die Falle.
»Ich hoffe es«, antwortete Adela geheimnisvoll. »Doch zuvor bedarf es noch einiger Vorkehrungen.«
Elisabeth nickte gedankenvoll. »Ja, eine Vermählung scheint sehr kompliziert zu sein.« Sie stockte und gab sich dann einen Ruck. »Glaubst du, ich werde meinem Verlobten gefallen?«
In diesem Moment betrat Kathrin mit einem Tablett in den Händen die Kammer. Adela schwieg, bis die Magd eingeschenkt hatte und den Raum wieder verließ.
»Ist dies die Sorge, die dich umtreibt und nach Claudia suchen ließ?«
Elisabeth errötete. »Ich habe keine Erfahrung in diesen Dingen. Claudia dagegen ist überaus weltgewandt und sich ihrer selbst sicher.«
Adela hatte Mühe, ein verächtliches Grinsen zu unterdrücken. »Auch ich bin nicht ohne Erfahrung und biete dir meinen Rat an«, legte sie geschickt ihren Köder aus. »Was begehrst du zu wissen, liebste Kusine?«
Unentschlossen blickte Elisabeth auf. Adela sah sie aufmunternd an. Schließlich überwand das junge Mädchen seine Scheu. »Ernst von der Marck ist acht Jahre älter als ich. Sicher hat er so manches Liebesabenteuer erlebt. Ich befürchte, dass er mich nur für ein dummes Kind halten wird.«
Adela schüttelte scheinbar unwillig den Kopf. »Dummes Schäfchen«, sagte sie tadelnd. Trotz des liebevollen Tonfalls meinte

sie es bitterernst. »Niemals kann ein Weib mit bürgerlicher Herkunft oder gar eine Magd einem Adligen eine ebenbürtige Gefährtin sein. Du bist von edlem Geschlecht. Er wird sich überglücklich schätzen, dich ehelichen zu dürfen.«
Hoffnung ließ Elisabeths zartes Jungmädchengesicht erstrahlen. »Meinst du das wirklich?«
»Natürlich«, antwortete Adela mit kühler Berechnung. »Schon nach der Hochzeitsnacht wird er dir auf ewig verfallen sein.«
Schlagartig verdüsterte sich Elisabeths Miene. Gleichzeitig überzog flammende Röte ihr Gesicht.
»Was ist dir, meine Liebe?«, fragte Adela scheinheilig.
»Genau dies macht mir die größte Sorge«, flüsterte das junge Mädchen. »Die Mutter hat angedeutet, dass ich in der Nacht nach meiner Vermählung eine unangenehme Pflicht zu erfüllen habe. Ich weiß nicht genau, was sie damit gemeint hat.«
Adela lächelte herzlich. »Die Liebe ist manchmal ein seltsames Ding. Doch jede Hochzeitsnacht wird für die Braut unvergesslich, wenn sie es zuvor versteht, Begehren in ihrem Bräutigam zu erwecken. Ernst von der Marck wird gleich nach den Weihnachtsfeiertagen erwartet. Schon bis zur Verlobungsfeier am 10. Januar solltest du ihn so für dich eingenommen haben, dass er Tag und Nacht an dich denkt. Dann wird er es kaum erwarten können, bis im Wonnemonat Mai eure Vermählung gefeiert wird. Die Hochzeitsnacht wird ihn von einer süßen Qual erlösen. Er wird zärtlich und aufmerksam sein und Pflicht sicherlich keine Rolle spielen.«
Nun wirkte Elisabeth regelrecht verzweifelt. »Wie soll ich es bloß anfangen, meinen Verlobten dergestalt für mich einzunehmen?«
»Sei liebreizend und unbefangen«, schlug Adela vor. »Fessele seine Sinne mit klugen Gesprächen und anmutigem Tanz. Kleide dich sorgfältig und wasche dich täglich mit Rosenwasser. Und lies ihm jeden Wunsch von den Augen ab.«

Elisabeth war jetzt völlig niedergeschlagen. Adela streichelte ihre Hand.
»Vertrau deinem Talisman, er wird dir den Weg weisen!«
Verwirrt sah Elisabeth auf. »Was meinst du mit Talisman?«
Adela heuchelte großes Erstaunen. »Das Schmuckstück, das bei der Taufe jedem adligen Mädchen um den Hals gelegt wird, damit es später das Ansehen und den Reichtum der Familie mit einer vorteilhaften Heirat vermehren kann. Sag nur, du hast noch nie davon gehört?«
Elisabeth schüttelte ratlos den Kopf.
Entschlossen griff Adela in den Ausschnitt ihres rostbraunen Seidengewands und zog einen Gegenstand an einer silbernen Kette heraus. »So leihe ich dir den meinen, wenn du mir schwörst, niemandem ein Sterbenswort zu verraten. Du darfst den Talisman niemals offen tragen. Sonst verliert er seine Kraft und wirkt weder bei dir noch später bei mir.«
Zögernd griff die Tochter des Landgrafen nach dem Schmuckstück. »Kannst du den Talisman denn entbehren?«
Adela nickte hintergründig. »Ich werde ihn vorläufig nicht brauchen. Die Vorbereitungen zu meiner Verlobung sind noch im Gange. Du kannst ihn mir am Tag deiner Vermählung zurückgeben. Nun beuge den Nacken.«
Aus ihrem Versteck heraus beobachtete Kathrin, wie Adela ihrer Kusine eine Kette mit einem Anhänger um den Hals legte. Anfangs konnte sie den Gegenstand nicht deutlich erkennen. Doch dann drehte sich Elisabeth ins Licht der Kerzen.
Kathrin stockte der Atem. Es war das Kreuz mit der Schlinge, das Zeichen Satans.

Es dauerte eine Weile, bis Magdalena Holz aufgelegt, frischen Tee gekocht und ihren Gästen einen würzigen Eintopf aufgewärmt und serviert hatte.
Obwohl Claudia großen Hunger verspürte und sich die Suppe

schmecken ließ, fühlte sie, dass der schwierigste Teil von Magdalenas Geschichte noch ausstand. Die Kräuterfrau scheute sich offensichtlich, ihre Geschichte zu Ende zu erzählen, und nutzte jeden Vorwand, um den Moment noch ein wenig hinauszuzögern, in dem sie diese fortsetzen musste. Claudia fragte sich schaudernd, was die geschilderten Ereignisse an Grausamkeit noch übertreffen mochte.

Auch Andreas Mohr und Barbara Dietz ahnten, dass es Magdalena schwerfiel, den Rest ihrer Geschichte preiszugeben. Daher warteten alle geduldig, bis die Kräuterfrau wieder das Wort ergriff.

»Am ersten Tag meiner Flucht kam ich nicht weit. Meine ganze Barschaft bestand aus drei Pfennigen, die ich der Klostermagd entwendete, der ich auch schon die Kleidung gestohlen hatte. Einen Pfennig musste ich für ein Nachtquartier in einem heruntergekommenen Gasthof in einem Mosel-Ort namens Igel entrichten. Einen weiteren Pfennig verlangte ein Fuhrmann, der mich eine Strecke auf der Straße nach Bitburg mitnahm. Jedermann schien zu ahnen, dass ich auf der Flucht war. Man stellte mir zwar keine Fragen, aber ließ sich jede Dienstleistung teuer bezahlen.

Für den letzten Pfennig kaufte ich einen kleinen irdenen Krug und einen großen Laib Brot, den ich in kleine Rationen aufteilte. Davon ernährte ich mich einige Tage. Wasser schöpfte ich mit dem Krug aus den Bächen. Ab und zu fand ich einige frühe Waldbeeren.«

»Wo hast du geschlafen?«, warf Barbara ein.

»Einmal in einem Heuschober, die anderen Male an einer möglichst geschützten Stelle am Waldrand. Nachts war es frisch, und ich fror erbärmlich, denn eine Decke besaß ich ja nicht. Außerdem ging mein geringer Brotvorrat zur Neige. Schon am fünften Tag sah ich ein, dass ich mir etwas einfallen lassen musste, wenn ich nicht hungers auf der Landstraße sterben wollte. So fragte ich auf einem Bauernhof nach Arbeit, um mir eine Mahlzeit und einen Schlafplatz zu verdienen.«

Magdalena stockte. »Ich arbeitete den ganzen Tag auf einem steinigen Acker. Dafür gestand mir der Bauer am Abend eine dünne Suppe und einen steinharten Kanten Brot zu. Er wies mir ein Lager in seiner Scheune an. Durch die Schufterei und die Entbehrungen war ich so müde, dass ich sofort in einen tiefen Schlaf fiel.«

Wieder machte sie eine Pause. Dann holte sie tief Luft. »Ich bemerkte die Kerle erst, als sie mir die Röcke hochschoben.«

Claudia hatte etwas in dieser Richtung schon erwartet, doch Barbara zog entsetzt den Atem ein. Mit merkwürdig flacher Stimme fuhr die Kräuterfrau fort. »Es waren drei, der Bauer selbst und seine zwei Knechte. Zwei hielten mich nieder, der dritte tat mir Gewalt an. Als sie von mir abließen, zog schon die Morgendämmerung auf.«

Die Zuhörer waren vor Grauen und Mitgefühl wie gelähmt.

»Natürlich war ich noch Jungfrau«, beantwortete Magdalena die unausgesprochene Frage. »An diesem Tag kam mir zum ersten Mal der Gedanke, dass es ein schlimmeres Los als den Tod geben könnte.«

Eine schier endlose Zeit herrschte Stille im Raum. Nur das Feuer knisterte leise. Schließlich fragte der Pfarrer, wie es ihr weiter ergangen war.

»Als ich wieder gehen konnte und die Blutungen nachließen, wankte ich zurück in den Wald und fand eine verborgene Lichtung. Dort entsprang eine kleine Quelle. An ihrem Saum wuchsen Kräuter, aus denen ich eine lindernde Paste herstellen konnte. Drei Tage verbrachte ich an diesem Ort, ernährte mich von essbaren Pflanzen und einer Forelle, die ich mit der Hand fing und roh verzehrte. Dann hatte ich meinen Entschluss gefasst.«

Magdalena senkte den Blick und starrte angestrengt auf die blitzsaubere Tischplatte, als würde sie dort nach einem Stäubchen suchen. »Mir war klargeworden, dass es nur wenige Möglichkeiten für mich gab. Den Gedanken, mir selbst das Leben zu nehmen, hatte ich schon kurz nach meiner Ankunft im Wald wieder verworfen. Nach Trier zurück konnte ich nicht. Mein Elternhaus in Pölich war an meinen Bruder Peter gefallen. Da er zudem meinen Vater verraten hatte, traute ich ihm nicht mehr. Und meine Patin Maria zum Drachen wurde in jenen Tagen zu Asche verbrannt. Also stand ich mutterseelenallein auf der Welt.«

»Und da beschlosst Ihr, Euch einen Beschützer zu suchen?«, half ihr Mohr über die Schwelle. Magdalena warf ihm einen dankbaren Blick zu.

»So ist es. Ich verdingte mich als Magd gegen Kost und ein Nachtlager in einem Gasthof, der als Poststation an der Straße nach Bitburg lag. Vom ersten Tag an machte ich dem Großknecht schöne Augen. Mein Plan ging auf. Er kam nachts zu meinem Lager im Pferdestall und hielt mir danach alle anderen Mannsbilder vom Leib. So lebte ich einige Wochen. Tagsüber verrichtete ich schwere Arbeit in der Küche, den Ställen und der Schankstube. Nachts war ich meinem Beschützer zu Willen. Doch ich hatte ein Auskommen, war meistens satt und bekam selten Schläge. Über alles andere dachte ich möglichst nicht nach.«

Sie schwieg. »Aber diese Lösung war nicht von Dauer?« Claudia spürte, dass es noch schlimmer kommen würde.

»Ihr habt recht, edles Fräulein. Eines Nachts erwachte ich, weil die Pferde in Panik wieherten. In der Luft lag beißender Qualm. Anfangs dachte ich, das Herdfeuer hätte den ganzen Gasthof in Brand gesteckt. Die schmuddelige Köchin hatte es schon mehr als einmal nicht richtig abgedeckt, bevor sie zu Bett ging.

Doch dann sah ich, dass draußen ein heftiger Kampf tobte. Eine Horde marodierender Landsknechte hatte den einsam gelegenen Hof überfallen. Vor meinen Augen wurde der Großknecht von einer Lanze durchbohrt, der Wirt und seine Familie lagen erschlagen in ihrem Blut. Das Dach des Gasthofes brannte schon lichterloh, während das Gesindel die letzten Beutestücke aus ihm hinausschaffte. Ich verbarg mich zitternd in einem Heuhaufen und hoffte auf eine günstige Gelegenheit zu entfliehen. Doch sie fanden mich schnell.«

Die Zuhörer ahnten, wie es weitergegangen war.

»Zum Glück traf es mich nicht mehr als Jungfrau.« Magdalena sprach erneut mit jener tonlosen Stimme. »Als die Kerle mit mir fertig waren, beschlossen sie, mich mitzunehmen. Die halbwüchsige Tochter des Wirts hatten sie umgebracht und die anderen Mägde waren runzlig und alt. So schnitten sie jedem die Kehle durch, der noch am Leben war, zerrten mich auf eines der reich mit Beute beladenen Packpferde und banden mich fest. Mehr als zwei Monate plünderten sie einsam gelegene Gehöfte und Weiler. Dann stießen sie auf eine Söldnertruppe, die vom Landesherr angeheuert worden war, um der Räuberbande den Garaus zu machen. Wieder ließ man außer mir niemanden am Leben. Ich nützte ihnen eben lebendig mehr als tot«, ergänzte sie bitter.

Claudia und Barbara schauderten. Was hatte Magdalena mit ihren kaum sechzehn Jahren nur alles ertragen müssen!

»Was war das für eine Söldnertruppe?«, fragte Mohr. Auch er war sichtlich erschüttert.

»Die Truppe gehörte zu einem größeren Verband niederländischer Landsknechte. Sie hatten im Truchsessischen Krieg demjenigen gedient, der sie am besten bezahlte, und streiften nun auf der Suche nach einem neuen Brotgeber durch die Eifel.«

»Was ist der Truchsessische Krieg?«, fragte Barbara. Wieder spürte Claudia die schon gewohnte leichte Gereiztheit. Wie naiv und weltfremd war ihre Freundin nur?

»Der katholische Kurfürst von Köln, Gebhard von Waldburg, verliebte sich in ein adliges Fräulein«, erklärte der Pfarrer geduldig. »Um sie ehelichen zu können, wechselte er zum lutherischen Glauben über. Katholisches Kernland drohte verlorenzugehen. Das löste einen jahrzehntelangen Krieg mit verheerenden Folgen aus.«

Claudia warf einen Blick zum Fenster der Kate, das mit einem Holzladen verschlossen war. Es musste längst tiefe Nacht sein. Diesmal würde ihr Verschwinden nicht unbemerkt bleiben. Doch um keinen Preis wollte sie das Ende der Geschichte versäumen. Magdalena spürte Claudias Unruhe und erzählte weiter.

»Zur Truppe gehörte ein Tross mit Frauen und Kindern. Darunter war auch eine Hurenwirtin, die schon über drei käufliche Mädchen befahl. Ihr verkauften mich die Soldaten um einen halben Gulden.«

Nun war auch Claudia vor Entsetzen sprachlos. Barbara liefen die Tränen über die Wangen.

»Sechs Monate lang fristete ich mein Leben als Hübschlerin. Dann erhörte der Herr meine Gebete. Die Truppe geriet in ein heftiges Gefecht, das zahllose Tote und Verwundete forderte. Die Marketenderin, die ihr Brot mit der Pflege verletzter und kranker Soldaten verdiente, brauchte eine Gehilfin. Als sie erkannte, dass ich die Heilkunde der heiligen Hildegard beherrschte, nahm sie mich trotz ihres anfänglichen Argwohns in ihre Dienste. Sie löste mich bei der Hurenwirtin um einen Gulden aus. Danach wurde mein Leben über ein Jahr lang erträglich. Die alte Elsa gewann mich lieb und hielt mich wie eine Tochter. Zwar war die Arbeit schwer und das Auskommen spärlich, doch sie lehrte mich alles, was ich heute über die Behandlung von Wunden weiß. Da sie auch Hebamme für die Frauen im Tross war, erlernte ich außerdem die Geburtshilfe. In dieser Zeit sah ich die Seuche zum ersten Mal, die noch immer in Neuerburg wütet. Von Elsa lernte ich, die Kranken reinlich zu halten, obwohl sie selbst nie einen Zusammenhang zwischen den Läusen und der Krankheit herstellte.«

»Und wie kamt Ihr schließlich nach Neuerburg?« Claudia spürte, dass die Erzählung sich ihrem Ende näherte.
»Außer meiner Lehrmeisterin im Kloster St. Irminen war Elsa die beste Heilkundige, der ich begegnet bin. Doch sich selbst konnte sie nicht helfen. In ihrem Leib wuchs beharrlich und unaufhaltsam ein Geschwür heran, das ihren Bauch schließlich so auftrieb, als wäre sie schwanger. Als sie ihr Ende nahen fühlte, befürchtete sie, man könne mich wieder zu der Hurenwirtin schicken. So forderte sie einen Gefallen ein, den ihr der Kommandant der Truppe schuldete. Er versprach ihr auf dem Totenbett, mich zu beschützen und mich weiterhin die Heilkunde ausüben zu lassen.«
»Er hielt wahrlich sein Wort«, fuhr Magdalena bitter fort. »Schon am Tag von Elsas Begräbnis befahl er mich in sein Zelt. Dort zahlte ich Nacht für Nacht den Preis für seinen Schutz. Er war schon in nüchternem Zustand grob, doch wenn er betrunken war, pflegte er mich zu schlagen. Dennoch hätte ich mich wohl erneut in mein Schicksal ergeben, wenn ich nicht eines Tages bemerkt hätte, dass ich schwanger geworden war.«
»Mich wundert, dass dies nicht schon viel früher geschehen ist«, bemerkte Claudia, ohne nachzudenken. Unter Barbaras strafendem Blick errötete sie ob ihrer Taktlosigkeit. Doch Magdalena nahm es ihr nicht übel.
»Ich hatte mich zuvor mit bestimmten Kräutern zu schützen vermocht«, antwortete sie und mied dabei geflissentlich den Blick des Pfarrers. »Ich hatte sogar Vorsorge getroffen, eine unerwünschte Schwangerschaft zu beenden. Doch als ich das Kind in meinem Leib wusste, brachte ich es nicht übers Herz. Stattdessen sann ich Tag und Nacht auf einen Ausweg. Die Jungfrau Maria erhörte schließlich mein Flehen.«
Sie trank einen Schluck Tee. Er war erneut kalt geworden.
»Eines Abends hörte ich, dass die Truppe in der Gegend von Neuerburg lagerte. Wir waren zuvor kreuz und quer durch die

Lande gezogen, teils in der Eifel, teils in den Niederlanden, teils im kurtrierschen Gebiet. Ich hatte die Orientierung schon lange verloren. Doch Neuerburg kannte ich vom Hörensagen. Dorthin hatte sich deine Mutter verheiratet«, sprach sie Barbara an. »So setzte ich alles auf eine Karte. Als mich mein Beschützer eines Nachts wieder verprügelt hatte und laut schnarchend seinen Rausch ausschlief, schlich ich mich aus dem Lager. Zwei Tage irrte ich umher, bis ich schließlich entkräftet und halb verhungert vor der Tür deines Vaters stand. Ich vertraute mich meiner alten Freundin Barbara an, und sie ließ mich nicht im Stich. Ihre einzige Bedingung war, dass niemand jemals erfahren durfte, dass mein Vater und Bruder als Hexenmeister verbrannt worden waren. Dies schwor ich ihr auf die heilige Bibel.«

»Aber Barbara Dietz wollte ihrem Mann doch mitteilen, wer Ihr seid«, wandte Mohr ein. »So hat es mir Heinrich Dietz zumindest erzählt.«

Magdalena nickte. »Wir hatten vereinbart, ihm zu sagen, dass Barbara mich aus der Klosterschule St. Irminen kennt und dass ich aus dem Kloster verwiesen wurde, nachdem mein Vater sein Vermögen verloren und sich danach selbst entleibt hat. Es war meinem Leumund abträglich genug, dass ich mich danach dem Tross eines Söldnerheers anschließen musste, um mein Leben zu fristen. Selbst das wollten wir Meister Dietz erst verraten, wenn er einen guten Eindruck von mir gewonnen hätte.«

»So habt Ihr das Barbaras Vater aber später nicht offenbart.«

Magdalena sah schuldbewusst aus. »Ich verschwieg St. Irminen und machte die alte Elsa zu meiner Mutter, die sie in mancher Hinsicht ja wirklich war. Trier wollte ich nicht erwähnen aus Furcht, Meister Dietz könne dort Nachforschungen anstellen lassen und auf diese Weise die Wahrheit erfahren. Um keinen Preis wollte ich erneut heimatlos werden.«

»Der Rest der Geschichte ist Euch bekannt«, beendete sie ihre

Erzählung nach einer Pause. »Mein weiteres Schicksal liegt nun in Euren Händen.«

Die drei Zuhörer schwiegen erschüttert. Jetzt verstanden sie, was Magdalena trotz der drohenden Gefahr für ihr Leben bislang in Neuerburg gehalten hatte. Schon einmal war sie geflohen und damit Freiwild für jedermann geworden. Folter und Scheiterhaufen kannte sie nur vom Ansehen. Vergewaltigung und Erniedrigung aller Art hatte sie dagegen am eigenen Leib erfahren.

Schließlich ergriff Andreas Mohr wieder das Wort. »Eure Geschichte ist glaubhaft und macht Euer Verhalten in den letzten Wochen verständlich. Dennoch könnt Ihr nicht länger in Neuerburg bleiben. Ich verbürge mich persönlich dafür, dass der Zufluchtsort, den ich Euch vorschlage, vorläufig sicher ist. Übermorgen breche ich nach Lissendorf auf, um alles für Eure Ankunft vorzubereiten. Bis zum Dreikönigstag, womöglich sogar bis zur Verlobungsfeier seiner Tochter, wird der Landgraf keine weiteren Verfolgungen dulden, um die Festlichkeiten nicht zu stören. Es ist also Zeit genug, Eure Flucht besonnen anzugehen.«

Aus unerklärlichen Gründen befiel Claudia bei diesen Worten eine große Unruhe. Auch Barbara sah besorgt aus.

»Du solltest trotzdem gewisse Vorsichtsmaßnahmen treffen, Amma«, sagte sie. »Vernichte alle Kräuter und Substanzen, die dich mit Hexerei in Verbindung bringen könnten. Du kannst sie hernach leicht wieder ersetzen. Doch wenn man sie jetzt bei dir findet, und sei es durch einen unglücklichen Zufall, vermag niemand die Folgen abzusehen.«

Magdalena überlegte kurz. »Du hast recht, mein Kind«, stimmte sie zu und begann sofort, einige Tiegel, getrocknete Kräuterbüschel und Pulver zusammenzusuchen und ins Feuer zu werfen. Ein würziger Geruch stieg von den Flammen auf.

Schließlich zog sie die Lade des Tisches auf und entnahm ihr zwei Beutelchen. Ihre Gäste bemerkten, dass sie mit zunehmender Hast in der Lade zu kramen begann. Dann öffnete sie die Beutel und roch daran. Schließlich ließ sie die Hände sinken. Ihr Gesicht hatte jede Farbe verloren.

»Um Christi willen, was hast du?« Diesmal störte die Panik in Barbaras Stimme Claudia nicht. Sie fühlte selbst, dass etwas Schlimmes passiert war.

»Das schwarze Bilsenkraut«, sagte Magdalena tonlos. »Ich bewahre es immer hier in der Lade. Es ist verschwunden.«

TEIL 3

# *Blitz und Donner*

# Kapitel 20

*Samstag, 29. Dezember 1612*

Elisabeth, du siehst wahrlich entzückend aus!« Claudia klatschte vor Freude in die Hände, als sie ihre junge Kusine in dem neuen Kleid erblickte.

In der Tat hatte sich der herzogliche Hofschneider aus Luxemburg mit dem Verlobungsgewand selbst übertroffen. Es war von einem kräftigen Rosa, das die blauen Augen und die milchweiße Haut des jungen Mädchens vorteilhaft zur Geltung brachte. Der Unterrock und das mit Spitzen verzierte Mieder waren aus Seidensatin. Darüber spannte sich ein prächtig mit Silberstickereien garnierter samtener Überrock in einem dunkleren Ton. Aus dem gleichen Stoff waren auch die weiten Puffärmel.

Elisabeths Kleid war als erstes fertig geworden und stand ihr weit besser zu Gesicht als das ursprünglich für die Verlobung in Auftrag gegebene lindgrüne Sommergewand. Damals hatte die Grafenfamilie noch mit einer schnellen Heiratserlaubnis gerechnet und war nicht auf ein Fest mitten im Winter eingestellt gewesen.

Doch das Warten hat auch sein Gutes, dachte Claudia. Ob ihre Kusine in den vergangenen Monaten schneller zur Frau herangereift war, als sie im tagtäglichen Umgang mit ihr bemerkt hatte, oder ob der Schneider ein wahrer Meister seines Fachs war, vermochte sie nicht zu sagen. Jedenfalls wirkte Elisabeths Busen fülliger, ihre Gestalt weiblicher, und das Kleid harmonierte wunderbar mit ihrer ganzen Erscheinung. Nun strahlte sie angesichts der allgemeinen Bewunderung über das ganze Gesicht und glich mit ihren sanft geröteten Wangen einer gerade erblühten Rose.

Zum Glück war der Schneidermeister mit seiner Schar Näherinnen und Stickerinnen noch rechtzeitig auf der Burg eingetroffen, bevor ein Schneesturm die Straßen tagelang unpassierbar gemacht hatte. Seither wurde Tag und Nacht an den Festgewändern gearbeitet. Auch die Neuerburger Schneider und ihre Gehilfen waren von der Landgräfin zur Unterstützung hinzubeordert worden. Selbst die Damen auf der Burg halfen samt ihren Zofen mit.

Alles sollte gar prächtig wirken, wenn Ernst von der Marck in sechs Tagen zum Dreikönigsfest erwartet wurde. Bis dahin gab es noch viel zu tun. Auch Claudia war erlaubt worden, sich einen Stoff für ein neues Kleid aus den Schätzen des Hofschneiders auszusuchen. Sie hatte sich für dunkelgrünen Taft entschieden und konnte es kaum noch erwarten, ihr Kleid zum ersten Mal zu tragen.

»Ich kann dir mit ganzem Herzen beipflichten, liebe Nichte.« Seit dem Eintreffen des Dispenses war Erika von Leuchtenberg wie ausgewechselt. Sie hatte Claudia vor zwei Wochen zwar für ihre nächtliche Eskapade gescholten, ihr aber keine Strafe auferlegt, wie es von dieser erwartet worden war. Im Gegenteil wirkte sie jeden Tag fröhlicher und ausgeglichener und war so freundlich zu Claudia wie selten zuvor.

»Was meinst du, Adela?«, wandte sich die Landgräfin an ihre andere Nichte.

Die setzte ein strahlendes Lächeln auf. »Eure Tochter ist eine Schönheit, teure Tante«, flötete sie. »Ihr könnt überaus stolz auf sie sein.«

Obwohl Adelas Worte gesetzter und höfischer wirkten als Claudias Überschwenglichkeit, trugen sie ihr nur ein leichtes Nicken der Landgräfin ein. Claudia bemerkte dies mit heimlicher Schadenfreude.

Zum ersten Mal war das Verhältnis zwischen Wilhelms Gemahlin und ihrer Lieblingsnichte getrübt. Aus allen Stoffen, die der

Hofschneider vorlegte, hatte Adela den kostspieligsten ausgesucht, einen schweren purpurfarbenen Atlas. Claudia vermutete, dass Erika diesen Stoff für sich selbst gewählt hätte, hätte sie Adela nicht den Vortritt gelassen. Sie gebot ihrer maßlosen Nichte zwar keinen Einhalt und entschied sich für einen dunkelblauen Samtbrokat. Von Stund an hatte sich ihr Verhältnis zu Adela jedoch merklich abgekühlt. Allgemein erwartete man die Abreise des Kailer Edelfräuleins unmittelbar nach der Verlobungsfeier.

»Komm, liebste Base.« Adelas Stimme klang zuckersüß, als sie Elisabeth ansprach. »Ich habe versprochen, dass wir auch noch die passende Haartracht zu diesem prächtigen Kleid finden. Lass uns in meine Kammer gehen. Der Hofschneider hat Muster der neuesten Frisuren mitgebracht. Wir wollen sehen, welche dir am besten zu Gesicht steht.«

Elisabeth errötete vor Freude, blickte jedoch fragend auf ihre Mutter. Die Landgräfin nickte huldvoll. »So geht, meine Lieben. Doch achtet darauf, dass das Gewand keinen Schaden nimmt.«

Mit einer Mischung aus Wehmut und Eifersucht sah Claudia ihren Kusinen nach. In den letzten Wochen hatte sich Elisabeth viel zu eng an Adela angeschlossen. Zweifellos hatte das intrigante Miststück die Gelegenheit genutzt, sich Elisabeths Vertrauen zu erschleichen, als das junge Mädchen wegen der bevorstehenden Ereignisse verunsichert war. Claudia war durch ihre Gefühle für Sebastian und die Sorge um Magdalena zu abgelenkt gewesen, um ihr die Freundin zu sein, die sie jetzt brauchte.

Im Bemühen, ihre Stimmung vor Erika zu verbergen, beugte sie sich tiefer über ihre Stickerei. Sie war überrascht, als ihre Tante das Wort an sie richtete.

»Es ist Adela hoch anzurechnen, dass sie Elisabeth derart unterstützt«, meinte sie. Claudia hörte dennoch den leisen Zweifel in ihrer Stimme. Sie wagte einen Einwand.

»Ist dies nicht ganz natürlich, liebe Tante? Sie sind schließlich Blutsverwandte.«
Erika betrachtete sinnend die Takenplatte vor dem Kamin. »Adela war in ihrem Leben selten vom Glück begünstigt. Wusstest du, dass sie mit ihrer Familie viele Jahre hier auf der Neuerburg gelebt hat?«
Claudia war ehrlich verblüfft. Bevor sie antworten konnte, wies ihre Tante auf das schmiedeeiserne Kunstwerk. »Diese Platte trägt das Ehewappen meiner Schwester Amalia. Ihr Gemahl ließ sie erst nach ihrem Tod in diesem Raum anbringen, um seinen Anspruch auf die Herrschaft Neuerburg zu unterstreichen.«
»Warum denn erst nach ihrem Tod?«
Erika seufzte. »Das hat mit den jahrzehntelangen Erbstreitigkeiten um die Ländereien von Manderscheid-Schleiden zu tun. Graf Dietrich von Manderscheid-Kail versprach sich von der Heirat mit meiner Schwester einen weit größeren Vorteil, als er ihm schließlich zuteilwurde. Obwohl sie genau wie ich eine Tochter des ehemaligen Herrn zu Neuerburg, Joachim von Manderscheid-Schleiden, war, musste er die Burg einige Jahre nach ihrem Tod auf Betreiben der übrigen Erben verlassen und nach Oberkail zurückkehren. Elisabeths zukünftiger Schwiegervater Philipp von der Marck tat sich dabei besonders hervor.«
»Wie lange hat Adela denn hier gelebt?«
»Es werden wohl an die fünfzehn Jahre sein«, antwortete die Landgräfin nachdenklich. »Das ist auch der Grund für ihren ausgiebigen Besuch. Es ist das Haus ihrer Kindheit.«
»Aber die Wahrscheinlichkeit, dass die Herrschaft Neuerburg als der reichste Teil des Erbes an die Linie ihrer Familie zurückfällt, ist doch mehr als gering«, wagte sich Claudia vor.
Die Landgräfin nickte. »Obwohl es meinem Schwager aufgrund der erlittenen Unbill sicher nicht leichtgefallen ist, hat er Philipp von der Marck ebenfalls die Hand seiner Tochter angeboten. Er wurde abgewiesen.«

Claudia kam aus dem Staunen nicht mehr heraus. »Das wisst Ihr und gewährt ihr dennoch seit vielen Monden Eure Gastfreundschaft?«, entfuhr es ihr unbedacht.
Erika nahm ihr die Bemerkung nicht übel. »Ich wusste es nicht von Anbeginn an«, gab sie zu. »Als der Dispens so lange auf sich warten ließ, hat mein Gemahl es eines Tages beiläufig erwähnt. Er war erstaunt, dass Adela selbst nie ein Wort darüber verloren hat.«
»Das nimmt in der Tat wunder, teure Tante.« Claudia ließ sich diese Gelegenheit nicht entgehen. Zu ihrer Enttäuschung wiegelte Erika ihren Einwand jedoch ab.
»Sie ist viel zu stolz, um ihre Niederlage einzugestehen. Ich kann ihr das nicht verübeln, bei all dem Elend der Frauen in ihrer Familie.«
»Was meint Ihr damit?«, hakte Claudia nach und war überrascht, als Erika daraufhin mit großer Offenheit zu erzählen anhob.
»Meine Schwester Amalia war einige Jahre jünger als ich und sehr hübsch. Während ich eine alte Jungfer zu werden drohte, freiten gleich mehrere Männer um sie. Wie all meine Schwestern verfügte sie kaum über eine nennenswerte Mitgift, denn mein Vater war früh verstorben und hatte sechs Töchter hinterlassen. So ergriff meine Mutter die Chance beim Schopf, als ein reicher Ritter um Amalia warb, und machte ihm Aussichten auf ihre Hand. Doch meine Schwester war eigenwillig. Der Ritter gefiel ihr nicht, und sie sträubte sich gegen die Verbindung. Eines Tages brachte der Ritter seinen besten Freund in unser Haus mit. Es war Dietrich von Manderscheid-Kail. Er war damals ein stattlicher Mann und machte großen Eindruck auf meine Schwester. Doch meine Mutter fühlte sich an das Wort gebunden, das sie dem Ritter gegeben hatte. So entstand eine schwierige Situation.« Die Landgräfin machte eine Pause.
Claudia war nun aufs höchste gespannt. Sie konnte kaum erwarten, dass ihre Tante wieder das Wort ergriff.

»Die beiden Freunde entzweiten sich aufgrund der Werbung um meine Schwester und wurden zu erbitterten Feinden. Eines Tages trafen sie nach einem Zechgelage aufeinander. Beide waren betrunken. Sie gerieten in offenen Zwist und duellierten sich. Dietrich von Manderscheid-Kail trug den Sieg davon und verletzte seinen Rivalen schwer. Er lag auf den Tod danieder, und niemand wusste, ob er je wieder genesen würde. Meiner Mutter wurde es bange. Sie befürchtete, beide Freier einzubüßen, und stimmte schließlich der Heirat meiner Schwester mit dem Grafen von Manderscheid-Kail zu. Doch es stand kein guter Stern über dieser Verbindung.«
Wieder wartete Claudia und wagte kaum zu atmen. Die Gräfin fuhr fort.
»Die Ehe blieb zunächst kinderlos. Dietrich war ein wilder Geselle und entfremdete sich bald von meiner Schwester, die ihm zu zimperlich schien. Als ein Bastard nach dem anderen seine Höfe bevölkerte, drohte er schließlich, Amalia als unfruchtbar zu verstoßen. Er wollte um jeden Preis einen Erben, da seiner Familie sonst auch die Grafschaft Manderscheid-Kail verlustig gegangen wäre.«
»Das heißt, er befürchtete nun, auch sein eigenes Lehen einzubüßen, anstatt über Eure Schwester seine Ländereien vergrößern zu können?«
Die Gräfin nickte. »Es war eine schwere Zeit für Amalia. Sie flehte jeden Tag die Muttergottes um Hilfe an. Auf Geheiß ihres Beichtvaters unternahm sie mehrere Wallfahrten. Als sie endlich mit Adela schwanger war, glaubte sie, ihr Leid würde ein Ende nehmen. Doch es war nur eine Tochter, nicht der ersehnte Erbe. Immerhin gewährte ihr die Geburt einen Aufschub. Sie hatte ihrem Gemahl bewiesen, dass sie fruchtbar war. Aber es dauerte noch vier Jahre, bis sie endlich einen Sohn gebar.«
»Philipp Dietrich von Manderscheid-Kail, Adelas Bruder«, bemerkte Claudia.

»Nach der Geburt seines Erben mied ihr Gemahl das eheliche Schlafgemach. Amalia welkte dahin. Sie wurde von Tag zu Tag schwächer und starb, als Adela zehn Jahre alt war.«
Claudia gab sich erschüttert. Doch die Frage, die sie bedrängte, ließ keinen Raum für Mitgefühl angesichts des traurigen Schicksals der Schwester ihrer Tante. Sie holte tief Luft und sprang ins Ungewisse.
»So hat Eure Schwester bereut, den anderen Freier nicht erhört zu haben?« Vor Spannung hielt sie den Atem an.
Erika schüttelte den Kopf. »Das glaube ich nicht. Nach allem, was man hört, wäre sie nur vom Regen in die Traufe gekommen.«
»Wer war dieser Ritter?« Claudia war sicher, dass die Landgräfin sie für ihre Neugier tadeln und ihr die Antwort verweigern würde. Doch sie irrte sich.
»Sein Name ist Johann von Wawern. Er lebt eine halbe Tagesreise von hier auf Burg Schönecken.«

*Samstag, 5. Januar 1613*

Endlich sahen sie den Zug kommen. Ernst von der Marck betrat Neuerburg mit seinen Mannen durch das Scheuerner Tor. Da die Burg höher als die Weihergasse am anderen Ufer der Enz lag, auf der sich der Trupp durchs Tal bewegte, konnte Sebastian die Reiter auf ihren prächtig geschmückten Pferden schon sehen, bevor sie die Enzbrücke überquerten. Eine Weile entschwanden sie den Blicken der Wartenden, bis sie den Torturm zum unteren Burgfried passiert hatten und nun gemächlich den steilen Pfad zum oberen Burgbereich erklommen.
Gleich hinter dem Bannerführer mit der wappengeschmückten Fahne ritt Ernst von der Marck. Er trug einen silbernen Brustharnisch unter einem mit Goldfäden bestickten und innen mit Pelz gefütterten roten Umhang. Als er in den Burghof einritt,

verschwand die bleiche Wintersonne hinter dicken grauen Wolken. Schneegriesel setzte ein und ließ Sebastian, der seit über einer halben Stunde in der eisigen Kälte wartete, noch heftiger frösteln.

Wilhelm von Leuchtenberg hatte darauf bestanden, dass sein zukünftiger Schwiegersohn mit allen Ehren empfangen wurde. Neben den Amtsträgern der Burg waren daher auch die Honoratioren der Stadt aufgefordert worden, sich zur Begrüßung einzufinden. Der Landgraf hatte zur Feier des Tages sein neues Wams aus schwarzgrundigem Goldbrokat angelegt. Gleich hinter ihm stand Sebastians Vater, der seiner Position nach höchste Beamte des Grafen, in seinem braunen Samtanzug. Da Wilhelm auf einen Umhang verzichtet hatte, froren die Würdenträger der Burg und der Stadt gleichermaßen in ihren Festgewändern.

»Hoffentlich beeilt man sich wenigstens mit der Begrüßungszeremonie«, zischte Heinrich Dietz zwischen den Zähnen hindurch. »Wir holen uns sonst noch alle den Tod.« Seine goldene Amtskette klirrte leise im Rhythmus seiner klappernden Zähne. Sebastian grinste, was ihm einen missbilligenden Blick des Burgkaplans eintrug. Andreas Mohr zwinkerte dem jungen Mann dagegen zu. Ihm schien die beißende Kälte nichts auszumachen. Sebastian hatte ihn im Verdacht, dass er unter seiner festlichen Kasel eine dicke wollene Jacke trug.

Nun hatte Ernst von der Marck die Mitte des Burghofs erreicht. Der Landgraf trat ihm mit dem Begrüßungspokal entgegen.

»Seid willkommen, Eidam.« Seine volltönende Stimme war auch noch im hintersten Winkel des Platzes zu hören. Hinter den Butzenscheiben des Rittersaals vermeinte Sebastian eine leichte Bewegung zu erspähen. Dort wartete die Landgräfin mit ihrem Gefolge. Wahrscheinlich waren auch die Damen aufgrund der langen Wartezeit ungeduldig geworden.

Der Ankömmling nahm einen tiefen Zug aus dem Kelch, bevor er die Begrüßung erwiderte. Ein Knecht hielt ihm den Steig-

bügel, während er von seinem mächtigen Schlachtross, einem Fuchshengst mit gefährlich rollenden Augen, abstieg. »Verzeiht die Verspätung, edler Herr von Leuchtenberg«, sagte der Grafensohn. Seine Stimme klang ungewöhnlich tief. »Kurz vor den Toren wurden wir aufgehalten. Ein Tölpel von Fuhrknecht hatte seinen Wagen in eine Furche gefahren, so dass dieser umstürzte. Räder und Achsen sind gebrochen. Es dauerte eine Weile, bis meine Mannen das Gefährt zur Seite schaffen konnten.«
Sebastian wurde schwer ums Herz. Auf einem Fuhrwerk hatte Magdalena die Stadt heute verlassen wollen. Sollte ihre Flucht schon wieder gescheitert sein? Er suchte den Blick des Stadtpfarrers. Auch Andreas Mohr wirkte betroffen.
Doch nun war keine Zeit zum Grübeln. Schon schritt der Landgraf mit Ernst von der Marck die Reihen der Wartenden ab. Mit einer Mischung aus Zorn und Verachtung beobachtete Sebastian den tiefen Kratzfuß seines Vaters vor dem jungen Adligen. Der Amtmann trug maßgeblich die Schuld daran, dass Magdalena immer noch in der Stadt war. Er hatte die Wachen aller Stadttore angewiesen, sie unter keinen Umständen passieren zu lassen. Deshalb war der erste Fluchtversuch gescheitert. Andreas Mohr hatte unter dem Vorwand, sie zu einer kranken Häuslerin zu bringen, die Stadt schon vor einigen Tagen mit Magdalena verlassen wollen.
Nun trat Heinrich Dietz vor und erwies im Namen der Bürger der Stadt dem jungen Grafen seine Reverenz. Mit einem hochmütigen Ausdruck und ohne ein Lächeln nahm Ernst die Huldigung entgegen. Sebastian betrachtete ihn verstohlen. Er verabscheute ihn auf Anhieb.
Über der hohen Stirn begann Ernst von der Marcks braunes Haar schon schütter zu werden, was der federgeschmückte Hut nicht verbergen konnte. Stechende braune Augen, eine plumpe Nase und ein brutaler Zug um den Mund ließen den Grafensohn alles andere als anziehend wirken. Er war sehr groß, sicher

mehr als sechs Fuß, und überragte selbst Sebastian um einige Zoll. Sein muskulöser Körper wirkte trotz der Größe massig. Unwillkürlich empfand Sebastian heftiges Mitleid mit der zarten Tochter des Grafen, die diesem ungehobelten Klotz ins Bett gelegt werden sollte.

Endlich hatte der Landgraf mit seinem künftigen Schwiegersohn die Reihe der Wartenden abgeschritten. Mit jovialer Stimme wandte er sich an Ernst von der Marcks Gefolge und seine frierenden Untertanen.

»So begleitet uns nun zur Begrüßung der Damen in den Rittersaal, werte Herren. Dort wartet ein heißer Trunk auf Euch.«

Sebastians Herz schlug schneller. Natürlich würde auch Claudia dort sein. Sie hatten sich seit dem Kuss in der Jagdhütte nicht mehr gesehen, zumal es nach Magdalenas Entschluss zu fliehen und die Unterbrechung der Verfolgungen durch die Feiertage auch keinen Grund mehr für den Austausch von Neuigkeiten gab. Geschweige denn für heimliche Treffen im Wald.

Immer wieder hatte der Sohn des Amtmanns über ihre Worte in der Jagdhütte gegrübelt. Bedeuteten sie, dass Claudia sehr wohl seine Gefühle erwiderte, sie diese aber aus Rücksicht auf Barbara nicht zulassen wollte? Oder hatte sie wirklich nur in einem schwachen Augenblick im Halbdämmer der Hütte ihrem Gefühl, einsam zu sein, nachgegeben? Er wusste es nicht, aber spielte das überhaupt eine Rolle? Claudia war unerreichbarer für ihn denn je.

Er wappnete sich gegen die bevorstehende Begegnung. Doch als er hinter den Mitgliedern des Stadtrats den Saal betrat, fiel sein Blick auf Elisabeth. Verblüfft zog er den Atem ein. Selbst seine Gedanken an Claudia traten vorübergehend in den Hintergrund.

»Schaut, liebste Mutter, liebste Claudia! Steht mir das Kleid nicht prächtig zu Gesicht, das mir Adela geborgt hat?«

Fassungslos starrte Claudia auf ihre junge Kusine. So lieblich sie in ihrem rosafarbenen Verlobungsgewand ausgesehen hatte, so lächerlich wirkte sie jetzt.

Das rostbraune Seidenkleid schlotterte ihr um die Taille, obwohl es überall deutlich sichtbar mit Nadeln zusammengesteckt worden war. Ihren Busen hatte sie ausgestopft, um das viel zu üppige Mieder zu füllen, doch die Polster schienen mittlerweile verrutscht zu sein. Zudem ließ die Farbe, die so gut zu Adelas Haaren passte, ihren Teint käsig und bleich wirken. Ein Eindruck, den auch die grelle Schminke nicht übertünchen konnte. Elisabeths Gesicht glich einer Harlekinpuppe vom Jahrmarkt.

Auch die Landgräfin musterte ihre Tochter schockiert, während sich deren jüngere Brüder ein freches Grinsen nicht verkneifen konnten. Doch da plapperte Elisabeth auch schon weiter.

»Adela riet mir, das rosa Festgewand bis zur Verlobungsfeier aufzusparen, um Ernst von der Marck damit zu überraschen. Und weil ich kein vergleichbar prächtiges Kleid habe, lieh mir Adela dieses hier. Die Seide stammt aus Brüssel und ist mit echten Goldfäden bestickt.«

»Du hättest das lindgrüne Kleid anziehen können«, wandte die Gräfin mit schwacher Stimme ein. Doch Elisabeth winkte ab.

»Adela meinte, diese Farbe würde mich viel vorteilhafter kleiden. Sie ist so großherzig. Nun muss sie heute schon ihr neues Gewand tragen, da sie mir ihr bestes Kleid überlassen hat.«

Claudia trat rasch ans Fenster und warf einen Blick in den Hof. Soeben hatte Ernst von der Marck mit seinem Gefolge den inneren Burgbereich betreten. Zum Umziehen war es jetzt zu spät. Ihre Hände ballten sich zu Fäusten. Am liebsten hätte sie Adela die Augen ausgekratzt.

Wie alle Damen der Burg hatte Claudia dem Wunsch der Gräfin Folge geleistet, die neuen Festkleider erst bei der Verlobungsfeier zu tragen. Sie selbst trug daher ihr dunkelblaues Gewand mit den Silberstickereien. Nur Elisabeth hatte die Landgräfin ausdrücklich von dieser Bitte ausgenommen. Sie sollte bei der ers-

ten, so wichtigen Begegnung mit ihrem Bräutigam den vorteilhaftesten Eindruck machen.
Die Gräfin warf Adela einen scharfen Blick zu. Doch deren Gesicht zeigte nur reine Freude und Heiterkeit. Strahlend lächelte sie ihre Tante an. Erika von Leuchtenberg blieb nichts anderes übrig, als vor den versammelten Damen der Burg gute Miene zum bösen Spiel zu machen.
»So danke ich dir recht herzlich für deine Fürsorge«, sagte sie steif zu Adela und wandte sich ab, um ihre Gefühle zu verbergen. Claudia dagegen dachte gar nicht daran. Mit unverhohlenem Zorn musterte sie ihre perfide Base, die die Unerfahrenheit der jungen Elisabeth so schändlich ausgenutzt hatte.
Adelas purpurrotes Kleid aus schimmernder Atlasseide war zweifelsohne das prächtigste im ganzen Saal. Der raffinierte Schnitt ließ ihre üppige Büste zur Geltung kommen und betonte den Ansatz ihrer vollen Brüste, die sie schamlos zur Schau stellte. Der weite gefältelte Reifrock verbarg geschickt, wie fett sie geworden war. Im Gegensatz zu Elisabeth war sie nur leicht geschminkt. Während sich aus der komplizierten Frisur ihrer jungen Kusine schon die ersten Strähnen zu lösen begannen, waren Adelas Haare so geschickt in Wellen gelegt, dass sie ihr weich über die Schultern flossen und wunderbar mit der schimmernden Seide harmonisierten.
Sie führt etwas im Schilde, dachte Claudia verzweifelt, ich spüre es immer mehr. Wie konnte ich jemals zulassen, dass Elisabeth in ihre Fänge gerät?
Hilflos zerrte sie an der kleinen Spitzenkrause, mit der ihr Gewand zur Feier des Tages versehen worden war. Sie kam sich hausbacken und altmodisch vor. Kein Wunder, dass Elisabeth sich ihrer weltgewandteren Base zugewandt hatte.
»Sie kommen, sie kommen!«, rief die Gattin des Rentmeisters, die das Fenster zum Hof nicht aus den Augen gelassen hatte. Die Gräfin klatschte streng in die Hände.

»So nehmt nun Aufstellung, meine Damen, wie es sich gehört. Mein zukünftiger Eidam soll nicht den Eindruck gewinnen, in Neuerburg gäbe es keinen Schick.«
Doch genau das wird geschehen, wenn er Elisabeth sieht, dachte Claudia und knirschte stumm mit den Zähnen, weil der Lauf der Ereignisse sich nicht mehr aufhalten ließ.

»Nachdem Ihr nun die Mutter begrüßt habt, darf ich Euch meine liebreizende Tochter Elisabeth vorstellen, Eure Anverlobte.« Die Stimme des Landgrafen zitterte vor unterdrücktem Zorn. Schon an der Tür hatte er seiner Gattin angesichts Elisabeths Aufmachung einen mörderischen Blick zugeworfen. Worauf sich auf deren Wangen zum ersten Mal seit Eintreffen des Dispenses wieder hässliche rote Flecke zeigten.
Mit einem arroganten Lächeln musterte Ernst von der Marck die junge Frau, bevor er sich mit formvollendeter Höflichkeit über ihre Hand beugte. Doch Claudia, die ihn scharf beobachtete, sah ihn grinsen, als er sich verneigte.
»Darf ich Euch nunmehr meine Nichten vorstellen, Herr von der Marck? Das Kind meiner Schwester, Claudia von Leuchtenberg.«
Ernst von der Marck verbeugte sich so knapp, wie es die Höflichkeit gerade noch zuließ.
»Die Tochter der Schwester meiner Gattin, Adela von Manderscheid-Kail.«
»Welch eine angenehme Überraschung, eine weitere Blutsverwandte zu dieser besonderen Gelegenheit begrüßen zu dürfen.« Die Stimme des Grafensohns klang ölig.
Adela knickste geschickt, um ihm einen möglichst guten Blick in ihren Ausschnitt zu ermöglichen. »Die Ehre ist ganz meinerseits«, flötete sie.
Das Gesicht des Landgrafen färbte sich purpurn wie Adelas Gewand. Doch er zügelte sich sichtlich. Ein öffentlicher Tadel seiner Gattin oder angeheirateten Nichte hätte einen Skandal

ohnegleichen dargestellt und womöglich sogar die Verlobung in Frage gestellt.

In diesem Moment fiel Claudias Blick auf Sebastian. Er war gerade in den Saal getreten und starrte Elisabeth an. Unwillkürlich schoss ihr vor Freude und Scham über ihre letzte Begegnung die Röte ins Gesicht. Sie fühlte den übermächtigen Drang, ihm ihr Herz über Elisabeth und Adela auszuschütten. Sobald sich eine Gelegenheit dazu ergab, wollte sie ihn ansprechen.

»Nehmt meinen Umhang. Es geht ein scharfer Wind um die Mauern.«

Dankbar hüllte sich Claudia in den Mantel aus dunklem Wollstoff, den ihr Sebastian über die Schultern legte. In einem unbeobachteten Moment waren die beiden in den kleinen Wachturm geflüchtet, in dem schon ihre ersten Begegnungen stattgefunden hatten.

Mittlerweile war die Dämmerung hereingebrochen, und es war bitterkalt. Die ersten Lichter brachten den festgefrorenen Schnee in den Gassen der Stadt zum Glitzern. Doch die beiden hatten keinen Sinn für die Schönheit der winterlichen Aussicht.

»Also musste Magdalena in die Stadt zurückkehren?«, fragte Claudia beklommen.

Sebastian nickte. »Von Mohr weiß ich, dass heute nur ein einziges Fuhrwerk Neuerburg verlassen wollte. Magdalenas Flucht ist somit erneut gescheitert.«

»Wenigstens haben die Torwachen sie nicht erkannt.«

Sebastian nickte. »Es kam, wie der Stadtpfarrer es für den Notfall vorhergesehen hat. Er hatte Magdalena gebeten, sich als Weib des Fuhrmanns zu verkleiden. So konnte sie unbehelligt in ihre Kate zurückkehren.«

»Und was soll nun geschehen?«

»Mohr sagt, dass das Fuhrwerk frühestens am Tag nach der Verlobung erneut aufbrechen kann. So lange braucht der Stellmacher, um die Räder und Achsen zu flicken. Wir müssen uns notgedrungen weiterhin in Geduld üben.«

Claudia schwieg und dachte über Sebastians Bericht nach. Es war, als hätten sich böse Mächte gegen Barbaras Amme verschworen, nun, da sie endlich zur Flucht bereit war. Zuerst hatte ein Schneesturm Mohr daran gehindert, seine Schwester in Lissendorf aufzusuchen, um Magdalena schon vor Weihnachten aus der Stadt zu bringen. Als das Wetter die kurze Reise nach den Festtagen dann endlich zuließ und Magdalena als neue Hausmagd auf dem Hof von Mohrs Schwester erwartet wurde, war ihr erster Fluchtversuch von Sebastians Vater vereitelt worden. In einer heftigen Auseinandersetzung bedeutete er Andreas Mohr, dass er nur unter der Voraussetzung, dass sie die Stadt nicht verlassen dürfe, auf die Verhaftung der Kräuterfrau verzichtet hätte.

Danach war klar, dass der Plan des Stadtpfarrers, Magdalena unter einem Vorwand vor die Stadttore zu bringen und ihre Flucht mit einer kurzen Unaufmerksamkeit zu erklären, gescheitert war. Daraufhin entschloss man sich, einen Fuhrmann zu bestechen, um Magdalena zur Flucht zu verhelfen. Er sollte Barbaras Amme als sein Weib ausgeben und auf seinem Karren mit aus der Stadt nehmen. Der grobschlächtige Mann hatte eine hohe Summe verlangt, aber keine weiteren Fragen gestellt. Nun war auch dieser Versuch im ersten Anlauf gescheitert.

Claudia seufzte. Ihre bösen Vorahnungen verstärkten sich von Tag zu Tag, ohne dass sie wusste, was sie eigentlich befürchtete. Sie spürte das übermächtige Bedürfnis, sich an den Mann an ihrer Seite zu schmiegen und sich von seinen starken Armen wiegen zu lassen. Die enge Bank zwang sie, dicht nebeneinander zu sitzen, wobei die Kälte ein Übriges tat. Aber sie hatte sich und ihm geschworen, keinen weiteren Moment der Schwäche mehr zuzulassen.

Um sich von Sebastians Nähe abzulenken, brachte sie die Rede

auf ihre junge Kusine. »Habt Ihr bemerkt, wie sich Elisabeth zum Empfang ihres Bräutigams ausstaffiert hat?«
Sebastian zögerte. »Es war kaum zu übersehen«, räumte er ein. »Sie sah grotesk aus. Doch der Takt gebot mir, dieses Thema nicht anzuschneiden.«
»Der Takt«, äffte ihn Claudia nach. »Das ist der Grund, warum ich Euch um dieses Treffen gebeten habe. Es ist alles Adelas Schuld.« Rasch berichtete sie Sebastian von den Ereignissen.
»Ihr glaubt also, dies ist eine Intrige Eurer Base, um Elisabeths Ansehen bei ihrem Verlobten zu schaden?«
»Was sollte es sonst sein?«, erwiderte sie ungeduldig.
»Es ist allenfalls ein perfider Streich«, entgegnete Sebastian. »Die Verlobung ist eine beschlossene Sache. Selbst wenn Elisabeth im sackleinenen Büßerhemd aufgetreten wäre, könnte Ernst von der Marck sie nicht zurückweisen.«
»Natürlich könnte er das«, widersprach sie zu seinem Erstaunen. »Noch ist die Ehe nicht geschlossen, geschweige denn vollzogen.«
»Doch was sollte sich Adela davon versprechen? Ihr wisst doch von ihrer Zofe, dass Ernsts Vater sie als zukünftige Gemahlin abgelehnt hat.«
»Damit scheint sie sich keinesfalls abgefunden zu haben. Offensichtlich versucht sie, ihn mit der vermeintlichen Hilfe des Satans für ihre Reize zu gewinnen. Weshalb sollte sie sonst auftreten wie die Hure von Babylon?«
»Tritt sie auf wie eine Hure, wird er sie auch als solche behandeln«, meinte Sebastian trocken. »Kein Mann von Ehre wird ein Weib zur Gemahlin nehmen, das sich ihm solcherart andient.«
Obwohl Claudia ihm mit dem Verstand zustimmte, wehrte sich etwas in ihr gegen diese Schlussfolgerung. Und ehe sie sich besann, hörte sie sich auch schon sagen: »So hättet auch Ihr mich nie als Gattin in Betracht gezogen, wenn ich Euch neulich im Wald nicht Einhalt geboten hätte?«

Sebastian sah sie betroffen an. »Nichts lag mir ferner, als Eure Ehre zu besudeln, Claudia. Dass ich Euch liebe, habe ich eingestanden. Gäbt Ihr diesem Gefühl auch nur die winzigste Hoffnung, würde ich Jahre meines Lebens auf Euch warten, ohne Euch zu berühren, wenn es denn sein müsste.«
»Ihr seid mit Barbara Dietz verlobt.« In ihrer Verwirrung fiel ihr keine bessere Entgegnung ein.
»Und Ihr habt gerade überzeugend argumentiert, dass eine Verlobung weder eine geschlossene noch eine vollzogene Ehe bedeutet. Zumal, wenn dieses Verlöbnis nicht mit beiderseitigem Einverständnis der Brautleute zustande gekommen ist.«
»Barbara freut sich unendlich auf Eure Hochzeit, Sebastian.« Sie spürte selbst, wie wenig überzeugend sie klang. »Was missfällt Euch denn so sehr an ihr?«
Er seufzte vernehmlich. »Barbara Dietz ist eine hübsche junge Frau aus gutem Hause. Es gäbe wohl tausend Männer, die sich glücklich schätzen würden, sie ehelichen zu dürfen, auch ohne ihre stattliche Mitgift. Sie ist fleißig, vermag einen Haushalt zu führen und wird sicher eine hingebungsvolle Mutter werden. Doch sie gleicht viel zu sehr all den anderen Frauen ihrer Umgebung.« Er rang nach den richtigen Worten. »Sie ist so wenig … so wenig …«
»Außergewöhnlich?«, half ihm Claudia.
Sebastian nickte. »Ja. Barbara hat einen guten Charakter. Sie ist fromm, aufrichtig und ohne jeden Dünkel. Doch sie vermag mir niemals eine Gefährtin zu sein, die meine Gedanken und Ideen versteht. Sie ist nicht dumm, doch es mangelt ihr an jeglicher Bildung. Meinen Körper und mein Bett werde ich mit ihr teilen können, doch niemals meinen Geist und meinen Verstand.«
Claudia hörte betroffen die Bitternis in seiner Stimme.
Sein unverhofftes Geständnis und die zermürbenden Sorgen machten sie unvorsichtig und keck. »Und bei mir wäre es nur der Geist, den Ihr teilen wolltet?« Sie wusste sehr wohl, dass sie

mit dem Feuer spielte. Dennoch erschrak sie über seine Reaktion.

»Spottet nicht über mich, Fräulein von Leuchtenberg. Ich habe Euch meine Gefühle offenbart und mich damit Eurer Großmut ausgeliefert. Verachtung und Häme habe ich nicht verdient.«

Unwillkürlich griff sie nach seiner Hand. »Verzeiht mir meine Worte, Sebastian«, bat sie zerknirscht. »Ich wollte Euch wahrlich nicht kränken.«

Da ergriff er auch ihre andere Hand, hielt sie gleichzeitig aber ein Stück weit von sich weg. Trotz der hereinbrechenden Dunkelheit suchte er ihren Blick. »Und was sollte dann diese Bemerkung? Erklärt Euch! Bin ich für Euch nur ein liebeskranker Tölpel, oder versagt Ihr Euch die Gefühle, die ich mir erlaubt habe?«

Claudia kämpfte mit sich. Ihre Aufrichtigkeit gewann schließlich die Oberhand. »Ihr wisst wohl, dass ich Euch in den letzten Wochen nicht gleichgültig begegnet bin«, sagte sie leise mit gesenktem Blick. »Es gab Momente, in denen ich eifersüchtig auf Barbara war. Genauso wie es Momente gab, in denen ich mich für ihre Unwissenheit und fehlende Bildung geschämt habe. Ich verstehe und respektiere Eure Enttäuschung, in ihr keine ebenbürtige Gemahlin im Geiste zu finden.«

Sie holte tief Luft. »Doch uns beide binden die Werte von Ehre und Anstand und mich darüber hinaus die Ketten der Konvention. Sobald Elisabeth vermählt ist, wird mein Oheim auch für mich eine geeignete Verbindung suchen, das halte ich für gewiss. Doch selbst wenn Ihr frei wärt, würde er Euch nicht in Betracht ziehen.«

Die Mischung aus Freude und Schmerz über ihre Worte machte ihn tollkühn. »So lasst uns die geringe Zeitspanne nutzen, in der weder Ihr versprochen seid noch ich vermählt bin.«

Claudia war verwirrt. »Was meint Ihr damit?«

»Kommt wieder zu den Treffen in die Jagdhütte«, bat er mit dem Mut der Verzweiflung. »Auch ohne die Sorge um Elisabeth oder Magdalena, die unseren Beistand, so Gott will, nicht mehr brauchen werden. Lasst uns dort disputieren und Gedanken austauschen, miteinander lachen und traurig sein, wie es der Lauf der Dinge ergeben mag. Und schenkt mir bisweilen einen Kuss.« Er zog sie an sich. »Mehr begehre ich nicht von Euch, das verspreche ich bei meiner Ehre.«

Ungeachtet der Kälte und Dunkelheit saß Claudia noch lange, nachdem Sebastian die Burg verlassen hatte, in dem zugigen Wachturm. Widerstreitende Gefühle tobten in ihr. Ihre Lippen brannten von den heftigen Küssen, die sie getauscht hatten, ihre Wangen vor Scham gegenüber Barbara. Die Süße der Hingabe, die sie so sehr genoss, lag im Kampf mit der Angst vor Entdeckung und der Sorge um ihre Ehre.

Doch sie hatte vorerst in Sebastians Plan eingewilligt. Schon am Morgen nach der Verlobungsfeier, wenn die Gäste noch ihren Rausch ausschliefen, wollten sie sich in der Jagdhütte treffen. Bis dahin konnte sie es sich immer noch anders überlegen und dem Treffen fernbleiben oder es zumindest bei diesem einen Mal belassen, beschwichtigte sie ihre Zweifel. Außerdem nahm sie Barbara ja nichts weg. Zumindest nichts, was die Freundin für sich selbst begehrte. Oder machte sie sich damit nur etwas vor? Würde sie selbst es tolerieren, dass ihr Verlobter eine andere Frau küsste, auch wenn er ihre Ehre unangetastet ließ?

Das Glöckchen kündigte bereits das Ende der Vesper an, als sich Claudia mit steifen Gliedern endlich zurück in die Burg schlich, um sich für das Nachtmahl vorzubereiten. Im Sog der jüngsten Ereignisse hatte sie ganz vergessen, Sebastian zu erzählen, dass sie eine Verbindung zwischen Adela und dem Haus derer von Wawern entdeckt hatte.

# Kapitel 21

*Dienstag, 8. Januar 1613*

Was hat dieses Getöse zu bedeuten?«
Erschrocken fuhren die Mägde auseinander, als Adela die Tür der Dachkammer aufstieß, in der ein Teil der weiblichen Dienstboten untergebracht war.
Das Edelfräulein erfasste die Lage mit einem Blick. Auf einem blutigen Strohsack lag die derzeitige Bettgenossin des Landgrafen mit verquollenem Gesicht und zerzaustem offenem Haar.
Grob stieß Adela eine Küchenmagd zur Seite, die eine Schüssel unter das niedrige Bettgestell schieben wollte. Ihre Lippen kräuselten sich verächtlich.
Sie winkte ihrer Zofe Kathrin, die hinter ihr in die Kammer getreten war. »Rufe den Burgkaplan Hochwürden Josten. Aber sieh zu, dass die Herrin nichts merkt. Sie würde das Weibsstück noch heute aus der Burg peitschen lassen.«
Kathrin knickste und verschwand durch die Tür. Adela wandte sich mit strenger Miene an die versammelten Mägde.
»Auch ihr haltet besser euren Mund über das, was sich hier abgespielt hat. Der Zorn des Landgrafen dürfte grenzenlos sein, wenn dies die Verlobungsfeier trübt.«
Die Frauen nickten verstört. Die junge Magd auf dem Strohlager richtete sich mühsam auf. »Gott vergelte Euch Eure Güte«, flüsterte sie mit aufgesprungenen Lippen. »Ich will täglich ein Gebet für Euch sprechen.«
Wieder lächelte Adela verächtlich. »Bete lieber für dein eigenes Seelenheil, Mädchen. Auf dass du im Stande der Todsünde nicht geradewegs zur Hölle fährst.«

*Donnerstag, 10. Januar 1613*

Behutsam stieß Claudia die Tür zu Elisabeths Gemach auf. Zwar war auf ihr Klopfen hin keine Antwort erfolgt, aber sie hörte leises Schluchzen.

Sie hatte sich nicht getäuscht. Erschrocken drehte ihre junge Kusine sich um und zeigte Claudia ihr vom Weinen verquollenes Antlitz.

Ihr Schmerz schnitt Claudia ins Herz. Dennoch blieb sie dicht bei der Tür stehen. Sie war nicht sicher, ob sie willkommen war.

»Elisabeth, meine Liebe«, begann sie vorsichtig. »Was betrübt dich so sehr an deinem Ehrentag?«

Statt einer Antwort strömten neue Tränen über das zarte Gesicht des Mädchens. Es streckte die Hände nach Claudia aus, die sich nicht lange bitten ließ. Behutsam schloss sie die Jüngere in die Arme und wiegte sie wie ein Kind, bis das Schluchzen schließlich verebbte.

»Ich fürchte mich«, sagte Elisabeth leise.

»Wovor fürchtest du dich, mein Herz?«

Elisabeth schüttelte hilflos den Kopf. »Alles macht mir Angst. Ich fürchte mich, wieder den Zorn des Vaters zu erregen, wenn ich mich heute Abend falsch benehme. Ich fürchte meinen zukünftigen Ehemann, er ist ein gar unfreundlicher und kalter Geselle. Und mein Schwiegervater steht ihm in nichts nach. Aber ich fürchte auch, noch jemanden in Schwierigkeiten zu bringen, der es gut mit mir meint. Nur wegen mir muss Adela die Burg morgen verlassen.«

In Claudias Brust kämpften widersprüchliche Gefühle. Schließlich entschloss sie sich, ihren Zorn auf Adela zu bezähmen und ihrer Kusine Trost zu spenden.

Liebevoll strich sie über Elisabeths seidenweiches Haar. »Ich verstehe dich gut, mein Liebes«, begann sie. »Auch mir kommt Ernst von der Marck nicht sehr einfühlsam vor. Doch es heißt, er sei ein tapferer Krieger und von seinem Vater mit großer Härte erzogen worden. Vielleicht muss er noch lernen, zärtliche Gefühle zuzulassen.«

Sie schämte sich beinahe, als ein kleiner Hoffnungsstrahl in Elisabeths Augen aufleuchtete. »So glaubst du, sein kühles Verhalten wird sich nach unserer Vermählung ändern?«

Claudia schreckte zuerst vor der offenen Lüge zurück. Das Schicksal ihrer Kusine lag vor ihr wie ein aufgeschlagenes Buch. Wer Ernst von der Marck in den letzten Tagen beobachtet hatte, musste wie sie zu der Ansicht gelangen, dass Hochmut und Rücksichtslosigkeit die einzigen Regungen waren, zu denen er fähig schien.

Nach dem missglückten Empfang, der Elisabeth und ihrer Mutter einen scharfen Verweis des Landgrafen eingetragen hatte, gab es nichts, mit dem Elisabeth den ersten Eindruck auf den Grafensohn wieder wettmachen konnte. Mehrere Male hatte Claudia miterlebt, dass er Elisabeth rüde das Wort abschnitt, wenn sie den leichten Plauderton anschlug, den man jungen Damen im Umgang mit ihren Verehrern empfahl.

Auf dem Ball zum Dreikönigsfest hatte er nur den Eröffnungstanz mit ihr bestritten und danach vor allem Adela, aber auch andere geladene Fräulein auf das Parkett geführt. Und obwohl Elisabeth fortan in tadelloser Aufmachung erschien, machte er ihr nicht einmal ein Kompliment über das rosafarbene Gewand, das ihr so vortrefflich stand. Stattdessen hatte Claudia seine diesbezüglich spöttische Bemerkung zu Adela belauscht: »Besser sie gleicht einem Ferkel als einer abgerissenen Gauklerin.«

Claudia stockte vor Wut der Atem. Doch sie konnte letztlich nichts ausrichten. Ihr vor Zorn funkelnder Blick war von den beiden nur mit einem herablassenden Lächeln bedacht worden. Und als sie sich dennoch anschickte, Ernst ob seines respektlosen Verhaltens zur Rede zu stellen, drehte er sich einfach auf dem Absatz um und ließ sie stehen. Adela war ihm kichernd gefolgt. Seither behandelte Ernst von der Marck Claudia wie Luft, sobald sie in seine Nähe kam.

Seit diesem Vorkommnis war sie der Überzeugung, dass es Elisabeth kaum schlechter treffen konnte, weshalb sie sich nun auch dazu entschloss, sie besser zu belügen.

»Ganz sicher wird sein Verhalten sich bessern. Leider ist es uns Sprösslingen adliger Häuser nicht bestimmt, unsere Gatten zu wählen. Da muss man sich erst aneinander gewöhnen. Doch in den meisten Ehen stellt sich die Harmonie schon nach wenigen Wochen ein.«

Elisabeth war sichtlich erleichtert. Claudia schämte sich. Doch es kam noch schlimmer.

»Auch Adela hat mir in diesem Sinne zugesprochen. Sie empfahl mir, heute Abend recht lustig und unbekümmert zu sein. Dann würde sich schon alles richten.«

Claudia knirschte mit den Zähnen. Doch es machte keinen Sinn, Elisabeth die Augen über die Intrige zu öffnen, die geradewegs zu ihrem Unglück geführt hatte. Es würde sie nur noch mehr verunsichern.

Immerhin hat Adela den Landgrafen nicht täuschen können, dachte das Edelfräulein mit grimmiger Befriedigung. Wilhelm hatte darauf bestanden, dass fortan ein Brusttuch den anstößigen Ausschnitt des purpurnen Atlaskleides bedeckte. Claudias Schadenfreude währte nahezu einen ganzen Tag.

Außerdem nötigte ihr Oheim seine Gattin, Adela die Abreise unmittelbar nach der Feier nahezulegen. Vor zwei Tagen war Dietrich von Manderscheid-Kail als Gast eingetroffen. Was lag da näher, als Adela gemeinsam mit ihrem Vater wieder nach Hause aufbrechen zu lassen?

So machte Claudia gute Miene zum bösen Spiel. »Ich freue mich, dass Adela und ich einer Meinung sind«, log sie ein weiteres Mal. »Da siehst du, wie wenig Anlass du hast, dich zu sorgen.«

Doch einen Pfeil musste sie abschießen. »Außerdem ist Adela sicherlich froh, nach der langen Zeit wieder nach Hause zu kommen. Deshalb brauchst du kein schlechtes Gewissen zu haben.«
»Wenn sie denn morgen überhaupt reisen kann.« Elisabeth war ans Fenster getreten und spähte durch die Butzenscheiben nach draußen. Jetzt erst fiel Claudia auf, dass ein starker Wind um die Burg heulte. Beunruhigt trat sie ans Fenster und blickte Elisabeth über die Schulter. Dichtes Schneetreiben verschluckte die Sicht auf die Stadt. Obwohl es erst um die Mittagsstunde herum war, konnte man meinen, dass es draußen schon zu dämmern begann.
Tatsächlich schien ein Unwetter aufzuziehen, vergleichbar dem Schneesturm vor Weihnachten. Morgen sollte Magdalena endlich die Stadt auf dem Fuhrwerk verlassen. Es war nicht auszudenken, was geschehen würde, wenn ihre Flucht ein drittes Mal scheiterte. Gleich nach dem Verlobungsfest lief die Amtszeit von Heinrich Dietz ab. Die Wahl des neuen Bürgermeisters war für den kommenden Samstag vorgesehen. Wurde Scholer gewählt, wie es alle Welt erwartete, ließe er Magdalena verhaften, sobald ihn der Landgraf im Amt bestätigt hatte.
»Wie bitte, was hast du gesagt, Liebes?«, schreckte Claudia aus ihren Gedanken auf, als Elisabeth sie erwartungsvoll anblickte.
»Ich sagte gerade, was für ein Glück es doch ist, dass die letzten Gäste noch rechtzeitig eingetroffen sind.«
Claudia nickte zweifelnd. Sie konnte sich nicht genug darüber wundern, dass Erikas zerstrittene Verwandtschaft nahezu vollzählig zur Verlobungsfeier erschienen war. Selbst aus dem fernen Wertheim war ihre älteste Schwester mit Mann und Kindern angereist. Doch sie ließ sich nichts anmerken.
»Ich denke, es wird ein sehr schönes Fest, und dein Vater wird hernach stolz auf dich sein. Einen guten Rat möchte ich dir noch mit auf den Weg geben. Es werden viele Trinksprüche auf das Brautpaar ausgebracht werden. Mische den Wein daher mit

Wasser und trinke nur mäßig davon, du bist starke Getränke noch nicht gewohnt.«

Elisabeth nickte. Claudia nahm sie in den Arm. »Ich wünsche dir aufrichtig, dass du glücklich wirst«, sagte sie herzlich und drückte Elisabeth fest an sich. An ihrem Hals spürte sie etwas Kühles.

»Was ist das?«, fragte sie neugierig. »Trägst du unter dem Gewand ein Schmuckstück?«

Gerüchte besagten, dass Ernst von der Marck seiner Verlobten ein kostbares Geschmeide überreichen wollte. Doch das konnte Elisabeth noch nicht in ihrem Besitz haben. Zu ihrer Überraschung schreckte ihre Kusine zurück und presste beide Hände auf ihr Brusttuch. Claudia sah etwas Silbernes zwischen den schlanken Fingern aufblitzen.

»Nein, liebe Kusine, da ist nichts«, wehrte Elisabeth ab. Claudia war verblüfft. Bevor sie eine weitere Frage stellen konnte, war Elisabeth aufgestanden und zog an der Klingelschnur.

»Ich rufe die Zofen, damit sie das Bad richten«, erklärte sie. »Hochwürden Josten will mir am Nachmittag die Beichte abnehmen. Danach bleibt kaum noch Zeit bis zur Vesper. Deshalb möchte ich schon vorher bereit sein.«

Sie drängte Claudia regelrecht aus der Kammer. An der Tür küsste sie sie noch einmal auf beide Wangen. »Ich danke dir für deinen Zuspruch. Nun bin ich getröstet und zuversichtlich.«

Tief in Gedanken strebte Claudia ihrer eigenen Kammer zu. Wieder hätte sie nicht zu sagen vermocht, was sie so tief beunruhigte. Doch das Gefühl war stärker denn je.

Trotz des Sturms, der unvermindert um die Neuerburg brauste, begann die Verlobungsfeier als rauschendes Fest.

In der mit duftenden Wachskerzen erleuchteten Burgkapelle hatte Bernhard Josten die Vesper dazu genutzt, den Brautleuten den Segen für ihr Verlöbnis zu erteilen. Der feierlichen Zere-

monie wohnte die ganze Festgesellschaft bei, bereits prächtig in ihre Abendroben gekleidet.
Im Anschluss überreichte Ernst von der Marck noch in der Kapelle sein Verlobungsgeschenk. Es war tatsächlich ein kostbarer güldener Halsschmuck, über und über mit Perlen, Rubinen und Smaragden besetzt. Drei tropfenförmige Steine bildeten den Abschluss und prangten nun zwischen den Spitzen des rosafarbenen Kleides auf Elisabeths Brust.
»Es ist das Genoveva-Geschmeide«, hörte Claudia die dicke Gräfin von Löwenstein-Wertheim, Erikas älteste Schwester, ihrer Muhme zuflüstern. Seit Generationen wurde dieses Collier, um das sich etliche Legenden rankten, innerhalb der weiblichen Linie von Manderscheid-Schleiden vererbt. Ernst von der Marcks Mutter Katharina, die längst verstorbene Schwester des letzten Grafen Dietrich, hatte den Schmuck zuletzt besessen.
Claudia warf einen raschen Seitenblick auf Adela, die neben ihrem Vater und Bruder auf der anderen Seite des Gangs saß. Täuschte sie sich, oder sah sie Neid im verkniffenen Gesicht ihrer Base?
Doch es war keine Zeit mehr für weitere Beobachtungen. Schon reichte der Landgraf seiner Gattin den Arm, um sie in den Rittersaal zu geleiten, wo nach dem Einzug der Gäste und ihren Glückwünschen an das Brautpaar das Festmahl beginnen sollte. Diener und Pagen standen bereit, um den Damen die Umhänge abzunehmen, mit denen sie sich in der unbeheizten Kapelle gegen die Winterkälte geschützt hatten. Claudia fror erbärmlich auf dem Weg in den Rittersaal. Vor dem Eingangsportal, dessen Flügel weit geöffnet waren, formierten sich die Gäste zum Einzug in den Saal.
Seufzend suchte sich Claudia ihren Platz hinter der zahlreichen Verwandtschaft der Manderscheider. Es hatte lange Dispute über ihren Platz beim Gratulationsdefilé gegeben. Wegen ihres zweifelhaften Status aufgrund der Missehe ihrer Mutter hatte man

keinen der Manderscheider Grafensöhne bitten wollen, Claudia in den Saal zu geleiten. Sie waren allesamt Kinder aus standesgemäßen Verbindungen. Weil sich der Landgraf mit seinem Vater überworfen hatte, war niemand aus der Leuchtenberger Verwandtschaft gekommen. Aber auch keiner der Burg- oder Stadthonoratioren von niederem Adel oder gar bürgerlicher Herkunft kam für Wilhelm als Begleiter seiner Nichte in Frage. So hatte er schließlich entschieden, dass sie den Saal alleine betreten sollte, um ihre Glückwünsche auszusprechen.
Claudia spähte über die Köpfe der Gäste hinweg nach Erikas jüngster Schwester, die mit dem Wild- und Rheingrafen Otto, ihrem Gatten, den Abschluss der Manderscheider Verwandtschaft bildete. Kurz traf sich ihr Blick mit dem Philipps von der Marck. Er war das Ebenbild seines Sohnes. Von Antlitz und Gestalt wie von seinem dünkelhaften Charakter her, dachte Claudia respektlos, als sie dem stolzen Grafen mit hocherhobenem Kopf in die Augen sah. Der wandte sich schließlich verächtlich ab.
Obwohl Claudia sich nichts anmerken ließ, brannten Scham und Erniedrigung wie Feuer in ihren Eingeweiden. Immerhin war sie standesgemäß gekleidet. Ihre Robe aus dunkelgrünem Taft war um den Hals und an den Ärmeln mit kostbaren schwarzen Spitzen besetzt. Das ungewohnte Hüftpolster drückte sie zwar, doch es war nötig, um den modischen Reifrock in Form zu halten, der sich in vielen Volants bis zur Erde ergoss. Es war Jahre her, dass sie ein so kostbares Kleid besessen hatte.
Flüchtig stieg die Erinnerung an ein anderes grünes Kleid in ihr auf. Claudia verbannte das Bild rasch aus ihren Gedanken. Es gehörte einer längst vergangenen Zeit an.
Trotzig reihte sie sich in den Festzug ein und betrachtete die illustre Verwandtschaft ihrer Tante. Es konnte nicht ausbleiben, dass ihr Blick dabei auch auf Adela fiel, die einige Reihen vor ihr stand. Die schien ihren Blick zu spüren und drehte sich um. Zu

ihrem Ärger bemerkte Claudia, dass ihre verhasste Base den Hofschneider dazu bewogen hatte, ihrem roten Atlaskleid nach der Rüge des Landgrafen neuen Pfiff zu verleihen. Aus dem schlichten Brusttuch war ein aufwendiger Einsatz aus derselben schwarzen Spitze geworden, mit der auch Claudias Gewand garniert war. Über ein Drahtgestell drapiert, das ihren Nacken umschloss, fiel der Stoff so geschickt, dass er nur einen schmalen Streifen der schneeweißen Haut sehen ließ, den man unmöglich als anstößig bezeichnen konnte. Dennoch erzeugte er eine Note der Verführung, die womöglich noch stärker war als die schamlose Zurschaustellung ihrer Büste.

Auch Adelas Lippen verzogen sich herablassend, bevor sie sich grußlos wieder umdrehte. Claudia fühlte sich gegen ihren Willen getroffen. Unzüchtiges Miststück, dachte sie wohl zum hundertsten Mal, um ihrem Zorn ein Ventil zu geben. Dennoch biss sie der Neid. Dort stand ihre Base als rechtmäßige Tochter und Schwester eines regierenden Grafen, obwohl sie vielleicht nur ein illegitimer Bastard war. Zwar hatte Claudia keine Idee, bei welcher Gelegenheit Johann von Wawern und Adelas Mutter sie gezeugt haben könnten. Doch sie beschloss, diese Spur unbedingt weiterzuverfolgen.

Endlich erreichte sie den Eingang des prächtig geschmückten Rittersaals, in dem das Brautpaar und die Familie des Landgrafen die Gäste empfingen. Kühl knickste sie vor Ernst von der Marck, der ihren gestelzten Glückwunsch gleichgültig entgegennahm. Umso herzlicher umarmte Claudia ihre junge Kusine Elisabeth.

»Möge dir alles Glück dieser Erde beschieden sein«, wiederholte sie ihren Segenswunsch, so überzeugend es ihr angesichts des groben Bräutigams möglich war. Elisabeth lächelte strahlend. Die Juwelen funkelten auf ihrer Brust.

»Ich danke dir für deine Segenswünsche und bitte Gott, dass solch ein Glück auch dir zuteilwerden möge, liebste Kusine.«

Claudia küsste sie auf beide Wangen und zuckte beunruhigt zusammen. Trotz ihres Ratschlags roch Elisabeths Atem bereits nach Wein.

Schon die bisher von Claudia miterlebten Festmahle waren von einer verschwenderischen Fülle an Speisen und edlen Weinen gewesen. Doch bei der lang ersehnten Verlobungsfeier ihrer Tochter hatte sich die Familie der Leuchtenberger noch einmal selbst übertroffen.
So wie Tag und Nacht an den Festgewändern genäht und gestickt worden war, so hatten zahlreiche Köche und Küchenmägde seit Wochen gebacken, gesotten und geräuchert. Sobald es die Straßen wieder zuließen, waren Fässer mit kostbaren Weinen von den Neuerburger Gütern an der Mosel eingetroffen. Heute waren ein Kalb und ein Wildschwein im Burghof am Spieß gebraten worden. Diener hatten die mit Äpfeln und Kräutern garnierten Tiere auf Serviertischen hereingebracht und zwischen die Tafeln gestellt, die zu einem riesigen U formiert worden waren, um allen Gästen Platz bieten zu können.
Die Tische bogen sich unter der Last von Platten mit Wildbret, Geflügel und Fisch. Gemüse und Früchte waren auf kostbaren Tafelaufsätzen angeordnet, die aus dem geraubten Silbergeschirr von Pfreimd stammten. Zahllose Diener gingen umher und füllten die Pokale der Gäste immer wieder mit weißem und rotem Wein.
Die Sitzordnung der Gäste erfolgte streng nach Rang. Am Kopfende der Tafel saßen Ernst und Elisabeth, umgeben von der Familie des Landgrafen und Philipp von der Marck. Rechts und links hatte sich die Verwandtschaft der Braut niedergelassen. Adela saß am Anfang der rechten Längsseite der Tafel. Von ihrem Platz in der Mitte des gegenüberstehenden Tisches hatte Claudia sie gut im Blick.
Beunruhigt bemerkte sie, dass Adela immer wieder Ernst und

Elisabeth zutrank, die ihren Gruß erwiderten. Elisabeths Teller stand nahezu unberührt vor ihr. Vor Aufregung brachte sie kaum einen Bissen der köstlichen Speisen hinunter. Umso mehr sprach sie jedoch entgegen Claudias Ratschlag dem Wein zu. Ihr Gesicht hatte sich mittlerweile so rosa verfärbt wie ihr Gewand. Adela winkte einem der Diener, Elisabeths Pokal mit schimmerndem Weißwein nachzufüllen. Ihr Verlobter schien den kräftigen Rotwein vorzuziehen.

Wieder beschlich Claudia das ungute Gefühl der letzten Tage, das vorübergehend der Scham und dem Trotz gewichen war, die Claudia jedes Mal empfand, wenn sie sich gegenüber ihrer Verwandtschaft behaupten musste. Doch nun fühlte sie den Kloß im Magen stärker denn je. Um sich abzulenken, ließ sie den Blick durch den Saal schweifen.

Am unteren Ende der Tafel saßen die Gäste von niedrigem Rang. Da die Räumlichkeiten begrenzt waren, hatte der Landgraf nur die höchsten Würdenträger der Burg und der Stadt geladen. Heinrich Dietz, zum letzten Mal im Ornat des Bürgermeisters, saß neben Christoph de la Val. Sebastian war nicht anwesend, dafür zu Claudias Verdruss Caspar Scholer, der angeregt mit Bernhard Josten plauderte.

Der Platz von Andreas Mohr war leer geblieben. Er hatte sich wegen einer angeblichen Unpässlichkeit entschuldigen lassen. Claudia vermutete, dass sein Fehlen mit der für morgen geplante Flucht von Magdalena zusammenhing. Zur Feier des Tages hatte der Landgraf Branntwein an die Burgbesatzung und die Stadtsoldaten verteilen lassen. Sie würden weniger aufmerksam als gewöhnlich sein, wenn das inzwischen instand gesetzte Fuhrwerk in aller Herrgottsfrühe die Tore passierte.

Nun erhob sich der Landgraf. Die Gespräche rund um die Tafel verstummten abrupt. Nachdem er jeden der versammelten Grafen und deren Gemahlinnen noch einmal willkommen geheißen hatte, allen voran Philipp von der Marck, wandte er sich an

die Verlobten. »Meine liebreizende Tochter Elisabeth, mein stolzer zukünftiger Eidam Ernst von der Marck. Dass dieser Tag kommen würde, wagte ich in den vergangenen Monden kaum mehr zu hoffen. Doch nun verkünde ich mit großer Freude, dass sich unsere Familien durch Euch zu einem starken Bund vereinigen werden.«
Einige der mit Erikas Schwestern verheirateten Grafen lächelten gequält. Sie sahen mit dieser Heirat ihre Aussichten auf einen fetten Anteil am Erbe sinken.
»Drei große Geschlechter werden in Euren Nachkommen weiterleben. Ihr, mein geschätzter Eidam, repräsentiert in gerader Linie das Fürstenhaus von der Marck, dessen einziger männlicher Erbe Ihr seid.«
Ernst und Philipp runzelten ob dieser Taktlosigkeit verblüfft die Brauen. Der Landgraf schien es nicht wahrzunehmen.
»Ihr, meine schöne Tochter, bringt das Blut der Herzöge von Leuchtenberg in die Ehe mit ein, verwurzelt im fernen Bayernland und dort genauso einflussreich wie ehedem das Haus Manderscheid hier in der Eifel.«
Nun verfinsterten sich auch die Mienen von Erikas Verwandtschaft. Claudias Mundwinkel zuckten.
»In Euch beiden lebt das mächtige Geschlecht von Manderscheid-Schleiden weiter, vererbt zwar nur in der weiblichen Linie, aber darob nicht minder bedeutsam.«
Wilhelm hob seinen Pokal. »So möget Ihr denn den Ruhm, die Macht und die Ehre dieser drei edlen Adelsfamilien mehren und ihnen durch zahlreiche Nachkommen zur Unsterblichkeit verhelfen. Darauf lasst uns den Becher leeren bis zum Grund.«
Widerwillig erhob sich Claudia gemeinsam mit den übrigen Gästen. Sie hasste diese Sitte, die regelmäßig in wüste Zechgelage ausartete. Mit Hochrufen auf die Verlobten trank die Festgesellschaft dem Brautpaar zu. Claudia gebot dem Diener Einhalt, der ihren Pokal nachfüllen wollte.

Nun erhob sich Ernst von der Marck. Mit zunehmender Unruhe beobachtete Claudia, dass Elisabeth nur mühsam auf die Füße kam und augenscheinlich Mühe hatte, ihr Gleichgewicht zu halten. Ernst fing sie auf, als sie auf die Tischplatte zu stürzen drohte. Nach einem missbilligenden Seitenblick auf das Mädchen bedankte er sich für die Segenswünsche des Landgrafen. Dann brachte er seinerseits einen Trinkspruch auf Wilhelm von Leuchtenberg aus. Wieder erhoben sich die Gäste und tranken. Claudia versuchte, ihren nur halb gefüllten Becher in kleinen Schlucken zu leeren, damit ihr der Wein nicht allzu sehr zu Kopf stieg. Aus dem Augenwinkel sah sie, dass Elisabeth ihren Pokal erneut in einem Zug austrank. Als sie das Gefäß absetzte, schwankte sie.

Claudias Sorge wuchs. Hatte Elisabeth nicht einmal den Teil ihres Rats befolgt, den Wein immer mit Wasser zu mischen, und die Dienerschaft etwa keine Anweisung erhalten, der jungen Frau nur die leichtesten und verträglichsten Weine zu kredenzen? Bislang hatte Elisabeth zu den gemeinsamen Mahlzeiten immer nur Dünnbier und Apfelmost getrunken. An stärkere alkoholische Getränke war sie beileibe nicht gewöhnt. Zudem schien sie sich schon vor dem Festmahl Mut angetrunken zu haben.

Dabei waren die bislang ausgebrachten Trinksprüche nur der Anfang. Schon erhob sich Philipp von der Marck mit seinen Segenswünschen. Ihm folgte Erikas zahlreiche Sippe. Und noch immer nahm Elisabeth kaum einen Bissen zu sich.

Claudia verfluchte einmal mehr den Dünkel ihrer Verwandtschaft. Er war dafür verantwortlich, dass ihr Platz an der Tafel weit weg von ihrem Schützling war. Diese saß neben einem ältlichen Junker aus der Umgebung, dessen Geplapper sie nur mit halbem Ohr lauschte. Angestrengt überlegte sie, welche Möglichkeit es gab, mit Elisabeth in Kontakt zu kommen. Die Bediensteten hasteten unaufhörlich hin und her und waren Claudia zum großen Teil nicht bekannt, da sie eigens für das Fest angeworben worden waren. Und welche Botschaft hätten sie ihr auch überbringen können? Dass Elisabeth weniger Wein trinken sollte? Der Gedanke war absurd. Auch durfte ihre Kusine entsprechend der Etikette ihren Platz ebenso wenig verlassen, um sie unauffällig zu sprechen, wie es Claudia möglich war, sie an der hohen Tafel aufzusuchen. Sie konnte nur hoffen, dass Elisabeth irgendwann das Heimlichgemach aufsuchen musste und sie ihr dorthin folgen könnte.

Das Festmahl nahm seinen Fortgang. Immer neue Gänge wurden aufgetragen, die Völlerei schien heute kein Ende zu nehmen. Der ältliche Junker hatte die Konversation mit Elisabeth aufgegeben und sich seiner anderen Tischnachbarin zugewandt. Dies gab Claudia Muße, Adela zu beobachten. Noch immer trank ihre Base den Verlobten in regelmäßigen Abständen zu. Claudia fiel auf, dass sie dabei vor allem den Blick Ernsts von der Marck suchte. Doch auch Elisabeth war genötigt, ihr Glas ein ums andere Mal zu erheben. Mittlerweile hatte sich ihr Teint ins Grünliche verfärbt. Doch noch immer machte sie keine Anstalten, ihren Platz zu verlassen.

Die Luft im Saal wurde zunehmend stickiger. Wegen des Wintersturms hielt man die Fenster geschlossen. Claudia nahm wegen der Musik der Spielleute nur undeutlich wahr, dass er weiterhin um die Neuerburg brauste. Wenn er in der Nacht nicht abflaute, könnte das Fuhrwerk womöglich nicht aufbrechen.

Die Sorge um Magdalena hatte Claudia einen Moment abgelenkt. So sah sie das Unheil nicht kommen. Anscheinend hatte Philipp von der Marck das Wort an seine zukünftige Schwiegertochter gerichtet. Im Bemühen, ihn zu verstehen, neigte sich Elisabeth vor und stieß dabei seinen Pokal um. Blutroter Wein spritzte über den blütenweißen Kragen und das kostbare gelbgrundige Wams des Grafen. Er sah aus wie nach einer Feldschlacht.

Fluchend sprang er auf und winkte seinem Leibdiener, der mit Tüchern in der Hand herbeieilte. Unter dem finsteren Blick des Landgrafen und dem verächtlichen Ausdruck ihres Verlobten verzog sich Elisabeths Gesicht, als wollte sie weinen. Nun hielt es Claudia nicht länger auf ihrem Sitz.
Entschlossen stand sie auf und drängte sich hinter den Gästen vorbei nach vorne. Dort traf sie auf die Landgräfin, die sich ebenfalls um ihre Tochter bemühte. Elisabeth presste sich beide Hände vor den Mund. »Mir ist furchtbar übel«, stöhnte sie undeutlich. Ratlos sah Erika ihre Tochter an.
»Ich begleite dich ein Stück an die frische Luft. Dann wird es dir bessergehen.« Energisch fasste Claudia ihre Kusine unter den Arm und zog sie mit sich zur Tür, verfolgt von den teils mitleidigen, teils spöttischen Blicken der Gäste.
Es war keine Sekunde zu früh. Kaum hatten die Diener die mächtigen Türflügel hinter den Frauen geschlossen, erbrach sich Elisabeth in hohem Bogen auf die steinernen Fliesen des Ganges.

»Nun, nun, davon wird nicht gleich die Welt untergehen«, beschwichtigte Claudia. Tröstend strich sie ihrer Kusine über die zuckenden Schultern. Doch die schluchzte nur umso heftiger, das Gesicht in den Kissen vergraben.
»Was wird die Festgesellschaft jetzt von mir denken!« Ihre Worte drangen nur undeutlich aus dem Bettzeug.
»Wahrscheinlich, dass du Wein in diesen Mengen nicht gewohnt bist«, antwortete Claudia trocken.
Bevor sie etwas erwidern konnte, würgte ein neuer Brechanfall das junge Mädchen. Claudia hielt ihm die Schüssel, bevor sie das Gefäß an eine der Mägde weiterreichte, die verlegen vor dem Bett standen.
»Wo bleibt denn der Kräuteraufguss?«, herrschte Claudia die Frauen an. Die senkten den Blick und traten von einem Fuß auf den anderen.

»Er wird bereitet, so rasch es möglich ist, Herrin«, meinte Gunda, die Zofe von Erika. Sie ließ sich nicht so leicht einschüchtern. »Im Moment haben die Köche noch alle Hände voll zu tun mit dem Anrichten der Nachspeisen.«
Elisabeth weinte schon wieder. Mit unsicheren Bewegungen versuchte sie, sich aufzurichten. »Ich muss zurück in den Saal«, lallte sie.
Claudia drückte sie entschlossen zurück in die Kissen. »Das kommt nicht in Frage. Du kannst doch kaum gehen. Außerdem ist dein Gewand besudelt. Bis es gereinigt und geplättet ist, würden Stunden vergehen.«
Ungeduldig zupfte sie an den Falten ihres weiten Rocks. Auch sie selbst würde nicht zur Festgesellschaft zurückkehren können. Ihr Taftkleid war für solche Vorfälle nicht gemacht. Mehrfach war ihr die schwankende Elisabeth auf dem Weg zur Kammer auf den Saum getreten, so dass sich einige Nähte gelöst hatten. Der breite Reifrock war vom Sitzen auf dem schmalen Jungmädchenbett völlig verknittert. Zudem fühlte auch sie sich seltsam benebelt und schwer in den Gliedern.
Endlich wurde die Tür der Kammer aufgestoßen. Adelas Zofe Kathrin trat mit einem Tablett herein, auf dem ein dampfender Krug und zwei Becher standen. Der Duft von Kamille verbreitete sich im Raum.
Claudia stützte Elisabeth, während sie ihr das heiße Getränk in kleinen Schlucken einflößte. Außer dem Aroma der Kamille stieg noch, von diesem nahezu überdeckt, ein anderer schwacher und unangenehmer Geruch von ihm auf. Claudia überlegte, wo sie ihn schon einmal gerochen hatte. Doch es fiel ihr nicht ein. Da ihr leicht schwindelte, schenkte sie sich ebenfalls einen Becher Tee ein. Er hatte einen fremdartigen Beigeschmack. Schon nach zwei Schlucken stellte sie den Becher wieder ab.
»Welche Kräuter wurden für den Aufguss verwendet?«, fragte sie Kathrin.

Die knickste mit gesenktem Blick. »Kamille und Wermut, Herrin, wie man sie bei Erbrechen verabreicht.«
Claudia nickte. Es musste der Wermut sei, der den merkwürdigen Geruch und Geschmack verursachte.
Kathrin stand unschlüssig vor ihr. Sie zögerte, als wollte sie noch etwas sagen.
»Sprich, Mädchen! Was gibt es?« Ein beginnender Kopfschmerz machte Claudia ungeduldig. Doch Kathrin schüttelte den Kopf.
»Nichts, Herrin«, beteuerte sie. Dann nahm sie Claudias halbvollen Becher und verließ den Raum.
In diesem Augenblick richtete sich Elisabeth erneut im Bett auf und versuchte aufzustehen. Als Claudia sie zurückhielt, begann sie zu strampeln.
»Der Ball beginnt. Ich muss auf den Ball«, stammelte sie mit schwerer Zunge.
Die Mägde starrten die junge Gräfin verständnislos an. »Sie phantasiert. Es gibt doch heute gar keinen Ball«, hörte Claudia sie murmeln.
»Geht alle hinaus und lasst uns allein!«, scheuchte sie in plötzlichem Zorn die Bediensteten aus der Kammer. Elisabeth würde sich genug für ihre Trunkenheit schämen, da brauchte es nicht noch zahllose Klatschmäuler als Zeugen. Dann drückte sie das Mädchen wieder in die Kissen. Auch ihr eigener Kopf dröhnte.
Als Elisabeth haltlos zu weinen begann, riss sie sich zusammen. Unverständliche Laute drangen aus dem Mund des Mädchens. Nur allmählich verstand Claudia das Wort »Talisman«.
»Wovon sprichst du, Elisabeth?«
Die junge Frau drückte sich beide Hände auf die Brust. »Der Talisman«, schluchzte sie. »Er hat nicht geholfen.«
Sanft schob Claudia ihre Hände zur Seite. Unter dem Hemd aus feinem Leinen schimmerte Adelas Anhänger.

Rasend vor Wut stürmte Claudia aus der Kammer, kaum dass Elisabeth nach einem weiteren Becher Tee endlich eingeschlafen war. Wo war Kathrin? Sicherlich wusste die Zofe etwas über die jüngsten Schurkereien ihrer Herrin. In letzter Zeit hatte sie wieder begonnen, Claudia aus dem Weg zu gehen.

Plötzlich verstärkte sich der dumpfe Kopfschmerz zu einem heftigen Stechen. Bunte Sterne tanzten vor ihren Augen, sie fühlte sich schwindlig und matt. War dies ein neuer Anfall infolge der längst überstanden geglaubten Vergiftung durch die Hexensalbe? Sie hielt sich an einem Fenstersims fest, um nicht zu Boden zu fallen.

Ihr wurde klar, dass sie in diesem Zustand heute nichts mehr erreichen konnte. Zuerst musste sie sich gründlich ausschlafen. Morgen würde sie einen günstigen Moment abpassen, um mit Kathrin zu sprechen.

Mühsam wankte sie den Gang zurück. Draußen tobte der Sturm stärker denn je. Dumpfe Schläge hallten von irgendwoher durch die Burg. Ein Fensterladen musste sich losgerissen haben und nun im Wind gegen die Mauern prallen.

Wann erreichte sie endlich die Stiege zu ihrer Kammer? So weit konnte der Weg doch nicht sein. Erst als sie die Tür zum Abtritt erkannte, vor der sie Kathrin das erste Mal getroffen hatte, merkte sie, dass sie in die falsche Richtung gelaufen war. Aber welcher Gang war der richtige? Angst legte sich wie eine eiserne Klammer um ihre Brust, sie zitterte am ganzen Körper. Hatte sie Fieber?

Claudia blieb stehen. Sie bohrte sich die Fingernägel tief in die Handflächen. Der Schmerz verhalf ihr vorübergehend zu klarerem Verstand.

Da, dort hinten musste sie hinaufsteigen, um ihre Kammer zu erreichen. Mit kaltem Schweiß auf der Stirn kämpfte sich Claudia Stufe für Stufe nach oben. Mit letzter Kraft stieß sie die Tür zu ihrem Schlafgemach auf.

Verzweifelt versuchte sie, die Bänder und Haken ihres kostbaren Kleids zu lösen. Das Gewand würde nahezu ruiniert sein, wenn sie darin schliefe. Doch vergeblich, ihre Finger wollten ihr nicht mehr gehorchen. Schließlich gab sie es auf und ließ sich, wie sie war, in die Kissen sinken.
Das Getöse des Sturms und das Poltern des Fensterladens begleiteten sie in einen bleiernen Schlaf.

## Kapitel 22

*Donnerstag, 10. Januar 1613*

Während die Festgesellschaft auf der Neuerburg schmauste und zechte, klopfte es leise an die Tür von Magdalenas Kate. Eingemummt in einen Umhang mit tief ins Gesicht gezogener Kapuze, schlüpfte der Stadtpfarrer durch die niedrige Holztür. Mit ihm wirbelte ein Schneeschauer herein.
»Der Herr sei mit Euch«, begrüßte er die Kräuterfrau, die ihn erschrocken anstarrte. Als er ihren ängstlichen Blick bemerkte, hob Mohr begütigend beide Hände.
»Ich bringe Euch gute Kunde vom Fuhrmann. Sobald der Sturm nachlässt, wird er aufbrechen, selbst wenn es morgen erst um die Mittagszeit so weit sein sollte. Er will seine Ware noch fristgerecht zum nächsten Markt in Gerolstein abliefern. Sonst wird ihm sein Brotherr den Lohn kürzen.«
Magdalena atmete auf. Seitdem sie wusste, wie sehr Marthas Wohlbefinden in ihren letzten Lebenstagen von ihrer gelungenen Flucht abhing, konnte sie den Aufbruch kaum mehr erwarten.
Wenig später saßen sich beide bei einem heißen Kräutertrunk gegenüber.

»Habt Ihr das Nötigste gepackt?«
Statt einer Antwort wies Magdalena auf einen Reisekorb. Der Fuhrmann hatte es zur Bedingung ihrer Mitnahme gemacht, dass sie nur wenig Gepäck mit sich führte. Mohr erriet ihre Gedanken.
»Ihr werdet in Lissendorf schnell Ersatz für das finden, was Ihr zurücklassen müsst.«
Magdalena schüttelte den Kopf. »Vorerst werde ich nicht mehr als Heilkundige arbeiten«, erklärte sie traurig. »Ich möchte mich nicht wieder verdächtig machen. Auch in der Grafschaft Gerolstein gab es in den vergangenen Jahren etliche Brände.«
Obwohl er dem nichts entgegensetzen konnte, versuchte Mohr, sie zu beruhigen. »Ich habe mit meiner Schwester besprochen, dass sie Euch als Wittib eines Cousins ausgeben wird, die durch den Tod ihres Gemahls mittellos wurde. So kann sie auch rechtfertigen, Euch gleich im Haus anstatt in den Ställen und auf dem Feld zu beschäftigen. Ihr müsst nicht mit dem übrigen Gesinde speisen und werdet eine eigene Kammer für Euch bekommen.«
Magdalena lächelte mühsam. »Wie kann ich Euch Eure Fürsorge jemals vergelten?«
Wieder ahnte er ihre Gedanken. »Macht Euch keine Sorgen um Neider auf dem Hof. Dort gibt es niemanden, dem Ihr den Platz streitig macht. Zudem bin ich sicher, dass Ihr die Leute mit Eurem bescheidenen Wesen bald für Euch einnehmen werdet.«
Magdalena war nicht überzeugt. Doch ein weiteres Thema beschäftigte sie. »Musstet Ihr den Fuhrmann erneut entlohnen, damit er mich mitnimmt?«
Mohr nickte knapp.
»Wie viel hat er diesmal verlangt?«
Mohr zögerte mit der Antwort.
»Bitte sagt freiheraus, was ich Euch schulde.«
Der Pfarrer machte eine abwehrende Handbewegung. »Ihr schuldet mir nichts außer Eurer Rettung.«

»Wie viel habt Ihr gezahlt?« Magdalena blieb hartnäckig.
»Fünf Gulden.«
Der Kräuterfrau stockte der Atem. »Aber das ist Wucher!«, rief sie empört.
Mohr zuckte die Achseln. »Der Fuhrmann hat die erzwungene Pause weidlich genutzt, um sich umzuhören. Er weiß mittlerweile, dass Ihr der Hexerei verdächtigt werdet. Und es gibt keinen Zweifel daran, dass Caspar Scholer schon übermorgen zum neuen Bürgermeister gewählt werden wird.«
Magdalena sah ihn mit feuchten Augen an. »Warum tut Ihr dies alles für mich?«
Der Pfarrer erwiderte ihren Blick. »Ich sagte es Euch schon einmal. Ihr erinnert mich an mein verstorbenes Weib. Euer Schicksal hat mich gedauert wie selten das eines anderen Menschen.« Seine Stimme bekam einen weichen Unterton. »Ihr sollt zumindest einmal in Eurem Leben erfahren, dass es bei einem Mann auch uneigennützige Zuneigung geben kann.«
Magdalena horchte auf. »So tut Ihr dies nicht nur aus christlicher Nächstenliebe?«
Der Geistliche lächelte traurig. »Oh nein, Magdalena. Es wird mir sicherlich vor dem höchsten Richter dereinst nicht zum Schaden gereichen. Doch das ist nicht der Grund. Auch ein Pfarrer kann weltliche Gefühle für eine Frau entwickeln. Erinnert Euch, dass selbst die katholische Kirche viele Jahrzehnte geduldet hat, dass sich ihre Diener verheiraten. Lutherische Priester gelten sogar als absonderlich, wenn sie nicht in christlicher Ehe leben.«
Magdalena sah ihn ungläubig an. »So würdet Ihr sogar in Betracht ziehen, mich zur Frau zu nehmen, wenn es die Umstände zuließen?«
Spontan ergriff Andreas Mohr ihre Hand. Dann hob er ihr Kinn an und sah ihr gerade in die Augen.
»Wenn Ihr mich zum Mann haben wolltet, würde ich Mittel und Wege finden.« Er erschrak über seine eigene Kühnheit.

Doch sie zog ihre Hand nicht zurück. Eine seltsame Wärme breitete sich in ihrer Brust aus. Sie verdrängte ihre Angst vor dem Begehren eines Mannes.

»Was wären das für Mittel und Wege?«

Er sah sie zweifelnd an. Wie oft hatte er sich diesen Plan schon ausgemalt. Doch dass er ihn je offenbaren würde, hätte er nicht einmal in seinen kühnsten Träumen gedacht. Ihr Gesicht wirkte weich im sanften Schein des kleinen Feuers, das die tiefen Linien milderte, die die Sorgen der vergangenen Monate in es gegraben hatten.

Er holte tief Luft und ging das Wagnis ein. »Nur wenige Tagesreisen von hier beginnt das Gebiet der Kurpfalz. Der Pfalzgraf bei Rhein ist einer der mächtigsten Fürsten im Heiligen Römischen Reich, der zum protestantischen Glauben übergetreten ist. Zudem hat er die Verfolgung von Hexen und Zauberern in seinen Landen verboten.«

Magdalena merkte auf. Mohr fuhr fort.

»Ich hatte vor, Euch dorthin zu geleiten, sobald Gras über Eure Flucht gewachsen ist. Denn die Reise ist nicht ungefährlich. Sie führt durch die Gebiete katholischer Herrscher, die für die unbarmherzigsten Verfolgungen der letzten Dekaden verantwortlich sind.« Er stockte und heftete seinen Blick auf die Tischplatte.

»Dann hätte ich mich für immer von Euch verabschiedet. Doch wenn Ihr Euch vorstellen könntet, mein Weib zu werden, würde ich dort meinen Glauben wechseln und um einen Posten bitten. Die kleinste unbedeutendste Pfarre wäre mir lieber als die reichen Pfründe der Herrschaft Neuerburg.« Er wagte nicht, ihr in die Augen zu schauen.

Umso deutlicher hörte er ihre Antwort. »Das wäre wunderbar«, sagte sie leise.

Er konnte sein Glück kaum fassen. »So willigt Ihr ein?«, fragte er ungläubig.

Magdalena suchte seinen Blick. »Mit Freuden.« Ihre Stimme klang fest.

Vor Seligkeit stockte ihm schier der Atem. Doch Magdalena stellte die nächste Frage.

»Wie lange soll ich in Lissendorf bleiben?«

Jetzt, da seine Träume Wirklichkeit wurden, stellte er fest, dass er darüber noch gar nicht nachgedacht hatte.

»Bis zum Sommer«, entschied er schließlich. »Dann sind die Straßen frei, und es bleibt mir genügend Zeit, meine Angelegenheiten in Neuerburg zu ordnen. Mein Aufbruch wird keinen Verdacht erregen, da niemand mehr an Euch denken wird.«

Magdalenas Augen strahlten vor Freude. »So lasst es uns so machen!«

Spontan zog er sie in seine Arme. Unwillkürlich versteifte sie sich, entspannte sich aber nach einer Weile. Doch er hatte die Zeichen verstanden, löste sich sanft von ihr und stand auf.

»Dann wünsche ich dir eine erholsame Nacht.« Zärtlich streichelte er ihre Wange.

Sie hielt seine Hand fest. »Ihr könnt bleiben, wenn Ihr wollt«, sagte sie mit erstickter Stimme.

Wieder fasste er ihr unter das Kinn und hob ihr Gesicht leicht an. »Damit wollen wir warten, bis wir vor Gott Mann und Weib sind«, sagte er freundlich, aber bestimmt.

Sie erwiderte seinen Blick mit einer Mischung aus Erleichterung und Beschämung.

»Glaube nicht, dass es mir leichtfällt zu gehen«, gab er zu. »Doch es ist mir ein Herzenswunsch, dass du die Liebe einmal von der ehrbaren Seite kennenlernst. Nun ruh dich aus. Sobald der Morgen heraufzieht, komme ich, um Abschied zu nehmen.«

»Hörst du den Lärm?« Totenbleich rüttelte die junge Küchenmagd die Köchin am Arm.

»Ich höre ihn, Lisbeth.« Die Köchin war nicht minder ängstlich, bemühte sich aber, vor der Jüngeren Haltung zu bewahren.
»Was mag das nur sein, Marie?«
»Mich deucht, dass sich ein Fensterladen gelöst hat oder der Sturm eine offene Tür hin und her schlägt.«
Von draußen drangen unheimliche Laute in die Schlafkammer der Mägde. Mal krachte und polterte es, mal hörten sie es quietschen und kreischen, als ob unzählige Seelen Höllenqualen erlitten.
»Wir werden in dieser Nacht kein Auge schließen«, klagte Lisbeth.
Die Köchin seufzte. Obwohl das Fest erst weit nach Mitternacht geendet hatte, erwartete man von den Mägden, dass sie vor Morgengrauen wieder auf den Beinen waren, um die Feuer zu schüren und das Frühmahl vorzubereiten.
Ein Schlag, laut wie Donnerhall, fuhr durch die Gänge. Ihrer Ängste nicht achtend, sprang die Köchin von ihrem Strohsack auf. Sie warf sich einen leichten Umhang über ihr Hemd.
Panisch hielt die Jüngere sie fest. »Marie, wo willst du denn hin? Lass mich um Christi Erbarmen jetzt nicht allein. Draußen geht der Leibhaftige um.«
Unwillig schüttelte die Köchin ihren Arm ab und verließ entschlossen die Kammer. Draußen war es stockfinster. Der Sturm hatte die Windlichter gelöscht, die die Gänge der Burg nachts erleuchteten. Sie blieb einen Augenblick stehen und lauschte. Der Lärm kam zweifellos vom nächstunteren Stockwerk, in dem die Schlafkammern der Edelfräulein lagen.
Sie nahm all ihren Mut zusammen und ging die Stiege hinunter. Als sie den Gang erreichte, trieb der Sturm gerade die Wolken auseinander. Im fahlen Mondlicht sah Marie das offene Fenster, das im Wind hin und her schlug. Durch die Zugluft hatte sich auch die Tür zur Kammer des Edelfräuleins Elisabeth geöffnet und bewegte sich heftig in ihren Angeln.

Die Köchin atmete auf. Daher kam also der infernalische Lärm. Entschlossen zog sie die Fensterläden zu und verriegelte sie. Dann schloss sie behutsam die schwere Tür zur Kammer des Fräuleins.

Sie machte sich gerade mit einem Dankgebet auf den Rückweg, als ein donnernder Schlag durch den Gang hallte. Zitternd drehte sie sich um. Die soeben verschlossene Tür zur Schlafkammer des Edelfräuleins war wieder offen und bewegte sich wie von Geisterhand. In diesem Moment sprang auch das Fenster wieder auf. Wie von Furien gehetzt, rannte Marie die Stiege zu ihrer Kammer hinauf.

»Ich bringe Euch den gewünschten Schlummertrunk.«

Ernst von der Marcks anfängliche Verblüffung wich einem breiten Grinsen, als er Adela mit einer spöttischen Verbeugung aufforderte, einzutreten. Hinter ihr verriegelte er die Tür und lümmelte sich in einen breiten Sessel vor dem Kamin.

»Ich hatte Eure Magd erwartet«, sagte er gedehnt.

»An der Zimperliese hättet Ihr nicht viel Freude gehabt«, antwortete Adela und setzte das Tablett mit dem heißen Würzwein auf einem Beistelltischchen ab.

Ernst musterte sie lüstern. Sie hatte den Spitzeneinsatz aus ihrem Kleid entfernt und zeigte offenherzig den Ansatz ihrer vollen Brüste. Er spürte, wie sich sein Glied unter der dünnen Strumpfhose versteifte. Die seidene Pumphose, die zu seinem Verlobungsgewand gehörte, hatte er längst abgelegt. Seine Erektion blieb ihr nicht verborgen.

»So seid Ihr gekommen, um mir Freude zu bereiten?« Seine Stimme klang lasziv.

Statt einer Antwort legte Adela ihre Hand auf sein Glied.

»Freude zu spenden und zu empfangen.« Sie ergriff mit der freien Hand seine Rechte und führte sie in ihren Ausschnitt. Ernst stöhnte auf.

Mit kundiger Hand knetete Adela sein Geschlechtsteil, während er ihre Brüste aus dem Ausschnitt schälte. Adela gab leise gurrende Laute von sich. Ihre Brustwarzen waren steil aufgerichtet. Er löste die Bänder ihres Kleides und zog es hinab. Zu seinem Erstaunen war sie darunter bis auf das fischbeinverstärkte Leibchen vollkommen nackt. Hatte sie schon vor der Feier geplant, ihn später in seiner Kammer aufzusuchen? Zweifellos war sie ein teuflisch verruchtes Weibsstück.
Ohne ihre Hand von ihm zu lösen, führte Adela ihn zu dem breiten Bett. Keuchend vor Lust ließ er zu, dass sie seine Hose abstreifte und ihm das Hemd über den Kopf zog.
Im Moment, in dem sie sich auf seine Schenkel setzte, hallte ein furchtbarer Schlag durch die Burg. Er fuhr erschrocken auf. »Was war das?«
Adela blieb völlig gelassen. »Nichts, was Euch kümmern müsste, Cousin.« Sanft, aber bestimmt, drückte sie ihn zurück auf das Bett.
Bevor er weitere Fragen stellen konnte, begann sie, mit ihrer Zunge seinen Oberkörper hinabzuwandern. Ernst von der Marck ergab sich den Abgründen der Wollust. Die Geräusche in der Burg verebbten in der Ferne.

Magdalena wälzte sich schlaflos auf ihrem Lager. Zu viele widerstreitende Gefühle tobten in ihrer Brust.
Natürlich sagte ihr der Verstand, dass sie besser daran tat, sich auszuruhen, um für die Anstrengungen des morgigen Tages gewappnet zu sein. Der Fuhrmann würde sie nur bis zur Grenze der Herrschaft mitnehmen. Danach würde sie trotz des hohen Schnees zu Fuß gehen müssen. Aber jedes Mal, wenn sie die Augen schloss, zogen andere Bilder an ihr vorbei.
Da waren die Jahre in der bescheidenen Kate, die sie ihr Heim genannt hatte und nun ohne die meisten ihrer Habseligkeiten verlassen musste. Da war ihre Ziehtochter Barbara, die sie viel-

leicht nie wiedersehen würde. Da war aber auch die Furcht vor Entdeckung auf dem Karren des Fuhrmanns mit den unaussprechlichen Folgen, die diese für sie haben mochte. Doch alles wurde vom Antrag des Stadtpfarrers überstrahlt.

Im Moment, in dem er ihr seine Zuneigung gestanden hatte, war ihr klargeworden, dass sie sie seit vielen Wochen erwiderte. Mit seiner kleinen Statur und dicklichen Gestalt war Andreas Mohr rein äußerlich gesehen kein ansehnliches Mannsbild. Doch seine Aufrichtigkeit, seine Herzensgüte und seine Menschenliebe waren ihr in dieser Form noch bei keinem Mann begegnet. Der Himmel schien sie zu guter Letzt doch noch für das vergangene Herzeleid entschädigen zu wollen.

Mit ihm als Gatten würde sie nicht nur den Schäfchen seiner Gemeinde eine mütterliche Hirtin sein können. Darüber hinaus würde alle Welt sie preisen, wenn sie als Frau des Pfarrers die Heilkunde ausübte, Schmerzen linderte und Kranken zur Genesung verhalf. Sie müsste nie wieder befürchten, als Hexe verschrien zu werden, wenn der Herrgott beschloss, einen der Siechen trotz ihrer Bemühungen zu sich zu rufen. Vielleicht würde sie mit Andreas Mohr sogar die wahre Liebe erleben, wie die Minnesänger sie in ihren Liedern beschrieben.

Leise Schritte auf der Gasse rissen sie aus ihren Träumen und ließen sie aufhorchen. Erst in diesem Moment bemerkte sie, dass der Sturm nachgelassen hatte und ein bleicher Vollmond hell vom Himmel schien. Der Morgen war noch Stunden entfernt.

Vorsichtig schlich sie ans Fenster und spähte hinaus. Ein Mann mit einem leeren Sack über der Schulter kam die Gasse herauf. Was mochte er um diese Zeit hier zu suchen haben? Zwar lag der Nachtwächter sicherlich trunken vom Branntwein des Landgrafen in seiner Hütte, aber das Scheuerner Tor wurde erst bei Tagesanbruch wieder geöffnet.

Sie schüttelte den Kopf und schürte das kleine Feuer, um sich einen Kräutertee aufzubrühen. An Schlaf war sowieso nicht mehr zu denken. Der Tee hatte gerade fertig gezogen, als die Schritte zurückkehrten. Diesmal konnte Magdalena den Mann deutlich erkennen. Er gehörte zur Dienerschaft auf der Burg. Dunkel glaubte sie sich zu erinnern, dass es ein Stallknecht war, der bisweilen an Fallsucht litt. Als er noch ein Kind gewesen war, hatte seine mittlerweile verstorbene Mutter sie ab und an um eine Arznei gebeten.

Aber was tat er inmitten der Nacht außerhalb der Burg? Und was trug er in dem Sack, der nun nicht mehr leer zu sein schien? Fragen, auf die es sicher eine einfache Antwort gab, um die sie sich aber nicht mehr kümmern musste. Sie seufzte unwillkürlich. Schon morgen würden die zwanzig Jahre, die sie in Neuerburg gelebt hatte, Geschichte sein.

*Wieder flog sie durch die Lüfte. Doch statt überschäumender Freude empfand sie nur Grauen. Unter ihr glomm der blutrote Schein des Höllenfeuers. Panik nahm ihr den Atem, als sie die verdammten Seelen erblickte, die unter unsäglichen Qualen ächzten und schrien. Adela war nicht unter ihnen. Stattdessen erkannte sie ihre Muhme Erika. Ihr Oheim Wilhelm stand nackend in einem Kessel, unter dem zwei bocksbeinige Teufel das Feuer mit einem Blasebalg schürten. Ein anderer schlug die Pauke dazu.*

*Schwindel erfasste sie ob des ohrenbetäubenden Lärms. Schon fürchtete sie, von ihrem dünnen Besenstiel abzurutschen und in die Tiefe zu fallen. Verzweifelt klammerte sie sich fest.*

»So lasst mich doch los, Ihr tut mir weh!«

Erst allmählich begriff Claudia, dass sie sich in den Arm von Kathrin gekrallt hatte, die sich gerade anschickte, die Bettvorhänge zur Seite zu ziehen. Draußen war noch stockfinstere Nacht.

»Was gibt es denn schon so früh?« Ihre Zunge fühlte sich pelzig an, ihr Kopf dröhnte noch immer.

Kathrins Gesicht war von blankem Entsetzen gezeichnet. »Kommt rasch, so beeilt Euch doch. Eure Kusine Elisabeth regt sich nicht mehr.«

*Freitag, 11. Januar 1613*

Das Getrappel von Füßen vor seiner Tür hörte einfach nicht auf. Stöhnend wälzte sich Ernst von der Marck auf den Bauch und zog sich das Kissen über den Kopf.

Flüchtig nahm er zur Kenntnis, dass der Platz neben ihm leer war. Das Bett war kalt. Adela musste seine Kammer schon vor geraumer Zeit verlassen haben.

Trotz seiner Müdigkeit schoben sich Bilder der vergangenen Nacht vor sein inneres Auge. Sein Glied schwoll an. Es war schmerzhaft. Nicht im wüstesten Hurenhaus war sein Gemächt so in Anspruch genommen worden wie in den letzten Stunden. Adela kannte Kniffe und Tricks, wie sie nicht einmal abgefeimte Hübschlerinnen beherrschten. Wieder und wieder hatte sie ihn gereizt, geritten, geleckt und dabei sorgsam darauf geachtet, gleichfalls auf ihre Kosten zu kommen. Sie war schier unersättlich gewesen. So mussten sich die Pfaffen die Verderbtheit des Weibes vorstellen, wenn sie auf der Kanzel dagegen wetterten. Nur dass in Wahrheit die meisten Töchter Evas verklemmt und zimperlich waren.

Er drehte sich auf die Seite. Im Ehebett würde er ähnliche Freuden wohl kaum zu erwarten haben. Seine Verlobte Elisabeth war eine dumme Gans, noch dazu ein halbes Kind und gänzlich unerfahren darin, wie sie die Lust ihres Gemahls und Gebieters wecken könnte. Doch daran wollte er jetzt noch nicht denken. Adela hatte ihm angedeutet, dass sie noch auf der Neuerburg bleiben wolle und einer Fortsetzung ihrer Affäre nicht abgeneigt wäre.

Der Lärm vor der Tür hörte einfach nicht auf. Durch die Butzenscheiben konnte er sehen, dass mittlerweile ein fahler Morgen heraufgezogen war. Warum ließ man ihn seinen Rausch nur nicht in Ruhe ausschlafen?

Als schon wieder grobe Holzschuhe an seiner Kammer vorbeiklapperten, riss jähe Wut ihn von seinem Lager. Der Schmerz in seinem Schädel blendete ihn fast, als er mit nackten Füßen die Tür aufriss, nur das Laken um die Hüften geschlungen.

»Was soll dieser Krach, Lümmel?«, fuhr er den Diener an, der einen Holzbottich mit dampfendem Wasser trug. »Kannst du nicht leiser gehen?«

Obwohl sein Blick noch vom Wein vernebelt war, erkannte er, dass der Mann zitterte. Gut so! Dienern musste man einen gehörigen Schrecken einjagen, sonst wurden sie frech und taugten nicht mehr zur Arbeit.

»Was gibt es denn noch zu glotzen?«, herrschte er den Mann an. Der verbeugte sich linkisch ob des schweren Bottichs in seinen Händen. »Wisst Ihr es denn noch nicht, hochwohlgeborener Herr?« Seine Stimme klang brüchig.

»Was soll ich wissen?«

Der Diener wich furchtsam einige Schritte zurück. Dann nahm er offenbar seinen ganzen Mut zusammen. »Eure Verlobte, die junge Gräfin Elisabeth«, stammelte er.

»Was soll mit ihr sein?«

Der Diener wich nochmals zurück. »Sie ist heute Nacht verstorben, hochwohlgeborener Herr.«

»Es handelt sich ohne Zweifel um Hexenwerk!«

Ungläubig starrte Claudia den stämmigen Mann im schmierigen Wams an. Es war Wulfram, der ortsansässige Bader. Der Landgraf hatte in seiner Herzensangst um seine reglose Tochter nach ihm rufen lassen.

Dass ihre Kusine tot war, hatte Claudia schon erkannt, als sie, noch immer in ihrem völlig zerknautschten Festkleid, in Elisabeths Kammer stürzte und sie verzweifelt rüttelte. Ihr Arm begann bereits totenstarr zu werden. Schwärzlicher Schaum stand um ihre Lippen. Ihre gebrochenen Augen, gestern noch voller Leben, starrten blicklos verdreht zur Decke. Nur das blutunterlaufene Weiß war darin zu sehen. Sie sah wahrlich furchterregend aus.

Nachdem sie die entsetzte Zofe nach Elisabeths Eltern geschickt hatte, schob sie der Toten das leinene Hemd am Hals zur Seite. Ihre Befürchtung bestätigte sich sofort. Der silberne Anhänger war verschwunden. Bei diesem Tod konnte es nicht mit rechten Dingen zugegangen sein. Hier hatte Adela ihre Hand im Spiel gehabt, dessen war sie gewiss.

Nur kurze Zeit später polterte der Landgraf in die Kammer, auf dem Fuß gefolgt von seiner Gemahlin. Beide hatten sich nur notdürftig bekleidet. Als Erika von Leuchtenberg ihre Tochter sah, brach sie mit einem Jammerlaut zusammen. Gunda und weitere Mägde, die ihnen gefolgt waren, betteten die Ohnmächtige auf den Teppich des Gemachs und rieben ihr Hände und Füße.

Währenddessen befragte der Landgraf Adelas Zofe. »Wann hast du sie gefunden und was hattest du überhaupt in ihrer Kammer zu suchen?«

Kathrins Stimme zitterte vor Angst. »Ich wollte das Feuer schüren, allergnädigster Herr. Dies hatte mir meine Herrin gestern Abend befohlen. Sie befürchtete, dass die anderen Mägde ihren Dienst nach dem Fest nicht ordnungsgemäß verrichten würden.«

Claudia mischte sich ein. »Adela hat dir dies befohlen?«

»Ja, Herrin. Um die fünfte Morgenstunde sollte ich nach dem Feuer in ihrer eigenen Kammer sowie in der des Fräulein Elisabeth und des edlen Herrn von der Marck sehen. In Eure Kammer sollte ich hingegen eine neue Kohlenpfanne bringen.«

»Lag sie schon so da, als du sie gefunden hast?«
Kathrin nickte. »Jawohl, gnädiger Herr.«
»Und du hast nichts angefasst oder verändert?«
Kathrin schüttelte den Kopf.
Während sie auf den Bader warteten, lief Wilhelm wie ein gefangener Löwe in der Kammer auf und ab. Claudia konnte nicht ausmachen, ob Schmerz, Wut oder Enttäuschung in seinem Inneren die Oberhand gewannen. Die Landgräfin war aus ihrer Ohnmacht erwacht und saß apathisch in einem Stuhl.
Claudia hatte erwartet, dass der Bader eine gründliche Untersuchung des Leichnams vornehmen würde. Doch sie wurde enttäuscht. Nachdem sich Wulfram mit Hilfe einer Spiegelscherbe davon überzeugt hatte, dass Elisabeth nicht mehr atmete, stellte er Wilhelm nur noch einige wenige Fragen.
»Euer gnädiges Fräulein Tochter war in der letzten Zeit niemals krank?«
»Nicht dass ich davon Kenntnis gehabt hätte.«
»An der gestrigen Tafel wurden keine Speisen serviert, die giftig gewesen sein könnten? Pilze zum Beispiel oder fremdländische Früchte?«
Der Landgraf winkte unwirsch ab. »Niemand der zahlreichen Gäste hat nach dem Mahl über Unpässlichkeit geklagt.«
Der Bader wiegte bedächtig sein Haupt. In diesem Moment stürzte Bernhard Josten herein. Als er Elisabeth erblickte, zog er den Atem ein und bekreuzigte sich.
Wulframs Blick fiel auf den Becher, aus dem Elisabeth am Vorabend den Kräutertrunk zu sich genommen hatte. Ein kleiner Rest war noch darin verblieben. Misstrauisch roch er daran und tauchte vorsichtig einen Finger hinein. Ungeachtet des wertvollen Teppichs spie er danach auf den Boden.
»Was ist das für ein Trunk?«
Claudia erschrak. »Es ist ein Kräuteraufguss, den ich gestern Abend in der Küche bestellt habe. Elisabeth war es nicht wohl,

da sie zu viel Wein genossen hatte. Der Trank wurde aus Kamille und Wermut bereitet.«
Wenig später bestätigte das die vor Angst schlotternde Köchin.
»Aber es kann nicht an dem Kräuteraufguss gelegen haben«, wandte Claudia ein. »Ich habe selbst davon getrunken.«
Der Bader sah sie mit einem merkwürdigen Ausdruck an. »Ist Euch etwas Seltsames daran aufgefallen?«
Claudia stutzte. »Er roch und schmeckte etwas sonderbar. Ich führte das auf den Wermut zurück.«
»Und wie erging es Euch in der Nacht?«
Claudia erschrak. »Ich fühlte mich schwindlig und übel und wurde von bösen Träumen geplagt.«
»Wie viel habt Ihr von dem Getränk zu Euch genommen?«
»Es waren nur wenige Schlucke.«
»Aber Eure Base trank mehr von dem Gebräu?«
Claudia nickte. »Solange ich bei ihr war, zwei volle Becher. Ob sie hinterher noch mehr zu sich nahm, vermag ich nicht zu sagen.«
»Das bestärkt mich in meinem Verdacht.« Die Augen des Baders blitzten triumphierend. Er wies auf Elisabeths toten Körper. »Seht sie Euch an. Der schwärzliche Schaum, die verdrehten Augen, diese Zeichen sind unverkennbar. Der Trank wurde verzaubert. Er enthält Pulver aus dem schwarzen Bilsenkraut.«
Er wandte sich an den Landgrafen. »Eure Tochter ist keines natürlichen Todes gestorben, Euer Gnaden.« Er verbeugte sich. »Es handelt sich ohne Zweifel um Hexenwerk.«
Josten bekreuzigte sich erneut. Es war Claudia, die den Schock zuerst überwand.
»Vielleicht wurde der Trunk tatsächlich vergiftet. Aber warum soll dies Hexenwerk sein?«, fuhr sie den Bader an.
Der Mann verbeugte sich. »Bilsenkraut zählt zu den Hexenkräutern, edle Dame.«
Claudia blieb hartnäckig. »Warum könnte nicht ein ganz irdischer Mensch das Edelfräulein damit vergiftet haben?«

Der Bader starrte sie verdutzt an. Jetzt ergriff Josten das Wort.
»Hexen sind irdische Menschen, die ihre Seele dem Leibhaftigen überantwortet haben. Sie führen Böses im Schilde, um ihrem Meister gefällig zu sein.«
»Und Bilsenkraut ist ein Zaubermittel, das nur von Anhängerinnen der schwarzen Magie verwendet wird«, fiel der Bader ein, ermutigt durch Jostens Widerspruch.
Aber Claudia gab sich noch nicht geschlagen. »Woher wisst Ihr das? Das Kraut wächst in unseren heimischen Wäldern, soweit mir bekannt ist. Weshalb könnte daher nicht jeder beliebige Mensch damit zum Giftmischer werden?«
»Es gehört eine große Bosheit des Herzens dazu, ein unschuldiges Mädchen am Abend seiner Verlobung zu vergiften. Diese findet man nur bei Anhängern des Satans.«
Claudia stockte. Auf furchtbare Weise hatte Josten ja recht. Während sie noch darüber grübelte, was sie ihm antworten sollte, fuhr er fort.
»Zweifellos enthielt der Trank auch noch andere Ingredienzien, die sich nun dem Auge des Medicus entziehen, und sei er auch noch so geschult. Die Zauberinnen verwenden Teile von Körpern ungetaufter Kindlein für ihre Hexentränke. Auch den heiligen Leib des Herrn werfen sie hinein, falls er zur Hand ist.«
»Aber …«, Claudias Entgegnung wurde im Keim erstickt.
»Nun schweig endlich still, Nichte«, fuhr sie der Landgraf mit ungewohnter Härte an. »Was gibt es sonst noch für Zeichen, dass meine einzige Tochter den Satansdienern zum Opfer gefallen ist?«, wandte er sich an den Burgkaplan und den Bader.
»Ist etwas aus dem Besitz des Edelfräuleins verschwunden? Bewahrte sie etwas Kostbares hier in der Kammer auf?«
»Ich weiß es nicht.« Der Landgraf sah fragend seine Gemahlin an.
»Das Genoveva-Geschmeide!« Erikas Stimme war so schwach, dass nur Claudia, die neben ihr stand, ihre Worte verstand.

»Ich habe Elisabeth das Halsband gestern selbst abgenommen und in diese Schatulle gelegt«, fuhr Erika nun lauter fort und öffnete das mit rotem Samt ausgeschlagene Kästchen. Es war leer.
Bevor sie sich von diesem neuen Schlag erholt hatte, ergriff Josten wieder das Wort. »Hexen gieren nach weltlichen Besitztümern, um sie ihrem Herrn und Meister zu Füßen zu legen. Soviel ich weiß, ist das Genoveva-Geschmeide ein Familienerbstück?« Er sah die Landgräfin an. Die nickte stumm, unfähig, ein Wort über die Lippen zu bringen.
»So liegen die Segenswünsche Eurer Ahnen auf diesen Juwelen. Das macht den Schmuck umso wertvoller für Hexen, die alles besudeln möchten, was in Gottes Schöpfung rein und schön ist.«
Während die Anwesenden diese schwerwiegenden Worte noch zu begreifen suchten, fuhr Josten fort.
»Und erinnert Euch an den furchtbaren Sturm, der gestern Nacht um die Stadt und die Burg tobte! Oft werden die Untaten der Hexen von solchen Unwettern begleitet.«
Die Köchin scharrte unbeholfen mit den Füßen. Da ihr niemand Aufmerksamkeit schenkte, knickste sie schließlich tief und räusperte sich. »Darf ich etwas sagen, Hochwürden?«
Josten sah sie aufmerksam an. »Sprich freiheraus, Weib.«
»Um die Stunde nach Mitternacht hörten wir in der Mägdekammer ein entsetzliches Poltern und Krachen. Da ich glaubte, der Sturm habe einen Fensterladen gelöst, ging ich nachsehen. Das Fenster vor der Kammer des Edelfräuleins stand offen und auch die Tür zu ihrem Gemach. Ich verschloss beides und wollte gerade zurückgehen, als hinter mir ein furchtbarer Schlag ertönte. Die Kammertür und das Fenster waren wieder aufgesprungen. Das müssen übernatürliche Kräfte bewirkt haben. Ich hatte das Fenster sogar verriegelt.«
Mit einem triumphierenden Gesichtsausdruck wandte sich Jos-

ten an den Landgrafen. Es gelang ihm nur unzureichend, seiner Stimme einen demütigen Klang zu verleihen.
»Edler Herr Graf, dies sind mehr als genug Beweise, dass es ein Hexennest in Eurer Herrschaft gibt. Diese Teufelsbrut hat den Tod des Edelfräuleins auf dem Gewissen. Ach, hättet Ihr meine bescheidenen Hinweise nur mit etwas mehr Wohlwollen bedacht! Dann wärt Ihr mit der notwendigen Härte gegen dieses Natterngezücht vorgegangen. Nun hat Euch der Allmächtige in entsetzlicher Weise an Eure Pflichten erinnert. Erlaubt mir ...«
Der Landgraf schnitt ihm das Wort ab. »Ruft nach dem Amtmann«, befahl er. Seine Stimme zitterte vor Wut. »Er soll noch zu dieser Stunde beginnen, in meiner ganzen Herrschaft alle Männer und Weiber, die je besagt worden sind, in den Kerker zu werfen. Ich gelobe bei meiner Ehre, nicht eher zu ruhen und zu rasten, als bis diese Untat gesühnt ist.«

## Kapitel 23

*Freitag, 11. Januar 1613*

Beschwingt wie seit Jahren nicht mehr eilte Andreas Mohr die Weihergasse empor. Nicht einmal der steile Weg und die dicken Schneeverwehungen vermochten seinen Schritt aufzuhalten. Der Allmächtige schien seinem Vorhaben gewogen zu sein, denn der Sturm hatte sich noch vor dem Morgengrauen gelegt.
Soeben war er bei dem Fuhrmann vorbeigegangen, der schon seinen Karren belud und ihm versprach, Magdalena in der nächsten Stunde abzuholen.
Die Freude darüber, dass sie sein Weib werden wollte, machte

ihn beinahe unvorsichtig. Wer ihn am Fuß der Weihergasse sah, mochte sich nichts Ungewöhnliches dabei denken. Schließlich lag das Eligius-Hospital mit seiner Kapelle und dem angeschlossenen Friedhof kaum fünfzig Schritt von Magdalenas Hütte entfernt. Mohr war der Vorgesetzte des zuständigen Kaplans. Seine Dienstpflichten führten ihn regelmäßig ins Hospital, um dort nach dem Rechten zu sehen.

Doch wer den Pfarrer zu dieser Stunde in die Kate der Kräuterfrau eintreten sah, mochte sehr wohl Verdacht schöpfen und später unliebsames Zeugnis ablegen, wenn ihre Flucht untersucht werden würde. Auf halbem Weg hielt Mohr daher inne und zog sich die Kapuze des wollenen Umhangs, wie schon am Abend zuvor, tief ins Gesicht. Wegen der Kälte war niemand auf der Gasse, als er Magdalenas Hütte erreichte. Trotzdem schaute er sich vorsichtig nach allen Seiten um, bevor er klopfte und rasch hineinschlüpfte.

Sie begrüßten sich mit einer liebevollen Umarmung.

Magdalena war bereits fertig mit ihren Vorbereitungen. Mohr musterte sie aufmerksam. Wäre sie ihm auf der Straße begegnet, er hätte sie nicht erkannt.

Die Kräuterfrau hatte ihr Gesicht mit Walnussschale dunkler gefärbt, was ihr ein fremdländisches Aussehen verlieh. Ihre Haare waren unter einer altmodischen Haube verborgen, die unter dem Kinn mit breiten Bändern befestigt war. Mit Henna hatte sie sich Pockennarben auf Stirn und Wangen gezeichnet. Außerdem hatte sie sich mit Hilfe eines kleinen Kissens einen Buckel geformt, als habe sie der Herrgott mit einem krummen Rücken gestraft. Unter dem unförmigen waidblauen Umhang trug sie drei Schichten Röcke und Leibchen, nicht nur wegen der Kälte, sondern auch, weil sie in dem kleinen Henkelkorb kaum etwas mitnehmen konnte.

Genauso hatten sie es zusammen geplant. Wenn Nachbarn den Fuhrmann in Begleitung des unbekannten Weibes aus Magda-

lenas Hütte kommen sahen, würden sie denken, Fremde hätten die Kräuterfrau ob einer Arznei aufgesucht.
Liebevoll strich Mohr Magdalena über die Wange. »Da der Schlaf mich vor lauter Glück in der Nacht gemieden hat, hatte ich Muße, über vieles nachzudenken«, erklärte er. »Ich kenne aus meinen frühen Jahren in Neuerburg den Burgkaplan der Mutter unserer Landgräfin Erika. Er wollte sich nach Heidelberg wenden, als er die Herrschaft wegen seines lutherischen Glaubens verlassen musste. In den nächsten Monden werde ich mich umhören, ob er dort ein geistliches Amt bekleidet. Vielleicht werde ich sogar selbst zu ihm reisen, um die Verhältnisse vor Ort zu studieren, und mich um eine Stellung bemühen. Dann kann ich auch schon nach einem Heim für uns suchen.«
Magdalena lächelte. Obwohl er sehen konnte, dass auch sie übernächtigt war, strahlten ihre Augen vor Freude.
»So soll ich wirklich nur sechs Monde in Lissendorf bleiben? Denkt Ihr, denkst du denn«, verbesserte sie sich, »dass deine Schwester mich vorzeitig gehen lassen wird? Mägde müssen sich in der Regel für mindestens ein Jahr verdingen.«
Mohr winkte unbekümmert ab. »Darüber sorge dich nicht, meine Liebe. Ich werde meine Schwester zu gegebener Zeit in unsere Pläne einweihen. Sie ist eine herzensgute Frau und wird uns keine Steine in den Weg legen.«
Ein leichter Schatten huschte über Magdalenas Gesicht. »Wann werde ich dich wiedersehen?«
Mohr lachte glücklich. »Da es niemanden seltsam anmuten dürfte, wenn ich meine leibliche Schwester besuche, werde ich einmal im Monat zu einem kurzen Besuch kommen. Es sind kaum zwei Tagesreisen von hier.« Ihm fiel noch etwas ein. »Nur eine halbe Meile hinter der Grenze zur Grafschaft Gerolstein liegt ein Gasthaus am Wege. Der Wirt ist zuverlässig und schuldet mir einen Gefallen. Beruf dich auf mich, wenn du dort um ein Nachtlager bittest. Er wird dich willkommen heißen.«

Magdalena sah ihn liebevoll an. »Ich danke dir«, murmelte sie gerührt. Eine plötzliche Röte färbte ihre Wangen. »Darf ich dich noch um etwas bitten?«

»Alles, mein Herz.« Er wunderte sich über ihre plötzliche Verlegenheit.

»Da wir uns einander versprochen haben, wäre es da eine große Sünde, wenn du mich einmal zum Abschied küssen würdest?«

Statt einer Antwort zog er sie in seine Arme. Ihre Lippen waren weich, ihr Mund schmeckte süß. Er löste die Haubenbänder, streichelte ihren zarten Hals und zerwühlte ihr braunes Haar. Es duftete nach den Kräuteressenzen, mit denen sie es wusch. Hingebungsvoll genoss er diesen Moment, von Raum und Zeit weit entrückt. So fühlte sich die Seligkeit an.

Ein hartes Klopfen beendete jäh den Zauber des Augenblicks. Erschrocken fuhren sie auseinander. »Kann das schon der Fuhrmann sein?«, wunderte sich der Pfarrer. Ein letztes Mal streichelte er ihr Gesicht. »Die Zeit mit dir vergeht wie im Fluge.«

Noch ehe Magdalena ihr Haar wieder unter der züchtigen Haube verborgen hatte, wurde die Tür brutal aufgerissen. Auf der Schwelle stand der Amtmann, gefolgt von vier Stadtsoldaten. Mit einem Blick erfasste er die Situation. Seine Mundwinkel zuckten verächtlich, als er zuerst die leicht fleckige Wange Magdalenas und danach Mohrs mit dunkler Farbe verschmiertes Kinn musterte. Ohne den Pfarrer weiter zu beachten, wandte er sich an die Kräuterfrau. »Magdalena Pirken, ich komme, dich im Namen des Landgrafen gefänglich einzuziehen. Man wirft dir das Vergehen der Zauberei vor.«

Erregt mischte Mohr sich ein. »Aber Herr de la Val, das ist barer Unsinn. Dieses Weib hat nichts verbrochen, dafür verbürge ich mich. Welcher Untat wird es beschuldigt?«

Der Amtmann musterte ihn grimmig. »Des Mordes an dem Edelfräulein Elisabeth.«

Am Ziel, am Ziel, am Ziel! In einem unaufhörlichen Singsang gingen diese Worte Adela durch den Kopf, während sie die Vorbereitungen für ihre Dankandacht traf. Gewaltsam musste sie sich darauf konzentrieren, den vorgeschriebenen Ritus einzuhalten. Schließlich durfte sie den Meister unter keinen Umständen erzürnen.

Dennoch lächelte sie erneut, als ihr Blick auf das Fläschchen mit scharfem Rettichsaft fiel. Drei Tropfen des Gebräus unter jedes Auge gerieben, hatten ihr trefflich dabei geholfen, ihrer Tante tränenüberströmt zu Füßen zu sinken, nachdem ihr die Nachricht der entsetzlichen Tragödie überbracht worden war. Trotz ihres eigenen Kummers hatte Adelas Trauer das Grafenpaar so sehr beeindruckt, dass es zustimmte, als diese ihren Beistand und Trost in den kommenden schweren Tagen und Wochen anbot. Weshalb Adelas Vater vor einer Stunde auch ohne sie nach Oberkail aufgebrochen war, nachdem er der Familie sein Beileid ausgesprochen hatte.

Auch Ernst von der Marck hatte Erschütterung gemimt und sein Entsetzen zum Ausdruck gebracht, wie es sich geziemte. Er würde gleichfalls noch bleiben, zumindest so lange, bis das Genoveva-Geschmeide gefunden war, dessen Rückgabe er begehrte. Das hatte Adela am Vormittag bei ihrer kurzen, aber stürmischen Begegnung in einem abgelegenen Winkel der Burg von ihm erfahren. Wie gut, dass sie sich in diesem Gemäuer immer noch auskannte wie in ihrer Schürzentasche.

Plötzlich ließ sie ein leise schabendes Geräusch in ihrem Rücken aufhorchen. Sie hatte es früher schon einige Male bemerkt, war ihm aber nie auf den Grund gegangen. Als hätte sie nichts gehört, begann sie ihren Tanz um das magische Pentagramm. Dabei musterte sie unauffällig die Wand. Tatsächlich, da fiel ein schwaches Licht durch eine Ritze im Mauerwerk, die ihr noch nie aufgefallen war.

Ohne ihren Gesang zu unterbrechen, zog sie ihre Kreise größer

und größer, bis sie aus dem Sichtkreis der Ritze verschwunden war. Noch immer singend, huschte sie auf leisen Sohlen zur Tür ihrer Ankleidekammer und riss sie auf.
Zu Tode erschrocken fuhr Kathrin aus ihrer gebückten Haltung hoch. Kochend vor Zorn riss ihr Adela die Haube herunter und packte sie brutal an den Zöpfen.
»Habe ich dich endlich erwischt«, zischte sie und schlug ihr mit der freien Hand rechts und links ins Gesicht. Das Mädchen wimmerte vor Angst und Schmerz.
»Doch was du gesehen hast, wird dir nichts nutzen, schamlose Dirne.« Adelas Stimme troff vor Gehässigkeit. Ohne Kathrins Zöpfe loszulassen, fuhr sie fort.
»Nun schweige fein still und hör mir gut zu, wenn dir dein Leben lieb ist.« Starr vor Entsetzen lauschte Kathrin den furchtbaren Worten.

Es war weit nach der Mittagsstunde, als Claudia sich von ihrem Lager erhob und ein schlichtes dunkles Kleid überstreifte. Vor ihr auf der Truhe lag die verdorbene Robe aus grünem Taft. Vielleicht hätte der geschickte Hofschneider sie wieder richten können, doch Claudia war fest entschlossen, sie nie wieder zu tragen. Grüne Kleider schienen ihr nichts als Unglück zu bringen.
Nachdem der Bader die Burg verlassen hatte und die Mägde sich anschickten, Elisabeths Leichnam zu waschen, war Claudia in ihre Kammer geflüchtet, wo sie weinte, bis sie in einen kurzen Schlaf der Erschöpfung fiel. Trotzdem fühlte sie sich wie zerschlagen.
Ziellos irrte sie nun durch die verwaisten Gänge. Wahrscheinlich war ihre Kusine in der Burgkapelle aufgebahrt worden, in der sie noch gestern Abend vor Glück gestrahlt hatte. Wieder stiegen Schluchzer in Claudias Kehle auf.
Auch die brennende Sorge um Magdalena bedrückte sie. Hatte es Barbaras Amme noch rechtzeitig aus dem Städtchen hinaus

geschafft oder lag sie inzwischen im Kerker? Sebastian würde es wissen.
Sebastian – siedend heiß fiel Claudia ein, dass sie für den frühen Morgen in der Jagdhütte verabredet gewesen waren. Das hatte sie vollkommen vergessen. Aber mit Sicherheit wusste der Sohn des Amtmanns mittlerweile von den Geschehnissen und würde ihr Fernbleiben richtig deuten.
Tief in Gedanken stand Claudia plötzlich vor Elisabeths Kammer. Im Gang war es erbärmlich kalt. Sie zitterte, da sie kein Umlegetuch mitgenommen hatte. Irgendetwas klapperte leise.
Als sie sich umsah, bemerkte sie, dass das Fenster vor der Kammertür schon wieder offen stand. Claudia ergriff die beiden Flügel und schob den Riegel, der am rechten Rahmen befestigt war, durch den eisernen Halbring am linken Flügel. Er ließ sich merkwürdig leicht hindurchführen. Als Claudia genauer hinsah, erkannte sie, dass der Halbring nur noch mit seinem oberen Ende am Fensterrahmen befestigt war. Das untere Ende war lose.
Ihre Gedanken begannen zu rasen. Dieser Schaden konnte kein Zufall sein. Da der beschädigte Halbring den Riegel nicht mehr halten konnte, war das Fenster in der vergangenen Sturmnacht auch wieder aufgesprungen, obwohl die Köchin glaubte, es fest verschlossen zu haben.
Vorsichtig zog sie an Elisabeths Kammertür. Auch die Tür ging mühelos auf. Sie schien nur angelehnt gewesen zu sein. Als Claudia den Knauf drehte, bemerkte sie jedoch, dass der Zapfen abgesägt worden war und die Tür sich deshalb nicht mehr richtig verschließen ließ.
Also hatte sich jemand an Tür und Fenster zu schaffen gemacht. Doch weshalb nur? Wollte man Hexenspuk vortäuschen?
Der Täter musste der gleiche sein, der auch den Schlaftrunk vergiftet hatte. Das Gefäß, in dem die Kräuter für den Aufguss in der Küche aufbewahrt wurden, war vom Bader gründlich un-

tersucht und kein Bilsenkraut darin gefunden worden. Unseligerweise hatte man ihren Becher in der Küche noch am Vorabend ausgewaschen. Doch es konnte kein Zweifel daran bestehen, dass sie ebenfalls etwas von dem Gift eingenommen haben musste. Darauf wiesen die Symptome hin, die sie am Vorabend verspürt hatte. Der dröhnende Kopf, der Schwindel, der Alptraum vom Fliegen, all das glich den Zeichen der Vergiftung durch Adelas Hexensalbe. War Barbara und ihr nicht von Magdalena erklärt worden, dass Bilsenkraut die Wahnzustände hervorrufen konnte, die zu den irrwitzigen Beschreibungen des Hexensabbats führten?

Allerdings waren die ersten Symptome bei ihr schon während des Festmahls aufgetreten, ohne dass sie ihnen besondere Beachtung geschenkt hätte. Auch Elisabeth hatte sich schon während des Fests merkwürdig verhalten. Sie hatte dies auf den übermäßigen Weingenuss zurückgeführt.

Weingenuss? Claudia erstarrte. War am Ende nicht nur der Kräuteraufguss vergiftet gewesen? Hatten sie und Elisabeth schon vorher Vergiftetes zu sich genommen?

Ihr Verdacht ließ sie die Stiege zur Küche hinablaufen, in der sich das Gesinde tagsüber aufhielt, wenn es nicht gebraucht wurde. Tatsächlich fand sie dort den Diener, der während des Festmahls Elisabeths Pokal nachgefüllt hatte. Sie winkte ihm, ihr auf den Gang hinaus zu folgen. Er gehörte zu den Leibdienern des Landgrafen und war ihr nur flüchtig bekannt.

»Wie ist dein Name?«, fragte sie kurz angebunden.

»Johann, edles Fräulein.« Dem Mann war es sichtlich unwohl in seiner Haut.

»Du hast gestern Abend den Dienst an der hohen Tafel versehen?«

»Jawohl, Herrin.«

»Gab dir jemand den Auftrag, dem verstorbenen Edelfräulein nur besonderen Wein auszuschenken?«

Der Mann nickte eingeschüchtert. »So ist es. Ihre Gnaden, die Landgräfin selbst, ließ mir befehlen, ihrem Fräulein Tochter nur einen leichten Weißwein zu kredenzen, der überdies mit Wasser vermischt war. Er befand sich in einer besonderen Karaffe.«

»Wo stand diese Karaffe?«

Der Mann wirkte zunehmend verängstigt. »Auf dem Tisch mit den übrigen Weinkrügen. Alle wussten, welche Karaffe für das Edelfräulein bestimmt war. Ich stellte sie immer an den gleichen Platz zurück.«

»Woher nahmst du den Wein?«

»Er stammte aus einem Tonkrug im Weinkeller.«

»Und du hast ihn selbst mit Wasser vermischt?«

»Jawohl, Hochwohlgeboren. Doch das Wasser war gut und frisch. Ich habe es selbst aus dem Brunnen geschöpft und ab und zu einen Schluck davon zu meiner eigenen Labung genommen.«

»Gibt es noch Reste von diesem Wein?«

Der Mann schüttelte den Kopf. »Die Landgräfin ließ befehlen, alle Karaffen nach dem Mahl auszugießen, um sie zu spülen. Der Tonkrug ist ebenfalls leer. Auch Euer Wein stammte daraus, edles Fräulein.«

Claudia war wie vor den Kopf geschlagen. »Auch der Wein, der mir kredenzt wurde?«, fragte sie ungläubig.

Der Mann nickte. »Die Frau Landgräfin ließ ausrichten, dass auch Euch nur von diesem leichten Wein aufgetischt werden sollte, allerdings unvermischt. Dies sei Euer besonderer Wunsch, Herrin. Ich gab dies auch so an den Bediensteten weiter, der für Euren Teil der Tafel zuständig war.« Der Diener wirkte verwirrt.

Claudia bemühte sich, die Fassung zu wahren. »Du kannst wieder gehen, Johann.« Sie klang barscher, als sie es beabsichtigte.

Der Diener hatte die Tür zur Küche fast schon erreicht, als sie ihn noch einmal zurückrief.

»Wer richtete dir die Befehle der Landgräfin aus?«
Der Mann überlegte einen Moment. »Es war die Zofe des Edelfräuleins von Manderscheid-Kail. Ich glaube, ihr Name ist Kathrin.«

*Samstag, 12. Januar 1613*

Sebastian würdigte seinen Vater keines Blickes, als er sich zu Tisch setzte. Hätte er geahnt, dass der Amtmann trotz seiner Geschäfte zum Mittagsmahl ins Lehnshaus zurückkehren würde, wäre er ins Gasthaus gegangen, um dort zu speisen. Doch nun war es zu spät.
Seine abweisende Haltung beeindruckte den Vater nicht. »Ich wünsche dir eine gesegnete Mahlzeit, mein Sohn«, sagte er mit seiner sonoren Stimme.
Ganz so, als sei nichts geschehen. Ganz so, als läge die Kräuterfrau Magdalena Pirken nicht seit gestern in Ketten und mit ihr vier weitere Frauen der Stadt.
Auch heute Morgen waren Schinderkarren über das bucklige Pflaster zum Haidturm gerollt. Sebastian hatte die Alten aus Oberweis wiedererkannt, die von ihm seinerzeit vor dem Pöbel gerettet worden waren. Auf einem der Wagen saß auch ein junges Mädchen aus Waxweiler. Ihr wurde der plötzliche Tod ihres Bräutigams vorgeworfen, eines feisten Gastwirts, der im weiten Umkreis als Säufer und Hurenbock bekannt war. Vielleicht hatte ihn ob seiner vielen Sünden tatsächlich der Teufel geholt, das mochte Sebastian nicht einmal ausschließen. Aber das zarte, kaum sechzehnjährige Mädchen würde der Folter nichts entgegenzusetzen haben und für den verkommenen Lebenswandel ihres Verlobten mit einem schrecklichen Tod bezahlen.
Sebastian erstickte schier an seiner Wut. Er stieß seinen Teller so heftig von sich, dass der würzige Eintopf überschwappte. Sein

Wams aus feinem Wolltuch war über und über mit Spritzern besät.
Die Ader an der Schläfe des Amtmanns begann zu pochen. »Was ficht dich an, Sohn? Ehrst du nun nicht einmal mehr dein friedliches Heim?«
Sebastians Wut brach sich darauf Bahn. »Wie könnt Ihr in aller Ruhe Eure Mahlzeit genießen, während Ihr gleichzeitig Unschuldige in den Turm werfen lasst, um sie Folter und Feuertod zu überantworten? Elender Heuchler, der Ihr seid!«
Er sprang auf, um aus dem Raum zu stürzen. Doch sein Vater kam ihm zuvor. Mit überraschender Behendigkeit packte er Sebastian am Kragen.
»Wage es nicht noch einmal, die Ehre dieses Hauses derart zu besudeln. Sonst werfe ich dich noch heute hinaus.«
Sebastian ließ sich nicht einschüchtern. Auch ihm verlieh der Zorn ungeahnte Kräfte.
»Das trifft sich gut, Herr Vater.« Seine Stimme troff vor Hohn. »Ich hatte ohnehin beschlossen, keine Nacht mehr unter einem Dach mit Euch zu verbringen.« Damit riss er die Hände seines Vaters gewaltsam hinunter. Durch die Wucht des Stoßes stürzte Christoph de la Val hinterrücks gegen den Tisch, während Sebastians Wams mit einem hässlichen Ratschen von oben bis unten zerriss.
Fassungslos starrten sie einander in die Augen. Sebastian konnte kaum glauben, dass er die Hand gegen seinen Vater erhoben hatte. Der Amtmann rieb sich den schmerzenden Rücken.
So schnell, wie sie gekommen war, verrauchte Sebastians Wut und wich tiefer Resignation. »Ich verlasse noch zur gleichen Stunde Euer Haus«, sagte er mit tonloser Stimme.
Er hatte den Türknauf schon in der Hand, als sein Vater antwortete. Auch seine Stimme klang bitter und war voller Melancholie. »Hättest du doch nur recht, mein Sohn, und ich wäre nichts anderes als ein Heuchler. So muss ich bis zu meiner Todesstunde

mit der Schuld leben, Helfershelfer eines feigen Mordes geworden zu sein.«

Sebastian fuhr herum. »Wie meint Ihr das?« War das ein Trugbild, oder schimmerten wirklich Tränen in den Augen seines hartherzigen Vaters?

»Eine junge Frau, sorglos, heiter, in der Blüte der Jugend, wird am Abend ihres Verlobungsfestes gemeuchelt. Ich habe sie vom Kind zur Frau heranreifen sehen. Ich habe ihr erstes Pferd für sie ausgewählt. Eines Sommerabends habe ich ihr die Sterne am Firmament gezeigt. Und nun ist sie tot – unschuldiges Opfer eines Hexenkomplotts.«

Wider Willen war Sebastian betroffen. Mit Ausnahme des Moments, in dem sie über den Tod seines Bruders gesprochen hatten, konnte er sich nicht entsinnen, seinen Vater jemals so erschüttert erlebt zu haben. Die Worte kamen ihm wie von selbst über die Lippen. »Ihr wisst, dass ich an derlei Unfug nicht glaube, Vater. Doch selbst wenn es Hexen gewesen wären, die das Edelfräulein gemeuchelt haben, was hättet Ihr damit zu schaffen?«

Sein Vater sah ihm starr in die Augen. »Ich habe die Zeichen missachtet, die mir unser Herrgott gesandt hat, um dieses himmelschreiende Unrecht zu verhüten. Um deinetwillen habe ich die Mörderin ungeschoren gelassen, bis sie ihre teuflische Untat verübt hat.«

Sebastian war vollkommen verwirrt. »Wovon sprecht Ihr?«

»Von diesem Kräuterweib, das euch alle verzaubert hat. Selbst unser braver Stadtpfarrer ist vor ihren satanischen Künsten nicht gefeit. Deiner Verlobten, deinem zukünftigen Schwiegervater, euch allen hat sie Sand in die Augen gestreut. Und ich verblendeter Narr habe um des lieben Friedens willen nichts unternommen.«

Sebastian erschrak so sehr, dass er sich setzen musste. »Meint Ihr Barbaras Amme Magdalena? Ich schwöre Euch, dass die Frau in ihrem Leben nie etwas Unrechtes getan hat.«

Das Hohnlachen seines Vaters schmerzte ihn in den Ohren.
»Also hat sie auch dich in ihre Fänge gebracht. Ich will dir sagen, was ich heute weiß. Das Verlobungsfest fiel auf einen Donnerstag. Das ist der Tag in der Woche, an dem sich die Satansdienerinnen im Mühlenwald treffen, angeführt von der Pirken, der Oberhexe. Der Mord an Elisabeth wurde am selben Abend beschlossen. Die teuflische Gesellschaft braute den Gifttrunk und begab sich hernach auf die Burg, um dem Fräulein das tödliche Gebräu einzuflößen.«
Ein eisiger Schrecken fuhr Sebastian bis ins Mark. Er versuchte verzweifelt, seine aufkommende Furcht zu verbergen.
»Wer behauptet das?«, fragte er, so ruhig es ihm möglich war.
»Caspar Scholer hat die geständige Hexe Zia Schreber befragt. Sie hat alles haarklein erzählt. Sie ist sogar eigens zum Hexentanz aus dem Kerker geholt worden, um am Mordkomplott teilzunehmen. Ein ungetauftes Kindlein haben sie zuvor auf dem Eligius-Friedhof ausgegraben, seine Knöchelchen zu Pulver zerstoßen und in das Getränk hineingemischt.«
»Das ist doch alles Unsinn. Das Weib möchte sich vor dem Scheiterhaufen retten und plappert nach, was Scholer ihm in den Mund legt.«
»So, meinst du das?« Die Stimme des Amtmanns klang schneidend. »Und wieso sind dann die Gebeine des Kindleins verschwunden, das eine Magd auf der Burg vor einigen Tagen geboren hat und das ohne Nottaufe verschieden ist? Bernhard Josten hat sich selbst davon überzeugt, dass das Grab in ungeweihter Erde an der Friedhofsmauer geschändet und leer ist. Die Pirken wohnt nur fünfzig Schritt davon entfernt.«
Sebastian fehlten die Worte. Schon fuhr sein Vater fort.
»Und warum finde ich das Weib gestern Morgen zur Flucht bereit vor? Getarnt bis zur Unkenntlichkeit? Warum behauptet ein ehrbarer Fuhrmann, sie habe ihn durch Zauber dazu gebracht, sie als sein Eheweib auszugeben und heimlich aus der

Stadt zu bringen? Warum finde ich sie mit zerwühlten Haaren und Spuren unzüchtiger Küsse auf dem Gesicht in Gegenwart unseres tugendsamen Stadtpfarrers frühmorgens in ihrer Hütte vor, als stünden sie kurz davor, sich ungehöriger Wollust hinzugeben? Glaubst du wirklich, das alles sei mit rechten Dingen zugegangen?«

»Es mag eine Kette sonderbarer Zufälle sein, Vater.« Sebastian spürte selbst, wie wenig überzeugend er klang.

»Zufälle?« Wieder dieses schreckliche Hohnlachen. »Dass das Weib als Zauberin beschrien ist, ist seit Jahr und Tag bekannt. Drei geständige Hexen haben sie als Komplizin denunziert. Doch ich als Amtmann, dem der Landgraf die Obhut von Recht und Gesetz in seiner Herrschaft anvertraut hat, habe versagt. Bis seine eigene Tochter zu Tode gekommen ist.«

Ein winziger Hoffnungsstrahl durchzuckte Sebastian. »Hat man denn auch die Wäscherin Martha Adams befragt? Was weiß sie über das vermeintliche Hexenkomplott? Wenn der Satan Zia Schreber aus dem Kerker geholt hat, warum hat er die Adams dann nicht ebenfalls mitgenommen?«

Der Amtmann sah ihn mit einem merkwürdigen Ausdruck an. »Mit ihr hatte der Leibhaftige andere Pläne.«

»Was wollt Ihr damit sagen?«

»Die Wache fand die Hexe heute Morgen tot in ihrer Zelle. Das Weib hat sich in der Nacht erhängt.«

Bevor Claudia in Adelas Kammer schlüpfte, blickte sie sich vorsichtig um. Es war niemand zu sehen. Ihre Kusine würde noch einige Zeit im Gemach ihrer Tante zubringen müssen. Erika hatte nach ihr geschickt, bevor sie ein neuer Weinkrampf auf ihr Lager warf.

Auch Claudia hatte in den letzten Tagen immer wieder um Elisabeth geweint. Doch jetzt waren ihre Augen trocken. Trotzig sah sie sich um. Seit ihrem Eindringen vor einigen Monden schien sich hier nichts verändert zu haben. Daher war ihre Enttäuschung groß, als sie sich unter das Bett bückte und erkannte, dass der Kasten mit den Utensilien für die schwarzen Messen verschwunden war. In den nächsten Minuten durchsuchte sie den Wandschrank und alle Laden und Truhen im Raum. Doch sie fand nichts.

Mit immer größerer Wut drehte sie Kissen und Laken um, klopfte das Federbett ab und schüttelte die Vorhänge, die am ausladenden Baldachin befestigt waren. Aber es stieg nur eine Staubwolke von ihnen auf, die sie husten ließ.

Claudia hatte nicht damit gerechnet, das Genoveva-Geschmeide zu finden. Wenn Adela es tatsächlich gestohlen hatte, war es an einem sicheren Ort versteckt. Den silbernen Anhänger trug ihre verschlagene Base wahrscheinlich wieder selbst um den Hals. Doch dass die schwarzen Kerzen, der gestohlene Silberpokal und das heidnische Tuch mit dem Kopf des Gehörnten verschwunden waren, brachte sie aus der Fassung. Es machte ihren Plan zunichte, Adela öffentlich der Satansanbetung zu bezichtigen und Magdalena dadurch zu entlasten.

Wie es Barbaras Amme ging, wusste sie nicht. Nur durch das Geschwätz der Mägde hatte sie erfahren, dass die Kräuterfrau kurz vor ihrer Flucht verhaftet worden war. Andreas Mohr wollte auf der Burg vorsprechen, war aber nicht vorgelassen worden und Claudia noch immer ohne jede Nachricht von ihm. Und Sebastian … Nachdem Kathrin buchstäblich die Flucht vor ihr ergriff, sobald sie in ihre Nähe kam, wusste Claudia nicht, wie sie dem Sohn des Amtmanns ein Treffen in der Jagdhütte vorschlagen sollte.

Schmerz und Enttäuschung übermannten sie schließlich. Wie tröstlich wäre es jetzt gewesen, sich in Sebastians Armen dem Vergessen anheimzugeben, und sei es auch nur für den flüchtigen Augenblick eines Kusses. Alles schien so verfahren und aussichtslos.

Sie wusste, dass es höchste Zeit war, die Kammer zu verlassen, wollte sie nicht von Adela auf frischer Tat ertappt werden. Als sie sich gerade hinausschleichen wollte, sah sie einen Fetzen Pergament, der sich in den Fransen des Teppichs verfangen hatte. Hastig hob sie ihn auf und barg ihn in ihrer Rocktasche, um ihn später in Ruhe zu studieren.

Auf einmal hörte sie Schritte näher kommen. Noch während sie sich hektisch nach einem Versteck umsah, öffnete sich auch schon die Tür. Zu ihrer Erleichterung trat Kathrin ein, mit einer Waschschüssel in den Händen. Sie blieb wie angewurzelt stehen, als sie Claudia erblickte.

Das Edelfräulein nutzte die unverhoffte Gelegenheit. Mit ausgestreckten Händen trat sie auf das Mädchen zu.

»Kathrin, meine Liebe, wie bin ich froh, dich zu sehen. Ich fürchtete schon, es sei meine Kusine Adela. Du musst mir unbedingt helfen.« Die Worte blieben ihr beinah im Halse stecken, als sie die weit aufgerissenen Augen der Zofe sah.

»Kathrin, was ist dir?«, versuchte Claudia, sie zu beruhigen. »Ich habe nichts Unrechtes getan, geschweige denn, etwas gestohlen oder beschädigt. Ich suche nach einem Beweis, dass Adela etwas mit dem Tod von Elisabeth zu tun hat. Weißt du etwas darüber?«

Die Waschschüssel fiel polternd zu Boden, als Kathrin beide Hände in blankem Entsetzen zur Abwehr erhob. Das warme Wasser ergoss sich über den Teppich und Claudias Rocksaum.

Die junge Frau verlor die Beherrschung. Sie hielt der Anspannung der letzten Tage und Stunden nicht länger stand. Claudia packte das Mädchen an den Armen und schüttelte es heftig. »Nun stell dich nicht so an, Kathrin. Hilf mir, etwas zu finden, oder sag mir wenigstens, was du weißt. Es geht um das Leben unschuldiger Frauen.«

Kathrins Reaktion überrumpelte sie. Das sonst so ehrerbietige, freundliche Mädchen wand sich wie eine Schlange in ihrem Griff.

Eine kurze Zeit rangen sie miteinander, bis sich die Zofe losriss und Claudia so heftig vor die Brust stieß, dass sie taumelte.
»Lasst mich, lasst mich!«, jammerte sie. »Um Christi Erbarmen, lasst mich in Ruhe.«
»Ich will dir doch gar nichts Böses tun«, murmelte Claudia verstört. Sie trat erneut einen Schritt auf das Mädchen zu.
Die nackte Angst sprang sie aus Kathrins Augen an. »So lasst mich doch endlich in Ruhe.« Nun kreischte sie mit sich überschlagender Stimme. »Ihr bringt mir am Ende noch den Tod!«

Der letzte Ton des Vesperglöckleins verhallte, doch der Landgraf rührte sich nicht vom Fleck. Mit finsterer Miene beobachtete er, wie Adela seine weinende Gattin aus der Kapelle führte.
Tränen, Schluchzen, Weibergeheul. In ohnmächtiger Wut starrte Wilhelm von Leuchtenberg auf den toten Körper seiner Tochter. Sie war noch ein halbes Kind gewesen, hatte das Leben noch vor sich gehabt. Nun lag sie da, aufgebahrt in dem rosafarbenen Kleid, das ihn fast so viel gekostet hatte wie ein gutes Reitpferd. Die Schuld beim Luxemburger Hofschneider war noch nicht beglichen, aber seine Chancen auf den besten Teil des Erbes, die Herrschaft Neuerburg, waren dahin.
Er ballte die Hände zu Fäusten. Neben dem betäubenden Duft der Wachskerzen vermeinte er, bereits süßlichen Leichengeruch wahrzunehmen. Und er konnte niemanden büßen lassen, keinem die Zähne ausschlagen für diesen feigen Mord an seinem eigenen Fleisch und Blut. Wer weiß, wie lange er jetzt noch auf der Neuerburg verbleiben konnte. Würde die Meute auch ihn bald hinausjagen wie weiland seinen Schwager Dietrich von Oberkail?
Mit stumpfem Blick brütete er vor sich hin. Wie sie ihn alle belauert hatten, seine neidischen Schwager mit ihren Weibern, hinterlistig und gierig wie die Wölfe. Noch vor ihrer Abreise hatte er Dietrich von Manderscheid-Kail mit Philipp von der

Marck tuscheln gesehen. Der Oberkailer war sich für nichts zu schade, der biederte sich mit seiner fetten Tochter auch ein zweites Mal an. Dietrich hatte lange geglaubt, die Neuerburg sei schon sein Eigen, nur weil er der Erste gewesen war, der eine Tochter der ketzerischen Gräfin Magdalene wieder zum rechten Glauben zurückgeführt hatte. Der erzkatholische König von Spanien, als Herzog von Luxemburg Lehnsherr der Neuerburg, hatte Magdalene schon kurz nach dem Tod ihres Gatten vertrieben. Ihre Tochter Amalia hatte erst wieder Wohnung in der Burg nehmen dürfen, nachdem sie durch ihre Heirat in den Schoß der Kirche zurückgekehrt war.
Doch Dietrich war nicht der einzige Verwandte geblieben, der eine der zahlreichen Töchter des Joachim von Manderscheid-Schleiden rekatholisierte. Außer ihm selbst gehörte auch Karl von Manderscheid-Gerolstein, der Mann von Erikas Schwester Salome, dazu. Widerlich, wie sie in dieser Sippe untereinander bockten wie die Kaninchen! Die blanke Missgunst hatte dem Gerolsteiner in den Augen gestanden, hier in dieser Kapelle vor weniger als zwei Tagen. Sein Töchterlein war erst zehn Jahre alt, doch Karl war dazu fähig, es diesem geilen Bock Ernst von der Marck anzubieten.
Nun lag ihm Letzterer auch noch auf der Tasche. Dabei war es schon schlimm genug, dass diese feiste Adela geblieben war. Doch die nahm ihm wenigstens die Sorge um seine hysterische Gattin ab. Ernst hätte seinethalben mit seinem hochmütigen Vater hingehen können, wo der Pfeffer wächst.
Aber von wegen. Trotz der Kühle in der Kapelle traten Wilhelm Schweißperlen auf die Stirn. Mit artigen Worten hatte Ernst ihm auseinandergesetzt, dass er zu bleiben gedächte, bis das Genoveva-Geschmeide gefunden wäre. Es gehöre seiner rechtmäßigen Gattin und müsse aus den Händen der Unholde gerettet werden. Und wenn das Halsband nun nie wieder zum Vorschein kam, weil der Satan es längst seinen Schätzen einverleibt hatte? Würde

Ernst dann gar am Ende erwarten, dass er, Wilhelm, ihm den Schaden ersetzte?

Er seufzte tief. Hätte ihm der Allmächtige doch nur eine zweite Tochter geschenkt! Flüchtig tauchte das Bild seiner Nichte Claudia vor seinen Augen auf – und ein Gedanke, den er jedoch sofort wieder verwarf. Claudia galt als Bastard, kein Sohn aus mächtigem Hause würde sie als Gemahlin in Betracht ziehen. Hatten Philipp und Ernst sie nicht so hoffärtig behandelt, als sei sie Abschaum? Zudem besaß sie viel zu wenig weibliche Reize, obwohl sie zweifellos hübsch war. Aber zu frech, zu vorlaut, zu ungestüm für ein untertäniges Eheweib.

Ein leichtes Räuspern ließ Wilhelm herumfahren. Im flackernden Schein der heruntergebrannten Kerzen stand Bernhard Josten. Er hatte den Priesterornat wieder mit seiner schäbigen schwarzen Soutane vertauscht.

»Was wollt Ihr?«, fuhr Wilhelm ihn an.

Der Burgkaplan verbeugte sich ehrerbietig. »Nichts, als Euch meinen geistlichen Beistand und Trost anbieten, Euer Gnaden.«

Der Landgraf winkte ab. »Euer Beistand und Trost sind mir zu nichts nütze.«

Zu seinem Erstaunen verbeugte sich der sonst so hochfahrende Josten erneut. »Vielleicht doch, wenn sie auf die Bestrafung der Schuldigen zielen.«

»Wie meint Ihr das?«

Josten holte tief Luft. »Darf ich Euch untertänigst einige Neuigkeiten unterbreiten?«

Der Landgraf nickte ungnädig.

»Ich habe Kunde vom Ausgang der Wahl des neuen Bürgermeisters von Neuerburg. Caspar Scholer ist einstimmig zum Nachfolger von Heinrich Dietz erkoren worden. Ihr müsst seine Ernennung nur noch bestätigen.« Er machte eine Pause.

Der Landgraf gestikulierte ungeduldig. »Alle Welt hat diesen Ausgang erwartet.«

Der Burgkaplan zog die Stirn kraus und wiegte bedächtig sein Haupt. »Er ist in der Tat ein tüchtiger Mann. Immerhin hat er einer der Unholdinnen bereits den Hergang des abscheulichen Verbrechens entlockt. Doch die Untat muss vollständig aufgeklärt und Neuerburg von allem Ungeziefer gereinigt werden. Daher fürchte ich …« Er stockte.

Der Landgraf verlor die Geduld. »So druckst hier nicht herum wie ein Schulbube, Mann. Sagt freiheraus, was Ihr zu sagen habt.«

Josten richtete sich kerzengerade auf. »Ich fürchte, dass Scholer bei der Untersuchung und Aufklärung des gesamten Komplotts mit der doppelten Rolle als Hexenkommissar und oberster Richter überfordert sein könnte.«

Der Landgraf zog die buschigen Augenbrauen zusammen. »Das ist eine kühne Behauptung. Wie kommt Ihr darauf?«

»Nun, nicht nur mein ehrwürdiger Amtsbruder Andreas Mohr hat die Verhaftung einer gefährlichen Zauberin so lange verhindert, bis sie ihre Mordtat begehen konnte.«

Wilhelm zuckte zusammen.

»Auch Caspar Scholer lässt es an der nötigen Härte gegenüber den Gespielinnen des Satans fehlen. So hat er sich ehedem geweigert, die jetzt gefänglich eingezogene Webermagd Berthe und Clara, die Wirtstochter ›Zum Roten Turm‹, zu inhaftieren. Er vermag nicht in jedem Fall Hexen von ehrbaren Frauen zu unterscheiden.«

Der Landgraf fixierte Josten. »Was schlagt Ihr also vor?«

Josten verneigte sich. »Ihr solltet Euch einen in diesen Dingen bewanderten Hexenkommissar in Eure Herrschaft bestellen, der Hand in Hand mit dem Hochgericht arbeitet, ohne sich von unangebrachten Gefühlen beeinflussen zu lassen.«

Der Landgraf ließ sich den Vorschlag des Burgkaplans durch den Kopf gehen. »Aha«, sagte er schließlich. »Und kennt Ihr solch einen trefflichen Mann?«

Josten nickte eifrig. »Einen der Besten auf seinem Gebiet. Ich habe in Trier lange als Hexenbeichtiger mit ihm zusammengearbeitet. Sein Name ist Dr. Maximin Pergener.«

## Kapitel 24

*Montag, 14. Januar 1613*

Sie klammerte sich an ihn wie eine Ertrinkende. Das beklemmende Gefühl in ihrer Brust wich einer wirbelnden Leichtigkeit. Sein Mund schmeckte herb nach dem roten Wein, den er mitgebracht hatte. Weit weg entschwanden Trauer, Sorgen und Angst.

Sie sehnte sich mehr nach ihm, als sie je für möglich gehalten hätte. Gestern Morgen hatte sie ihn im Hochamt in der Nikolauskirche gesehen, nur wenige Schritte von ihr entfernt, und dennoch so unerreichbar wie der Mond. Er saß neben Barbara Dietz, die sich völlig verweint an ihren finster dreinblickenden Vater schmiegte.

Da Claudia mit der Familie des Landgrafen gekommen war, konnte sie mit niemandem sprechen. Die Wut ihres Oheims auf alle, die eine harte Verfolgung der Hexen im Herbst verhindert hatten, war unermesslich. Dazu gehörten an erster Stelle Dietz und Sebastian.

Er spielte mit ihren Lippen. Seine Zunge strich sanft über die weiche Innenseite. Ein köstliches Gefühl stieg von ihrem Schoß in ihr auf. Es weckte brennendes Verlangen und machte sie zugleich schwach. Hingebungsvoll ließ sie sich fallen, gab jeden Widerstand auf und fühlte sich gehalten und getröstet. Was für ein wunderliches Ding die Liebe doch war!

Auch Sebastian hatte die Sehnsucht nach ihr nicht ruhen lassen, wie er ihr gestern gestand. Sich als Sohn des Amtmanns unter dem Vorwand, eine wichtige Botschaft zu überbringen, Einlass in den inneren Burgbereich zu verschaffen, war ihm leichtgefallen. Stundenlang in der bitteren Kälte in einer Nische des Burghofs auf sie zu warten, in völliger Ungewissheit, ob sie den Wohnturm überhaupt verlassen würde, war dagegen ein Wagnis gewesen. Dass sie selbst eine innere Unruhe trotz des widrigen Wetters nach draußen getrieben hatte, schien ihr fast schon eine göttliche Fügung zu sein.

Völlig durchgefroren rief er Claudia an, als sie sich ziellos im Hof die Füße vertrat. Obwohl sie sich bereits für den morgigen Vormittag in der Jagdhütte verabredet hatten, war ihr jede Minute des Wartens zur Qual geworden.

Ihr Atem ging rascher. Etwas Hartes drückte gegen ihre Schenkel. Sie selbst verspürte den Wunsch, dass seine Hand ihre Brüste umschloss, deren Spitzen empfindlich schmerzten.

Plötzlich ließ er sie los. Mit einem letzten flüchtigen Kuss auf ihre Nasenspitze rückte er ein Stück auf der harten Holzbank von ihr ab. Die Enttäuschung schien ihr ins Gesicht geschrieben zu sein.

»Ich habe es Euch versprochen«, sagte er mit einem feinen Lächeln. »Auch wenn ich es überaus bedauere.«

Trotz der leidenschaftlichen Umarmung blieb er bei der förmlichen Anrede.

Claudia spürte, wie sie errötete. Sie richtete sich kerzengerade auf und versuchte, ihre Fassung zurückzugewinnen. »Als Mann von Ehre haltet Ihr Euch an Euren Eid. Dafür achte ich Euch.« Sie wusste nicht, ob es ihr gelungen war, ihrer Stimme einen festen Klang zu verleihen.

Er strich ihr sanft über die Wange. »Leider führt uns heute ein sehr trauriger Anlass zusammen. Die Zeit wird knapp. Lasst uns gegenseitig berichten, was es Neues gibt.«

Claudia nickte. Der letzte Rest des Zaubers verflog und wich der grausamen Wirklichkeit.
»Wie geht es Magdalena?«, begann sie.
Sebastian hob in einer hilflosen Geste die Hände. »Als Mohr sie zuletzt sah, hielt sie sich tapfer. Das war am Samstag. Doch es gibt kaum noch Hoffnung. Mein Vater hat sie von den übrigen Beschuldigten trennen lassen und ins Rathausgefängnis verlegt. Er ist fest davon überzeugt, dass sie als Oberhexe die Hauptschuld am Tod Eurer Base trifft.« Er zögerte kurz, als wolle er noch etwas ergänzen. »Wenigstens hat sie es dort den Umständen entsprechend bequem.«
Claudia beschlich das Gefühl, dass er ursprünglich etwas anderes hatte sagen wollen.
»Ich bin froh, dass der Stadtpfarrer ihr geistlichen Beistand spenden kann.«
Sebastian schüttelte den Kopf. »Der Landgraf hat ihm den Zugang zu allen Delinquenten verboten. Er hat Bernhard Josten zum Hexenbeichtiger ernannt. Beide sind der Überzeugung, dass Magdalena mit ihren teuflischen Künsten selbst den tugendsamen Andreas Mohr verhext hat.«
Claudia schwieg betroffen. Diesbezügliche Gerüchte hatte sie schon gehört, doch als baren Unsinn abgetan. Nun wurde sie eines Besseren belehrt. »Wie wird es nun weitergehen?«, hakte sie zaghaft nach.
Sebastian gab sich einen Ruck. »Es tut mir leid, Euch noch mehr betrüben zu müssen, doch ich befürchte das Allerschlimmste. Josten hat Euren Oheim davon überzeugt, einen Hexenkommissar kommen zu lassen. Er hat Maximin Pergener vorgeschlagen. Ich kenne ihn aus meinen Trierer Zeiten. Er ist ein unbarmherziger Mann. Schon in den nächsten Tagen wird er in Neuerburg eintreffen.«
»So glaubt Ihr nicht, dass er Caspar Scholer als obersten Richter zu mehr Gerechtigkeit anhalten wird? Zweifellos hat er Zia

Schreber jedes Wort, mit dem sie Magdalena beschuldigt hat, in den Mund gelegt.«

Sebastian lachte bitter auf. »Mein Vater hat als Amtmann geglaubt, seine Pflicht zu erfüllen. Er ist wahrlich ein harter Mann, doch er sieht sich auf der Seite des Rechts. Pergener dagegen ist völlig skrupellos und empfindet Freude am Quälen. Es ist noch keine Frau entkommen, die er der Hexerei angeklagt hat.«

Claudia spürte wieder den schweren Klumpen in ihrer Magengrube. Sie versuchte, die aufsteigende Furcht zu unterdrücken. »Dann ist es umso wichtiger, die wahren Schuldigen zu entlarven. Hört zu, was ich Euch zu erzählen habe.«

In den nächsten Minuten berichtete sie, was sie bislang herausgefunden hatte. Der junge Mann hörte aufmerksam zu. Danach begann er, ihr Fragen zu stellen.

»Es besteht keinerlei Zweifel daran, dass weder das Fenster noch die Kammertür Eurer Kusine schon vorher beschädigt waren?«

Claudia schüttelte heftig den Kopf. »Es war so kalt auf dem Gang, dass die Dienerschaft das schadhafte Fenster mit Sicherheit vorher bemerkt und die Köchin es in diesem Fall auch nicht für Hexenspuk gehalten hätte, wenn es hinter ihr wieder aufgesprungen wäre.«

Sebastian nickte zustimmend. »Es muss also in der Mordnacht präpariert worden sein.«

»So ist es. Während des Festmahls war niemand in diesem Teil der Burg unterwegs. Adela muss einen Helfershelfer gehabt haben, der Fenster und Tür unbemerkt beschädigte.«

»Wie stellt Ihr Euch den Hergang des Verbrechens vor?«

Claudia konzentrierte sich. »Ich bin fest davon überzeugt, dass Adela den Mord begangen oder zumindest veranlasst hat, um die Hochzeit zu verhindern. Ich glaube sogar, dass sie eigens dazu auf die Neuerburg kam. Sie verfügt über Hexenkräuter, die sie in ihre Salben mischt. Ich bin sicher, dass sie den für Elisabeth vorgesehenen Wein schon im Keller vergiftet hat. Dann hat sie dafür gesorgt, dass Elisabeth möglichst viel davon trank, wahrscheinlich schon vor dem Festmahl. Ihr Atem roch bereits in der Kapelle nach Wein. Jedenfalls nahm Elisabeth am Tag ihrer Verlobung mehr Wein zu sich als vorher in einem ganzen Jahr.«

»Ihr sagt, auch Ihr hättet von dem Wein genossen. Es ging Euch nicht gut, doch Ihr seid nicht gestorben.«

Claudia lachte spöttisch auf. »Adela konnte nicht wissen, dass ich so wenig davon trinken würde. Es hätte also auch anders ausgehen können. Sie versuchte, zwei Fliegen mit einer Klappe zu schlagen, und auch mich aus dem Weg zu räumen. Schließlich habe ich sie mit dem Stallknecht im Heu erwischt und in ihrer Kammer Utensilien für eine schwarze Messe entdeckt. Ihr Plan wäre perfekt aufgegangen, wenn ich ebenfalls krepiert wäre. Dem Hexengeschmeiß hätte man es allemal anlasten können.«

Sebastian zuckte zusammen. Dass Claudia bisweilen eine derbe Sprache pflegte, hatte er zwar schon gehört, im Gespräch mit ihr aber noch nicht erlebt.

In ihrer Erregung bemerkte es Claudia gar nicht. »Ich bin wahrscheinlich nur noch am Leben, weil ich diese Saufgelage hasse, die zu solchen Festmählern gehören. Mehrfach musste ich den Diener daran hindern, meinen Pokal nachzufüllen.«

»Wie erklärt Ihr Euch den vergifteten Kräutersud?«

Claudia schnaubte. »Diese Metze Adela kennt die Wirkung des Bilsenkrauts. Sie verwendet es für ihre Hexensalbe, die sie bei ihren schwarzen Messen benutzt und mir auch unter die Achseln geschmiert hat. Sie wird wissen, dass es bei jedem, der nicht daran gewöhnt ist, Schwindel und Übelkeit verursacht. Was liegt näher, als dies zunächst für die Folgen übermäßigen Weingenusses zu halten und mit einem Kräutertee zur Beruhigung des Magens zu bekämpfen? Auch jede Magd, die Elisabeth in ihrem Zustand zu Bett gebracht hätte, hätte danach geschickt.

So sollten wir alle samt des Baders auf den Gedanken der Hexerei gebracht werden, obwohl der Tee allein kaum tödlich gewesen sein dürfte. Doch wie und wo das Bilsenkraut in den Aufguss gekommen ist, weiß ich nicht. Es war jedenfalls nicht unter den Kräutern in der Küche zu finden.«

Sebastian ließ sich das Gesagte durch den Kopf gehen. »Könnte Adelas Zofe etwas damit zu tun haben? Sie brachte den Sud aus der Küche.«

Claudia zuckte die Achseln. »Daran habe ich auch schon gedacht. Doch Kathrin war zu Tode erschrocken, als sie mich weckte. Mit Sicherheit wollte sie Elisabeth keinen Schaden zufügen. Dennoch glaube ich, dass sie etwas weiß. Sie flieht mich, als wäre ich vom Aussatz befallen. Kathrin überbrachte auch dem Diener die Anweisung, den besonderen Wein nur an mich und Elisabeth auszuschenken. Wahrscheinlich hat Adela ihr bei schlimmster Strafe verboten zu verraten, was sie weiß.«

»Was ist mit dem ungetauften Kindlein? Nur Josten und einige Mägde wussten von der Geburt.«

»Ihr sagt es. Einige Mägde wussten davon. So mag es auch Adela erfahren haben. Vielleicht ebenfalls von Kathrin. Doch sie weigert sich, mit mir darüber zu sprechen.«

»So scheidet diese Möglichkeit, weiterzukommen, vorläufig aus«, seufzte Sebastian. »Aber Kathrin nutzt uns als Zeugin sowieso nicht viel. Wenn ihre Mutter als Hexe verbrannt wurde, wird man ihr wahrscheinlich gar nicht glauben. Stattdessen geriete auch sie in höchste Gefahr.«

Claudia war betroffen. »Glaubt Ihr wirklich, dass man Kathrin der Hexerei verdächtigen würde?«

Sebastian lachte auf. Es klang zynisch. »Das ist so sicher wie das Amen in der Kirche. In Trier habe ich das immer wieder erlebt. Ohnehin leben Zeugen gefährlich, ob sie nun die Wahrheit sagen oder nicht. Im Laufe der Prozesse werden sie oft selbst als Hexen denunziert, und sei es aus purer Rache der bereits Verlorenen. Kathrin kann uns nur dabei helfen, unsere Vermutungen zu überprüfen. Als Zeugin dürft Ihr sie niemals benennen, wenn Ihr Euch nicht an ihrem schrecklichen Tod mitschuldig machen wollt.«

»Genau das scheint sie zu befürchten.« Claudia erinnerte sich an den Vorwurf, den Kathrin ihr entgegengeschleudert hatte, als sie sie in Adelas Kammer erwischte. Sie seufzte ratlos. »Dennoch werde ich zumindest weiterhin versuchen, mit ihr zu sprechen.«

Sebastian wechselte das Thema. »Und in Adelas Kammer habt Ihr also ein Papier gefunden. Darf ich es einmal sehen?«

Claudia nestelte den Fetzen Pergament aus ihrer Tasche hervor. »Ich habe schon versucht, daraus schlau zu werden, doch ich weiß mir keinen Rat. Ich kenne diese Sprache nicht.«

Sebastian betrachtete stirnrunzelnd den Zettel. Lautlos formten seine Lippen die unverständlichen Worte.

nebegrev riw hcua eiw
sluhcs eresnu snu bigrev dnu

»Ihr habt recht, es ist weder Latein noch Französisch«, sagte er schließlich zu Claudias leichtem Ärger. »Da unsere Schriftzeichen verwendet wurden, kann es auch nicht Griechisch oder Hebräisch sein.« Er überlegte einen Moment. »Wenn Ihr mir das Pergament anvertraut, kann ich Andreas Mohr gleich heute Abend fragen, ob er seine Bewandtnis kennt.«

Claudia überließ ihm den Fetzen. Eine Frage lag ihr auf der Zunge. »So stimmt es, dass Ihr das Lehnshaus verlassen habt?«

Sebastian nickte düster. »Ich hatte mich ursprünglich im Gasthaus ›Zum Roten Turm‹ einquartiert. Doch da die Wirtstochter im Kerker sitzt, schien es mir nicht die rechte Lösung zu sein. So war ich froh, als Mohr mir eine Bleibe im Pfarrhaus anbot.«

Er schnitt eine Grimasse. »Was allerdings an die Bedingung

gebunden ist, mich schnellstmöglich mit meinem Vater auszusprechen und wieder zu versöhnen.«

Claudia musste lächeln. Auch in der höchsten Not blieb der Pfarrer sich treu. »Ihr solltet froh sein, noch einen Vater zu haben«, sagte sie. »Auch wenn er manchmal streng und ungerecht sein mag.«

Sebastian schoss die Zornesröte ins Gesicht. »Davon versteht Ihr nichts«, wehrte er ab.

»Mehr, als Ihr glaubt«, erwiderte Claudia. Sebastian sah sie überrascht an.

Sie entschloss sich, seine unausgesprochene Frage zu beantworten. »Ich habe meinen Vater kaum gekannt. Er starb an der Pest, als ich fünf Jahre alt war. Seither bin ich eine rechtlose Waise.«

Es klang traurig. Claudia stockte. Sebastian drängte sie nicht.

»Meine Mutter heiratete meinen Vater gegen den Willen meines Großvaters. Deshalb verstieß er sie von seinem Hof. Hätte er sie lebendig einmauern können, wie weiland sein Urahn vor mehr als zweihundert Jahren, so hätte er es mit Sicherheit getan.«

»Was meint Ihr damit?«

»Es gibt eine alte Sage in Leuchtenberg. Vor langer Zeit verliebte sich die Tochter des Landgrafen in einen Knappen. Als ihr Vater dahinterkam, ließ er den Jüngling an einer Linde aufknüpfen und seine Tochter in einer Burgnische einmauern, wo sie elendiglich starb. Noch heute gibt es in meiner Heimat den kalten Baum, der der Ort dieser Untat gewesen sein soll. In seiner Umgebung wird es selbst am heißesten Sommertag niemals warm. Auch die vermauerte Zelle ist noch da. Ich fürchtete mich immer vor diesem Ort, als ich ein kleines Mädchen war.«

»Wie erging es Euren Eltern nach der verbotenen Heirat?«

»Meine Mutter hatte ein kleines Landgut von meiner Großmutter geerbt. Dort lebten die beiden ärmlich, aber zufrieden. Bis die Pest ins Land kam. Mein Vater fiel ihr zuerst zum Opfer.«

»Wie erging es hernach Eurer Mutter?«

Claudia mied seinen Blick. »Sie starb wenige Tage nach meinem Vater. Danach nahm mein Oheim Wilhelm mich auf.« Sebastian spürte, dass es noch mehr zu erzählen gab. Doch für heute war es genug.

Er nahm ihre Hand. »Auch meine Mutter starb früh. Sie war einst eine fröhliche Frau. Doch sie fand keine Liebe in der Ehe mit meinem Vater. Er verübelte ihr zeit ihres Lebens, dass sie ihm keine Mitgift eingebracht hatte. Sie war die jüngere Tochter eines verarmten Ritters. Da mein Vater selbst nichts besaß, war ihm eine bessere Partie in unseren Kreisen nicht möglich. Für sich zog er nicht in Betracht, des schnöden Mammons wegen bürgerlich zu heiraten.« Seine Stimme klang bitter.

Claudia schwieg. Bislang hatten sie es vermieden, über Barbara zu sprechen. Und das sollte auch so bleiben.

»Lasst mich heute Abend mit zu Andreas Mohr kommen!«, lenkte sie ab. »Ich besuche die Vesper in der Nikolauskirche und begleite ihn hernach ins Pfarrhaus. Ihr müsst nur dort auf uns warten.«

Sebastian war überrascht.

»Werden sie Euch auf der Burg nicht vermissen?«

Claudia winkte ab. »Meine Tante verlässt ihre Kemenate nur noch, um in der Kapelle zu beten. Mein Oheim ist vollauf damit beschäftigt, mit dem Burgkaplan Elisabeths Beisetzung zu planen. Ich bin sicher, dass sie mein Fehlen nicht einmal bemerken werden.«

Erst im hellen Schein der Öllampen fiel Claudia auf, dass Andreas Mohr in den letzten Tagen um Jahre gealtert war. Sein Gesicht wirkte eingefallen, tiefe Ringe umschatteten seine Augen. Sollte am Ende doch etwas Wahres an dem Gerücht sein, das seit Tagen durch Neuerburg schwirrte? Es hieß, Mohr habe sein Herz an Magdalena verloren und ihr deshalb zur Flucht verhelfen wollen.

Zweifellos setzte ihm auch der Freitod der Wäscherin zu. Die Wache hatte sich wenig zuvor gegenüber Martha mit der Verhaftung der Kräuterfrau gebrüstet. Ihr Körper war unter dem Galgen verscharrt worden. Mohr hatte die ganze Nacht nach ihrem Tod in der Kirche verbracht, um für ihr Seelenheil zu beten.
Doch trotz dieser schrecklichen Ereignisse wahrte der Stadtpfarrer gegenüber seinen Gästen die Form und bot ihnen Wein und Schmalzbrote an. Erst als sie sich ein wenig gestärkt hatten, fragte er nach ihrem Anliegen.
Sebastian sah Claudia auffordernd an. Es fiel dem Edelfräulein sichtlich schwer, von ihrem Verdacht gegen Adela zu berichten. Bisher wussten außer Sebastian nur Barbara und Magdalena davon. Schließlich fasste sie sich ein Herz und begann zu schildern, was Kathrin beobachtet und ihr anvertraut hatte. Sie erzählte auch von den Beweisen, die sie in Adelas Kammer gefunden hatte, und von den Alpträumen nach der Vergiftung durch die Hexensalbe. Mohr hörte ihr mit wachsender Bestürzung zu. Als sie bei den Geschehnissen rund um die Verlobungsfeier und ihrem Mordverdacht angelangt war, stöhnte der Stadtpfarrer auf. »Was Ihr da sagt, ist ungeheuerlich, edles Fräulein. Niemand wird auch nur in Betracht ziehen, dass Ihr recht haben könntet. Selbst mir fällt es schwer, Euch zu folgen.«
Statt einer Antwort reichte ihm Sebastian den Fetzen Papier. »Dies hat Claudia im Zimmer ihrer Base gefunden. Könnt Ihr etwas damit anfangen?«
Einen Moment starrte der Pfarrer den jungen Mann verblüfft an. Claudia? Waren die beiden so vertraut miteinander? Dann schob er den Gedanken beiseite und besah das Papier. Ein eiskalter Schauer lief ihm den Rücken hinab, als er erkannte, was er in den Händen hielt. Lautlos formten seine Lippen die unverständlichen Worte.

nebegrev riw hcua eiw
sluhcs eresnu snu bigrev dnu

»Es scheint, dass Euer Verdacht Hand und Fuß hat«, sagte er schließlich mit einem tiefen Seufzer. »Hier«, er reichte Sebastian das Papier. »Lest den Text von rechts nach links.«
Während Claudia ihm über die Schulter sah, buchstabierte der Sohn des Amtmanns. »*Wie ... auch ... wir ... vergeben* ... Mein Gott, das ist ein Teil des Vaterunsers. Hexen sollen auf ihren Festen die Gebete verhöhnen, indem sie sie zu Ehren des Satans rückwärts sprechen.«
Wilder Triumph flammte in Claudia auf. »So haben wir endlich einen Beweis!«
Der Pfarrer wiegte zweifelnd den Kopf. »Dass dies ausreichend sein wird, glaube ich nicht. Zumindest die Zofe müsste ausführlich Zeugnis gegen ihre Herrin ablegen.«
Claudias Mut sank so schnell, wie er gekommen war. »Das wird Kathrin niemals wagen. Zumal Adela sie zuletzt in ihre Untaten mit hineingezogen hat, wie es aussieht. Selbst wenn sie mit der Mordtat nichts zu schaffen hat, so hat sie zumindest eine Hostie entwendet, um sie Adela zu übergeben.«
Mohr durchzuckte eine Erinnerung. »In der Tat hatte ich Eure Base einst im Verdacht, den Leib des Herrn nach dem Abendmahl im Mund behalten zu haben«, sagte er. »Ich konnte mir keinen Reim darauf machen und hatte die Sache fast schon vergessen.«
Auch Claudia erinnerte sich jetzt daran, Adela einmal in der Burgkapelle dabei ertappt zu haben, wie sie hinter dem Altar vor dem Tabernakel stand. Doch vor Gericht gültige Beweise waren dies nicht, wie Sebastian rasch erklärte. »Zumindest dann nicht, wenn man noch nie als Hexe beklagt worden ist«, fügte er bitter hinzu.
Mohr wiederum leuchtete das Mordmotiv noch nicht ein. »Warum ist Eure Base so versessen darauf, die Frau dieses Grafen-

sohns zu werden? Ihr Vater wird sicher eine andere passende Partie für sie finden.«
Plötzlich fiel Claudia ein, dass sie noch nichts über das mit ihrer Muhme geführte Gespräch über Adelas Familie erzählt hatte. Sebastian wiederum berichtete von seiner Entdeckung auf Burg Schönecken.
»Sollte Adela also wirklich ein Bastard des Johann von Wawern sein, hat sie keine Gnade zu erwarten, wenn ihr Vater das jemals erfährt. Er würde sie im Schandhemd davonjagen.«
Mohr runzelte die Stirn ob der Schadenfreude in Claudias Stimme, ging aber nicht weiter darauf ein. Stattdessen fasste er die Ergebnisse zusammen.
»Wenn Adela wirklich die Mörderin Eurer Base Elisabeth ist, braucht es dafür unschlagbare Beweise. Natürlich fiele dabei der Nachweis, dass sie ein Kind der Unzucht ihrer Mutter mit dem Todfeind ihres Vaters ist, am stärksten ins Gewicht. Das würde ihre Unangreifbarkeit als Mitglied eines regierenden Grafenhauses so weit erschüttern, dass man ihrer Zofe vielleicht Glauben schenken würde. Zusammen mit Eurem Zeugnis gäbe es dann die geringe Möglichkeit, Magdalena vor dem Scheiterhaufen zu retten. Doch die Zeit drängt. Wo fangen wir an?« Claudia hatte plötzlich eine Idee.
»Sicherlich ist noch ein Mitglied von Amalias Gesinde am Leben«, überlegte sie laut. »Eine Kammerzofe oder ein Reitknecht.« Ihr fiel noch etwas ein. »Amalia starb auf der Neuerburg. Womöglich gibt es jemanden ganz in der Nähe, der etwas weiß. Ich werde mich einmal auf der Burg umhören. Vielleicht erinnert sich noch jemand an die Zeit, in der Amalia dort lebte, oder kennt zumindest eine Person, die uns weiterhelfen kann.«
»Auch mir fällt gerade noch etwas ein.« Mohr klang aufgeregt. »Als ich Magdalena nach ihrer Verhaftung ein letztes Mal im Kerker aufsuchte, erzählte sie mir, sie habe in der Mordnacht einen Knecht aus der Burg in der Weihergasse gesehen. Er ging

an ihrer Kate vorbei und kam wenig später mit einem Sack zurück, in dem er etwas trug.«

»Das ungetaufte Kindlein«, entfuhr es Sebastian.

»Ich habe schon eine Ahnung, wer dieser Knecht sein könnte«, fiel Claudia triumphierend ein.

Sie schmiedeten Pläne und verwarfen sie wieder, bis es für Claudia Zeit zum Aufbruch war. Das Edelfräulein brannte geradezu vor Tatendrang. Auch der Pfarrer sah wieder etwas zuversichtlicher aus. Dennoch lag ihm noch etwas auf dem Herzen.

Während Claudia im Hausflur mit Hilfe der Pfarrmagd ihren Umhang anlegte, hielt Mohr den Sohn des Amtmanns, der sie bis zum Burgtor begleiten wollte, noch einen Moment zurück.

»Auf ein Wort, Sebastian.« Prüfend sah ihm der Pfarrer ins Gesicht. Der junge Mann senkte unwillkürlich den Blick.

»Habe ich dein Wort, dass dein Begehr nach weiteren Zusammenkünften mit dem Edelfräulein Claudia nur dem hehren Beweggrund der Rettung Unschuldiger entspringt? Andernfalls müsste ich dem Vorhaben meinen Beistand entziehen, so schwer mir das auch um Magdalena Pirkens willen fallen würde.«

Sebastian hob den Kopf und blickte dem Pfarrer ins Auge. »Darauf habt Ihr mein Wort«, bekräftigte er.

Obwohl seine Stimme überzeugend klang, spürte Mohr, dass ihn nunmehr eine weitere Sorge drücken würde.

*Freitag, 18. Januar 1613*

Claudia trat hinter den Mägden, die die Tafel eindecken sollten, in den Rittersaal. Es war nicht ihre Aufgabe, die Arbeit des Gesindes zu überwachen. Doch es bot einen guten Vorwand, den Raum zum ersten Mal seit der Mordnacht wieder zu betreten, um sich vor dem Eintreffen der Gäste an ihn zu gewöhnen.

Die große Tafel war erneut zusammengeschoben worden. Auch

sonst erinnerte nichts mehr an das rauschende Verlobungsfest und die furchtbaren Ereignisse danach. Ungerührt blickten die Figuren auf den Wandteppichen in den Saal.
Gezwungenermaßen war Claudia in den letzten Tagen nahezu untätig gewesen. Der Stallknecht Hilarius, mit dem sie mehrfach zu sprechen versucht hatte, war ihr regelmäßig entwischt. Auch Kathrin drehte sich auf dem Absatz um, sobald sie Claudia nur von weitem sah. Immerhin hatte sie von einer alten Hausmagd erfahren, dass Amalias Zofe noch lebte und sogar in Neuerburg wohnte. Schon morgen wollte sie sie aufsuchen.
Sebastian hatte dagegen alle Hände voll zu tun, die Haftbedingungen der Delinquenten erträglich zu halten. Die beiden Zellen im Haidturm waren überfüllt. Dennoch weigerte Scholer sich anfangs, Eimer für deren Notdurft zur Verfügung zu stellen und das Stroh alle zwei Tage wechseln zu lassen. Erst als das junge Mädchen aus Waxweiler an einem heftigen Magenfieber erkrankte und Scholer befürchten musste, Zeugen des Hexenkomplotts zu verlieren, hatte er einigen Forderungen Sebastians nachgegeben. Seither lieferte der Wirt des »Roten Turms« täglich eine kräftige Suppe in den Kerker, in dem auch seine eigene Tochter einsaß.
Doch nach wie vor waren die Beschuldigten trotz der bitteren Winterkälte ohne Decken und saßen den größten Teil des Tages in völliger Dunkelheit.
Allein Magdalena erging es ein bisschen besser. Heinrich Dietz, der als Ratsherr immer noch Einfluss besaß, hatte auf eigene Kosten dafür gesorgt, dass ihre Zelle im Rathaus geheizt wurde und die Kräuterfrau nahrhafte Kost erhielt. Barbaras Bitte, Magdalena in der Haft besuchen zu dürfen, hatte der Amtmann jedoch abgelehnt.
Hufgetrappel im Burghof und das Knirschen von Wagenrädern kündigten das Eintreffen der Gäste an. Der Landgraf hatte alle Rats- und Gerichtsherren sowie die Befehlshaber der Stadtwa-

che und Burgbesatzung geladen, um Maximin Pergener zu empfangen.
Der Hexenkommissar aus Trier war am Vormittag eingetroffen. Zu Claudias Ärger hatte ihr Oheim dem Mann eine Wohnung über den Stallungen im unteren Burgbereich anweisen lassen.
Das Eingangsportal wurde geöffnet. Der Landgraf trat ein, auf dem Fuße gefolgt von Adela und Ernst von der Marck. Die Landgräfin lag noch immer mit einem Nervenfieber zu Bett. Wilhelm von Leuchtenberg nickte Claudia zu, bevor sich die Familie an der Stirnseite der großen Tafel niederließ.
Das Portal schwang erneut auf, um die Rats- und Gerichtsherren einzulassen. Claudia erwiderte kühl die Grüße des Amtmanns und des neuen Bürgermeisters Scholer, lächelte aber Heinrich Dietz und Sebastian herzlich zu. Die Mägde begannen, den heißen Würzwein auszuschenken.
Endlich wurde die schwere Eichentür ein drittes Mal geöffnet. Der Diener Johann trat ein und verneigte sich vor dem Landgrafen. »Euer Gnaden, der Burgkaplan Bernhard Josten in Begleitung des ehrwürdigen Herrn Maximin Pergener, Doktor beider Rechte.«
Claudia konnte sich nicht entsinnen, dass ein Mensch jemals so heftigen Abscheu in ihr erzeugt hatte wie der dürre, hinkende Mann, der nun hinter Josten den Saal betrat. Er machte eine ob seiner Behinderung ungelenke Verbeugung vor der Grafenfamilie.
Pergeners Kopf saß auf einem für seine Größe viel zu dünnen Hals, der faltig und bleich aus dem weißen Spitzenkragen emporwuchs, dem einzigen Schmuck des schlichten schwarzen Anzugs aus gutem Tuch. Anders als Josten hielt er sich peinlich sauber, was seinen ungünstigen Eindruck allerdings eher betonte als milderte. Bis auf einige wenige Strähnen war sein Schädel vollkommen kahl. Als wollten sie dieses Manko wettmachen, überschatteten schwarze buschige Brauen die kleinen, stechen-

den Augen von undefinierbarer Farbe. Eine gebogene Nase über einem bartlosen, schmallippigen Mund verlieh Pergener das Aussehen eines Habichts. Die dürren Hände mit den knochigen Fingern taten ein Übriges.

Claudia schauderte unwillkürlich, als sie der Jurist nach seiner ehrerbietigen Verbeugung musterte. Aus einem unerfindlichen Grund fühlte sie sich ausgezogen bis auf die Haut. Adela dagegen erwiderte seine Begrüßung mit einem schmelzenden Lächeln, als wähnte sie sich durch irgendetwas geschmeichelt.

Caspar Scholer begrüßte den Hexenkommissar im Namen des Stadtrats und des Hochgerichts. Während der langatmigen Vorstellung aller Anwesenden sah Claudia auf Sebastians Gesicht die gleiche unverhohlene Abneigung, die sie selbst empfand. Auch Dietz und ein oder zwei Ratsherren blickten angewidert drein. Der Amtmann dagegen verzog keine Miene. Es war nicht auszumachen, wie er zu Pergener stand, der seine Rolle als Ankläger am Hochgericht übernehmen würde.

Claudia fielen die Gerüchte ein, die ihr Sebastian bei ihrer letzten Begegnung in der Jagdhütte erzählt hatte. Es hieß, Pergener, der mit Anfang fünfzig noch unbeweibt war, sei mit seinen Anträgen viele Male sowohl von den auserwählten Jungfrauen als auch von deren Vätern abgewiesen worden. Obwohl der Jurist für manch eine Bürgerstochter sicher eine gute Partie gewesen wäre, wunderte sich Claudia angesichts der unangenehmen Erscheinung des Mannes nicht darüber. Es ging etwas Lauerndes von ihm aus, eine nicht greifbare Gefährlichkeit, die ihr am ganzen Körper Gänsehaut verursachte.

Der Landgraf blieb wie üblich von solchen Regungen unberührt. »Auch ich heiße Euch herzlich in meiner Herrschaft willkommen«, dröhnte er. »Ich setze all meine Hoffnung in Euch. Sühnt das himmelschreiende Unrecht, das meiner Familie widerfahren ist. Nehmt Platz an der Tafel und sprecht freiheraus, wie wir Euch in Eurem Tun unterstützen können.«

Pergener verneigte sich ein letztes Mal, bevor er sich setzte und an dem Würzwein nippte, der ihm sogleich eingeschenkt wurde. Als er mit hoher, fistelnder Stimme zu sprechen begann, schreckte Claudia noch einmal zurück.

»In der Tat gibt es einige Bitten, die ich Euch untertänigst vortragen möchte, Euer Gnaden.« Er stockte. Der Landgraf nickte ungeduldig.

»Es handelt sich um die Kerker für die Verdächtigen. Wie mir der überaus geschätzte Hexenbeichtiger mitteilte«, er neigte den Kopf in Richtung des Burgkaplans, »sind die städtischen Gefängnisse bereits überfüllt. Es steht jedoch zu vermuten, dass viele Schuldige noch gar nicht ergriffen wurden.«

»So belegt die Verliese der Burg«, kam ihm der Landgraf zuvor. »Sie wurden seit vielen Jahren nicht mehr gebraucht.« Er wandte sich an den Burghauptmann. »Ihr steht mir dafür ein, dass das Hexengesindel dort wohl verwahrt wird.«

Pergener lächelte und ließ dabei gelbliche Zähne sehen, die an das Gebiss eines Pferdes erinnerten. Der Landgraf machte eine auffordernde Geste.

»Die zweite Angelegenheit betrifft die Unabhängigkeit des Hochgerichts. Das Lehnsrecht der Herrschaft Neuerburg sieht vor, dass alle Entscheidungen des Gerichts durch einen Advis aus Luxemburg bestätigt werden müssen. Die Verfolgung dieser scheußlichen Sonderverbrechen erfordert jedoch ein rasches Vorgehen bei der Verhaftung und dem Nachweis der Schuld dieser Teufelsanbeter. Daher …«

Der Landgraf fiel ihm ins Wort. »Ihr seid frei in allen Euren Entscheidungen.« Claudia sah, wie sich Sebastians Augen vor Entsetzen weiteten. »Auch bislang haben wir Ausnahmen gemacht, die samt und sonders im Nachhinein von Luxemburg gutgeheißen wurden. Nun liegt ein besonderer Fall vor. Mein eigenes Kind fiel einem Hexenkomplott zum Opfer. Deshalb stehe ich selbst dafür ein, dass die Verfolgung der Schuldigen

mit allen Mitteln vorangetrieben wird. Kümmert Euch also nicht um den Amtsschimmel. Sollte er wiehern, werde ich ihn zur Räson bringen.«
Pergener lächelte erneut. Zu Claudias Schrecken richteten sich seine stechenden Äuglein jetzt auf sie.
»Eine letzte Bitte möchte ich vortragen, edler Herr Graf. Sie betrifft Eure hochwohlgeborene Nichte, das Fräulein von Leuchtenberg.« Sebastians Gesicht verfärbte sich vor Wut dunkelrot. »Mir wurde mitgeteilt, dass das gnädige Fräulein noch kurz vor dem Tod am Bett Eurer ermordeten Tochter Elisabeth war. Damit ist sie eine überaus wichtige Zeugin.« Er wandte sich Claudia zu. »Ich bitte untertänigst um die Erlaubnis, Euch darüber befragen zu dürfen.«
Claudia antwortete, ohne zu überlegen. »Ich werde zu gegebener Zeit darüber entscheiden, ob ich Euch empfangen kann«, erwiderte sie hochmütig. Pergeners Gesicht verfärbte sich rötlich.
Der Landgraf warf seiner Nichte einen wütenden Blick zu. »Wann immer Ihr sie zu sprechen wünscht, wird Euch das Fräulein von Leuchtenberg zur Verfügung stehen«, kanzelte er Claudia vor allen Versammelten ab.
In diesem Moment erhob sich Adela. Sie entblödete sich nicht, sogar einen angedeuteten Knicks vor dem Hexenkommissar zu machen. »Vielleicht darf auch ich Euch mit der gütigen Erlaubnis des Landgrafen meine bescheidene Hilfe anbieten«, säuselte sie. Sie nestelte etwas aus ihrer Gürteltasche. »Ich habe dieses Säckchen im Gemach meiner verstorbenen Base gefunden. Womöglich ist es Euch bei Euren Nachforschungen von Nutzen.«
Sie hielt es in die Höhe. Jedermann im Saal sah deutlich das gestickte B auf der Vorderseite. Heinrich Dietz wurde bleich wie ein Gespenst. Auch Sebastian wirkte schockiert.
Pergeners scharfem Blick entging das nicht. »Kennt Ihr dieses Säckchen, mein Herr?«, fragte er Dietz. Der schnappte mühsam nach Luft.

»Es stammt aus der Hand meiner Tochter Barbara«, presste er schließlich zwischen zusammengebissenen Zähnen hervor. »Sie hat solche Beutelchen als Kind bestickt und ihrer Amme geschenkt.«
»Der verhafteten Kräuterfrau Magdalena Pirken, wie ich vermute?« Trotz der hohen Tonlage klang Pergeners Stimme ölig. Josten hatte ihn augenscheinlich in den wenigen Stunden seit seiner Ankunft umfassend ins Bild gesetzt. Dietz nickte stumm.
»Ich bin Euch überaus dankbar für Eure Aufmerksamkeit, edles Fräulein. Erlaubt mir, den Gegenstand an mich zu nehmen.« Mit einem triumphierenden Grinsen hinkte Pergener auf Adela zu.
Claudias Gedanken rasten. Auch sie hatte dieses Säckchen schon einmal gesehen. Als die dürren Finger des Hexenkommissars danach griffen, fiel es ihr wieder ein.
In ihm hatte Magdalena das schwarze Bilsenkraut verwahrt.

## Kapitel 25

*Samstag, 19. Januar 1613*

Die Tür zur kleinen Kate der Witwe Lore im unteren Teil der Braubachgasse war so niedrig, dass Claudia sich bücken musste, um eintreten zu können. Zuvor hatte sie sich vorsichtig über den vereisten Steg getastet, der den Bach überspannte. Das im Sommer so muntere Wasser plätscherte nur noch als dünnes Rinnsal durch sein gefrorenes Bett.
Drinnen saß eine steinalte Frau vor dem kleinen Feuer im offenen Herd. Sie war von Kopf bis Fuß in ein graues wollenes Umhangtuch gehüllt. Die schwarzen Augen unter der gestrickten Haube blickten Claudia wach und aufmerksam entgegen. Die

Alte machte keine Anstalten, sich aus ihrem Lehnstuhl zu erheben.
»Verzeiht meiner Muhme.« Eine zweite verhärmte Frau in mittleren Jahren knickste tief. »Sie ist zu gebrechlich und schwach, um Euch die gebührende Ehre erweisen zu können. Sie geht wohl auf ihr fünfundsiebzigstes Jahr zu.«
Die Alte machte eine wegwerfende Handbewegung. »So schere dich schon hinaus, Grete, und warte drüben in der Hütte von Matthis. Ich bin sicher, das edle Fräulein möchte dich bei diesem Gespräch nicht dabeihaben.« Die Stimme der Greisin klang klar und befehlsgewohnt.
Zu Gretes Enttäuschung neigte Claudia zustimmend den Kopf. Mit leisem Murren verließ die Frau die Hütte und ließ die Tür geräuschvoll hinter sich zufallen. Das Edelfräulein ließ sich auf einem wackligen Schemel nieder, dem einzigen anderen Sitzmöbel in der Kate.
Nachdem sie das ihr angebotene Dünnbier dankend abgelehnt hatte, wartete sie darauf, dass die Alte sie nach ihrem Anliegen fragte. Doch die ließ sich Zeit und schlürfte schmatzend aus ihrem tönernen Becher. Schließlich bedeutete sie Claudia, die beiden Binsenlichter auf dem klapprigen Holztisch zu schneuzen. Nun konnte sie Claudias Gesichtszüge deutlich erkennen, während ihre eigenen im Halbschatten lagen.
»Nun, edles Fräulein, was begehrt Ihr von mir?«, begann sie endlich.
»Ihr wart einst die Zofe meiner verstorbenen Tante Amalia von Manderscheid-Kail?« Angesichts ihres biblischen Alters entschloss sich Claudia zu dieser im Umgang mit Dienstboten ungewöhnlich höflichen Anrede.
»Wenn Ihr das Fräulein von Leuchtenberg seid, kann sie nur eine Tante zweiten Grades gewesen sein.« Die Alte übersah Claudias ungeduldige Geste. »Aus welchem Grund wollt Ihr etwas über sie wissen?«

Auf diese Frage war Claudia nicht vorbereitet. »Es ist eine familiäre Angelegenheit«, murmelte sie unwillig. Was maßte diese Vettel sich an? Doch die Alte schwieg und betrachtete sie ungerührt.

»Es geht um die Ehre meiner Base Adela, Amalias Tochter«, trat Claudia schließlich die Flucht nach vorn an. »Man munkelt, sie sei ein illegitimes Kind der Gräfin. Ich möchte ihr helfen, sich von diesem Verdacht reinzuwaschen.«

Ein spöttisches Lächeln zuckte um den zahnlosen Mund der Greisin. »Verzeiht einer alten Frau ein offenes Wort, edles Fräulein. Aber Ihr seid eine erbärmliche Lügnerin. Und Eure Base soll ein rechtes Miststück sein, wie man hört.«

Einen Moment durchzuckte Claudia Empörung. Doch im nächsten Moment musste sie lachen. Die Alte hatte ja recht.

»So will ich Euch offen bekennen, dass ich nach einer Verbindung Amalias mit dem Baron Johann von Wawern suche. Könnt Ihr mir etwas darüber sagen?«

Ein wachsamer Ausdruck trat auf das Gesicht der alten Frau. »Ich war in Gräfin Amalias Diensten, solange sie lebte«, begann sie umständlich. »Erst als Amme, später als ihre Leibmagd und Kammerfrau. So weiß ich natürlich, dass Gräfin Amalias selige Mutter ihre Tochter einst dem Baron von Wawern versprochen hatte. Doch Amalia erwählte sich einen anderen Gemahl.«

»Und hat diese Wahl bitter bereut.« Claudia nahm nun kein Blatt mehr vor den Mund. »Hat sie sich in der Not ihres Herzens wieder an ihren ersten Verehrer gewandt?«

Die Witwe schwieg. Im Dämmerlicht vermeinte Claudia Argwohn und Verachtung in ihren Zügen zu lesen. Doch sie war sich nicht sicher.

»Wenn ich Euch sage, was ich weiß, was werdet Ihr mit diesem Wissen anfangen?«

Claudia war die Zeit des Wartens wie eine kleine Ewigkeit erschienen. Wieder entschied sie sich für die Wahrheit. »Ich werde versuchen, unschuldige Menschen vor einem grässlichen Tod zu bewahren.«

Die Alte zog deutlich vernehmbar die Luft ein. Dann räusperte sie sich. »Ich weiß zwar nicht genau, worauf Ihr hinauswollt, gnädiges Fräulein, doch vermute ich, dass Euer Besuch mit dem Tod der Grafentochter und den Hexenprozessen zu tun hat.« Sie fixierte Claudia scharf, bis diese widerstrebend nickte.

Eine lange Weile starrte die Alte ins Feuer. Claudia erkannte die Anzeichen eines inneren Kampfes. Sie erwog schon, den Besuch zu beenden, als die Alte endlich zu sprechen anhob. »Auch in Oberkail wurde lange gebrannt. Ich kannte die Burgköchin Lisbeth. Sie war eine brave Frau.«

Dann gab sie sich einen Ruck. »Ich will lieber nicht wissen, warum Ihr etwas über meine verstorbene Herrin erfahren wollt. Doch ich glaube Euch, dass Eure Beweggründe edel sind. Dennoch stelle ich eine Bedingung. Was ich Euch jetzt anvertraue, habe ich noch keinem Menschen erzählt. Solltet Ihr Euch mit diesem Wissen auf mich berufen, werde ich abstreiten, Euch je ein Sterbenswörtchen gesagt zu haben. Schwört bei der Seele Eurer verstorbenen Mutter, dass Ihr die Quelle Eurer Informationen geheim halten werdet.«

Jetzt stockte Claudia der Atem. Wo nahm die Alte die Gewissheit her, dass sie diesen Schwur niemals brechen würde? Sie musste Erkundigungen über sie eingezogen haben, seitdem Sebastian ihren Besuch angekündigt hatte. Denn sie wusste etwas von großer Wichtigkeit, das war Claudia jetzt klar.

»Ich schwöre es bei der Seele meiner verstorbenen Mutter«, sagte sie feierlich. Die Alte nickte ihr zu.

»So hört, was ich Euch zu sagen habe. Meine unselige Herrin Amalia hatte kein Glück mit den Männern. Graf Dietrich behandelte sie von Anfang an schlecht. Ihr Leben an seiner Seite wurde zur Hölle, als sie Jahr um Jahr keinen Sohn empfing.«

Die Alte schlürfte einen Schluck Bier.

»Ihr Beichtvater riet ihr zu Wallfahrten, um den Segen der Heiligen Jungfrau zu erflehen. So pilgerte sie viele Male zu den heiligen Stätten in der Eifel und in Luxemburg. Eines Nachmittages im Herbst gerieten wir auf dem Rückweg von der Benediktinerabtei in Prüm mitten im Wald in ein schweres Unwetter. Im Schlamm glitten die Kutschpferde aus. Der Wagen stürzte um und schlitterte eine Böschung hinab. Wir hätten uns alle den Hals brechen können, blieben aber gottlob unversehrt. Doch es war dämmrig und nass, die Pferde waren verletzt, und wir konnten nicht weiter. Da empfahl uns ein mit der Umgebung vertrauter Knecht, Obdach auf Burg Schönecken zu suchen, die nur eine Meile entfernt lag.«

Wieder nahm die Alte einen Schluck warmes Bier.

»Ich merkte, dass dieser Vorschlag meiner Herrin missfiel. Doch es blieb uns nichts anderes übrig, wollten wir nicht im Schlamm auf der nackten Erde nächtigen. So stapften wir mühsam durch den finsteren Wald und erreichten schließlich am Abend mehr tot als lebendig die Burg.«

Die Alte schwieg, wie um ihre Gedanken zu sammeln. Claudia spürte, wie sich die Härchen an ihren Armen aufrichteten.

»Johann von Wawern empfing uns gastfreundlich. Er bewirtete uns mit einem guten Mahl und wies meiner Herrin und mir eine Kammer gleich neben seinem Gemach an. Amalia fürchtete sich und wollte mit dem übrigen Gesinde Quartier im Stall nehmen. Ich ärgerte mich heimlich über sie, denn ich hielt sie in ihrer Erschöpfung für überspannt. Todmüde sank ich vor ihrem Lager auf meinen Strohsack und war eingeschlafen, noch bevor mein Gesicht die Kissen berührte.«

Claudia öffnete die verkrampften Fäuste. Ihre Fingernägel hinterließen rote Halbmonde in ihren Handflächen.

»Es muss gegen Mitternacht gewesen sein, als ich rüde an der Schulter gerüttelt wurde. Der Baron stand in der Kammer, nur mit Hemd und Hose bekleidet. Er stank nach Schnaps und

Schweiß wie der verkommenste Trunkenbold. Als er mich an den Zöpfen hochriss und zur Tür drängte, begann ich zu schreien. Er zückte sein Jagdmesser und setzte es mir an die Kehle, als die Herrin dazwischenging und mich bat, die Kammer zu verlassen. Sie flehte so inständig, dass ich schließlich hinausging. Zitternd vor Kälte saß ich im dünnen Hemd bis zum Morgengrauen auf dem Flur. Erst als die Sonne aufging, winkte mich die Herrin wieder hinein.«

»Was geschah in der Kammer?« Nun konnte Claudia ihre Neugier nicht länger bezähmen.

»Das weiß Gott allein. Obwohl ich die Ohren spitzte, hörte ich keinen Laut. Ich sah den Baron auch nicht das Gemach verlassen. Als mich die Herrin rief, trug sie ein frisches Hemd und war gekämmt und gewaschen. Sie beschwor mich, nie etwas gegenüber Graf Dietrich verlauten zu lassen. Doch sie erzählte kein Sterbenswort über das, was in der Kammer geschehen war.«

Die Alte machte eine kleine Pause.

»Neun Monde danach wurde dem Grafen Dietrich eine Tochter geboren. Er nannte das Kind Adela, nach seiner Mutter.«

Claudia schlug das Herz bis zum Hals. »Und die Gräfin erzählte Euch nie, wer der Vater des Kindes war?«

»Natürlich erzählte sie es. Graf Dietrich soll es gewesen sein.«

»Aber Ihr glaubtet es nicht?«

»Welche Ehefrau, die sich sehnlichst ein Kind wünscht, liegt jede Nacht weinend mit ausgebreiteten Armen in der Kapelle vor dem Altar, obwohl sie endlich gesegneten Leibes ist? Es war eine sehr schwere Geburt. Doch sie betete nicht um das Überleben des Kindes, sondern darum, dass der Herr sie und das Ungeborene gnädig ins Himmelreich aufnehmen möge. Als ihr das Bündel in die Arme gelegt wurde, schluchzte sie zum Steinerweichen.«

Claudia ließ die Worte der Alten auf sich wirken. »Aber es gibt keinen Beweis?«

Die Alte schüttelte den Kopf.
Plötzlich kam Claudia eine Idee. »Ihr sagtet, Gräfin Amalia hätte einen Beichtvater gehabt, der ihr zu den Wallfahrten geraten hat. War er auch bei ihr, als sie auf dem Sterbebett lag?«
Die Alte beugte sich vor und sah Claudia aufmerksam an. »Er war noch bei ihr. Sein Name war Bruder Johannes.«
»Wo kann ich ihn finden? Ist er noch am Leben?«
Die Alte schüttelte den Kopf. »Er folgte der Gräfin nur wenige Tage später ins Grab.«
»Woran ist er gestorben?«
Die Alte blickte merkwürdig drein. »An einem Pilzgericht, das wohl ein giftiges Exemplar enthielt. Er starb unter Krämpfen, und niemand konnte ihm helfen. Der Koch wurde mit dreißig Rutenhieben gezüchtigt.«

*Mittwoch, 23. Januar 1613*

Widerstrebend lösten sie sich voneinander. Draußen wurde es schon dämmrig. Claudia fuhr sich prüfend über den Kopf, steckte einige lose Strähnen unter die Haube zurück und rückte diese zurecht.
Seufzend stand sie auf. »Ich sollte vor Einbruch der Dunkelheit auf der Burg sein.« Auch wenn sie ihre neue Freiheit, die sie der andauernden Melancholie ihrer Tante Erika verdankte, in vollen Zügen genoss, wollte sie den Bogen nicht überspannen.
»Wartet, ich begleite Euch noch bis zum Schwarzbildchen.«
Claudia zögerte. Doch das Wetter war nass und windig. Ein plötzlicher Wärmeeinbruch hatte den Schnee zu überfrorenem Matsch werden lassen. Bei dieser Witterung würde sich kaum jemand außerhalb der Stadt aufhalten.
Während sie ihren Umhang zuband, überdachte Claudia noch einmal die Lage. Zwar schien es aussichtslos, Adelas illegitime

Herkunft beweisen zu können, zumal sie versprochen hatte, die Alte nicht zu erwähnen. Dafür war es ihr mit Sebastians Hilfe am Morgen endlich gelungen, den Knecht Hilarius zu stellen und mit dem Schwert an der Kehle zu einem Geständnis zu bewegen.

Er hatte zugegeben, in der Mordnacht Fenster und Tür beschädigt und ein gewaltiges Getöse verursacht zu haben, indem er schwere Fässchen die Stiegen hinabkollern ließ. Auf Adelas Geheiß hatte er außerdem die Leiche des ungetauften Kindes auf dem Eligius-Friedhof ausgegraben und in die Enz geworfen.

Er war es auch gewesen, der Claudia in ihre Kammer brachte, nachdem Adela ihr die *Schmeer,* wie er die Hexensalbe nannte, unter die Achseln gerieben hatte.

Doch der Knecht war von einfachem Gemüt. Dass dies alles mit Adelas Satansbund oder gar dem Mord an Elisabeth zu tun haben könnte, kam ihm selbst jetzt nicht in den Sinn. Trotzdem fiel er zitternd und weinend vor Claudia auf die Knie und flehte sie an, ihn nicht zu bestrafen. Obwohl Sebastian sie warnte, dass die Angaben des Knechts nicht ausreichten, um Adelas Schuld zu beweisen, ging sie mit Hilarius im Schlepptau gleich zu den Gemächern ihres Onkels.

Doch der war nicht zu sprechen. Sein Leibdiener Johann deutete diskret an, dass sich der Graf gerade bei seiner neuesten Mätresse aufhielt und für den Rest des Tages nicht mehr gestört zu werden wünschte. So blieb ihr nur, Hilarius das Versprechen abzupressen, dem Landgrafen zu einem späteren Zeitpunkt alles zu gestehen und dafür einen günstigen Moment abzuwarten.

Auf dem Rückweg durch die Gänge der Burg begegneten sie zu ihrem Pech auch noch Adela, die Hilarius und sie durchdringend musterte. Seitdem war Claudia in Unruhe, dass Adela ihren Einfluss auf den Knecht geltend machen könnte, bevor er sich Graf Wilhelm eröffnet hatte.

Denn die Zeit wurde knapp. Morgen sollte Magdalena zum ersten Mal vor dem Hochgericht erscheinen. Bevor ihre heftigen Küsse jedes Wort erstickten, hatte sie Sebastian erklärt, dass sie trotz seiner Skepsis weiterhin versuchen wollte, auch Kathrin als Verbündete zu gewinnen.

Die Zweige knackten vernehmlich unter ihren Schritten, als das Paar den Waldweg erreichte, der zum Schwarzbildchen führte. Ihre Verliebtheit ließ sie zunehmend unvorsichtig werden. Im schwindenden Licht hatte sich Claudia bei Sebastian eingehängt. Da sie mit keiner Menschenseele rechneten, sahen sie die Frau zu spät, die andächtig ins Gebet versunken vor dem Bildnis der Heiligen Jungfrau kniete.

Erschrocken stoben sie auseinander. Die Frau drehte sich um. Mit Entsetzen erkannte Claudia ihre Freundin Barbara. Sie musterten sich sprachlos. Zuerst fand Barbara ihre Stimme wieder.

»Was führt euch hierher?« Claudia sandte ein Stoßgebet zum Himmel, dass die Dämmerung die brennende Röte verbergen möge, die ihr ins Gesicht schoss.

»Wir trafen uns in der Jagdhütte«, antwortete Sebastian zu ihrer Überraschung mit fester Stimme. »Dort haben wir beratschlagt, was zu tun ist, um Magdalenas Unschuld zu beweisen.«

Barbaras Miene war anzusehen, dass sie zwischen Freude und Ärger schwankte. Schließlich siegte der Ärger. »Warum tut ihr dies heimlich, ohne mich ins Vertrauen zu ziehen? Habe ich nicht auch das Recht, an Magdalenas Rettung mitzuwirken?«

Claudia nickte unbehaglich. »Das hast du. Doch was wir tun, ist nicht ungefährlich. Mich schützt meine Stellung und Sebastian sein Schöffenamt, doch du könntest dich ungewollt verdächtig machen.«

Wenn Barbara die vertraute Anrede aufgefallen war, ließ sie es sich nicht anmerken. Stattdessen machte sie eine wegwerfende Handbewegung. »Darum sorgt euch nicht. Maximin Pergener hat mir persönlich die Erlaubnis erteilt, Magdalena im Gefängnis zu besuchen. Er hat das Verbot des Amtmanns aufgehoben.

Aus diesem Grund bin ich auch zum Schwarzbildchen gepilgert, um der Muttergottes für ihre Fürsprache eine Kerze zu stiften.«
»Pergener hat Euch das erlaubt?« Sebastian konnte es kaum glauben. Dieser Mann war berechnend in allem, was er tat. Was also hatte es mit dieser Erlaubnis auf sich?
Bevor er sich jedoch einen Reim darauf machen konnte, ergriff schon Claudia das Wort. »Wenn du Zugang zu deiner Amme hast, bist du uns in der Tat eine wertvolle Hilfe. Du könntest Nachrichten überbringen und offene Fragen klären.«
»So seid ihr einverstanden, mich zu euren Treffen hinzuzuziehen?«
Sebastian öffnete den Mund, um zu protestieren, doch Claudia kam ihm zuvor. Ihr schlechtes Gewissen ließ ihr keine andere Wahl. »Zu den meisten Treffen zumindest«, versprach sie. »Manchmal kommt dein Verlobter in Amtsgeschäften zur Burg, und wir nutzen diese Gelegenheit, um uns zu besprechen. Doch zu allen Treffen in der Jagdhütte bist du willkommen. Du musst allerdings absolutes Stillschweigen darüber bewahren.«
Barbara nickte.
»Seid Ihr den ganzen Weg alleine gegangen?«, fragte Sebastian. »Es hätte Euch leicht etwas zustoßen können.«
Barbara winkte ab. »Hanna hat mich begleitet. Sie wartet da drüben in der kleinen Kapelle.«
»Sie sollte uns nicht zusammen sehen!«, empfahl Claudia.
Barbara nickte. Nach einem hastigen Abschiedsgruß ging sie davon.
In Sebastians Brust tobte ein Wirrwarr von Gefühlen. Ärger über Barbara und Claudia mischte sich mit der Sorge um seine Verlobte, die immer mehr Wagnisse einging, um ihrer geliebten Amme zu helfen.
»Und was wird nun mit uns?«, fragte er unwirsch, als Barbara außer Hörweite war.
Claudia zuckte die Achseln. »Barbara hat ein Recht darauf, sich

an Magdalenas Rettung zu beteiligen. Außerdem ist und bleibt sie Eure Verlobte.«

Als sie die Enttäuschung in Sebastians Gesicht sah, fügte sie besänftigend hinzu: »Wir müssen ihr ja nicht jedes Mal sagen, wenn wir uns treffen.«

*Donnerstag, 24. Januar 1613*

Als Sebastian den Rathaussaal betrat, war das Hochgericht bereits vollzählig versammelt. An einem der bleigefassten Fenster standen die Schöffen Veit Mölich aus Oberweis und Nikolaus Hoss aus Waxweiler. Zu ihnen hatte sich Burkhard Krebs gesellt, seines Zeichens Zunftmeister der Schmiede. Er war neu im Stadtrat und Nachfolger von Caspar Scholer als stellvertretender Richter. Sebastians kühler Gruß wurde womöglich noch kühler erwidert.

Wie so oft steckten Josten und Scholer die Köpfe zusammen. Der Richter hatte schon an dem langen Tisch aus poliertem Kirschholz Platz genommen, der die ganze Stirnseite des Saales einnahm. Im Kamin dahinter brannte ein lustiges Feuer, dessen Kraft aber nicht ausreichte, um den Raum mit der hohen, bemalten Holzdecke zu erwärmen. Der Gerichtsschreiber an seinem Stehpult fror genauso erbärmlich wie die Wachen, die neben dem Eingang ihre Posten bezogen. Maximin Pergener war nirgends zu sehen.

Kaum hatten sich die Gerichtsherren auf den unbequemen Stühlen mit den gedrechselten Rückenlehnen niedergelassen, da wurde die Tür zum Rathausaal aufgerissen. Mit Christoph de la Val an der Spitze kamen zwei Stadtsoldaten herein. Sie führten Magdalena mit sich, deren Hände mit einem groben Strick vor dem Körper gebunden waren. Hinter ihnen trat Meister Georg, der Scharfrichter, ein.

Sebastian bewunderte die Haltung der Kräuterfrau. Mit hoch erhobenem Haupt trat sie vor ihre Richter. Trotz des groben sackleinenen Kittels und des schmutzigen Fetzens um ihren Kopf wirkte sie ungebrochen.

Angewidert dachte Sebastian an die Prozedur, die ihr bevorstand. Nach dem gütlichen Verhör würde Magdalena vor dem versammelten Gericht auf Hexenmale untersucht werden. Er kannte Pergeners Vorgehensweise zur Genüge und hatte in den letzten Tagen erfahren müssen, dass der Hexenkommissar noch brutaler vorging als früher.

Der aus Gerolstein ausgeliehene Nachrichter Georg, wie der Henker auch genannt wurde, hielt sich bislang streng an die Vorschriften und schien seinem schrecklichen Gewerbe zum Trotz ein ehrenhafter Mann zu sein. Dennoch hatte Sebastian darauf bestanden, am frühen Morgen mit dabei zu sein, als Meister Georg Magdalena am ganzen Körper schor, um sie auf die Untersuchung vorzubereiten. Erschüttert erlebte er mit, wie ihr dichtes braunes Haar dabei Schere und Barbiermesser zum Opfer fiel. Mit dem blanken Schädel sah sie verletzlich aus wie ein Kind.

Während der Nachrichter Achsel- und Schamhaare rasierte, hatte der Sohn des Amtmanns sich schamhaft abgewandt, doch mit gespitzten Ohren gelauscht, bereit, beim geringsten Anzeichen von Schmerz oder Demütigung einzugreifen. Aber es war nicht vonnöten gewesen.

Schließlich musste Magdalena ihre Kleidung mit dem Arme-Sünder-Kittel tauschen. Das Exemplar, das der Nachrichter mitgebracht hatte, war jedoch völlig verlaust gewesen. Barsch hatte Sebastian einen Wachsoldaten nach einem sauberen Kittel geschickt, dabei allerdings vergessen, auch ein reines Kopftuch anzufordern.

Während sie vor der Zelle auf die Rückkehr des Wachsoldaten warteten, war ihm von Meister Georg erzählt worden, dass er

noch am gleichen Tag nach Gerolstein zurückkehren würde. Pergener habe einen anderen Nachrichter angefordert, den Sohn des Henkers aus Oberkail, der heute eintreffen sollte. Die Erleichterung des Mannes über seine Ablösung beunruhigte Sebastian fast noch mehr als das bevorstehende Verhör.
Nun zwang er sich, dem Geschehen zu folgen. Magdalena hielt sich sehr aufrecht und sah Caspar Scholer als oberstem Richter geradewegs in die Augen. Das schmierige Grinsen, das auf seinem Gesicht lag, als man sie hereinführte, war einem Ausdruck gewichen, der zwischen Häme, Trotz und Verunsicherung schwankte.
Durch eine kleine Seitentür betrat Pergener den Raum. Anfangs beachtete Magdalena ihn gar nicht. Sie erwartete offenbar, dass Scholer das Verhör leiten würde.
Der Richter räusperte sich. »Die Verhandlung des Hochgerichts gegen die Kräuterfrau Magdalena Pirken, angeklagt des schrecklichen Sonderverbrechens der Hexerei, ist hiermit eröffnet. Ich übergebe das Verhör der Delinquentin dem ehrwürdigen Doktor beider Rechte, Herrn Maximin Pergener, jüngst ernannter Hexenkommissar zu Neuerburg.«
Schon bei der Erwähnung des Namens zuckte Magdalena zusammen. Als Pergener in ihr Blickfeld hinkte, sah Sebastian einen Moment lang Entsetzen und Panik in ihren Augen.
Auch dem Hexenkommissar war ihr Erschrecken nicht entgangen. Prüfend musterte er sie mit seinem stechenden Blick. Dann richtete er die erste Frage an sie.
»Du bist die Wäscherin und Kräuterfrau Magdalena Pirken aus der Weihergasse?«
»Die bin ich.« Magdalenas Stimme war klar und deutlich. Augenscheinlich hatte sie sich wieder gefangen.
»Dir werden abscheuliche Verbrechen der Hexerei und des Umgangs mit dem Satan zur Last gelegt. Willst du um deines Seelenheils willen bekennen?«

»Ich bin unschuldig. Ich führe nach bestem Vermögen ein gottgefälliges Leben.«
Pergener trat plötzlich dicht an sie heran. »Widerwärtige Lügnerin«, zischte er. Dann hinkte er wieder an seinen Platz zurück, als sei nichts geschehen. Sebastian kannte Pergeners Taktik zur Genüge. Ihm war, als würde sich seine Kehle verengen, doch ihm waren die Hände gebunden.
Der Hexenkommissar blätterte in einer umfangreichen Akte, die vor ihm auf dem Stehpult lag.
»Die geständige Drudnerin Martha Adams hat vor ihrem wohlverdienten Ende durch die Hand des Satans angegeben, du hättest eine Seuche in Neuerburg verursacht, indem du Läuse gezaubert hast, die den Menschen Tod und Verderben brachten. Bekennst du dich schuldig?«
»Ich bin unschuldig. Ich habe Martha Adams einmal erzählt, dass ich Läusebisse für die Ursache der Seuche ...«
Pergener schnitt ihr das Wort ab. »Die Spinnmagd Lehn Lauert aus der Webergasse hat zu Protokoll gegeben, du hättest ihr zwei Kindlein getötet. Sie seien gestorben, nachdem sie ein vergiftetes Mus gegessen haben, das du ihnen gereicht hast. Bekennst du dich schuldig?«
»Ich bin unschuldig. Lehns Töchter gehörten zu den ersten, die an der Seuche erkrankten. Ich wurde als Heilerin zu ihnen ...«
Wieder fiel Pergener ihr ins Wort. »Die Bettlerin Grieth, ebenfalls eine überführte Genossin des Satans, hat gestanden, du habest ihrer verstorbenen Tochter Eva mit einem giftigen Pulver ein Kindlein aus dem Leib getrieben, um Hexensalbe daraus zu bereiten. Dies hat auch die Drudnerin Martha Adams bestätigt. Bekennst du dich schuldig?«
»Ich bin unschuldig.« Diesmal verzichtete Magdalena auf weitere Ausführungen. Sie hatte Pergeners Methode durchschaut. Doch der blieb ungerührt.
»Der Hausknecht Wilbert beschuldigt dich, ihn mit Zauberei

zur Buhlschaft mit dir getrieben zu haben. Danach habe er seine Manneskraft eingebüßt und bis heute nicht wiedererlangt. Bekennst du dich schuldig?«

Sebastian schoss die Zornesröte ins Gesicht. Er hoffte nur, dass eine höhere Macht Wilbert tatsächlich mit dem Verlust seiner Männlichkeit gestraft hatte.

»Ich habe nichts mit Wilbert zu schaffen.«

»Die Webermagd Berthe, selbst angeklagt, eine Zauberin zu sein, hat behauptet, du habest ihr ein Kindlein getötet. Hast du es dem Satan geopfert oder es zu deiner abscheulichen Salbe verkocht?«

»Ich habe nichts dergleichen getan.«

»Die Wäscherin Martha Adams, die Bettlerin Grieth und das Kräuterweib Zia Schreber, allesamt geständige Hexenweiber, behaupten, du habest sie regelmäßig an den Donnerstagen zum Hexentanz in den Mühlenwald geführt. Dort seist du die Oberhexe gewesen und hättest mit dem Leibhaftigen selbst den Vorsitz an der hohen Tafel gehabt.«

»Ich weiß nichts von solchen Dingen.«

»Ferner bestätigen dies die geständigen Zauberer Hans und Sanna Kleinmülner aus Oberweis.«

Wieder zuckte Sebastian vor Zorn und Schrecken zusammen. Wann und wo war Pergener zu diesem Geständnis gekommen? Verhörte er die Beklagten ohne Einbezug des Gerichts?

»Ich habe noch nie von diesen Leuten gehört.«

Pergeners bleiche Spinnenfinger durchsuchten die Akte. Sebastian hielt dies für ein weiteres Manöver, um die Beschuldigte einzuschüchtern. Er war sicher, dass Pergener genau wusste, wo sich jede einzelne Aussage in der Akte befand.

Plötzlich trat der Hexenkommissar wieder dicht an Magdalena heran. Sie zuckte vor seinem stinkenden Atem zurück. »Kennst du dieses Säckchen?« Er schwenkte Adelas Fundstück vor ihren Augen.

Wieder erschrak Magdalena. »Es ist ein Geschenk meiner Ziehtochter Barbara«, sagte sie schließlich. Diesmal zitterte ihre Stimme.
»Was hast du darin verwahrt?«
Magdalena zögerte sichtlich mit ihrer Antwort. »Ein Heilkraut, das starke Schmerzen zu lindern vermag«, versuchte sie, eine Lüge zu vermeiden.
Doch damit war sie Pergener in die Falle gegangen. »Wie ist der Name des Heilkrauts?«
Diesmal schwieg die Kräuterfrau eine lange Weile. »Man nennt es schwarzes Bilsenkraut«, sagte sie schließlich mit erstickter Stimme. Ein Raunen ging durch die Reihe der am Richtertisch Versammelten. »Ich habe es für schwere Geburten und Wundschmerzen …«
»Das schwarze Bilsenkraut?« Pergeners Fistelstimme kreischte durch den Saal. »Du sagst, es enthielt das schwarze Bilsenkraut? Antworte nur mit Ja oder Nein!«
Magdalena senkte zum ersten Mal den Blick. »Ja«, murmelte sie schließlich.
»Lauter. Ich habe es nicht verstanden.«
»Ja.« Ihre Stimme klang gequält.
Pergener wandte sich um. »Schreiber, nimm dies zu Protokoll.«
Sebastian zitterte vor Abscheu. Als ob der Schreiber nicht auch bislang jedes Wort niedergeschrieben hätte. »Die beschuldigte, aber noch nicht geständige Zauberin Magdalena Pirken gibt zu, in diesem *corpus delicti* das schwarze Bilsenkraut verwahrt zu haben.« Er schwenkte theatralisch das Säckchen. »Es ist ein Kraut des Leibhaftigen selbst, geeignet zu Schadenszauber jedweder Art.«
Magdalena schüttelte verzweifelt den Kopf. Doch Pergener ließ sie nicht mehr zu Wort kommen. Mit sich überschlagender Stimme fuhr er fort.
»Das Säcklein wurde in der Kammer des ermordeten Edelfräu-

leins Elisabeth von Leuchtenberg gefunden. Magdalena Pirken, du wirst von der geständigen Drudnerin Zia Schreber und dem zauberischen Ehepaar Kleinmülner aus Oberweis beschuldigt, am Abend des Verlobungstages des edlen Fräuleins eine Hexenversammlung im Mühlenwald einberufen zu haben. Dort hast du aus den zermahlenen Knochen eines ungetauften Kindes und diesem teuflischen Kraut einen Gifttrank gebraut. Alsdann hast du ein Unwetter herbeigezaubert, indem du deine Komplizen gezwungen hast, mit Ruten in den Mühlenbach zu schlagen. Im Schutze des Sturms bist du mit der satanischen Gesellschaft in die Kammer des Fräuleins eingedrungen und hast ihm den tödlichen Trank verabreicht. Bekennst du dich schuldig?«

»Ich bin unschuldig.« Wegen des Tumults, der am Richtertisch entstanden war, ließ sich Magdalenas Antwort kaum verstehen. Doch so plötzlich, wie er sich auf sie gestürzt hatte, ließ Pergener wieder von der Kräuterfrau ab. »Wir werden weitere Zeugen zu finden wissen«, versprach er mit seiner Fistelstimme.

Er winkte dem Scharfrichter. »So lasst uns nun überprüfen, ob der Satan seine ergebene Dienerin mit einem besonderen Mal gezeichnet hat. Reißt ihr den Kittel von ihrem verderbten Leib!«

Das Stroh raschelte leise unter Adelas Tritt. Hilarius, der gerade ein Pferd striegelte, fuhr herum. Eine Mischung aus Furcht und Begehren zeigte sich in seinem einfältigen Gesicht.

Adela winkte ihn heran. »Herrin, es ist schön, Euch zu sehen«, stammelte der Knecht, während Adela ihre vollen Brüste aus dem Gewand schälte. Sie stöhnte lustvoll auf, als Hilarius sie mit beiden Händen umfing und an den harten Warzen zu saugen begann.

Seine Männlichkeit richtete sich auf und sprengte beinahe die enganliegende wollene Hose. Adela nestelte an den Bändern, bis sie seinen Penis entblößt hatte. Während Hilarius keuchend die Augen schloss, warf sie einen raschen Blick in den Gang.

Dann drehte sie sich um, hob ihren Rock und bot dem Knecht ihre entblößte Scham. Fast wehmütig spürte sie, wie er kraftvoll in sie eindrang. Sie würde diese Begegnungen im Stall wahrlich vermissen.
In seiner Verzückung bemerkte Hilarius die Schritte nicht, die sich zwischen den Boxen näherten. Als Adela Ernst von der Marck kommen hörte, versteifte sie sich plötzlich und begann, heftig im Griff des Knechtes zu strampeln. Der hielt das für eine neue Variante des Liebesspiels und packte sie nur umso fester um die Hüften.
Plötzlich begann Adela zu schreien. Spitz und qualvoll waren die Laute im dunklen Stall zu hören. Die Pferde schnaubten beunruhigt.
Mit einem Blick erfasste Ernst von der Marck die Lage. Er griff sich ein Beil, das neben einem Futtertrog lehnte, und spaltete dem Knecht mit einem einzigen Hieb den Schädel.

Nackt und am ganzen Körper zitternd stand Magdalena vor ihren Peinigern. Mit den gefesselten Händen versuchte sie notdürftig, ihre Scham zu bedecken.
Pergener wandte sich an die versammelten Richter und Schöffen. »Wer von Euch will Zeuge der Untersuchung sein?«
Sebastian zögerte einen Herzschlag zu lange. Schon nickte Pergener Scholer zu, der sich mit kaum verhohlener Geilheit hinter dem Richtertisch hervorwand. Auch Josten hob nun seine Hand. Pergener machte eine kurze Verbeugung in seine Richtung. »Der Beichtvater der verdammten Seelen ist mir als weiterer Zeuge willkommen.«
Grob riss er Magdalena die Arme hoch und winkte dem Scharfrichter, den Strick zu durchtrennen. Dann wies er ihn an, hinter die Delinquentin zu treten und ihr die Arme auseinanderzuhalten. Mit genüsslicher Gründlichkeit begann er, ihren Körper Zoll um Zoll abzutasten. Er zog ihr die Augenlider herunter,

stocherte in ihren Ohren und prüfte ihr Gebiss wie auf dem Pferdemarkt. Dann tastete er ihre Brüste ab. Dabei knetete und quetschte er die Brustwarzen, bis die Kräuterfrau vor Schmerzen aufstöhnte.
»Schweig still, Hexenweib«, fuhr er sie an. »Der Satan zeichnet seine Dienerinnen besonders gern an den heimlichen Stellen«, erklärte er den Anwesenden.
Sebastian hätte am liebsten den Blick abgewandt, doch er wusste, dass ihm dies als ein Zeichen von Schwäche ausgelegt worden wäre. Nun winkte Pergener einem Gerichtsdiener. Der Mann brachte einen Schemel herbei, auf den der Nachrichter die Kräuterfrau in eine sitzende Haltung drückte. Während die Zeugen ihr links und rechts über die Schultern sahen, packte er sie an den Beinen und spreizte diese weit auseinander.
Pergener ließ sich Zeit. Obwohl Magdalena schutzlos den Blicken der anwesenden Männer ausgesetzt war, untersuchte er zuerst ihre Fußsohlen und Zehen, dann ihre Unterschenkel und Knie. Dabei achtete er sorgsam darauf, dass nicht nur die Zeugen, sondern auch die Männer hinter dem Richtertisch die Untersuchung genau verfolgen konnten.
Schließlich streifte er sich dünne Handschuhe aus Schweinsleder über. »Wenigstens stinkt sie nicht wie eine Sau«, bemerkte er zu Scholer, während er Magdalenas Schamlippen spreizte und nach allen Seiten drehte und wendete. Schließlich führte er zwei Finger in sie ein und bewegte sie hin und her.
Scholer fielen beinahe die Augen aus dem Kopf. Zwar hatte Pergener in den vergangenen Tagen schon andere Delinquentinnen auf Hexenmale untersucht, doch derart gründlich war er noch nie zu Werke gegangen. Der Jurist schien seine Gedanken zu erraten.
»Die schändlichsten Unholdinnen verbergen ihre Zaubermittel dort, wo keine ehrbare Frau sich auch nur berühren würde«, erklärte er mit seiner unangenehmen Stimme.

Auf einen Wink des Hexenkommissars hin drehte Meister Georg Magdalena um. Zoll um Zoll untersuchte Pergener nun ihre Rückseite. Schließlich drückte er ihren Oberkörper so weit nach vorne hinab, dass ihr Kopf zwischen die Beine des Scharfrichters geriet. »So spreize ihr schon die Hinterbacken, Dummkopf«, wies er den offensichtlich widerstrebenden Mann an.
Sebastian hielt es nicht länger auf seinem Sitz. »Haltet ein, Pergener! Ihr seid nichts als ein elendes Schwein!« Er stürzte von seinem Platz am Ende des Richtertischs auf den Hexenkommissar zu.
Doch auf ein rasches Zeichen seines Vaters hin, der etwas Ähnliches wohl hatte kommen sehen, hielten die beiden Wachsoldaten, die Magdalena hereingeführt hatten, Sebastian auf und packten ihn an beiden Armen.
Pergener betrachtete den jungen Mann mit einem unergründlichen Gesichtsausdruck. »Nun, junger Monsieur de la Val. Eure Manieren haben sich seit Euren Studienzeiten in Trier zu meinem Bedauern nicht gebessert.«
Zornfunkelnd blitzte Scholer Sebastian an. »Mäßigt Euch, Freundchen. Sonst lasse ich Euch aus dem Saal werfen.«
Hilflos musste Sebastian mit ansehen, wie Pergener den After Magdalenas betastete und schließlich ein dünnes Stöckchen einführte. Auch an dieser verschwiegenen Stelle habe man schon Zaubermittel gefunden, erfuhren die Anwesenden.
Im Saal war es mäuschenstill geworden. Außer dem leisen Schluchzen Magdalenas war kein Laut zu hören. Sebastian presste die Lippen so fest aufeinander, dass es schmerzte. Mit einem Ruck stieß er die Wachsoldaten beiseite, machte aber keine Anstalten mehr, Pergener in den Arm zu fallen. Der Amtmann ließ ihn gewähren.
Die Minuten dehnten sich zu Stunden, bis Pergener endlich von seinem Opfer abließ. Sebastian verfluchte derweil den Herrgott, weil er dieses himmelschreiende Unrecht zuließ. Der Hexen-

kommissar sorgte dafür, dass alle Männer im Saal Magdalenas Demütigung miterlebten.
Sebastian ließ seinen Blick durch den Saal schweifen. Jostens Züge blieben unbeweglich. Doch den Richtern und Schöffen, den Gerichtsdienern und Wachen stand die Lüsternheit ins Gesicht geschrieben. Allein der Scharfrichter, ob seines Gewerbes als unehrlich verschrien, und gottlob sein eigener Vater blickten angewidert drein.
Auf einen Wink des Hexenkommissars warf Meister Georg der Kräuterfrau das sackleinene Hemd über. Tränen strömten über Magdalenas Gesicht, als sie schließlich wieder vor dem Richtertisch stand.
Pergener wandte sich an den Schreiber. »Nehmt dies zu Protokoll!« Seine Stimme klang womöglich noch schriller. »Trotz gründlicher Untersuchung konnte keine *stigmata diabolica* am Körper der Delinquentin ermittelt werden. Dies gilt als besonderer Beweis ihrer Schuld. Der Satan zeichnet nur seine wankelmütigen Dienerinnen mit seinem Mal, um sie daran zu hindern, abtrünnig zu werden. Somit haben wir es hier mit einer besonders verstockten Unholdin zu tun.«
Wieder konnte Sebastian sich nicht beherrschen. »Aus welchem Grund könnte ein fehlendes *stigma* nicht ein Beweis ihrer Unschuld sein?«
Pergener musterte ihn verächtlich. »Als Doktor beider Rechte solltet Ihr die Schriften des hochgelehrten Monsieur Jean Bodin kennen. Die Antwort auf Eure Frage findet Ihr in seinen Werken.« Er wandte sich ab.
»Führt die Delinquentin nun zurück in die Zelle. Doch ich verbiete alle Vergünstigungen. Sie soll zwar im Rathausgefängnis verbleiben, doch wie ihre Gespielinnen im Turm bei Wasser und Brot ohne Wärme und Licht. Das mag zu ihrer Läuterung beitragen und sie dazu bewegen, ihre Untaten freiwillig zu bekennen.«
Noch während Magdalena hinausgeführt wurde, war von drau-

ßen das Rumpeln eines Karrens auf dem groben Pflaster des Rathausplatzes zu hören. Pergener hinkte ans Fenster und öffnete es. »Ah, der neue Scharfrichter ist angekommen. Er ist noch jung, doch es heißt, er habe eine besondere Begabung für sein Handwerk.«

Auch die Mitglieder des Hochgerichts traten nun an die restlichen Fenster. Sebastian spähte Veit Mölich über die Schulter.

Ein Mann Anfang zwanzig im roten Umhang des Henkers sprang von dem Karren. Er war groß und überaus muskulös. Die ungeschminkte Brutalität seiner Gesichtszüge stieß Sebastian ab und machte ihn schaudern.

»Was führt er dort auf dem Karren mit sich?« Scholer zeigte auf einen mit einer Plane verdeckten unförmigen Gegenstand. Pergener lächelte süffisant.

»Ein Möbelstück, das Ihr zu schätzen wissen werdet, Bürgermeister. Es ist die neueste Erfindung in der Verhörkunst und leistet unschätzbare Dienste bei der Überführung von Unholden. Sie wird nach dem Namen ihres Erfinders Hackerscher Stuhl genannt.«

# Kapitel 26

*Montag, 28. Januar 1613*

»Was für eine unvermutete Ehre! Tretet ein, edles Fräulein, tretet ein!« Pergener zeigte sein gelbes Pferdegebiss, bevor er sich tief vor Adela verneigte. Mit Kathrin im Schlepptau war diese sofort nach der Vesper zu seiner Behausung über den Ställen geeilt. Dort bewohnte der Hexenkommissar zwei behaglich eingerichtete Stuben.

Adela reichte Pergener mit einer graziösen Geste ihre behandschuhte Rechte und ließ sich von ihm über die Schwelle geleiten.
»Verzeiht mein unangemeldetes Eindringen, wohlgelehrter Herr Doktor«, säuselte sie. »Doch was ich zu sagen habe, duldet keinen Aufschub. Ich bin in großer Sorge.«
»Das betrübt mich zutiefst, gnädiges Fräulein. Doch erlaubt mir, Euch zuvor Euren Umhang abzunehmen und eine Stärkung anzubieten. Die Kälte beißt draußen doch gar zu arg.«
Adela nickte gnädig, während Pergener einen bequemen Lehnsessel an den Kamin schob. Wenig später nippte sie an einem Becher mit heißem Zimtwein. Kathrin saß auf einem Schemel an der Tür. Von dort wird das dumme Ding mit anhören, was ich zu sagen habe, dachte Adela zufrieden. Ein für alle Mal soll sie erkennen, dass ich, ihre Herrin, die Macht besitze, jeden zu vernichten, der mir im Wege steht.
»Ich hoffe, Ihr seid wieder ganz wohlauf?« Mit übertriebener Besorgnis musterte der Hexenkommissar Adelas dralle Gestalt. Sie trug das rostbraune Seidenkleid, das sie Elisabeth zum Empfang ihres Verlobten geliehen hatte.
Mit einem theatralischen Seufzer lehnte sich das Edelfräulein zurück. »Die Muttergottes, Schutzherrin aller Jungfrauen, hat mir rechtzeitig den Ritter Ernst von der Marck gesandt, der mich aus den Klauen dieses Schurken errettet hat.«
»... und diesen seiner gerechten Strafe zuführte«, ergänzte Pergener.
Adela senkte schamhaft den Blick. »So blieb meine Ehre unangetastet und der Verbrecher muss sich nun vor einem höheren Richter verantworten.« Unter halbgeschlossenen Lidern warf sie Pergener einen scharfen Blick zu. Doch dessen Miene zeigte nichts als Betroffenheit, soweit ein solches Gefühl bei einem Hexenkommissar überhaupt zu erwarten war.
Also hatte Ernst von der Marck sein Wort gehalten. Niemand dürfe von ihrer Schande erfahren, hatte sie ihn unter Tränen an-

gefleht. Widerwillig hatte der Grafensohn schließlich zugestimmt, wenn er seither auch ihr Bett mied. Um dieses Problem würde sie sich später kümmern. Heute gab es Wichtigeres zu tun. Pergener spürte, dass Adela zum Anlass ihres Besuchs kommen wollte. »Was verschafft mir die hohe Ehre?«
Adelas Miene verzog sich schmerzlich. »Ich bin in großer Sorge um meine geliebte Base Claudia von Leuchtenberg.« Sie hörte, dass Kathrin hinter ihr scharf die Luft einzog. Ungerührt fuhr sie fort: »Ich fürchte, sie ist in sehr schlechte Gesellschaft geraten.«
Pergener mimte Anteilnahme. »Was veranlasst Euch zu dieser Besorgnis?«
»Sie pflegte seit geraumer Zeit Umgang mit dieser verruchten Hexe, der der Mord an meiner Kusine Elisabeth zur Last gelegt wird.«
Ausnahmsweise war Pergener wirklich überrascht. »Wie kann das sein?«
»Es ist wohl dem schlechten Einfluss ihrer Freundin Barbara Dietz zu verdanken. Die beklagte Kräuterfrau war einst deren Amme.« Sie machte eine künstliche Pause. »Ist es nicht seltsam, dass eine reiche Bürgerstochter solch engen Kontakt zu einer bettelarmen Pfuscherin hält?«
Pergener wiegte bedächtig seinen kahlen Schädel. »Es kommt vor, wenn dabei Zauberei im Spiel ist. Gar häufig suchen sich die Hexen gelehrige Schülerinnen unter den ihnen anvertrauten Zöglingen.«
»So glaubt Ihr, auch Barbara Dietz könnte eine Unholdin sein?« Mit gespieltem Entsetzen riss Adela ihre grauen Augen auf.
Pergeners Miene blieb unergründlich. »Bislang gibt es keine Indizien gegen die Jungfer. Doch was hat dies mit Eurer Base Claudia zu tun?«
Adela verzog schmerzlich den Mund. »Sie verhält sich in letzter Zeit ausgesprochen seltsam. Schon mehrere Male hat sie meine

Kammer durchsucht. Gegenüber meinem Oheim und meiner Muhme, die sie behandeln wie ihr leibliches Kind, ist sie aufsässig und frech, ungeachtet deren Schmerz um die ermordete Tochter. Und sie bestreitet bei jeder Gelegenheit, dass es Hexen und Zauberer gibt.«

»Sie bestreitet die Existenz von Unholden?«

Adela nickte heftig. »Sie hat sich nicht einmal gescheut, den edlen Herrn von der Marck des Mordes an dem Knecht Hilarius zu bezichtigen. Dabei steht außer Frage, dass der Mann von Sinnen war, als er mich angriff. Sicherlich hatte ein Dämon von ihm Besitz ergriffen.«

Pergener versuchte, diese Neuigkeiten zu verarbeiten. Zweifelsohne war Adela von Manderscheid-Kail ein durchtriebenes Luder. Doch was führte sie heute hierher?

»Glaubt Ihr, die Kräuterfrau Pirken oder ihre Ziehtochter Barbara Dietz haben Eure Base bezaubert?«, fragte er schließlich.

Adela lächelte. »Genau zu dieser Frage wollte ich Eure Meinung einholen, werter Herr. Wenn mir überhaupt jemand über diesen Sachverhalt Auskunft geben kann, dann dürftet wohl Ihr derjenige sein.«

Pergener lächelte geschmeichelt. »In der Tat ist Eure Besorgnis nicht aus der Luft gegriffen. Kein Mensch ist vor den Umtrieben Satans gefeit. Auch eine adlige Dame könnte von einem Dämon befallen werden, sofern sie zuvor verzaubert wurde.«

»Was wäre dagegen zu tun?«

Pergener sah sie aufmerksam an. Wollte das Weibsbild ihn dazu veranlassen, Klage gegen ein Fräulein aus dem Hochadel zu erheben? Noch dazu gegen die Lieblingsnichte des Landgrafen?

»Man rät zu einem Exorzismus durch einen erfahrenen Geistlichen«, antwortete er vorsichtig.

»Jedoch können auch Pfarrer vom Teufel besessen sein, wie man hört?«

Wieder war Pergener überrascht. »In der Tat gab es in Trier

mehrere Fälle, wo Satan selbst Diener der Kirche in seine Fänge gelockt hat.«

»Was geschah mit ihnen?«

»Sie wurden genauso verbrannt wie ihre Komplizen«, entgegnete Pergener trocken. »Wenn sie nicht gestanden, sogar bei lebendigem Leib.«

Adela schlug die Augen nieder. »So tragt Sorge dafür, dass es nicht der Stadtpfarrer Mohr ist, der zum Exorzisten für meine Base bestellt wird, wenn es denn nötig werden sollte.«

Pergener merkte auf. »Was gibt Euch Grund für Euer Misstrauen? Der Pfarrer ist in der gesamten Herrschaft ein sehr angesehener Mann.«

»Auch er pflegte allzu vertrauten Umgang mit der Kräuterfrau. Man munkelt sogar, er sei ihr verfallen gewesen.«

Pergener wusste, dass Mohr bei der Verhaftung Magdalenas zugegen gewesen war. Doch Adelas Behauptung öffnete ganz neue Perspektiven.

»Ihr könntet die Beschuldigten befragen, ob sie den Pfarrer bei den Hexentänzen gesehen haben«, schlug Adela vor. Wieder hörte sie, wie Kathrin leise aufstöhnte. Doch sie ließ sich nicht beirren. »Immerhin ist er Claudias Beichtvater. Vielleicht kommt daher ihre Verwirrtheit.«

Der Hexenkommissar musterte sie nachdenklich. Da saß diese Schlampe im Seidenkleid und lieferte ihm zwei der angesehensten Bürger der Stadt ans Messer. An die Dietzin hatte er selbst schon gedacht, schließlich war ihr Vater der reichste Mann in der Herrschaft. Doch den Stadtpfarrer zu beschuldigen, war selbst ihm noch nicht in den Sinn gekommen. Aber warum eigentlich nicht? Wenn er wirklich so engen Umgang mit der Kräuterfrau gepflegt hatte, lieferte dieser Umstand genügend Verdachtsmomente. Und auch der Pfarrer war keineswegs arm. Plötzlich kam ihm eine Idee.

»Was ist mit dem Sohn des Amtmanns, meinem verehrten *colle-*

*ga* Sebastian de la Val? Er ist mit der Ziehtochter der Pirken verlobt und wohnt im Haus des Stadtpfarrers. Sein Gebaren vor Gericht mutet gar wunderlich an.«

Adela zuckte die Schultern. »Von dem jungen Herrn weiß ich nichts.« Sie erhob sich aus ihrem Sessel. »Es ist an Euch zu erforschen, welche Ausmaße die Umtriebe der Unholde angenommen haben und ob meine geliebte Kusine Claudia ebenfalls zu ihren Opfern gehört.« Sie zog sich den Handschuh über, bevor sie ihm die Rechte zum Abschied reichte.

»Habt Dank für Eure Gastfreundschaft. Ich wünsche Euch einen gesegneten Abend.«

Schon unter der Tür, drehte sie sich noch einmal zu Pergener um. Sie kniff Kathrin, die hinter ihr stand, in die Wange. »Was für ein Segen ist eine getreue Zofe«, sagte sie scheinbar leichthin. »Wäre Kathrin nicht durch ihre Ergebenheit vor den Umtrieben des Bösen gefeit, ich wüsste niemandem mehr zu trauen in dieser verderbten Welt.«

Damit fasste sie das Mädchen bei der Hand und zog es mit sich hinaus. Pergener sah den beiden kopfschüttelnd nach.

*Dienstag, 29. Januar 1613*

Magdalena schreckte aus einem leichten Dämmerschlaf hoch, als sich der Schlüssel knarrend im Schloss drehte. Draußen war es noch hell. Kamen sie, um sie zum Verhör zu holen?

Als ihre Ziehtochter Barbara die Zelle betrat, durchfuhr sie ein eisiger Schrecken. War sie verhaftet worden? Doch Barbara trug einen pelzgefütterten Umhang und einen großen Henkelkorb. Außerdem erhaschte Magdalena einen flüchtigen Blick auf die Magd Hanna, die hinter ihr stand.

»Warte in der Wachstube auf mich!«, wies Barbara ihre Begleiterin an.

Erst als sich die Tür wieder geschlossen hatte, eilte sie mit ausgestreckten Armen auf ihre Amme zu.

Weinend fiel sie Magdalena um den Hals. Auch der Kräuterfrau liefen die Tränen über die Wangen. Es brauchte geraume Zeit, bis sie endlich anhoben, miteinander zu sprechen.

»Amma, wie geht es dir in diesem düsteren, eisigen Loch? Vater hat Pergener viel Geld geboten, doch der weigert sich, dir leuchten und einheizen zu lassen. Du frierst sicher arg in deinem dünnen Kittel.« Sie zog ihren Umhang aus und legte ihn der Kräuterfrau um. Magdalena wehrte sich nicht. In der Zelle war es wahrlich erbärmlich kalt.

Barbara kramte in ihrem Korb. »Schau her! Ich durfte einen Kerzenstummel mitnehmen.« Während sie mit dem Feuerstein hantierte, beobachtete Magdalena sie mit wachsender Unruhe.

»Ich freue mich sehr, dich zu sehen, mein Kind«, begann sie vorsichtig. »Doch was in aller Welt führt dich hierher?«

Barbara sah sie verständnislos an. »Natürlich die Sorge um dich, Amma. Was ist daran verwunderlich?«

»Der Hexenkommissar hat mir alle Vergünstigungen entzogen, solange ich nicht gestanden habe.«

Barbara lächelte verschmitzt. »Dann haben wohl die fünf Gulden seinen Sinn gewandelt.«

Die Kräuterfrau schnappte nach Luft. »Fünf Gulden hat dein Vater für diesen Besuch bezahlt? Ja, seid ihr beide noch recht bei Verstand?«

Das Lächeln wich aus Barbaras Gesicht. Ihr Mund verzog sich, als wolle sie erneut zu weinen anfangen.

»Ja, freust du dich denn nicht, mich zu sehen? Vater wollte mich gar nicht gehen lassen. Erst als ich gedroht habe, mich dem Hexenkommissar zu Füßen zu werfen, hatte er ein Einsehen und sprach selbst mit Pergener. Dann stand ich zweimal vergeblich vor dem Rathaustor. Die Wachen wollten mich nicht einlassen. Heute Morgen ging Vater wieder zu Pergener und fragte ihn, warum er mir den Besuch trotz der Bezahlung verweigere. Der war empört und erklärte, die Wachen hätten seine Anweisungen nicht verstanden.«

Magdalena wollte das nicht recht einleuchten. »Aber er versagt mir Wärme und Licht, obwohl dein Vater auch dafür zu zahlen bereit ist.«

Barbara strich ihr sanft über den kahlen Schädel, der fast zur Gänze mit einem dünnen, jetzt aber reinen Kopftuch bedeckt war. »Was grämst du dich um Dinge, die niemand versteht? Ich bin hier! Schau, was ich dir mitgebracht habe!«

Magdalenas Magen begann zu knurren, als Barbara frisches Brot, Schinken und ein Stück würzigen Käse auf einem sauberen Tuch ausbreitete. Daneben stellte sie einen Topf heißer Rinderbrühe und einen Krug warmen Würzwein.

»Nun iss und trink erst einmal nach Herzenslust. Es muss für die ganze Woche reichen, denn ich darf dich nur dienstags besuchen und dir nichts hierlassen.«

Trotz ihres Hungers verging Magdalena der Appetit. Sie fasste Barbara hart bei der Hand.

»Nun hör mir einmal gut zu, Mädchen.« Ihr Ton war so streng, wie ihn Barbara seit ihren Kindertagen nicht mehr von ihr vernommen hatte. Erschrocken blickte sie auf.

»Maximin Pergener ist der schlechteste Mensch, der mir je begegnet ist. Ich kenne ihn schon aus Trier. Er ist seit damals noch unbarmherziger geworden. Wenn der Hexenkommissar dir erlaubt, mich zu besuchen, führt er etwas im Schilde. Ich verbiete dir, noch einmal wiederzukommen. Du bringst dich damit nur in Gefahr.«

Barbara schossen die Tränen in die Augen. »Das hat Sebastian auch gesagt. Aber Vater bezahlt sehr viel Geld dafür«, protestierte sie schwach. »Nur deshalb darf ich dich besuchen.«

»Das ist nur ein wohlfeiler Vorwand, der Pergener außerdem reiche Beute bringt. Aber es kann nicht der wahre Grund für

sein Entgegenkommen sein.« Ihre Stimme wurde womöglich noch härter. »Wenn du mir nicht sofort versprichst, niemals wieder hierherzukommen, rufe ich die Wachen und lasse dich auf der Stelle hinauswerfen.« Als Barbara statt einer Antwort fassungslos zu weinen begann, stand sie entschlossen auf.
Hilflos fasste die junge Frau nach ihrem Arm. Dann schluchzte sie ein letztes Mal und nahm sich zusammen. »Ich weiß, wie sehr du mich liebst. Daher musst du wohl gute Gründe haben, so grausam gegen mich zu sein.«
Magdalena nickte. »Ich fürchte, dass Pergener es auf dich selbst und das große Vermögen deines Vaters abgesehen hat.«
Barbara riss entsetzt die Augen auf. »Du meinst, er könnte auch mich verhaften lassen?«
»Du wärst nicht die erste wohlhabende Frau, die wegen ihres Reichtums auf dem Scheiterhaufen endet. Erinnerst du dich nicht an das Schicksal meiner Patin Maria zum Drachen?«
Barbara schwieg bedrückt. Draußen schlug die Rathausuhr die Viertelstunde.
»Wie lange darfst du bleiben?«, fragte Magdalena versöhnlich.
»Eine Stunde.«
»So lass uns den Rest dieser Zeit in Eintracht verbringen.« Sie griff nach dem Brot und dem Schinken. »Erzähle mir, wie es draußen steht.«
Barbara heftete den Blick auf die Tischplatte. »Leider nicht gut. Wir treffen uns oft und schmieden Pläne zu deiner Rettung. Doch es geht nicht voran. Der Knecht Hilarius hat den Raub der Kindesleiche zwar gestanden und dazu noch mancherlei anderen Unfug, den er auf Adelas Geheiß in der Mordnacht auf den Gängen der Burg getrieben hat. Claudia wollte, dass er es dem Landgrafen auf der Stelle bekennt. Doch sie wurden nicht zu ihm vorgelassen, und einen Tag später war Hilarius tot.«
Magdalena spürte, wie das winzige Fünkchen der Hoffnung so schnell erstarb, wie es aufgekommen war. »Hilarius«, murmelte

sie. »In der Mordnacht sah ich ihn in der Weihergasse. Wie ist er gestorben?«
»Ernst von der Marck hat ihn erschlagen. Man behauptet, er wollte Adela Gewalt antun. Doch Claudia hält das für eine Kabale ihrer Base. Sie sagt, Adela hätte schon vorher mit dem Stallknecht Unzucht getrieben. Einmal hat sie die beiden sogar dabei ertappt. Sie glaubt, dass Adela den Knecht auf diese Weise aus dem Weg geräumt hat.«
Magdalena schwieg schockiert.
»Sebastian hält Adela außerdem für die verschleierte Frau, die damals in deine Hütte kam, um den Liebeszauber zu kaufen. Er glaubt, dass sie uns belauscht hat, als du von dem schwarzen Bilsenkraut erzählt hast. Denn sie gab Pergener auch das Säckchen, das ich dir einst zum Christfest geschenkt habe. Sie muss es aus deiner Hütte gestohlen haben.«
»Wie soll das geschehen sein?«
»Die Tür deiner Kate war leicht zu öffnen, wenn du in der Stadt unterwegs warst. Vielleicht hat Hilarius das Säckchen genommen, vielleicht war es aber auch Kathrin, Adelas Zofe. Claudia sagt, dass ihre Base diese völlig in ihrer Gewalt hat.«
Magdalena dachte kurz nach. »Also glaubt ihr, dass Adela von Manderscheid-Kail die Tochter des Landgrafen mit dem Kraut ermordet hat, das sie mir zuvor stahl? Um dann den Verdacht auf mich zu lenken?«
Barbara nickte heftig.
»Warum ist sich Sebastian sicher, dass die Kaufmannsfrau mit den Pockennarben dieses verruchte Weibsstück war?«
»Er erinnert sich an ihre Worte, als sie ging. Die ganze Zeit über hat sie dich höflich mit ›Ihr‹ angesprochen, wie es sich gehört. Doch beim Abschied wechselte sie unvermittelt zum ›Du‹. Und stieß dabei dieselbe Drohung aus, mit der sie einst Kathrins Mutter einzuschüchtern versuchte, die sie später auf den Scheiterhaufen brachte.«

Magdalena furchte die Stirn. »Ich erinnere mich. Das Weib prophezeite mir, ich würde mein Betragen noch bereuen. Nun, es hat recht behalten«, fügte sie bitter hinzu.
Barbara erschrak. »Was hast du zu bereuen, Amma?«, fragte sie ängstlich. Magdalena sah sie liebevoll an.
»Nichts, das dich beunruhigen müsste, mein Kind. Ich bereue meine Starrsinnigkeit. Heute wünschte ich, ich hätte die Stadt beizeiten verlassen.« Sie kämpfte sichtlich mit sich. »Wie geht es Andreas Mohr?«, überwand sie sich schließlich.
Barbara lächelte. »So ist es wahr, was die Leute munkeln? Wart ihr wirklich ein Paar?«
Magdalena hob abwehrend die Hand. »Es ist nichts Unrechtes zwischen uns vorgefallen. Nichts, wofür wir uns schämen müssten, wenn wir dereinst unserem Schöpfer gegenübertreten. Jedoch …« Ihre Stimme wollte ihr nicht mehr gehorchen. Blind vor Tränen starrte sie zu Boden. Barbara streichelte ihre Hand.
»Er wollte mich zu seinem rechtmäßigen Eheweib nehmen«, fügte sie nach einer langen Weile hinzu.
Draußen schlug die Uhr die dritte Viertelstunde.
»So iss und trink doch noch«, drängte Barbara. »Ich darf dir nichts hierlassen, Amma.«
Schweigend verzehrte Magdalena Brot, Schinken und Käse. Barbara erzählte derweil von Mohr. »Sebastian sagt, dass der Pfarrer nächtelang betet und kein Auge zutut. Er ist um Jahre gealtert. Jeden Tag begibt er sich auf die Burg, doch der Landgraf lässt ihn nicht vor. Auch Josten und Pergener weigern sich, ihn zu empfangen. Manchmal kommt er zu unseren Treffen dazu. Doch auch er weiß keinen Rat.« Sie klang zunehmend verzweifelt.
Magdalena lenkte ab. »Wie geht es deinem Verlobten Sebastian?« Sie merkte rasch, dass auch das kein erbauliches Thema war.
»Er hat sich mit seinem Vater entzweit und wohnt nun im Pfarrhaus«, erklärte Barbara knapp. »Von der Hochzeit ist keine

Rede mehr.« Sie presste die Handflächen gegeneinander und versuchte ein Lächeln. »Doch das soll dich nicht bekümmern bei all der Sorge, die du schon hast. Komm! Trink noch von der Brühe. Sie wird dich kräftigen.«
Die Zeit zerrann ihnen zwischen den Fingern. Die Uhr begann die volle Stunde zu schlagen. »Willst du wirklich nicht, dass ich dich wieder besuche?«, fragte Barbara traurig.
Magdalena schüttelte heftig den Kopf. »Nein. Aber nimm einen guten Rat von mir an. Wenn es für dich oder deine Lieben in der Herrschaft gefährlich wird, flieht beizeiten in die Kurpfalz. Dort werden keine Hexen gebrannt.«
»Woher weißt du das?«
»Andreas Mohr wollte dort mit mir hingehen.« Auch sie konnte die Tränen nun nicht länger zurückhalten.
Barbara schluchzte auf. »Kann ich denn gar nichts mehr für dich tun?«
Magdalena rang mit sich. Sie hörte schwere Schritte die Stiege herabkommen und fasste einen Entschluss.
»Etwas könntest du tun. Ich habe in meinem Gärtchen neben dem Brennholz einen Krug mit Arzneien vergraben. Es sind Mittel, die helfen, Schmerzen zu ertragen. Sorge dafür, dass ich etwas davon bekomme, bevor man mich zu foltern beginnt.«
Der Schlüssel drehte sich im Schloss. »Es darf niemand davon erfahren.« Beschwörend fasste Magdalena Barbara am Arm. »Versprich mir bei unserer Liebe füreinander, dass du achtsam sein wirst.«
Barbara klammerte sich ein letztes Mal an sie. »Ich verspreche es.«
Als die Wache die Tür aufstieß, hob Magdalena die Hand zum Segen. »Geh mit Gott, mein geliebtes Kind. Vertrau ganz auf unseren Schöpfer, dann wird dir kein Leid geschehen.«

Der Gestank war so heftig, dass er ihm fast den Atem raubte. Fassungslos starrte Sebastian auf die ausgemergelten Gestalten, die im Licht seiner Fackel erschrocken blinzelten. Er kniete vor dem geöffneten Angstloch im Haidturm. Unter ihm gähnte schwarze Finsternis.

»Seit wann wurde das Stroh nicht mehr gewechselt?«, fuhr er den Hauptmann der Wache an.

Der erwiderte trotzig seinen zornigen Blick. »Der Hexenkommissar hat es bei Leibesstrafe verboten. Und Euer eigener Vater, der Amtmann Herr de la Val, hat meinen Soldaten befohlen, dem Herrn Doktor in allen Dingen gehorsam zu sein.«

Unter dem Mantel des Zorns spürte Sebastian die Resignation. Eine eisige Kälte breitete sich in ihm aus. Nichts, was er tat, hatte Bestand und konnte den Opfern des Wahns in ihren letzten erbärmlichen Tagen Erleichterung verschaffen. Er wünschte sich plötzlich weit fort.

»So gebt ihnen wenigstens frisches Wasser, damit sie ihren Durst löschen können. Hört Ihr denn nicht, wie sie flehen?«

Der Mann senkte den Blick. »Jeder Gefangene erhält einen Becher Wasser pro Tag. Die Ration wurde schon heute Morgen verteilt. Wenn ich eine Sonderration ausgebe, werden meine Leute mit Ruten gestrichen, und mir selbst wird der Sold um die Hälfte gekürzt.«

Sebastian starrte hilflos ins Leere. Plötzlich drang ein schwaches Geräusch an sein Ohr. Es klang wie ein leises Wimmern.

»Was hat das zu bedeuten?«

Der Hauptmann zuckte die Achseln. »Der Hexenkommissar hat befohlen, eine Delinquentin auf den Hackerschen Stuhl zu setzen.«

»Was?« Sebastian fuhr auf. »Wieso ordnet er eine Folter an, ohne das Hochgericht einzubeziehen?«

Der Mann sah ihn schuldbewusst und zugleich entgeistert an. »Der gelehrte Doktor behauptet, der Stuhl sei keine Folter. Er gehört nicht zu den peinlichen Instrumenten, die in der Halsgerichtsordnung aufgezählt werden.«
Das Wimmern steigerte sich zu spitzen Schreien. »Führt mich sofort dorthin!«
Der Hauptmann schüttelte den Kopf. »Der Herr Doktor hat es verboten. Niemand außer ihm und dem Scharfrichter darf diesen Raum betreten.«
Die Wut überrollte Sebastian wie eine Welle. Er packte den Mann am Kragen und stieß ihn gegen die feuchte Wand.
»Wenn Ihr nicht sofort tut, was ich Euch sage, werde ich mit meinem Vater sprechen und Eure Ablösung verlangen«, drohte er.
Der Mann erschrak sichtlich, meinte dann aber: »Und wenn ich tue, was Ihr sagt, werde ich auch dafür bestraft.«
Sebastian riss sich zusammen. »Ich bürge mit meiner Ehre dafür, dass Euch kein Leid geschieht, wenn Ihr mir jetzt gehorcht.«
Zögernd zeigte der Hauptmann auf eine Tür am Ende des schmalen Gangs. »Geht dort hinein.« Damit wandte er sich ab und begann, die steile Stiege zur Wachstube zu erklimmen.
So schnell es der schlüpfrige Untergrund zuließ, ging Sebastian zu der Tür. Als er sie aufstoßen wollte, fand er sie von innen verriegelt. Grob schlug er auf die unbehauenen Bretter.
Auch Pergener schien sich auf diese Art Einlass zu verschaffen, denn der Riegel wurde sofort zurückgeschoben. Verblüfft starrte der junge Henker Sebastian an.
»Ihr dürft hier nicht eintr…« Noch ehe er den Satz vollenden konnte, stieß ihn Sebastian mit beiden Händen zurück. Der Zorn und sein Waffentraining verliehen ihm Bärenkräfte. Der Folterknecht stolperte und wäre beinahe gestürzt. Seine Hand zuckte nach dem Schürhaken, der auf einem Holzblock lag. Doch schon hatte Sebastian ihm den Dolch an die Kehle gesetzt.

»Wage es, mich zu behindern, und ich steche dich ab wie ein Schwein.«

Achselzuckend machte der Henker ihm Platz. Der fensterlose, dunkle Raum, den Sebastian nun betrat, hatte wahrscheinlich früher als Waffen- und Pulverkammer gedient. Er maß nur drei bis vier Schritt im Quadrat. Ein Kohlebecken verbreitete unerträgliche Hitze.

In der Mitte der Kammer stand ein großer hölzerner Stuhl. Rücken- und Armlehnen waren mit dicht nebeneinander angebrachten stumpfen Holzstacheln besetzt, ebenso die Bein- und Fußstützen. Die Sitzfläche bestand aus einem gleichfalls rundum mit Stacheln besetzten Ring mit einem Loch in der Mitte, unter dem ein Pfännchen mit glühenden Kohlen glimmte. Sie versengten das Gesäß der Frau, die nackt – bis auf ein dünnes Schamtuch über den Lenden – auf das Martergerät geschnallt war. Ihre Augen waren mit einem schmutzigen Fetzen verbunden. Erst bei näherem Hinsehen erkannte Sebastian das junge Mädchen aus Waxweiler, das man beschuldigte, seinen fetten Verlobten getötet zu haben.

Dünne Blutfäden liefen über die Schultern der Frau. Sie stammten von einem Stachelhalsband, das mit vier Schnüren an den Wänden befestigt war und ihr bei jeder Bewegung ins Fleisch schnitt. Die Gequälte hing regungslos auf dem Marterstuhl. Sie schien ohnmächtig geworden zu sein.

Sebastian drehte sich zu dem Folterknecht um. »Wie lange ist sie schon hier?«, fragte er drohend. Unwillkürlich fuhr seine Hand wieder zum Dolch.

Ein hämisches Grinsen verzerrte des Henkers Gesicht. »Wohl seit der sechsten Morgenstunde«, antwortete er gedehnt.

Sebastian zog scharf die Luft ein. Jetzt war es um die vierte Nachmittagsstunde.

Wortlos zückte er seinen Dolch und durchschnitt die dünnen Schnüre, mit denen das Halseisen befestigt war. Dann löste er es vorsichtig und öffnete die Schnallen der ledernen Arm- und Beinfesseln. Schließlich hob er die Bewusstlose behutsam vom Stuhl. Der Henker machte keine Anstalten, ihm dabei behilflich zu sein.

»Wie ist dein Name?«

Der Kerl machte eine spöttische Verbeugung.

»Gottlieb, edler Herr.«

Der Mann ekelte Sebastian an wie ein widerliches Insekt. Nun wusste er, warum Pergener bislang kein peinliches Verhör angeordnet hatte und trotzdem mehrere Beklagte, darunter die Webermagd Berthe und die Wirtstochter Clara, ihre Untaten »freiwillig« gestanden hatten.

»Lauf zum Bader, Gottlieb, und bringe ihn auf der Stelle hierher.«

Der Mann starrte ihn verblüfft an.

Sebastian zückte erneut seinen Dolch. »Lauf zu, oder soll ich dir Beine machen?«

Das Herz schlug Sebastian immer noch bis zum Hals, als er die Tür zum Rathauskontor aufstieß. Scholer war nicht im Raum, doch das lustige Feuer und die ausgebreiteten Akten kündigten an, dass er jeden Moment zurückkehren würde.

Sebastian öffnete die verkrampften Fäuste und massierte seine schmerzenden Finger. Wulfram, der Bader, hatte ihm für die Behandlung der Brand- und Schnittwunden der jungen Waxweilerin zwei Silbergroschen abverlangt, eine wahrhaft unverschämte Summe. Doch das Geld scherte ihn nicht.

Vielmehr beschäftigte ihn die Erinnerung, wie das Mädchen unbeholfen die steile Leiter hinab in das stinkende Verlies geklettert war. Ein Tropfen im Ozean waren die Salben und Pflaster, die ihm der Bader aufgelegt hatte. Das von Exkrementen durchtränkte Stroh und die feuchte Kälte des Kellers würden die Mühe schnell wieder zunichtemachen.

Draußen näherten sich Schritte, begleitet von einem lustigen Pfeifen. Scholer riss erstaunt die Augen auf, als er Sebastian auf dem Stuhl vor seinem Schreibtisch erblickte. Ohne ihm die Hand zum Gruße zu bieten, nahm er hinter dem schweren Möbelstück Platz auf seinem ledernen Sessel. Nun konnte er aus imposanter Höhe auf den jungen Mann hinabschauen.
»Monsieur de la Val! Was verschafft mir die unerwartete Ehre?«
»Die Schurkereien des Hexenkommissars Pergener«, kam Sebastian gleich zur Sache. »Er lässt die Inhaftierten stundenlang auf dem Hackerschen Stuhl foltern, ohne Anwesenheit von Mitgliedern des Hochgerichts. Wisst Ihr davon?«
Scholer grinste ihn hochmütig an. »Natürlich weiß ich davon, ebenso wie Euer Vater. Doktor Pergener will den Beschuldigten die Qualen der Folter ersparen. Mit dem genialen Stuhl kommt man zwar nicht schneller, aber genauso sicher ans Ziel.«
Sebastian starrte den obersten Richter fassungslos an. »Wie kommt Ihr darauf, dass der Hackersche Stuhl keine Qualen verursacht? Ich habe gerade die junge Marie aus Waxweiler daraus befreit. Sie hatte riesige Brandwunden am Gesäß und eiternde Wunden rund um den Hals. Außerdem war sie von Kopf bis Fuß mit blauen Flecken übersät.«
Scholers Grinsen wich einem Ausdruck des Zorns. »Wer hat Euch erlaubt, die Kammer im Turm zu betreten?«
Sebastian blickte ihm herausfordernd in die Augen. »Ich selbst habe mir Eintritt verschafft, mit meinem Dolch.«
Scholers Schweinsäuglein zogen sich bedrohlich zusammen. »Euer Gebaren lässt in letzter Zeit schwer zu wünschen übrig, Herr de la Val. Ihr macht dem Amt eines Schöffen am Hochgericht keine Ehre.«
Sebastian konnte sich nicht länger beherrschen. »Ihr seid der korrupteste und niederträchtigste Richter und Bürgermeister, den die Stadt Neuerburg jemals gesehen hat. Ihr brecht Recht und Gesetz, wie es Euch beliebt.«

Scholer sprang auf. »Nichts, was Pergener tut, widerspricht den Statuten der Carolina«, brüllte er mit sich überschlagender Stimme. »Der Stuhl gilt nicht als Folter, sondern als strenge Form eines gütlichen Verhörs. Er erspart den Unholden zerquetschte und verrenkte Gliedmaßen. Das solltet Ihr doch am besten wissen. Schließlich hat noch kein anderes Mitglied des Hochgerichts so vielen Folterverhören beigewohnt wie Ihr.«
Sebastian verschlug es vor Empörung die Sprache. Deshalb kam Scholer seiner Erwiderung zuvor.
»Und nun schert Euch hinaus, ehe ich Euch von den Wachen hinauswerfen lasse. Ich würde Euch am liebsten auf der Stelle entlassen. Doch mir sind die Hände gebunden, denn Euer Vater hat beim Landgrafen persönlich das Schöffenamt für Euch erwirkt. Für den undankbarsten Sohn, den man sich vorstellen kann. Schämt Ihr Euch gar nicht für Euer Tun?«
Sebastian fand seine Sprache wieder. »Ihr solltet Euch schämen, Meister Scholer.« Eine kalte Ruhe breitete sich in seinem Inneren aus. »Ihr lasst unschuldige Menschen in eisigen Verliesen in ihrem eigenen Dreck verrecken. Ihr lasst zu, dass ein brutaler Rechtsverdreher sich eines brutalen Henkers bedient, um Menschen grausame Qualen zuzufügen. Ich möchte wahrlich nicht mit Euch tauschen, wenn Ihr Euch dereinst vor unserem Schöpfer verantworten müsst.«
Für einen winzigen Moment flackerte Unsicherheit in Scholers Augen auf. Dann hatte sich der Webermeister wieder gefangen. »Hebt Euch hinweg, de la Val.« Auch Scholer hatte seine Stimme nun wieder im Griff. »Wenn Euer Posten Euch so sehr missfällt, warum gebt Ihr ihn dann nicht aus freien Stücken auf?«
Sebastian griff nach seinem Hut. »Diese Gefälligkeit werde ich Euch nicht erweisen«, sagte er weit gelassener, als ihm zumute war. Damit stürmte er grußlos hinaus und ließ die Tür mit lautem Krachen hinter sich zufallen.
Das könnte dem Schuft gerade so passen, dachte er, immer noch

zitternd vor Wut, als er durch dichtes Schneetreiben den Weg zum Pfarrhaus einschlug. Doch tief im Inneren ließ ihn der Gedanke, sein Amt niederzulegen, nicht wieder los.

Gedankenverloren strich Claudia dem braunen Hengst über die Nüstern. Das Pferd schnaubte dankbar und suchte in ihrer Hand nach einer Leckerei.

»Leider habe ich nichts für dich, mein Lieber«, murmelte sie und lehnte ihre Stirn an den Kopf des Tieres. Hier in den Ställen fand sie Trost, wenn sie, wie in den letzten Tagen so häufig, von Verzweiflung und Schuldgefühlen übermannt wurde.

Da sie immer noch kommen und gehen konnte, wie es ihr beliebte, sah sie Sebastian nahezu täglich, entweder im Hause Dietz oder in der Jagdhütte. Wenn Barbara bei den Treffen dabei war, brannte die Scham wie ein Stachel in ihrem Fleisch. Umso leidenschaftlicher begegnete sie Sebastian, wenn sie mit ihm allein war. Sie musste sich mehr und mehr beherrschen, um sich ihm nicht ganz und gar hinzugeben. Er selbst drängte sie nicht, hielt sie aber auch von nichts zurück, sondern ließ geschehen, was immer sie wollte. Sie spürte, dass auch Sebastian von Tag zu Tag verzweifelter und mutloser wurde und in ihren Umarmungen Trost und Vergessen suchte.

Das Pferd stupste sie wieder und brachte sie zurück in die Gegenwart. Ihr Blick fiel auf einen Sack, in dem sie einige verschrumpelte Äpfel vermutete. Seufzend löste sie sich von dem Hengst und band die Schnur auf.

Überrascht starrte sie auf einige alte Kleidungsstücke und Kopfbedeckungen. Wer verwahrte denn seine Habseligkeiten hier im Stall? Zwischen den Lumpen schimmerte ein helles Stück Stoff. Es war ein seidenes Tüchlein. Das mit Goldfäden eingestickte »A« stach ihr sofort ins Auge.

Claudia überlief es heiß und kalt. Gehörte der Sack dem Knecht Hilarius, dessen Leiche schon vor Tagen ohne Gebet und Zeremonie unter dem Galgen verscharrt worden war? Kurz entschlossen kippte sie den Inhalt auf den Boden und rümpfte die Nase, als sie Hosen und Hemden mit spitzen Fingern durchsuchte. Sie fand nichts außer ein paar Läusen, die sie angeekelt am Bodenstroh abwischte.

Enttäuscht stopfte sie alles zurück in den Sack. Zum Schluss griff sie eine leinene Mütze. Sie fühlte sich merkwürdig schwer an und klimperte leise, als sie sie schüttelte. Voll Spannung stülpte sie die Mütze um. Etwas fiel auf die Erde.

Es war Adelas silberner Anhänger.

## Kapitel 27

*Montag, 4. Februar 1613*

Claudia betrat den Gerichtssaal mit hoch erhobenem Kopf. Ihre Unruhe und Besorgnis verbarg sie hinter der Maske der Hoffart, die der kleine Mann von einer Dame des Hochadels gewohnt war.

Auf einen Wink Caspar Scholers eilte ein Gerichtsdiener herbei und nahm ihr ihren pelzgefütterten Umhang ab. Da sie ihr Kommen angekündigt hatte, glühten überall Kohlebecken und verbreiteten im Raum eine ungewohnte, behagliche Wärme.

Es war kinderleicht für Claudia gewesen, von ihrem Oheim die Erlaubnis zu erwirken, an der Verhandlung gegen Magdalena teilzunehmen, die heute fortgesetzt werden sollte. Sie wolle sich persönlich davon überzeugen, dass der Tod ihrer geliebten Kusine nach Recht und Gesetz geahndet werde, hatte sie doppelbödig argumentiert. Woraufhin Wilhelm sie sogar bat, ihm später persönlich Bericht zu erstatten.

Sebastian hatte sich über ihr angekündigtes Kommen gefreut und Barbara sie sogar darum beneidet. Denn diesmal war ihr Vater hart geblieben und hatte ihr allem Flehen und Betteln zum Trotz verboten, der Verhandlung beizuwohnen.
Nur Claudia selbst wusste nicht so genau, was sie sich eigentlich von der Teilnahme an der heutigen Verhandlung versprach. In ihrer Rocktasche fühlte sie die glatte Kühle des silbernen Anhängers. Mohr hatte bestätigt, dass es sich dabei um ein so genanntes Henkelkreuz handelte, ein satanisches Symbol der Fruchtbarkeit. Am oberen Ende geformt wie eine Schlinge, stellte es die Verbindung von Phallus und Vagina dar. Claudia lächelte grimmig. Adela hätte sich kein passenderes Amulett aussuchen können.
Doch das Kreuz war nach Hilarius' Tod der einzige Beweis für Adelas satanische Umtriebe. Trotz aller Mühe war es Claudia noch immer nicht gelungen, etwas Brauchbares von Kathrin zu erfahren. Wenn sie die Magd überhaupt unter vier Augen zu fassen bekam, blieb diese verstockt und gab vor, nicht zu wissen, was Claudia von ihr wollte. Das Kreuz allein war jedoch ohne Wert. Sie konnte weder beweisen, dass es Adela gehörte, noch dass ihre Base Elisabeth den Anhänger geliehen und sich ihn in der Mordnacht wieder von dieser zurückgeholt hatte.
Die Seitentür schwang auf, und Pergener betrat hinkend den Saal. Seiner höflichen Verbeugung zum Trotz musterte er sie scharf.
Claudia quittierte den Gruß mit einem hochmütigen Nicken. Bislang hatte der Hexenkommissar nicht versucht, mit ihr über die Mordnacht zu sprechen. Wahrscheinlich hatte er schnell erkannt, dass ihm diese Vernehmung nichts nützen würde.
Scholer gab den Anwesenden mit einem kleinen Glöckchen das Zeichen, ihre Plätze einzunehmen. Nur wenige Augenblicke später wurde das Eingangsportal aufgestoßen. Claudia war erschüttert, wie ausgezehrt und erschöpft Magdalena in ihrem

dünnen Kittel wirkte. Doch ihre Haltung war stolz und unbeugsam trotz der Schrecken, die sie an diesem Ort vor einigen Tagen ausgestanden hatte.

Die Verhandlung nahm ihren Lauf. Mittlerweile hatten fast alle Verhafteten bestätigt, dass Magdalena die Oberhexe in ihrem Bezirk gewesen sei und zum Mord an Elisabeth angestiftet hätte. Schier endlos war die Kette der Geständnisse, die der Hexenkommissar verlas. Mit einer Mischung aus Abscheu und Mitleid starrte Claudia auf die ausgemergelten Gestalten eines Ehepaars aus Oberweis, das seine Beschuldigungen im Angesicht der Kräuterfrau wiederholte, obwohl Magdalena ihnen noch nie begegnet war. Sie wusste, dass Sebastian den Alten dereinst das Leben gerettet hatte, als sie wie Magdalena der Hexerei bezichtigt worden waren. Doch sie schienen durch Hunger und Folter vollkommen gebrochen und hätten wohl sogar den Papst persönlich beschuldigt, wenn Pergener es von ihnen verlangt hätte. Nun traten Zeugen auf, denen Magdalena durch zauberische Umtriebe Schaden zugefügt haben sollte. Angewidert musterte Claudia ein verwahrlostes Weib, das die Kräuterfrau des Mordes an ihren zwei Töchtern zieh. Danach folgte ein verlottert aussehender Kerl, den Claudia einmal im Hause Dietz gesehen hatte. Als die Glocke zwölf schlug, gab es nahezu zwanzig Aussagen gegen Magdalena.

Doch Pergener machte keine Anstalten, das Hochgericht zum wohlverdienten Mittagsmahl zu entlassen. Stattdessen kündigte er eine letzte Zeugin an.

»Es ist eine ehrbare Jungfer, hohes Gericht, deren Treue zu ihrem Dienstherrn sie bislang an einer Aussage gehindert hat. Doch angesichts des ungeheuren Unrechts, das dieses verderbte Weib hier begangen hat, kann sie nun nicht länger schweigen.«

Die Seitentür öffnete sich, und Barbaras Gesindemeisterin Elsbeth betrat den Saal. Sie trug eine sorgsam gestärkte, blütenweiße Haube zu einem schlichten, hochgeschlossenen Kleid aus grauem Wollstoff und verkörperte das Bild der unbestechlich ehrbaren Bürgerin.

Claudia suchte Sebastians Blick und erkannte, dass auch er von diesem neuen Winkelzug Pergeners vollkommen überrascht war. Magdalena betrachtete die Haushälterin mit unverhohlener Verachtung.

»Ihr seid Elsbeth Theis, Gesindemeisterin im Haus des verehrten Ratsherrn und Zunftmeisters Dietz?«, begann Pergener.

»Die bin ich.«

»Wie lange kennt Ihr die Beklagte?«

Elsbeth presste die dünnen Lippen zusammen. »Wohl mehr als zwanzig Winter. Sie kam noch vor der Geburt der jungen Herrin Barbara Dietz zu uns.«

»Wie kam sie ins Haus Eures Dienstherrn?«

»Eines Tages stand sie abgerissen und halb verhungert vor der Tür. Man munkelte, sie sei aus dem Tross des in der Nähe lagernden niederländischen Söldnerheers entflohen. Zudem war sie hochschwanger.«

Pergeners Züge verzogen sich theatralisch in großem Erstaunen. »Was veranlasste den ehrbaren Kaufmann Dietz dazu, eine verwahrloste Streunerin aufzunehmen?«

Elsbeth zuckte die Achseln. »Zunächst hat sich das jedes Mitglied des Haushalts gefragt. Doch es wurde uns bald klar. Meine verstorbene Herrin wirkte wie ausgewechselt. Sie schien nicht mehr ganz bei sich zu sein, denn sie übertrug dem Weib sogar die Stelle der Amme für ihr ungeborenes Kind.« Sie machte eine bedeutungsvolle Pause.

»Ihr meint, es sei schon damals nicht mit rechten Dingen zugegangen?«

Elsbeth nickte eifrig. »Ihr eigenes Balg starb unter geheimnisvollen Umständen kurz nach der Geburt. Danach erzwang sie sich Zugang zur Gebärkammer der Herrin. Auch die starb wenig später im Kindbett.«

Pergener wandte sich mit ausgebreiteten Armen an die Mitglieder des Hochgerichts.

»So gibt es Indizien dafür, dass sich die Beklagte schon in jungen Jahren die Gunst des Satans durch die Opferung ihres eigenen Kindes erkaufte, um den Platz der Hausfrau im Hause Dietz einzunehmen.« Er wandte sich Elsbeth wieder zu.

»Habt Ihr weitere Zaubereien beobachtet?«

»Das habe ich. Als der Herr seine Schwester, die Wittib Frau Grete Busch, Gott schenke ihr ewigen Frieden, in sein Haus aufnahm, war auch ihr die Pirken von Anbeginn an verdächtig. Sie übte einen schlechten Einfluss auf die junge Barbara aus. Eines Tages erkrankte das Kind schwer. Die Amme ließ niemanden zu ihm und wies sogar das Weihwasser zurück, das die besorgte Tante aus der Nikolauskirche geholt hatte. Drei Tage und Nächte hörte man es in der Kammer rumoren. Dann kam Barbara heraus, gesund und rosig wie das blühende Leben.«

»So meint Ihr, dass die Hexe ihre junge Ziehtochter durch Satanswerk geheilt haben könnte?« Pergener tat erschrocken.

»Das ist eine Lüge!« Magdalenas Stimme gellte durch den Saal. »Beschuldigt meinethalben mich selbst, Jungfer Elsbeth! Ihr ward seit jeher eine falsche Natter. Aber lasst Barbara aus dem Spiel!«

»Schweig still, Weib!«, fuhr Pergener die Kräuterfrau an. »Sonst lasse ich dich mit der Maulbirne zum Schweigen bringen.«

Claudia saß wie erstarrt vor Entsetzen auf dem Lehnstuhl, der eigens für sie herbeigeschafft worden war. Nur undeutlich verfolgte sie, dass Elsbeth auch die Aussage des verlotterten Hausknechts bestätigte. Anscheinend war er einer ihrer Verwandten. Er hatte Magdalena beschuldigt, ihn zur Buhlschaft mit ihr gezwungen zu haben.

Ihre Gedanken rasten. Würde nun auch Barbara mit in den Strudel der Beschuldigungen hineingezogen werden? Angst legte sich ihr wie ein schwerer Stein auf die Brust.

Pergeners unangenehme Stimme ließ sie ihre Aufmerksamkeit wieder auf das Geschehen im Saal richten. »Ich wünsche Euch ein gesegnetes Mittagsmahl, meine Herren. Stärkt Euch nach Kräften, denn es wartet noch eine weitere Überraschung auf Euch.«

Claudia kamen die beiden Stunden bis zur Fortsetzung der Verhandlung vor wie eine Ewigkeit. Um kein Befremden zu erregen, versagte sie sich in der Öffentlichkeit jeden Kontakt zu Sebastian. Nach dem Verrat der Gesindemeisterin wollte sie auch nicht zu Barbara gehen, was sie ursprünglich vorgehabt hatte. So stocherte sie lustlos in dem reichhaltigen Mahl, das ihr in einem Seitenzimmer der Gaststube »Zum Roten Turm« serviert wurde. Der Wirt bediente sie persönlich. Schwarze Ringe lagen unter seinen Augen, er wirkte gebrochen und fahrig. Schon in wenigen Tagen würde seine einzige Tochter Clara als geständige Hexe auf dem Galgenberg gerichtet werden.
Doch in Claudias Herz gab es keinen Platz mehr für Anteilnahme mit dem unglücklichen Mann. Unaufhörlich kreisten ihre Gedanken um Magdalena und Barbara. Was war das für eine Überraschung, die noch auf sie wartete? Pergener führte nichts Gutes im Schilde, so viel war sicher.
Obwohl sie die Rückkehr in den Gerichtssaal kaum abwarten konnte, schlug ihr das Herz bis zum Hals, als Pergener mit einem siegesbewussten Lächeln in den Raum hinkte. Wie ein Habicht stürzte er sich sofort auf seine Beute.
»Weib«, herrschte er Magdalena an. »Woher stammt dein falscher, verderbter Name?« Magdalena, die bislang alle Anschuldigungen standhaft ertragen hatte, wurde totenbleich.
»Ich verstehe Euch nicht«, stammelte sie.
»Willst du vor deinen irdischen Richtern und deinem göttlichen Schöpfer beschwören, dass Magdalena Pirken dein Taufname ist?«

In der folgenden Stille hätte man eine Stecknadel fallen hören. Schließlich senkte Magdalena den Blick. »Es ist nicht mein richtiger Name. Ich wählte ihn zum Angedenken an eine Mitschwester des Klosters, in dem ich erzogen wurde.«
»Du wurdest in einem Kloster erzogen?« Pergeners Stimme triefte vor Gehässigkeit. »Die Zeugin Elsbeth Theis sagt aus, du seiest Trosshure in einem Söldnerheer gewesen. Was stimmt nun davon?«
Wieder schwieg Magdalena eine lange Weile. »Beides ist wahr«, sagte sie schließlich mit leiser Stimme.
»Eine in einem Kloster erzogene Hübschlerin!« Mit gespielter Ratlosigkeit wandte sich Pergener an das Gericht. »Um was für ein Kloster kann es sich dabei nur handeln?« Wie eine Natter schoss er wieder zu Magdalena herum. »Ich kenne nur einen Ort, an dem sich solche Verderbtheit in den Mantel jungfräulicher Frömmigkeit hüllte. Es ist das Kloster St. Irminen in Trier. Bist du einmal dort gewesen?«
Im Raunen, das durch den Saal lief, ging Magdalenas Bestätigung beinahe unter. Selbst Schreiber, Gerichtsdiener und Wachen blickten ungläubig drein.
»Mehrere Gespielen des Satans sagten aus, dass sie zu teuflischen Festen in diesem Kloster zusammenkamen. Der hochgerühmte Weihbischof Binsfeld musste persönlich dort exorzieren und Kapellen und Kirche neu einsegnen«, fuhr Pergener fort. »Das war vor ungefähr zwanzig Jahren.«
Er wandte sich wieder zu Magdalena. »Also dort hast du den Umgang mit teuflischen Kräutern erlernt«, konstatierte er, ohne sie zu Wort kommen zu lassen. »Es gab in Trier zu jener Zeit auch einen Priester, der als Hexenmeister überführt wurde. Es war der Scholastiker von St. Paulin. Sein Name war Matthias Pölich. Kanntest du ihn?«
Claudia vermeinte, vor Schrecken nicht mehr atmen zu können. Wie war Pergener nur an all diese Informationen gekommen?

Hatte damals vielleicht jemand Magdalenas Beichte belauscht? Am Ende sogar Adela? War es denkbar, dass sie sich auch in dieser Nacht hinter dem Fensterladen der Kate verborgen und alles mit angehört hatte?

»Ich kenne ihn. Er ist mein Bruder.«

»Ha!« Scholer hatte den Ausruf nicht unterdrücken können. Pergener warf ihm einen Blick zu, in dem sich Tadel und Belustigung mischten.

»Aha, ein verurteilter Hexenmeister ist also dein Bruder. So sage mir, Weib, ob du noch einen Hexenmeister kennst. Es handelt sich um den Meier Jakob Longen. Auch er wurde hingerichtet.«

Wieder legte sich Stille wie ein Leichentuch über den Saal.

»Ich kenne ihn. Er ist mein Vater.« Magdalenas Stimme klang tieftraurig.

»Also bist du Anna Pölich, die vor vielen Jahren verschollene Tochter, die sich ihrer Gefangennahme in Trier durch Flucht entzog!« Pergener formulierte dies nicht als Frage, sondern als Feststellung.

»Die bin ich.« Claudia hörte die Resignation in der Stimme der Kräuterfrau. Sie hielt ihre Sache für verloren.

Doch es kam noch schlimmer.

»Was hattest du mit der Buhlin deines Bruders zu schaffen? Sie war eine besonders verderbte Hexe. Lehrte sie dich deine teuflischen Künste?« Pergeners Fistelstimme bekam einen lauernden Unterton.

Jetzt sah Magdalena verwirrt aus. »Ich weiß nichts von einer Buhlin.«

»Lügnerin bis zuletzt«, schleuderte Pergener ihr entgegen. »Drei Kindlein hat sie deinem Bruder nach der Geburt überantwortet, damit er sie in des Teufels Namen taufen, braten und fressen konnte. Aus ihren Herzen hat er Hexensalbe gemacht.«

Magdalena wurde womöglich noch bleicher. »Ich kenne diese Frau nicht«, beteuerte sie.

»Sie hat ihre Dienstherrin vergiftet, so dass diese an heftigen Krämpfen starb. Einem Krämer, der ihr ein Stück Stoff verkaufen wollte, hat sie die Lahmheit angehext. Unzählige Pferde, Rinder und Schafe hat sie mit ihrer Hexensalbe getötet.« Er fixierte die Kräuterfrau.

»Ich kenne dieses Weib nicht. Das schwöre ich bei meiner Seligkeit!« Jetzt lag Verzweiflung in Magdalenas Stimme.

Triumphierend wandte sich Pergener wieder an das Gericht. »Ich selbst habe als Schöffe die Verhandlung gegen diese Unholdin miterlebt und das Urteil gefällt.«

Er machte eine künstliche Pause und drehte sich einmal um die eigene Achse, um das gebannt lauschende Auditorium zu mustern.

Merkwürdigerweise hielt er vor Claudia inne und machte eine spöttisch wirkende Verbeugung.

»Das Weib wurde Rücken an Rücken mit dem Hexenmeister Matthias Pölich verbrannt. Ihr Name war Magdalena Pirken.«

Sie flog ihm entgegen, als er die Tür zur Jagdhütte aufstieß, und warf sich in seine Arme, wo sich die Anspannung der letzten Tage in einem heftigen Weinkrampf entlud.

Lange streichelte Sebastian Claudias Rücken, bis sie schließlich ihr tränennasses Gesicht zu ihm aufhob. Zärtlich küsste er ihre Fingerspitzen. Die Nägel waren bis aufs blutige Fleisch heruntergebissen.

»Was soll jetzt nur werden?«, fragte sie leise. »Sie werden Magdalena foltern, nicht wahr?«

Sebastian nickte. »Pergener wird sie noch ein oder zwei Tage schmoren lassen, dann wird er zur Tat schreiten.«

»Glaubst du, dass sie Barbara beschuldigen wird?« Der Intensität ihrer Beziehung entsprechend, waren sie seit einiger Zeit zum vertraulichen »Du« übergegangen.

Er hob die Schultern. »Ich hoffe und bete, dass sie standhaft bleibt. Doch noch niemand hat auf Dauer den Hackerschen Stuhl ausgehalten.«

»Kannst du denn gar nichts für Magdalena tun?«

Sebastian sah sie mit einem seltsamen Ausdruck an. »Nein, nichts, fürchte ich. Ich habe mein Schöffenamt niedergelegt.«

»Du hast was getan?« Claudia vermeinte, ihren Ohren nicht zu trauen.

»Nun mach du mir nicht auch noch Vorhaltungen«, fuhr Sebastian auf. »Mein Vater hat schon genug lamentiert. Doch Magdalena hat uns alle belogen und muss nun die Suppe auslöffeln, die sie sich eingebrockt hat.«

Claudia starrte ihn ungläubig an. »Nur weil sie uns den Ursprung ihres falschen Namens verschwiegen hat? Sie hat uns doch sonst alles anvertraut.«

Sebastian blieb hart. »Andreas Mohr hat sie gefragt, woher sie den neuen Namen genommen hat. Daran kann ich mich ganz genau erinnern.«

»Und was willst du nun tun?«

Er ergriff ihre beiden Hände. »Ich will aus Neuerburg weg. Hier hält mich nichts mehr. Mit meinem Vater habe ich gebrochen. Ich will keine Minute länger Zeuge von Folter und Hinrichtung Unschuldiger sein. Lass uns zusammen fliehen, Claudia. Das ganze Elend hinter uns lassen und irgendwo neu anfangen.«

Sie riss ihre Hände zurück. »Weggehen und hier alle im Stich lassen? Ausgerechnet jetzt, wo selbst Barbara in Gefahr kommen könnte? Schämst du dich denn gar nicht? Wohin willst du außerdem gehen? Überall wird in deutschen Landen gebrannt.«

Ohne auf die erste Frage einzugehen, schüttelte er heftig den Kopf. »Wir könnten nach Heidelberg gehen. Das liegt in der Kurpfalz. Dort gibt es keine Hexenverfolgungen mehr.«

»Woher willst du das so genau wissen?«

»Barbara hat es mir erzählt. Sie wiederum weiß es von Magdalena. Andreas Mohr wollte dorthin mit ihr fliehen.«

Claudia versuchte, diese Flut von Neuigkeiten zu verarbeiten. Ihr Kopf fühlte sich seltsam leer an. Schließlich raffte sie sich zu einer Entgegnung auf.

»So solltest du dorthin mit deiner Verlobten flüchten, um sie in Sicherheit zu bringen. Du bist Barbara verpflichtet, nicht mir.«

»Ich habe meinem Vater gesagt, dass ich die Verlobung lösen werde. Ich liebe Barbara nicht.« Jetzt klang seine Stimme hart.

»Liebe spielt hierbei keine Rolle. Es ist eine Frage von Anstand und Ehre.«

»Um wessen Ehre geht es denn hier? Bin ich dir nicht gut genug als Gemahl? Gib es nur zu!« Seine Augen funkelten vor Zorn.

»Das ist nicht der Grund, Sebastian. Davon abgesehen habe ich nie einen Zweifel daran gelassen, dass ich nicht dein Eheweib werden kann.«

»Und warum nicht?«, herrschte er sie an.

Sie richete den Blick trotzig zu Boden und schwieg.

»Sag es mir ruhig ins Gesicht. Schlimmer kann dieser Tag ohnehin nicht mehr werden.« Er war versucht, sie zu schütteln.

Auch Claudia geriet nun in Rage. »Ich würde dasselbe tun wie meine Eltern«, schleuderte sie ihm entgegen.

»Na und? Was haben sie denn getan? Sie sind ihrem Herzen gefolgt, anstatt vor einem despotischen Vater zu buckeln.«

Sie standen sich mit geballten Fäusten gegenüber. Claudia senkte als Erste den Blick. Sie begann mit leiser und trauriger Stimme zu sprechen.

»Du weißt nicht, wie es ist, das Kind einer solchen Verbindung zu sein.« Sie stockte. »Man sagt, meine Mutter war ehemals wunderschön, blond und zart wie ein Engel. Ich kann mich an sie nur als sorgenvolle, verhärmte Frau erinnern. Es gibt eine Szene, die ich mein ganzes Leben lang nicht vergessen werde. Meine Mutter war schon vom Pesttod gezeichnet, als sie mit mir das Schloss meines Großvaters erreichte. Er ließ uns im Hof in der bitteren Kälte stehen. Ich sehe sie noch immer in meinen

Alpträumen, wie sie weinend und flehend im Dreck kniete, als er sich endlich bequemte, auf den Balkon zu treten. Sie demütigte sich, damit er mir, seiner Enkelin, an seinem reichen Hof ein Obdach gewährte.«

Sie schluchzte. Sebastian schwieg erschüttert.

»Er ließ sie im Stall sterben, schlimmer als einen Hund. Hätte ihre alte Amme nicht Mitleid mit ihr gehabt, sie hätte nicht einmal die Letzte Ölung erhalten. Die Magd rief den Hofkaplan, der ihr widerwillig die Sterbesakramente reichte. Ich sehe noch heute den Ekel in seinem Gesicht. Ich war gerade fünf Jahre alt. Sie ließ mich nicht mehr zu sich, selbst als es zu Ende ging. Sie hatte Angst, ich könnte mich anstecken. An ihrem Todestag beschloss ich zu überleben. Ihr Opfer sollte nicht vergebens gewesen sein.« Wieder schluchzte sie auf. Er wagte nicht, sie zu berühren.

»Danach wurde ich nur geduldet. Mein Großvater richtete niemals das Wort an mich. Die jungen Burschen am Hof durften ungestraft Schabernack mit mir treiben. Sie nannten mich Bastard, obwohl die Ehe meiner Eltern vor einem Priester geschlossen worden war. Sie zogen mich an den Zöpfen und warfen mich in den Staub. Niemand half mir. Kannst du dir vorstellen, wie ich mich fühlte? Verachtenswert und erbärmlich.«

Sebastian dachte an den Tag, an dem er Claudia zum ersten Mal gesehen hatte. So stolz, so lebendig, so frei. Niemals hätte er das, was sie ihm gerade erzählte, für möglich gehalten.

»Eines Tages trieben sie es besonders schlimm. Es war kurz vor dem Dreikönigsfest. Ich hatte für die Feiertage ein neues Kleid bekommen, aus dunkelgrünem Samt mit goldenen Borten. Es war das erste schöne Kleid, das ich nach dem Tod meiner Eltern besaß. Ich war zehn Jahre alt.«

Als sie weitersprach, klang ihre Stimme merkwürdig unbeteiligt.

»Der Rädelsführer war ein Widerling namens Berthel, der dreizehnjährige Sohn des Rentmeisters. Er lauerte mir mit seinen

Kumpanen auf, als ich wegen einer Besorgung den Hof überquerte. Mit einem Eimer voll Pferdeurin.«
Sie stockte wieder. Bei ihren nächsten Worten erstarrte er.
»Ich habe ihn in meinem Zorn erstochen. Mit seinem eigenen Dolch. Mehr als zehnmal hätte ich zugestochen, sagten sie später. Es waren zwei Männer nötig, um mich zu bändigen. Das Kleid war verdorben, voller Blut und Urin. Es konnte nicht mehr gereinigt werden.«
Sie schwieg. Er wartete atemlos und wagte nicht, sich zu rühren. Plötzlich drehte sie ihm den Rücken zu. Mit einem Ruck riss sie ihr Mieder auf und streifte es ab. Darunter trug sie ein Hemd aus feinem Leinen. Sie zog es über die Schultern herab. Mehrere längliche Narben hoben sich rötlich von ihrer ansonst weißen Haut ab.
»Fünfzig Rutenschläge«, sagte sie gleichmütig. »Doch jeder einzelne war es mir wert. Dafür, dass ich mich endlich zur Wehr gesetzt hatte, schien mir der Preis, den ich zu zahlen hatte, geradezu gering. Man wunderte sich, dass ich nicht schrie. Ja, der ganze Saal war voller Menschen«, beantwortete sie seine unausgesprochene Frage. Sie rückte Hemd und Mieder wieder zurecht. »Schließlich musste man ein Exempel statuieren. Des Rentmeisters einziger Sohn war tot. Das konnte nicht ungestraft bleiben. Schon gar nicht bei einem Bastard.« Ihre Stimme klang nun bitter.
»Trotzdem hatte ich Glück«, fuhr sie fort. »Ein anderes Kind hätte man schlimmer bestraft, mit dem Verlust einer Hand, oder sogar gehängt.« Sie richtete sich kerzengerade auf. »Aber ich habe an diesem Tag etwas verstanden. Ich bin Claudia von Leuchtenberg, Enkelin des jetzigen und Nichte des zukünftigen Landgrafen der Oberpfalz. Auch wenn man mich Bastard schimpft, so gehöre ich doch dem Hochadel an. Niemand kann mir etwas anhaben, solange ich selbst mir nichts Schwerwiegendes zuschulden kommen lasse. Die Herrin meines Schicksals bin allein ich.«

»Und dennoch beugst du dich den Wünschen deiner Muhme und deines Oheims«, widersprach er leise.
»Nur solange ich selbst es will. Meine verbiesterte Muhme gedachte mich zu demütigen, als sie mich zur Dienerin ihrer Tochter machte. Doch ich habe mich gern um Elisabeth gekümmert. Sie war ein armes Ding, mit so einer Mutter ohne Wärme und Herz. Außerdem konnte ich meinem Oheim auf diese Weise meine Dankbarkeit zeigen. Er sah mich zum ersten Mal am Tag meiner Auspeitschung und nahm mich zum Angedenken an seine verstorbene Schwester in seine Familie auf. Wie seine Söhne ließ er mich Mathematik und Latein lernen, nicht nur beten, sticken und nähen. Ich wurde dazu erzogen, meinen Verstand zu gebrauchen.« Ihre Stimme nahm einen harten Unterton an. »Nicht dazu, so jämmerlich zu enden wie meine Mutter.«
Er verstand. Nicht ihre Freundschaft zu Barbara stand zwischen ihnen. Die wahren Ursachen dafür, dass sie nicht mit ihm fortgehen würde, lagen ganz woanders. Ihre nächsten Worte bestätigten es.
»Jeder würde sagen, die schlechte Veranlagung meiner Mutter bricht in mir durch. Ungehorsam und eine Vorliebe für Pack.«
Er zuckte zusammen. Sie merkte sofort, wie kränkend ihre Worte auf ihn gewirkt hatten.
»Ich meine nicht, dass du Pack bist, Sebastian«, sagte sie sanft. »Auch mein Vater war kein Pack. Sein Stammbaum reicht bis zu den ersten französischen Königen. Aber die Leute würden sich die Mäuler zerreißen. Ich würde die Liebe meiner Eltern erneut in den Schmutz treten. Und wieder zu einer Geächteten werden, gemieden und ausgestoßen. Das kann ich nicht noch einmal ertragen. Manchmal fühle ich den Schmerz noch heute.« Sie legte die Hand auf ihr Herz.
»Auch wenn ich nicht schön bin, nicht amüsant und nicht liebenswürdig, wie meine Muhme mir vorhält, so werde ich doch eine standesgemäße Partie machen.«

»Du willst also nur deinem Stand zuliebe heiraten? Jeden Mann, den dein Oheim für dich erwählt? Ohne Zuneigung, ohne Leidenschaft?«, fragte er ungläubig.
Claudia schnaubte. »Wollen?«, rief sie. »Oh, mein Gott, von wollen kann gar keine Rede sein. Mir bleibt nichts anderes übrig! Außer ins Kloster zu gehen, wie es meiner Tante noch immer am liebsten wäre. Mein Onkel wird mir immerhin eine Mitgift geben, denn ich selbst bin völlig mittellos. Was sollte denn ohne Gemahl aus mir werden? Wenn Wilhelm stirbt, wohin sollte ich gehen?« Nun schluchzte sie wieder auf. »Du siehst doch jeden Tag vor dem Hochgericht, wie sie mit schutzlosen Frauen umspringen.«
Er wagte einen letzten Versuch. »Auch ich könnte dich beschützen.«
Sie schüttelte heftig den Kopf. »Nein, das könntest du nicht. Denn man würde dich ebenfalls ächten. Ich mag, verglichen mit meiner sanften Mutter, wild und zügellos sein, aber nichts wird mich dazu bringen, ihr elendes Schicksal zu wiederholen. Und dabei ein neues schutzloses Wesen in diese unbarmherzige Welt zu setzen und der Verachtung aller anheimzugeben.« Tränen liefen ihr über die Wangen. Sie sprang auf. »Doch nun muss ich gehen.«
Sebastian spürte instinktiv, dass er sie nicht zurückhalten konnte. Sie ordnete ihre Kleider im schwachen Licht der einzigen Kerze. Mit abgewandtem Gesicht sprach sie ein letztes Mal.
»Denke nicht allzu schlecht über mich, Sebastian. Wenn ich eine andere wäre, könnte ich dich von ganzem Herzen lieben und dir eine gute und treue Frau sein. Aber dank meines Oheims bin ich nun einmal das Edelfräulein von Leuchtenberg.« Wieder schlich sich der harte Unterton in ihre Stimme. »Ich habe nur diese eine, einzige Chance, um dem Fluch zu entkommen, den die Liebe meiner Eltern über mich gebracht hat. Und ich werde sie nutzen.«

Sie ging zur Tür der Hütte. »Leb wohl«, sagte sie, schon mit der Hand am Knauf. »Ich danke dir von Herzen für jeden schönen Moment. Ich werde mich immer daran erinnern.« Damit trat sie, ohne sich noch einmal nach ihm umzudrehen, hinaus.

Mit blanker Verzweiflung im Herzen starrte er in die Dunkelheit. Mitternacht musste bereits vorüber sein. Das kleine Feuer war längst erloschen, es war empfindlich kalt in der Hütte.
Draußen stand sein treuer Schimmel. Es wäre ein Leichtes, aufzusteigen und von dannen zu reiten. Alles hinter sich zu lassen, wie er es vorgehabt hatte. Doch ohne Claudia schien es ihm sinnlos.
Also würde er vorläufig bleiben, auch wenn er weniger auszurichten vermochte denn je.

## Kapitel 28

*Dienstag, 12. Februar 1613*

Gelobt sei Jesus Christus«.
»In Ewigkeit. Amen.«
»Ich bin es, Claudia von Leuchtenberg«, raunte sie durch das vergitterte Fensterchen des Beichtstuhls.
Mohr hatte sie längst erkannt. »Anscheinend führt Euch nicht der Wunsch zu mir, Euer Gewissen zu erleichtern«, meinte er trocken.
Claudia vergewisserte sich noch einmal, dass der schwere Samtvorhang ganz zugezogen war, dann streifte sie den Schleier ab, der ihr Gesicht fast völlig verborgen hatte.
»Wie geht es Magdalena? Habt Ihr etwas von ihr gehört?«

»Sie sitzt noch immer im Rathausgefängnis ein und wurde bislang nicht gefoltert.« Die Traurigkeit in seiner Stimme berührte sie tief.

»Haltet Ihr das für ein gutes Zeichen?«

Der Pfarrer seufzte. »Das vermag ich nicht zu sagen.« Im Stillen bat er seinen Herrgott um Vergebung für diese Lüge.

Er wusste, dass Pergener inzwischen auch gegen ihn ermittelte. Sein eigener Kaplan, der Vorsteher des Eligius-Hospitals, war gesehen worden, als er das Hexenkommissariat verließ, ebenso wie der Dorfpfarrer aus Oberweis. Mohr befürchtete, dass Pergener noch mit der Folterung Magdalenas wartete, weil er Indizien gegen ihn sammelte. Würde Magdalena dann, unter der Tortur nach ihm befragt, gegen ihn aussagen, gälte das als schwerwiegender Beweis seiner Schuld. Sein eigenes Wohlergehen war ihm dabei nahezu gleichgültig. Aber er wusste, dass Magdalena unmenschliche Qualen erdulden würde, bis sie, von diesen gebrochen, endlich dazu bereit wäre, ihn zu beschuldigen.

»Man sagt, Ihr wärt gestern bei den Bränden gewesen«, sagte Claudia bedrückt. Am Vortag waren Zia Schreber, die Webermagd Berthe, die Wirtstochter Clara und das alte Paar aus Oberweis hingerichtet worden.

»Ich hielt es für meine Pflicht«, antwortete Mohr.

»Ihr habt auf dem ganzen Weg für die Verurteilten gebetet und ihnen auf dem Scheiterhaufen die Absolution erteilt.« Nun schlich sich ein Vorwurf in Claudias Stimme.

»Auch das war meine Pflicht.«

»Habt Ihr nicht Sorge, Euch selbst zu gefährden? Beim Nachtmahl war Josten vor Zorn außer sich.«

»Unser aller Leben liegt in Gottes Hand. Doch trefft Ihr Euch nicht mehr mit Sebastian de la Val?«, lenkte der Pfarrer geschickt ab.

Claudia spürte, wie ihr Gesicht rot anlief. Zum Glück war es im Beichtstuhl dunkel.

»Im Augenblick ist es nicht möglich«, wich sie aus.

Mohr schwieg. »Wie geht es ihm?«, fügte sie schließlich leise hinzu.

»Er säuft sich seit Tagen durch alle Spelunken der Stadt. Selbst eine Nacht im Karzer hat nichts gefruchtet. Kennt Ihr den Grund?«

Claudia verneinte heftig. »Vielleicht macht er sich Vorwürfe wegen der Brände«, suchte sie eine Ausrede. »Er hat sein Schöffenamt aufgegeben, weil er glaubte, nichts mehr für die Unglücklichen tun zu können.«

»Das konnte er vorher auch nicht. Der Grund muss ein anderer sein. Mich deucht, Sebastian trägt schwer an heftigem Herzeleid.«

Claudia spürte, wie ihr die Tränen kamen. »Davon weiß ich nichts. Barbara macht sich jedenfalls um Sebastian keine Sorgen. Sie fürchtet um Magdalena.« Sie stockte, um ihre zitternde Stimme zu kontrollieren. »Sie hat Arzneien in Magdalenas Gärtchen ausgegraben und eine Wache bestochen, ihr die Mittel zu übergeben.«

Sofort war Mohr alarmiert. »Was waren das für Arzneien?«

»Mohnsaft und Eisenhutextrakt. Vielleicht war auch Bilsenkraut dabei. Die Kräuter sollen Magdalena unempfindlich gegen die Qualen der Folter machen.«

»Weiß jemand, dass Barbara im Garten der Kate war?«

»Sie hatte ihre Magd Hanna dabei«, antwortete Claudia besorgt. »Sie sagt, sie kann ihr vollkommen vertrauen.«

Mohr stöhnte. »Die bestochene Wache dürfte im Zweifelsfall zuverlässiger sein. Droht man jedoch der unschuldigen Magd mit der Hexenjustiz, wäre sie nicht die Erste, die ihre Herrin verrät.«

»So haltet die Augen und Ohren offen«, bat Claudia, »und gebt mir sofort Nachricht, wenn Barbara Gefahr droht.« Sie erhob sich. »Ich muss gehen. Pergener ist heute zum Nachtmahl geladen. Ich verabscheue ihn, möchte aber um keinen Preis versäumen, was er zu berichten hat.«

»Geht mit Gott, meine Tochter.« Der Pfarrer schlug das Kreuzzeichen hinter dem Gitterchen. »*Ego te absolvo.*«

Als ahnte er Claudias Verblüffung, fügte er mit einem Anflug seines früheren Humors hinzu: »Es kann ja zumindest nichts schaden.«

Lustlos stocherte Claudia auf ihrem Teller herum. Sie konnte selbst dem köstlichen Rehbraten nichts abgewinnen. Seit Tagen hatte sie kaum Appetit. Nachts schreckte sie immer wieder aus Alpträumen auf oder konnte erst gar nicht einschlafen.

Bedrückt ließ sie den Blick durch den Raum schweifen. Da als Gast nur Maximin Pergener geladen war, hatte man im Knappen-Saal auftragen lassen. Zum ersten Mal seit dem Tod ihrer Tochter war auch die Landgräfin zum Nachtmahl erschienen. Bleich, aber aufrecht saß sie neben ihrem Gemahl an der Stirnseite der Tafel. Außer der Grafenfamilie und Ernst von der Marck waren nur Josten und die Amtsträger der Burg versammelt.

Das Gespräch drehte sich um die gestrigen Brände. Nur die Landgräfin und Claudia, die heftige Kopfschmerzen vorgeschützt hatte, waren den Hinrichtungen ferngeblieben.

»Warum wird dieses Hexengeschmeiß nicht lebendig in die Flammen geworfen?«, fragte Ernst von der Marck. »Der schnelle Tod durch die Schlinge des Henkers scheint mir gar zu barmherzig zu sein.«

Pergener wiegte sein kahles Haupt. »Dies hat beträchtliche Vorteile bei der Ermittlung, junger Herr Graf«, erläuterte er. »Seitdem den Geständigen dafür ein schmerzfreier Tod in Aussicht gestellt wird, sind sie rascher bereit, ihre Gespielen bei den Hexensabbaten zu nennen.«

Er sah in die Runde und erwiderte Adelas Lächeln. »Das war

zuvor der mühsamste Teil der Verfahren. Natürlich ist dem Satan daran gelegen, seine Diener zu schützen. So lähmte er den Entlarvten genau in diesem Aspekt häufig die Zunge.«
Claudia spürte, wie ihr bittere Galle die Kehle hinaufstieg. Sie presste die Lippen zusammen.
»Also bleibt die schlimmste Leibesstrafe nur mehr den gänzlich Verstockten vorbehalten?«
Claudia hätte Adela am liebsten den Inhalt ihres Weinpokals ins Gesicht geschüttet.
»So ist es, edles Fräulein.« Pergener deutete eine Verbeugung an. »Den Verstockten, aber auch den Hexenmeistern und -meisterinnen, unabhängig von ihren Bekenntnissen.«
»Also wird dieses abscheuliche Kräuterweib auf jeden Fall lebendig verbrannt?« Adela warf einen triumphierenden Blick in Claudias Richtung.
Pergener bemerkte es und goss Öl ins Feuer. »Sie wird dieser Strafe nicht entgehen«, versprach er großspurig. »Ob sie ihre Schandtaten eingesteht oder nicht, ihr Schicksal ist schon besiegelt. Es gibt zu viele Aussagen gegen sie.«
Wilhelm von Leuchtenberg nickte beifällig. »Wann werdet Ihr mit der peinlichen Befragung beginnen?«
»Das Weib wurde bereits in den Haidturm überstellt. Sie verbringt dort die Nacht auf dem Hackerschen Stuhl. Das wird sie mürbe für die Vernehmung machen, die bei Tagesanbruch beginnt.«
Claudia fuhr der Schock in alle Glieder. Sie sprang auf. »Das dürft Ihr nicht tun! Magdalena ist unschuldig.« In ihrer Erregung stieß sie den Weinpokal um. Das Getränk ergoss sich über Adelas Atlaskleid. Ihre Base quiekte entsetzt.
»Claudia, was erdreistest du dich?«, donnerte der Landgraf. »Setze dich wieder oder verlasse sofort den Saal.«
»Ich denke gar nicht daran! Ihr lasst himmelschreiendes Unrecht in Eurer Herrschaft zu«, schrie sie ihren Oheim jenseits aller

Beherrschung und wider aller Vernunft an. Blind vor Wut zeigte sie auf Adela. »Da sitzt die wahre Mörderin Eurer Tochter.«
Hätte der Blitz mitten in den Saal eingeschlagen, die Wirkung hätte nicht größer sein können. Die Tischgesellschaft saß wie erstarrt. Selbst Pergener war verblüfft.
Es war der Landgraf, der sich zuerst wieder fasste. »So erkläre dich, Nichte.« Seine Stimme klang nun gefährlich ruhig. »Wieso erhebst du diese ungeheuerliche Beschuldigung gegen dein eigenes Fleisch und Blut?«
»Adela ist nicht mit mir verwandt. Womöglich nicht einmal mit Euch!«, konterte Claudia. Die Landgräfin zog hörbar die Luft ein. Ihr Gemahl schnitt ihr mit einer ungeduldigen Geste das Wort ab.
»Mich dünkt, du bist völlig von Sinnen, Claudia. Erkläre uns gefälligst, was all das zu bedeuten hat.«
Nun sprudelten die Worte nur so aus ihr heraus.
»Adela kam nur nach Neuerburg, um Elisabeths Heirat zu verhindern. Euer Vater«, sie zeigte auf Ernst von der Marck, »hat sie als Schwiegertochter verschmäht. Doch das ließ sie nicht gelten. Mit Hilfe des Satans wollte sie Euch mit einem Liebeszauber behexen. Ihre eigene Zofe hat sie dabei beobachtet. Sie wollte Euch zu ihrem Gemahl gewinnen.«
Ernst öffnete den Mund zum Protest, als ihn ein Ausruf des Landgrafen unterbrach. »Lasst sie weitersprechen!«
Claudia nestelte hektisch in ihrer Rocktasche. Als sie den silbernen Anhänger endlich gefunden hatte, warf sie ihn vor Adela auf den Tisch.
»Diese Kette gehört ihr. Sie ist ein Symbol des Leibhaftigen. Das hat mir der Stadtpfarrer persönlich bestätigt. In ihrer Kammer fand ich auch schwarze Kerzen, ein Bildnis des Gehörnten und ein Stück Pergament, auf dem das Paternoster rückwärts geschrieben stand. Alles Gegenstände, die man für schwarze Messen benötigt.«

»So beschuldigst du deine Kusine, eine Anhängerin Satans zu sein?«

In ihrem Zorn deutete Claudia die Frage als ein Zeichen dafür, dass ihr Oheim ihr Glauben schenkte.

»So ist es. Den Anhänger hat sie Elisabeth geliehen und ihr weisgemacht, sie könne die Liebe ihres Bräutigams damit gewinnen. In Wahrheit sollte er die Verbindung jedoch mit einem Fluch belegen. Doch als das alles nichts half und die Verlobung tatsächlich gefeiert wurde, hat sie Elisabeth mit Bilsenkraut vergiftet.«

Wilhelm wandte sich ratlos an Pergener. »Mich deucht, sie hat den Verstand verloren.«

Der Hexenkommissar hob die Hand und warf Josten gleichzeitig einen Blick zu. »Erlaubt mir, das Edelfräulein selbst zu befragen«, bat er den Landgrafen. »Ich würde Euch gerne meine Erfahrung und die meines geschätzten *collega* zur Verfügung stellen.«

Wilhelm nickte. Pergener deutete eine Verbeugung in Claudias Richtung an.

»Edles Fräulein, lasst mich einmal wiederholen, was Ihr gerade gesagt habt«, säuselte er mit ausgesuchter Höflichkeit. Claudia nickte widerwillig.

»Ihr habt also in der Kammer Eurer Base satanische Devotionalien gefunden. Was führte Euch in die Kammer?«

»Ich hatte Adela von Anfang an im Verdacht, etwas im Schilde zu führen.«

»Und ihre Zofe brachte Euch auf diese Idee?«

Claudia erschrak. Sebastians Worte klangen ihr wieder in den Ohren. »Wenn Ihr Kathrin mit hineinzieht, ist sie des Todes.« Hatte sie das Mädchen etwa schon gefährdet?

»Nein, nein«, versicherte sie hastig. »Die Zofe hat gar nichts damit zu tun. Es waren meine eigenen Beobachtungen. Daher wollte ich mich selbst überzeugen.«

Pergener wandte sich an Adela, die dem Gespräch bislang totenbleich und wie erstarrt gefolgt war. »Habt Ihr Grund, an der Ergebenheit Eurer Magd zu zweifeln?«

Adela riss sich sichtlich zusammen und holte tief Luft. »Nein, das habe ich nicht, Euer Ehren«, antwortete sie mit zitternder Stimme. »Im Gegenteil, sie trug mir in jüngster Zeit immer wieder zu, dass meine Base Claudia sie mit unziemlichen Ansinnen bedrängte.«

»Was waren das für Ansinnen?«

Adela schlug die Augen nieder. »Das wage ich in der Öffentlichkeit nicht zu bekennen.«

Wilhelm fuhr auf. »Keine Zimperlichkeiten, Nichte. Sag freiheraus, was du zu sagen hast.«

»Meine Base wollte Kathrin dazu bewegen, mich der Unzucht mit Ernst von der Marck und sogar mit dem Stallknecht Hilarius zu zeihen.« Nun hatte Adela sich wieder gefangen. Rasch warf sie Claudia einen vielsagenden Blick zu.

Empörte, entsetzte Rufe waren darauf an der Tafel zu hören. Pergener hob die Hand. Augenblicklich kehrte wieder Ruhe ein. Er richtete seinen kalten Blick auf Claudia. »Was sagt Ihr dazu, edles Fräulein?«

Claudia fühlte, wie ihr gleichzeitig heiß und kalt wurde. »Ich habe nichts dergleichen mit der Zofe besprochen«, wehrte sie ab. »Kathrin ist wie ein Hase vor mir auf der Flucht. Wahrscheinlich hat ihr die Metze da mit dem Tod gedroht, wenn sie mir auch nur ein Sterbenswörtchen verrät. Trotzdem ist es wahr.«

Pergener ignorierte die erneute Empörung der Tischgesellschaft über Claudias ungeheuerliche Beleidigung ihrer Base.

»Was bewegt Euch zu dieser Annahme?«

»Ich habe sie selbst mit Hilarius in den Pferdeställen erwischt. Sie ritt auf ihm wie auf einem brünstigen Hengst.«

Das Gesicht des Landgrafen verfärbte sich dunkelrot. Doch er hielt sich auf eine Geste des Hexenkommissars zurück.

»Nun werft Ihr Eurer Base Unzucht vor, doch was hat dies mit dem Tod Eurer Kusine Elisabeth zu tun? Diese wurde mit Bilsenkraut aus dem Besitz des Kräuterweibs Magdalena Pirken ermordet ...«

»Das Adela aus ihrer Kate gestohlen hat«, fiel ihm Claudia ins Wort. »Sie hat dem Knecht Hilarius auch befohlen, das ungetaufte Kindlein auszugraben und in die Enz zu werfen. Wenn sie das Herz nicht für ihre eigene Hexensalbe verwendet hat.«

Adela schluchzte schmerzvoll auf. Wie in tiefer Verzweiflung schlug sie die Hände vors Gesicht. Erika machte Anstalten, sich zu erheben, doch der Landgraf hielt sie am Arm fest.

»Was wisst Ihr von Hexensalbe, mein Fräulein?«

Wieder zeigte Claudia auf die tränenüberströmte Adela. »Sie hat mich damit vergiftet. Auch das hat Hilarius eingestanden.«

Pergener warf Josten einen bedeutungsvollen Blick zu. Der nickte bedächtig.

»Ich danke Euch, edles Fräulein.« Der Hexenkommissar wandte sich an den Landgrafen. »Erlaubt mir nun, die Expertise des Burgkaplans einzuholen.«

Aller Augen richteten sich auf Bernhard Josten. Der hob mit salbungsvoller Stimme zu sprechen an. »Ich bedauere unendlich, Eurer Exzellenz mitteilen zu müssen, dass alle Anzeichen auf eine Verzauberung Eurer Nichte Claudia hinweisen.«

Claudia stockte vor Entsetzen der Atem. »Was erdreistet Ihr Euch ...«, begann sie mit lauter Stimme, doch der Landgraf unterbrach sie sofort.

»Setz dich und lasse mich hören, zu welchen Schlüssen Ehrwürden Josten gekommen ist. Wage nicht mehr, ihn zu unterbrechen, sonst lasse ich dir durch die Wachen den Mund verbinden.«

Claudia erschrak bis ins Mark. So außer sich hatte sie ihren Oheim noch nie erlebt. Entmutigt ließ sie sich auf ihren Stuhl sinken. Flüchtig bemerkte sie, dass ihre direkten Tischnachbarn von ihr abrückten.

Josten genoss die eigene Wichtigkeit. »Zuerst ist die Frage zu klären, woher Eure Nichte Claudia so viel Wissen über satanische Riten hat. Ich will dabei ausschließen, dass sie selbst eine Unholdin ist«. Claudia lief es eiskalt den Rücken hinunter.
»Ebenso schließe ich aus, dass Eure Nichte Adela etwas mit dem Satan zu schaffen hat. Sie ist seit etlichen Jahren mein Beichtkind. Ich habe nie die geringsten Anzeichen für eine solche Verderbtheit gefunden. Auch ihre Zofe sucht mich regelmäßig zur Beichte auf und pflegt einen frommen und gottgefälligen Lebenswandel.«
Wieder warf Adela Claudia einen Blick zu.
»Es bleibt also nur eine Erklärung übrig.« Claudia unterdrückte den Drang, Adela die lügnerischen Augen auszukratzen. Sie bemühte sich, Josten zu folgen.
»Das Kräuterweib muss sie verzaubert haben. Wahrscheinlich mit Hilfe des silbernen Anhängers. Er ist tatsächlich ein Symbol des Leibhaftigen.«
»Nein!«, schrie Claudia auf, deren Wut und Impulsivität erneut die Oberhand über ihren Scharfsinn gewannen. Ihr Oheim winkte dem Burghauptmann. Bevor der sich erheben konnte, schlug sich Claudia jedoch schon beide Hände vor den Mund. Fürs Erste reichte Wilhelm diese Geste.
»Zweifelsohne gehörte auch der Knecht Hilarius zu den Unholden in Eurer Herrschaft. Wahrscheinlich war er wirklich ein Helfershelfer des Mordes an Eurer geliebten Tochter. Doch nicht auf Geheiß eines unbescholtenen Edelfräuleins, sondern der mächtigsten Hexe im Umkreis. Die Ermittlungen werden diese These mit Sicherheit bestätigen.«
Pergener nickte. »Der Unhold Hilarius ist dank der Entschlusskraft des edlen Herrn von der Marck seiner gerechten Strafe schon zugeführt worden. Doch ich werde die Pirken unter der Folter befragen, wie und wann sie den Knecht zu ihrem Komplizen gemacht hat. So wird die Wahrheit ans Licht kommen.«

»Und Ihr glaubt, das Kräuterweib hat auch meine Nichte bezaubert?«
Pergener nickte. »Soviel ich gehört habe, pflegte sie engen Umgang mit der Hexe. Ich muss gestehen, dass mir noch nie eine so durchtriebene Satansdienerin begegnet ist. Sich durch Zauberei des Schutzes einer mächtigen Adligen zu versichern ist ein Manöver, das an Schlauheit kaum mehr zu überbieten ist.«
Claudia erstickte schier an ihren Widerworten. Doch die Drohung des Landgrafen hielt sie zurück.
»Was soll nun mit meiner Nichte geschehen?«
Pergener gab Josten einen Wink. »Ich schlage Euch untertänigst vor, einen Exorzismus durchzuführen.«
»So schreitet unverzüglich zur Tat.«
Josten schüttelte betrübt sein fettiges Haupt. »Dazu ist das Einverständnis Eurer Nichte erforderlich. Ein Exorzismus ist nur wirksam, wenn die Verzauberte selbst erkennt, dass sie in die Fänge des Bösen geraten ist und sich daraus befreien möchte.«
Der Landgraf richtete seinen Blick auf Claudia. Die buschigen Brauen waren drohend zusammengezogen. »Also, Nichte. Stimmst du einer Austreibung der Teufel zu, die dich befallen haben?«
Claudia verlor erneut die Beherrschung. »Nicht mich müsst Ihr einem Exorzismus unterziehen, sondern die da.« Sie hörte selbst, dass sich ihre Stimme fast überschlug, konnte sich aber dennoch nicht zurückhalten. »Sie ist die Satansanbeterin mitten unter Euch und dazu Elisabeths Mörderin.«
Nur flüchtig nahm sie wahr, dass der Burghauptmann zur Tür strebte.
»Du besudelst die Ehre unseres Hauses«, brüllte der Landgraf sie an, der nun gleichfalls die Beherrschung verlor. »Ich habe dich in meine Familie aufgenommen, obwohl du landauf, landab als ein Bastard giltst. Gegen den Rat meines Vaters und sogar gegen den Rat meiner eigenen Gattin.«

Ob dieser Beleidigung begann Claudias Blut zu kochen. »Ich ein Bastard? Hier sitzt der Bastard an Eurer Tafel.« Sie deutete wieder auf Adela.

»Eure eigene Gemahlin hat es mir erzählt. Adela ist nicht die Tochter des Grafen von Manderscheid-Kail. Sie ist der Bastard des Johann von Wawern.«

Der Schlag riss sie fast zu Boden. Fassungslos hielt sie sich die brennende Wange und starrte ihre Tante Erika an. Schlagartig wurde es still an der Tafel.

»Ein einziges Mal habe ich dir mein Vertrauen geschenkt.« Erikas Stimme klang grell vor Abscheu. »Nur ein einziges Mal. Und du missbrauchst meine Güte, um das Andenken meiner verstorbenen Schwester in den Schmutz zu treten. Hätte ich hier zu befehlen, ich ließe dich mit Ruten aus der Burg peitschen.«

Zwei Wachsoldaten hatten den Saal betreten. Auf einen Wink des Burghauptmanns packten sie Claudia an den Armen.

»Schafft sie auf ihre Kammer und versperrt die Tür«, befahl der Landgraf. »Morgen will ich sehen, ob sie wieder zur Besinnung gekommen ist.«

*Mittwoch, 13. Februar 1613*

»Herrin, wollt Ihr denn gar nichts zu Euch nehmen?«

Wäre Claudia von den Ereignissen des Vorabends nicht so mitgenommen gewesen, sie hätte durchaus die Besorgnis in Kathrins Stimme gehört.

So machte sie nur eine abwehrende Geste, ohne den Kopf vom Kissen zu heben. »Lass mich in Ruhe und scher dich hinaus.«

Kathrin knickste und nahm das Tablett mit der unberührten Abendmahlzeit. Mit Tränen in den Augen wandte sie sich an der Tür noch einmal um. »Euer Oheim will Euch noch aufsuchen«, sagte sie mit erstickter Stimme.

Erbittert hörte Claudia, wie Kathrin die Tür hinter sich abschloss. Er sollte nur kommen, ihr grandioser Onkel Wilhelm. Als Erstes würde sie ihn bitten, dieses Miststück durch eine andere Magd zu ersetzen. Seitdem sie erfahren hatte, dass Wilhelm ausgerechnet Kathrin zu ihrer Magd im Arrest bestimmt hatte, ließ sie das Mädchen spüren, wie demütigend das für sie war. Wochenlang hatte sie die Zofe vergeblich angefleht, ihr zu helfen, und schalt sich nun eine Närrin. Wie töricht war es doch von ihr gewesen, dieser Magd zu vertrauen. Sie war Adela so treu ergeben, dass man sie nun sogar mit ihrer Überwachung betraute.

Plötzlich hörte sie die Stufen der alten Holztreppe knarren. Sie hob den Kopf und lauschte. Tatsächlich, da kamen Schritte näher. Schon drehte sich der Schlüssel im Schloss.

Sie sprang vom Bett auf und wischte sich die Tränen aus dem Gesicht. Der Landgraf betrat ihr Zimmer. Er war allein.

Sofort setzte Claudia eine trotzige Miene auf. Aber aus seinem Blick las sie nur Besorgnis und Traurigkeit. Seit dem Tod seiner Tochter schien er um Jahre gealtert. Tiefe Falten hatten sich in sein Gesicht gegraben, die Wangen waren eingefallen.

Der Landgraf schloss die Tür und zog sich einen Schemel heran. Er winkte Claudia, sich neben ihn zu setzen. Dann sah er sie lange wortlos an.

Zunächst hielt sie seinem Blick stand, doch vor dem Schmerz in seinen Augen senkte sie schließlich den Kopf.

»Claudia«, begann er mit rauher Stimme. Er räusperte sich, bevor er fortfuhr. »Du bist zwar mein Schwesterkind, aber du warst mir immer wie eine zweite Tochter. Nun bist du die Einzige, die mir geblieben ist. Hader und Zank in meinem Heim sind mir zuwider. Soll uns ausgerechnet Elisabeths Tod auf immer entzweien?«

»Ihr wisst, dass es nicht der Tod von Elisabeth ist«, sagte sie leise. »Eine Unschuldige soll deswegen sterben. Das ist der Grund für den Zank. Die wahre Mörderin lasst Ihr ungeschoren.«

Eine steile Zornesfalte erschien auf der Stirn des Landgrafen. »Ich sehe, dass du noch immer nicht zur Vernunft gekommen bist. Vielleicht hätte ich dem Rat meiner Gattin folgen und dich gleich ins Verlies sperren lassen sollen.«
Unwillkürlich griff sich Claudia an die Wange. Sie schmerzte noch immer vom Schlag ihrer Tante. Doch sie bezwang ihren aufkeimenden Zorn. Dies war womöglich die letzte Gelegenheit, das Blatt noch zu wenden.
»Oheim Wilhelm.« Sie versuchte, ihre Stimme ruhig zu halten. »Ich weiß, dass Ihr es gut mit mir meint. Ihr habt mich aus der Gosse geholt und mir ein Heim gegeben. Ihr habt mich behandelt wie Eure eigenen Kinder. Ich weiß das sehr wohl zu schätzen und bin Euch von ganzem Herzen dankbar dafür. Nichts bekümmert mich mehr, als Euch Schmerz zu bereiten.«
Sie griff nach seiner Hand. Er zog sie nicht zurück. Sein Blick wurde weicher. Dadurch ermutigt, fuhr Claudia fort: »Euch verdanke ich auch, was ich weiß. Ich durfte Platon und Aristoteles lesen. Ihr habt erlaubt, dass ich logisch zu denken lernte, mich mit Arithmetik und Dialektik beschäftigen konnte.«
»Und mit Rhetorik«, unterbrach sie der Graf mit einem Anflug von Belustigung, »aber fahr fort, mein Kind. Was willst du mir sagen?«
Sie griff nach dem Strohhalm. »Aus welchem Grund hätte Magdalena den Tod von Elisabeth wünschen oder ihn gar durch Teufelstränke und Hexensalben herbeiführen sollen?« Sie spürte, dass sich die Hand des Grafen versteifte.
»Bitte, Oheim«, flehte sie. »Bitte, hört mich an. Wenn Ihr mich dann mit Argumenten widerlegen könnt, denen ich nichts entgegenzusetzen habe, lasse ich ab von meinem Trotz und gehorche Euch. Das schwöre ich.«
Eine Weile geschah nichts. Der Graf starrte düster vor sich hin. »Dann sprich«, nickte er schließlich. »Doch erwarte keine Zustimmung von mir.«

Claudia ließ sich nicht entmutigen. »Welchen Gewinn hätte Magdalena davon gehabt, ihre Seele dem Teufel zu verschreiben? Sie führte ein sehr ärmliches Leben und wusste nie, wie sie über den nächsten Winter kommen sollte. Wenn Barbara ihr nicht immer wieder geholfen hätte, wäre sie längst verhungert.«
Der Graf schüttelte unwillig den Kopf. »Als Oberhexe war sie Luzifers Buhlin und befahl allen anderen Unholden. Das wird ihr Lohn genug gewesen sein.«
»Woher könnt Ihr das so sicher wissen?«
Der Landgraf schnaubte. »Sie wurde von zahllosen Komplizen belastet. Sogar von Zia Schreber. Das Weib war schon in Haft, als der Mord geschah.«
»Ihr sagt es«, unterbrach Claudia. »Zia Schreber war schon in Haft. Da ist jede Aussage zu erpressen, die gerade genehm ist.«
»Zia Schreber hat ohne peinliche Befragung bekannt«, beharrte der Landgraf. »Warum sollte sie Magdalena als Oberhexe besagen, wenn es nicht wahr ist?«
»Oh, dafür gibt es gleich mehrere Gründe. Sie hasste Magdalena, weil sie ihr als Heilkundige weit überlegen war. Außerdem hatte sie die Tortur zu erwarten, wenn sie nicht ausgesagt hätte, was der Hexenkommissar hören wollte. Zusätzlich hört man, Caspar Scholer habe Zia die Freiheit versprochen, wenn sie gegen Magdalena aussagen würde.«
»Das scheint mir doch etwas weit hergeholt, meine Liebe. Woher sollte sie denn überhaupt von dem Plan wissen, meine Tochter zu töten?«
»Vielleicht wusste sie ja gar nichts davon. Ein geschickter Hexenkommissar kann Fragen so stellen, dass die Antwort auf der Hand liegt.« Das wusste Claudia von Sebastian. Aber sie hütete sich, ihn zu erwähnen. Den Sohn des Amtmanns sollte der Zorn ihres Oheims nicht auch noch treffen.
»Claudia«, entrüstete sich der Landgraf, »willst du behaupten, dass in den Verhören nur Lügen erzeugt werden? Maximin Per-

gener ist Doktor beider Rechte. Er hat schon zahllose Unholde und Zauberinnen überführt. Sollen all diese Menschen ihre Schandtaten erfunden und nur aus Angst vor Schmerzen gestanden haben? Selbst wenn sie dabei Unschuldige mit in den Tod rissen? Sie hätten das ewige Höllenfeuer zu fürchten gehabt.«

»Ich glaube, dass die Angst vor der Tortur oft stärker ist als die Angst vor der Verdammnis. Deshalb sind die meisten Geständnisse frei erfunden. Das glaubt sogar unser Stadtpfarrer.« Die Worte waren noch nicht heraus, als sie sie schon bereute.

»Solcherart Flausen stammen von Hochwürden Mohr?«, fragte der Landgraf ungläubig. Wütend fuhr er fort: »Nun höre mir einmal zu. Magdalena Pirken lebte mit falschem Namen seit über zwanzig Jahren unter den ehrbaren Bürgern von Neuerburg. Um ihren Geburtsnamen zu verbergen, nahm sie den Namen einer verurteilten Hexe an, noch dazu den der Buhlin ihres Bruders. Was macht das für einen Sinn, wenn es nicht zum Angedenken an ihren Vater und Bruder geschah? Beide wurden als Hexenmeister verbrannt.«

Dieses Argument war schwer zu widerlegen. Claudia dachte sorgfältig nach, bevor sie antwortete. »Dass sie ihren richtigen Namen nicht preisgab, geschah sicher aus Angst«, sagte sie schließlich. »Sie wusste doch, wie leicht man unter Verdacht gerät.« Ihr war klar, dass sie damit am Kern der Aussage vorbeidisputierte.

Auch Wilhelm bemerkte es und schlug weiter in die gleiche Kerbe. »Natürlich wollte das Kräuterweib unentdeckt bleiben. Doch es gibt noch eine andere Erklärung. Unter dem Schutz des verderbten Namens begann sie damit, Vater und Bruder zu rächen. Simple Schadenszauber an Ernte und Vieh waren ihr dabei nicht genug. Nein, sie ermordete eine Landgrafentochter! Im Moment, wo die Hochzeit mit Ernst von der Marck beschlossene Sache war! Um mich als Regenten der Herrschaft zu tref-

fen. Was für ein größerer Triumph des Bösen ist denkbar?« Seine Stimme zitterte vor Schmerz und Zorn.
Claudia begriff, dass ihr Oheim die Sachlage nicht objektiv beurteilen konnte. Der Tod seiner Tochter hatte ihn nicht nur als Vater getroffen. Auch seine politischen Pläne waren dadurch durchkreuzt worden. Dennoch war sie von seinen nächsten Worten schockiert.
»Außerdem liegt ihr Mord im Blut. Schon ihr Vater war ein Mörder. Das hat er gestanden, lange bevor er seine Zaubereiverbrechen zugab. Wegen ein paar lumpiger Heller hat er zwei Landsknechte erschlagen.«
Claudia schluckte. Das hatte sie nicht gewusst.
Um Zeit zu gewinnen, trat sie an das schmale Fenster der Kammer. Blicklos starrte sie auf die Nebelschwaden über den Bergen.
Der Landgraf spürte ihre Verwirrung. »Claudia«, beschwor er sie. »Willst du noch mehr Unheil über unsere Familie bringen, als es dieses Hexenweib schon getan hat? Der Burgkaplan lässt mich jeden Tag spüren, dass Elisabeths Tod Gottes Strafe für meine Nachlässigkeit bei der Verfolgung der Unholde ist. Willst du mir das Herz endgültig brechen und dabei deine eigene Zukunft zerstören? Ist dies der Dank dafür, dass ich dich aufgenommen habe, um das Andenken deiner Mutter zu ehren? Und dich dann liebgewonnen habe wie mein eigenes Fleisch und Blut?«
Die Worte schnitten Claudia ins Herz. Schon war sie versucht, sich umzudrehen und in seine Arme zu werfen, da fuhr er fort.
»Und willst du wirklich die Ehre meiner Gattin in den Schmutz treten? Die Grafen von Manderscheid sind ein ebenso altes Geschlecht wie die Leuchtenberger. Du wirfst ihrer Lieblingsnichte Adela vor, ihre eigene Tochter ermordet zu haben! Und darüber hinaus ein Bastard aus der ehebrecherischen Beziehung ihrer verstorbenen Schwester zu sein. So könntest du nicht handeln,

wenn du bei Verstand wärst. Das Kräuterweib muss dich verhext haben, um seine Verbrechen zu vertuschen.«

Adelas höhnisches Gesicht erschien vor Claudias Auge. Empörung verdrängte Kindesliebe und Dankbarkeit. Sie sprühte vor Zorn, als sie herumfuhr.

»Ich habe selbst die Beweise für Adelas Schuld in ihrer Kammer gefunden. Sie hat Magdalena das Bilsenkraut gestohlen und Elisabeth damit ermordet.«

»Ein weiteres Indiz, Claudia.« Der Landgraf überging einen Teil ihrer Antwort. »Das Bilsenkraut gehörte der Pirken. Es gilt landläufig als Hexenkraut.«

»Mit Bilsenkraut können schlimme Schmerzen gelindert werden«, widersprach Claudia. »Jede Heilkundige braucht es.«

Der Landgraf erhob sich. »Ich sehe, es hat keinen Zweck.« Seine Stimme klang hart.

Claudia sank der Mut. »So überzeugt Euch nichts, was ich sage?«, fragte sie hilflos.

Wilhelm schüttelte den Kopf. »Die Gerechtigkeit wird ihren Lauf nehmen. Dabei wird sich die Schuld der Pirken herausstellen. Im Zweifelsfall auch ihre Unschuld. Unser Herrgott würde nicht zulassen, dass sie zu Unrecht gerichtet wird.«

»Seid Ihr da so sicher?«, konterte Claudia. »Gott lässt so manches Unrecht geschehen. Im letzten Jahr haben marodierende Söldner den Steffenshof überfallen. Sie haben der Bauersfrau Gewalt angetan und ihren Säugling mit dem Kopf gegen die Wand geschlagen. War das kein Unrecht?«

Plötzlich fasste der Landgraf Claudia hart an den Schultern. Fast hätte er sie geschüttelt. »Willst du mir denn kein Jota entgegenkommen? Starrköpfig bleiben wie deine Mutter? Nur tun, was du für richtig hältst, ohne Rücksicht auf mich, der so lange Vaterstelle an dir vertreten hat? Selbst wenn ich dich darum bitte? Dich sogar anflehe?«

Claudia hob den Blick und sah ihm in die rot geränderten Augen. Sie schimmerten feucht. Ihr Widerstand schmolz. »Ich bitte Euch um Verzeihung für den Schmerz, den ich Euch zugefügt habe. Wie könnte ich Euch entgegenkommen?«

»Bitte deine Tante Erika und deine Base Adela öffentlich um Verzeihung! Nimm morgen beim Mahl alle Gäste zu Zeugen, dass dir der Teufel die Beschuldigung eingegeben hat. Sprich nie wieder über diese Hexe und akzeptiere klaglos das Urteil des Hochgerichts. Und meide auch dieses Mädchen Barbara Dietz, deren Amme sie war. Sie ist eine Bürgerliche. Ich hätte eure Freundschaft nie dulden dürfen. Beichte dem Burgkaplan deine Sünden und akzeptiere die Buße, die er dir auferlegt. Dann werde ich dir vergeben und dich öffentlich als meine Adoptivtochter anerkennen.«

Claudia schluckte hart. Nicht einmal in ihren kühnsten Träumen hätte sie dies zu hoffen gewagt. Als Adoptivtochter des Landgrafen dürfte sie niemand mehr einen Bastard schimpfen. Sie hätte alle Rechte eines ehrlich geborenen Kindes. Ihre Zukunft wäre gesichert.

Aber der Preis war hoch. Sie schwieg eine Weile, während ihr die unterschiedlichsten Gedanken durch den Kopf wirbelten.

»Lasst mich darüber nachdenken«, bat sie schließlich. »Nur eine Stunde lang. Dann gebe ich Euch meine Antwort.«

Abrupt ließ er sie los und stieß sie dabei ein Stück von sich weg. Wortlos wandte er sich zur Tür. Einen kurzen Moment verharrte er dort, den Knauf schon in der Hand. Dann drehte er sich ein letztes Mal um. »Eine Stunde, Claudia«, sagte er hart. »Dann komme ich wieder.« Der Schlüssel knarrte im Schloss.

Claudia warf sich erneut auf ihr Bett.

Ich kann nichts mehr für Magdalena tun, dachte sie, das steht fest. Stattdessen habe ich alles nur noch schlimmer gemacht. Vielleicht habe ich sogar dem Stadtpfarrer geschadet. Mein Jähzorn und mein Starrsinn verursachen immer nur Unheil!

Gegen die Metze Adela hatte ich nie eine Chance. Sie ist schon mit dem Mordplan im Kopf zu Besuch gekommen und musste nur noch den Sündenbock finden, der dafür büßen soll. Kann ich es meinem Oheim und selbst meiner Tante wirklich verdenken, dass sie einem Mitglied der eigenen Familie solch eine Niedertracht nicht zutrauen?
Warum soll ich also einer verlorenen Sache halber meine glänzende Zukunft als Tochter des Landgrafen opfern? Zweifellos hat mein Oheim vor, eine attraktive Verbindung mit einem mächtigen Fürsten für mich zu finden.
Diese Aussicht war mehr als verlockend. Doch das schlechte Gewissen zwickte sie mit glühenden Zangen.
Kann ich als Gattin eines Regenten nicht viel mehr für unschuldige Menschen bewirken als jetzt? In der Kurpfalz gibt es keine Hexenverfolgungen mehr. Kann ich dasselbe nicht auch in der Herrschaft meines zukünftigen Gatten bewirken? fragte sie sich in einem letzten beschwichtigenden Versuch. Doch ihr Gewissen ließ sich nicht beruhigen.
Ich bin nicht mehr dieselbe, wenn ich jetzt einlenke. Adela ist mehr mit dem Teufel im Bunde als eine einzige dieser armen Frauen im Kerker. Soll ich dies einfach leugnen? Kann ich dieses Wissen jemals beiseitedrängen? Werde ich mir je wieder mit Achtung begegnen können, wenn ich jetzt vor meiner bigotten Tante und der skrupellosen Adela zu Kreuze krieche? Macht mich das nicht zu ihresgleichen?
Bei dieser Vorstellung würgte sie Selbstekel. Barbaras Bild tauchte vor ihr auf.
Wie wird sie sich fühlen, wenn ich mich hochmütig von ihr abwende? Soll ich sie ausgerechnet jetzt im Stich lassen? Sebastian will die Verlobung lösen. Daran trage ich eine Mitschuld. Sie muss bald mit Magdalenas grausamem Tod fertig werden, die wie eine Mutter für sie gewesen ist. Und vielleicht ist sie sogar selbst in Gefahr. Wird mein Oheim dann nicht sogar ver-

langen, dass ich widerspruchslos mit ansehe, wie sie verhaftet und hingerichtet wird? Wie weit muss ich mich erniedrigen, um sein Wohlwollen zurückzugewinnen?
Regungslos lag sie auf dem Bett, während in ihrem Inneren ein Kampf mit der Macht eines Orkans tobte. Als sich die Schritte erneut ihrer Kammer näherten, stand sie mühsam auf. Sie fühlte sich wie zerschlagen.
Aber ihr Entschluss war gefasst.
Sie würde nicht nachgeben.

## Kapitel 29

*Donnerstag, 7. März 1613*

Die helle Märzsonne blendete sie. Magdalena schloss die Augen und spürte die warmen Strahlen in ihrem zerschundenen Gesicht. Wie aus weiter Ferne fühlte sie den Schmerz in sich pochen.
Neben ihr schluchzte das junge Mädchen aus Waxweiler herzzerreißend. Magdalena hatte bis zuletzt der Versuchung widerstehen müssen, auch ihr von dem mit zerstoßenem Bilsenkraut vermischten Mohnsaft zu geben. Doch sie hätte Barbara damit unnötig in Gefahr gebracht.
Das Betäubungsmittel half ihr auch, die penetrante Stimme des Hexenbeichtigers Josten auszublenden, der mit auf dem Karren saß und die vier Verurteilten beständig zur Reue mahnte. Sie selbst galt als unbußfertig. Was sie an Sünden zu bekennen hatte, hatte sie gestern Abend dem Stadtpfarrer gebeichtet, dessen Bildnis sie vor ihrem inneren Auge heraufbeschworen und der ihr die Absolution erteilt hatte.

Der Karren rumpelte durch ein Schlagloch. Der scharfe Ruck riss sie fast vom Sitz und fuhr ihr spürbar durch die ausgerenkten, zerschlagenen Glieder. Doch das Mittel tat seine Wirkung. Magdalena wusste nicht, warum der Wachsoldat, der ihr die Arzneien brachte, diese in seinem Tornister versteckte, als Pergener eine Durchsuchung ihres Kerkers anordnete. Anstatt sie wegzuwerfen, hatte er ihr jedes Mal die Mittel verabreicht, bevor sie zum peinlichen Verhör geschleppt worden war.

Die letzte Dosis hatte er ihr am frühen Morgen gegeben. Sie hätte ein Pferd betäubt, aber Magdalena war mittlerweile an das Mittel gewöhnt. Heute würde sie es besonders nötig haben. Die geständigen Unholde wurden erdrosselt, bevor die Scheiterhaufen entzündet wurden. Sie aber würde bei lebendigem Leib verbrannt werden.

Anfangs hatte sie es sich leicht machen wollen. Nach der ersten Nacht auf dem Hackerschen Stuhl gestand sie alle Untaten, die Pergener ihr am nächsten Morgen vorhielt. Selbst den Mord an der Landgrafentochter.

Doch sie erkannte rasch, dass es damit nicht getan war. Pergener legte es darauf an, sie zum Verrat weiterer Komplizen zu zwingen. Dabei ging es ihm vor allem um Andreas Mohr und Barbara Dietz. So hatte sie ihr Geständnis widerrufen.

Seither war sie standhaft geblieben. Was auch immer Pergener und der junge sadistische Henker Gottlieb versucht hatten, war vergeblich gewesen. Ließ die Wirkung des Schmerzmittels zu früh nach, gestand Magdalena, widerrief aber ihre Aussagen an jedem folgenden Tag. Da sie keine eigenen Untaten zugab, konnte man sie auch nicht mehr nach Gespielen befragen.

Schließlich war es dem ungeduldigen Landgrafen zu viel geworden. Da alle Welt glaubte, Magdalena habe seine Nichte Claudia behext, drang er auf ihre Hinrichtung. Er hoffte, mit ihrem Tod würde der Zauber sich lösen. Das hatte der Wachsoldat ihr berichtet.

»Amma, liebste Amma, so höre mich doch!« Der Ruf drang wegen des Tobens der aufgepeitschten Menge nur undeutlich an ihr Ohr. Sie blinzelte und erschrak. Tränenüberströmt und mit aufgelöstem Haar klammerte sich Barbara an den Rand des Karrens und versuchte, durch den Käfig ihre Hand zu berühren. »*Vade retro*, Weib«, donnerte Josten und machte Anstalten, sich zu erheben. Da riss Sebastian seine Verlobte auch schon zurück. Magdalena wandte mühsam den Kopf. Die Menge bildete einen Kreis um das Paar. Viele machten die Schutzzeichen gegen den bösen Blick.

Sie schloss die Augen und versuchte, sich zu sammeln. Bilder tauchten auf und verschwammen wieder. Schließlich gelang es ihr, eine Erinnerung festzuhalten: Barbara als kleines Mädchen im weißen Kleid unter einem blühenden Birnbaum. »Gott segne und behüte dich, mein geliebtes Kind.« Tonlos formte sie die Segensworte, während sie in Gedanken das Kreuzzeichen über ihrer Ziehtochter schlug. Die gebrochenen Hände konnte sie nicht mehr bewegen.

Der Karren rumpelte den steilen Weg zum Galgenberg hinauf. Fluchend und schwitzend mussten die Wachsoldaten mit anschieben, um die Steigung zu bezwingen. Die Schneeschmelze hatte den Boden aufgeweicht.

Magdalena blinzelte erneut. Frühe Anemonen streckten der milden Märzsonne ihre weißen Köpfchen entgegen. Ein großer Frieden kam über sie. Ihr Leben war oft hart und bitter gewesen, aber es hatte auch schöne Momente gegeben. Wieder blitzten Erinnerungen auf.

Ihre Patentante Maria, wie sie die jauchzende Vierjährige auf dem Gutshof des Vaters auffing und herumschwenkte.

Der Kräutergarten im Kloster mit der gütigen Schwester, die ihr Gottes Wunder anhand der Heilkraft der Pflanzen erklärte.

Und Barbara, immer wieder Barbara. Die Tochter, die ihr selbst nicht vergönnt war. Barbara, die sich in Tränen mit aufgeschlagenen Knien an sie schmiegte. Barbara mit einem riesigen Korb voller Köstlichkeiten in ihrer Kate, die Augen strahlend vor Freude. Barbara mit zart geröteten Wangen, die ihr im Flüsterton verliebt von Sebastian berichtete.

Und schließlich Andreas Mohr, der sie zum Eheweib nehmen wollte. Wie er sie ansah, als sei sie nie von den barbarischen Händen unzähliger ungewaschener Männer beschmutzt worden. Als sei sie eine ehrbare Frau geblieben.

Der Karren hielt an. Sie waren angekommen. Die Scheiterhaufen ragten hoch in den Himmel. Nun würde sie also vor das Angesicht ihres Schöpfers treten. Nur eine kurze Weile, dann würde ER entscheiden, wo sie im Leben recht oder unrecht getan hatte.

Einen letzten Wunsch hatte sie noch. Sie öffnete die Augen, als man sie vom Karren herabzerrte. Und wieder war der Herrgott ihr gnädig.

Da stand er neben der Richtstätte, im vollen Ornat des Stadtpfarrers. Segnend hob er die Hände über sie und ihre Leidensgenossen. Noch durch den dichten Rauch hindurch hielten ihre Blicke einander fest, bis sie sanft und schmerzlos hinüberglitt in eine bessere Welt.

»Schert Euch hinaus und fahrt zur Hölle, wo Ihr hingehört.« Mit gespreizten Fingern sprang Claudia auf den Burgkaplan zu und versuchte, ihm mit ihren spitzen Nägeln das Gesicht zu zerkratzen.

Josten wich zurück und geriet ins Straucheln. Sein goldenes Kreuz entglitt ihm und fiel scheppernd zu Boden.

Auf einen Wink des Landgrafen hielten zwei Männer der Burgbesatzung Claudia fest. Sie wand sich im Griff der Soldaten, Geifer sprühte von ihren Lippen. »Heuchler, Sauhund, Hurensohn!«

Wilhelm winkte der Zofe. »Mädchen, hast du eine Veränderung bei deiner Herrin bemerkt, seitdem die Hexe verbrannt ist?«

Kathrin schüttelte den Kopf. »Sie war sanft und freundlich wie immer. Sie führt sich nur so auf, wenn sie exorziert werden soll.«
»So bleibt also alles beim Alten«, konstatierte der Landgraf. »Wie erklärt Ihr Euch das?« In scharfem Ton wandte er sich an Josten.
Der Burgkaplan zuckte ratlos die Schultern. »Es gibt nur eine Erklärung. Der Zauber stammt nicht von dem Kräuterweib, sondern von einem noch mächtigeren Hexenmeister.« Plötzlich blitzte es in seinen Augen auf.
»Kommt mit hinaus, Euer Gnaden. Ich hatte gerade eine Eingebung.« Knurrend folgte ihm der Landgraf mit den Burgwachen. Claudia blieb mit Kathrin zurück.
Erschöpft warf sie sich auf ihr hartes Lager. Schon vor Wochen waren weiche Kissen und Federbetten durch Sackleinen und eine kratzige Decke ersetzt worden. Durch diese Maßnahmen, zu denen auch karge Mahlzeiten gehörten, hoffte Josten, ihren Widerstand zu brechen.
Dabei hatte er allerdings nicht mit Kathrin gerechnet. Sie tat, was sie konnte, um Claudias Los zu erleichtern. Immer wieder stibitzte sie kleine Leckerbissen aus der Küche und brachte sie der Eingesperrten. Nach zwei langen Wochen waren ihre Bemühungen endlich erfolgreich gewesen. Claudia übersah sie nicht länger.
Seither hatte sich zwischen ihnen fast wieder die alte Vertrautheit eingestellt. Nur wenn Claudia die Magd nach ihren Beweggründen fragte, sie so lange zu meiden, hüllte Kathrin sich nach wie vor in Schweigen.
»So haben sie also Magdalena heute verbrannt?«
Die Zofe nickte bedrückt. »Doch man munkelt, sie habe keine Schmerzen gelitten«, versuchte sie, etwas Tröstliches zu sagen.
»Was hast du sonst noch gehört?«
Kathrin runzelte besorgt die Stirn. »Eure Freundin Barbara hat sich öffentlich zu Magdalena bekannt. Den ganzen Weg zum

Galgenberg hinauf beteuerte sie, ihre ehemalige Amme sei unschuldig. Das hat sie nicht beliebt unter den Neuerburgern gemacht.«

Claudia war alarmiert. »Warum hat ihr Vater ihr nicht verboten, zur Hinrichtung zu gehen?«

»Er liegt mit einem schweren Fieber zu Bett und konnte es wohl nicht verhindern. Sebastian de la Val riss sie schließlich vom Henkerskarren zurück, bevor es zum Skandal kommen konnte.«

Claudia schwieg eine Weile. »War der Stadtpfarrer auch bei der Hinrichtung?«, fragte sie dann.

Kathrin nickte. Die Falten auf ihrer Stirn vertieften sich. »Er hat erneut die Verurteilten auf dem Scheiterhaufen gesegnet. Mittlerweile meiden die Leute seine Messen und drängen sich am Sonntag lieber in die kleine Eligius-Kapelle oder steigen den steilen Burgberg hinan, um die Predigten Jostens zu hören.«

Claudia fühlte eine tiefe Resignation. »Und ich sitze hier nutzlos herum!«

Eine letzte Frage brannte ihr noch auf der Zunge. »Du sagtest, Sebastian de la Val habe Barbara zurückgerissen. Was hört man von ihm?«

»Er hat wohl endgültig mit seinem Vater gebrochen. Der Stadtpfarrer versuchte, eine Versöhnung herbeizuführen, doch der junge Herr de la Val ist erst gar nicht zum anberaumten Treffen erschienen.« Sie zögerte.

»Und was munkelt man noch?« Trotz ihrer Niedergeschlagenheit war Claudia nicht entgangen, dass Kathrin etwas zurückhielt.

Die Magd seufzte. »Es geht das Gerücht, er habe sich um ein Amt in Luxemburg beworben und würde Neuerburg bald verlassen.«

»Was wird dann aus Barbara?«

»Die Leute klatschen, er wolle die Verlobung lösen. Nur die Krankheit des alten Herrn Dietz habe ihn bislang davon abgehalten. Doch ich weiß nicht, ob dieses Gerücht wahr ist«, versuchte sie die Wirkung ihrer Worte abzuschwächen.

»Es wird nur zu wahr sein«, murmelte Claudia. »Geh jetzt und lass mich allein.«
Kathrin wusste, dass die schroffen Worte die wahren Gefühle ihrer Herrin verbergen sollten. Traurig verließ sie die Kammer. Claudia starrte apathisch zur Decke.

»Also, was habt Ihr für eine Eingebung?« Mit barscher Stimme sprach der Landgraf den Burgkaplan an. »Die ganze Herrschaft zerreißt sich das Maul über meine behexte Nichte. Selbst der Hof in Luxemburg ist schon aufmerksam geworden.«
Josten wählte seine Worte sorgfältig. »Die Kräuterhexe Pirken mag eine mächtige Dienerin Satans gewesen sein. Doch vielleicht war sie einem noch mächtigeren Zauberer untertan. Einem, den sein Amt bislang vor Verfolgung schützte.«
Obwohl der Landgraf ahnte, worauf Josten hinauswollte, fragte er nach. »Wen meint Ihr damit?«
Josten holte tief Luft. »Den Stadtpfarrer Andreas Mohr.«
Wilhelm wiegte seinen mächtigen Schädel. »Eine sehr schwere Anschuldigung.«
»Doch eine plausible, mit Verlaub, die vieles erklärt.« Jetzt mischte sich Pergener ein, den man ebenso wie den Amtmann zu der Beratung hinzugezogen hatte.
»Erklärt Euch!«
»Der Stadtpfarrer hat der Kräuterhexe zur Flucht verhelfen wollen. Das ist zweifelsfrei erwiesen.«
»Im Kerker hat sie ihn immer wieder als Beichtvater verlangt. Mit mir wollte sie nicht vorliebnehmen«, geiferte Josten.
Über die Züge des Amtmanns glitt ein spöttisches Lächeln, das ihm entging.
»Bis zu ihrer letzten Stunde verweigerte sie die Beichte. Sie zog es vor, ohne Reue und Buße zur Hölle zu fahren.«
»Trotzdem hat Mohr sie noch auf dem Scheiterhaufen gesegnet«, murmelte Wilhelm nachdenklich.

»Ihr sagt es, Euer Gnaden«, ereiferte sich Josten. »Vielleicht war es kein christlicher Segen, der da erteilt wurde. Vielleicht war es der Segen des Leibhaftigen.«
»Was spricht noch gegen den Stadtpfarrer?« Der Landgraf wandte sich an Pergener.
»Sein eigener Kaplan hat ihn im Verdacht, der Buhle der Pirken gewesen zu sein. Ihm war das Kräuterweib schon seit einiger Zeit verdächtig. Doch bei seinem Dienstherrn stieß er auf taube Ohren.«
»Die Pirken hat Mohr nicht als Komplizen benannt, nicht einmal unter der ärgsten Folter.«
»Ihr bringt die Sache auf den Punkt. Euer Scharfsinn ist wahrhaft bewundernswert«, heuchelte Pergener. »Sie hat tatsächlich nichts eingestanden. Ich konnte mich selbst davon überzeugen, dass sie immer wieder von einem Betäubungs- und Schweigezauber befallen wurde. Sie muss einen mächtigen Helfer gehabt haben, der sie selbst im Kerker beschützen konnte. Auch der Henker hat dergleichen noch nie erlebt.«
Der Landgraf starrte unschlüssig vor sich hin.
Pergener setzte nach. »Lasst mich Euch noch eine Frage stellen, Euer Gnaden. Hat Eure Nichte Claudia Hochwürden Mohr seit ihrer Verzauberung einmal erwähnt?«
Überrascht blickte Wilhelm auf. »Das hat sie in der Tat. Sogar unmittelbar nach der monströsen Beschuldigung ihrer Base Adela.«
»Da seht Ihr es. In der Stadt erzählt man sich, der Pfarrer habe sich häufig mit Eurer Nichte und ihrer Freundin Barbara Dietz getroffen. Sowie mit Eurem Sohn, verehrter Herr de la Val.« Pergener verbeugte sich in Richtung des Amtmanns. »Vielleicht haben wir es da mit einem regelrechten Hexenkomplott zu tun. Dem innersten Zirkel sozusagen. Es kommt häufig vor, dass eine Hexe ihre Töchter dem Satan überantwortet«, dozierte er. »Und die Jungfer Dietz verhielt sich auf dem Weg zur Hinrich-

tung äußerst verdächtig. Genauso wie Euer Sohn vor Gericht, als er noch sein Amt als Schöffe bekleidete.«

Der Amtmann zog zornig die Augenbrauen zusammen.

»Natürlich gehe ich bei ihm ebenfalls von einer Verzauberung aus«, bemühte sich Pergener zu beschwichtigen.

Wilhelm schlug mit der Faust auf den Tisch. »Der Stadtpfarrer soll befragt werden. Dabei wird sich erweisen, ob Eure Thesen zutreffen.«

Der Amtmann räusperte sich. »Leider ist es in diesem Fall nicht so einfach, ein Verhör oder sogar eine Verhaftung vorzunehmen, Euer Gnaden«, erklärte er. »Dazu bedarf es eines Dispenses des vorgesetzten geistlichen Amtes aus Trier.«

Der Landgraf stöhnte. »Schon wieder ein Dispens des Erzbischofs! Wer weiß, wie lange er uns diesmal darauf warten lässt.«

Pergener verneigte sich. »Da seid unbesorgt, gnädiger Herr. Sobald Ihr das Schreiben mit der Bitte um Aufhebung der Immunität des Stadtpfarrers aufgesetzt habt, werde ich den Brief persönlich nach Trier bringen und um seine unverzügliche Bearbeitung bitten. Ich bin sicher, man wird Euren Wunsch mit äußerstem Wohlwollen behandeln.«

Es war nahezu finster, als Pergener das Gasthaus »Zum Roten Turm« verließ, wo er seine Abendmahlzeit eingenommen hatte. Überaus zufrieden mit sich schlug er den Weg zu seinem Quartier auf der Burg ein. Die Dinge entwickelten sich vorzüglich.

So war er vollkommen überrumpelt, als ihn ein Fremder von hinten an der Gurgel packte und ihm einen Dolch an die Kehle setzte. Noch bevor er sich aus seiner Erstarrung lösen konnte, wirbelte der Angreifer ihn herum, ohne die Waffe abzusetzen. Ein scharfer Schmerz durchzuckte ihn, als die Klinge seinen Hals ritzte.

»Monsieur de la Val«, stammelte Pergener entgeistert, als er den Amtmann im schwindenden Licht erkannte. »Was ficht Euch an?«

»Wagt es noch einmal, meinen Sohn der Zauberei zu verdächtigen, und Eure Leiche treibt schon am nächsten Tag die Enz hinab.« Die Drohung jagte dem Hexenkommissar einen eiskalten Schauer über den Rücken. Der Amtmann meinte es ernst, daran bestand kein Zweifel.

Dennoch versuchte er, Haltung zu bewahren. »Das ist ein großes Missverständnis, Monsieur de la Val«, stammelte er. »Euer Sohn ist nicht verdächtig, selbst ein Unhold zu sein. Er könnte vielmehr genauso verzaubert worden sein wie das Edelfräulein von Leuchtenberg. Von der Kräuterhexe, dem Stadtpfarrer oder sogar seiner Verlobten, wenn sie auch zu dem teuflischen Pack gehört.«

Der Amtmann schüttelte Pergener wie einen Sack. »Ihr habt mich gehört und wohl verstanden, Herr Doktor. Also wägt Eure Worte in Zukunft sorgfältig, wenn Euch Euer Leben lieb ist.« Damit stieß er den Hexenkommissar mit großer Kraft von sich. Pergener taumelte und fiel rücklings in den Unrat der Gasse. Als er sich aufgerappelt hatte und seinen verschmutzten Überrock betrachtete, saß ihm der Schrecken noch immer in allen Gliedern. Eine solche Wendung hatte eine Verfolgung noch nie genommen. Was war nur in den Amtmann gefahren?

Hätte er selbst an den Unsinn geglaubt, mit dem er Tag für Tag die Masse der Einfältigen beeindruckte, so hätte er sicher vermutet, dass auch Christoph de la Val behext worden war.

*Montag, 18. März 1613*

Die Wachskerzen verbreiteten ein sanftes Licht und dufteten betörend. Andreas Mohr kniete schon seit Stunden vor dem Altar der heiligen Katharina. Die Statue der Märtyrerin, dargestellt mit Schwert und Rad, schien milde auf ihn herabzusehen. Durch die schmalen gotischen Fenster drang der erste Schein

des Frühlingsmorgens. Sobald die Sonne aufgegangen war, würden sie kommen. Auch das Kirchenasyl konnte ihn dann nicht mehr schützen. Er ließ seinen Blick durch die Nikolauskirche schweifen. Wie viele Messen hatte er hier gefeiert, erst im Knabenalter als Messdiener seines Vaters, dann viele Jahre als angesehener Stadtpfarrer. Das hohe gotische Netzgewölbe spannte sich erhaben über die Haupt- und Seitenschiffe des Gotteshauses. Noch Jahrhunderte nach ihm würden Gläubige an diesem Ort beten. Er aber würde schon bald zu Staub werden.
Es reute ihn nicht, dass er geblieben war. Sebastian, der noch im Pfarrhaus wohnte, hatte ihm die bittersten Vorwürfe gemacht, als er sich wie Magdalena weigerte zu fliehen. Gestern war Pergener mit dem Dispens des Trierer Erzbischofs eingetroffen, der seine Verhaftung ermöglichte. Nun würde man keine weitere Zeit mehr verlieren.
Das nagende Angstgefühl machte sich wieder in seiner Magengrube bemerkbar. Würde er so stark sein wie Magdalena? Oder würde er ihr Andenken mit billigen Lügen beschmutzen, weil er der Folter nicht standhalten könnte? Oder gar am Ende weitere Unschuldige belasten?
Unwillkürlich bewegten sich seine Lippen im Gebet. »Herr Jesus, heilige Katharina, all ihr Märtyrer, gebt mir Kraft«, flehte er. »Verzeiht mir meine zahllosen Sünden, die ich als schwacher Mensch auf mich geladen habe. Verleiht mir dessen ungeachtet die Größe, in Würde zu sterben und mit erhobenem Haupt vor euer erhabenes Antlitz zu treten.«
Von ferne hörte er Hufgetrappel und schwere Schritte. Sie kamen. Das Angstgefühl wich einer großen inneren Ruhe. Sein Leben lag in Gottes Hand, was auch immer mit ihm geschehen würde.

»Was sagst du da?« Ungläubig starrte Claudia Kathrin an. Die Magd hielt sich kichernd die Hand vor den Mund.

»Es ist die Wahrheit, Herrin. Die Spatzen pfeifen es von den Dächern.«

Noch immer verwirrt schüttelte Claudia den Kopf. »Lass mich wiederholen, was du erfahren hast. Unser ehrwürdiger Stadtpfarrer soll gestanden haben, ein Unhold zu sein und mit der Webermagd Berthe Unzucht getrieben zu haben?«

Kathrin nickte. »Aber ich glaube, er hat das nur gesagt, um den Hexenkommissar als Komplizen beschuldigen zu können. Hätte er nicht gestanden, selbst ein Hexenmeister zu sein, wie hätte er Herrn Pergener anklagen sollen?«

»Was ist genau vor Gericht geschehen?«

Kathrin kicherte erneut. »Er hat sich vor dem Doktor auf die Knie geworfen. Der Gerichtsdiener Martin hat es in der Schenke erzählt. Zwei Wachsoldaten hat er mit sich zu Boden gerissen. Sie lagen in ihren Kettenhemden wie Käfer auf dem Rücken, während Hochwürden Mohr den Stiefel des Hexenkommissars ergriff und ihn mit Küssen bedeckte. Selbst als Pergener ihn heftig trat, hat er ihm mit blutendem Mund für seine Güte gedankt.«

»Welcher Taten hat Hochwürden Mohr Pergener bezichtigt?«

»Er hat behauptet, ihm die Seelen aller neugeborenen Kindlein geopfert zu haben, die er auf sein Geheiß in Teufels Namen getauft hätte. Außerdem habe Pergener als oberster Meister die Unwetter des Sommers befohlen und alle Hexen mit Ruten gezüchtigt, die sich nicht eifrig genug beteiligten. Jeden Sonntag habe er ihm geweihte Hostien bringen müssen, auf die Pergener gespuckt und sogar«, Kathrin zögerte ein wenig verschämt, »gepisst hätte.«

»Und das hohe Gericht hat diesen Unfug zugelassen?«

Kathrin nickte. »Martin hat erzählt, dass niemand dem Stadt-

pfarrer Einhalt gebot. Vor allem der Bürgermeister und oberste Richter sei blass wie ein Leintuch geworden, so als ob er befürchten würde, Hochwürden Mohr wolle auch ihn beschuldigen.« Sie lachte erneut. »Am Ende versuchte der Pfarrer sogar, Pergeners Hintern zu küssen. Er rutschte ihm auf den Knien nach und hielt ihn am Überrock fest. Selbst als der Doktor befahl, ihm die Maulbirne zwischen die Lippen zu zwängen, setzte er ihm noch nach.«
»Hat Mohr im Kerker vielleicht den Verstand verloren?«
Kathrin zuckte die Achseln. »Man erzählt sich, dass der Hexenkommissar niemanden mehr in des Pfarrers Nähe lässt. Sobald ihm die Maulbirne herausgenommen wird, beginnt er nämlich, Pergener anzubeten. Nur der Henker darf noch in seinen Kerker im Rathaus. Den Wachsoldaten wurde bei Leibesstrafe verboten, die Zelle zu betreten.«
Claudia konnte sich keinen Reim auf diese überraschende Wendung machen. Des Stadtpfarrers Leben war ohne Zweifel verwirkt. Was bezweckte er bloß mit dieser Scharade?

*Donnerstag, 4. April 1613*

Sebastian ließ seinen Blick über die Menge schweifen. Noch nie waren so viele Menschen gekommen wie am heutigen Tag, an dem der Stadtpfarrer Andreas Mohr bei lebendigem Leib verbrannt worden war.
Er spürte eine große Leere und Bitterkeit. Morgen würde er die Stadt verlassen. Zwar hatte man sein Gesuch um ein Amt in Luxemburg abgelehnt, weil ihm zweifelsohne sein schlechter Ruf als rebellischer Schöffe vorausgeeilt war. Dennoch hielt ihn hier nichts mehr.
Im Grunde genommen hätte er auch schon am Morgen abreisen können. Für Andreas Mohr war er selbst an seinem Todestag nutzlos gewesen. Pergener ging kein Risiko auf dem Weg zum

Galgenberg ein und hatte befohlen, den Pfarrer geknebelt und mit einer schwarzen Haube vermummt durch die Straßen zu fahren. So konnte sein Mentor und väterlicher Freund ihn am Straßenrand nicht einmal mehr erkennen. Trost auf seinem letzten Weg musste er ausschließlich aus sich selbst schöpfen.
Deshalb war Sebastian auch nicht mit auf den Galgenberg gestiegen, sondern hatte sich trübsinnig auf einen Grenzstein gesetzt. Er kaufte einem der fliegenden Händler einen Becher Branntwein ab und beobachtete die Leute bei ihrer Rückkehr. Die meisten waren fröhlich und strebten den Schenken zu, um den Tod des mächtigen Hexenmeisters zu feiern.
Auch die Gesindemeisterin Elsbeth kam mit ihnen den steilen Weg hinab. Heinrich Dietz hatte sie noch am Tag ihrer Aussage gegen Magdalena aus dem Haus gewiesen. Wie man hörte, musste sie sich nun als Schankmagd in einem heruntergekommenen Wirtshaus verdingen. Sebastian gönnte ihr dieses Los von Herzen. Trotzdem wirkte das Weib selbstzufrieden und hoffärtig, als es grußlos an ihm vorbeistolzierte.
Die Mitglieder des Hochgerichts stapften mit Caspar Scholer an der Spitze heran. Auch sie grüßten Sebastian nicht und mieden seinen herausfordernden Blick. Pergener befand sich nicht unter ihnen.
An der Spitze der heimkehrenden Stadtsoldaten ritt sein Vater. Alt und grau sah er aus, müde und resigniert. Als er Sebastian erkannte, trat kurz ein Hoffnungsstrahl auf sein Gesicht, der aber sogleich wieder erlosch, als sein Sohn den Blick kalt von ihm abwandte. Zweimal hatte sein Vater im Pfarrhaus vorgesprochen, unter dem Vorwand, ihm etwas Wichtiges sagen zu wollen. Zweimal hatte ihm Sebastian durch die weinende Pfarrmagd ausrichten lassen, er wolle ihn nicht mehr sehen.
Er unterdrückte unwillig den leisen Schmerz, den er ab und an spürte, wenn er an seinen Vater dachte. Immerhin war er sein letzter lebender Blutsverwandter.

Der Becher war leer. Ihn dürstete plötzlich unwiderstehlich nach dem scharfen Fusel, den er in großen Mengen zu trinken pflegte, wenn die Einsamkeit ihn gar zu arg heimsuchte.
Seufzend stand er auf und kämpfte mit sich. Wenn er sich jetzt betrank, konnte er womöglich nicht in aller Herrgottsfrühe aufbrechen. Aber konnte er diesen letzten Abend überhaupt nüchtern durchstehen? Die Kerker waren voll von Verdächtigen und bereits Überführten, die auf die nächste Hinrichtung warteten. Neuerburg, seine Heimatstadt, war zur Schlangengrube geworden, voll von eklem Gewürm und Natterngezücht.
Das schrie förmlich nach Branntwein.

Zwei Stunden später wankte Sebastian den schlammigen Weg an der Stadtmauer entlang. Er steuerte auf die Spelunke »Zur Schnecke« zu. Dort war der Schnaps noch schlechter als in dem Gasthaus, aus dem ihn der Wirt soeben hinausgeworfen hatte. Er war in Streit mit einem Bauern geraten, der von Mohrs Hinrichtung schwärmte. Aber sein Durst nach Branntwein war noch nicht gelöscht.
Plötzlich zupfte ihn jemand von hinten am Ärmel. Das Gesicht der jungen Frau kam ihm vage bekannt vor. »Was willst du?«, schnauzte er sie an. Sie wich erschrocken zurück.
»Herr, erkennt Ihr mich denn nicht?«, flüsterte sie. »Ich bin Kathrin, die Magd des Edelfräuleins von Leuchtenberg.«
Verblüfft starrte er das Mädchen an. »Ich dachte, Claudia sei in ihrer Kammer gefangen und gilt als besessen.«
»So ist es auch, Herr. Ich bin auserkoren worden, sie zu bedienen. Doch die Herrin ist nicht besessen. Wenn Ihr wollt, kann ich ihr eine Nachricht von Euch überbringen. Das würde sie aufmuntern.«
Statt Freude spürte Sebastian bittere Galle in sich aufsteigen. Er nickte kurz angebunden und kritzelte mit einem Kohlestift einige Zeilen auf einen Fetzen Pergament. Dann drückte er Kathrin

den Zettel in die Hand. »Bestell deiner Herrin meine untertänigste Ergebenheit«, murmelte er gestelzt. Dann drehte er sich auf dem Absatz um und verschwand im Gasthaus »Zur Schnecke«.

Mit dem schmutzigen Fetzen Papier in der Faust starrte Claudia zur Decke. Die bestürzte Magd hatte sie schroff hinausgescheucht, kaum dass sie die wenigen Worte gelesen hatte. Sie war zu verzweifelt, um ein schlechtes Gewissen ob der groben Behandlung ihrer Zofe zu haben.

Kathrin konnte nicht lesen. Sonst hätte sie zweifelsohne erkannt, dass Sebastians Gruß nicht die Aufmunterung war, mit der die treue Magd sie am Todestag des Stadtpfarrers trösten wollte. Claudia las die dürren Zeilen wieder und wieder.

»Lebt wohl. Ich gehe für immer fort«, stand da in ungelenken Buchstaben, die krakelige Schrift wahrlich nicht würdig eines Doktors beider Rechte.

Er sei arg betrunken gewesen, hatte Kathrin ihr verlegen erklärt, als sie Claudias Entsetzen bemerkte.

Zum zweiten Mal zerbrach ihre Welt. Schreckliche Bilder suchten sie heim. Elisabeth tot mit schwärzlichen Lippen, Magdalena und Mohr auf dem Scheiterhaufen grausam gemordet. Adela trotz ihrer Verbrechen triumphierend in Freiheit. Sebastian, einst so stolz und kämpferisch, nun verwahrlost und ständig betrunken wie der letzte Lump. Und die fröhliche Barbara mittlerweile eingesperrt wie sie selbst. Auf Geheiß ihres Vaters durfte sie das Haus nicht mehr verlassen, um kein weiteres Aufsehen zu erregen.

Voller Unrast wälzte sich Claudia auf der harten Pritsche, während draußen die Abenddämmerung heraufzog. Plötzlich hämmerte es an die Tür. Noch ehe sie sich aufgerichtet hatte, stand Kathrin vor ihr, zitternd und bleich.

»Herrin, es ist etwas Furchtbares geschehen!«

Eine eisige Kälte breitete sich in Claudia aus.
»Was ist es?«, stammelte sie.
Kathrin blickte zu Boden.
»Was ist es?«, schrie Claudia in plötzlicher Wut. Sie packte das Mädchen an den Schultern und schüttelte es.
»Lasst mich, Herrin. Ich sage es Euch doch sogleich.« Kathrin wand sich in ihrem Griff. Beschämt ließ Claudia los. Das Herz schlug ihr bis zum Hals.
»Also, ich höre«, sagte sie mühsam beherrscht.
Kathrin holte tief Luft. »Der Hexenkommissar Pergener hat befohlen, Eure Freundin Barbara Dietz zu verhaften. Sie wurde in den Kerker im Rathauskeller gebracht.«

Der Morgen zog schon herauf, als sich Claudia mit brennenden Augen von ihrem Lager erhob. Die ganze Nacht über hatte sie erwogen, was nun zu tun sei. Ideen entwickelt und wieder verworfen. Gegrübelt, geweint, geflucht und gebetet.
Obwohl sie keine Minute geschlafen hatte, fühlte sie nun eine ruhige Entschlossenheit. Endlich war ihr klargeworden, was es mit dem seltsamen Verhalten des Stadtpfarrers während des Prozesses auf sich hatte. Gleichzeitig machte sie sich Vorwürfe. Warum war sie bislang nur so dumm und naiv gewesen? Mit ihrem Verhalten hatte sie den Mitgliedern des Hochgerichts geradezu in die Hände gespielt.
Doch nun war Eile geboten. Ihr Plan stand in Grundzügen fest. Er würde ihrer aller Leben gefährden. Doch er konnte gelingen.

# Teil 4
# *Regenbogen*

# Kapitel 30

*Freitag, 5. April 1613*

Claudia brüllte aus Leibeskräften, als zwei Männer der Burgwache sie in die Kapelle zerrten. Sie sträubte und wand sich wie eine Furie. Selbst die waffenerprobten Soldaten wurden ihrer kaum Herr.

Als sich Josten mit dem Weihwasserkessel näherte, steigerte sie die Lautstärke zu schrillem Geschrei. Aus den Augenwinkeln heraus sah sie die verstörten Gesichter des Gesindes und ihrer kleinen Cousins. Die Landgräfin bewegte stumm ihre Lippen und ließ die Perlen des Rosenkranzes durch ihre Finger gleiten. Selbst der Landgraf blickte schockiert drein.

Claudia spürte, dass ihre Kräfte nachließen. Sie verdrehte die Augen zur Decke und sank den Soldaten schlaff wie eine Stoffpuppe in die Arme. Auf einen Wink des Burgkaplans ließen die Männer sie vorsichtig auf den dicht gewebten Teppich sinken, den man vor dem Altar ausgebreitet hatte. Dort mimte sie Besinnungslosigkeit, um wieder zu Atem zu kommen.

Wie dumm sie doch alle waren! Nachdem Kathrin ihr das Seifenkraut gebracht hatte, schickte Claudia sie nach ihrem Oheim und Josten. Mit stockender Stimme, als ob sie gegen eine unsichtbare Macht ankämpfen müsste, bat sie die beiden Männer dann darum, von der Teufelin erlöst zu werden, die ihre Seele umklammert hielt. Wilhelm ordnete umgehend den Exorzismus nach der Vesper an und lud die Bewohner der Burg als Zeugen. Bis auf Pergener, der wichtige Geschäfte am Hochgericht vorschützte, waren alle seinem Ruf gefolgt.

Während Josten mit Inbrunst den Erzengel Michael um Hilfe anrief, öffnete Claudia vorsichtig die Faust mit dem Seifenkraut und führte ihre Hand unbemerkt zu den Lippen. Als sie sich die Seifenkrautwurzeln in den Mund schob, schmeckte sie Blut. Sie musste sich im Kampf gegen die Wachsoldaten auf die Zunge gebissen haben. Umso besser, so würde die Vorstellung noch überzeugender sein.

Dann hob sie den Kopf und stierte wild um sich. Sofort gab der Burgkaplan den Wachen ein Zeichen, sie in eine kniende Position zu bringen. Halblaut brabbelte sie in Altgriechisch eine Passage aus der Odyssee. Außer Barbara wusste niemand, dass sie auch Grundzüge dieser Sprache in der Klosterschule erlernt hatte. Ein alter Pater, der dort Unterricht erteilte, hatte sie ihr beigebracht.

»Sie spricht in fremden Zungen und ruft den Satan zu Hilfe«, flüsterten die Anwesenden. »Sie ist wahrhaftig besessen.« Josten griff ihr hart unter das Kinn.

»Dämon«, donnerte er, »verrate uns deinen Namen.« Jedermann stöhnte entsetzt auf, als blutiger Schaum auf Claudias Lippen trat. Josten hielt ihr das goldene Kruzifix so dicht vors Gesicht, dass es fast ihre Nase berührte.

»Jezebel ist mein Name«, krächzte Claudia. Kathrin würde ihr später eine Honigmilch bringen müssen, um ihre Stimmbänder wieder zu besänftigen.

»Jezebel, Dämonin! Bist du aufgrund der Zauberkunst einer Hexe oder eines Hexenmeisters in dieses bedauernswerte Weib eingefahren?«

Claudia fauchte wie eine gefangene Katze. Josten bespritzte sie mit Weihwasser.

»Ja, das bin ich«, schrie sie wie unter heftigem Schmerz.

»Aus welchem Grund hast du von diesem unschuldigen Opfer Besitz ergriffen?«

»Lasst mich los, dann will ich es Euch sagen.« Claudia gab ihrer Stimme einen süßlichen Klang, soweit es ihre strapazierte Kehle zuließ.

Josten winkte den Wachmännern. Im Moment, in dem sie ihren Griff lockerten, sprang Claudia knurrend wie eine Löwin auf den Burgkaplan zu. Es gelang ihr, blutige Striemen auf seinen Wangen zu hinterlassen, bevor die Soldaten sie bändigen und wieder auf die Knie zwingen konnten. Die Zuschauer wisperten aufgeregt untereinander.

Claudia unterdrückte ihr Verlangen, Adela einen höhnischen Blick zuzuwerfen. Ihre Base verfolgte als Einzige mit unbeweglicher Miene das absurde Schauspiel.

Scheinbar bezwungen, ließ Claudia sich wieder schlaff in die Arme der Wachen sinken.

»Ich sollte die Hexe Magdalena beschützen.« Die Worte kamen ihr nur schwer über die Lippen. Doch selbst das kam ihrer Scharade zugute.

»Wer hat dir das befohlen?«

Claudia wand sich wie in großer Pein. Erst als Josten den Weihwasserwedel hob, gab sie nach.

»Ein mächtiger Hexenmeister«, bekannte sie mit der tiefen krächzenden Stimme, die sie der Teufelin in ihr verliehen hatte.

»Wie ist sein Name?«

Claudia schrie und bäumte sich auf. Blutige Schaumfetzen stoben von ihren Lippen. Josten besprengte sie mit Weihwasser. »Wie ist sein Name?«, donnerte er. Claudia heulte und jammerte. Der Burgkaplan griff ihr brutal in die offenen Haare und riss ihren Kopf nach hinten, damit er ihr ins Gesicht blicken konnte. »War es der Stadtpfarrer Andreas Mohr?« Claudia nickte heftig wie unter Zwang.

Innerlich triumphierte sie. Den Namen hatte der Jesuit selbst genannt. Dieser Teil des Plans war schon einmal aufgegangen.

Der Burgkaplan winkte den Grafensöhnen, die als Messdiener fungierten. Zögernd traten sie auf ihre Kusine zu und schwenkten die Weihrauchkessel. Ein betäubender Duft zog durch die Kapelle.

»So treibe ich dich aus, unreiner Geist! Im Namen und durch die Kraft Jesu Christi seiest du entwurzelt und vertrieben aus dieser nach Gottes Ebenbild erschaffenen Seele. Wage es nicht mehr, heimtückische Schlange, dieses Menschenkind zu verfolgen. Dies gebietet dir Gott, der Allerhöchste, durch den Mund seines ergebenen Dieners.«
Ein letztes Mal heulte Claudia auf und wand sich verzweifelt im Griff der Wachsoldaten. Dann ließ sie sich erschöpft auf den Boden der Kapelle sinken. Rote Flecken tanzten vor ihren Augen, jede Faser ihres Körpers schmerzte. Doch sie war mit sich zufrieden.
Die Gemeinde stimmte ein Dankgebet an. Claudia ließ sich von dem gleichförmigen Singsang einlullen. Die Erschöpfung nach der schlaflosen Nacht und ihrem kräfteraubenden Schauspiel forderte ihren Tribut. Nur noch undeutlich nahm sie wahr, dass die Wachen sie vorsichtig aufhoben und in ihre Kammer trugen.

*Samstag, 6. April 1613*

»Wacht auf, Herrin!« Kathrin rüttelte Claudia sanft an den Schultern. »Es ist bereits heller Morgen, und sie werden bald kommen, Euch zu besuchen.«
Vorsichtig blinzelte Claudia in die Aprilsonne, die durch das geöffnete Fenster direkt auf ihr Lager schien. Draußen zwitscherten Vögel ihr Frühlingslied.
»Wie spät ist es denn, Kathrin?«, fragte sie.
»Es muss schon um die zehnte Stunde sein, Herrin.«
»Dann habe ich mehr als fünfzehn Stunden geschlafen?«, staunte Claudia. Kathrin nickte.
»Und … Hat es überzeugend gewirkt?« Die Frage kam ihr nur zögerlich über die Lippen.

Kathrin grinste. »Wenn ich nicht gewusst hätte, dass Ihr die Besessene nur spielt, es wäre mir angst und bange vor Euch geworden.«
»Wie wird es nun weitergehen?«
»Josten hat vorgeschlagen, Euch noch eine Woche unter Beobachtung zu halten. Er möchte sichergehen, dass kein Dämon zurückgeblieben ist. Doch Euer Oheim wollte davon nichts wissen. Sobald Ihr Euch seinen Wünschen fügt, dürft Ihr die Kammer verlassen und werdet wieder in die Familie aufgenommen.«
Claudia seufzte. Sich den Wünschen des Oheims zu fügen hieße auch, ihre Base Adela öffentlich um Vergebung zu bitten. Dieser Teil der Scharade würde ihr ungleich schwerer fallen als die gestrige Vorstellung.
Sie streckte sich stöhnend. Ihre Muskeln waren verspannt und schmerzten. Doch das würde schon in ein paar Tagen vergehen.
»Hast du Sebastian de la Val meine Botschaft überbracht?«
»Das habe ich, Herrin. Ich traf ihn nüchtern und gewaschen im ›Roten Turm‹ an, wo er gerade sein Morgenmahl einnahm. Auch er hat natürlich von der Verhaftung seiner Verlobten gehört und will vorerst in Neuerburg bleiben. Ich glaube, er war überaus erfreut über Eure Nachricht. Sobald Ihr wieder frei seid, möchte er Euch in der Jagdhütte treffen.« Die Zofe senkte den Blick.
Claudia griff nach dem Schmalzbrot, das auf dem Frühstückstablett lag, und biss herzhaft hinein. Auch ihr Appetit war wieder erwacht. Mit vollen Backen kauend, bemerkte sie erst nach einer Weile, dass Kathrin still und bedrückt aussah.
»Was ist dir, Mädchen?«, fragte sie, plötzlich beunruhigt. »Verschweigst du mir eine schlimme Nachricht?«
Kathrin schüttelte den Kopf.
»Also, dann sprich aus, was dir auf der Seele liegt.«
Plötzlich schossen Tränen in Kathrins Augen. »Ich habe solche Angst«, flüsterte sie.

Claudia legte das Brot zurück auf den Teller. Dann griff sie sanft nach Kathrins Hand. »Du musst keine Angst haben. Von mir wird nie jemand erfahren, dass du mir geholfen hast.«

Doch Kathrin weinte nur umso heftiger. »Das ist es nicht, Herrin.« Claudia konnte sie kaum verstehen.

»Was ist es dann?«, fragte sie mit einem Anflug von Ungeduld.

Kathrin holte tief Luft. »Solange ich Eure Magd im Arrest sein durfte, war ich geschützt. Eure Base Adela wagte nicht, mir etwas anzuhaben. Aber ich bin sicher, dass sie Euer Schauspiel durchschaut hat. Sie wird mich büßen lassen, dass ich es nicht verhindert habe.«

Claudia ließ sich das durch den Kopf gehen. »Was könnte sie dir denn anhaben?«, fragte sie schließlich.

Kathrin blickte auf. »Sie wird mich auf den Scheiterhaufen bringen. Als Mörderin Eurer Kusine Elisabeth.«

Claudia war völlig überrumpelt und schnappte nach Luft. »Was hast du mit dem Mord zu schaffen?«

»Eure Base gab mir den Beutel mit den giftigen Kräutern. Sie wies mich an, sie unter den Schlaftrunk für das Edelfräulein Elisabeth zu mischen. So brühte ich selbst in der Küche den Tee auf und brachte ihn ihr in die Kammer. Die Köchin wird das bestätigen, wenn man sie fragt.«

Claudia ging ein Licht auf. »Es war Magdalenas Beutel, den sie dir gab? Den meine Freundin Barbara bestickt hat?«

Kathrin nickte.

»Damit sie dir den Mord in die Schuhe schieben kann, sollte auch nur der geringste Verdacht auf sie selbst fallen?«

Wieder nickte Kathrin.

»Deswegen hast du mir nicht geholfen.«

Kathrin schluchzte auf. »Verzeiht mir, Herrin. Doch ich hatte solche Angst. Sie hat das schon immer so gemacht. Auch als sie den Silberpokal stahl, drohte sie, mich des Diebstahls zu bezichtigen, wenn ich sie verrate.«

Claudia nickte grimmig. Wie recht hatte Sebastian doch mit seinem Hinweis auf Kathrins Gefährdung gehabt, sollte diese jemals als Zeugin auftreten! Dass Adela sich noch zusätzlich abgesichert haben könnte, um ihre Zofe notfalls ans Messer zu liefern und sich selbst zu schützen, war von ihr niemals bedacht worden.

»Du hattest keine andere Wahl, Mädchen. Niemand hätte dem Wort einer Magd Glauben geschenkt, dem das eines mächtigen Edelfräuleins entgegensteht.« Sie schwieg einen Moment.

»Einst hätte ich nicht für möglich gehalten, dass Adela ungestraft tun kann, was sie will. Aber die Ereignisse haben mich eines Besseren belehrt.«

Plötzlich sprang sie auf und schloss die überraschte Zofe in ihre Arme.

»Ich leiste Abbitte für mein Verhalten zu Beginn des Arrests«, sagte sie reumütig.

Kathrin wehrte ab. »Das braucht Ihr nicht, Herrin. Ihr konntet das alles doch gar nicht wissen.«

Claudia löste die Umarmung und trat ans Fenster. »Ich hätte es sogar wissen müssen«, antwortete sie grimmig. »Adela ist zu jeder Schlechtigkeit fähig.«

Sie fasste einen Entschluss. »Bist du bereit, die Eifel zu verlassen und in ein Gebiet zu fliehen, in dem es keine Hexenverfolgungen gibt?«

Kathrin nickte verblüfft.

»So höre, was ich dir zu sagen habe. Wenn du mir weiterhin hilfst, werde ich Barbara bitten, dich mitzunehmen, sofern unser Plan gelingt.«

Sie flüsterten miteinander, bis sich schwere Schritte der Kammer näherten.

Claudia ließ ihren Blick durch den Knappen-Saal schweifen, in den sie von Johann, dem Leibdiener ihres Onkels, hereingeführt worden war. Sie kniete auf dem Samtkissen nieder, das zu ihrem

Kirchenstuhl in der Kapelle gehörte. Man hatte das Möbel in den Saal schaffen lassen, wo es nun als Armesünderbank diente.

Rund um die Tafel war nahezu die gleiche Gesellschaft versammelt wie an dem Tag, an dem sie Adela des Mordes beschuldigt hatte. Nur Pergener fehlte schon wieder. Er lag angeblich mit heftigen Leibkrämpfen zu Bett, die er dem Genuss eines verdorbenen Fischgerichts zuschrieb.

Stattdessen war Sebastians Vater gekommen. Obwohl er weder der Beschuldigung noch dem Exorzismus beigewohnt hatte, wollte ihn der Landgraf als Amtmann der Herrschaft bei dieser Zeremonie nicht missen.

Bereits am Vormittag hatte Josten sich im Beisein ihres Oheims davon überzeugt, dass Claudia frei von Dämonen und darüber hinaus demütig und bußfertig war. Er ließ sie das Paternoster und das Ave-Maria aufsagen, dazu noch das Große Glaubensbekenntnis. Er besprengte sie mit Weihwasser und legte ihr ein hölzernes Kruzifix um den Hals, ohne dass Male auf ihrer Haut erschienen waren oder sie vor Pein aufschrie. Schließlich hatte er ihr eine Passage aus der Ilias vorgelegt und sich davon überzeugt, dass Claudia keine Silbe Altgriechisch beherrschte, das sie am Vortag noch so flüssig rezitiert hatte.

Die Schrammen in Jostens Gesicht hatten sich über Nacht entzündet und waren geeitert. Claudia bemerkte es mit Genugtuung, zumal es als ein weiteres Zeichen ihrer Besessenheit galt. Magdalena hätte dem Burgkaplan erläutern können, dass die Entzündung auf das von vielen schmutzigen Händen verunreinigte Weihwasser zurückging, mit dem er die dämonischen Wunden jede Stunde bestrich. Doch Claudia wusste, dass er dies nur als weiteren Beweis für die Verderbtheit der Kräuterfrau genommen hätte. So gönnte sie ihm die Unbill von Herzen.

Schlimmer als die Examination im Beisein ihres Onkels war die anschließende Beichte gewesen, zu der Claudia in die Kapelle gekommen war, schon in das weiße Büßergewand aus grober Wolle gekleidet. Doch auch hier hatte sie aus der Not eine Tugend gemacht. Sie beichtete dem Burgkaplan wahrheitsgemäß all ihre unzüchtigen Gedanken und Phantasien, die sie während ihrer verbotenen Beziehung für Sebastian gehegt hatte. Josten war zufrieden gewesen. Für ihn stand fest, dass nur der Leibhaftige selbst ein jungfräuliches Weib zu solcherart Gefühlen verleiten konnte.

Und nun stand sie hier, inmitten der gaffenden Grafenfamilie und höheren Burgbediensteten. Ihre Tante ließ schon wieder den Rosenkranz durch die Finger gleiten. Ernst von der Marck betrachtete sie wie immer mit einem angeekelten Gesichtsausdruck. Des Amtmanns Miene war unergründlich. Adela sah seltsam beunruhigt aus.

Der Landgraf nahm seinen Platz ein. »Nichte Claudia«, seine Stimme dröhnte durch den ganzen Raum, »bekennst du hier vor allen Zeugen, dass dich auf Befehl des Hexenmeisters Andreas Mohr ein Dämon befallen hat, der dir auftrug, die Hexe Magdalena Pirken zu beschützen?«

»Ich bekenne es!« Claudias Stimme klang fest, obwohl sich ihr der Magen zusammenzog.

»Aus welchem Grund solltest du das Kräuterweib beschützen?«

Claudia wusste, dass ihre Glaubwürdigkeit von ihrer nächsten Antwort abhing. So richtete sie den Blick fest auf ihren Oheim. »Die Hexenbande hatte ein abscheuliches Komplott geschmiedet, um meine Kusine Elisabeth, Eure älteste Tochter, zu morden. Die Hexe Magdalena braute einen Gifttrank aus teuflischen Zutaten und verabreichte ihn dem Mädchen am Abend seiner Verlobung. Als ich Verdacht schöpfte, belegte mich der Stadtpfarrer Mohr, Diener des Satans in Eurer Herrschaft, mit dem Fluch der Besessenheit.«

Fast rührte sie der Schmerz in den Augen ihres Onkels. Erikas leises Schluchzen ließ sie dagegen kalt.

»Aus welchem Grund wurde meine Tochter ermordet?« Die Stimme des Landgrafen zitterte.
Claudia holte tief Luft. »Um Euch als Regenten der Herrschaft und obersten Vertreter der weltlichen Macht zu treffen. Um Eure politischen Pläne zu vereiteln. Um Euch Schmerz und Leid zuzufügen, woran die Teuflischen sich erfreuten.«
Unruhe kam an der Tafel auf. Einige Gäste schlugen das Kreuzzeichen.
»Warum gab Satan dir ein, deine Base Adela des Mordes zu zeihen?«
»Um außer dem Schmerz über den Tod Eurer Tochter Misstrauen und Hader in Euer Heim zu tragen.«
»So bekennst du, deine Base zu unrecht beschuldigt zu haben?«
»Ich bekenne es.«
»So leiste hier und jetzt vor diesen versammelten Zeugen öffentlich Abbitte.«
Claudia erhob sich von ihrem Armesünderbänkchen und näherte sich Adela, die neben Erika an der Stirnseite des Raumes saß. Man hatte den Tisch vor ihrem Platz entfernen lassen, um Claudias Bußbezeigungen nicht zu behindern.
Claudia kniete vor Adela nieder und legte beide Hände aufs Herz. »Ich bitte Euch, meine werte Base Adela von Manderscheid-Kail, um Vergebung für das Leid, das Ihr durch die Beschuldigungen erlitten habt, die der Teufel persönlich mir eingab. Ich schwöre hier und heute bei meinem Seelenheil, dass nichts davon der Wahrheit entspricht. Seid großmütig, wie es Eurer reinen Seele entspricht, und verzeiht einer unwürdigen Sünderin!«
In einer dramatischen, wohlberechneten Geste warf sie sich mit ausgebreiteten Armen vor Adela zu Boden. Während sie ihr Gesicht in den Staub des Knappen-Saals drückte, überlegte sie kurz, ob ihr der Stadtpfarrer für diesen Meineid wohl Absolution erteilt hätte. Sie entschied, dass es so gewesen wäre. Doch

selbst wenn sie sich irrte und der falsche Schwur ihr dereinst eine längere Zeit im Fegefeuer eintragen würde, nahm sie es in Kauf. Mit Gott, dem Allmächtigen, und seiner Gerechtigkeit kannte sie sich ohnehin schon seit geraumer Zeit nicht mehr aus.

Wie sie erwartet hatte, ließ Adela sich Zeit, bis sie zu ihr trat, um ihr vom Boden aufzuhelfen. Das gab ihr die Muße, sich zu sammeln. Schließlich ließ sie sich von ihrer Base wieder in eine kniende Position bringen. Ihrer kleinen Gestalt zum Trotz stand Adela hoch aufgerichtet über ihr.

»Ich verzeihe dir das himmelschreiende Unrecht, das du mir angetan hast, wie es die christliche Nächstenliebe gebietet.« Die Worte kamen ihr offensichtlich nur schwer über die Lippen.

Doch dem Landgrafen war es genug. »So gebt euch den Schwesterkuss zum Zeichen eurer Versöhnung.«

Als sich Claudia erhob, überragte sie Adela wieder um Hauptеslänge. Sanft legte sie die Hände auf die Schultern ihrer Base, bevor sie sich rechts und links auf die Wangen küssten. Claudia widerstand dem Verlangen, ihrer Kusine das Wort »Schlampe« ins Ohr zu flüstern.

Adelas Selbstbeherrschung ging nicht so weit. »Sei auf der Hut, Bastard!«, raunte sie, als sie Claudias Kopf zu sich herabzog, um sie ein drittes Mal zu küssen, in den Augen der Zeugen ein besonderer Beweis der Vergebung.

Claudia fiel erneut auf die Knie und senkte den Kopf zu Adelas Füßen, die in zierlichen Seidenschuhen steckten. »Ich küsse Eure Füße in Demut und Dankbarkeit«, verkündete sie der Tischgesellschaft, die die Versöhnungsszene mit großer Anteilnahme verfolgte. Dann wölbte sie ihre Hände um den rechten Fuß ihrer Base, senkte den Mund auf den empfindlichen Rist und grub ihre Zähne in ihn hinein.

Die Waffen waren gekreuzt. Nun würde man weitersehen.

»Und ich darf wahrhaftig Eure Magd bleiben?« Kathrins Stimme klang freudig und ungläubig zugleich.
Claudia lachte fröhlich. »So ist es, und es galt noch als weiteres Zeichen meiner Läuterung. Als mich mein Oheim fragte, welchen Wunsch er mir als Geste der Anerkennung für meine öffentlich gezeigte Reue erfüllen könne, bat ich darum, dich als Zofe behalten zu dürfen. Dein guter Einfluss sei es gewesen, der mich schließlich zum Exorzismus bekehrt hätte, habe ich ihnen erzählt. Selbst Josten hat das geglaubt. Adela dagegen erstickte schier an ihrer Wut.«
»Nun kann sie mich auch nicht mehr des Mordes an Eurer Kusine beschuldigen.«
Claudia nickte. »So ist es. Nachdem ich öffentlich zugegeben habe, dass das Verbrechen auf Magdalena und den Stadtpfarrer zurückgeht, dürfte schwerlich noch ein Verdacht auf dich fallen. Stattdessen giltst du nun als besonders gottesfürchtig und fromm. Geh Adela jedoch besser genauso geschickt aus dem Weg, wie du es weiland bei mir getan hast. Ich traue ihr nicht.«
»Und wie geht es nun mit Euch weiter?«
»Nachdem ich auch ihn und meine Tante um Vergebung gebeten habe, hat mein Oheim mich öffentlich rehabilitiert. Schon zum Osterfest nächste Woche darf ich die Familie wieder zum Hochamt in die Nikolauskirche begleiten. Darüber hinaus hat mein Oheim angekündigt, mich zu seiner legitimen Tochter zu erklären, wenn mein Verhalten binnen Jahresfrist untadelig bleibt.«
Kathrin strahlte. »Das freut mich aufrichtig für Euch. Dann kann auch Eure Tante Euch das Leben nicht mehr so schwer machen. Ich gratuliere von ganzem Herzen.«
»Ich danke dir. Doch nun hilf mir aus diesem kratzigen Büßerkleid und sorge hernach für ein warmes Bad. Der Tag hat mich sehr erschöpft.«
Während Kathrin sich eilte, ihren Wünschen nachzukommen,

sank Claudia auf ihr Lager, das nun wieder mit warmen Federbetten und flauschigen Kissen ausgestattet war. Tatsächlich war sie näher am Ziel ihrer Wünsche denn je. Doch statt des erwarteten Hochgefühls empfand sie nur Trauer und Bitterkeit.

# Kapitel 31

*Mittwoch, 17. April 1613*

Und da seid Ihr ganz sicher, Meister Lenzen?« Pergener fixierte den einstigen Webermeister scharf.

»Es kann kein Zweifel daran bestehen«, behauptete der vierschrötige Mann, der abgerissen und verwahrlost aussah. Nichts erinnerte mehr an seinen einstigen Stand als Zunftmeister der mächtigen Wollwebergilde.

»Erzählt noch einmal, wie es sich zugetragen hat.«

»Mein Weib traf die Jungfer Barbara Dietz auf dem Markt. Es klagte schon seit dem Morgen über einen schlimmen Rücken. Die Teufelsdirne erkundigte sich scheinheilig nach dem Befinden meiner Gemahlin und erbot sich, ihr den Korb bis zu unserer Haustür zu tragen. Außerdem schickte sie ihre Magd zu der Kräuterhexe und ließ eine Salbe holen, die sie meiner Liese schenkte. Sie solle sich den Rücken damit einreiben. Am nächsten Tag konnte mein Weib seine Beine nicht mehr bewegen und liegt seither gelähmt zu Bett.«

»Wann genau war das?«

»Es muss wohl im vergangenen Herbst gewesen sein, um den Martinitag herum.«

»Also glaubt Ihr, dass Zauberei bei der Lahmheit Eurer Gattin im Spiel ist?«

Johannes Lenzen nickte heftig. »Da bin ich sicher.«
»Eine andere Ursache könnt Ihr vollständig ausschließen?« Wieder fixierte Pergener den Mann. »Ihr werdet Eure Aussage vor dem Hochgericht beeiden müssen.«
Lenzens aufgedunsenes Gesicht verfärbte sich dunkelrot. Doch er bewahrte Haltung. »Es kommt keine andere Ursache in Frage. Mein Weib war stets gesund und munter.«
Sebastian gefror das Lächeln auf den Lippen. Seine Mundwinkel schmerzten vor Anstrengung. Jedermann in der Stadt wusste, dass Lenzen seine Frau vor ihrer Krankheit nahezu täglich geschlagen hatte. Jedermann wusste auch, dass Lenzen nach dem Pfingstmarkt auf Betreiben der Brudermeister Dietz und Jönen aus der Wollweberzunft ausgeschlossen worden war, weil er wiederholt minderwertiges Tuch feilgeboten hatte. Sicher war das auch dem Hexenkommissar bekannt. Aber Johannes Lenzen war bislang noch nie als Zeuge in einem Hexenprozess in Erscheinung getreten. Das erhöhte die Glaubwürdigkeit seiner Aussage ungemein.
»Monsieur de la Val.« Pergener verlieh seiner Fistelstimme einen süßlichen Klang, als er sich an Sebastian wandte. »Ihr wolltet dieser Vernehmung unbedingt beiwohnen. Habt Ihr noch Fragen an den Zeugen?«
»Jawohl, verehrter Herr Doktor.« Sebastian deutete eine Verbeugung an.
»Meister Lenzen, man munkelt in der Stadt, Ihr könntet gegen den Vater meiner ehemaligen Verlobten, Heinrich Dietz, einen Groll hegen. Seid Ihr sicher, dass Eure Beobachtungen nicht durch persönliche Rachegefühle getrübt sind?«
Lenzen warf sich in die Brust. »Ich bin ein gläubiger Christenmensch, Monsieur de la Val, und habe dem Zunftmeister Dietz sein ungerechtes Verhalten mir gegenüber längst in Demut verziehen. Liebet eure Feinde, sagt schon unser Herr Jesus Christus. Außerdem hegte ich nie einen Groll gegen seine hübsche

Tochter, bevor sie mein Weib mit diesem bösen Fluch belegt hat.«

Pergener räusperte sich. »Eure Aussage klingt wahrhaftig und ehrt Euch als einen aufrechten und mutigen Mann. Sicher kann der junge Herr de la Val bestätigen, dass sich hinter dem unschuldigen Gesicht der züchtigen Jungfer Dietz verderbliche Kräfte verbergen. Er wäre ihnen ja beinahe selbst zum Opfer gefallen.«

Sebastian schnürte es die Kehle zusammen. Um Zeit zu gewinnen, nahm er einen Schluck Wein und schenkte auch Lenzen ein zweites Mal ein. Die Augen des Mannes funkelten begehrlich angesichts des süffigen Rieslings aus den Schätzen des Ratskellers.

Er trank Sebastian zu. »Ich darf Euch mein herzliches Mitgefühl für die Unbill aussprechen, die Euch aus der Verlobung mit der Jungfer Barbara erwachsen ist.«

Sebastian winkte ab. Zumindest diese Geste fiel ihm nicht schwer. »Es war eine arrangierte Ehe, die unsere Väter vereinbart hatten«, antwortete er wahrheitsgemäß. »Niemand konnte ahnen, dass dabei Zauberkräfte im Spiel waren. Doch ich fühlte mich seit dem Verlobungstag seltsam unruhig und matt. Heute glaube ich, dass mein Gemütszustand dem schlechten Einfluss meiner ehemaligen Braut zu verdanken ist. Seit ihrer Verhaftung lebe ich regelrecht auf, als sei ein Alpdruck von mir genommen.«

Noch während er die letzten Worte sprach, stieg bittere Galle in seiner Kehle auf und verursachte ihm Brechreiz. Erst nach langem Widerstreben hatte er Claudia versprochen, den ihm zugedachten Teil in der Posse, die sie aufzuführen gedachten, zu übernehmen. Claudia hatte all ihre Überzeugungskunst aufwenden müssen, um ihn für ihren Plan zu gewinnen. Doch am Ende hatte er eingesehen, dass sie mit ehrlichen Mitteln nicht weiterkamen.

»Ich danke Euch noch einmal für Euer Kommen, Meister Lenzen. Sobald der Tag Eurer Aussage vor dem Hochgericht feststeht, werde ich Euch Nachricht geben. Bis dahin gehabt Euch wohl.«
Pergener erhob sich und zeigte damit das Ende des Besuchs an.
Sebastian nutzte die Gelegenheit und begleitete Lenzen hinaus. Draußen atmete er tief ein, um die quälende Übelkeit zu vertreiben. Es herrschte stürmisches Aprilwetter. Soeben hatte ein Schauer die Luft gereinigt. Sebastian schloss die Augen und ließ sich den kräftigen Wind um die Nase wehen.
Noch saß Barbara im Rathausgefängnis ein, während Pergener Indiz um Indiz gegen sie zusammentrug. Würden sie die benötigten Mittel rechtzeitig genug beisammen haben, um sie vor der Verlegung in den Folterkeller befreien zu können? Und würde er bis dahin durchhalten?
Claudias Stimme klang erneut in seinen Ohren. »Alles, aber auch alles hängt davon ab, dass du dein Schöffenamt wiedererlangst und untadelig versiehst. Pergener darf nicht den geringsten Verdacht schöpfen.«
Ein Pferd schnaubte dicht an seinen Ohren. Als er die Augen öffnete, sah er zu seinem Erstaunen Adela, der ein Diener gerade von einem Zelter half. Sie grüßte ihn kühl, während er rasch in einen tiefen Kratzfuß versank, damit sie die Verachtung in seinen Augen nicht bemerkte. Dann schlug die Tür des Hexenkommissariats hinter ihr zu.

»Was für eine Überraschung«, heuchelte Pergener und deutete einen Kuss auf Adelas behandschuhter Rechten an. »Was verschafft mir die heutige Ehre Eures Besuchs?«
Adela kam gleich zur Sache. »Es geht um das verschwundene Geschmeide meiner Kusine. Man nennt es das Genoveva-Halsband. Es wurde am Abend der Verlobung aus der Kammer der Ermordeten gestohlen. Bislang konntet Ihr nicht herausfinden, wo das teuflische Gesindel es versteckt hat.«

Pergener musterte sie mit unergründlicher Miene. Zwar wusste in Neuerburg jedermann, dass Ernst von der Marck seinem verhinderten Schwiegervater seit dem Tod seiner Verlobten auf der Tasche lag, weil er auf die Rückgabe der Juwelen wartete. Doch was focht dies das Edelfräulein aus Oberkail an? Flüsterte man nicht bereits hinter vorgehaltener Hand, dass ihr der verlängerte Aufenthalt des Grafensohns auf der Neuerburg mehr als gelegen kam?

Er seufzte. »Ich versichere Euer Gnaden, dass ich alles in meiner Macht Stehende getan habe, um die Kräuterhexe und ihren Meister dazu zu bringen, das Versteck des Geschmeides zu verraten. Doch es war vergebens. Es steht zu befürchten, dass sie es dem Leibhaftigen selbst zum Geschenk gemacht haben.«

»Papperlapapp«, antwortete Adela respektlos. »Spart Euch derlei Unfug für die Einfältigen auf. Warum fragt Ihr nicht die verhaftete Bürgermeisterschlampe, wo die Juwelen geblieben sind? Wenn noch jemand etwas über deren Verbleib wissen könnte, dann doch wohl sie.«

Pergener verbarg sein Erstaunen hinter einem vorgetäuschten Hustenanfall. Als er wieder zu Atem kam, hatte er sich gefasst. »Das ist eine ausgezeichnete Idee, edles Fräulein. Doch ich kann ein solches Verhör erst durchführen, wenn das Verfahren gegen Barbara Dietz offiziell eröffnet ist.«

»Und wie lange wird das noch dauern?«

Pergener kratzte sich am nachdenklich am Kinn. »Eine Woche, vielleicht auch zwei. Täglich kommen neue Belastungszeugen hinzu, die gegen die Jungfer aussagen.«

»Also seid Ihr es selbst, der das Verfahren verschleppt? Nicht ihr Verlobter, weil er noch immer mit ihr unter einer Decke steckt?«

Pergener nahm eine würdevoll gekränkte Haltung ein. »Ich muss doch sehr bitten, Fräulein von Manderscheid-Kail. Sebastian de la Val hat sich unmittelbar nach Barbara Dietz' Verhaftung von ihr losgesagt und ist sogar einer der glaubwürdigsten Belastungszeugen geworden. Die Jungfer scheint einen teuflischen Bann über ihn geworfen zu haben, der sich erst nach ihrer Entlarvung gelöst hat.«

Adela blickte beleidigend ungläubig drein. Pergener übersah es geflissentlich.

Allerdings hatte auch er länger über Sebastians plötzlichen Sinneswandel gegrübelt. Er war schließlich zum Ergebnis gekommen, dass der Sohn des Amtmanns die Gelegenheit nutzte, die ihm unwillkommene Verbindung mit Barbara Dietz zu lösen, ohne sich deswegen mit seinem Vater überwerfen zu müssen. Scheinbar hatte er sich sogar wieder mit dem Alten versöhnt. Auf jeden Fall war er vor einigen Tagen zurück ins Lehnshaus gezogen.

Auch die spektakuläre Teufelsaustreibung bei Adelas Kusine Claudia hatte Pergener überrascht. Andererseits wusste er aus eigener Anschauung, wie schnell und leicht sich Menschen im Zusammenhang mit dem Hexenwahn beeinflussen ließen. Wahrscheinlich hatte der lange Arrest das Edelfräulein am Ende davon überzeugt, tatsächlich besessen zu sein.

Dennoch war er auf der Hut. Er ließ Barbaras Kerker Tag und Nacht auf das strengste bewachen und auch ihren Vater auf Schritt und Tritt von seinen Kundschaftern verfolgen. So kurz vor dem Ziel wollte er keine unliebsame Überraschung erleben. Auch von diesem halbseidenen Edelfräulein würde er sich die Butter nicht mehr vom Brot nehmen lassen. Je länger Barbara Dietz in Haft war, je länger sich der Prozess gegen sie hinzog, umso deftiger würde die Rechnung sein, die er ihrem Vater für den Aufenthalt im Gefängnis, die Prozesskosten und die Hinrichtung präsentieren konnte. Alles zusammen sollte den reichen Kaufmann zumindest die Hälfte seines Vermögens kosten. Danach würde er seine Mission in diesem gottverlassenen Städtchen beenden. Die Attacke des Stadtpfarrers Mohr hatte

ihn genauso erschreckt wie die Drohung des Amtmanns. Auch an anderen Orten wartete fette Beute.
Er verbeugte sich und ging zur Tür. »Dringende Amtsgeschäfte nötigen mich, Euren werten Besuch jetzt zu beenden, edles Fräulein. Ich bin darüber untröstlich, hoffe jedoch in Demut auf Euer Verständnis. Ich versichere Euch, dass ich jede Anstrengung unternehmen werde, um das Geschmeide zu finden.«
Damit katzbuckelte er erneut vor Adela, die mit einem empörten Schnauben hinausrauschte.

Bevor Paulus Jönen seinen ehemaligen Brudermeister und Mentor hineinließ, blickte er die Gasse hinauf und hinunter. Zum Glück war der enge Weg menschenleer. Heinrich Dietz hatte es ohnehin nicht gewagt, an die Vordertür zu klopfen, sondern war gleich an die Hinterpforte gekommen.
Wie sehr das Elend einen Menschen doch verändert, dachte der jüngere Mann, als er Dietz in sein Kontor geleitete und ihm einen kräftigen Moselwein einschenkte. Der einstige Bürgermeister und oberste Zunftmeister der Wollwebergilde war mager und bleich. Das gemütliche Bäuchlein, ehemals der guten Küche in seinem Hause und dem wohlbestückten Weinkeller zuzuschreiben, war verschwunden. Stattdessen umgaben schwarze Ringe Dietz' Augen, seine Gesichtszüge wirkten eingefallen und knochig. Er hatte sich nicht einmal richtig barbiert. Der vordem gepflegte Bart war ausgefranst und überzog Kinn und Wangen.
Trotz seines Mitgefühls fürchtete Paulus Jönen sich und verschloss sein Herz, schon bevor Dietz nach ein paar belanglosen Floskeln über die Qualität der Frühlingswolle zur Sache kam. In diesen schlimmen Zeiten war sich jeder selbst der Nächste.
»Ihr erinnert Euch an den Pfingstmarkt, an dem Johannes Lenzen zum wiederholten Male versuchte, minderwertiges Tuch als einwandfreie Ware auszugeben?«

Jönen nickte wortlos.
»Wir waren uns einig, ihn aus der Zunft auszuschließen, zumal er schon immer im Ruf stand, sein Weib zu misshandeln. Nun lässt er mich seine Rache spüren. Er beschuldigt meine Tochter Barbara, seine Frau verzaubert zu haben. Ihr wisst, dass er dies einzig und allein mir zum Tort tut.«
Jönen blieb stumm. Verzweifelt packte ihn Dietz am Arm.
»Paulus, Ihr müsst mir helfen. Ihr seid im Stadtrat und außerdem immer noch Brudermeister. Euer Wort hat Gewicht. Um Christi Erbarmen flehe ich Euch an, legt Zeugnis für meine Tochter ab. Ihr könnt bestätigen, dass Lenzen ein Betrüger ist und seine Frau wahrscheinlich so heftig geschlagen oder gestoßen hat, dass ihre Lahmheit darauf zurückgeht. Bitte helft mir und meinem unschuldigen Kind.« Ein tiefes Schluchzen entrang sich seiner Kehle.
Wider seinen Willen traten auch Jönen die Tränen in die Augen. »Ich würde Euch ja gern helfen, Meister Dietz, doch ich befürchte, damit mein eigenes Weib zu gefährden. Sie trägt unser drittes Kind und ist beständig unwohl. Wenn sie verhaftet wird, überlebt sie im Haidturm keine drei Tage.«
»So erkennt auch Ihr, dass nackte Willkür den Platz der Gerechtigkeit eingenommen hat?«
Jönen nickte. »Ich habe nie auch nur eine Minute geglaubt, dass Eure Tochter Barbara mit dem Satan im Bunde ist. Und doch hat das Böse die Macht in unserem Städtchen übernommen. Von unserem Landesherrn ist keine Unterstützung mehr zu erwarten, seitdem man sein Kind hingeschlachtet hat. Er überlässt den wahren Unholden wie Pergener und Scholer das Feld.«
»So helft mir doch, uns zu wehren. Wenn wir uns im Rat zusammentun, haben wir eine Chance, dem Unrecht ein Ende zu machen.«
Jönen schüttelte den Kopf. »Selbst die Gerechten sind dem Wahn zum Opfer gefallen. Ich habe den Amtmann immer für

einen aufrechten Mann gehalten, aber noch mehr seinen Sohn Sebastian. Doch nun hat er sich öffentlich von Eurer Tochter losgesagt, seitdem sie als Hexe verschrien ist. Ebenso wie das Edelfräulein von Leuchtenberg, mit dem Eure Tochter einst eng befreundet war. Was soll Euch mein Wort also nützen? Verzeiht mir, aber ich kann Euch nicht zu Hilfe kommen. Ich habe eine Familie, die es zu schützen gilt.«

Er stand auf. »Ich werde für Euch und Eure Tochter beten und vor dem Katharinenaltar eine Wachskerze anzünden. Mehr kann ich nicht für Euch tun.«

Heinrich Dietz sah ein, dass dies das letzte Wort seines Zunftbruders war. Er fühlte weder Hass noch Groll, nur die tiefste Verzweiflung, die ihn je in seinem Leben befallen hatte. Mühsam erhob er sich und wankte zur Tür.

Er hatte den Knauf schon in der Hand, als ihn Jönen noch einmal zurückhielt. »Bitte bewahrt Stillschweigen über Euren Besuch. Sonst müsste ich Euch im Zweifelsfalle verleugnen.« Er konnte Dietz dabei nicht in die Augen sehen.

Angesichts der Schwäche des Jüngeren fand Barbaras Vater zu einem Rest seiner alten Würde zurück. »Ich danke Euch für die freundlichen Worte und für den Wein, Bruder Jönen«, sagte er. »Ich werde den Herrgott bitten, Euch das Leid zu ersparen, in das er mich in seinem unermesslichen Ratschluss gestürzt hat.« Damit wandte er sich um und ging mit schweren Schritten hinaus.

Enttäuscht starrte Claudia auf das kleine Häuflein Münzen, das vor ihr auf dem groben Tisch in der Jagdhütte lag. »Ist das wirklich alles, was du auftreiben konntest?«, wandte sie sich mit vorwurfsvoller Miene an Sebastian.

Der zog zornig die Brauen zusammen. »Ich habe dir bereits eingestanden, dass ich meine Ersparnisse nach dem Tod Magdalenas zum größten Teil in die Schenken getragen habe. Mehr als drei

Gulden Vorschuss auf meinen Lohn als Schöffe wollte Scholer mir nicht gewähren. Was kannst du denn selbst beisteuern?«
Seufzend zückte Claudia ihren eigenen Beutel. Die Silbergroschen und Kupfermünzen ergaben kaum zwei Gulden. »Meine List hat leider versagt«, bekannte sie. »Ich habe zwar bald drei neue Gewänder im Schrank, aber keinen einzigen Heller in bar erhalten. Mein Oheim ließ den Schneider kommen, als ich ihn um neue Kleider bat. Geld wollte er mir nicht geben. Es schicke sich nicht für eine Adlige, auf den Tuchmarkt zu gehen wie eine Bäuerin, meinte er.«
»Mit fünf Gulden werden wir nicht weit kommen«, sagte Sebastian grimmig. »Die Nächte sind noch zu kalt, um sie im Freien zu verbringen. Also brauchen wir Reisegeld, um in den Gasthäusern zu übernachten. Wir müssen Speisen für uns und Futter für unsere Reittiere kaufen. Je standesgemäßer wir auftreten, desto weniger wird man uns verdächtigen, auf der Flucht zu sein. Es sind mindestens acht Tagesreisen bis Heidelberg, falls wir uns nicht zwischendurch verstecken oder die Richtung ändern müssen. Und sind wir erst dort, müssen wir in der Stadt auch von etwas leben und ein Dach über dem Kopf haben.«
Er bemerkte erst jetzt, dass sich Kathrin ihnen schüchtern genähert hatte. Sie hielt ihm einen kleinen gestickten Beutel hin. »Es ist nicht viel, was ich sparen konnte. Aber Ihr sollt alles haben.«
Claudia öffnete die Schnur und schüttete den Inhalt des Beutelchens zu den anderen Münzen. Es war kaum ein halber Gulden, der da zusammenkam, bestehend aus Pfennigen und Halbpfennigen, dem mageren Trinkgeld vieler Monate als Magd. »Ich danke dir«, sagte sie gerührt.
»Aber es reicht nicht für drei«, antwortete Kathrin ängstlich. Claudia fasste sie an der Hand.
»Wir stehen zu unserem Wort«, beteuerte sie. »Du wirst mit Barbara und dem Herrn de la Val mitkommen.«

»Was ist mit dem Mohnsaft?«, lenkte sie dann vom Thema ab. »Hast du ihn endlich erhalten?«

»Wir werden uns wohl ohne ihn behelfen müssen«, versetzte ihr Sebastian den nächsten Schlag. »Martha Adams Sohn Jonas ist mit leeren Händen aus Bitburg zurückgekommen. Der Apotheker wollte ihm die Arznei nicht verkaufen, auch nicht, als der Knabe den doppelten Preis bot. Man fürchtet landauf, landab, dass sich Pergener nach dem Ende der Neuerburger Verfolgungen ein neues Jagdrevier suchen wird, und vermeidet alles, was verdächtig wirken könnte.«

Claudia schnappte nach Luft. »Wir können uns nicht ohne Mohnsaft behelfen. Wir brauchen ein Rauschmittel, meinethalben auch Bilsenkraut.«

Sebastian zuckte die Achseln. »Kein Kräuterweib in der ganzen Herrschaft wird wagen, dir auch nur einen Bund Minze zu verkaufen. Geschweige denn irgendein Hexenkraut.«

»Und was schlägst du vor, Monsieur Neunmalklug?«, fauchte sie ihn an. Er fand sie schöner und begehrenswerter denn je, obwohl sie während ihres Arrests an Gewicht verloren hatte. Doch sie hielt ihn auf Distanz. Ständig brachte sie Kathrin zu ihren Treffen mit. So trat zu der Qual der beständigen Tarnung als bekehrter Hexengläubiger noch die Qual des Verzichts hinzu. An den Umstand, dass er nach der Flucht für immer an Barbara gebunden wäre, wollte er erst gar nicht denken.

»Ich weiß keinen Rat«, grollte er trotzig. »Es ist dein Plan. Ich kann nichts dafür, dass er solche Schwachstellen hat.« Er merkte selbst, wie ungerecht dieser Vorwurf war.

Claudia ballte die Hände zu Fäusten. Doch bevor sie zu einer heftigen Erwiderung ansetzen konnte, fasste Kathrin sie sachte am Arm.

»Ich weiß, wo solche Mittel zu bekommen sind«, sagte sie leise. »Vertraut mir, ich kann sie besorgen.«

»Niemals, Sebastian, hätte ich so etwas von Euch gedacht.« Heinrich Dietz' Stimme klang nicht einmal wütend, nur müde und hoffnungslos.

Sebastian hasste sich selbst für das, was er tat. »Menschen verändern sich unter dem Einfluss von Zauberei«, entgegnete er mit gespielter Kaltschnäuzigkeit. »Ihr verdankt es Eurer Tochter, dass Ihr mich erst jetzt richtig kennenlernt.«

Erneut spürte er bittere Galle in sich aufsteigen und unterdrückte ein Würgen. Aber er durfte nicht schwach werden, so zuwider ihm diese Szene auch war. Zumal es nur zu Barbaras Bestem war, das würde ihr Vater schon bald erkennen. Claudia jedenfalls war von seiner Idee begeistert gewesen.

»Ich danke Gott, dass sie nicht Euer Eheweib wird.« Jetzt schwang doch Zorn in Dietz' Stimme mit. »Selbst ihr jetziges Los dünkt mich gnädiger als das Schicksal, auf ewig an ein solches Scheusal wie Euch gebunden zu sein.«

»Das hättet Ihr bedenken sollen, bevor Ihr sie an meinen Vater verschachert habt.«

Dietz starrte ihn an. Sebastian wandte den Blick ab, um sich nicht zu verraten. Erwartungsgemäß deutete Barbaras Vater die Geste falsch.

»Ihr könnt mir ob Eurer Verderbtheit nicht einmal mehr in die Augen sehen«, stellte er fest. »Euer Vater hat mir bei seinem Ehrenwort versichert, dass Ihr ein guter und aufrechter Mann seid. Glaubt Ihr, ich hätte das Glück meiner einzigen Tochter um eines schnöden Titels willen aufs Spiel gesetzt? Ich habe Barbara gefragt, ob sie Euer Eheweib werden möchte, bevor ich den Antrag annahm. Sie strahlte vor Glück, als sie einwilligte.«

Sebastian wurde eng ums Herz. So war also nur über seinen Kopf hinweg entschieden worden. Die tief sitzende Enttäuschung verlieh ihm die Kraft, bei seiner Rolle zu bleiben. Fordernd streckte er die Hand aus.

»Also, wie viel ist Euch mein Schweigen wert?«

»Nennt mir die Summe.«
»Einhundert Gulden.«
Dietz zuckte nicht mit der Wimper. »Ein wohlfeiler Preis dafür, dass Ihr aus Neuerburg verschwindet, bevor der Prozess beginnt. Pergener rechnet vor allem auf Euch als Zeugen gegen mein Kind.«
Sebastian wurde kühn. »So verlange ich zweihundert Gulden.«
Dietz zuckte verächtlich die Achseln. Er schloss eine Lade auf und nahm einen schweren Beutel aus Kalbsleder heraus, der mit seinen Initialen verziert war.
»Hier drin sind zweihundertfünfzig Gulden. Nehmt das Geld und schert Euch hinaus.«
Sebastian ließ sich das nicht zweimal sagen. Er packte die Börse und stürmte ohne Gruß auf die Straße. In einer Ecke des Rathausplatzes erbrach er sich würgend in die Büsche. Er bemerkte den Mann nicht, der ihn aus dem Schatten heraus beobachtete.

Es klopfte an Dietz' Hinterpforte. Da er die Mägde zu Bett geschickt hatte, bevor er mit Sebastian sprach, ging Dietz selbst an die Tür.
Fassungslos starrte er auf den späten Besucher.
»Auf ein Wort, Meister Dietz. Darf ich eintreten?« Wortlos trat Dietz beiseite.
Als sich der Besucher eine halbe Stunde später verabschiedete, war ihm zum ersten Mal seit vielen Wochen wieder etwas leichter ums Herz.

*Donnerstag, 18. April 1613*

Erwartungsvoll zerrte Adela an ihrem Brusttuch und entblößte ihr makellos weißes Dekolleté. Ihre Brüste spannten, die Brustwarzen waren steil aufgerichtet. Auch ihr Schoß pochte voller

Ungeduld. Wo blieb er denn nur? Das Mittel, mit dem sie sich an ihren heimlichen Stellen eingerieben hatte, war flüchtig. War seine Wirkung verflogen, würde ihre Wonne nur halb so groß sein, zumal Ernst von der Marck sich immer seltener darum bemühte, sie so zu befriedigen, wie es ein aufmerksamer Liebhaber tat.

Sie drängte den Gedanken beiseite. Ihr satanischer Meister war mit ihr, daran konnte kein Zweifel bestehen. Der Grafensohn war ihr verfallen. Doch er wurde von Tag zu Tag ungeduldiger hier auf der engen Burg. Er strebte zurück nach Kerpen zu seinem Vater. Allein sein Schwur zwang ihn hierzubleiben, bis das Genoveva-Geschmeide gefunden war. Sie hatte vergeblich versucht, ihm einzureden, dass die Juwelen verloren seien, da weder das Kräuterweib noch ihr Hexenmeister deren Versteck verraten hatten. Ernst blieb starrsinnig und stur. Das Geschmeide sei seit Generationen in der Familie und gehöre zur Ausstattung seiner zukünftigen Gattin, erklärte er ihr. Solange es nicht gefunden sei, wolle er kein Weib mehr freien.

Seither grübelte sie, wie sie dieser Sache geschickt eine Wendung geben könnte. Zweifelsohne schmeckte auch die verlockendste Speise irgendwann fade, wenn man sie zu oft zu sich nahm. Noch konnte Ernst von der Marck ihren Reizen zwar nicht widerstehen, die sie ihm verschwenderisch darbot. Doch wie lange würde dieser Zauber noch anhalten? Sie musste handeln, bevor es zu spät war. Warum nur hatte der Hexenkommissar sich geweigert, das Verfahren gegen die Schlampe Barbara Dietz zu beschleunigen?

Schritte näherten sich und rissen sie aus ihren Gedanken. Als sie um die Ecke der Box lugte, in der sie sich verborgen hielt, spürte sie die Wollust wie eine Woge in sich aufsteigen. Da kam er, strotzend vor Kraft. Seine Muskeln und Sehnen sprengten beinahe die enganliegende Hose aus feinem Tuch. Die ballonförmige Überhose hatte er gar nicht erst angelegt.

Aufreizend hob sie ihre Röcke bis zu den Oberschenkeln und trat ihm entgegen.
»Wie schön, Euch zu sehen«, hauchte sie und ließ ihre Zunge verführerisch über die Lippen gleiten. Dann griff sie mit beiden Händen an sein Gemächt, das sich hart wie ein Stock deutlich durch den Stoff hindurch abzeichnete.
Ernst stöhnte auf. Sie stellte sich auf die Zehenspitzen, um seinen Mund zu erreichen. Doch er stieß sie brüsk zurück und drehte sie um.
Während er ihr die Röcke weit über den Rücken schob, beugte er sie nach vorne. Bereitwillig öffnete sie die Beine und bot ihm ihr zuckendes Geschlecht an. Doch er knetete ihre prallen Hinterbacken und zog sie weit auseinander. Ehe sich Adela versah, stieß er tief in sie hinein.
Der stechende Schmerz ob dieses unvermuteten, brutalen Angriffs zerriss sie fast. Niemals zuvor hatte sie einem Liebhaber erlaubt, sie auf diese Weise zu nehmen. Es erschien ihr bei aller Freude am Laster unnatürlich und ekelhaft.
Sie wand sich und strampelte, doch er hielt sie in seinen Armen wie in einem Schraubstock umklammert. Ihr Versuch, sich zu wehren, schien seine Lust noch zu steigern, denn er stieß immer heftiger und rücksichtsloser in sie hinein. Schließlich kam er mit einem gewaltigen Stöhnen zum Höhepunkt.
Fassungslos vor Wut fuhr sich Adela zwischen ihr schmerzendes Gesäß. Als sie ihre Hand zurückzog, klebten Blut und Sperma daran. Ohne nachzudenken, schlug sie ihm mit aller Kraft ins Gesicht.
Das schmierige Grinsen, mit dem er sie zuvor gemustert hatte, wich einem Ausdruck von Brutalität, der selbst die abgebrühte Adela erschreckte. Er packte sie hart an den Armen und schüttelte sie. »Wage das nicht noch einmal, Metze, sonst zerschlage ich dir deine hübsche Fratze zu Brei.« Sein Atem roch nach Branntwein.

Mit dem letzten Rest ihres Mutes riss Adela sich los und funkelte ihn an. »Und wage du nicht noch einmal, mich auf die Art der Sodomiter zu nehmen. Es bereitet mir keine Lust.«
Ernst von der Marck musterte sie verächtlich und zuckte die Schultern. »Die Lust des Weibes ist beileibe nicht die Sorge des Mannes. Doch es nimmt mich wunder, dass du diese Art der Liebe nicht kennst, wo dir doch sonst kein Laster fremd ist.«
Adela fehlten die Worte. Ernst ergriff ihren Rock und wischte sich mit einem Zipfel über seine schmutzige Wange. Dabei zerriss er den dünnen Stoff von oben bis unten.
Einen Moment starrte er auf ihre entblößte Scham mit den buschigen rotbraunen Haaren. »Du solltest dich scheren lassen wie die Hexen«, bemerkte er. »Das wäre meiner und deiner Lust sicher von Nutzen.«
Damit drehte er sich auf dem Absatz um und stolzierte davon. Mit einer Mischung aus Panik und Wut starrte Adela ihm nach. Verlor er am Ende das Interesse an ihr, bevor sie am Ziel ihrer Wünsche war?
Sie stampfte mit dem Fuß auf den Boden. Das durfte nicht sein. Also würde sie noch einmal mit Pergener sprechen und diesmal deutlicher werden müssen. Ein hässliches Grinsen stahl sich auf ihre Lippen. Zumindest ihre hoffärtige Kusine Claudia würde es treffen, wenn der zarte Hintern ihrer Busenfreundin Barbara Brandblasen auf dem Hackerschen Stuhl bekam.

Lautlos schloss Kathrin die Kammertür und blickte sich um. Adelas Gemach lag im Halbdämmer des frühen Abends. Vor wenigen Minuten hatte sie ihre ehemalige Herrin in Richtung der Ställe huschen sehen. Wahrscheinlich, um dort ein Stelldichein mit Ernst von der Marck wahrzunehmen.
Trotzdem blieb ihr nicht viel Zeit. Bärbel, Adelas neue Magd, konnte jeden Moment hereinkommen. Schnell bückte sie sich unter das wuchtige Himmelbett und zog die Kiste hervor. Panik

ergriff sie, als sie den Hebel betätigte, um das Behältnis zu öffnen. Es war fest verschlossen.
Auf der Suche nach einem Gegenstand, mit dem sie den Deckel aufhebeln könnte, riss sie den Wandschrank auf und schob hektisch die Gewänder beiseite. Da fiel ihr Blick auf ein kleines Kästchen. Es enthielt einen Schlüssel.
Erleichterung durchströmte sie, als der Riegel zurückschnappte und die Truhe sich öffnen ließ. Das Salbgefäß verriet sich schon durch seinen durchdringenden Geruch. Es war unter den schwarzen Kerzen verborgen. Doch würden sich auch die dazugehörigen Zutaten finden lassen? Kathrin hatte den Mund recht voll genommen, als sie Claudia versprochen hatte, das Rauschmittel besorgen zu können.
Was, wenn Adelas Vorräte aufgebraucht waren? Auch ihr würde im weiten Umkreis niemand Mohnsaft oder Bilsenkraut-Samen verkaufen. Ihre Finger tasteten sich durch den Inhalt der Kiste. Fast wollte sie aufgeben, als ihre Hand auf einen leinenen Beutel stieß. Sie fühlte die harten Samenkapseln durch den dünnen Stoff hindurch. Gleich daneben stand ein kleiner irdener Krug, der mit einem Wachspfropfen versiegelt war.
Kathrin stopfte die Sachen in ihre Schürzentaschen und begann, den Inhalt der Lade wieder zu ordnen. Ihr Diebstahl sollte nach Möglichkeit nicht sofort auffallen.
Da hörte sie plötzlich Schritte im Gang vor der Kammer, die sich rasch näherten. Sie konnte sich gerade noch in eine Nische drücken, da wurde die Tür auch schon aufgerissen.
Adela stürmte herein. Offensichtlich war sie vor Wut außer sich. Sie murmelte Verwünschungen und hatte die Hände zu Fäusten geballt. Erst nach einigen Momenten erblickte sie die vor dem Bett stehende offene Lade und kniete fassungslos davor nieder. Dabei drehte sie der Zofe den Rücken zu.
Hilflos drückte sich Kathrin an die Wand. Sie hatte keine Chance, unerkannt aus dem Gemach zu fliehen. Selbst wenn sie die

fünf Schritte bis zur Tür schaffte, ohne dass Adela sie packte, würde diese ein lautes Geschrei erheben, das die Dienerschaft alarmierte. Man würde sie des Diebstahls bezichtigen, wenn nicht gar der Hexerei, wenn man die als Zaubermittel verschrienen Substanzen bei ihr fand.

Ihre tastenden Hände stießen plötzlich auf einen harten Gegenstand, der dicht an der Wand stand. Es war ein zinnerner Kerzenständer, sicher mehr als zwei Fuß hoch. Adela pflegte ihn neben die geöffneten Bettvorhänge zu stellen, wenn sie vor dem Einschlafen noch in einem Buch blättern wollte.

Wie von selbst umschlossen ihre Finger das kühle Metall. Adela spürte sie kommen. Doch bevor sie sehen konnte, was vorging, traf Kathrin sie mit Wucht an der Schläfe. Mit einem leisen Jammerlaut sank Adela in sich zusammen.

## Kapitel 32

*Freitag, 19. April 1613*

Es tut mir leid, Meister Dietz, doch Ihr müsst draußen warten.«

Die Stimme des Wachhauptmanns klang freundlich, aber bestimmt. Dietz kannte ihn flüchtig. Er stammte aus Utscheid und hatte seinerzeit den Wachtrupp angeführt, der Johannes Lenzen nach seinem Angriff auf dem Pfingstmarkt in den Turm gebracht hatte.

Seufzend schob er die Magd Hanna nach vorne. Das Mädchen war tränenüberströmt und zitterte am ganzen Leib. »Geh mit Gott und bleibe bei der Wahrheit«, gab ihr Dietz mit auf den Weg. »Ich werde hier auf dich warten.« Dann setzte er sich auf einen steinernen Sockel mit eingelassenen Eisenringen, an denen die Reittiere der Rathausbesucher angebunden wurden. An diesem Tag war weit und breit kein Pferd zu sehen. Doch obwohl Sebastians Schimmel fehlte, wusste Dietz, dass er beim Verhör seiner Magd im Hexenkommissariat dabei sein würde. Wieder fraß der Zweifel an seinem Herzen. Was sollte werden, wenn sein nächtlicher Besucher sich irrte?

»Nun, Monsieur de la Val. Ihr hattet gebeten, das Verhör diesmal leiten zu dürfen. Seid Ihr einverstanden, ehrwürdiger Vorsitzender?«

Caspar Scholer nickte Zustimmung, worauf Pergener Sebastian das Wort erteilte.

Der studierte zum Schein seine Akten, um Zeit zu gewinnen und sich zu sammeln. Heute war das Hochgericht vollzählig versammelt, und auch sein Vater war als Amtmann zugegen. Der Aussage von Barbaras junger Magd Hanna kam große Bedeutung zu. Belastete sie ihre Herrin, gab es keinen Grund mehr, den Prozess gegen diese weiter aufzuschieben.

Sebastian fürchtete sich vor dieser Entscheidung. Sie würde die Verschwörer zu baldigem Handeln zwingen und den Abschied von Claudia bedeuten.

Trotzdem wusste er, dass er überzeugend auftreten musste. Er erhob sich und trat mit strengem Blick auf das zitternde Mädchen zu. »Du bist Hanna aus Sinspelt, Magd bei der Jungfer Barbara Dietz?«

Das Mädchen nickte.

»Antworte deutlich mit Ja oder Nein«, fuhr Sebastian sie an.

Hanna schluchzte auf. Dann versuchte sie, sich zusammenzunehmen. »Ja, Herr, die bin ich.« Trotz ihrer Mühe war sie kaum zu verstehen.

»Wie lange dienst du bereits bei deiner Herrschaft?«

»Seit meinem siebten Jahr, werter Herr.«

»So bist du an Jahren ungefähr so alt wie deine Herrin?«
»So ist es, edler Herr.«
»Was weißt du über die teuflischen Umtriebe der Jungfer Barbara?«
Das Mädchen fuhr erschrocken zusammen. Pergener nickte beifällig. Der junge Mann taugte weit mehr zum Juristen, als er bislang vermutet hatte.
»Ich weiß nichts von solchen Dingen«, beteuerte die Magd.
»Ist dir in all der Zeit nie etwas Verdächtiges aufgefallen? Oder steckst du gar mit deiner Herrin unter einer Decke?«
Hanna begann zu weinen. Dicke Tränen liefen ihr über die Wangen.
»Nun seid nicht gar so streng mit dem armen Ding, Monsieur de la Val«, mischte sich zu jedermanns Erstaunen Burkhard Krebs, der stellvertretende Richter, ein. »Seht doch, wie sie weint. Hexen können keine Tränen vergießen.«
Pergener schnaubte verächtlich. Doch Sebastian fing den ihm unvermutet zugeworfenen Ball nur zu gerne auf.
»Beruhige dich, Mädchen«, sagte er mit versöhnlicher Stimme. »Berichte uns einfach, was du beobachtet hast.« Er winkte einem Gerichtsdiener. »Bring ihr einen Schemel.«
»Meine Herrin pflegte sehr engen Umgang mit ihrer Amme Magdalena, die man als Hexe verbrannt hat«, begann Hanna schüchtern.
»Kam dir dieser Umgang merkwürdig vor?«
»Manchmal schon, werter Herr. Am Abend Eures Verlobungsfestes brachte ich der Kräuterfrau einige Speisen von der herrschaftlichen Tafel. Ich traf sie verletzt auf ihrem Lager an. Ich wusste bereits, dass sie verdächtigt wurde, ein Kind aus der Webergasse getötet zu haben, und darob mit Steinen beworfen worden war. Doch davon erzählte sie nichts. Die Herrin war dennoch in größter Sorge, als sie von der Verletzung erfuhr. Sie war den ganzen restlichen Abend bedrückt, obwohl es doch ihr

Verlobungstag war. Ich wunderte mich darüber, doch ich dachte mir nichts Schlechtes dabei. Später erst kam mir der Gedanke …« Sie stockte.

»Was für ein Gedanke kam dir?«

Hanna holte tief Luft. »Ich dachte bei mir, sie hat vielleicht Angst, dass man ihre Amme entlarvt. Schließlich stellte das Hohe Gericht später fest, dass sie die kleinen Töchter der Spinnmagd tatsächlich getötet hatte.«

Sebastian spürte die schon vertraute Übelkeit in sich aufsteigen. Nicht allein von Blutdurst, Geldgier, Missgunst und Rachsucht nährte sich der Hexenwahn wie ein ekler Parasit. Seine Lieblingsspeise war die Gewohnheit einfacher Leute, allerhand unverfängliche Vorfälle im Nachhinein als Zeichen für Zauberei zu deuten.

»Sehr klug von dir, Mädchen«, lobte er Hanna. Die Magd schien Zutrauen zu fassen.

»Auch konnte ich nicht verstehen, warum die Herrin so darauf drang, die Kräuterfrau im Gefängnis zu besuchen. Sie geriet darüber in einen furchtbaren Streit mit ihrem Vater und schloss sich in ihrer Kammer ein. Zwei Tage verweigerte sie Speise und Trank, bis er es schließlich erlaubte.«

»Hast du deine Herrin begleitet?«

»Jawohl, edler Herr.«

»Und was fiel dir auf?«

Hanna schlug die Augen nieder. Ihre nächsten Worte waren ihr sichtlich peinlich. »Sie kam ganz verweint aus der Zelle zurück und schimpfte den ganzen Tag über das Hohe Gericht. Den ehrwürdigen Hexenkommissar nannte sie gar einen Schurken. Selbst den Allerhöchsten zieh sie der Ungerechtigkeit.«

»Das ist in der Tat unerhört«, übertönte Sebastian das Raunen des Gerichts. »Gibt es noch etwas, das du uns sagen willst?«

Das Mädchen zögerte. Sebastian erriet den Grund. »Hat die Jungfer Barbara dich gezwungen, etwas Unrechtes zu tun?«

»Ich weiß es nicht, edler Herr. Vielleicht war es Unrecht, vielleicht auch nicht.«
»Fürchte dich nicht, Hanna. Wenn du die Wahrheit bekennst, soll dir kein Leid geschehen.«
Das Mädchen seufzte. »Am nächsten Morgen weckte mich die Herrin noch vor dem ersten Hahnenschrei. Sie befahl mir, eine Schaufel aus dem Holzschuppen zu holen. Dann gingen wir in die Kate der Kräuterfrau. Das Siegel des Hochgerichts war an der Tür, doch meine Herrin öffnete sie ohne Zögern. Im Garten hinter der Hütte grub sie alsdann etwas aus, während ich Wache stehen musste. Ich fürchtete mich sehr in der Hexenhütte und betete ununterbrochen zur Heiligen Jungfrau. Als meine Herrin endlich zurückkam, trug sie ein irdenes Gefäß bei sich, das sie in einem Sack verbarg. Sie übergab mir die Last nicht wie sonst, sondern schleppte sie allein bis in ihre Kammer. Dann schloss sie sich ein und ließ sich bis zum Mittagsmahl nicht mehr blicken. Am Nachmittag nahm sie heimlich Geld aus einer Lade im Kontor ihres Vaters. Sie wusste nicht, dass ich sie dabei beobachtete. Dann verließ sie das Haus und kam erst nach einer Stunde wieder zurück.«
Pergener sprang auf. Sein bleiches Gesicht hatte sich rötlich verfärbt. »Erlaubt«, wandte er sich kurz an Sebastian. »Was für einen Reim hast du dir auf diesen Vorfall gemacht?«
Hanna wurde bleich.
»Ich weiß es nicht, hoher Herr. Mich dünkte, es könnte etwas mit schwarzer Magie zu tun haben, doch Näheres kann ich nicht sagen.«
»Der Schweigezauber!« Pergeners Stimme überschlug sich fast vor Erregung. Er wandte sich mit ausgebreiteten Armen an die versammelten Richter und Schöffen. »Ihr alle wisst, dass die Kräuterhexe Pirken zu keinem Bekenntnis bereit war und immer wieder in einen Schweigezauber verfiel. Das könnte mit Hilfe des teuflischen Mittels geschehen sein, das die Jungfer

Dietz aus dem Garten der verruchten Hütte barg.« Die Gerichtsherren blickten schockiert.
»Ihr alle wart Zeugen, dass ich den Leib der Verdammten Zoll um Zoll untersucht habe. Auch ihre Zelle wurde mehrfach durchsucht. Doch es wurde kein Zaubermittel gefunden. Das ist nun die Erklärung. Die Jungfer Dietz brachte der Kräuterhexe das Mittel und legte einen Unsichtbarkeitszauber darüber. So gedachten die Teuflischen, ohne Strafe davonzukommen.«
»In der Tat eine sehr überzeugende Argumentation, ehrwürdiger Herr Doktor«, mischte sich Scholer ein. »So lasst uns die Beweisaufnahme hiermit beenden und unverzüglich zur Tat schreiten. Es liegen genügend Indizien gegen die Beklagte Jungfer Barbara Dietz vor. Der Prozess soll am nächsten Montag beginnen.«

»Wie viel Zeit bleibt uns noch?«, fragte Claudia ängstlich. Sie saß mit Sebastian in der Jagdhütte. Kathrin hatte hinter einem Busch am schmalen Wegrand Posten bezogen, um sie zu warnen, falls sich jemand der Hütte näherte.
Noch war sie ein vergleichsweise sicherer Treffpunkt, denn dem Landgrafen war jegliche Lust an seiner ehemaligen Lieblingsbeschäftigung vergangen. Er hatte sogar ein Gelübde abgelegt, nicht eher wieder zu jagen, bis alle Unholde in seiner Herrschaft vernichtet seien. Bernhard Josten hatte dies wohlwollend aufgenommen, während Ernst von der Marck ob der erzwungenen Untätigkeit von Tag zu Tag unleidlicher wurde.
Dennoch blieben sie auf der Hut. Jederzeit konnten der Förster oder der Jagdaufseher auftauchen, um eine Inspektion der Hütte vorzunehmen.
»Maximal vier bis fünf Tage«, antwortete Sebastian. »Am Montag wird Barbara dem Gericht vorgeführt und auf Hexenmale untersucht werden.« Claudia zuckte zusammen. »Im Anschluss wird sie das erste Mal gütlich befragt. Will sie nicht bekennen,

wovon ich ausgehe, werden am nächsten Tag die Belastungszeugen gehört. Es ist eine große Schar, deshalb könnte sich die Beweisaufnahme bis in den Mittwoch hineinziehen. Hat Barbara dann noch immer nicht gütlich bekannt, wird sie am Abend in den Folterturm überstellt und verbringt wahrscheinlich bereits die Nacht auf dem Hackerschen Stuhl.«

»Am Sonntag wird es schwierig für mich sein, die Burg zu verlassen«, erklärte Claudia. »Die Wachen werden mich zwar nicht hindern, aber sich wundern, was ich am Tag des Herrn in der Stadt zu suchen habe. Spätestens bei der Vesper würde mein Fehlen bemerkt werden und großes Aufsehen erregen. Es steht sogar zu befürchten, dass mein Oheim nach mir suchen lässt. So können wir unseren Plan nicht durchführen.«

»Also bleibt nur der Montag. Länger zu warten wäre ein zu hohes Wagnis.«

Claudia nickte. »Am Montag ist Markttag. Es wird viel Trubel in der Stadt herrschen. In meinem einfachen Gewand werde ich niemandem auffallen.«

»Was genau hast du vor?«

Claudia grinste. »Unter den zahlreichen Bußen, die mir Hochwürden Josten auferlegt hat, fehlt noch die Wallfahrt zur Kreuzkapelle. Niemand wird Anstoß daran nehmen, wenn ich am Montagmorgen mit Kathrin die Burg verlasse, um in einem einfachen Kleid und groben Holzschuhen an den Füßen den Büßergang anzutreten. Der Weg ist lang und sehr anstrengend. Außerdem ist mir für den ganzen Tag der Wallfahrt Fasten und Schweigen auferlegt. So wird mich selbst beim Nachtmahl niemand vermissen, sondern mich in Demut in meiner Kammer vermuten. Wir verstecken uns bis zum Anbruch der Dunkelheit irgendwo vor der Stadt und treffen uns danach im verlassenen Pfarrhaus. Trage Sorge dafür, dass die Hintertür offen ist, sollten wir vor dir da sein.«

Sebastian fasste sich ein Herz. Er griff nach Claudias Hand.

»Wenn unsere Flucht gelingt, werde ich dich niemals wiedersehen. Gewährst du mir wenigstens eine Stunde des Abschieds?«
Claudia sah ihn zweifelnd an. Widersprüchliche Gefühle tobten in ihrer Brust. Bislang hatte sie ihn mit Erfolg auf Abstand gehalten, doch seitdem sie sich wieder beinahe täglich trafen, träumte sie jede Nacht von Sebastian.
»So sei es denn«, gab sie schließlich nach. »Ich werde morgen um die dritte Nachmittagsstunde hier auf dich warten.«

»Wie zuverlässig sind Eure Wachsoldaten?« Pergener fixierte den Amtmann mit seinen Raubvogelaugen. Der starrte ungerührt zurück.
»Ich kann mich für jeden meiner Männer verbürgen«, sagte er knapp.
»Jemand muss dem Kräuterweib das Zaubermittel überbracht haben. Wer könnte das sein?«
Der Amtmann zuckte die Achseln. »Ein jeder hatte einmal Dienst in der Wachstube des Rathauskerkers. Es ist ein weit angenehmerer Ort als der stinkende Haidturm. Und Hennes Weiler, der Wachhauptmann im Rathaus, ist ein absolut zuverlässiger und pflichtbewusster Mann.«
»Also kann ich mich darauf verlassen, dass die Jungfer Barbara bis zu ihrer Überstellung in den Folterturm dort sicher verwahrt ist?«
»Ich habe jeden meiner Männer angewiesen, mir sofort Nachricht zu geben, wenn jemand Einlass in den Kerker begehrt. Und ihnen das Doppelte der Summe als Belohnung geboten, falls jemand sie zu bestechen versucht.«
Pergener nickte nachdenklich. »Ihr denkt vor allem an den Vater der Beklagten«, konstatierte er.
Christoph de la Val blieb stumm.
»Nun ja, es ist mir auch gleich. Wie viele Wachen habt Ihr im Rathaus postiert?«

»Drei Mann, den Wachhauptmann Weiler dazugerechnet.«
»Verdoppelt die Anzahl der Männer. Und lasst eine weitere Wache unauffällig auf dem Rathausplatz Patrouille gehen.«
Der Amtmann runzelte die Stirn.
»Ihr wollt doch den Triumph Eures Sohnes nicht in letzter Minute gefährden?«, spielte Pergener seine Trumpfkarte aus. »Wo er nun auf dem besten Weg zu einer glänzenden Karriere ist? Tüchtige Hexenkommissare werden in diesen Zeiten landauf, landab mit offenen Armen willkommen geheißen. Ich versichere Euch, es ist ein einträgliches Gewerbe. Selbst einträglicher als eine reiche Heirat.« Er lachte meckernd.
Die Miene des Amtmanns blieb unbewegt. Er stand auf. »Es sei, wie Ihr sagt, Doktor Pergener«, sagte er steif. »Ich werde persönlich für die Erfüllung Eurer Wünsche sorgen.« Mit einem knappen Gruß verließ er den Raum.
Pergener grinste anzüglich. Er hatte richtig gerechnet. Das Wohl seines Sohnes ging dem Amtmann über alles. Nun hatte er ihn wieder vollständig in der Hand.

Kathrin lugte vorsichtig aus der Nische der Burgmauer, in der sie sich verborgen hatte, als sie Adela in ihrem schwarzen Umhang aus dem schweren Eichenportal kommen sah. Die Dämmerung war schon hereingebrochen, es hatte in Strömen zu regnen begonnen. Weit und breit war niemand zu sehen.
Zu ihrem Erstaunen hatte ihr Überfall auf das Edelfräulein keinerlei Aufsehen nach sich gezogen. Adela war gestern nicht zum Nachtmahl erschienen, ihr Fernbleiben von ihrer neuen Zofe mit schlimmen Kopfschmerzen entschuldigt worden. Mehr hatte die in der Küche versammelte Dienerschaft nicht gewusst.
Trotzdem war Kathrin auf der Hut. Auf der Suche nach einem Fluchtweg, den sie im Notfall benutzen könnte, war ihr der geheime Gang wieder eingefallen, durch den sie Adela einige Male aus der Burg hinausbegleitet hatte. Zwar graute ihr weidlich vor

dem stickigen Tunnel, doch falls Gefahr in Verzug war, durfte sie nicht wählerisch sein. Bislang war es ihr jedoch nicht gelungen, den geheimen Mechanismus zu finden, mit dem sich die Pforte öffnen ließ.

Als Adela der Nische immer näher kam, in der sich Kathrin verborgen hielt, brach ihr der kalte Schweiß aus. Was, wenn das grausame Weib sie hier fände? Niemand war da, um ihr zu Hilfe zu eilen.

Nur zehn Schritt vor Kathrins Versteck blieb Adela stehen. In Höhe ihres Kopfes tastete sie die Wand ab. Und tatsächlich, die Mauer schwang auf einmal mit einem kleinen Knarren zurück und gab den finsteren Gang frei. Adela verschwand in ihm. Die bewegliche Wand drehte sich wieder an ihren alten Platz.

Jetzt oder nie. Das war eine einmalige Gelegenheit. Obwohl ihr der Angstschweiß in die Augen lief, hastete Kathrin zu der Stelle, an der Adela noch eben gestanden hatte. Sie war ungefähr genauso groß wie das Edelfräulein. Vorsichtig ließ sie ihre Finger in Augenhöhe über das rauhe Mauerwerk gleiten. Schließlich stieß sie auf eine kleine Erhebung, die sich wie ein unter Mörtel verborgener Knopf anfühlte. Kathrin wagte nicht, den Mechanismus in Gang zu setzen. Vielleicht befand sich Adela noch unmittelbar hinter dem geheimen Eingang. Doch sie war sicher, den Fluchtweg gefunden zu haben.

Das heiße Wachs der blakenden Kerze tropfte auf ihre Hand und versengte sie. Adela fluchte herzhaft. Das würde eine dicke Brandblase geben. Hätte sie doch nur eine Fackel mitgenommen! Doch in der Eile war keine zur Hand gewesen.

In der Burg war die Dienerschaft geschäftig durch die Gänge geeilt, um das Nachtmahl zu richten. Nur ein kurzer Moment war ihr geblieben, um den Wohnturm unbemerkt zu verlassen. Zum Glück kam ihr das Wetter zupass. Bei diesem Regen würde sich kein Mensch im Burghof aufhalten.

Noch nie hatte sie gewagt, den geheimen Gang zu betreten, bevor tiefste Dunkelheit herrschte. Sie lebte nun lange genug auf der Neuerburg, um zu wissen, dass außer ihr niemand diesen geheimen Fluchtweg kannte, sah man einmal von ihrer liederlichen Magd Kathrin ab. Doch die würde sich hüten, ihr in die Quere zu kommen.
Schon wieder verbrannte das Wachs ihr die Hand, als sie nach der Nische mit den verborgenen Juwelen suchte. Sie hatte recht daran getan, diesen Ort als Versteck zu wählen. Noch immer bedauerte sie den Verlust ihres Talismans, der von diesem Miststück Claudia gefunden worden war, bevor sie ihn zurückholen konnte.
Nach Hilarius' Tod hatte sie den schmutzigen Winkel im Stall, in dem er genächtigt hatte, wohl an die fünf Mal durchsucht. Den Sack mit seinen zerlumpten Kleidern, in den sie das Schmuckstück gesteckt hatte, um den Knecht im Zweifelsfall zu belasten, konnte sie jedoch nicht mehr finden. Hilarius musste ihn kurz vor seinem Tod aus der Nähe seiner Schlafstatt entfernt haben.
Endlich stießen ihre tastenden Finger auf das kleine Kästchen aus Ebenholz, in dem sie das Halsband verwahrte. Ihre Augen leuchteten vor Begierde, als sie die funkelnden Steine durch ihre Hand gleiten ließ. Dann überfielen sie Zweifel. Eigentlich wollte sie den Schmuck gar nicht aus der Hand geben. War sie nun im Begriff, diese Kostbarkeit zu verlieren?
Sei nicht so kleinmütig, schalt sie sich.
Bislang waren noch all ihre Pläne gelungen. Warum sollte sie das Geschmeide also nicht schon bald um den Hals tragen – als seine rechtmäßige Besitzerin?

Eine knappe halbe Stunde später klopfte sie an Pergeners Behausung über den Ställen an. Sie war völlig durchnässt und zitterte vor Kälte.

Da sie nicht gewagt hatte, durch den geheimen Gang in die Burg zurückzukehren, war sie durch den triefenden Mühlenwald gegangen und hernach den steilen Weg zur Burg hochgestiegen. Die Wachen hatten verwundert geglotzt, als sie ans mittlerweile geschlossene Tor klopfte, ließen sie aber ohne weitere Fragen ein.

Der Hexenkommissar war schon im Schlafrock, als sie grußlos an ihm vorbeihuschte. Drinnen wrang sie das Wasser aus ihrem Umhang, ohne auf die Pfützen zu achten, die sich auf den groben Holzdielen bildeten. Pergener verzichtete diesmal auf jede Höflichkeitsfloskel und musterte sie schweigend.

»Also, was ist Euer heutiger Begehr?«, konnte er seine Neugier schließlich nicht länger bezähmen. Adela setzte sich, nass wie sie war, auf die Polster des Lehnstuhls vor dem Kamin und wärmte ihre Hände über dem knisternden Feuer.

»Ich habe Euch ein Geschäft vorzuschlagen«, sagte sie kühl über die Schulter hinweg.

Pergener nahm ihr gegenüber Platz, ohne ihr eine Erfrischung anzubieten.

»Was für ein Geschäft soll das sein?«

Adela kam gleich zur Sache. »Ihr schafft diese Schlampe Barbara Dietz morgen in die Folterkammer, und ich gebe Euch dafür das Genoveva-Geschmeide.« Sie ließ das Kästchen geräuschvoll aufschnappen.

Pergener fielen die Augen fast aus dem Kopf. Gierig griff er nach den Juwelen, doch Adela zog das Kästchen zurück. »Es ist selbstverständlich nur eine Leihgabe«, erklärte sie und freute sich an der offensichtlichen Enttäuschung im bleichen Gesicht des Juristen. »Ihr gebt vor, dass Barbara Dietz unter der Folter das Versteck des Geschmeides verraten hat.«

»Und was habe *ich* davon, edles Fräulein?«

Adela bemerkte den spöttischen Tonfall, ging aber nicht darauf ein. »Sowohl Wilhelm von Leuchtenberg als auch mein zukünf-

tiger …«, sie unterbrach sich, »… als auch der edle Herr von der Marck werden Euch reich belohnen. Euer Ruf wird sich in allen deutschen Landen verbreiten und Euch Ämter und Würden im Überfluss bescheren.«
Pergener ließ sich den Vorschlag durch den Kopf gehen. Das hochwohlgeborene Flittchen hatte nicht unrecht. Doch etwas war ihm noch nicht klar.
»Da Ihr anscheinend das Schmuckstück schon seit einer geraumen Weile in Eurem Besitz habt, warum erfreut Ihr Euch nicht daran, sondern übergebt es mir und später dem Grafensohn?«
»Das muss Euch nicht kümmern«, entgegnete Adela hochfahrend. Pergener begriff. Das Weib spekulierte auf eine Ehe mit Ernst von der Marck und hoffte, das Schmuckstück als Brautgeschenk zu erhalten.
Er grinste anzüglich. »Wie seid Ihr überhaupt an die Juwelen gekommen?«
»Auch das muss Euch nicht kümmern.«
»Nun, nun, edles Fräulein. Ihr versucht mich zu überreden, unter der Folter eine falsche Aussage zu erpressen.«
»Das tut Ihr doch alleweil«, konterte Adela unverblümt. »Keins dieser stinkenden Weiber würde den Leibhaftigen auch nur aus der Ferne reizen. Das wisst Ihr so gut wie ich.«
Einmal mehr war der Hexenkommissar verblüfft. Dieses Weibsstück durfte er nicht unterschätzen. Sie konnte gefährlich werden, wenn man sich ihr widersetzte.
»Also, so sei es«, gab er scheinbar nach. »Doch ich verlange fünfhundert Gulden, bevor ich die Juwelen wieder herausgebe.«
Adela zuckte zusammen, hatte sich aber sofort wieder im Griff und nickte knapp. »So soll es sein.«
»Außerdem kann ich die Beklagte vor Montagabend nicht in den Haidturm schaffen lassen. An diesem Tag beginnt der Prozess. Jede Aussage, die vorher unter der Folter gemacht wird, würde als illegal gelten. Heinrich Dietz ist ein einflussreicher

und vermögender Mann. Da darf man kein unnötiges Wagnis eingehen.«
Adela verzog das Gesicht. Sie sah aus wie eine verwöhnte Göre, die gleich mit dem Fuß aufstampfen würde. Heimlich lachte er in sich hinein, als er fordernd die Hand ausstreckte. Sie maßen sich mit Blicken. Schließlich übergab ihm Adela widerstrebend das Kästchen.
»Wagt nicht, mich zu betrügen«, drohte sie, während sie nach ihrem durchnässten Umhang griff. »Ihr würdet es bitter bereuen.«
Pergener verneigte sich tief. Eine Antwort blieb er ihr schuldig.

*Samstag, 20. April 1613*

Noch glitzerten die letzten Regentropfen wie Diamanten auf den Bäumen und Büschen, als Claudia auf die Jagdhütte zueilte. Eine warme Frühlingssonne strahlte vom Himmel und machte das beängstigende Unwetter der vergangenen Nacht vergessen. Schon bei der ersten Anhöhe löste Claudia die Kordel ihres Umhangs und ging im leichten Leinenkleid weiter, das sie für ihre Begegnung mit Sebastian gewählt hatte. Er kannte das kornblumenblaue Gewand mit dem Kragen aus elfenbeinfarbener Spitze noch nicht. Es gehörte zu den Kleidern, die der Neuerburger Schneider neu für sie gefertigt hatte, und war erst am Morgen geliefert worden.
Lange würde es nicht in ihrem Besitz bleiben. Da es auch Barbara gut zu Gesicht stehen würde, hatte Claudia es für die Fluchtnacht ausgewählt. Heute wollte sie es ein erstes und letztes Mal selbst tragen.
Obwohl der Schimmel nicht vor der Tür stand, spürte Claudia, dass er schon auf sie wartete. Ihr Herz begann schneller zu schlagen. Er trat aus der Hütte und kam ihr entgegen.

Das Verlangen, sich in seine Arme zu stürzen, wurde übermächtig. Wie hatte sie ihm nur so lange widerstehen können? Die schwarzen Locken umspielten sein schönes Gesicht, sein Blick aus den tiefblauen Augen versetzte ihren ganzen Körper in Aufruhr. Er war der Mann, nach dem sie sich ihr ganzes Leben lang gesehnt hatte. In der Stunde des Abschieds erkannte sie das nur zu deutlich.

Es bedurfte keinerlei Worte, damit ihre Lippen sich fanden und ihre Körper sich stürmisch aneinanderpressten. Claudia spürte, wie ihre Knie nachgaben und sie sich schlaff in Sebastians Arme sinken ließ. Es tat so unendlich gut, gehalten zu werden. Mühelos hob er sie auf und trug sie wie eine Feder davon.

Zu ihrem Erstaunen ging er zur Rückseite der Hütte und setzte sie auf seinen Schimmel, den sie erst jetzt bemerkte. »Wohin reiten wir?«, fragte sie, als er sich hinter ihr in den Sattel schwang. Sebastian legte sachte zwei Finger auf ihren Mund. Sie rochen nach Pferd und frischen Wiesenkräutern. »Vertrau mir. Ich führe dich an einen stillen Ort, wo uns niemand finden wird.«

Wie lange sie sich, fest an seine starke Brust gelehnt, zwischen den sonnendurchfluteten Bäumen dahintreiben ließ, wusste sie später nicht mehr zu sagen. Es mochte eine Stunde oder auch nur ein Bruchteil davon gewesen sein. Schließlich saß Sebastian ab und teilte das dichte Unterholz, um dem Pferd den Weg zu einer kleinen Lichtung zu bahnen. Sie war nahezu rund und maß ungefähr fünfzehn Schritt im Durchmesser. Ein munteres Bächlein floss an ihr vorbei, das von einem Teppich aus Waldanemonen umgeben war. Auf dem saftigen Gras der Lichtung wuchsen Löwenzahn, Gänseblümchen und Veilchen.

Fasziniert sah sich Claudia um, nachdem Sebastian sie vom Pferd gehoben hatte. »Woher kennst du diesen zauberhaften Ort?«

Er lächelte spitzbübisch. »Schon aus meiner Knabenzeit. Hierher pflegten mein Bruder Michel und ich uns zu flüchten, wenn

wir allein sein wollten. Nicht einmal der Jagdaufseher weiß davon.«
Tatsächlich war die Lichtung so dicht von Tannen und Fichten umgeben, dass Claudia den schmalen Einlass kaum mehr erkennen konnte, durch den sie gekommen waren. Sebastian breitete seine Satteldecke im duftenden Gras aus und legte ein feines Linnentuch darüber. Dann ließ er sich nieder und streckte die Hand nach Claudia aus.
Wie in Trance sank sie neben ihn und ergab sich seinen Liebkosungen. Widerstandslos ließ sie zu, dass er ihr Mieder aufschnürte und ihre weißen vollen Brüste entblößte. Durch den leichten Stoff ihres Kleides spürte sie seine Erregung.
Als er ihre steil aufgerichteten Brustwarzen sanft mit seiner Zunge umspielte, drängte ihr Körper dem seinen entgegen. Dann versank alles in einem tosenden Wirbel aus Lust, Verlangen und Erlösung.

Die Lichtung lag bereits vollständig im Schatten, als Claudia erwachte. Neben ihr schlief Sebastian, den Arm schützend um ihren Leib geschlungen.
Mit einer Mischung aus Freude und Wehmut betrachtete sie seinen sehnigen Körper. Da war die schmale feuerrote Narbe am Oberschenkel, Erinnerung an ein allzu heftiges Bubengefecht, bei dem Michels Degen an seinem Schild abgeglitten war. Da war das kleine herzförmige Mal auf seiner Schulter, das ein findiger Hexenkommissar leicht als Zeichen des Satans gedeutet hätte. Und da war sein Gesicht, im Schlaf entspannt mit den halb geöffneten Lippen und den seidenweichen Locken, die sein schönes Profil umrahmten.
Ein heftiger Schmerz durchzuckte sie plötzlich. Hatte sie die falsche Entscheidung getroffen, als sie sich weigerte, mit ihm zu gehen? Hätte sie an der Seite dieses Mannes nicht auch unter widrigen Umständen den Schutz und die Stärke gefunden, nach

der sie sich sehnte? Selbst wenn er schlief, fühlte sie sich zum ersten Mal seit ihrer frühen Kindheit geborgen. Und nun würde sie ihn schon bald für immer verlieren!

Als hätte er ihren Schmerz gespürt, öffnete Sebastian die Augen. Wortlos umschlang er sie mit einer Mischung aus wilder Begierde und Zärtlichkeit, wie sie nur die Verzweiflung hervorzubringen vermag. Ein letztes Mal vereinigten sich ihre Körper, schmerzlos und leicht, als seien sie füreinander geschaffen. Als sie gemeinsam den Höhepunkt der Lust erreichten, schmeckte sie das Salz seiner Tränen auf ihren Lippen.

Der Himmel hatte sich wieder mit dunklen Wolken bezogen, als Sebastian seinen Schimmel den steilen Pfad durch den Mühlenwald hinab gen Neuerburg führte. Kurz vor dem Kirchplatz betrat er durch eine Pforte in der Stadtmauer den unteren Burgfried. Das Törchen wurde bei Einbruch der Dunkelheit mit einem eisernen Riegel verschlossen, war aber nur in Kriegszeiten bewacht. Von dort führte der Weg durch den Torturm mit der Kirchenglocke ins Innere der Stadt oder hinauf zur Neuerburg, die mit weiteren Toren dreifach gesichert war.

Das Hochgefühl überschäumender Freude war seit dem Abschied von Claudia tiefem Trübsinn gewichen. Es würde ihre einzige Begegnung als Liebende bleiben. Schon in wenigen Tagen nahte die Stunde, nach der sie sich nie mehr wiedersehen würden. Dennoch hatte keiner von ihnen den Versuch unternommen, den anderen zu einem weiteren Schäferstündchen zu überreden. Es hätte den Zauber der magischen Momente auf der verwunschenen Lichtung zerstört. Von der reinen und unverfälschten Erinnerung daran zu zehren war allemal besser als der billige Abklatsch einer flüchtigen Umarmung in irgendeinem Winkel. Und zu mehr würde es in der verbleibenden Zeit nicht mehr reichen.

Als Sebastian durch die enge Kirchgasse den Rathausplatz er-

reichte, zog ihn das Schild des Gasthauses »Zum Roten Turm« unwiderstehlich an. Alles war jetzt besser, als in seiner Kammer im Lehnshaus zu sitzen und sich der Verzweiflung zu ergeben. So drehte er auch nicht um, als er Scholer und Pergener über einem Pokal Moselwein nahe des Schanktisches sitzen sah. Der Wirt katzbuckelte dienstfertig um sie herum. Noch wusste er nicht, dass ihn die Abrechnung der Prozess- und Hinrichtungskosten seiner Tochter sein halbes Vermögen kosten würde. Wieder spürte Sebastian das ihm schon vertraute körperliche Unwohlsein. Erst gestern hatte er den Gerichtsschreiber das Dokument ausfertigen sehen.
Als Scholer Sebastian bemerkte, winkte er ihn eifrig heran. Der junge Mann machte gute Miene zum bösen Spiel. Er wollte die beiden nicht unnötig vor den Kopf stoßen, indem er die Einladung ablehnte. Nach einem Schluck Wein würde er schon einen Vorwand finden, sich an einem anderen Ort zu betrinken.
»Gut, dass wir Euch treffen«, begrüßte ihn der feiste Webermeister. »Es gibt Dringliches zu bereden.«
Sebastian ergriff eine düstere Vorahnung. Was konnte so eilig sein, dass es nicht bis zum Montag warten konnte?
»Und das wäre?«, heuchelte er höfliches Interesse, nachdem er den Wein gemächlich gekostet hatte.
»Unser verehrter Herr Doktor Pergener hat Hinweise aus geheimer Quelle erhalten, dass die Dietzin Kenntnis darüber hat, wo die verschwundenen Juwelen versteckt sind. Ich habe gerade seinem Wunsch stattgegeben, das Weib schon am Montagabend in den Haidturm zu überführen. Pergener will dem Henker Gottlieb Weisung erteilen, den Hackerschen Stuhl in der verschärften Form zur Anwendung zu bringen. Mit einem versengten Arsch und ein wenig Gegrapsche an den heimlichen Körperstellen ist die Dietzin vielleicht schon am Dienstagmorgen bereit, das Versteck des Geschmeides preiszugeben. Der Prozess würde mit einem Paukenschlag fortgesetzt werden.«

»Und der Schadensersatz, den der Vater zu leisten hätte, würde ins Unermessliche steigen. Er kann froh sein, wenn ihm genug zum Leben bleibt«, fügte Pergener hinzu.
Sebastian erstarrte vor Schreck bis ins Mark. »Doch Ihr scheint Bedenken zu haben«, deutete Scholer sein Entsetzen im Dämmerlicht der Schankstube falsch.
»Nein, nein«, wehrte Sebastian ab. »Ich frage mich nur, ob ein unter diesen Umständen zustande gekommenes Geständnis als legal gelten wird.«
Pergener winkte grinsend ab. »Darüber zerbrecht Euch nicht den Kopf, junger Mann. Ich sehe, es mangelt Euch doch noch an genügend Erfahrung. Führt uns das Weib zum Versteck des Geschmeides, wird kein Hahn mehr danach krähen, ob sie es freiwillig verraten hat oder nicht. Und im absolut unwahrscheinlichen Fall, dass wir keinen Erfolg haben, hat sie eben der Leibhaftige über Nacht heimgesucht und gezeichnet, um sie an einem Geständnis zu hindern. Gottlieb, der Henker, wird uns jedenfalls nicht verraten. Dafür lege ich meine Hand ins Feuer.«
Sebastian leerte den Weinpokal in einem Zug. »So sei es denn«, murmelte er Zustimmung, während er sich umständlich mit seinem Ärmel über den Mund wischte, um seine Betroffenheit zu verbergen. »Habt Dank für den Trunk. Doch nun muss ich gehen. Mein Vater erwartet mich pünktlich zum Nachtmahl.«
»So geht mit Gott, junger Herr, und bestellt Eurem ehrwürdigen Herrn Vater unsere besten Grüße«, entließ ihn Pergener.
»Vor ein paar Wochen hätte ich mir nicht träumen lassen, wie sehr er noch am Gängelband seines Erzeugers hängt«, grinste der Webermeister ihm nach, als Sebastian hastig aus der Schankstube stürzte.

# Kapitel 33

*Sonntag, 21. April 1613*

»Wo ist der Junge?«
»Ich habe ihm gesagt, dass er im Burghof warten soll.«
»Gut gemacht. Doch welche Nachricht soll ich ihm bloß mitgeben?«
Ratlos schritt Claudia in ihrer Dachkammer auf und ab. Sie erinnerte Kathrin an ein gefangenes Raubtier.
»Du sagst, es ist Jonas, der Sohn von Martha Adams?«
Kathrin nickte. »Er arbeitet als Stallbursche im Gestüt des Amtmanns. So konnte der junge Herr de la Val ihn leicht erreichen.«
»Und wie kam er an den Torwachen vorbei?«
Trotz der bedrohlichen Situation musste Kathrin schmunzeln. »Er gab sich als mein Vetter aus, der mir eine Botschaft von meinem Vater überbringen soll.«
Doch Claudia hörte ihr schon nicht mehr zu. »Ich kann die Burg jetzt unmöglich verlassen. Es ist erst um die dritte Nachmittagsstunde. Jeder würde wissen, dass ich in die Stadt gegangen bin, und meine Rückkehr spätestens zur Vesper erwarten. So kann der Plan nicht funktionieren. Das müsste Sebastian doch wissen.«
Kathrin holte tief Luft. »Wenn Ihr bis zur Dunkelheit wartet, weiß ich einen Weg hinaus.« Sie erzählte Claudia von dem geheimen Gang.
Das Edelfräulein atmete erleichtert auf. »So bleibt uns sogar noch genügend Zeit, um den giftigen Trank zu mischen. Bist du sicher, dass du die richtige Dosierung weißt?«
Wieder nickte Kathrin. »Meine Herrin Adela litt oft an schlimmen Nachtmahren. Wenn sie schreiend erwachte, pflegte sie einen Pokal Wein zu trinken, versetzt mit zwei Fingerhut des Ge-

bräus. Ich habe es ihr mehrmals persönlich zubereitet. Ich kenne das Rezept genau.«

»Mohnsaft und zerstoßene Bilsenkraut-Früchte?«

»So ist es, Herrin. Vermischt mit Honig und ein wenig Wasser. Nach dem Genuss fällt man in einen todesähnlichen Schlaf.«

Claudia zuckte zusammen. Sie selbst würde den Trank ebenfalls einnehmen müssen.

»Was geschieht, wenn man die Mischung ein wenig verdünnt?«

Kathrin errötete leicht. »Einmal probierte ich selbst von dem Mittel. Ich nahm nur die Hälfte der Dosis. Erst fühlte ich mich wie berauscht, schließlich fiel auch ich in einen tiefen Schlaf. Es dauerte nur ein wenig länger.«

»So werden wir den Wein mit zwei Dritteln der üblichen Dosis vermischen«, entschied Claudia. »Dann laufen wir nicht Gefahr, dass jemand zu Tode kommt.«

Sie griff nach einem Stück Pergament. »Erwarte uns um die zehnte Abendstunde an der Mühlenwaldpforte«, schrieb sie auf Latein. Selbst wenn zufällig jemand, der lesen konnte, den Zettel fände, würde er die Worte schwerlich verstehen. Ihren Namen setzte sie nicht darunter.

»Wo sind die Pferde?«, flüsterte Claudia.

»Sie stehen im Gestüt meines Vaters bereit. Meinen Schimmel habe ich heute unter dem Vorwand dorthin gebracht, dass ihm ein Hufeisen ersetzt werden muss. Jonas wird mit den Sätteln bei der Koppel auf uns warten. Sie sind wie das Reisegepäck in einem Heuhaufen versteckt.«

»Gut. So helfe uns Gott, dass die Flucht gelingt.«

Ein letztes Mal prüfte Claudia den Sack, in den sie außer der Phiole mit dem Schlaftrunk die Perücke, die hohen Stelzenschuhe und ihren neuen Festtagsumhang aus blauem Samt gesteckt hatte. Dann schlüpften sie durch die Hintertür des verlassenen Pfarrhauses.

Der Himmel war mit dichten Wolken verhangen. Nur selten blitzte die schmale Sichel des Mondes zwischen ihnen hervor und tauchte die stockfinstere Nacht für einen kurzen Moment in ein fahles Licht. Zumindest die Witterung war ihr Verbündeter.
Sebastian trug die große Korbflasche mit dem süßen Wein. Er stammte aus einer der besten Lagen der Mosel und war sehr teuer gewesen. Die Wachen würden den köstlichen Tropfen zu schätzen wissen und das mit Honig versetzte Gift kaum aus ihm herausschmecken.
Kathrin verbarg sich in einem Winkel des alten Friedhofs der Nikolauskirche. In ihrem dunklen Umhang war sie kaum von den Stämmen der alten Kastanien zu unterscheiden. Sie würde hier auf die Rückkehr der beiden warten.
Mit einem dem Amtmann gestohlenen Schlüssel öffnete Sebastian vorsichtig die kleine Seitenpforte des Torturms. Der Wächter schnarchte laut und bemerkte sie nicht. Als sie den Marktplatz erreicht hatten, blickten sie sich vorsichtig um. Es war niemand zu sehen. Aus der Wachstube des Rathauses, die zu ebener Erde lag, drang ein schwacher Schein. Sie huschten über den Platz.
Claudia tauschte im Schatten des Brunnens ihren schwarzen Umhang gegen den blauen aus Samt. Dann schritt sie an Sebastians Arm mit hocherhobenem Haupt auf das Rathaus zu. Sie bezwang ihre Furcht, in letzter Minute aufgehalten zu werden, und atmete auf, als das schwere Eichenportal hinter ihnen ins Schloss fiel.
Sie ahnten nicht, dass sie beobachtet wurden.

Mit forschem Schritt betrat Sebastian mit Claudia im Schlepptau die Wachstube. Die fünf um den groben Holztisch versammelten Männer glotzten die beiden verblüfft an. Auf ein Zeichen ihres Hauptmanns sprangen sie auf und nahmen Haltung an.

»Ich wünsche euch einen gesegneten Abend«, grüßte Sebastian gestelzt, während Claudia die Männer ohne ein Wort von oben herab musterte.
»Was ist zu solch später Stunde Euer Begehr?«, fragte der Wachhauptmann.
»Wir wünschen die Hexe Barbara Dietz zu sprechen«, erklärte Sebastian.
Den Männern blieb vor Erstaunen der Mund offen stehen. »Um diese nächtliche Zeit?«, stammelte der Hauptmann.
Sebastian fixierte ihn. »Wie ist dein Name?«
»Hennes Weiler aus Utscheid, edler Herr de la Val.«
»So hör gut zu, Hennes Weiler aus Utscheid. Dieses Hexenweib hat meine Ehre besudelt und das Vertrauen dieses hochwohlgeborenen Edelfräuleins schändlich missbraucht. Wir sind gekommen, Vergeltung zu fordern.«
»Aber der Prozess soll doch schon morgen beginnen«, wandte Weiler ein, während seine Männer sich verwundert in die Seiten stießen und die fettigen Köpfe kratzten.
»Du sagst es, der Prozess wird morgen beginnen.« Sebastian verlieh seiner Stimme einen theatralischen Klang. »Ein nüchterner Prozess vor dem Hochgericht. Unzählige Untaten werden verhandelt werden. Wie kann ich da sichergehen, dass das Weib auch dafür büßen muss, Schande über meinen ehrbaren Namen gebracht zu haben? Daher bin ich heute gekommen, um persönlich Genugtuung von ihr zu fordern, wenn du verstehst, was ich meine.« Das seine letzten Worte begleitende schmierige Grinsen hatte er den halben Tag vor dem Spiegel geübt.
Den Männern verschlug es die Sprache. »Genugtuung vor den Augen und Ohren des Edelfräuleins?« Weilers Stimme klang belegt vor Empörung und Schock.
»Was ficht dich das an, elender Wicht?« Auch Claudia hatte für ihre Rolle geübt. »Willst du dir anmaßen, die Taten derer zu beurteilen, die weit über dir stehen? Oder …«, ihre Tonlage

wechselte überraschend ins Weinerliche, »... bist auch du vielleicht schon einmal verzaubert worden? Kennst du den Griff der Dämonen, der deine Seele umklammert und dir keine Luft mehr zum Atmen lässt? Ich will das Weib, das mir das angetan hat, im Staub kriechen sehen. Gedemütigt bis ins Mark, so wie sie mich gedemütigt hat.«

Der Hauptmann sah beiden prüfend ins Gesicht. Dann nickte er bedächtig. »Doch Ihr wisst wohl, Herr de la Val, dass Euer Vater jeden Besuch der Dietzin auf das strengste verboten hat.«

Wieder zwang Sebastian das Grinsen auf sein Gesicht. »Meines Vaters Gemächt ist schon lange verdorrt. Doch seht her. Es soll Euer aller Schaden nicht sein.«

Er öffnete die Korbflasche und griff nach einem hölzernen Becher. Achtlos schüttete er das noch darin befindliche schale Bier in die schmutzigen Binsen. Dann füllte er das Gefäß mit dem goldfarbenen Wein.

»Hier, koste einmal«, bot er dem untersetzten Soldaten, der ihm am nächsten stand, das Getränk an. »Bester Moselwein aus meines Vaters Keller. Süß wie die Sünde.« Er lachte bedeutungsvoll. Gierig griff der Mann nach dem Becher und tat einen tiefen Zug. »Fürwahr ein köstlicher Tropfen.« Er rülpste laut und hielt sich erschrocken die Hand vor den Mund, als er Claudias Anwesenheit wieder gewahr wurde. Die starrte mit einem Ausdruck hochmütigen Ekels an ihm vorbei.

»So sei es denn, Männer. Der junge Herr Amtmann wird schon wissen, was er tut. Und wenn sein alter Herr ihm danach die Hosen stramm zieht, ist das seine Angelegenheit. Wir befolgen nur Befehle.« Der Hauptmann griff nach der Flasche und goss sich selbst einen Becher Wein ein. Anders als sein Untergebener nippte er nur daran.

Dann nestelte er an seinem schweren Ledergürtel. »Hier habt Ihr den Schlüssel, junger Herr de la Val. Aber treibt es nicht gar zu toll, sonst wird es Euch der Doktor Pergener übelnehmen.

Schließlich will der ja auch noch auf seine Kosten kommen.« Die Wachsoldaten grölten vor Lachen.
»Eine Stunde gewähre ich Euch. Seid Ihr dann nicht zurück, komme ich Euch holen.«

Sie bemerkte den Mann erst, als er an ihr vorbeihuschte. Entsetzt drückte sich Kathrin enger an den Stamm der alten Kastanie. Wer mochte um diese Zeit hier herumgeistern? Der Nachtwächter konnte es nicht sein, den hätte sie schon von weitem an seiner Laterne erkannt.
Die Gestalt klopfte ans Portal des Lehnshauses, dem Wohnsitz des Amtmanns. Sein Gesicht konnte Kathrin nicht erkennen, aber es schien ihr, als trüge er die Uniform eines Stadtsoldaten. Was hatte das zu bedeuten?
Kathrin sandte ein Stoßgebet gen Himmel. Doch sie konnte nichts weiter tun, als sich zitternd zu verbergen. Würde der Plan vereitelt, wäre auch ihr eigenes Schicksal besiegelt.

Als der Schlüssel sich knarrend im Schloss drehte, schreckte Barbara von ihrem harten Strohlager auf. Kamen sie schon, um sie zu holen?
Ungläubig starrte sie auf Claudia und Sebastian, der die Tür vorsichtig hinter sich zuzog. Sie wischte sich über die Augen, da sie zu träumen glaubte. Claudia legte einen Finger auf die Lippen, bevor sie Barbara in die Arme schloss.
Mitleid und Rührung trieben ihr Tränen in die Augen. Die ehemals rundliche Freundin war abgemagert und totenblass. Die blonden Haare hingen ihr in wirren Strähnen um den Kopf. Das Kleid aus feiner flandrischer Wolle war fadenscheinig und fleckig. Ein strenger Geruch ging von ihm aus.
Trotzdem hielten sich die Freundinnen lange schluchzend umschlungen. Sebastian wartete geduldig und ließ derweil seinen Blick durch die Zelle schweifen. Da sie seit Monaten weder ge-

heizt noch gelüftet worden war, roch sie muffig und feucht. An den Wänden hatte sich Schimmel gebildet.
Dennoch musste Heinrich Dietz einen Weg gefunden haben, seiner Tochter ein wenig Unterstützung zukommen zu lassen. Auf einem zinnernen Teller lagen eine unberührte Wurst und ein angebissener schrumpeliger Apfel.
Endlich lösten die Freundinnen sich voneinander. Barbara fand als Erste die Sprache wieder. »Hat mein Vater die Wachen bestochen, dass ihr mich besuchen könnt?«
Claudia schüttelte den Kopf. »Stell jetzt keine Fragen, es bleibt uns nur wenig Zeit.« Sie wühlte in dem Sack und zog die Perücke hervor.
»Zieh dein Gewand aus, wir wollen die Kleider tauschen.«
Doch Barbara wehrte entsetzt ab. »Ich bin schmutzig von Kopf bis Fuß. Seitdem ich hier bin, konnte ich nur Gesicht und Hände notdürftig waschen.«
»Tut, was sie sagt, ich bitte Euch«, raunte Sebastian. »Wir sind gekommen, um mit Euch zu fliehen. Und schweigt jetzt um Christi willen still«, fügte er hinzu, als Barbara den Mund öffnete. »Später wird Zeit genug sein, alles zu erklären.«
»Dreht Euch wenigstens um«, bat Barbara errötend. Ungeduldig wandte Sebastian den Blick zur Wand. Weiber, dachte er, zimperlich selbst in der Stunde höchster Gefahr.
Eine schier endlose Zeit verging, bis Claudia das Zeichen gab, dass sie fertig waren. Sebastian war verblüfft. Die Scharade wirkte überzeugender, als er angenommen hatte.
Claudias blaues Leinenkleid passte Barbara wie angegossen. So hatte die harte Haft wenigstens etwas Gutes gezeitigt. Auf den hohen Stelzenschuhen unter dem bodenlangen Rock war Barbara nur noch um einen halben Kopf kleiner als Claudia. Im Dämmerlicht mochte man die braune Lockenperücke sehr wohl für echtes Haar halten, zumal wenn die Kapuze des Samtumhangs lose darübergezogen war. Sollte sie einer der Männer im

Rausch sehen, würde er bezeugen können, dass das Edelfräulein die Zelle wieder verlassen hatte.
Claudia dagegen schien in Barbaras dünnem Gewand, das ihr darüber hinaus viel zu kurz war, bereits jetzt erbärmlich zu frieren. Sie bemühte sich tapfer, es nicht zu zeigen.
»Glaubt Ihr, die Wachen sind bereits eingeschlafen?« Angesichts Barbaras Gegenwart schien es ihr ratsam, Sebastian wieder mit der förmlichen Anrede anzusprechen.
Der zuckte die Schultern. »Warten wir noch eine kleine Weile«, entschied er und ließ sich auf dem wackligen Schemel, der einzigen Sitzgelegenheit, nieder, während sich die Freundinnen auf das Strohlager hockten.
In diesem Moment öffnete sich die Tür. Der Wachhauptmann Hennes Weiler trat ein. Blitzschnell sprang Sebastian auf und zückte sein Schwert. Doch Barbara fiel ihm in den Arm.
»Tut ihm kein Leid, er hat alles getan, um mir die Haft zu erleichtern. Er brachte mir täglich Wasser zum Waschen und selbst Früchte und nahrhafte Speisen.« Sie wies auf den zinnernen Teller.
Misstrauisch ließ Sebastian sein Schwert sinken, behielt es aber fest in der Hand. »Warum hast du meiner Verlobten Gutes getan?«
Der Hauptmann verbeugte sich knapp. »Ich stamme aus Utscheid wie Jörg Armbruster, der seit Kinderzeiten mein bester Freund war. Er hat sich in der Enz ertränkt, nachdem der Pöbel seine Familie gemordet hat. Meine Eltern starben früh. Jörgs Mutter versorgte mich wie ihren eigenen Sohn. Seine Schwester und ich waren einander versprochen, sobald sie das fünfzehnte Jahr erreicht hätte.« Plötzlich brach seine Stimme. Er wandte den Blick ab.
»Ich habe Euch nie vergessen, dass Ihr aufbracht, um die Frauen zu retten«, fuhr er nach einer Weile fort. Er räusperte sich. »Und Eure Posse heute Nacht habe ich schnell durchschaut. Niemals

wärt Ihr zu einer solchen Gemeinheit fähig. Ihr nicht und auch nicht das edle Fräulein.« Er nickte in Claudias Richtung. »Doch nun kommt. Die Kerle droben schnarchen schon wie die Wildschweine. Ich hoffe, das Mittel, das Ihr dem Wein beigemischt habt, verursacht nicht mehr als einen schweren Kater.«

Claudia sah beschämt zu Boden. Derweil nestelte Weiler erneut etwas von seinem Gürtel. Es war ein kleines Ledersäckchen, das er Barbara entgegenhielt. »Und nehmt dies für Eure Flucht. Ihr werdet es brauchen. Ihr gabt mir den Beutel, als Ihr die Arznei für Eure Amme brachtet. Ich habe das Geld genommen, da ich meine Gesinnung nicht zu erkennen geben wollte. Doch ich hatte nie vor, die Gulden für mich zu behalten. Ich wollte damit Seelenmessen für die Verurteilten lesen lassen und Kerzen spenden, wenn der Spuk endlich vorbei ist. Doch nun dient das Geld einem besseren Zweck.«

Nicht einmal Sebastian konnte seine Rührung verbergen. »Ihr seid wahrlich ein braver Mann«, murmelte er. »Doch behaltet das Geld, wir brauchen es nicht.«

Wortlos nahm Weiler Barbaras Hand und legte den Beutel hinein. Dann wandte er sich zur Tür.

»Nun sputet Euch, bevor doch noch einer meiner Männer erwacht. Ich würde ihm ungern eins über den Schädel ziehen müssen.«

Er wollte gerade nach dem Knauf greifen, als dieser wie von Geisterhand gedreht wurde. Knarrend bewegte sich die Tür in den Angeln. In ihrem Rahmen, mit ausgebreiteten Armen, um ihnen den Weg zu versperren, stand Christoph de la Val, Sebastians Vater.

*Sie kniete am Bett ihrer Mutter. Verzweifelt bemühte sie sich, die Sterbende dazu zu bewegen, sie anzusehen. Das Gesicht Amalias war schon bläulich verfärbt, sie röchelte vor Atemnot und Todesfurcht.*

*»Sagt es mir, Mutter«, flehte sie in ihrer Seelenangst. »Sagt mir die Wahrheit. Bin ich ein Wechselbalg, ein Kind des Leibhaftigen?«*
*Mühsam richtete die Mutter sich etwas auf und drehte den Kopf. Abscheu und Widerwillen spiegelten sich selbst jetzt, in der Stunde des Todes, in ihrem Gesicht.*
*»Hebe dich hinweg, Bastard des Wawern.« Die Tochter schreckte vor dem Hass in ihrer Stimme zurück. Die Mutter hob die abgemagerten Hände, die Finger zu Krallen gekrümmt. »Zu Lebzeiten raubtest du mir den Frieden. Lass mich jetzt wenigstens ruhig sterben, ohne die Erinnerung an deinen verfluchten Vater.« Die Rede hatte sie erschöpft. Kraftlos sank sie in die Kissen zurück. Dem weinenden Mädchen schenkte sie keine weitere Beachtung.*
*Die Tür tat sich auf. Der Beichtvater Bruder Johannes trat ein, um die Letzte Ölung zu spenden. Wortlos scheuchte er die Zehnjährige hinaus.*
*Sie lief und lief. Tiefer und tiefer in den Wald hinein. Plötzlich stolperte sie über eine Wurzel und schlug der Länge nach hin. Als sie sich aufrappelte, sah sie den Ring aus weißen Pilzen. Schon einer davon brachte den Tod.*
*Der Himmel verfärbte sich dunkel, ein Geruch nach Schwefel und Pech erfüllte die Luft. Satan trat zwischen den Bäumen hervor. Er trug die rot glühende Krone der Finsternis, in der Klaue den Stab aus verkohlten Knochen mit dem grinsenden Totenschädel als Knauf.*
*Vor Angst stockte ihr schier der Atem. Doch sanft war die Stimme, mit der der Leibhaftige zu ihr sprach. »Also hat dein falscher Gott dich verstoßen, Frucht einer Notzucht. Die Tochter lässt er für die Schwäche der Mutter büßen. Doch mich ficht das nicht an. Willst du mir ewige Treue schwören, so will ich gern dein Beschützer sein. Ich gebe dir alles, wonach du begehrst, Reichtum, Schönheit und Macht.«*

*Der Schwefeldunst benahm ihr fast den Atem. Satan kam näher und näher. Er streckte die Klauenhand nach ihr aus. Wie angewurzelt verharrte sie auf dem Boden.*
*Da griff er nach ihr. Willenlos ließ sie sich in die schwärzerne Tiefe ziehen …*

In Schweiß gebadet schreckte Adela auf. Draußen war noch finstere Nacht. Neben ihr schnarchte Ernst von der Marck. Sein weingeschwängerter Atem erfüllte die Luft mit einem säuerlichen Dunst.
Einen Moment überkamen sie Zweifel. War dieser Mann wirklich der Lohn für ihre Ergebenheit? Hätte der Meister ihr nicht einen angenehmeren Gefährten erwählen können?
Doch es nutzte nichts, sich darüber den Kopf zu zerbrechen. Satan hatte sie zu Ernst von der Marck geführt. Seine Entscheidung zu beurteilen, stand ihr nicht zu.
Vorfreude verdrängte die Zweifel. Schon morgen, wenn die blonde Schlampe den Höllengeistern geopfert und das Genoveva-Geschmeide gefunden war, würde die Zeit ihres Triumphes beginnen.

Einen Moment waren alle starr vor Entsetzen. Der Amtmann musterte kaltblütig die Gruppe.
»Gott zum Gruße, mein Sohn. Ich wähnte dich längst in deiner Kammer. Und auch Euch, edles Fräulein, hätte ich zu solch nächtlicher Stunde nicht an diesem grausigen Ort vermutet. Zumal in diesem schäbigen Kleid. Doch was tust du hier, Hennes Weiler? Solltest du als Hauptmann nicht besser auf die Zucht deiner Mannen achten, die sinnlos betrunken in der Wachstube liegen?«
Sebastian fasste sich als Erster. »Erspart uns Eure zynischen Sprüche!« Er hob sein Schwert und setzte es dem Amtmann an die Kehle. »Wenn Ihr uns in die Quere kommt, steche ich Euch ab wie ein Schwein.«

Die Frauen schrien verängstigt auf. Wieder fiel Barbara ihrem Verlobten in den Arm.
»Versündigt Euch nicht an Eurem eigenen Vater«, flehte sie. »Er tut doch nur seine Pflicht.«
Der Amtmann machte keine Anstalten, sich zur Wehr zu setzen. Die Arme immer noch ausgebreitet, erklärte er: »Seht her, ich komme allein und unbewaffnet. Selbst den Mann, der mich benachrichtigte, dass ihr hier eingedrungen seid, ließ ich im Lehnshaus zurück.«
»Und was wollt Ihr?« Ungeduldig schüttelte Sebastian Barbaras Hand ab.
Sein Vater blickte ihm fest in die Augen. »Euch meinen Segen als Brautleute geben und ein wenig Reisegeld dazu. Auch wenn ich mich an Euren merkwürdigen Aufzug erst noch gewöhnen muss, liebste Schwiegertochter.«
Fassungslos starrten die vier ihn an.
»Ihr wollt was …?«
Der Amtmann griff mit der bloßen Hand an Sebastians Schwert und drückte es hinunter. Dann trat er ein und verschloss die Tür.
»Ich mag als Vater vielleicht nicht viel getaugt haben. Aber so gut kenne ich dich, mein Sohn, dass ich weiß, wann du du selbst bist und wann du den Possenspieler abgibst.«
»Wenn Ihr das durchschaut habt, warum ließet Ihr mich gewähren?«
Ein schmerzlicher Ausdruck zog über das Gesicht des Amtmanns. »Es bedurfte wahrlich eines abgefeimten Schurken wie Maximin Pergener, damit ich alter Esel erkannte, wie recht du in allem hattest, mein Sohn. Ich möchte Abbitte leisten für meine Verbohrtheit und Dummheit.« Er wandte sich an Barbara. »Insbesondere bei Euch, liebe Tochter, die Ihr so viel erdulden musstet.«
Er streckte ihr beide Hände entgegen. »Könnt Ihr mir verzeihen?«

Wortlos warf sich Barbara in seine Arme. Tränen strömten über ihr Gesicht.
Über ihre Schultern hinweg sah er Sebastian an. Claudia erkannte die Angst in seinen Augen.
»Kannst auch du mir vergeben, Sebastian?«
Eine Ewigkeit schien zu vergehen, bis sich Sebastian rührte. Seine Stimme klang belegt, als er sprach.
»Wenn auch Ihr mir vergebt, Vater. Ich habe Euch ebenso unrecht getan wie Ihr mir.«
Die Männer umarmten sich schweigend.
Die Glocke der Rathausuhr schlug zwei. Claudia schreckte auf. »Es ist hohe Zeit, dass Ihr geht«, drängte sie. Der Amtmann hob begütigend die Hand.
»Sorgt Euch nicht. Eure Pferde warten gesattelt auf der Koppel meines Gestüts, samt einem Packpferd mit Kleidung und Mundvorrat für eine ganze Woche. Ich geleite Euch persönlich durch das Stadttor. Der Wächter wird nicht wagen, mir Fragen zu stellen.«
Doch Claudia schüttelte den Kopf. »Unser Plan sieht vor, dass die beiden ungesehen durch die Mühlenwaldpforte schlüpfen. Außerdem soll meine Magd Kathrin sie begleiten. Wir verdanken ihr viel und haben ihr versprochen, sie mitzunehmen. Durch eine Kabale ihrer Herrin Adela wurde ihre Mutter einst in Oberkail als Hexe verbrannt. Seither droht meine Base ihr unentwegt mit dem gleichen Schicksal.«
Der Amtmann nickte. »Ein drittes Pferd zu satteln wird die leichteste Übung sein. Doch wenn Ihr den weiten Weg durch den Mühlenwald nehmen wollt, müsst Ihr Euch in der Tat sputen. Euch bleibt nicht viel mehr als eine Stunde, bis die Hähne zu krähen beginnen.«
Er zog eine schwere Lederbörse aus seiner Tasche. »Nehmt dies als Beitrag zu Eurem Hausstand. Mehr konnte ich in der Kürze der Zeit nicht aufbringen. Ich dulde keinen Widerspruch«, fügte

er mit der drohenden Stimme hinzu, mit der er den kleinen Sebastian so oft eingeschüchtert hatte.
»Ich werde Euch die Summe zurückzahlen«, versprach der, griff nach dem Beutel und verbarg ihn unter dem Wams.
»Das wird kaum erforderlich sein«, wehrte sein Vater ab. »Und nun sputet Euch. Zumal Euch noch jemand sehnsüchtig erwartet.« Barbara jauchzte auf und schlug sich sogleich erschrocken die Hand vor den Mund. »Auch Euer Vater will Abschied nehmen und harrt Euer auf meinem Anwesen. In eine der Satteltaschen hat er Eure Mitgift gepackt.«
Er wandte sich an Hennes Weiler. »Du tust gut daran, dir ebenfalls einen tüchtigen Rausch anzusaufen. So wird niemand Verdacht schöpfen. Bestrafen kann man euch ohnehin nicht, denn bei der Flucht einer Hexe muss der Leibhaftige persönlich seine Finger im Spiel gehabt haben.«
Barbara trat auf den Wachhauptmann zu und streckte ihm das Beutelchen entgegen, das sie noch in der Hand hielt. »Nehmt wenigstens dies zurück für Eure Wohltaten an mir. Schließlich hattet Ihr Auslagen für die Speisen, die Ihr mir brachtet.«
Doch Hennes schüttelte entschieden den Kopf. »Lasst mir doch die Freude«, bat er bescheiden. Claudia erinnerte sich daran, dass auch Kathrin ihr Geld einst mit diesen Worten zurückgewiesen hatte. Zum wiederholten Mal an diesem denkwürdigen Abend stiegen ihr Tränen der Rührung in die Augen.
»Wenigstens Euch geleite ich sicher zurück in die Burg«, wandte sich Sebastians Vater an Claudia und bot ihr seinen Arm. Doch zu seiner Überraschung wich sie zurück.
»Der Plan sieht vor, dass ich hier in der Zelle verbleibe«, erklärte sie dem verblüfften Amtmann. »Hennes Weiler muss sie von außen verschließen und darf den Schlüssel nicht aus der Hand geben.«
»Was ist das für ein seltsamer Plan?«, fragte Christoph de la Val. Sein Sohn trat auf Claudia zu. »Überlegt es Euch noch einmal«,

bat er. »Mit meinem Vater auf unserer Seite mag es einen anderen Weg geben, Gerechtigkeit zu erlangen.«

»Darauf mag ich mich nicht verlassen«, fuhr sie in plötzlichem Zorn auf. »Und nun schert euch alle hinaus, damit ich endlich das Mittel nehmen und schlafen kann.« Ihr Anblick erinnerte Sebastian an den Moment, in dem er sie zum ersten Mal gesehen hatte. Auch in diesem schmuddeligen Gewand glich sie mit ihren funkelnden Augen der Göttin der Jagd.

Er riss seinen Blick von ihr los. »Tut, was sie sagt«, beschwichtigte er seinen Vater. »Bislang ist ihr Plan aufgegangen. Vertraut ihr, sie weiß, was sie tut.«

»So sei es denn, Sohn«, gab der Amtmann schließlich nach. »Doch sobald die Glocke sechs geschlagen hat, hole ich Euch persönlich aus diesem Loch.«

Die Frauen umarmten sich ein letztes Mal. »Schreibe mir, sobald ihr eine Bleibe gefunden habt«, bat Claudia. Barbara nickte schluchzend. Dann ging sie am Arm des Amtmanns hinaus. Hennes Weiler folgte ihnen auf dem Fuße. Nur Sebastian blickte noch einmal zurück.

Der Schmerz in ihren Augen zerriss ihm das Herz.

## Kapitel 34

*Montag, 22. April 1613*

»So helft mir doch, um meines Seelenheils willen. Ich flehe Euch an, erbarmt Euch meiner.«

Gleichermaßen entsetzt und hilflos starrte der Landgraf seine Nichte an, die seine Knie umklammert hielt. Er konnte den Ekel kaum unterdrücken. Claudia hatte ihr schäbiges Kleid beschmutzt

wie ein Wickelkind. Die Zelle stank widerlich nach Erbrochenem und Urin.
»Aaaargh!« Jetzt verzerrte ihr Gesicht sich wieder zur Höllenfratze. Ihre Finger krümmten sich zu Klauen und bohrten sich durch seine dünnen Seidenstrümpfe. »Bring mich zu meinem Meister, erbärmliches Zerrbild eines unfähigen Regenten. Abkömmling eines Maulesels und einer Kröte! Mein Meister wird dich in Stücke reißen und deine Glieder den Höllenhunden zum Fraß vorwerfen, wenn du nicht tust, was ich befehle.«
Angewidert schüttelte der Landgraf Claudia ab und wich bis zur Tür der Zelle zurück. »Josten, so tut doch endlich etwas, um diesem erbärmlichen Schauspiel ein Ende zu machen. Schließlich hattet Ihr mir geschworen, dass der Zauber gelöst sei.«
Josten näherte sich furchtsam mit dem erhobenen Kreuz. Flink wie ein Wiesel sprang Claudia ihn an und schlug ihre Zähne in seine Hand.
Christoph de la Val gab Hennes Weiler einen Wink. So behutsam wie möglich zog dieser Claudia von dem lamentierenden Burgkaplan zurück. Da sie ihre Rolle mit Inbrunst spielte, musste er dennoch erhebliche Kraft aufwenden und konnte nicht verhindern, dass sein Griff Druckmale auf ihrer zarten Haut hinterließ.
Scheinbar für den Moment bezwungen, sank Claudia in sich zusammen. Sie barg ihr Gesicht in den schmutzigen Binsen, um einen Anfall unbändiger Lachlust zu unterdrücken. Die Sache begann, ihr richtigen Spaß zu machen.
Als sie am Morgen benommen erwacht war, heftig gerüttelt von ihrem Oheim, hatte sie sich zunächst ins Bodenlose geschämt, als sie erkannte, dass sie in ihrem eigenen Erbrochenen lag und sich zudem ihre Blase entleert hatte. Das Schlafmittel hatte wahrlich seine Wirkung getan. Ihr Kopf drohte vor Schmerz schier zu zerspringen.
Der Ekel vor sich selbst nahm ihr die letzten Hemmungen, die

Besessene zu spielen. Nur so würde ihre Schande dem Leibhaftigen zugeschrieben werden. Außerdem genoss sie die Gelegenheit, ihren Oheim und Josten ungestraft beleidigen zu können. Sie trugen schließlich die Hauptverantwortung am Elend der Hexenverfolgung.

Doch noch fehlte der entscheidende Punkt. Ihr Plan würde nur aufgehen, wenn es gelang, den Hexenkommissar Pergener in den Kerker zu locken. Sie nahm einen neuen Anlauf. »So helft mir doch endlich, Oheim«, winselte sie mit jammervoller Stimme. »Holt jemanden herbei, der sich mit Dämonen dieser Art auskennt. Andernfalls werden sie mich erwürgen.«

Der Amtmann trat vor. Auch wenn er nicht wusste, was Claudia vorhatte, ahnte er doch, wen sie meinte. Er verbeugte sich vor dem Landgrafen.

»Ich glaube, es könnte von Nutzen sein, den ehrwürdigen Herrn Doktor Pergener hinzuzuziehen.« Der Dämon in Claudia gab einen schrillen Schrei von sich. »Seht, wie sie sich ängstigt«, fing Christoph de la Val den Ball auf. »Vielleicht weiß der erfahrene Hexenkommissar guten Rat.«

Das Gesicht bis zur Unkenntlichkeit verzogen und mit zu Klauen gekrümmten Händen wich Claudia in eine Ecke des Kerkers zurück.

»Glotze nicht, Bursche, lauf«, fuhr Wilhelm von Leuchtenberg den Wachhauptmann an. »Hol den Doktor herbei und spute dich. Sonst lasse ich dich meine Reitpeitsche schmecken.«

Mit angewidertem Gesicht wischte er Claudias Spuren von seiner seidenen Pumphose. »Wir warten derweil droben im Ratszimmer. Ein Trunk wird uns jetzt guttun.«

»Also, Josten, erklärt Euch. Was hat das zu bedeuten? Überlegt Euch gut, was Ihr diesmal zu Eurer Verteidigung vorbringen wollt. Meine Geduld ist restlos erschöpft.«

Der Burgkaplan fuhr sich verstört durch sein fettiges Haar. Um seine blutende Hand hatte er sich einen schmuddeligen Leinenfetzen gewickelt.

»Zweifellos hat der Exorzismus nicht alle Dämonen vertrieben. Dennoch darf ich in aller Bescheidenheit darauf verweisen, dass das wahre Ich Eurer Nichte immer wieder die Oberhand gewinnt und um Hilfe fleht, wenn auch nur kurz. Der Dämon in ihr ist geschwächt. Daher muss es einen Weg geben, den Zauber restlos zu lösen. Um ihn zu finden, erlaubt mir, dem Amtmann einige Fragen zu stellen.«

Der Landgraf nickte knapp. »So sei es. Doch wenn Ihr mir keine befriedigende Auskunft erteilen könnt, jage ich Euch noch heute von der Burg.«

Josten verneigte sich tief. Mit demütiger Gebärde wandte er sich an Christoph de la Val.

»Ihr sagt, Ihr habt die ganze Wachmannschaft am frühen Morgen besinnungslos in der Wachstube vorgefunden?«

Der Amtmann nickte. »Es brauchte für jeden der Männer einen Eimer eiskaltes Brunnenwasser, um sie aufzuwecken. Sie erzählten, mitten in der Nacht hätte das Edelfräulein von Leuchtenberg in Begleitung meines Sohnes Einlass in die Zelle begehrt. Zur Belohnung boten sie süßen Moselwein an. Er war wahrscheinlich mit einem Zaubermittel versetzt. Leider lässt sich das nicht mehr prüfen, denn der Krug ist bis auf den letzten Tropfen geleert.«

Der Landgraf schnaubte. Josten machte eine beschwichtigende Geste. »Und der Wachhauptmann öffnete ihnen die Zellentür?«

»Bedauerlicherweise ist es so. Hennes Weiler ist ein tüchtiger und zuverlässiger Mann. Er berichtet glaubhaft, wie unter Zwang gehandelt zu haben.«

»Der Willenlos-Zauber«, murmelte Josten. »Der Hexenkenner Remigius beschreibt ihn genau.« Er hob den Kopf. »Ist der Hauptmann sicher, dass er die Tür zur Zelle wieder von außen verschloss, nachdem die Ankömmlinge eingetreten waren?«

»Er beschwört es sogar. Danach trank auch er von dem Wein und fiel in einen Rausch, der ihn vollständig lähmte. Er glaubt, sich schemenhaft daran erinnern zu können, dass das Edelfräulein und mein Sohn später an der offenen Tür der Wachstube vorbeigingen. Mehr Auskunft konnte er mir nicht geben. Doch der Wächter des Torturms beschwört, das Edelfräulein in Begleitung meines Sohnes in den unteren Burgfried eingelassen zu haben. Er wunderte sich noch, was eine vornehme Dame zur Nachtzeit in der Stadt verloren hatte, wagte aber nicht, danach zu fragen.«
Josten schloss die Augen und fuhr sich über die Stirn. Seine Lippen bewegten sich lautlos.
»Also, zu welchen Schlüssen kommt Ihr?«, riss ihn der Landgraf brutal aus seinen Betrachtungen.
»Es gibt nur eine Erklärung, Euer Gnaden. Ein noch mächtigerer Hexenmeister als der Stadtpfarrer Andreas Mohr muss in der Herrschaft Neuerburg sein Unwesen treiben. Zweifellos hat er Eure Nichte und den Sohn des Amtmanns verzaubert. Der von ihm gesandte Dämon muss in Eurer Nichte geschlummert haben und konnte sich dadurch dem Exorzismus entziehen. Möglich ist auch, dass der Dämon erst nachher wieder in sein Opfer eingefahren ist.«
»Ihr sagt, auch mein Sohn sei erneut verzaubert worden. Er schien mir jedoch vollkommen geläutert, als das Hexenweib, dem er anverlobt war, in den Kerker geworfen wurde«, warf der Amtmann mit erregter Stimme ein.
Wieder hob Josten beschwichtigend beide Hände. »Solange die Hexe Barbara Dietz dort keine Verbindung zu ihrem Meister hatte, mochte der Zauber unwirksam sein. Doch diese Verbindung muss durch Einwirkung des unbekannten Hexenmeisters wieder zustande gekommen sein. Er machte Euren Sohn und Eure Nichte zum willenlosen Werkzeug der Flucht seiner Buhlin aus dem Kerker.«

»Wieso verblieb das Edelfräulein von Leuchtenberg in der verschlossenen Zelle, zumal in den besudelten Kleidern dieser Dirne?« Der Stimme des Landgrafen war deutlich anzuhören, wie sehr ihn diese Schande eines Familienmitgliedes in seiner persönlichen Ehre kränkte.
»Es ist ein sehr seltenes Phänomen, beschrieben von Nikolaus Remigius, einem sehr erfahrenen Hexenforscher aus Lothringen«, dozierte Josten. »Die Dietzin tauschte zur Flucht ihre Gestalt mit der Eurer Nichte. Hexen können auf diese Weise jedes beliebige Äußere annehmen, wenn ihr höllischer Meister mit ihnen ist. Sie können außerdem durch verschlossene Türen entweichen, indem sie sich kurzzeitig entmaterialisieren. Wahrscheinlich bediente sich die Dietzin solcher Zauber, um aus der Zelle zu entkommen. Es deucht mich jetzt, dass sie nicht die Schülerin des Kräuterweibs Pirken war, sondern ihre einstige Lehrmeisterin in den teuflischen Künsten bei weitem übertraf.«
In diesem Moment pochte es an der Tür. Hennes Weiler streckte den Kopf herein.
»Der ehrwürdige Doktor Pergener ist eingetroffen«, vermeldete er mit untertäniger Geste.

Mit gerümpfter Nase betrat der Hexenkommissar den stinkenden Kerker. Hinter ihm drängten der Landgraf, Josten und der Amtmann in die Zelle.
Claudia saß dicht an die Wand gepresst und musterte die Ankömmlinge mit schreckgeweiteten Augen. Sie hatte deren Abwesenheit genutzt, um auch noch den Inhalt von Barbaras Leibschüssel über die Binsen zu gießen. Wie ein Storch stakte Pergener in seinen feinen Lederstiefeln über den schmutzigen Boden.
»Also, wie kann ich Euch dienlich sein, Euer Gnaden?« Trotz des Versuchs, seiner Stimme einen ehrerbietigen Klang zu verleihen, hörte Claudia Ärger darin mitschwingen.
»Ihr habt bereits von den Geschehnissen der Nacht gehört?«

Pergener verbeugte sich knapp. »Der Wachhauptmann hat mich auf dem Weg hierher unterrichtet. Eine teuflische Kabale, ohne Zweifel.« Er wandte sich an den Amtmann. »Habt Ihr Eure Mannen ausschwärmen lassen, die Flüchtigen zu finden? Sie können noch nicht weit gekommen sein.«
Der Amtmann sah ihm ungerührt in die Augen. »Da sie zweifelsohne mit der Hilfe des Leibhaftigen selbst entflohen sind, dürfte das wenig Zweck haben. Zudem wissen wir nicht, in welche Richtung sie sich gewandt haben. Daher wollte ich den Exorzismus des edlen Fräuleins abwarten. Vielleicht kann es uns Hinweise geben, wenn die Dämonen es verlassen haben.«
Pergeners Gesicht färbte sich rötlich vor Wut. Doch er wagte keinen Einwand.
Plötzlich umfasste Claudia von hinten Pergeners dünne Beine. Unbemerkt hatte sie sich dem Hexenkommissar auf Knien genähert.
»Meister«, krächzte sie mit ihrer Dämonenstimme. »Meister, eilt mir zu Hilfe. Sie bedrängen mich auf das ärgste.«
Pergeners gesunde Gesichtsfarbe wechselte in eine Totenblässe. Den Stadtpfarrer hatte er in einer ganz ähnlichen Lage noch heftig getreten. Gewalt gegen das Edelfräulein anzuwenden, wagte er jedoch nicht. Hilflos wand er sich in Claudias Griff.
Die bezwang ihren Ekel und drückte ihren Mund auf Pergeners in eine samtene Hose gekleidete Rückseite. »Meister, wie habe ich Euren köstlichen Brodem vermisst«, stöhnte sie verzückt. »Nun, da die blonde Dirne Euch nicht mehr zu Diensten sein kann, nehmt mich, oh, ich flehe Euch an, nehmt mich. Ich harre Eurer in großer Sehnsucht.«
Mit offenem Mund starrten der Landgraf und Josten Claudia an. Der Amtmann und Hennes Weiler hüstelten und räusperten sich, um ihre Lachlust zu bezwingen.
»Schaut, auch ich bin schön und begehrenswert.« Claudia ließ den Hexenkommissar los und machte Anstalten, ihren Rock zu

heben. Dies löste die Erstarrung des Landgrafen. Er schlug ihr heftig auf die Hand. Claudia kreischte gellend auf.
»Oh Meister, seht, wie sie mich traktieren. Gebietet ihnen Einhalt und zeigt Eure Macht. Nehmt mich mit auf die Reise! Ich will Euch auf immer zu Diensten sein. Seht her, wie schön ich bin.« Mit einem Ruck riss sie ihr Mieder auf und entblößte ihre makellosen Brüste.
Der Landgraf brüllte vor Wut laut auf. Er stürzte auf Claudia zu, versetzte ihr rechts und links eine Ohrfeige und stieß die Wimmernde auf das Strohlager.
»Hebt Euch hinweg«, schrie er den vor Schreck wie gelähmten Pergener an. »Hinaus mit Euch, Kerl.« Er riss seine Reitpeitsche vom Gürtel und versetzte dem Hexenkommissar einen Hieb quer über das Gesicht. »Was auch immer mit ihr geschehen ist, mit Euch befassen wir uns später. Jetzt schert Euch hinaus. Wartet auf der Burg und wagt nicht, Euch zu rühren, bis wir die Sache aufklären können.«
Pergener ließ sich das nicht zweimal sagen. Die Hand auf seine verletzte Wange gedrückt, hastete er hinaus.

Er wusste, wann er verloren hatte. Es blieb ihm nicht einmal mehr die Zeit, seine Barschaft zu holen. Wohl verwahrt lagen pralle Beutel voll Gulden in der Truhe seiner Stube über den Ställen. Doch das Wagnis, die Burg zu betreten, wollte er nicht eingehen. Was, wenn der Amtmann bereits den Befehl gegeben hatte, ihn nicht wieder hinauszulassen?
Also würde er mit dem wenigen fliehen müssen, das er heute Morgen eingesteckt hatte. Es dürften kaum mehr als drei Gulden sein. Zum Glück hatte er wenigstens seinen neuen Umhang mitgenommen.
So ruhig es ihm möglich war, hinkte er über den Rathausplatz und bog in die Kirchgasse ein. Kaum hatte er sie durchquert, drehte er um und nahm eine Nebengasse zurück in die Stadt.

Sich immer wieder über die Schulter blickend, eilte er zum Mietstall am Tränktor. Dort lieh er sich einen Rappen. Obwohl er keine Entlohnung bot, wagte der Stallmeister nicht, ihm das Pferd zu verweigern. Seine Mission dulde keinen Aufschub, erklärte ihm der gefürchtete Doktor.

Durch das Enztor verließ er die Stadt. Auch die Wachen ließen ihn anstandslos passieren. Am Ufer der Enz drehte er sich um und warf einen letzten Blick zurück. Neuerburg lag im Licht einer milden Frühlingssonne. Auf dem gegenüberliegenden Hügel sah er den Richtplatz. Im Morgendunst konnte er schemenhaft Männer erkennen, die armdicke Zweige und Reisig zu Scheiterhaufen aufschichteten. Morgen sollte es die nächsten Brände geben.

Er fühlte heiße Wut in sich aufsteigen. Heute wäre dem Wirt »Zum Roten Turm« die Rechnung für die Prozesskosten seiner Tochter überbracht worden. Ein dicker Beutel mit Goldgulden wäre dabei allein für ihn abgefallen. An das Vermögen der Dietzin wollte er erst gar nicht denken.

Seine Hand fuhr an die Brusttasche. Das Genoveva-Geschmeide. Seitdem Adela es ihm übergeben hatte, trug er es in einem weichen Lederbeutel Tag und Nacht bei sich. Er zog den Beutel hervor. Grün und rot funkelten ihm die Juwelen im Licht des Frühlingsmorgens entgegen. Er zitterte vor Begierde.

Wenigstens dieses Schmuckstück hatte er retten können. An der richtigen Stelle verhökert, würde es ein erkleckliches Sümmchen einbringen. Selbst wenn er die Edelsteine herausbrechen und getrennt verkaufen müsste.

Er stutzte. Heiße Panik stieg in ihm auf und lähmte ihn. Zweifellos würde der Landgraf nach ihm suchen lassen, sobald seine Flucht entdeckt wurde. Es war nicht auszudenken, was mit ihm geschehen würde, wenn man ihn ergriff und die Juwelen bei ihm fand.

Noch einen Moment hielt er das Geschmeide zögernd in seiner

Hand. Dann holte er weit aus und warf den Schmuck in hohem Bogen in die Fluten der Enz.

Ungeduldig trippelte Adela im Knappen-Saal auf und ab. Seitdem sie im Morgengrauen in ihre Kammer zurückgeschlichen war, hatte es in der Burg ein beständiges Kommen und Gehen gegeben, das sie an den Tag nach Elisabeths Tod erinnerte.

Irgendetwas Bedeutsames musste geschehen sein. Durch das Fenster hatte sie den Wachhauptmann des Rathauskerkers erkannt, der in großer Eile mit Pergener im Schlepptau den Burgberg hinablief. Auch der Landgraf hatte die Burg schon am frühen Morgen in Begleitung des Amtmanns und des Burgkaplans verlassen.

Das konnte nur eines bedeuten. Wilder Triumph stieg in ihr auf. Wie es der Hexenkommissar auch angestellt haben mochte, sie mussten das Genoveva-Geschmeide bereits gefunden haben. Wo blieb denn nur Ernst von der Marck? Es war von großer Wichtigkeit, dass sie ihm die freudige Nachricht selbst überbrachte.

Endlich hörte sie seine schweren Schritte auf dem Gang. Sie hatte den Mägden Anweisung gegeben, das Frühstück warm zu stellen, auch wenn in der Küche bereits das Mittagsmahl zubereitet wurde.

Unbarbiert und übernächtigt betrat Ernst den Saal. Er trug seine Kleider vom Vortag und verströmte einen unangenehmen Geruch nach Schweiß und Pferd. Dennoch trat sie ihm mit strahlendem Lächeln entgegen. Waren sie erst vermählt, würde sie schon Sorge dafür tragen, dass er sich besser pflegte.

»Hattet Ihr eine angenehme Nacht?«, fragte sie mit einem anzüglichen Lächeln.

Als Antwort erhielt sie nur ein Brummen. Ernst hob die Deckel von den zinnernen Schalen und schnupperte. Dann schöpfte er sich etwas Eierspeise und eine gebratene Forelle auf seinen Teller. Dazu goss er sich mit Wasser verdünnten Rotwein ein.

»Erlaubt mir, Euch Gesellschaft zu leisten.« Noch immer lächelnd nahm Adela ihm gegenüber Platz an der Tafel. Ernst würdigte sie keines weiteren Blickes und schaufelte die Mahlzeit schweigend in sich hinein.
Um seine Aufmerksamkeit auf sich zu lenken, konnte Adela sich schließlich nicht länger zurückhalten. »Ich glaube, es gibt großartige Neuigkeiten«, säuselte sie.
Ernst musterte sie misstrauisch. Doch Adela ließ sich nicht beirren. »Ein kleines Vöglein hat mir gezwitschert, dass man das Genoveva-Geschmeide gefunden hat.«
Nun merkte er wirklich auf. Ein breites Lächeln überzog sein Gesicht und ließ Speisereste zwischen den Zähnen sehen.
»Das wäre fürwahr eine gute Nachricht. Schon lange fällt mir die Decke auf den Kopf in diesem gottverlassenen Nest und der modrigen Burg.« Er trank schmatzend aus seinem Pokal. »Woher habt Ihr die Kunde?«
Adela klapperte kokett mit den Wimpern. »Ich hörte den Hexenkommissar Pergener meinem Oheim versichern, dass die eingezogene Hexe Barbara Dietz das Versteck des Geschmeides kennt. Wahrscheinlich hat das Weib unter der Folter gestanden, und man ist gerade dabei, die Juwelen zu bergen.«
Ernst rülpste vernehmlich und schob den halb vollen Teller von sich. »Solltet Ihr recht behalten, so breche ich noch heute Nachmittag zu meines Vaters Burg nach Kerpen auf.«
Adela schürzte in gespielter Betrübnis die Lippen. »Aber das hieße ja, schon bald Abschied voneinander nehmen zu müssen. Auch von den Freuden, die wir einander bereitet haben.«
Ernst grinste. »Ihr seid jederzeit in Kerpen willkommen, Base Adela.« Er betonte das Wort »Base«.
Adela errötete vor Freude. »Es ehrt mich über die Maßen, dass Ihr meine Gesellschaft so schätzt.« Unter halb gesenkten Lidern warf sie ihm einen schelmischen Blick zu.
»Wie sollte ich nicht? Sobald das Geschmeide gefunden ist, wird

mein Vater wieder auf Brautschau gehen und meine Vermählung mit einem langweiligen Mauerblümchen vereinbaren. Noch einmal werde ich nicht so wohlfeil davonkommen wie hier in Neuerburg.«

»So hättet Ihr gern auch im Ehebett eine Gefährtin mit Phantasie und Leidenschaft?« Adela sah ihre Chance gekommen.

Ernst zuckte die Achseln. »Dies wird wohl kaum eine Rolle spielen, wenn mein Vater mir eine Braut erwählt. Doch zum Glück ergeben sich ja immer wieder andere Möglichkeiten.« Er grinste anzüglich.

Adela holte tief Luft. »Auch ich bin eine Tochter aus edlem Haus«, hob sie an. »Der Zimperliese, die Euer Herr Vater für Euch erwählte, ebenbürtig an Abstammung und Geburt. Würdig wie keine andere, das Genoveva-Geschmeide zu tragen, zumal es aus dem Geschlecht der Manderscheider Grafen stammt. Im Streit um das Erbe von Manderscheid-Schleiden hättet Ihr den gleichen Vorteil wie aus der Verbindung mit meiner Base Elisabeth. Der Dispens ist auch schon erteilt. Warum nehmt Ihr nicht mich? Die Freuden des Ehelagers wären Euch zudem gewiss.«

Sie lächelte keck. Ernst von der Marck starrte sie mit offenem Mund an.

»Euch soll ich zu meiner Gemahlin nehmen?« Seine Stimme klang rauh vor Verblüffung. »Eine Dirne, die selbst von einem tumben Stallknecht besprungen wurde? Ja, seid Ihr noch recht bei Verstand?«

Adela war totenbleich geworden. »Der Knecht hat mir Gewalt angetan«, murmelte sie hilflos in ihrem Schock.

Ernst lachte höhnisch. »Selbst ein Knecht spürt, ob er eine Hure vor sich hat, mit der er es machen kann. Euch würde ich nicht einmal zur Frau nehmen, wenn meine ewige Seligkeit davon abhinge. Lieber eine prüde Betschwester im Ehebett als eine Dirne, die sich jedermann anbiedert. Ich bin Ernst von der Marck, Sohn

eines uralten Geschlechts von edlem Geblüt. Eine durchgelegene Strohmatratze taugt für mich nicht zur Gemahlin.«
Damit sprang er auf und ließ die Tür mit einem lauten Knall hinter sich zufallen.

»Sie hat gebadet, ein wenig Hühnersuppe gegessen und schläft jetzt tief und fest. Lisbeth, die junge Küchenmagd, wacht an ihrem Bett.«
Gunda, die Kammerzofe von Wilhelms Gemahlin Erika, knickste, bevor sie sich auf einen Wink des Landgrafen entfernte.
»Dem Allmächtigen sei Dank«, seufzte Wilhelm und nahm einen kräftigen Schluck von dem köstlichen Burgunder, der nur zu besonderen Gelegenheiten kredenzt wurde. »Wo mag nur ihre Magd Kathrin verblieben sein?«
Der Amtmann schüttelte den Kopf. »Wir haben die ganze Burg nach ihr absuchen lassen, doch sie nirgends gefunden. In der Gesindestube munkelt man, dass Graf Ernst von der Marck sie mitgenommen haben könnte. Er hatte so manche Liebelei mit der Dienerschaft.«
Wilhelm brummte unwillig. Der Amtmann trank ungerührt aus seinem Pokal. Die faustdicke Lüge würde sein Gewissen nicht weiter belasten, zumal sie nicht die einzige an diesem denkwürdigen Abend war.
»Es wäre mir lieber, eine erfahrene Magd würde an der Seite meiner Nichte wachen«, bemerkte der Landgraf. »Was ist mit dem Mädchen, das meine Nichte Adela bedient?«
»Sie wird am Bett ihrer eigenen Herrin gebraucht«, meldete sich Erika aus der Nische zu Wort, in der sie mit einer Handarbeit saß. »Adela wurde heute Morgen ganz plötzlich von einem heftigen Nervenfieber befallen. Auch sie braucht ständige Pflege.«
»Weiberkram«, grollte ihr Gemahl. »Nun, wenigstens hat dieser Schmarotzer meine Burg endlich verlassen. Wie kam er nur darauf, dass wir das Genoveva-Geschmeide gefunden hätten?«

Der Amtmann zuckte die Schultern. »Er faselte etwas davon, dass der Hexenkommissar Pergener wüsste, wo der Schmuck verblieben sei. Als er hörte, dass der Mann geflohen ist, war er außer sich vor Wut.«
Wilhelm trank erneut aus seinem Pokal. »So haben wir uns also zum Narren und den Bock zum Gärtner gemacht.« Er wandte sich zu Josten, der in verkrampfter Haltung am Ende der Tafel saß. »Es spricht nicht für Eure große Erfahrung, dass Ihr den mächtigsten Hexenmeister der Herrschaft für einen *collega* hieltet. Spätestens als der Stadtpfarrer ihm huldigte, hättet Ihr Verdacht schöpfen müssen. Andererseits hat meine Nichte Claudia schon beizeiten bewiesen, dass Ihr nichts als ein eitler Windbeutel seid.«
Josten krümmte sich unter dem Vorwurf wie ein Wurm. Unbarmherzig setzte der Amtmann nach. »Steht nicht bereits im *Hexenhammer* geschrieben, dass die frömmsten und eifrigsten Hexenjäger gerade deshalb besonders verdächtig sind?«
Josten blieb stumm.
»In wie viel Tagen wird sich erwiesen haben, ob meine Nichte jetzt endgültig von allen bösen Einflüssen frei ist?«
»Ich empfehle eine Schonzeit von vierzehn Tagen«, flüsterte der Burgkaplan.
»Sprecht lauter, Kerl«, fuhr ihn der Landgraf an.
»Eine Zeit von vierzehn Tagen mit täglicher Beichte und Bußübungen in strenger Klausur. Zeigt sich dann kein Zeichen des Bösen mehr, sind die Dämonen endgültig ausgefahren.«
»Ich hoffe um Euretwillen, dass es so ist, Josten«, drohte der Landgraf. »Ist meine Nichte kuriert, entlasse ich Euch mit dem Lohn für das restliche Jahr aus meinen Diensten. Ist sie weiterhin besessen, lasse ich Euch mit Ruten aus der Stadt peitschen.«
Josten zuckte zusammen. Er wagte keinen Einwand. Der Amtmann räusperte sich.
»Innerhalb dieser Frist könnte der Pater mir helfen, die Inhaf-

tierten zu befragen. Schon morgen sollten drei weitere angebliche Hexen auf dem Galgenberg verbrannt werden. Sie wurden alle von Pergener und seinem Helfershelfer, dem Henker Gottlieb, überführt. Vielleicht sind sie gar nicht schuldig wie auch andere Gefangene im Haidturm und in den Verliesen der Burg.«
Wilhelm von Leuchtenberg nickte. »Das halte ich durchaus für möglich. Viele wohlhabende Bauers- und Bürgersfrauen sind unter den Eingekerkerten. Dem falschen Hexenkommissar ging es vor allem ums Geld. Die Verhaftung seiner Buhlin diente ihm dabei vorzüglich als Tarnung. Habt Ihr schon Nachricht von Eurem Sohn?«
Mit gespielter Betrübnis schüttelte der Amtmann den Kopf. »Die teuflische Dietzin wird ihn wohl noch so lange als Geisel behalten, bis sie außer Landes geflohen ist. Zum Glück wusste das Edelfräulein, dass sie via Luxemburg fliehen wollte, um nach Frankreich zu gelangen. Alle verfügbaren Männer setzen ihr nach. Eilkuriere sind nach Vianden und Luxemburg unterwegs, um die dortigen Landesherren zu warnen und um Mithilfe bei der Ergreifung der Flüchtigen zu bitten, sollte sie ihren Weg durch deren Herrschaftsgebiete nehmen.«
Der Landgraf nickte zufrieden. »Es scheint mir alles getan, was heute getan werden konnte«, konstatierte er. »So lasst uns nun nach diesem denkwürdigen Tag endlich der Ruhe pflegen.« Er stand auf, trat zu seiner Gemahlin und bot ihr den Arm.
»Meine Herren, ich entbiete Euch eine gesegnete Nacht. Möge sich letztlich durch des Allmächtigen Hilfe doch noch alles zum Guten wenden.«
Der Amtmann nickte aus ganzem Herzen. In diesem Punkt war er sich mit seinem Landesherrn vollkommen einig.

# Epilog

*Gegeben zu Neuerburg am 3. Tag des März*
*im Jahr des Herrn 1615*

*Claudia von Leuchtenberg grüßt ihre liebste Freundin Barbara de la Val.*

*Es hat mich überaus gefreut zu hören, dass der kleine Christoph von seinem Husten genesen ist und du aufs Neue guter Hoffnung bist. Natürlich wäre es mir eine Ehre, bei einer kleinen Claudia Gevatterin zu stehen, aber sicher würde sich auch dein Vater an einem kleinen Heinrich ergötzen. So warten wir also in aller Ruhe ab, was euch beschieden sein wird. Die Hauptsache ist doch, dass das Kind gesund ist und deine Niederkunft nicht so beschwerlich wird wie beim ersten Mal.*

*Auch hier bei uns gibt es große Neuigkeiten. Im Augenblick rüstet sich der Haushalt meines Oheims, nach Pfreimd zurückzukehren. Schon in der Woche nach den Osterfeiertagen werden wir aufbrechen.*

*Das Hofgericht zu Luxemburg hat endlich über die Verteilung des unseligen Erbes von Manderscheid-Schleiden entschieden. Man teilte die Ländereien entsprechend der zahlreichen Anwärter in sechs Teile und ließ das Los entscheiden. Philipp von der Marck wurde nicht berücksichtigt, da er sich mit der Herrschaft Schleiden seinen Anteil schon vor Jahrzehnten gewaltsam angeeignet hat. Gerüchte besagen, dass er einen Tobsuchtsanfall erlitt, als er die Nachricht erhielt.*

*Auch meinem Oheim Wilhelm erging es nicht viel besser. Ihm fiel die Grafschaft Roussy zu, eine Länderei in Luxemburg, die*

*vollkommen verschuldet ist und keinen Heller einbringt. So hat ihm seine Ehe mit Erika von Manderscheid-Virneburg nicht einmal in dieser Hinsicht Glück gebracht.*
*Doch du wirst es nicht glauben! Die Hälfte der reichsten Herrschaft fällt ausgerechnet an Adelas Vater, Dietrich von Manderscheid-Kail. Zwar geht die andere Hälfte Neuerburgs an den Wild- und Rheingrafen, doch die beiden haben zweifelsohne den Vogel abgeschossen.*
*In seiner Freude darüber hat Dietrich Adela sogar aus dem Klosterarrest zurück nach Hause geholt, wo sie für ihre Schande gebüßt hat. Obwohl ich es schon viele Male gebeichtet habe, empfinde ich immer noch Schadenfreude darüber. Als Dietrich in seiner Habgier den Marcks erneut die Ehe mit Adela antrug, bekannte Ernst die Hurerei der beiden, worauf ihn sein Vater mit der Reitpeitsche verprügelte. Adela wurde ins Kloster gesperrt. Ich habe es beiden von Herzen gegönnt.*
*Nun dürfte sich die Metze allerdings ins Fäustchen lachen. Wie man hört, will ihr Vater sie demnächst mit einem seiner Ritter verheiraten, einen um zwanzig Jahre älteren Mann. Eine bessere Partie konnte er angesichts ihrer verlorenen Ehre nicht für sie finden. Doch die beiden können Philipp und Ernst von der Marck trotzdem eine Nase drehen, denn das hoffärtige Geschlecht geht jetzt leer aus.*
*Doch lass uns auf angenehmere Dinge zurückkommen. Es hat mich von Herzen gefreut, vom Glück meiner ehemaligen Zofe Kathrin zu hören. Hennes Weiler ist wahrlich ein braver Mann und hat dank des guten Postens bei der Heidelberger Stadtwache, den ihm dein Gatte verschafft hat, wohl keine Mühe, eine Familie zu ernähren. Ich werde den beiden zur Hochzeit ein Tafelgeschirr mit Ansichten aus der Eifel senden, so haben sie wenigstens eine Erinnerung an die Heimat.*
*Ich glaube, dass auch dein Schwiegervater Neuerburg bald den Rücken kehren wird. Ich hörte ihn meinem Oheim sagen, dass*

*er eher seine Seele dem Teufel verkaufen als in die Dienste des Dietrich von Manderscheid-Kail treten wolle. Man hört, er suche bereits einen Käufer für sein Gestüt. So werdet ihr wohl alle bald als eine große Familie vereint sein. Auch mich hält hier wahrlich nichts mehr.*

*In Pfreimd wird mein Oheim als verlorener Sohn in den Schoß der Familie zurückkehren und die Nachfolge seines verstorbenen Vaters als Landgraf von Leuchtenberg antreten. Auch für mich werden große Veränderungen ins Haus stehen. Vor knapp vier Wochen hat mein Onkel endlich sein Versprechen eingelöst und mich offiziell als seine Tochter anerkannt. Seither vergeht kein Tag, an dem er nicht mit meiner Tante über eine vorteilhafte Heirat für mich disputiert. Ich selbst werde natürlich nicht gefragt, doch was hülfe es mir zu lamentieren? Es ist das Los, das ich erwartet habe, auch wenn ich mir bisweilen das Glück wünsche, einen Mann zu ehelichen, zu dem mich mein Herz hinzieht. Bete für mich, dass ich es nicht allzu schlecht treffen werde.*

*Gerade läutet die Glocke zur Vesper, und ich muss den Brief beenden. Grüße deinen Gatten von mir und bestelle ihm meine aufrichtigen Glückwünsche zu seiner Beförderung als stellvertretender Richter am Hofgericht des Kurfürsten. Das ist eine hohe Ehre, die einem Mann in seinen Jahren nur selten zuteilwird. Daher gräme dich nicht länger darüber, dass Sebastian das Angebot deines Vaters zurückwies, in den Handel mit Wolle und Tuch mit einzusteigen, den er in Heidelberg so erfolgreich begründet hat. Dein Mann taugt nicht zum Kaufmann. Er ist zu Höherem berufen, und du kannst stolz auf ihn sein.*

*Nun muss ich mich sputen. Sei für heute herzlich umarmt, meine Teuerste, und bestelle den Deinen ergebene Grüße*
*von deiner dich liebenden Freundin,*

*Claudia Edelfräulein von Leuchtenberg*

# Nachbemerkung und Dank

Als ich an einem sonnigen Herbsttag auf dem immer noch so genannten Hexentanzplatz in Neuerburg die Geschichte der Claudia von Leuchtenberg fand, ahnte ich noch nicht, dass es sich um eine Legende handelte: Ein Edelfräulein, Braut des Burgherrn, wird nach einer stürmischen Januarnacht im Jahr 1613 tot in seinem Bett aufgefunden. Der Ortsbader glaubt an Hexenwerk, die als Hexe verrufene Magdalena Pirken gerät unter Verdacht, wird verhaftet und hingerichtet. Ihr Geständnis setzt eine Prozesslawine in Gang.

Erst meine Recherchen ergaben, dass eine historische Claudia von Leuchtenberg nicht überliefert ist. Dennoch liegen der Geschichte wahre Begebenheiten zugrunde: Tatsächlich kam im Januar 1613 Elisabeth, die sechsjährige Tochter des Landgrafen von Leuchtenberg, unter ungeklärten Umständen auf der Neuerburg zu Tode. Tatsächlich machte man Hexen für ihren Tod verantwortlich. Etliche Beklagte bekannten während ihrer Prozesse, mitschuldig am Tode des Kindes zu sein. Die in der Legende erwähnte Magdalena Pirken, vorgebliche Rädelsführerin des Mordanschlags, ist als Person zwar historisch belegt, ihre Prozessakten sind jedoch verschollen. So konnte ich ihre wahre Rolle in den wirren Zeiten der Regentschaft des Grafen von Leuchtenberg auf der Neuerburg leider nicht rekonstruieren.

Doch die Geschichte hatte mich längst in ihren Bann gezogen. Meine Recherchen ergaben, dass die erstaunliche Anwesenheit eines oberbayerischen Landgrafen in der Eifel mit heftigen Erbstreitigkeiten im alten Grafengeschlecht der Manderschei-

der zusammenhing, ein Stoff, der allein schon für einen Roman genügt hätte.
Eine historische Tatsache ist die von seinem despotischen Vater arrangierte Ehe Wilhelms mit der um zehn Jahre älteren Erika von Manderscheid-Virneburg. Ob die Verbindung tatsächlich unglücklich war, ist nicht überliefert. Doch für die Menschen in der Frühen Neuzeit war ein Altersunterschied von zehn Jahren beträchtlich und sicher nicht ohne Folgen, wenn der Ehemann der jüngere Partner war.
Dank der hervorragenden Forschungsarbeiten der Trierer Arbeitsgemeinschaft »Hexenprozesse im Trierer Land« erschloss sich mir das ganze Phänomen der Hexenverfolgung beim Übergang vom 16. ins 17. Jahrhundert auf erschreckende, aber auch faszinierende Weise. Ich erfuhr nicht nur, dass meine Heimatstadt Trier um 1590 der erste Schauplatz einer Massenverfolgung gewesen war, sondern auch, dass in der beschaulichen Eifel Hunderte von Frauen und Männern dem Irrwitz zum Opfer fielen. Zu den besonders stark betroffenen Regionen gehörte die Herrschaft Neuerburg, in der binnen weniger Jahrzehnte fast hundert Menschen angeklagt und danach in nicht genau bekannter Anzahl hingerichtet wurden.
So verwoben sich Historie und Fiktion bald zu der Geschichte meines Romans. Der Meier Jakob Longen aus Pölich und sein Sohn Matthias, Scholaster in St. Paulin zu Trier, sind ebenso historische Personen wie die reiche und schöne Bürgerin Maria zum Drachen. Sie alle fielen den Trierer Verfolgungen zum Opfer. Nur die Figur der Anna Pölich, die ich mit der unbekannten Magdalena Pirken zu einer Person verschmolz, entsprang meiner Phantasie.
Ähnlich ist es mit den Figuren aus Neuerburg. Hier nahm ich die Legende zur Vorlage für das Herzstück meines Romans. Dabei erlaubte ich mir einige schriftstellerische Freiheiten. Aus der sechsjährigen wurde die vierzehnjährige Elisabeth in der Funk-

tion der Claudia von Leuchtenberg aus der Legende. Da es keinen historisch belegten Verlobten für die Tochter des Landgrafen gab, behalf ich mir mit der historisch verbürgten Figur Ernsts von der Marck. Ob er wirklich von so unangenehmem Charakter war, wie ich ihn beschrieben habe, bleibt dahingestellt. Sein Vater Philipp muss der Figur meines Romans jedoch sehr ähnlich gewesen sein. Dessen perfider Überfall auf die Burg Kerpen und die unbefugte Aneignung der Herrschaft Schleiden haben sich genau so zugetragen, wie ich es erzählt habe.

Die Figur der Claudia von Leuchtenberg dagegen ist frei erfunden.

Christoph de la Val war zu Zeiten der Regentschaft Wilhelms tatsächlich Amtmann der Herrschaft Neuerburg. Er scheint ein fanatischer Hexenjäger gewesen zu sein, der mehr gemeinsame Züge mit Maximin Pergener aufgewiesen haben dürfte, als dies in meinem Buch der Fall ist.

Für manche Figuren habe ich mich anderer historisch verbürgter Personen bedient. Pergener stammte tatsächlich aus Trier und war dort als Hexenkommissar tätig. Er wurde ebenfalls als Amtmann nach Neuerburg berufen und war dort an Hexenverfolgungen beteiligt, allerdings einige Jahre nach den Ereignissen im Roman. Über seinen Charakter ist mir nichts bekannt, daher habe ich ihn dem berüchtigten Dr. Franz Buirmann nachempfunden, der seiner perfiden Tätigkeit in den dreißiger Jahren des 17. Jahrhunderts im Rheinland nachging.

Auch die Figur des Andreas Mohr hat historische Vorbilder. In den Eifeler Hexenprozessen wurden mehrere Geistliche verbrannt, so unter anderem der Pfarrer Michael Campensis aus dem Örtchen Auw.

Die von Magdalena behandelte Seuche ist dem Fleckfieber nachempfunden, einer Krankheit, die tatsächlich durch Kleiderläuse ausgelöst wird und sich vor allem unter schlechten hygienischen Verhältnissen schnell verbreitet. Ob es diese Krankheit auch schon zu Beginn des 17. Jahrhunderts gab, ist nicht überliefert, da zahlreiche Krankheiten dieser Zeit nur sehr ungenau beschrieben wurden. Aber da in der Armee Napoleons noch zwei Jahrhunderte später unzählige Soldaten am Fleckfieber starben, ist anzunehmen, dass die Seuche auch schon um die Zeit meines Romans existiert hat.

Keine Fiktion war erforderlich, um Methoden und System der Hexenverfolgungen zu beschreiben. Hier liefern die traurigen Fakten genügend Stoff, den ich nur noch einzelnen Szenen zuordnen musste. Wie viele Laien vermutete ich zu Beginn meiner Recherchen die Urheber der Verfolgungen überwiegend in kirchlichen Kreisen. Dass die jüngste Forschung überzeugend nachgewiesen hat, dass jedoch das einfache Volk in den meisten Fällen der Motor einer Prozesswelle war, schockierte und faszinierte mich gleichermaßen. Es wurde ein wichtiges Moment meines Romans. Ich wollte in dieser Hinsicht mit den gängigen Vorurteilen aufräumen und der wahren Historie zu ihrem Recht verhelfen. Zwar gab es keine mir bekannten Lynchmorde in Utscheid, doch brachte das Studium historischer Quellen Selbstjustiz gegen vermeintliche Hexen in vielen anderen Orten Deutschlands zutage. Die Kirche bot dafür oft lediglich den ideologischen Überbau.

In Trier aufgewachsen, war mir darüber hinaus vor allem die Rolle des Friedrich Spee als Kritiker der Hexenverfolgungen geläufig. Dass er zahlreiche mutige Vorgänger hatte, geistliche wie weltliche, war eine weitere Erkenntnis, die mich in ihren Bann zog und zur Figur des Sebastian de la Val inspirierte.

Auch Adela von Manderscheid-Kail ist eine fiktive Person. Jedoch habe ich beim Entwurf dieser Figur der Tatsache Rechnung getragen, dass in jedem Aberglauben ein wahrer Kern steckt. Das Volk in der Frühen Neuzeit war extrem geister- und zaubergläubig. Überliefert ist nicht nur der Gebrauch verbotener Kräuter einschließlich zahlreicher Rezepte für eine Hexensalbe.

Auch die Heilpraktiken ungebildeter Kräuterweiber entsprachen den Methoden der Zia Schreber in meinem Roman.
Schließlich ist spätestens seit den Vorgängen am Hof Ludwigs XIV. von Frankreich bekannt, dass sich adlige Frauen der Teufelsanbetung verschrieben, um ihre Stellung bei Hofe zu festigen. Auch diesem thematischen Aspekt wollte ich in meinem Roman Rechnung tragen, zumal er zahlreiche dramaturgische Möglichkeiten bot.
Ein seltener Glücksfall für meine Recherchen war schließlich das Werk des Heimatforschers Theo Lucas aus dem Jahr 1975, in dem er seine Heimatstadt Neuerburg in der Mitte des 16. Jahrhunderts so akribisch beschreibt, dass unzählige wertvolle Anregungen für das Lokalkolorit daraus resultierten. Auch wenn sein Buch für den unbedarften Leser eher schwer verdaulich und nicht immer historisch korrekt ist, war es neben den Quellen der Trierer Forschungsgruppe die wertvollste Lektüre bei der Vorbereitung meines Romans. Auch heute ist das verschlafene Eifelstädtchen mit seinen zahlreichen historischen Bauten und der wunderschönen Umgebung eine Reise wert.

Es bleibt mir, all jenen zu danken, die mich bei der Arbeit an dem Roman so nachhaltig unterstützt haben. Vor allem in Neuerburg bin ich vielen Personen zu Dank verpflichtet: Herrn Calonec-Rauchfuß aus der Touristeninformation, der mir nicht nur den Hinweis auf die Quellen der Trierer Forschungsgruppe gab, sondern auch zahlreiche Materialien über Neuerburg kostenlos zur Verfügung stellte; Herrn Walter Simon, der mich als Vorsitzender des Eifelvereins durch die Stadt führte und die Informationen aus dem Werk von Theo Lucas vertiefte und ergänzte; dem Ehepaar Hallwachs, damals Herbergseltern der Neuerburg, einer der schönsten Jugendherbergen in Deutschland, die mich durch die Burg führten und mit mir Erinnerungen an gemeinsame Studienzeiten in Trier austauschten.

Trotz all meiner Mühe wäre das Buch wohl nie veröffentlicht worden, wenn mir nicht folgende Personen zur Seite gestanden hätten: Herr Rainer Wekwerth, seines Zeichens selbst Schriftsteller, der als mein Schreibcoach den Plot mit mir entwickelte und die Urversion des Buches als Erster lektorierte. Und Herr Thomas Montasser, der mich als Neuling in seine Literaturagentur aufnahm, weil ihm das Manuskript gefiel, obwohl historische Romane damals nur schwer verkäuflich waren.
Daher gilt mein besonderer Dank auch Frau Christine Steffen-Reimann von Droemer Knaur, die meinem Buch diese einmalige Chance eröffnete. Meiner Lektorin Dr. Heike Fischer danke ich für ihre wertvollen Anregungen und die wunderbare Zusammenarbeit bei der Fertigstellung des Romans. Herr Dr. Walter Rummel, einer der bekanntesten Hexenforscher in Deutschland, gab dem Buch wiederum den Segen des Historikers.
Zu guter Letzt möchte ich mich auch bei all meinen Freunden, Verwandten und Bekannten bedanken, die regen Anteil am Fortschritt des Buches nahmen und zu den ersten Lesern gehörten. Hier ist an erster Stelle meine Familie zu erwähnen: Meine Tochter Viktoria und mein Mann Jürgen, die mich während vieler Stunden entbehren mussten, in denen ich am Schreibtisch meiner Leidenschaft frönte, und die trotzdem jederzeit davon überzeugt waren, dass sich meine Mühe lohnt.
Das Buch möchte ich der Magdalena Pirken widmen, über deren wahres Schicksal mir zwar nichts bekannt ist, die aber mit größter Wahrscheinlichkeit einem Hexenprozess zum Opfer fiel; stellvertretend für alle Frauen ihrer Zeit, die das gleiche Schicksal erleiden mussten.

# Glossar

*Advis* Anweisung von übergeordneter Stelle, wie in einem Hexenprozess weiter zu verfahren ist

*Alchemie* Vorläufer der modernen Wissenschaften Chemie und Pharmakologie

*anfechten* alte Bezeichnung für »ein ungewöhnliches Verhalten zeigen« (was ficht dich an = was fällt dir ein)

*Angstloch* in der Decke befindlicher Einstieg in ein Verlies im untersten Geschoss eines Turms

*Art der Sodomiter* von der biblischen Stadt Sodom abgeleitet; sexuelle Praktiken, die von der Kirche, da sie nicht der Fortpflanzung dienten, als widernatürlich angesehen wurden, hier: Analverkehr

*Aufziehen* Folter 3. Grades; der Delinquent wurde an den hinter dem Rücken zusammengebundenen Händen mittels einer Seilwinde hochgezogen, bis er frei schwebend in der Luft hing; oft wurden dabei zusätzlich Gewichte an den Fußgelenken befestigt

*Beichtiger* alte Bezeichnung für Beichtvater

*besagen/beschreien* alte Bezeichnungen für beschuldigen

*Bleuel* Schlagholz zum Klopfen der Wäsche

*Brudermeister* Vorsteher einer Bruderschaft; hier die Zunftmeister der Neuerburger Wollweber- und Tuchhändlergilde

*Brustkatarrh* Bronchitis oder Lungenentzündung

*Buhle/Buhlin* alte Bezeichnung für Liebespartner in einer nichtehelichen Beziehung

*buhlen* Unzucht treiben

*Canon episcopi* kirchenrechtliche Vorschrift im Frühmittelalter, die sich gegen Zauberei und Aberglaube wandte und in der nächtliche Ausflüge von Frauen ausdrücklich als Einbildung und Wahnvorstellung verurteilt wurden

*Carolina* Peinliche Halsgerichtsordnung von Kaiser Karl V. aus dem Jahr 1532; erstes deutsches Strafgesetzbuch

*corpus delicti* Lateinisch für Beweisstück, mit dem ein Täter überführt werden kann

*crimen exceptum* Lateinisch für Sonderverbrechen

*Dispens* amtliche Befreiung von einem Verbot oder Gebot

*Doktor beider Rechte* mittelalterlicher akademischer Grad für Zivilrecht und kanonisches Kirchenrecht

*Drudner/Drudnerin* alte Bezeichnung für Zauberer und Zauberin

*Edelfreier* Mitglied eines alten Adelsgeschlechts (Dynastie), dessen Land keinem Lehnsherr, sondern ihm allein gehörte. Der Edelfreie war nur König oder Kaiser untergeordnet.

*Eidam* alte Bezeichnung für Schwiegersohn

*Engelmacherin* Frau, die illegale Abtreibungen durchführt

*es deucht/dünkt mich* es kommt mir so vor/es scheint mir

*freier Bauer* Landwirt mit eigenem Grundbesitz, keinem Dienstherrn verpflichtet

*frommen* alte Bezeichnung für »an etwas Gefallen finden«

*gefänglich einziehen* alte Bezeichnung für verhaften

*Geldkatze* am Gürtel befestigter Geldbeutel

*Gemächt* alte Bezeichnung für Penis

*Gevatter/Gevatterin* alte Bezeichnung für Taufpate/-patin

*Großes Glaubensbekenntnis* entstand aus den Glaubensbekenntnissen der Konzile von Nicäa und Konstantinopel (325 und 381 n. Chr.) und ist das wichtigste christliche Glaubensbekenntnis. Es definiert für die westliche Kirche die Dreifaltigkeit unter Einbeziehung des Heiligen Geistes als Gottheit im Gegensatz zur Ostkirche

*Hackerscher Stuhl* Foltergerät in Form eines mit spitzen Stacheln besetzten Stuhls; benannt nach seinem Erfinder, dem schwäbischen Henker Hacker

*Hausvater* Haushaltsvorstand

*Häusler/Häuslerin* Bauern mit eigenem Haus, aber keinem eigenen Grundbesitz

*Heimlichgemach* Toilette

*Hexenbeichtiger* Beichtvater verurteilter Hexen, der sie auch zur Hinrichtung begleitete

*Hexensabbat* regelmäßig stattfindendes Fest der Hexen und Zauberer in Gegenwart des Teufels

*Hintersassen* von einem Grundherrn abhängige Bauern oder Häusler, Besitzer eines Hauses ohne Feld, die keine eigentlichen Gemeinderechte hatten, weil sie auf fremdem Boden saßen und lebten

*Hübschlerin* alte Bezeichnung für Prostituierte

*inquirieren* vernehmen

*Kabale* alte Bezeichnung für Intrige

*Kemenate* Frauengemach in einer Burg

*Kontor* Büro

*Lampe schneuzen* den Docht kürzen

*Leibmagd* persönliche Dienerin einer hochgestellten Persönlichkeit

*Leibstuhl* Toilette in Form eines Stuhls mit einem Loch in der Sitzfläche und einem daruntergestellten Nachttopf

*Linnen* alte Bezeichnung für Leinen

*Maulbirne* Folterinstrument zum Spreizen des Mundes, um Schreien oder Sprechen zu verhindern

*Meier* alte Bezeichnung für Gutsverwalter

*membrum virile* Lateinisch für männliches Glied

*Miserere* lateinische Bezeichnung für das Bittgebet (Fürbitten)

*morganatische Ehe* staatlich und kirchlich ordnungsgemäß zustande gekommene Ehe zwischen zwei Partnern ungleichen

Standes, die aber nicht mit allen sonst üblichen Rechtsansprüchen einer Ehe verbunden war

*Muhme* alte Bezeichnung für Tante

*Nachrichter* alte Bezeichnung für Scharfrichter

*Nachtmahr* gespenstisches Wesen, das sich nachts auf die Brust eines Schlafenden setzt und ein drückendes Gefühl der Angst hervorruft; beklemmendes Gefühl

*Oheim* alte Bezeichnung für Onkel

*peinliche Befragung/peinlich befragen* alte Bezeichnung für gerichtlich angeordnete Folter/foltern

*Profess* Vorbereitung auf den Eintritt in ein Kloster durch die öffentliche Ablegung der Glaubensgelübde

*Quatemberwochen* viermal jährlich in jeder Jahreszeit liegende Wochen mit Fast- und Bußtagen; die Donnerstage in diesen Wochen galten als bevorzugte Tage für den Hexensabbat

*Querpfeifen* eine Art hölzerne Querflöte

*Rentmeister* Verwalter der fürstlichen Einnahmen

*Schaube* Überrock

*Schindanger* Gemeinschaftsplatz zum Abhäuten (Schinden) und Verscharren toter Tiere; wurde mit der Zeit auch als Friedhof für Verbrecher und Selbstmörder genutzt, denen kein Begräbnis in geweihter Erde zustand

*Schneifel* Gebirgszug in den westlichen Hochlagen der Eifel

*Scholaster* hoher kirchlicher Würdenträger, der mit der Leitung einer Dom- oder Klosterschule betraut ist

*Schwarzer Meister* Bezeichnung für den obersten Teufel

*Sendschöffen* von der Gemeinde gewählte Laien, die den christlichen Lebenswandel der Gemeindemitglieder überwachten und Verstöße zur Anzeige vor dem kirchlichen Sendgericht brachten

*Spanischer Stiefel* Foltergerät, mit dem die Unterschenkel zusammengepresst wurden

*stäupen* mit Ruten auspeitschen

*stigmata diabolica* Lateinisch für Teufelsmale, mit denen der Teufel seine Anhänger zeichnet; in Hexenprozessen konnten u.a. Muttermale, Narben und Warzen als Teufelsmale verkannt werden

*Takenplatte* schmiedeeiserne, oft reich verzierte Platte vor einem dahinter befindlichen Kamin, der vom Nebenraum beheizt wurde; auf diese Weise konnte ein Kamin zwei Räume heizen

*Tedeum* Gebet zum Lob Gottes

*Teufelsbuhlschaft* sexuelle Beziehung zu einem männlichen oder weiblichen Teufel

*Tort* etwas Unangenehmes, Ungerechtes, auch Unrecht

*Tridentinisches Konzil* Konzil der katholischen Kirche in der Stadt Trient zwischen 1545 und 1563 zur Reaktion auf die Reformation; u.a. stellte man die Verletzung des Zölibats katholischer Priester, sei es in ehelichen oder nichtehelichen Gemeinschaften, unter hohe Strafen

*Trippen* hölzerne Stelzenschuhe, die unter die eigentlichen Schuhe gebunden wurden, um den Straßenschmutz besser zu durchqueren

*Urgicht* alte Bezeichnung für Aussage/Geständnis

*vierzehn Nothelfer* vierzehn Heilige, die gegen Nöte aller Art helfen sollten

*Volta* Tanz aus dem 16. Jahrhundert

*Wassersucht* Aufquellen der Glieder durch Wasseransammlungen, oft aufgrund einer Herzinsuffizienz

*Wechselbalg* ein bei der Geburt untergeschobenes Hexenkind

*Wehmutter* alte Bezeichnung für Hebamme

*Winkelheirat* Heirat ohne den Segen der Eltern

*Wittib* alte Bezeichnung für Witwe

*wohlfeil* alte Bezeichnung für billig

*Zähren* alte Bezeichnung für Tränen

*Zauberdüppen* Topf zur Aufbewahrung von Hexensalbe

*jem. zeihen* alte Bezeichnung für jemand beschuldigen

*Zender* ein vom Gerichts- oder Landesherren meist unter Mitwirkung der Gemeinde eingesetzter Verwalter, der die Einhaltung der Gemeindeordnung überwachte, die Polizeigewalt ausüben und Verhaftungen durchführen konnte

*Zenderei* Bezeichnung für eine mittelalterliche Landgemeinde, einen Verwaltungsbezirk bestehend aus mehreren Dörfern, für die der gleiche Zender zuständig war

# Verzeichnis wichtiger Quellen


## Zur Kerngeschichte des Romans

*Neu, P.* 1983. Unbekannte Hexenprozesse in der Westeifel. Trier: Landeskundliche Vierteljahresblätter, Band 29, S. 91–96.

*Theis, H.* 1953. Hexenprozess vor dem Neuerburger Hochgericht. Eifel-Kalender 7 (Hrsg.) Vom Eifelverein, S. 130–131.

## Zur Geschichte der Hexenprozesse in der Eifel

*Franz, G. & Irsigler, F.* (Hrsg.) 1996. Hexenglaube und Hexenprozesse im Raum Rhein – Mosel – Saar. Trierer Hexenprozesse, Quellen und Darstellungen; Band 1. Trier: Speebuchverlag.

*Kettel, A.* 1988. Von Hexen und Unholden. Hexenprozesse in der West- und Zentraleifel. Hrsg.: Geschichtsverein Prümer Land.

*Kettel, A.* 1997. Hexenprozesse in der Eifel. Aus Franz, G., Gell, G. & Irsigler, F. (Hrsg.) Hexenprozesse und deren Gegner im Trierisch-Lothringischen Raum. Weimar: Historie und Politik.

*Pracht, H. P.* 1991. täntze, todt und teuffel. Die grausame Spur der Hexenverfolgung in der Eifel. Aachen: Helios.

*Schad, H.-J.* 1978. Michael Campensis. Ein Pfarrer auf dem Scheiterhaufen. Schriftenreihe des Geschichtsvereins »Zwischen Venn und Schneifel«. St. Vith, Nr. 9.

## Zur Geschichte der Hexenverfolgung allgemein

*Historisches Museum der Pfalz Speyer* (Hrsg.) 2009. Hexen. Mythos und Wirklichkeit. München: Edition Minerva.

*Kramer (Institoris), H.* Der Hexenhammer. Malleus Maleficarum. Kommentierte Neuübersetzung von Behringer, W., Jerouschek, G. & Tschacher W. Hrsg.: Jerouschek, G. & Behringer, W. 7. Auflage 2009. München: dtv.

*Rummel, W. & Voltmer,* R. 2008. Hexen und Hexenverfolgung in der Frühen Neuzeit. Darmstadt: WBG.

*Rummel, W.* 1991. *Bauern, Herren und Hexen.* Studien zur Sozialgeschichte sponheimischer und kurtrierischer Hexenprozesse, Göttingen: Vandenhoeck & Ruprecht.

*Soldan-Heppe.* Geschichte der Hexenprozesse. Neu bearbeitet und herausgegeben von Bauer, M. 1911. Band 1 und 2. Frechen: Komet.

*von Spee, F.* Cautio Criminalis oder Rechtliches Bedenken wegen der Hexenprozesse. Übersetzung aus dem Lateinischen von Ritter, J.-F. 7. Auflage 2005. München: dtv.

*Voltmer.* R. 2008. Hexen. Wissen, was stimmt. Freiburg: Herder.

## Zur Herrschaft Neuerburg in der Frühen Neuzeit

*Lucas, T.* 1975. Die Herrschaft Neuerburg – Burg, Stadt, Gemarkung und Hochgericht Neuerburg. Beiträge zur Neuerburger Geschichte Band 3a. Hrsg.: Eifelverein Ortsgruppe Neuerburg: Dez. 1975.

### Zu den Heilkräutern in der Frühen Neuzeit

*Scherf. G.* 2002. Zauberpflanzen Hexenkräuter. Mythos und Magie heimischer Wild- und Kulturpflanzen. München: BLV Verlagsgesellschaft.

### Zu den Adelshäusern

*Neu, P.* 1990. Die Grafen von Manderscheid – ein historischer Überblick. In: Die Manderscheider. Eine Eifeler Adelsfamilie. Landschaftsverband Rheinland: Katalog zur Ausstellung, S. 13–28.

*Wagner, I.* 1965. Die Landgrafen von Leuchtenberg. In: Leuchtenberg in Geschichte und Sage, zweiter Teil. Weiden: Leonhardt.

### Zum Leben in der Frühen Neuzeit

*Van Dülmen, R.* 2005. Kultur und Alltag in der Frühen Neuzeit. Band 1 bis 3. München: Beck.

Uta von Naumburg – die schönste
Frau des Mittelalters

Claudia & Nadja Beinert

# Die Herrin der Kathedrale

Roman

Generationen von Kunstinteressierten hat die Stifterfigur der Uta im Naumburger Dom Rätsel aufgegeben: Wer war diese Frau wirklich? In ihrem opulenten und klugen Roman erzählen Claudia und Nadja Beinert das Leben der Uta von Naumburg, wie es noch nie erzählt wurde: Die Ermordung ihrer Mutter weckte Utas Gerechtigkeitssinn. Mit aller Kraft setzte sie sich für den Bau der ersten Naumburger Kathedrale als kaiserlichen Gerichtssaal ein und kämpfte für die Vollendung dieses Wahrzeichens für Frieden und Glauben im Heiligen Römischen Reich.

»Wenn ich ein weibliches Geschöpf
aus der Kulturgeschichte treffen wollte,
dann Uta von Naumburg ...«
*Umberto Eco*

KNAUR

Nicole Steyer

# Das Pestkind

Roman

Rosenheim zur Zeit des Dreißigjährigen Krieges: Die junge Marianne lebt und arbeitet in der Brauerei, die von der Witwe Hedwig Thaler geführt wird. Die alte Frau hat Marianne bei sich aufgenommen und aufgezogen – doch das Mädchen hat von ihr nur böse Worte und Ungerechtigkeiten empfangen. Einzig der Pfarrer des Ortes begegnet Marianne freundlich und nimmt sie vor den Anfeindungen der Leute in Schutz: Diese sehen in ihr so etwas wie eine Hexe, da sie einst die Pest überlebt hat. Doch dann liegt eines Tages Hedwig Thaler erschlagen auf dem Hof – und nur Marianne ahnt, wer der Mörder ist …

KNAUR

Nicole Steyer

# Die Hexe von Nassau

Roman

Das Herzogtum Nassau im Jahr 1676: Hier lebt die junge Katharina mit ihrer Mutter in der Nähe der Stadt Idstein. Als Graf Johannes seine grausamen Hexenverfolgungen beginnt, geraten die beiden Frauen in Gefahr. Katharinas Mutter wird hingerichtet. Und auch das Mädchen bleibt von Verdächtigungen nicht verschont, denn sie ist in das Visier des skrupellosen Henkers Leonhard Busch geraten. Dieser schreckt vor nichts zurück, um Katharina in seine Gewalt zu bringen.

KNAUR